Happy
Valentine's
Day

绅探
DETECTIVE L

绅探

DETECTIVE L

绅探
DETECTIVE L

曼陀罗悬疑馆

绅探

DETECTIVE L

赵晶婧／剧本原著
胡子小猪／小说改编

贵州出版集团
贵州人民出版社

图书在版编目（CIP）数据

绅探 / 赵晶婧 剧本原著 胡子小猪 小说改编.--贵阳：贵州人民出版社，2019.7

ISBN 978-7-221-15383-8

Ⅰ.①绅… Ⅱ.①胡… Ⅲ.①长篇小说－中国－当代

Ⅳ.①I247.5

中国版本图书馆CIP数据核字（2019）第156697号

绅探

赵晶婧 / 剧本原著

胡子小猪 / 小说改编

总 策 划	陈继光
责任编辑	陈继光
特约编辑	Echo
装帧设计	陈 晨
封面设计	源画设计
出版发行	贵州人民出版社有限公司（贵阳市观山湖区会展东路SOHO办公区A座）
印 刷	长沙鸿发印务实业有限公司（长沙市黄花工业园3号）
版 次	2019年8月第1版
印 次	2019年8月第1次
印 张	28.5
字 数	480千字
开 本	710mm × 1000mm 1/16
书 号	ISBN 978-7-221-15383-8
定 价	49.00元

DETECTIVEL

. 人物简介 .

罗　非

性别：男
年龄：30 岁

职业：私家侦探，公租界中央捕房顾问。

外貌性格：英俊雅痞，穿着考究得体，有洁癖，毒舌，内心温暖。

擅长：逻辑推理，看电影，吹萨克斯，煮咖啡。

经历：富有浙商家庭出身，曾在英国留学接受西方教育，又与柯南道尔先生相交，得赠一怀表，回国以私人侦探顾问的身份帮助中央捕房屡破大案，名噪上海滩。罗非拥有超强的记忆力与推理能力，以及出神入化的易容术。罗非的初恋女友被 Captain 所害，罗非虽然抓住了 Captain，但一直无法释怀，直到新任 Captain 的出现。

秦小曼

性别：女
年龄：25 岁

职业：公租界中央捕房新任警探。

外貌性格：身材窈窕，容貌很像罗非逝去的恋人，性情直爽，富有正义感，有时急躁冒失，关心罗非时也有心思细腻的一面。

擅长：武力担当，擅煮黑暗料理。

经历：刚从警校毕业，凭着一腔热血想在巡捕房一展身手，与罗非成为了对门邻居。在与罗非联手破案的过程中，秦小曼的破案能力也逐渐得到罗非的认可。与罗非的关系，也从一开始互相不服到在不知不觉中互生情愫。

本杰明

性别：男
年龄：22 岁

职业：天才法医。

外貌性格：瘦消帅气，自带“活死人”气场，惧怕与女人接触，对熟人偶尔冷幽默。

擅长：解剖尸体，熟悉各种药剂属性。

经历：妓女之子，在青楼窑馆里长大，三岁时因病被母亲抛弃在圣母玛丽院门口，后被院长收为义子，从此开始排斥女性。长大留洋学医归来后，在中央捕房任职法医，终日与死人为伴，也拥有了自己的小天地——验尸房。他在这里喝咖啡，看书，听音乐，吃牛排，偏安一隅。与普通人鲜有交往，唯独罗非。两人时常约看电影，交流案情。秦小曼入职后，形成了破案三人组。

霍文斯

性别：男
年龄：30 岁

职业：心理医生，新任 Captain。

外貌性格：温文尔雅，心思缜密。

擅长：利用催眠心理学控制他人达到自己的目的。

经历：留学德国的心理学高材生，在上海开了一家私人诊所，表面上乐于助人，协助罗非、秦小曼破案，实则是企图接管 Captain 犯罪集团的幕后主使。

沙　威

性别：男
年龄：45 岁

职业：中央捕房探长。

擅长：官场交际，人脉广，为罗非收拾娄子。

外貌性格：为人正直，有些大男子主义。

经历：破案三人组的顶头上司，为人正直。在破案方面能力有限，但是在案情涉及诸多压力时，能极力保护罗非和秦小曼。同时也是案件任务 NPC。

江苏苏

性别：女
年龄：40 岁

职业：沙利文公寓房东。

擅长：做美食，逢源交际。

外貌性格：风韵犹存，举止妩媚，嘴硬心善，小虚荣。

经历：年轻时是上海滩当红舞女，嫁给了富商。后来成了富商遗孀，平日里妆容精致，穿金戴银，拥有许多华丽旗袍，努力让自己还保持在贵妇的状态。沙利文公寓是富商留给汪苏苏的遗产，汪苏苏本人居住在沙利文公寓一层套房，其余作为客房，靠着收租依旧过着上流生活。

叶常青

性别：男
年龄：40 岁

职业：中央捕房资深警探。

外貌性格：中等体型，十分自恋，爱面子。

擅长：爱占便宜，枪法不错。

经历：智商不高但却是巡捕房资格较老的警探，总爱自以为是。不会分析案情，办公能力差，总是闹出一些笑话。

DETECTIVEL

.剧情简介.

▲富家少妇突然神秘失踪，生死未卜。热血女警探初到上海，与雅痞侦探首次联手还原出一场富家公子失手杀妻的意外车祸，在一切看似水落石出之时，名探绅士却又发现了两只即将飞走的脱壳金婵……

▲女记者惨死家中，探案三人组极力寻找女记者消失的男友。两个男人对同一个心爱女人以死相护的结果，却足以令人唏嘘，而在真相大白后，那一封死亡威胁信又是出自谁人之手？

▲一首能让演奏者微笑流泪的夺命乐谱，一段蕴藏着爱恨情仇的乐团陈年往事，一串隐藏在乐谱里的关键密码，凶手是如何完成密室杀人的？凶手临死前究竟想说什么，难道神秘的Captain只是在伪装？对于罗非来说，一切又变得扑朔迷离……

▲少妇接连毁容惨死，凶手身份错综复杂，裁缝店老板，四马路七姐，还是当年的齐妈？随着“罗曼”与同为捕房顾问的霍文斯继续深入调查，死者的另一重身份也逐渐揭开，而随之浮出水面的是一段有关凶手的悲惨经历。

▲神秘火灾让租界内外一片恐慌，惩罚的地狱之火是否真的是正义的审判？罗非能否解开当年金库失窃案之谜，从中找出线索，抓住真正的幕后操纵者？

第一章　深夜车祸

大上海，一座每个夜晚都会使人目眩神迷的传奇都市，同时也是一片浮华下充斥着权欲厮杀的沼泽。光明之下，罪恶影随，纵然昼伏夜行，步临深渊，却也无法使那个人放弃寻求真相的执念。

在某一个清晨或午夜，他会脱下真丝睡袍，穿上定制三件套，闭上眼在三秒内打完一个温莎结，最后，打开怀表，与命运之神再次约定一场赌局，用手杖顶开复兴南路 1235 号的公寓门。如果你足够幸运，就会在门口碰到，那个游走于正邪之间的绅士。

三天前，夜晚。

公租界马家别苑，一栋洋房车库内，一辆福特小轿车里飘出了悠扬甜美的歌声。

“你是个不夜城……”跟着哼唱的油头粉面的公子哥儿，正是马家大少爷马博远，只见他目不转睛地盯着后视镜，小心翼翼地用梳子一下一下地将发亮的头发分出道道梳印。

几番梳理满意后，马博远又理了理艳红的领带，这才发动了车子。车子从车库内转出，沿着花园草坪边的石子小路缓缓行进。昏暗的院内，只有两束车灯扫掠着高低不一的黑色树丛。

这时，收音机里的曲子突然传出了刺刺啦啦的杂音，马博远随即低头去调收音机，恰在此时，就在车前不远处的灌木丛里，隐隐闪过一个黑影。

待马博远再抬头，车灯下竟然映出一个穿着旗袍、双手抱肩的女人。

马博远当即急踩刹车，他的身子紧跟着往前猛地一耸，一脸厌弃地狠狠拍了一把方向盘。

马博远探出头：“大晚上阴魂不散的想干吗？！”

女人走到车旁，尖声酸语：“马博远，你要去哪儿？”

马博远顺势又将脑袋缩回到车内，不耐烦地瞟了女人一眼：“去公司处理点事。”

“哼！”女子冷哼一声，“瞧你这副油头粉面的德行，我看分明又是去百乐门跳舞。”

“我是这个家的家主，我想去哪儿就去哪儿，快回去给我睡觉！”马博远低头不再解释，再次发动了车子。

女人眼见情急，一巴掌“啪”的一声打在车门上：“天天在外面鬼混，你的魂儿又是被哪个小贱人勾走了？”

马博远一瞪眼，指着女人：“阮梦竹，我警告你，别找不自在，给我让开！”

女人也不示弱，双手紧紧抓住车门：“我偏不让，有本事就从我身上轧过去！”

马博远冷笑：“你别以为我不敢。”

马博远当即威吓似的轻踩了一脚油门，车子向前猛地一晃。

阮梦竹受惊向后一退，马博远朝她蔑然一笑，正要开走，万没料到，阮梦竹拼了命似的又冲了上来，死死抓住车门。

“今晚你就把我一路拖到百乐门，我倒要看看到底又是哪个不要脸的狐狸精，是上次那个娜娜，还是后来那个丽丽。”

“你疯了吗？快放手！”马博远吼着踩下油门，想甩掉女人。

“我不放！”阮梦竹却依旧死命地不放手。

“你给我放开！啊！”

随着马博远的一声惊呼，车灯下一辆花匠小推车突然横在了本就窄小的石子路半边。马博远急打方向盘，车子随即偏向了路边的草坪。

“啊——！”

马博远听到阮梦竹一声惨叫，惊慌间向后视镜瞥了一眼，但见女人已经被灌木丛挂倒，紧接着车子剧烈地颠簸了一下。

马博远奋力握住方向盘，猛踩刹车。待车子冲进另一侧的灌木丛，这才停下。

惊魂未定的马博远，又试探着看了一眼后视镜，见阮梦竹已然倒在路边一动不动。

昏暗的院内，四下安静，只有两束车灯扫射着黑影幢幢的树丛。

良久，马博远定了定神，深吸了一口气，打开车门，缓缓挪着步子靠近女人。

圆月浮出层云，马博远颤抖着伸出手，翻过女人的身子。当森森的冷光照在那张血肉模糊的脸上时，马博远惊恐地瘫坐在了地上……

“母亲，救救我，救救我……”

马夫人房间，马博远跪求着自己的母亲。

“你这个不争气的！平常你们打打闹闹我就当看不见，今日你居然闯下如此大祸！”

“母亲，儿子知道错了，是阮梦竹她抓着车门不放手，我这才失手铸成大错的，求您一定要救救儿子，儿子真的不想坐牢！”

“好了！”马母甩开儿子的手，“你大呼小叫的，还嫌知道的人少是吧？”

马博远狠狠抽了一口气，停止了哭诉，但依旧目光乞怜般地看着母亲。

马母长长叹了口气：“人现在在哪儿？”

“在……在车后备厢里面。”

“带我出去转转。”马母说着站起身。

“都这时候了，您怎么还想着出门，快帮儿子想想办法啊。”

“我怎么就生了你这么个只知道吃喝玩乐的孽障！”马母说着狠狠戳了一下马博远的脑门。

第二章　初到上海

列车缓缓驶入上海北站，一阵白烟萦绕在站台前，乘客们开始陆陆续续地下车。刚从中央警官学校毕业的秦小曼从车厢里向外探出了头，紧接着一个大皮箱先滚下了车厢，紧接着又是一堆大大小小的行李。接站的行李工低头扫了一眼秦小曼迈出车厢的腿说道：“先生，需要搬行李……小……小姐要不要搬行李？”

“谢谢，不用了，还有下次记得看清楚再叫。”

秦小曼跺了跺穿着皮鞋的脚，理了理腿上的西裤，然后提着地上的那一堆行李，扬长而去。独留下行李工，呆望在原地。

拎着行李的秦小曼好似并不觉得累,她的注意力完全被上海的街道景致吸引了。

“这就是大上海了，果然比南京繁华多了。”秦小曼兴奋地自言自语道。

这时，一辆黄包车的车夫跟了上来：“小姐，要去哪里啊？”

“你知道沙利文公寓在哪儿吗？”秦小曼问道。

“沙利文公寓？没听说过啦，有地址吗？”车夫说。秦小曼拿出一张字条。

车夫一脸不好意思：“小姐，我不认得字的啦。”

“复兴南路 1235 号……”

秦小曼还没读完，车夫恍然大悟一般：“哦，晓得啦，离这里蛮远的，您拎这么多行李，又不认得路，我拉您去吧，两个铜板。”

“好吧。”秦小曼点头。

秦小曼正把行李往黄包车上搬时，突然身后被人撞了一下，秦小曼随即见到一个男子飞快地从身边跑过，与此同时，她又回过头，撞见几个人正在紧追不舍。

“抓小偷！”

“小偷？”小曼两眼放光，“算你倒霉！”

秦小曼二话不说，拔腿就追了下去。

“你跑不了了！”

正在狂奔的小偷，忽然听到身后这么一声女孩儿呵斥，不禁回头瞄了一眼，正见到小曼朝自己伸手抓来。小偷当即冲进路边的一个菜市场里。两人就这样一前一后，将菜场闹得鸡飞狗跳，瓜果菜叶漫天飞，最后两人追逐进了一个死巷。

小偷一回身，喘着粗气，从怀中亮出一把匕首，瞪着小曼：“臭娘儿们！还要命的话赶……赶紧给老子滚开！”

秦小曼冷笑着，一副跃跃欲试的兴奋状：“入职前先拿你练练手！”

听得莫名其妙的小偷颤抖着手攥刀胡乱朝小曼刺去。小曼闪身轻松躲过，紧接着一个反手擒拿夺下了刀，将小偷狠狠抵在了墙上。

“哎哟！疼！女侠饶命……”

这时两名警员也赶了过来，铐住了小偷。

“这位小姐，谢谢您见义勇为，不过您一个女孩子，下次一定要注意个人安全，不要冲动冒进。”一名巡警说道。

秦小曼连连摆手：“不客气，这其实也都是我应该做的，大家以后也是同事嘛。”

“同事？”

两名警察面面相觑。

秦小曼拍了拍手，整理了一下衣服："我叫秦小曼，是公租界总捕房新来的警探。"

"不会吧，女警探？"两名巡警将信将疑。

秦小曼撇撇嘴："女警探怎么了，不信我给你们看……哎哟，我的行李！"

当秦小曼再次回到火车站路边时，黄包车夫连同自己的行李早已不见了踪影。秦小曼找了一番也一无所获，最后颓然地坐在路边，双手插兜，又摸到了那张写着地址的字条——复兴南路 1235 号沙利文公寓。

无奈之下秦小曼又拦下了一辆黄包车，想着先去公寓看看情况，没准儿房东是一个热心人，会帮自己找回行李呢。

可当秦小曼站在沙利文公寓门前时，心底原先的盘算，已有几分没底了。

秦小曼按响了门铃。

大门打开，一个满头卷发、嘴里叼着烟卷、睡眼惺忪的女人倚靠在门口，哼哼着不耐烦道："不订不订，说了多少次了，报纸不订，牛奶不订，要花钱的一律不订！"

秦小曼有些尴尬地笑了笑："您误会了，我叫秦小曼，我们之前通过电话……"

女人愣了片刻，而后"砰"的一声关上门。

就在小曼不知所措的时候，门又开了，门口的女人变了模样，头上的发卷、嘴里的香烟都不见了，此时已完全变成了一个风姿绰约的上海女郎。

就在小曼被惊得说不出话来时，女人已经迫不及待地把小曼请进了门里："小妹妹你就是来租房的吧？我就是电话里面的汪姐，我叫汪苏苏，我等你好久了，快请进！"

小曼走进公寓后，眼前的景象已经不能用陈旧来形容了，简直是有些破败，因为朝向光线不好，里里外外还透着那么一股子阴森气。

秦小曼跟着汪苏苏踩在吱呀吱呀晃动的楼梯上向楼走去，前面的汪苏苏却毫不理会这些，眉飞色舞地讲着一些和公寓有的没的逸事。

"沙利文是我先生的姓，这栋沙利文公寓是他买下来送给我的，你可别小看我这里，中西联合商会会长窦马里，知道吗？他可喜欢这里了，喀喀……"汪苏苏刚刚一甩手帕，脱落了一块墙皮，呛得没防备的她直咳嗽，"隔三岔五就来登门做客，只不过可惜啊。"

初到上海的秦小曼顺势好奇地问了一句："可惜什么？"

“他生意失败跳江死了。”汪苏苏说罢，扶着斑驳的楼梯扶手，回头看了秦小曼一眼，“这楼梯扶手新的时候可漂亮了，上海第一名媛林小小，知道吗？她在这里拍过照，只不过也可惜了。”

“也可惜什么？”秦小曼歪着头，真怕她会连同扶手一起掉下去。

“可惜她后来嫁的男人不好，吞鸦片死了。”

两人随后来到二楼走廊，光线在这里更加昏暗，一间间黑色房门犹如棺材板，让人感到心慌阴冷。汪苏苏却毫不在意，摸着一盏廊灯继续夸耀：“这廊灯可是法国货，电影明星石辉认识吗？他夸我这廊灯亮起来就像多瑙河的波光……”

“可惜？”秦小曼试探着接话道。

“可惜……有一盏出了毛病。”汪苏苏按下开关，一排灯忽明忽暗地闪烁起来，气氛瞬间更加诡异了起来，“不知道，是哪个……”

汪苏苏话还没说完，离自己不远处的一盏灯直接爆掉了。

汪苏苏尴尬地一笑，指着面前一间把手上挂着蛛网的房门说道：“你的房间在这里，里面蛮好的。”

汪苏苏打开房门的时候，对门房间突然传来一声巨响！

秦小曼当即紧张地一回身。汪苏苏则无奈地瞪了一眼对门，然后把秦小曼推进了房间：“不用管它，进来吧。”

两人走进房间后，汪苏苏指着满是灰尘的家具介绍了起来：“随便看啊，都是名贵的家具，当初都不知道花了多少大洋才置办到的，这床、柜子、写字台全都……”

秦小曼无心听这位房东吹捧，走到壁炉前，随意拨弄了一下。

汪太太随即大喊：“小心！”

紧跟着，壁炉的栅栏倒下，扬起了一阵黑灰，糊了秦小曼一脸。整张脸剩下一双明亮的大眼睛无辜地看着汪太太。

汪苏苏见状，忙拉着秦小曼朝卫生间走去：“没事没事，卫生间在这边，过来擦一擦就好了。”

卫生间的门一开，将浴缸挤得一歪，汪苏苏急忙又拉上了门。

趁着秦小曼擦洗脸的时候，汪太太又开始说道：“差点忘了说了，这地毯可是正宗波斯来的呀！”

秦小曼掀开地毯，但见地板上用白线画出了一个人的轮廓。

“这是什么？”秦小曼随即警觉了起来，虽然从刚才到现在，她一直觉得公寓阴森不舒服，但是没有真正觉得有什么不妥，直到她看到了这个白色的轮廓。

“这里一定发生过命案吧？”

“这个……”

“太好了！”还没等汪太太编造理由，秦小曼兴奋地拍了一下地板。

“啊？”汪太太一脸不解。

“嘘，你什么也别说，让我来还原一下现场……尸体头朝门，脚朝窗，窗玻璃上有破洞，死者是迎面被人从对面大楼开枪射死的。”

“没有没有，没人死，是小孩子恶作剧画的啦。”汪太太急忙盖上了地毯，转而直奔主题，“你觉得怎么样？”

“挺好的。”小曼一口答应。

汪太太这才松了一口气，眼神一亮，朝小曼伸了伸手：“那就来吧。”

“来什么？”

“房租啊！”

“噢——汪姐，是这样的，我本来是有钱的，只可惜啊……”秦小曼朝汪太太尴尬一笑。

第三章　神秘邻居

“砰”的一声，汪太太从秦小曼的房间摔门而出。

“吹什么牛啊，你是女警探，我还是女总统呢！什么钱被偷了，明天到巡捕房预支工资……”汪太太喋喋不休地抱怨起来，又瞪了一眼对面203室，“都怨你个神经病，害得我这间总租不出去，算了，我姑且等她一天。”

深夜，秦小曼正在给姨妈写信：亲爱的姨妈，我已安全到达上海，明天就去巡捕房报到。我已经在上次跟您提过的沙利文公寓住下了，这里的房东和邻居都很好，他们对我很照顾……

忽然一声枪响，打断了秦小曼的思绪。

小曼立即打开房门，来到走廊，此时又是一声枪响，小曼已经辨别出声音就是来自对门。

于是，秦小曼慢慢凑了上去，侧着身轻轻敲了敲对门。

不一会儿，只听得一阵脚步声传到门前，秦小曼不禁有些紧张。这时，门被开了一小半，门后是一名英俊年轻的男子，即便是在昏暗的灯光下，那张脸庞依旧白皙光洁，唇边的胡须透着棱角分明的冷峻。他穿着灰色真丝睡衣，一只手在里侧扶着门，另一只手上端着一杯威士忌，十分优雅，像是在出席一场宴会。

“你好。”秦小曼首先打了个招呼。

男子一愣，向前探了探身，凑近小曼打量了一番。

“是我喝多了吗？哦，是我喝多了。”男子抬手将威士忌一饮而尽。

“我是新搬来的，住在对面。”秦小曼一脸严肃。

“你住对面？汪苏苏这张嘴还真是厉害，这么快就又骗到房客了。”男子莞尔一笑。

“我刚才听见你这儿有枪声。”秦小曼说话间提高了警惕，紧盯着眼前这个似醉非醉的男人，还有从门边那只袖口中露出来的手枪。

“你听错了。”

“那是什么……”秦小曼对着手枪扬了扬下巴。

“晚安。”男人说着甩手将门关上。

小曼再要敲门，可想了想又停手了，左右观察了一番，于是悄声快步走到走廊一边的窗户。

小曼轻巧地从走廊窗户翻了出去，扒着外墙突出的外缘，深吸了一口气，灵巧地朝对门的那间窗户挪动攀爬。这期间，小曼仿佛又听到了一阵萨克斯的声响，不过声调非常难听，以至于几次惊得自己脱了手，险些摔到一层的雨搭上。

当小曼爬到窗户下，探起头小心翼翼地透过窗户往里看时，只见那个男人正高举着一把刀砍向什么东西。

“果然是个变态，没准儿我房间里的那个人就是他杀的。”

秦小曼想到这儿，竟然毫无畏惧地悄悄拉开窗户，悄无声息地跳了进去。

小曼悄悄从桌上抄起一块镇纸，几步冲上前去抵在了男人背后。

“不许动，放下刀，摊开双手让我看到手心！”小曼熟练地呵斥道。

“你用一个镇纸就想逮捕我？”男子一脸无所谓的样子，但还是哄孩子一般照做了。

可是，做到一半他整个人便在抖动。

男子笑着转过身来，秦小曼这才看到，他手中拿着的是被切成两半的西瓜，每一半上还都插了一把勺子。

“西瓜？”

“不然呢，人头吗？”男人递给小曼一半，“西瓜醒酒，这半是给你准备的，尝尝吗？”

“给我准备的？你怎么知道……”秦小曼一脸疑惑。

“我怎么知道你会从窗户跳进来？因为你刚才爬到那儿的时候，对面的路灯把你的影子照进了我家，就在这里。”男人用勺子指了指窗前的沙发，然后挖了一勺中心的西瓜，满足地咀嚼起来。

小曼低头看了看地上的影子，自觉有些尴尬。

“小姐，您这是私闯民宅。”

而小曼习惯性地嘴硬反击：“我是警探，我有权调查可疑分子。”

“警探小姐，只要你拿得出搜查令，当然可以随便查，你的搜查令呢？”

“我明天到巡捕房，自然会拿给你。”

男子拉开门，朝小曼绅士地做了个请的手势：“那我也欢迎你明天再来查。”

小曼捧着半个西瓜，站在门外，回想着刚才这个怪人的一举一动。

门在她背后砰地关上。

男人站在门前，盯着西瓜，摩挲着手里已经磨得发亮的怀表。重新回到酒柜旁，又给自己倒了一杯酒，拿起扣在上面的一个相框，对里面那个和他相拥在一起的美丽女孩儿道了声晚安，便又将相框锁进了抽屉中。随后，将杯中之酒，一饮而尽。

第四章　捕房报道

华灯退去，白日的另一番热闹渐渐在这座城市里显现出来，每个人好像也都重新换了另一副光鲜体面的模样。

秦小曼站在公租界总捕房外，看着二层小楼上迎风飘扬的警旗，心中无限期待，热情上涌，一扫昨晚凉水澡的寒意。

“你好，我叫秦小曼，我……”

“啊喔——”

前台警员的这个大哈欠让秦小曼有些不知所措，刚才的热忱也慢慢冷却了下来。只见这名警员一边抬起头一边用袖口擦着口水，随后，又从屁股底下掏出帽子戴上。这一动作让秦小曼十分地反感。在她看来，警服是不可被如此随意对待的，就连她自己在学校时的制服，也总是被她洗得干干净净，不允许有一丝不敬。而现今来警局的第一天，秦小曼居然看到一名上海租界警员做出了这样的行为，着实让秦小曼有些失望。

“哎！你到底是干什么来的？”

秦小曼一愣，果然，自己刚才说的一大通这位警员一句没听进去。小曼咬着嘴唇看着那人很是不耐烦的表情，一转念，想到自己本来丢了行李，来报到可能会够麻烦的了，还是客气一些好。想到这儿，秦小曼压了压火气，重新说道：“您好，我叫秦小曼，是华东第一警校第三期的毕业生，我是来报到的。”

眼前这位警员依旧睡眼惺忪，慵懒地伸出沾着口水的手：“介绍信。”

小曼一蹙眉：“我昨天刚下火车为了抓一个小偷，把随身行李都弄丢了。”

前台警员又打了个哈欠：“你是来报案的？”

小曼双眼上翻，双肩无奈一耸：“不，我是来报到的。”

“介绍信呢？”前台警员抬头看着秦小曼，也摆出一副匪夷所思的神情，好像小曼听不懂自己在说什么一样。

“丢了。”

警员敲了一下桌子：“所以你是来报案的。”

“我是来报到……好吧，我的行李丢了，我来报案！”小曼最终放弃了和这位无脑警员对话。

“什么样的行李？”警员煞有介事地拿起笔盘问着。

“一个棕色大皮箱，两个小皮箱，一个布包。”小曼说着用手比画着大小，“大皮箱里是换洗衣物，还有五本书，一本是美国安德烈教授编写的《刑侦手册》，一本是英国皇家警校编写的《犯罪心理探索》……”

“好了好了，不用说了，是不是这些？”警员扔下笔，伸手指向前台不远处的一个沙发旁说道。

小曼顺着所指，看见沙发旁堆着几个皮箱布包，正是自己的行李！

“怎么会在这里？”小曼说着急忙奔了过去。

“昨天晚上有人送过来的。”警员伸了个懒腰。

“太好了……”

刚沉浸在失而复得喜悦中的小曼紧接着就是一愣，她把钱袋反复倒置，也没掉出一个铜板，最后只能沮丧地垂下了头。

警员见状，轻轻摇了摇头，把一个信封推到小曼面前：“钱丢了事小，介绍信还在就行，你去找沙威探长报到吧，办公室进门穿过办公区左转，门上写着‘探长’两个字就是。”

小曼慌忙看起介绍信，心想好在这个没丢，工资还是能预支出来的。

“谢谢。”小曼道了声谢，就急忙走开了，因为她不想被前台警员那种类似于嘲笑的眼神注视着了。

可偏偏前台警员还要在后面补上一句：“下次别再把行李丢了，女警探。”

小曼快步穿过走廊，来到了一片宽敞的大办公区，可是这里空无一人，不觉奇怪。难道都去出外勤了吗？捕房平日里都这么忙的？

“有人吗？”小曼扶着一个立柱，四下里探头张望。

这时，从左侧套间里突然传出了一声类似于角力的呻吟声，随后是一阵叫嚷起哄的喧哗声。小曼循声走过去，推开门，喧哗声瞬间迎面扑来。只见一群巡捕分为两伙，正围挤在一起看掰手腕。小曼走过去，看到正在角力的是一个中等体形的警探和一个壮汉警探，而且壮汉处于下风。

在警校没少和男学员掰手腕的秦小曼，此时也被周围的气氛感染了，她眼见着壮汉就要输了，不禁脱口：“扭！扭！手腕直角变方向！”

壮汉情急之下也没多想，随即照做，居然真的奏效了！着力点改变方向后，对手没有防备，瞬间倒向了自己一边，局势一下子翻转，原本支持壮汉、已经放弃了的巡捕们，又开始为他加起油来，谁也没在意秦小曼为什么会出现在这里。只有那个壮汉的对手朝秦小曼冷冷地瞥了一眼，然后龇牙咧嘴地对壮汉突然喊道：“有蟑螂！”

壮汉被这一声吓得不轻，显然很是害怕，瞬间一分神。那名警探趁势一把死死压了过去。随即，他身后的巡捕、警员们一齐欢呼。

“叶哥厉害……”

“我就说这捕房里，谁也不是叶哥的对手！”

小曼见此情景，鄙夷地看了一眼那个高举双手、一脸陶醉的胜利者，又把目光移向正不断抖落着衣服的壮汉，无奈地摇摇头：“唉，这都会输。”

这时，那名姓叶的警探走到秦小曼面前，用力抖了一下皮夹克的领口，扬着下巴说道：“你什么人？”

小曼见此人这副表情，也昂首挺胸，毫不示弱："我是来报到的。"

姓叶的警探一脸不屑地眯起眼睛："哦——早就听说巡捕房要来一个女警探，就是你吧？"

小曼见此人对自己还知道一二，心想本着对前辈的尊重和日后能相处融洽，礼貌地伸出手："我叫秦小曼，请前辈多指教。"

叶随即伸出手，但不是去接小曼的手，而是指着小曼的鼻尖，配合着语气有节奏地点动着："小姑娘你听好，我们这里不需要女警探，都是一帮记者吃饱了没事干，写文章说什么工部局重男轻女，所以才找了你这么个女警探来充门面。"

秦小曼闻听，一瞪眼，向前一探身，朝着叶的手指撞了过去："我不是来充门面的，我在警校的成绩是全科第一。"

叶缩回手，露出一丝冷笑："全科，都有些什么科？掰手腕科吗？"

秦小曼回以冷笑，然后一边与叶对视，一边将头朝一旁的桌子轻轻晃了一下。

第五章　刺杀探长

办公大厅的套间里，更加热闹，沸腾了一般，数十双眼睛紧紧盯着秦小曼与叶姓警探相互搏力的两只手。这些巡捕警员里，有叶姓警探的死党，有平时敢怒不敢言、此时想看叶姓警探笑话的小警员，还有很是佩服小曼力量技巧的好奇者。

"加油！加油！"

正当加油声一浪超过一浪时，一名面容严峻的男子从探长室快步走出来，从制服上来看，应该是一位巡长级别的警官。只见他用力推开套间的玻璃门，开口便厉声斥责："乱哄哄吵什么呢！"

"探长！"

两旁的巡捕警员们当即原地立正，不敢再出声，但是一个个的眼神还在瞄向正在酣战的两人。

探长走近，看到掰手腕的叶常青和小曼，相持不下的两人好像都红了眼一般拼尽了全力，周围的一切仿佛都听不到了。

"叶常青，你在干什么？"

探长耳边的一声厉喝，吓得叶常青一惊，不觉分神，小曼趁机将他一把压倒。

周围的警员见状，互相都兴奋地低语着，或者低下头偷笑。

“你们都没事干了？手里的案子都查完了？！”探长说着朝人群挥了挥手。

众巡捕警员这才满脸过瘾地纷纷作鸟兽散。

探长瞥了一眼叶常青被小曼压住的手，又瞪了一眼叶常青。

叶忙尴尬挣脱，起身向门口后退着：“探长，新来的同事嘛，呵呵，小姑娘劲儿还不小，我还有事……”

叶常青说着说着便撞到了门框上。

“您就是沙威探长吧。”秦小曼也连忙起身，朝探长敬了个礼。

探长轻叹了口气，转向小曼：“你，跟我来吧。”

探长办公室内，沙威坐在办公桌后，办公桌上放着名牌“探长沙威”以及沙威和妻儿的照片，小曼站在他对面。

沙威看了看手上小曼的档案和介绍信，若有所思地盯着小曼。

面对沙威那锐利老辣的眼神，小曼感觉有些不自在：“探长，我脸上有东西？”

沙威快速眨了眨眼，像是收回了心神：“你有点像我一个老朋友，咯咯。”

沙威也觉得略有失态，低头继续翻看着小曼的档案：“刑侦技能优、射击优、格斗优，难怪刚才连叶常青都会输给你。”

“谢谢探长夸奖。”小曼笑了笑，看来得到探长的赏识算是职业生涯一个不错的开始。

可令小曼没想到的是，沙威又继续补充道：“我不是在夸你，学校和实战是两回事，你别以为自己是女的就会有人优待你，我这个巡捕房可不养闲人。”

小曼闻听，立刻立正高声说道：“请探长派任务！”

“这还用你说。”

沙威扔下档案，面无表情地看着小曼。小曼看着沙威的脸，心里莫名地有些没底。

果然！女人的第六感是准确无疑的。但是秦小曼万万没想到，自己在捕房的任务居然会是——打杂。

端茶送水，整理文件，这些随便找一个弄堂阿姨就好了，为什么要让一个怀着满腔热忱的青年警探来做？！而且最让人难以忍受的是还要伺候那个姓叶的，真的着实让小曼抓狂。

“叶警探，你的茶。”秦小曼从牙缝里飘出这么一句。

叶常青放下报纸，得意地看了一眼秦小曼：“我说，秦警探，今天接了几个案子啊？”

“我现在也是忙，等我忙完手头的事，关于案子有什么不懂的你尽可以来请教我嘛。”叶常青说着伸手去拿杯子，可刚碰到杯子便急忙缩回手，立刻板起了脸，“好烫！以后凉一凉再端给我！年轻人就是以这种态度对待工作的吗？”

小曼瞪了叶常青一眼，假装不小心将桌上的钢笔帽扔进了茶杯里，热水当即溅到叶常青的大腿上。随即，秦小曼说了句对不起，转身愤然离开，她身后的叶常青紧跟着也从椅子上弹了起来。

不行的，绝对不行，必须再找沙威探长去谈谈，就算是软磨硬泡，也得让他给我一个案子。小曼正想着，眼见着沙威探长从办公室出来，一边看着资料一边朝大厅走来。

小曼抓住机会，几步上前，挡在了沙威身前："探长，您什么时候派任务给我呀？"

“不是已经派给你活儿了吗？”沙威也不抬头。

“我是说您什么时候能给我一个案子啊？”小曼恳求道。

“案子？现在没有。”

沙威探长佯装出一种肯定的语气，但是在小曼听来，这语气夸张到无比敷衍。

于是一天下来，只要秦小曼有机会见到沙威探长，就会十分执着地上前去盘问。问题只有一个——探长，有案子了吗？

而沙威探长的回答也只有一个——没有，没案子，说了没有……

面对这个热血青年警探的堵截，沙威无奈，只得跑到厕所的马桶上看文件。可是此时突然传来的敲门声让沙探长隐隐感到不详。紧接着他就听到了那个熟悉的哀怨的声音——……探长……有案子了吗？

这一声惊得沙威差点把文件扔在地上，他猛地站起身："这里是男厕吗？"

“是啊。”在隔间门外附耳细听的小曼点着头。

沙威指着隔板门，目瞪口呆：她怎么在这里？这姑娘疯了吧！

“探长您交代的活儿我都干完了，现在您可以给我一个案子查了吧，请你给我一个机会，我一定向您证明我是一个好警探。”小曼说完使劲敲了一下卫生间的隔板门。

沙威被吓得向后一退身，紧靠在另一面隔板上，一声长叹，心中歇斯底里：不是我不给你机会，是真的没案子！

这时，一名男警探走了进来，刚想解开裤子，抬头正看到小曼在猛敲隔板，当即吓得拎着裤子又退了出去。

小曼也不理会那个警探，继续说道：“探长，您没案子，我有案子。”

沙威一脸疑惑，心道：你有？

小曼见里面依旧没有动静，自顾自地说道：“探长！我发现住在我对门的男人就很可疑，昨天晚上我听见他房里有枪声，但是他拒不承认，还企图用半个西瓜贿赂我，探长你给我签一张搜查令吧，我现在就去查。”

沙威探长听罢这番匪夷所思的案情，只剩下一脸的无奈，自己从警这么多年，还没有哪个新人敢在上班第一天就在自己面前索要搜查令的，而且自己还是被这样一个小姑娘逼在厕所进出不得，一时间真是有些气恼。

“你先给我出去！”

“好嘞！我在门口等您。”小曼蹦跳着向门口跑去。

不一会儿，厕所内传出了冲水声，随后沙威探长紧紧攥着文件走了出来。小曼在门口一个急转身，滑步到沙威眼前。

沙探长被吓了一跳，本能向后撤了撤身，皱起眉，用文件点指着小曼：“你确定你听到的是枪声？”

“非常确定！根据他露出来的部分枪身准具，还有声音来判断，应该是柯尔特 M1911，改装过，一共响了两次。”

“你还有这能耐？”沙威探长不禁又打量了一眼小曼肯定的脸。

沙威探长随即示意小曼和他去办公室，两人边走边说。他倒想听听秦小曼分析一番她这个怪邻居到底有多可疑。

“你说嫌疑人是你的邻居？”

“没错，就住在我对门，男性华人，30 岁左右，身高在一米八左右，中等身材，就像……”小曼刚想在办公大厅找一个体型相似的警员，可是下一秒 203 室的那个男人竟然大摇大摆地出现在自己视野里，她不由得愣在原地，他胆子真是够大的，不会是追到巡捕房灭我的口吧？

而一旁的沙威探长，看见从前台正迎面走来的这个男人，倒是没那么吃惊。

“就像……他……”

小曼话音刚落，只见那人居然从腰间掏出了一支手枪！

小曼这时也看清了那把枪的全貌，没错！柯尔特 M1911！

“危险！”

随着这声疾呼，小曼顺势将身边的沙威探长扑倒。沙威探长拿着的文件也跟着脱了手，四散飞扬，撒了一地。

与此同时，不远处的那把枪也响了。

第六章　首次搭档

弹壳带着白烟掉落在地，枪口之下的地板被轰出了一个大洞。

那个男人龇牙咧嘴地趴在一摊泥土上，耳朵上不知什么时候挂上了一朵粉嫩的月季，四周到处都是花盆的碎片。

此刻的秦小曼正扯着男人的一条胳膊，在其背后做着一个标准的擒拿动作。

“哎呀！哪儿来这么一个疯丫头，呸……”男人话说了一半，从嘴里吐了一口花土。

“不许动！你昨晚的神气呢？”秦小曼此刻心中窃喜，总算是报了昨晚的仇，紧接着一脚将手枪踢向沙威，怎奈一时激动用力过度，正打在沙威的脑门上，“噢，对不起探长。探长，我说的就是他！这样一个敢持枪单闯捕房的暴徒就该让我严加审问。”

说完小曼又伸手死死按住了男人的头，使得男人放弃了挣扎。

这时，沙威狼狈地从地上爬起来，拿起手枪，看了看地上的男人，露出了一个有些埋怨的表情：“罗非，你又在搞什么花样？”

罗非被小曼按住脸，嘴里吐出一串含混不清的话。

小曼低头看了看罗非愤怒的眼神，又抬头看了看沙威阴沉的脸，感觉这其中好像有什么隐情，一时的兴奋也渐渐消退了：“你……你们认识？”

“这位是巡捕房特别顾问罗非。”沙威接过周围警员捡起来的文件，厉声说道。

“特别……顾问？”小曼这下自知好像是闯了祸。

“你要是再不松手，我就……”依旧只努力说出了半句话的罗非，又开始乱叫起来。

小曼被这般哀号惊得缓过了神，忙松开手。

罗非随即浑身用力向上一挺，拱开了秦小曼，迅速爬了起来。

罗非一边想伸手掸去身上的花土灰尘，一边又哼哼着嫌脏下不了手。

“她居然把我摁在巡捕房的地板上。”罗非告状似的看向沙威探长，随后又拎着西装衣领朝秦小曼抖落着：“你居然把我摁在巡捕房的地板上，你知不知道这地板有多脏、多脏、多脏……”

“还好啊。”小曼掸去自己身上的灰尘，拿出手帕想要给罗非擦拭，被罗非嫌弃地挡开。

“你没事吧？”沙威走过来，用文件拍了拍罗非的肩膀，瞬间扬起一阵烟尘。

“他刚才朝您开枪，您还问他有没有事？”小曼说道。

“这位小姐，是你观察得不仔细，我的枪口瞄准的不是他。”罗非说着捡起手杖，敲了敲地板上的那个弹孔，“是地板。”

“不管瞄准什么，你竟然在巡捕房公然开枪……”

小曼四下看去，想得到声援，可是她发现所有的警探都在埋头工作，人来人往，好像什么也没发生过一样。

“他经常这样，大家都习惯了。”沙威探长平静地对秦小曼说道。

“罗非，我需要一个解释。”沙威探长转而将手枪递给罗非。

闻听此言，罗非又恢复成了昨晚那副桀骜优雅的样子，围绕着地板上的弹孔说道：“你找找看，刚才那一枪的弹头在哪里？”

沙威随即蹲下仔细观察。

“奇怪，没有弹头，你怎么做到的？”沙威抬头看向罗非。

罗非卸下弹夹，取出子弹，把枪扔给沙威。

沙威探长接过子弹，仔细观察了一番：“你用木屑做的弹头？”

罗非得意地点点头：“想要找不到子弹，只要用和目标相同材质做成的弹头就可以了，打地板用木屑做子弹，打墙壁用砖粉做子弹。”

“如果打的是人，就用骨粉做成子弹！”沙威探长霍地站起身。

“正确，幽灵子弹的秘密，已经被我成功破解了……”罗非说着张开双手，像是等着在尽情地接受褒奖一样。

这时，办公大厅内的警探、警员们才抬头看看罗非，敷衍地拍了两下手，继续埋头工作，再也没有人对他多说一句话。

小曼在一旁听了半天，若有所思：“昨天晚上你在做实验？”

“正确。”罗非晃了晃手杖。

“我还是没搞明白，特别顾问是怎么回事，也是警探吗？”

“我不是警探。”罗非说着有些傲慢地瞟了一眼办公厅内的警探们，然后用手杖点了点自己的胸口，“是侦探，由于巡捕房办案能力太差，所以经常需要本特别顾问提供技术援助。”

沙威探长见罗非在秦小曼这个新人面前信口开河，随即开口制止道：“罗非，说话客气点。”

“我说的都是事实，还没请教这位小姐……”

秦小曼面对罗非的打量，生怕他因为刚才的事说出什么讽刺的话，急忙说道：“我叫秦小曼。”

沙威探长这时看出小曼的尴尬，走过来圆场：“我来介绍一下吧，这位是新来的警探，秦小曼。”

罗非透着一丝坏笑，好像对于沙威的介绍并不满意。

“你是从华东第一警校毕业的，今天是第一天到巡捕房；你和父母关系疏远，由姨妈照顾，姨妈对你十分溺爱，缺乏家教，造成你性格外向，急于表现，但这个人不信任你。”罗非说着指向沙威探长，“他也没有派任何案子给你，所以你今天一整天都在端茶送水。”

而小曼听罢，愣在原地，她不敢相信眼前这个灰头土脸的男人居然可以把自己的来历摸得一清二楚，这样的场景不只有在自己看过的那些侦探小说里才会发生吗？

“说到案子，下一个你需要我解决的案子是什么？”罗非说完，转头嘲弄地看向有些尴尬的沙威。

“没有，最近都是些寻常的小案子，不需要顾问。”沙威探长板着脸说道。

“别这么自信，寻常的外表下往往隐藏着不寻常的真相。”罗非边说边走，来到前台。

“最近的接警记录呢？”罗非轻车熟路地问道。

前台那名警员不敢怠慢，立刻递上一本厚厚的记录本。

罗非先做了个停的手势，然后拿出手套戴上，这才接过记录本，优哉游哉地翻看着，就像是在图书馆里看小说。

将这一幕看在眼里的小曼朝罗非翻了一个白眼，在小曼看来，眼前这种恃才傲物又毒舌的家伙，是自己最最痛恨的人了，在警校多少这样的男学员最后都被小曼收拾得服服帖帖，可是眼前这个人，秦小曼觉得他是那么与众不同。

“因西瓜不甜，店家和主顾斗殴一死一伤……偷金条后面瘫，因害怕报应所以自首……”罗非则丝毫不在乎自己被人怎么看，自顾自地边翻看边碎碎念。

“跟你说过了，都是些寻常的小案子！你要是没事，就去写一份幽灵子弹的卷宗报告交给我。”沙威探长说着走到罗非的身边。

突然，罗非一把抓住沙威想要合上本子的手，慢慢地读了出来：“妻子留书出走三天音信全无，丈夫寻人？”罗非摸了摸下颌还挂着灰尘的小胡子，脸上渐渐浮现出一个意味深长的笑意，“……有意思……很有意思……”

“哪里有意思了？”沙威探长和秦小曼同声问道。

罗非指着本子上的一行字说道：“这个报警人称他最后一次看到他的妻子时，他的妻子穿的是姜汁黄朵云绉的旗袍，白色高跟皮鞋，珍珠耳环，左手腕上戴了一只翡翠手镯，手上涂的是红色丽寇指甲油……”

“这有什么问题？”小曼问道。

“你昨天入住公寓时，接待你的房东汪太太穿的什么？”

“好像是紫色的旗袍……”小曼眼珠向左转了转，努力地回忆着。

“有没有涂指甲油？”罗非继续追问。

“好像……没有！”

罗非“啪”的一声合上本子，一脸自信地说道：“错，是电光蓝丝绒旗袍，手上涂的是肉色指甲油，你连昨天才见过的人都记不住，这位报案人的老婆走了三天，他还能记得这么多细节，他要么是和我一样记忆超群的天才，要么是在骗人。”

随后，沙威探长看着罗非转身离去的背影，问道：“罗非，你去哪里？”

“去查案。”罗非晃了晃手杖。

“罗非，你是巡捕房请来的顾问，我只是让你协助警探破案，不是让你独立调查，明白吗？”

“明白，你的意思是我还需要一个警探。”罗非丝毫不在乎沙威探长的啰唆，转而回头看向秦小曼，“那个急于表现的谁，你有案子了。”

小曼一瞪眼，却又有些脸红：“谁急于表现了？”

罗非从内怀马甲里拿出那只金色怀表看了看：“还有两个小时下班，你是想继续在这里端茶，还是跟我去查案？”

“她是我的手下，不是你的手下。”沙威说着愤然走到罗非身后。

而罗非则侧过头低声对沙威说道：“你被她纠缠一整天了吧，我帮你解决掉一个麻烦，你应该感谢我才对。”

罗非说完转身走出了大门。

小曼见罗非和沙威探长说完后，沙威探长眼睛一亮看向了自己，只觉情况不妙，急忙凑上来：“探长，我才是你的警探，你为什么要把案子交给一个外人？”

沙威探长看着罗非的背影，无奈地叹了口气，直直地盯着前方说道：“你是想继续在这里端茶，还是跟他去查案？”

小曼一时语塞，看了看办公室里还在端着报纸、一副颐指气使模样的叶常青，随即转身也走了出去。

第七章　初露端倪

出租车宽大的后排座位，足以让两人互不相扰。罗非闭目养神，小曼则瞄着罗非欲言又止。

罗非的眼珠在眼皮下转向小曼：“有问题就问吧，不用客气。”

小曼看着罗非，终于鼓起勇气开口：“你怎么知道我是华东第一警校毕业的？”

“推理演绎，只要掌握的前提涵盖了结论，就能‘推理’出结论。你昨天用镇纸顶着我的后背，枪虽然是假的但是姿势标准，用的也是标准语，明显受过警校训练，华东第一警校是目前国内唯一招收女学员的警校。”

小曼回想着昨晚两人尴尬的一幕，微微噘起嘴轻哼了一声。

“算你蒙对了，但是你怎么知道我是由姨妈照顾的？”小曼仰起脸倔强地继续问道。

“你昨天第一天到，写信给家里报平安，今天一早你把信留在门房让房东代寄，我经过时不小心瞄了一眼。”

“你偷拆我的信？”秦小曼紧张起来。

“切，我可不感兴趣。”罗非撇了撇嘴，“我只是看了一眼信封，那上面分明写着顾迎春女士、赵政先生收。”

“你姓秦，家人却姓顾和姓赵，而且你把女士的名字写在先生前面，所以我推测她是你的姨妈，不写信给父母，却写给姨妈一家，我想你一定和父母比较疏远。”

小曼眼神黯然：“他们，都去世了。”

“对不起。”罗非沉默了一小会儿，像是忍不住又开口，“所以我也没说错，确实很疏远。”

小曼使劲儿抿了一下嘴唇，狠狠瞪了罗非一眼，然后将脸朝向窗外。

出租车最后停在华山路边的一幢洋房前。

出租车司机转头对两人说道：“两位，是不是到这里？”

罗非睁开眼看了看车窗外的白色洋房和华山路十一号的路牌，直起身点了点头。二人随即下车，朝洋房走去。

“你还说我缺乏家教，有什么依据吗？”秦小曼依旧不甘心。

罗非闻言，忍俊不禁：“有家教的女孩子会大半夜从窗口爬进陌生男人家里吗？”

“你……”

至此，小曼完全败下阵来。

说话间，两人来到马宅的大门口。

马宅的铁门新刷了油漆，门四周角落却长了不少杂草，显得有些萧条。罗非双手拄着手杖，在门口站定。小曼走过去摁了摁门铃，宅子里许久没有动静。

“有人吗？有人在家吗？”小曼索性拍着铁门，朝里面张望。

过了好一会儿，铁门上的小窗打开，露出一张干瘪老头儿的脸，看装扮是宅子里的门房。

老门房看了一眼两人，对着小曼没好气地嚷道：“走走走！说了多少遍了少爷不在，再敲我打电话叫巡捕房了！”

“老伯，我们就是从巡捕房来的。”小曼解释道。

“你们什么房？”老头儿把耳朵凑上去。

“巡捕房！找马博远！”罗非冲过来冲着老头儿的耳朵喊道。

老头儿捂着耳朵缩回头连忙把小窗关上，过了一会儿，铁门哐啷啷一声被打开了。

“二位请进。”老头儿的表情有些木然。

门房弓着背在前面领路，罗非和小曼跟在他身后，走在一条大约一车半宽的沙子步道上。小曼环顾四周，左边是一片大草坪，草坪中已冒出了不少杂草，靠近步道这边种了树，树下是灌木丛。树丛下也是杂杂拉拉的枝叶横斜。

忽然，小曼发现罗非在树丛前慢下脚步。

小曼疑惑地看着罗非拈起一小撮沙子若有所思。

当罗非离开，故作不在意的小曼急忙俯下身，也仔细看了看罗非扔掉的沙子，一脸疑惑。

三人随后走到道路的尽头。左边是马家的大房子，右边是敞开式的车库，库里停了一辆汽车，车库旁还有一座狗窝。

罗非闲庭信步地像个游行乐队的指挥，轻吹着口哨挥舞着手杖朝车棚走去。

口哨声才吹出几句，狗窝里突然蹿出一只拴着链子的德国牧羊犬，冲着罗非就是一顿狂叫。

“阿福！回去！”老门房一声呵斥，那只大狗立刻停止狂吠，但是依旧龇着牙死死盯着罗非。

“还真有狗！”罗非用手杖做出了一个击剑进攻的姿势，可看到狗一龇牙立刻被吓得连连后退。

小曼在一旁看着觉得好笑，然后走过去拉住罗非：“房子在那边。”

“我看见了。”罗非梗着脖子，又立马恢复回了傲慢的姿态，轻轻收回脚，优雅地转了个身朝着大房子走去。

随后，老门房把两人带进客厅。

“你们等着！我去通报！”老头儿说完便朝内宅方向走去。

此刻，客厅里就剩下了罗非、小曼两人。罗非背着手仔细地看着客厅墙上挂着的大大小小的照片。

小曼则环顾四周美轮美奂的巴洛克式装修与精美的家具摆设，不禁轻声赞叹：“哇，有钱人的房子真大真气派！”

罗非瞥了小曼一眼：“乱发什么感慨，只是以前有钱。”

“你什么意思？”小曼回头看向罗非。

“以为你刚才跟在我后面看明白了，原来你只是有样学样啊。”罗非挖苦一番后，继续说道，“外面步道整体铺的是颗粒均匀的白沙，最新补充的一小部分却是不值钱的有杂质的灰沙；客人来了连茶水也没有，说明整个房子里除了刚才那个耳背的老头儿没有其他用人，应该是付不起工钱都辞退了；还有这博古架……”

“博古架又怎么了？”小曼气鼓鼓地问道。

“博古架的特点是四个字——‘错落有致’。”罗非说着用手杖指着博古架上的花瓶，“可你看看，这些清一色的花瓶，样式、颜色、描画都重复，说明这家主人只剩下这几个花瓶是古董，为了充门面只能全部摆上来，没有选择余地。”

“说不定人家主人就喜欢这个样式的花瓶呢？”小曼倔强地说道。

罗非微微一笑，伸手慢慢转动着其中一个花瓶，随即瓶子的后方露出了一个缺口。

“所以他打坏了这只也没换掉，而是把缺口换到里面让人看不到。”

罗非话音未落，内宅方向外传来一阵老妇人的轻咳声：“喀、喀！”

两人回头，正看到老门房跟着一个衣着整洁得体的老妇人走了进来。

“这位是我们老夫人。”老门房大声说道。

马夫人随后朝老门房挥挥手，让其退下。

“你们是巡捕房来的？”马夫人缓缓坐到沙发上。

“马夫人您好。”秦小曼走到马夫人面前，欠了欠身，“我是警探秦小曼，他是巡捕房顾问罗非。”

马夫人抬眼看了看小曼和罗非，眼神波澜不惊：“警探，顾问……博远病了，你们有什么事就跟我说吧，我是博远的母亲。”

“马博远真的病了吗？”罗非踱着步子，徘徊在马夫人身后。

马夫人叹了口气：“是啊，自从梦竹出走后，我这孩子天天茶饭不思，躲在屋里不愿见人，人都瘦了一大圈呢。”

“茶饭不思？”罗非说着从身边茶桌上的茶盘底下抽出一张收据，“只吃理查饭店送来的牛排大餐？”

“这……这是我点的。”马夫人回答得有些迟疑。

就在这时，楼梯上突然传来了脚步声。

“妈，谁来了？是不是采芝斋送点心的？”

随着声音由远及近，马博远也走进了客厅，一看到罗非和小曼，顿时有些发愣。

“他们是？”马博远指着两人。

“巡捕房的。”马夫人说道。

“巡捕房……那个叶警探不是来过了，都结案了吗？”马博远虽然面露疑惑，但整个人显出一副有恃无恐的样子。

“马公子，叶警探已经帮你找到你太太阮梦竹了吗？”罗非扔下收据，走到马博远面前。

“还……还没。”马博远避开了罗非的眼神，转而看向母亲。

“那怎么就急着结案呢，难道你不想找到尊夫人？”罗非走到马博远身边。

“没……没有，欢迎。”马博远有些语无伦次，接着向后退了一步，此刻的他意识到眼前这个男人与巡捕房来过的那个警探大有不同。

马夫人见儿子有些失态，当即对罗非说道：“你们巡捕房很久没有消息，我们以为找到人是没希望了。”

罗非也不去理会马夫人，继续凑近马博远：“你和你太太关系如何？”

“年轻夫妻吵吵闹闹还不是正常。”马夫人继续替儿子答道。

“她离家出走当天你们发生过争吵吗？”罗非几乎与马博远脸贴着脸。

“是她无理取闹！三天两头闹着回娘家……”

罗非高声打断了马夫人的话：“阮梦竹失踪以后，你们一直在家等消息吗？”

“是，就三天前给我爹扫墓……”

“那也是求老头子保佑人能尽快找回来。”马夫人连忙把儿子的话头接过来。

这时罗非给小曼使了个眼色，小曼立刻对马夫人说道：“马老夫人，我们想单独跟你儿子谈谈，请你回避一下，不要妨碍巡捕房公务。”

马母犹豫了良久，一边盯着儿子一边悻悻地退出门去，走到客厅门口又回头。

“博远啊，这两位警探是来帮你找梦竹的，有什么问题就好好回答，不要乱讲。”

小曼见此情景，上前挡住了马夫人的视线，马夫人最后只好退出去。小曼则将门关上，回头与罗非对了一个眼神。

第八章　不速之客

客厅门外，马夫人趴在门上正仔细听着。冷不防，门突然又开了，小曼看着马夫人，礼貌地对她做了个请的手势。

马夫人面露尴尬：“不打扰你们。”

小曼再次关上门。而此刻，罗非的目光已经将马博远审视得体无完肤。

“你说你太太留了一封信，信在哪里？”

“信在楼上卧房，我去拿。”马博远说完，从客厅另一侧门快步走出去。

走上楼梯的马博远长舒了口气，可余光无意中发现两人紧随其后，立刻又紧绷起来，语气敷衍地说道：“我拿了信就下来。”

小曼礼貌而强势地笑了笑：“不用麻烦了，我们跟你上去看。”

卧室内，罗非也不看马博远，径自观察了起来。

“我找找，放哪儿了……”马博远嘴里一边说，眼睛一边偷偷瞄着罗非和秦小曼。

这时，罗非拉开床头柜抽屉，只见里面放着账单和一本《啼笑因缘（下）》。

“这是我太太的柜子……”马博远伸长脖子，连忙解释道。

罗非打开书翻了两下，合上，放回到了原处。

罗非走到桌边，看到一杯喝了一半的酒，拿起桌上的一沓马票：“昨天的马票，看来你太太失踪对你心情没什么影响。”

马博远尴尬一笑：“都是朋友硬拉我去的，说是帮我散心，推不掉。”

“噢——”罗非朝马博远夸张地点点头，又看向角落的白色皮鞋，拿起来仔细观察起来，“舞鞋刚打了蜡，是晚上还要出去跳舞吗？”

“不不，只是习惯，羊皮鞋不打蜡容易坏。”马博远撅着屁股从衣柜内，回过头解释道。

罗非紧接着拿起桌上的报纸，看到花边新闻上用笔勾了圈，报纸旁还有百乐门的舞票：“红舞女白莎莎今晚在百乐门倾情献舞……这也是习惯？”

马博远慌忙上前拿过报纸，递上一张信纸：“信找到了，你们自己看吧。”

罗非接过信封，顺手递给秦小曼，俨然把秦小曼当作了自己的助手。

小曼瞪了罗非一眼，但是碍于情势和好奇心，即刻展开信封，念了出来：“博远，我走了。你的母亲蛮横无理，你对家庭生活毫无负责心，生活于我如牢笼，今天她使我明白了，我不愿再忍受下去，我要去寻我的新生活，做一名活得有意义的‘新女性’！就此别过。阮梦竹。”

罗非听完，缓缓皱着眉，从小曼手中抢过信。

“她使我明白了……这个‘她’是谁？”罗非放下信，盯着马博远。

“我也不知道。可能是一起打麻将的朋友吧，女人聚在一起总聊些不切实际的事情。”马博远解释道。

罗非又把信翻来覆去地看了几遍，然后灵机一动，放到鼻尖深深一嗅，随后摇头：“不对。”

小曼见状，问罗非：“这信不是阮梦竹写的？”

马博远一副信誓旦旦的样子，解释道：“这是我太太的笔迹，千真万确，不信你们可以去她娘家查。”

罗非朝马博远一笑：“信是阮梦竹写的，但这封信不是写在她这次失踪的几天前，而是一年前她某次离家出走的时候。”

“你怎么知道？”小曼问道。

“你还记得吗，刚才马老夫人都说过什么？”罗非反问。

“三天两头回娘家！”小曼恍然大悟。

“马太太离家出走不是第一回了。”罗非伸出食指，轻轻摇了摇。

“她是经常闹着要出走，可你凭着什么说这信是一年前写的？”马博远争辩道。

“凭什么？”罗非踱步走向马博远，眼神不容置疑，“就凭纸张和墨水的变化，还有‘新女性’三个字加了引号说明是引用，一年前明星电影公司就出过一部名叫《新女性》的电影，讲的是女性冲破封建家庭牢笼奔向新生活，阮梦竹引用的就是那部电影里的话，她说‘今天她使我明白了’，这里的她指的是那部电影的女主角，所以这封信是一年前阮梦竹看完《新女性》这部电影有感而发，在那次离家出走时写下的。”

罗非说完“啪”的一声将信封拍在梳妆台上。

马博远随之浑身一震，脸上的表情瞬间僵硬。

罗非看着马博远鬓角细密的汗珠，趁机盘问道：“你把一年前的信拿来冒充说是她这次写的，是什么目的呢？”

“我……我没有……”马博远还在苍白地否认着。

“马先生，向警方提供伪证可是有罪的。你要考虑清楚。”罗非用手杖敲了敲马博远的脚下。

马博远忽然连连摇头：“我真的什么也不知道，这信是我妈找到的，可能她搞错了。”

“还有什么地方搞错了，你再仔细想想看。”罗非抱着双肩，嘲讽地看着马博远。

“我……我头痛……可以喝一杯吗？”马博远说完擦了一把汗。

罗非点头：“当然。”

马博远走到卧室的酒柜前，拿起一瓶洋酒，倒了一杯酒猛灌下去。

“一个人喝酒多没意思，来来，马公子我陪您。”罗非说着，拿起那半瓶酒，兴致勃勃地帮马博远倒满了一杯酒。

随后，两人推杯换盏，一个仗义豪爽，一个但求一醉解千愁，大有相见恨晚的架势。

“罗非，现在属于工作时间。”实在看不下去的小曼悄声对罗非说道。

而罗非拍着已经扑倒在自己怀里的马博远，微笑着朝小曼眨了一下眼。

马博远推开小曼："女人……就是麻烦……"

"确实麻烦。"罗非说着看向小曼。

小曼瞪了一眼罗非："你说什么？"

罗非连忙朝小曼使眼色，小曼只好先忍住发作。

"不就是跳个舞赌个马，有什么大不了，非要闹着回娘家，大哥，我活得多压抑！"马博远直直地看着罗非。

"女人天生爱耍性子。"罗非立刻附和道。

马博远用酒杯一敲柜面："哼！那又怎么样，还不是照样给娘家送回来……没有我们马家在上海滩的名声，他们家什么生意也做不成……"

"这下她没地方可去了。"罗非继续用引导的口吻说道。

"哼，你闹哇……再闹就……"马博远喝了一口大酒，像是在鼓足勇气。

罗非眼神一凛："就……杀了她。"

马博远听罢这句话，不觉浑身一惊，眼神有些警觉："没有……我没有杀她……"

"那她去了哪里呢？"罗非放下酒杯追问。

"我真的……不知道……"马博远眼神转而慌张。

罗非关切地拍了拍马博远的肩膀，凑近他耳边："其实你没必要再装下去，你应该知道既然我能推理出信的事，早晚也能推理出失踪案的真相。"

马博远惊恐地抬头看着罗非。

"现在有警探在这里，你说什么都可以算是自首，对不对？"罗非说着看向秦小曼。

"……对。"小曼连忙点点头。

"其实那天晚上……"

"两位是巡捕房的人吗？"

马博远犹豫了片刻，刚想开口，门这时突然被推开了，紧接着一个戴着眼镜的男人快步走了进来。

罗非一脸沮丧，质问此人："你是……"

男人随即递上名片："我是马家的律师吴清风，请问两位现在搜查马公子的卧房有搜查令吗？"

"我们没有搜查，是马公子带我们上来的。"小曼连忙解释。

“是吗？”吴清风拿走马的酒杯，与马博远交换了一下眼神。

马博远迟疑了片刻，缓过神来，突然提高了声音，像是有了底气一般：“是……他们硬跟进来的！”

罗非走到吴清风面前，与之对视：“我们在查阮梦竹失踪案的线索，请你们配合。”

“少夫人的案子是由一位姓叶的警探负责的，马老夫人和马公子也没有邀请两位来做客，如此看来两位这是私闯民宅，有公职的人滥用权力犯了此罪还要从重处罚。”吴清风一副义正词严的职业律师姿态。

罗非见此人不比马家母子，随即缓声说道：“你说得太严重了，我们只是和马公子随便聊聊。”

“马公子不是警方的嫌疑人，没有义务回答二位的任何问题。”吴清风说完，让出门，做出了请的手势，“两位请吧，不然我只能依法举报了。”

小曼还想要开口，却被罗非暗中拉住。

罗非走到门口时，又突然停住脚步：“等等，还有一件小事。”

只见罗非又回身走到马博远身边，对马博远耳语了几句，马博远顿时脸色惨白，罗非说完朝马博远嘲弄似的眨了一下眼，最后大步流星地走开了。

“再会。”罗非朝身后的吴清风晃了晃手杖。

小曼见此情景虽有不解，但在马宅也不便多问，随后也跟上罗非离开了。

两人走出马宅，天色已暗，铁门在两人身后重重关上。

“你刚才跟马博远说了什么？”小曼终于忍不住问道。

“秘密，但是如果你够聪明就应该能想到。”罗非故意说道。

罗非挥手一招，那辆还等在原地的出租车缓缓开了过来，在两人面前停下。

“现在去哪里？”小曼还在思考罗非刚才的话，恍然回过神。

“回家，睡觉。”罗非拉开车门说道。

第九章　再探马宅

复兴南路本是繁华地段，周围高楼林立，但是沙利文公寓偏偏犹如一座孤岛，隐藏在光影之下。一盏昏黄的小灯在一个窗前烁烁发亮。此时的小曼在书桌前写着日记，书桌上的镜框里是一对青年男女和一个小女孩的合影。

这时一声重重的关门声传来。

小曼放下笔，悄声走到房门口，慢慢打开一条门缝，只见罗非背着一个小包，鬼鬼祟祟地从家里出去。罗非一身绅士打扮，却背了个如此另类不搭的小包，不禁让小曼十分好奇。

小曼犹豫了一下，谨慎地跟了出去。

两人一前一后出了公寓。罗非招手上了一辆像是约好的出租车。

“先生麻烦关一下车门。”司机回头看向罗非。

“等等，还有一位……”罗非目光扫向正躲在公寓门后的小曼：“秦警探，您上不上来？”

不一会儿，小曼从门后悻然转出来，双手插兜，故作惊讶：“咦？你这是去哪儿？”

“我看你闲来无事，带你去马宅散个步，能否赏脸？”罗非阴阳怪气地说道。

“白天不是去过了吗？”小曼一皱眉。

“有些东西白天是看不见的。”罗非又陷入了闭目养神的状态。

小曼跳上车，低声对罗非说道：“你不会是想私闯民宅吧？”

“我都说了，”罗非转向小曼，闭着眼微微一笑，“是我们。”

“我是不会知法犯法的。”小曼义正词严地拒绝道。

“真的吗？”罗非仰头笑着反问。

当小曼抱着肩膀，抬头看着罗非上上下下地爬着马宅的院墙时，罗非焦急地回过头：“能托我一把吗？”

“谁能托你一把？”小曼故意问道。

“这院内外除了你还有谁，难道是里面那条狗吗？”说完罗非再一次滑落下来。

“你这是求人的态度吗？”小曼说着用手杖轻戳了一下罗非的腋下。

“嘿，你还帮倒忙。”罗非痒得松开了一只手，压了压火，回头和声细语到十分夸张地对小曼说道，“秦大警探，求您高抬贵手，托我臀部一把。”

“这还差不多。”小曼说着走到罗非身后，把手杖戳在地上，让罗非踩在上面借力。

小曼见罗非快要上去时，又踢倒手杖。

“可我是不会协助你犯法的！”

“你！”罗非脚下悬空吓得咬牙奋力向上一挺，颤抖着身体，终于翻上了墙头。

罗非坐在墙头，缓了口气，狠狠瞪了小曼一眼，还没来得及还嘴就一个重心不稳，斜着栽进了院子里。

罗非刚爬起身，再一抬头，竟看到秦小曼已然轻盈地潇洒落地。

“秦警探，现在你和我同流合污了。”罗非冷笑着一摊手。

“你是私闯民宅，我是发现可疑人物爬墙，跟进来调查。”小曼针锋相对巧辩道。

“好吧，那就跟紧你的可疑人物，千万别跟丢了。”罗非说完快步朝车库走去。

两人一前一后快到车库门口时，罗非突然俯下身，伸手在挎包里掏着什么。

紧接着小曼闻到了一股肉香的味道，不禁奇怪：“你掏什么呢？”

“该吃夜宵了。”罗非盯着远处的车库说道。

“啊？”

小曼正想看看这位十分讲究的私家侦探带了什么好吃的，不料罗非只拿出了两个肉包子。

“我当是什么有品位的东西，不过两个也够了……”

小曼刚想伸手去接，却见罗非将包子使劲儿扔向了车库门口的狗窝。那只大狗立刻蹿了出来，几口吞下，不一会儿就躺倒在地一动不动。

目睹了这一幕，小曼的尴尬又立刻转为愤怒：“你竟然毒死人家的狗？！”

“只是安眠药，让它安静一会儿。”罗非说着站起身，指了指自己的挎包，“我这里还有，你要吗？”

小曼也再没理罗非，径自走向车库。

两人走进车库后，罗非打开手电仔细查看着那台汽车。

“这车有什么问题吗？”小曼凑过来。

“马家遣散了用人，连客厅里最常用的桌椅都没人打扫，这辆车却洗得干干净净，你不觉得不合理吗？”罗非戴着手套摸了一下车门，抬手给小曼看。

小曼指着手套上的灰尘，撇了撇嘴：“哪里干净，明明全是灰！”

“说你娇惯，一看你就没干过家务，这些纸屑浮土灰尘明显是三天前去郊外扫墓留下的。”罗非拍拍手说道。

小曼听罢，点点头：“是的，马博远提到过三天前给他父亲扫墓的事。”

随后，罗非掏出手绢，擦去车门上的一小块灰尘，又凑近闻了闻，“可这车却上了新蜡，不会超过五天。”

小曼不以为然：“这只能说明马公子喜欢他的爱车。”

“也可能是为了掩盖车身上的痕迹。”罗非说着仔细检查着车身，发现了车门上的细小划痕。

罗非从口袋中掏出镊子，在车窗夹缝里夹出一小片染了红色指甲油的指甲片。

“这是什么？”小曼奇怪。

“女人的指甲，红色丽寇指甲油。”罗非说道。

罗非又顺着划痕的走向，把目光转向了轮胎和车底。罗非用手电照向轮毂深处，小曼也凑过来看，两人随即在轮胎花纹里发现了斑斑血迹。

“那是什么？”小曼指着轴承与轮毂间绞着的一块黄色的东西。

“我也想知道。”罗非点点头，然后看向小曼，又看了一下轮胎，小曼瞪了一眼罗非，伸手进去掏，不一会儿，拽出了一小块姜黄色的碎布片。

“姜汁黄朵云绉的旗袍，你们说得没错。”罗非揉捻着布片自言自语。

小曼联想了一番白天马家母子的话，眼神中渐露惊讶。

这时，罗非转头又看向石子步道。

“你又发现什么了？”小曼总觉得自己的思维没有跟上罗非。

“嘘……”罗非竖起手指放在唇间。

“这个身穿姜汁黄朵云绉旗袍的女人走到车的右侧……”罗非双手合十抵住下颌，好像进入了推理状态，一切好像正在他的脑中重现着。

小曼凑近看着罗非的脸，不料罗非突然起身快步走到车库前的树丛旁。

“就是这里，车碾过人留下大量血迹，事后为了掩饰用新沙换掉了沾血的沙子。”罗非指着沙砾说道。

“白天，你原来是怀疑这个？”小曼恍然点点头。

这时，罗非掏出一把沙下的土在手里搓开：“我没猜错，果然有血迹。”

紧接着，罗非顺着地上的痕迹，又快步向灌木丛走去。

“驾车的人这时发现情况不对，慌乱之中车撞进了一旁的灌木丛。”罗非在灌木丛中站定，伸手从车库内到脚下比画出一条路线，“当天晚上的真实情况是，马公子开车出去寻欢，马太太阻拦，却不慎被自家的车碾死。”

“你怎么知道是晚上？”小曼问道。

“因为马博远亲口说的。”罗非一笑。

小曼回想起白天在卧室时，马博远支支吾吾的样子：其实那天晚上……

“这么说是马博远开车轧死了阮梦竹，为了不引起怀疑，报假案让大家以为阮梦竹是离家出走失踪了……可是尸体呢？”小曼皱起眉，朝四周望去。

“如果你杀了人，会把尸体藏在哪里？”罗非侧目看向小曼。

“埋在花园里。”小曼打了个响指。

罗非笑着点点头：“总算有点常识，埋在自家花园既简单又安全，白天经过这里，我一眼就看出花园有埋过东西的痕迹，就在西南角落那一片，挖过的草坪恢复了原状，但那些草难免东倒西歪。”

“奇怪。”小曼摸着下巴，一脸严肃地端详着罗非。

罗非低头看了看周身：“你发现什么了？”

“白天在巡捕房的时候，你到处嫌脏，为什么现在……？”

“没想到你还有点观察力。”罗非笑道。

小曼翻了个白眼，转身要走。

“你去哪儿？”罗非用手杖拦住小曼。

“我这就通知巡捕房，把尸体起出来。”

“不，白夸你了，尸体现在不在花园里。”罗非摇摇头。

“为什么？”小曼一脸疑惑。

“别老是问，自己观察。”罗非用手杖把小曼再次引向车库方向。

“老婆不见了，不去娘家找，不去朋友间打听，也不催警方办案，却去郊外扫墓，你不觉得奇怪吗？”罗非边走边说，路过狗窝时，还不忘用手杖戳了戳熟睡的大狗。

当罗非拉开后备厢后，两人随即看到一把铁铲赫然在其中。罗非用手摸了一下铁铲上的土，凑到鼻子下面闻了闻。

“不超过三天的新土。”

罗非关上后备厢，又拉开后车门，钻进后车座用手电仔细照来照去。

不一会儿，罗非钻出来，用手电照着手里的一根长头发，喃喃自语：“如果我没猜错的话，这是马太太的头发。”

这时，小曼突然低叫道：“有人来了！”

第十章　目的女尸

罗非忙关了手电，把小曼拖进车，掩上车门。两人刚刚藏好，一个人影就走进了车库。

“是马公子？”小曼有些紧张。

“来得正好，我们搭个顺风车。”罗非一笑。

“啊？”小曼一愣。

“嘘。”罗非紧接着压低了小曼的头。

马博远随后将车开出车库，到了门口，摁了几下喇叭。过了好一会儿，老门房才出来。

“少爷，这深更半夜你又要去哪里？老夫人晓得吗？”

“少啰唆，快去把门给我开了。”马博远一脸不耐烦。

老门房无奈，只得打开铁门。

马博远一脚油门将车开出了马宅。

车行驶在路上，马博远神情异常紧张。罗非和小曼躲在后座，暗中观察，一声不吭。

小曼看罗非，想要说话，罗非急忙制止。

情急之下，小曼索性抓起罗非的手。罗非忽然愣了一下。

小曼也没在意，飞快地在罗非手心画字——他去哪儿？

罗非点点头，拉过小曼的手，也开始写起来，谁知写了第一笔，小曼竟然忍不住痒痒“扑哧”笑了出来。

前排，马博远似乎听到了什么，眼神惊慌地回头张望。罗非赶紧把小曼按进自己的怀里。

马博远朝后面望去，刚想仔细看，后面的车灯便晃得他睁不开眼睛，鸣着笛紧催着快走。强光之下，马博远没有发现罗非与小曼，神色慌张地转回身，猛踩下油门。可能是由于太过紧张，马博远颤抖着手，拨弄了好几次收音机的旋钮，才将收音机打开。车厢内立刻又响起了那首《夜上海》。

罗非见没被发现，重新在小曼手心写下几个字。

小曼在心里默念：去见马太太。

车子在黝黑夜色中穿行，直到在一座阴森森的小山包前停了下来。

小曼感觉车子停了，立刻抓过罗非的手写字问道：这也在你计划中吗？

罗非点头。

这时，马博远从车上下来，从后备厢取出那把铁锹扛上肩，提着一盏煤油灯便朝山上的树林里走去。罗非和小曼小心翼翼地跟了上去。

“这是什么地方？”小曼抓紧衣领四下张望。

“墓地。”罗非笃定地说道。

“深更半夜来墓地干什么？”小曼听着猫头鹰的叫声，不禁打了个冷战。

“马上就知道了。”罗非胸有成竹地说道。

两人就这样跟着马博远一路走进山林深处，来到几座坟墓的边上。

马博远放下铁锹喘口气，调亮煤油灯，然后开始刨着其中一座土包。

“他是不是疯了？挖他父亲的坟？”秦小曼吃惊地指着十分卖力的马博远。

“他没疯，他挖的不是他父亲的坟，而是他母亲、马老夫人的空穴。”罗非指着坟前的墓碑上用红字刻着先妣周月贞的那座坟说道。

“空穴？马老太太不是活得好好的吗？”小曼更加不解。

罗非摸着下巴叹气：“我想应该是马老太太担心自己死后这个没用的儿子不会把她好好安葬，所以事先置好了墓地，留好了空穴。”

“这就怪了，坟墓里能有什么？难道会有陪葬品？或者躺在里面的才是真的马老太太，外面的是……”小曼大胆猜测，把自己吓得不敢说。

罗非转头看着小曼：“很接近了，马太太的确在里面躺着呢。”

“不会吧，你别吓唬我，马老太太白天还活得好好的。”小曼没想到罗非会顺着自己去说。

罗非敲了一下小曼的头：“真笨！我说的马太太是指阮梦竹。”

由于动作幅度太大，四周的树丛也跟着晃动了一下，马博远听到声响，回身胡乱抡起铁锹：“谁？谁在那里？”

罗非和小曼相互对视，只好起身从藏身的树丛里走了出来。

“马公子，又见面了。”罗非绅士地欠了欠身。

“你们……你们怎么在这里？”马博远神色慌张。

“你忘了我白天跟你约定过的事吗？”罗非意味深长地说道。

“你白天到底跟他说了什么？”小曼低声问道。

“马公子已经用行动告诉你了啊。”罗非说着朝马博远一笑。

“你听了我的话，自然就会乖乖带我们找到埋尸地点。”罗非指着那座被刨开的坟墓说道。

小曼恍然大悟：“哦，我明白了，他把阮梦竹的尸体藏在马老夫人的空坟里。”

罗非朝小曼点点头：“有进步。”

小曼想着想着还是面带疑惑地问罗非："可我还是不明白，为什么不直接埋在自家花园里呢？"

"一开始确实埋在花园里，可是后来因为疏忽了一件事，不得不又转移尸体。"

"疏忽了什么？"刚觉得豁然开朗的小曼又陷入了迷惑。

罗非拍了拍装着包子的挎包："狗。"

"狗的嗅觉比人发达千倍，一定会闻到女主人气味，企图把尸体刨出来，所以母亲大人就登场了。"罗非站在空地中央张开双臂，"于是马老夫人帮你想出了这个绝妙的藏尸处，三天前你和你母亲来到这里扫墓。"

"三天前既不是清明、冬至这样的节日，也不是你父亲的生辰忌日，给你父亲扫墓不过是个幌子，你们真正的目的是把尸体转移到你母亲的空穴中，谁也不会想到婆婆的坟里竟然埋着儿媳。"罗非继续说道。

马博远指着罗非失态否认："你你你胡说！"

"我胡说吗？证据就在这座坟里，继续挖，不要停啊。"罗非随即做了个请的手势。

马博远恼羞成怒："白天你跟我说那些话就是在讹我，我上了你的当，我真蠢，太蠢了！"

"其实就算你不上当，我也一样能找到马太太的尸体，不过现在这样人赃俱获，省时又省力，不是皆大欢喜吗？秦警探，你可以逮捕他了。"罗非站回到小曼身后。

"马博远，跟我回巡捕房。"秦小曼说着，走向马博远。

"别过来，我没杀人，我不跟你们回去！我不要坐牢！"马博远歇斯底里地大叫道。

小曼也不犹豫，冲上前，先是飞起一脚踢飞铁锹，随后把马博远打翻在地。罗非在一旁鼓掌叫好："好身手！"

小曼上前按住马博远，就在即将擒拿制敌之时，却又慢慢松手后退。当小曼退到罗非身边时，罗非才看到马博远的手里正握着一把枪！

"你什么都推理出来了，有没有推理出他身上带着枪？"秦小曼举着手埋怨道。

罗非也凑热闹似的举起了手，好像也并不在意目前的形势反转："Sorry，智者千虑，偶有一失嘛。"

"退后，别动，再动我打死你们！"马博远晃着枪口，一会儿指向秦小曼，一会儿指向罗非。

"你轧死阮梦竹是误杀，但打死我们两个可就是谋杀了。"罗非神色冷静地看着马博远。

“我也不想杀人，你们别逼我，让我走！”马博远边说边退向下坡的小路。

“你现在逃跑又能去哪里？巡捕马上会去你家搜查，你的那些酒肉朋友怕也不会收留你，乖乖跟我们回巡捕房，你是过失杀人，最多……”

“最多判个七年八年的。”小曼急忙接话道。

罗非撇嘴，朝秦小曼投去了“甘拜下风”的目光。

“不要，我不要坐牢，一天也不要！”马博远继续后退。

小曼想跟上，罗非突然紧紧拉住了她。

“不要跟过来，谁跟过来我就打死谁，我发誓！”

马博远随即跌跌撞撞地跑进了身后黑暗的小山路中。当小曼和罗非追过来时，马博远已将车发动开远。

“快打他的车胎！”秦小曼猛戳罗非的胳膊。

“我？”罗非一脸茫然。

“你不是有一把改装的柯尔特 M1911 吗？”小曼一脸焦急。

“那是做实验用的，我出门从不带枪，作为一名侦探，我破案靠的是大脑。”罗非在自己太阳穴旁画着圈圈。

“那你就用大脑让车停下来！”小曼焦急地望着远去的车子，实在不想让马博远就这么跑了。

“放心，以马公子的生存能力，逃不出公共租界，我们还是回去看看马太太吧。”罗非笑着说道。

两人回到墓地，小曼拿起马博远丢下的铁铲挖坟，罗非在一旁看着。

“你是大男人，就这样看着我一个人挖。”

罗非撇嘴：“啧啧，你们女权主义就是这样，争社会地位时强调男女平等，干活时又强调性别差异。”

小曼白了他一眼，又挖了一会儿，当挖出的泥土潮湿呈泥沼状时，再挖几下，铁铲碰到一个硬物，小曼急忙停手。

两人凑上前一看，是棺材盖。

“马太太，久仰了。”罗非朝棺材盖欠了欠身。

小曼撇撇嘴，嘟囔着：“装腔作势，假惺惺。”

随后，两人合力掀开棺材。当手电光照向棺材里面的那具尸体时，两人几乎都吃了一惊。

棺内停放的，是一具高度腐烂的无头女尸！

“好惨烈的车祸。”罗非紧皱起眉，像是觉得哪里不对劲。

“尸体找到了，现在怎么办？”小曼叉着腰面露难色。

“打电话，叫巡捕房派人手过来接应。”罗非轻描淡写地说道。

小曼一脸无奈：“荒郊野外哪有电话？”

此时，山丘深处又传来猫头鹰的怪叫，两人站在一堆墓碑中间，面面相觑。

第十一章　浴室讨论

马博远的车画着蛇形在公共租界里横冲直撞，虽然是他熟悉的灯红酒绿，十里洋场，但是此刻的马博远犹如惊弓之鸟，车窗外的一切都无暇顾及。这一路上，他提心吊胆，有巡警、有路人，甚至有流浪野狗出没，他都神经兮兮，紧张得要命。此刻的他犹如一只受惊的野猫一般，急需找到一个谁也发现不了自己的阴暗巢穴，独自瑟瑟发抖，惊恐窥视着外面的世界。

忽然，马博远看见前方出现一条无人的小路，他想都没想就直接转弯驶了进去。

马博远边开车，边反复嘟囔：“我没杀人，别来找我，我没杀人，别来找我，我没……”

这时，马博远看到车前的人行道上，正走着一个穿旗袍的女子，看身形有些眼熟。马博远面露疑惑，渐渐放慢车速。当车灯映出那人的侧脸时，马博远一眼便认出了那竟然是死去的阮梦竹！马博远吓得窒息般瞪大了眼睛，一句话也说不出来。

当车开过去后，马博远憋住一口气，猛地再一回头，却发现刚才那女子一眨眼消失不见了，小巷四下空荡荡、黑黢黢。

马博远再也抑制不住自己的恐惧，歇斯底里地高喊：“鬼……鬼！啊！”

马博远猛打方向盘，脚下僵直，踩在油门踏板上无法动弹，眼见汽车朝着路边的一根电线杆就冲了过去！“咚隆隆”一声撞击！马博远趴在方向盘上终于安静了下来，车喇叭的长鸣代替了他的惊叫……

晨雾中的城市街道，路上行人稀少，除了刚出来找活儿的黄包车车夫，就只剩下筋疲力尽、东摇西晃的罗非和小曼。罗非扶着电线杆喘气：“等等，我需要新鲜空气。”

“大侦探，你能推理出我们搭马公子的顺风车半夜墓地一游，怎么就没推理出马公子开车跑了，我们要靠两条腿走回去呢？”小曼讽刺道。

“不……不是没推理出，而是没推理。相比于获得真相带来的快乐，这点体力上小小的代价又算得了什么？”罗非喘着粗气反驳。

罗非起身做轻松状大步前行，走到一个拐角，罗非直接转了进去。

小曼跟着追了过去：“喂，你走错路了。”

“有位哲学家说过，错误的路线往往会把你带到正确的方向。”

小曼又被唬住：“哪位哲学家？”

“本人。”罗非拍拍胸脯，在一个电话亭前停住了脚步。罗非抖开手帕包住门把手拉开门，示意小曼进去。

小曼瞪了罗非一眼：“墓地都去过了，你还嫌门把手脏，嫌脏你不要碰啊。”

“为女士拉门是绅士的义务。”罗非欠身说道。

小曼白了他一眼，走进电话亭。

罗非在外用手帕猛擦手。

电话亭内，小曼在打电话，罗非在亭外等着，掏出一小盒糖果吃了一粒。不一会儿，小曼走了出来：“你在吃什么？”

罗非递过糖果盒：“补充糖分，你要不要？”

小曼一脸嫌弃：“不要。我给巡捕房打过电话了，他们马上就派人派车过来。因为埋尸地点在租界外，所以要先和华界警方交接，起出阮梦竹的尸体后我们再一起回公共租界。总之，我们先在这里等吧。”

罗非打了个哈欠：“不是我们，是秦大警探你。”

“你要去哪里？”

罗非抖了抖手，示意自己全身上下：“回家消毒……车夫！”

紧接着，一扬手，一辆黄包车停在他面前，罗非跳上车，瘫软在车座上。

“秦警探，你负责带他们去现场吧，我就不奉陪了，回头见。”罗非坏笑着说道。

黄包车拉着罗非扬长而去，只留下小曼一个人呆呆地站在原地。

“哎……”小曼愣了片刻，随即咬牙切齿，“罗非……可恶！”

中午时分，罗非正一脸享受地泡在浴缸中，闭上眼脑海里不断闪过一些片段，想了一会儿，罗非双手按头似乎想摆脱这些画面。

这时，一个黑影悄悄走进浴室，站在了罗非身后。罗非缓缓睁开眼，端起身边的一杯红酒，轻啜了一口，突然余光里似乎出现了秦小曼的影子。罗非连忙放下酒杯，揉揉眼睛，慢慢转过头。一瞬间，在确定不是自己眼花与喝醉后，便把含在嘴里的那口红酒，噗地全都喷了出来！整个人随即沉在了一片深红色的水里，只露出半个头。

“你怎么进来的？”罗非一边说着话，水里跟着冒着泡。

秦小曼抱着双肩，阴笑着指了指厅里的窗户：“从窗口进来的。”

“你难道不知道门和窗有不同的用途吗？”又一大片红色水泡咕嘟咕嘟地冒出水面。

“知道，但是有一位哲学家说过，错误的路线往往会把你带到正确的方向。”小曼故意学着罗非的口气。

“出去！”罗非催促着小曼。

小曼看着罗非的畏缩样儿，反而走到浴缸边，戏谑道：“用红酒给洁癖消毒，肯定很有格调吧，但是不知道的还以为您在里面自残了呢。”

“你……”罗非刚想冲出水面，又立刻沉了下去。

“快点出来！”小曼说着起身走出了浴室。

罗非看着小曼出去后，下意识地把脑袋又往水里沉了一下，然后迅速起身，用浴巾遮住下半身：“你知不知道，淑女是不应该随便闯进男士的私人空间的！”

“你不是说我缺乏家教吗？”小曼站在门外说道。

“有话就快说吧，验尸结果怎么样？”罗非语气弱了下来。

小曼拿起一份报告念道：“经法医初步检验，死亡时间是五天前，尸体已高度腐烂呈巨人观，无法提取指纹，死亡原因是头部被重物碾碎，符合车祸死亡的特征……”

“随身衣物呢？”罗非语气迫切。

“姜汁黄朵云绉旗袍、白色高跟皮鞋、珍珠耳环，左手翡翠手镯，红色丽寇指甲油，和报案人供述一致，确认死者是阮梦竹。”小曼说完又拍了拍门，“快点儿！不管作为警探还是侦探都不能无组织无纪律！我又要进去啦！我数到十、九、八、七……一！”

小曼猛地拉开门，正看到罗非一张十分无奈的脸。

“马博远呢？”

小曼叹了口气：“巡捕在公共租界培而亚路发现了马博远的车，估计是慌乱中撞上了电线杆，但是马博远本人不知去向，巡捕房已经加强警力，在马家四周布控……”

“他不会笨到自投罗网。”罗非走进卧室，锁上门。

小曼依旧站在门外：“公共租界内所有旅馆、饭店已经查过了，昨天晚上没有可疑人物入住。另外，马博远的同事、朋友……”

“他也不会藏在这些地方。”罗非打断小曼。

“那他藏在哪儿？”小曼面露疑惑。

罗非摇头：“唉，答案这么明显，你却看不到。”

“别卖关子！”小曼转到客厅，好奇地东张西望。

房间四周和桌上摆着各种稀奇古怪的东西：福尔马林浸泡的标本瓶、现场尸体的照片、化学实验用的瓶瓶罐罐……墙上挂着一张大地图，上面拉满了红线，贴着花花绿绿的便条。

小曼看到书桌上有一个骷髅，随手拿起来摆弄着。

小曼扳动骷髅的下颌骨，模仿罗非说话：“答案那么明显，你却看不到……”

此时，小曼的身后突然传来罗非的声音：“作为一名警探，你对死者应该有基本的尊重。”

小曼回头，已经穿戴整齐的罗非站在自己面前，并且迅速将手里的领带打成了一个温莎结。

“这是……原来不是模型？”小曼拿着头骨的手险些脱手。

“王大财，生前是一名黄包车车夫，我说服他死后把尸体捐献给科学研究，后来有一天他酒后拉车冲进了黄浦江……”罗非郑重地说道。

小曼把骷髅轻轻放回桌上，双手合十拜了拜，然后指着骷髅上的伤痕：“枪伤、刀砍，还有火烧，这可不像是淹死的。”

“哦，这些是我做的伤痕实验，不是死因。”罗非走过去，仔细地把骷髅挪了一点点位置，“你放错地方了，现在才对。”

“哼，变态。”小曼冷哼一声，转身发现桌上角落里的一堆资料，顺手拿起其中一张泛黄的旧报纸。

报纸上登了罗非和 Captain 的照片，标题“神探凿沉恶之船”。

第十二章　嫌犯被捕

“这是十年前的案子，我在警校听过，有一个组织庞大、隐藏又深的犯罪组织被一位神探连根拔起了，代号 Captain 的组织首脑也被那位侦探设计活捉了，那个神探就是你？”小曼兴奋地抓紧报纸，不可思议地看向罗非。

小曼又拿起报纸仔细地比对着照片和罗非本人。

“真的是你！那个 Captain 到底是什么样的人？据说连他的手下也没见过他的真面目。”

“一个鼻子、两个眼睛，和你一样。”罗非摇着湿漉漉的头发随口说道。

“那你是怎么抓住他的？”小曼追问。

罗非走过来，一把抽走小曼手里的报纸：“你想抓 Captain 还是马博远？”

“当然是马博远……你知道马博远藏在哪里？”小曼眼前一亮。

“当然。”罗非得意地点头。

“那就带我去吧。”小曼眼睛还盯着被罗非放回原处的报纸。

“可以，不过那个地方你穿这身衣服可进不去。”罗非偷偷打量起小曼的身材。

“好，我去对门换！”小曼满口答应。

“你的那些衣服恐怕都进不去。”罗非连连摇头。

“那我应该穿什么？”小曼一时不明白罗非所说。

“去楼下换！”罗非指着地板说道。

两人随后来到一层汪苏苏的房门口。门一开，整个房间香气扑鼻。

“你们两个想干什么？”汪苏苏一脸疑惑。

“求您帮个忙。”罗非嬉皮笑脸地说道。

接下来的一个小时里，罗非坐在沙发上看着报纸。而对面的屏风后，则时不时传来汪苏苏的声音：“吸气……吸气……这件衣服当年可是约翰裁缝铺定制的，当年我腰身细得那才一尺六，罗伯特活着的时候叫我小妖精，讨厌，说起来就害羞。”汪苏苏探出头对屏风外的罗非说道，“罗非你知道吗，你长得特别像我那短命的罗伯特，昨儿晚上我还做梦梦见你了……”

罗非用报纸挡住脸，小声嘟囔：“你已经第二十五遍说同样的话了。”

“什么？”

罗非赔笑道：“没什么。”

这时，汪苏苏扶着小曼的肩膀，将她从屏风后推了出来。只见小曼一身电光蓝高开叉丝绒旗袍，衬托得整个人既性感又美艳。

“这样可以了吗？”小曼显得有些拘束。

罗非放下报纸，愣了半晌。

在罗非的眼中小曼的身影和一个白衣女子的身影重叠。

一个声音仿佛又在耳畔响起：我这样穿真的好看吗？

小曼有些奇怪地看着愣神的罗非。

汪苏苏看了看两个人，好奇地问道：“你们两个真的不是去约会？”

罗非听到汪苏苏的声音，这才回神：“我以侦探的名誉向你保证，借这身衣服是为了打击犯罪，伸张正义。”

小曼拎起一双高跟鞋：“你能不能解释一下，抓嫌犯为什么要穿高跟鞋？”

“过一会儿你就知道了，走。”罗非放下报纸起身出门，小曼十分别扭地光脚追了上去。

“哎，等等……”

沙利文公寓门口，罗非招手，一辆黄包车停下，罗非上车。

“百乐门。”

小曼边穿鞋边追来：“等等我！”罗非伸手拉小曼上车。

黄包车拉着罗非和小曼在街上跑着。

罗非又是在车上闭目养神，小曼看着他欲言又止。

“人在穷途末路的时候总会本能地向自己熟悉的地方跑，马博远知道自己家里会被布控，旅馆、饭店也都会被查，还有什么地方是他既熟悉，又觉得安全，而且 24 小时不打烊的呢？”

小曼似有所悟：“舞厅？可是公共租界有十几家舞厅，你怎么知道是百乐门？”

“你忘了昨天在马博远家看到的百乐门的舞票吗？刚刚我在报纸上看到，红舞女白莎莎今晚要在百乐门倾情献舞。”罗非脸上写满了自信，“像他这样的纨绔子弟怎么会错过？”

“而且你刚才说他的车昨晚在培而亚路撞上电线杆，那不就是通往百乐门的方向吗？秦警官，我这样解释你满意吗？”罗非似笑非笑地看着小曼。

“我又没问你。”小曼白了罗非一眼。

罗非耸了耸肩，微微一笑。

黄包车拉着罗非、小曼两人来到舞厅门口，罗非付完车钱，扶着小曼下了车。小曼穿着高跟鞋走了两步，险些崴脚。

罗非十分绅士地伸出胳膊，小曼犹豫了一下，挽住罗非的胳膊，两人走进舞厅。

舞厅中央舞池内，一对对穿西装、旗袍的男女在随着乐队演奏的曲子翩翩起舞，舞池四周围绕一圈休憩区，灯光打得暗暗的，黑压压的全是人，或喝茶饮酒、或男女依偎在一起咬耳朵说悄悄话。

“这么多人，他就算混在里面也难找啊。”

“划分区域，归类，排除，筛选。”罗非扫视了一圈大厅，口中开始喃喃自语。

小曼也学着罗非眯起眼睛四下看，只是动作有些夸张。

“如果不想太引人注目的话……”罗非拉着小曼进入舞池内，朝小曼伸手相邀，“就边跳边找，别枉费了汪太太的一番苦心。”

而小曼实在不适应这种场合，虽然打扮得光彩照人，可在跟着罗非跳舞时，还是十分笨拙地踩了罗非好几脚。

“你不会跳舞？”罗非显得十分惊讶。

“我读的是警校，不是舞蹈学校。”小曼低头看着令自己眼花缭乱的步伐，语气变得十分吃力。

罗非突然用力搂住小曼站定：“作为一名警探，你需要在社会上学习的，远比课堂上多得多。来，你跟着我的步子就行，记住摩登舞统一的规则就是我进你退、你进我退。”

在罗非的悉心教导下，小曼很快适应了罗非的舞步。

“你很有天分。”罗非看着翩翩起舞的小曼，忽然忍不住赞叹。

“你的舞技又是跟谁学的？”小曼好奇问道。

罗非边扫视着四周边说道：“房东汪苏苏，她以前是上海滩当红舞女，后来嫁了一个有钱的富商，富商死后给她留下一幢公寓，她就当上了房东。没想到公寓发生了谋杀案，生意一落千丈，我帮她破了案，她就让我以便宜的租金住了下来。”

“谋杀案？是不是我住的那个房间？死者是被窗外射来的子弹打中的，对不对？”小曼又对自己房间的那个人形标记产生了好奇。

罗非笑着摇摇头：“哦不，你的那间没死过人，地上画的标记是我做的实验。”

“什么实验？”小曼好奇问道。

“以后再解释，我们今天是来找人，不是来聊天的。”

这时候，舞池里的音乐突然变快了，舞池里众人跟着节奏疯狂地扭动起来。

“这是什么舞步？”小曼一时间还不太适应。

“我也不知道，自由发挥，分头行动。”

两人跟着乱扭一气，罗非用力一推，小曼朝另一个方向转去。两人在舞池里各扭了半圈，又撞到了一起。

“找到没有？”

“没有，他不在舞池里。”

“废话。”罗非凑近小曼撇撇嘴，“他哪有心思跳舞，我是让你找下面的人。”

“下面太暗了，看不清。”小曼解释道。

“马博远是个酒鬼，你要注意的不是人，而是……”

罗非的话还没说完，只见一个服务生托着一瓶酒从两人面前经过。

两人视线随即跟着服务生手里的酒瓶，移动到一个角落。那名服务生把酒瓶放在一个蒙头睡觉的人桌上。

“是他吗？”小曼看向罗非。

“走近了看。”罗非打了个手势，小曼领会，两人分别从两面包抄靠近。

此时，那个人突然抬起头，正朝向小曼。小曼立刻看清那人正是马博远。马博远拿起酒瓶倒了杯酒，小曼激动地加快了步伐，怎奈一个不小心撞到身边一个服务生。

“对不起。”

就在小曼道歉之际，马博远循声也发现了小曼，立刻起身想走。这时，罗非及时从另一边迎面跑了过来。

马博远见势不妙，突然推倒桌子向舞池中央跑去。小曼见已然暴露，奋力紧追。已经醉醺醺的马博远脚步摇晃，小曼穿着高跟鞋也跑不快，两人一前一后冲进了跳舞的人群。

随后，两人就这样在人群中你追我逃。

“小心，他有枪。”罗非赶到小曼身后嘱咐道，连他自己都没有发现此时的语气中带着关切。

小曼找准时机，眼看就要扑到马博远，可就在此时，马博远突然掏出手枪对着两人，小曼无奈只好停住。

神志有些不清醒的马博远，在酒精的作用下肆意张狂起来，竟然抬手就朝顶棚的水晶吊灯开了一枪！吊灯上的水晶珠屑随着枪声应声而落，霎时间舞池大乱。罗非被其他的舞客撞倒，小曼也被撞得东倒西歪，看不清马博远的位置。而马博远恰好趁机逃向门口。小曼分开人群，刚追出去两步，高跟鞋却扭了一下险些摔倒。

情急之下，小曼脱下高跟鞋，朝马博远使劲儿扔了过去。

马博远后脑勺儿被高跟鞋砸中后，倒地不起。

小曼赤着脚一个箭步冲上去按住他，从大腿上掏出手铐死死铐住了马博远，并大吼道："马博远，你被捕了！"

第十三章　救星吴清风

当小曼押着马博远走进巡捕房时，巡捕房的人都看呆了。他们不敢相信眼前这个风姿绰约的妙龄女郎就是那个把沙威探长扑倒在地的秦小曼。

"都把口水咽回去。"罗非紧紧跟在小曼后面，像是自己的宝物被人觊觎一样紧张。

小曼狠狠把马博远按在前台："杀人，藏尸，撞车，袭警，非法执枪！"

前台巡警惊讶地看着这一幕，有些不知所措。他想不到一个失踪案，竟然会牵出这一连串匪夷所思的事情来，于是，他下意识地望向了走过来的叶常青。

"咦，这不是新来的秦警探吗？这里是巡捕房不是舞厅，你打扮成这样，是给大家看笑话吗，哈哈哈——"叶常青的笑声愣愣地回荡在办公室内。

可令叶常青没想到的是，这个刚来巡捕房两天的新人居然毫不示弱地斥责起自己来。

"叶警探，你的当事人是个杀人犯，他的太太被杀又被埋尸，而你却以一般离家出走草草结案，你打扮成这样，"秦小曼指着叶常青胸前的警徽，揶揄道，"是给大家看笑话的吗？"

叶常青被呛得张口结舌。

罗非在一旁耸耸肩，看似事不关己地做了个鬼脸。

第二天，清晨的街头，上海滩的报童们一大早就摇着手里的报纸大声吆喝："看报看报，百乐门舞厅枪击案，工部局长拍案震怒，富家太太神秘失踪，凶手出人意料……"

而巡捕房探长办公室内，沙威则阴沉着脸坐在办公桌后，小曼身穿警服坐在他面前，罗非则悠闲地在一边修着指甲。

“你们知道今天报纸的头条是什么吗？百乐门舞厅发生枪击，公共租界治安堪忧！”沙威把一张报纸拍在桌上。

“但是没人伤亡，而且抓住了一名逃犯。”小曼反驳道。

“巡捕房的工作是维持治安，马博远犯的只是一个小小的过失杀人案，而舞厅枪击案给媒体一报道，你知道会造成多大的影响吗？”沙威气得拿起茶杯，却因为太着急被开水烫了一下，索性“啪”的一声又将杯子重重放到桌上。

而小曼依旧是一副义正词严的表情：“我认为推动警察办案的应该是正义感，而不是小报记者的笔。”

沙威被气得用颤抖的手指着秦小曼：“你再说一遍。”

罗非见状，在一旁咳嗽了两下，朝小曼使眼色。

小曼这才放缓了语气，低下了头：“探长，我错了，下次行动我会注意的。”

沙威探长叹了口气：“这件案子原本由叶常青负责，现在他继续接手，你协助他审讯。”

小曼瞪大了眼睛：“我协助他？这个案子明明是我们破的，他什么也没干，还……”

沙威狠狠拍了一下桌子：“你说够了没有？”

小曼见沙威探长发了这么大的火，只好闭口不言，一脸委屈。罗非在一旁看罢，凑近小曼：“他是探长，在下属面前要有威信，在上级面前要有服从，还要摆平整个巡捕房的人际关系，这么做也是不得已。其实他不是真的生气，是装出来的，因为他刚才拍桌子的动作和生气的表情不同步……”

“罗非，我在教训下属，你在这里捣什么乱。”沙威咽了口口水，表情有些不自然。

“我要旁听审讯，你难道没有发现这案子还有很多疑点吗？你和我合作的时间也不短，我以为你已经学到点破案技巧了呢。”罗非嬉皮笑脸地说道。

沙威靠在椅子上，一副满不在乎的样子：“是，我不会破案，整个巡捕房在你来之前没人会破案，整个上海滩都在自生自灭对吧？”

罗非这时对小曼故作认真地摊了摊手：“看，这个表情才是真生气。”

沙威一瞪眼：“罗非，巡捕房有巡捕房的规矩，不是你想旁听就能听的。”

“好，那我就不打扰了。”罗非说着起身，借机把一张小字条塞给小曼，“把这些细节问清楚，把审讯记录带给我看。”

随后，罗非起身不紧不慢地离开探长办公室。

小曼回头看了一眼罗非，转而对沙威说道：“探长，这个案子已经破了，那下一个案子……”

“下一个案子再闹成这样，我就把你退回原籍。”沙威没好气地说道。

“这么说还会有下一个案子？”小曼眼神发光。

沙威见罗非不在了，开始打起了官腔：“我会看情况分配工作的，你先做好日常工作，随时待命。”

小曼立正：“是！”

小曼起身正要走，却被沙威探长叫住了：“对了，既然你已经开始出外勤办案了，等审完马博远你去枪械库领一下配枪，以后有的是用得着的时候。”

小曼闻言，喜出望外，又朝沙威敬了一个礼：“是！谢谢探长！”

小曼走出去后，沙威见四下无人，又试着拍了一下桌子，配合生气的表情。

小曼从探长室出来后，迎面碰到倚在门口的叶常青。

“哎哟！秦警探今天怎么没穿旗袍来上班呢？”

“什么？”小曼愣了一下，随即瞪了叶常青一眼，“审讯室，你要想也有人愿意穿给你看！”

审讯室内，叶常青和小曼坐在桌前，对面是目光呆滞的马博远。

“……我放慢了车速，一点点靠近……那身衣服是在宝太祥定做的，全上海没有第二件，绝对不会认错……我靠近她……她一回头……真的是鬼，梦竹的鬼……”马博远瑟瑟发抖地说道。

叶常青一拍桌子：“不要转移话题，问你的是4月25日晚上的事。”

“那天晚上我真的不是故意的，我说了好多遍了。”马博远无力地捶打着桌面。

叶常青一瞪眼：“我问的是细节。”

“什么细节？”马博远一脸茫然。

叶常青挠着头：“比如……比如……”

小曼这时悄悄拿出罗非的小字条，看了看，随即张口道：“比如你说当时你太太抓着左边的车门不放，那为什么你还要把车往路的左侧开？”

“嗯嗯嗯，对对，为什么？”叶常青连连点头。

马博远双手抱着头，回忆着当晚的事：“后来……我停下车，下来一看，看到她躺在地上……一半身体在树丛里，一半在路上，头在车轮底下……”

“面朝上还是朝下？”小曼追问道。

“朝上，就像这样……”马博远刚想做形容，审讯室门被打开了，沙威探长领着吴清风走了进来。

叶常青和秦小曼立刻站起身：“探长！”

“秦小姐，我们又见面了。”

吴清风一脸正色的样子让小曼有些反感：“你来干什么？”

“问讯问得差不多了吧？”吴清风说道。

“关你什么事？”小曼冷笑道。

吴清风转而凑近马博远：“你都说了些什么？”

马博远紧抓住吴清风的手，像是救命稻草一般：“我说我不是故意的，都是不小心。”

吴清风点点头：“很好，你不用多说了，我们走吧。”

小曼眼见吴清风领着马博远就要离开，当即拦住了两人的去路：“站住，你要带他去哪里？”

吴清风亮出一张纸：“由于犯罪情节轻微，他已经被保释了。”

小曼愕然：“轻微？他杀人、埋尸、袭警。”

吴清风看着秦小曼像是在看一个不可理喻的傻子一样：“你所谓的杀人只是交通意外；埋尸是门房老头儿干的，他已经承认了；至于袭警，那是因为你动手在前，而且你当时也没出示警徽啊。”

“你……”小曼冲动地想把马博远带回审讯桌，却被沙威拦住。

“这里是巡捕房，不要胡闹！”沙威目光严肃地看着小曼。

“我们辛辛苦苦抓来的犯人，凭他一张纸就要放走，这不是真的吧？”

沙威一脸无奈，避开了小曼的目光。

“秦警探，记住，司法程序正义，远比你心中的正义重要。这是我的名片，没准儿以后我们还会打交道。”吴清风挑衅似的递出了名片，并朝小曼挤挤眼，随后就带着马博远扬长而去。

小曼看着他们的背影，气得把名片撕得粉碎。

晚上，当小曼走到沙利文公寓楼下时，下意识地抬头望向 203 室的窗户，发现屋里的灯是灭着的。

“奇怪，他去哪儿了？又去马家了？不，他自己翻不过去大墙的。”走到门口的小曼一边想着一边走到对门门口。

小曼轻轻一转动把手，门居然没锁。小曼立刻警觉了起来，随后她慢慢摸进一片漆黑的屋子里，待眼睛适应了屋内的光线，却发现罗非正蹲坐在沙发上一动不动。

就在小曼走近罗非时，突然！蹲坐在沙发上的罗非痛苦地抱着头。

“你怎么了？！”小曼上前紧张地问道。

罗非紧紧抓住小曼的双臂，抬头看着小曼，那惊恐的目光之中又透露着一丝不舍。

“你这又是怎么了？”小曼莫名其妙地看着罗非。

“我想喝咖啡了……”

罗非突然来了这么一句，令小曼猝不及防。

“啊？”

第十四章　逼近真相

罗非的客厅内，一台各种玻璃器皿组成的装置里，黑色的液体冒着泡泡，一边的玻璃管内滴出汁液，下面是一个咖啡杯。

小曼瞪大眼睛：“这是……咖啡？”

罗非十分自豪地介绍：“循环蒸汽压力咖啡机，我的一个小发明。”

“可是这些瓶子……不是做化学实验用的吗？”小曼有些不敢相信眼前的东西是可以喝的。

“哦，那套是我做毒物实验用的，这套是我的咖啡机。”罗非指着自己面前的一台老式咖啡机，“你没看出它们之间明显的不同吗？”

小曼茫然地摇了摇头。

罗非端起咖啡杯：“来，尝尝。”

小曼犹豫：“要不……你先？”

罗非喝了一口，满是享受：“好香。”

“怎么样，你头痛好点了吗？”小曼问道。

“你怎么知道我头痛？”罗非有些惊讶。

“昨天我进你浴室的时候，看到你捂着头，就像这样。”小曼担心地看着罗非。

“我的大脑就像是一台马达，开始运转之后24小时都停不下来，所以一旦接了案子，就一定要尽快破案。”罗非说着又喝了一口咖啡，用力吧嗒了一下嘴。

“那你还接案子？那不是自虐吗？”小曼奇怪。

罗非一脸无奈：“如果不接案子，我的注意力就会被一些无聊的小事吸引，洗衣单上的电话号码，报纸上的一则广告，偶然看到的一串无意义的数字……我都会忍不住记下来，去推出背后的人物和事件。”

“强迫症？”不知不觉小曼开始对眼前的这个男人有些兴趣了。

罗非点点头：“我的记忆力和观察力就像是一种魔咒，我只能靠查案来转移注意力，摆脱它们。”

“所以你要当侦探？”

罗非又拿起一杯咖啡：“好了，这杯是你的。”

小曼尝试着喝了一口，吃惊地赞叹：“好香！”

“你呢？你为什么要当警探？”

小曼慢慢放下杯子，脸上像是结了一层霜：“跟你没关系。”

“你八岁的时候有两个抢劫犯闯进你家，杀了你的父母，你躲在床底逃过一劫，所以你立志当一名警探，有一天亲手抓到那两个凶手。”

小曼狠狠瞪了一眼罗非，对于眼前这个男人刚刚建立起的兴趣瞬间被浇灭。可能这个男人最大的特点就是，总能源源不断地迸发出让人讨厌他的花样丰富的理由。

“沙威那里有你的档案。”罗非还不自知地品着咖啡。

“我想抓的不仅是那两个凶手，我要把所有的罪犯都绳之以法。”小曼神情庄重。

“美好的愿望，可惜不切实际，这个世界上的罪恶不是靠你我的力量能消除的。”

“至少撞在我手里的罪犯一个也别想跑。”小曼握住的手慢慢收紧。

罗非点了点头：“所以马博远被保释，你才这么生气。”

“马博远虽然是过失杀人，但也应该得到应有的惩罚，不能仗着家里有钱就逍遥法外。”

罗非摇摇头：“其实他并不逍遥，马家本来就没落，这次为了疏通关系，他们把房子都抵押了，也算是罪有应得……不知道听了这些你感觉好点没有？”

小曼喝了一大口咖啡：“没有，看到他坐牢我才感觉好。”

罗非表情忽然严肃起来，摇摇头：“不，我觉得这件案子没有表面看起来这么简单，马博远有可能不是凶手，而是受害者。”

小曼闻听大为吃惊：“为什么这么说？他自己都招供了。”

“他只是陈述了眼睛看到的事实，却未必是真正的事实。”罗非拿起桌上文件夹，“这是今天的审讯记录，你不觉得有疑点吗？”

“什么疑点？”小曼接过文件夹，又仔细翻看着。

罗非竖起食指：“第一个疑点，当天晚上马博远的车为什么靠左侧行驶？”

“因为半条车道被一辆花匠的小推车占了。”小曼不假思索地答道。

“他们家连用人也辞退了，哪有钱请花匠，而且园子里那些花木，一看就是很多年没有修剪过了。”罗非摇头说道。

“可能……只是偶然放在那里的。”小曼说完，也自觉有些蹊跷。

“第二个更大的疑点，来。”罗非说着站起来，搬过一把椅子。

“干什么？”小曼疑惑地看着罗非。

“现在我是马博远，你是马太太，我在开车，你抓住车门。”

小曼不太情愿地站起来配合罗非的指令。

“说啊。”罗非十分认真地看着小曼。

“说什么？”小曼还是没反应过来。

“台词啊，马太太。”罗非撇撇嘴。

“你……你这个王八蛋，是不是又要出去跳舞？！”小曼说出去后，觉得第一句很过瘾。

罗非紧跟着情绪饱满地说道：“用不着你管，让开……两人正在吵架，这时前面出现了一辆小推车挡住道路，马博远本能地转方向盘，马太太被一旁的小树丛挂倒……倒啊。”

“啊——！”小曼松手假装摔倒在地。

“停，疑点就在这里，你明明向后摔倒，为什么头会被车轮轧？”罗非怀疑地看着小曼。

“我刚才倒得不对，再来一次。”小曼点点头。

随后，罗非假装开车，小曼又倒了一次。

“啊！”小曼向后一跳，又向前一蹿，“这样对了吧？”

罗非捂着额头：“还是不对，别忘了马博远的供词，马太太的尸体是正面朝上的。”

小曼立刻说道：“那再来！”

随即，两人又演了起来。

“啊！”小曼向后一跳，原地转180度，倒向罗非，罗非则一把搂住小曼。

“你这是在表演芭蕾吗？”罗非一脸无奈。

小曼不好意思地站起：“可能是她被石头绊倒，又踩到香蕉皮……凡事皆有可能。”罗非摇头，拿过审讯记录又翻看起来。

“审讯记录就这些？没有遗漏？”罗非抬头向小曼确认。

小曼回想了一下：“没有，该记的我都记了。”

罗非神情严峻：“我总觉得有问题……”

“我看不是案子有问题，是你脑子里那个马达停不下来，别想太多了，泡个热水澡，早点睡觉，我不打扰你了，谢谢你的咖啡。”

小曼走到门口，罗非叫住她：“等等……你刚才说该记的都记了，难道还有不该记的？”

“还有跟案情无关的胡言乱语我没记。”小曼随口说道。

“什么胡言乱语？”罗非追到门口。

“他说他撞见了鬼，真是莫名其妙，我看是他心里有鬼。”小曼冷笑道。

“什么鬼？”罗非转到小曼面前。

小曼疑惑地望着罗非，语气淡然地说道：“马太太的鬼，他说昨天晚上他在培而亚路上看见了马太太的鬼魂，结果吓得开车撞上了电线杆。”

罗非当即跳起来：“什么？！这么重要的事你不早说！快走！”

“去哪儿？我要睡觉了。”小曼愣在原地。

“咖啡不是白请你喝的！有点敬业精神，新人！”罗非说完跑进了屋内。

十分钟后，小曼惊讶地又看到了一个周身精致整洁的罗非站在了眼前。

“你是怎么做到的？”小曼指着罗非说道。

“现在不是讨论这个的时候。”

罗非说完，快步朝楼下走去。

当两人下了黄包车，再次翻进马家花园后，罗非拿着手电筒直奔花园查看。

“我们已经是第三次来现场了，你到底在找什么？”小曼略带疲惫地问道。

“找到了。”罗非从墙上扯下一截被剪断的电线，“以你的刑侦能力推断一下，这电线是怎么断的？”

“从切口看是人为剪断的，从表面氧化的程度看是新近剪断的，这是什么线？”

罗非指着路灯：“审讯记录里说路灯坏了，其实是有人故意剪断了路灯线。”

罗非快步走向小路中央，小曼随即跟上。

“然后这个人又把一辆花匠的小车放在这里，造成马博远只能靠一侧行驶。”罗非比画着说道。

“他为什么要这样做？”

“路的这一侧有什么？”

小曼张口道：“树啊。”

“树有什么作用？”

小曼停顿了一秒钟，看向罗非：“藏人？”

罗非点点头：“没错，当天晚上事情发生时，就在这里还躲着第三个人。”

小曼又奇怪地看着树丛：“他躲在这里干什么？”

罗非缓缓吐出两个字：“杀人。”

小曼一脸吃惊：“啊？”

“马太太的死既不是事故，也不是自杀，而是一场精心策划的谋杀。”

“你这些都只是猜测，没有证据吧。”

罗非把头探进树丛，用手电四下照，小曼上前，被罗非一把拦住：“别过来，会破坏现场的。”

小曼站在原地问道：“你发现什么了？”

罗非的手电光照着地上的泥土：“脚印，男性皮鞋花纹底，40 码，体重在 70 公斤左右。”

“地上有脚印很正常吧。”

“马老太太是小脚，门房老头儿穿布鞋，马博远穿的是跳舞的羊皮鞋，鞋底没有纹路。”

“那会是……”小曼摸着下巴沉吟。

罗非蹲下戴上手套，伸手在土里翻拣，找出一小片碎玻璃，瞬间兴高采烈起来：“哈哈哈哈，我抓到你了。”

“抓到谁了？”小曼忙问。

罗非抬头用手电垂直照射着自己的脸，然后压着嗓子说道：“鬼。”

第十五章　消失的尸体

一栋石库门房子前，门口信箱写着“吴”，罗非和小曼相互对视了一眼，这次罗非点头，上前按响了门铃。过了一会儿，门开了，一个扎着长辫，穿着蓝花布衫的女佣开门。

“请问找谁？”女佣问道。

“找吴律师，我是他的朋友。”罗非说道。

罗非递上名片，女佣看了一眼，点点头：“请稍等。”

阿香进屋，罗非和小曼走进天井，看到天井里堆满了大大小小的箱子。这时，吴清风从屋内走了出来，依旧气质沉稳。

“罗顾问，秦警探，光临寒舍有何贵干？”

“你不是说我们还会打交道吗？”小曼冷冷地说道。

“你这是要搬家？”罗非问道。

“我要去南京供职。”吴清风答道。

“不当马家的私人律师了？”罗非继续问道。

吴清风微微一笑：“这次为了保释马公子，耗光了马家的家底，他们连房子都没了，哪有钱再请私人律师。好在南京的朋友为我找了一份差事，我明天就动身。”

“哼，这就是为有钱人当走狗的下场。”秦小曼冷哼道。

吴清风听罢，神色有些尴尬。

“我们不会就在天井里聊天吧？你不请我们进屋坐坐？”罗非用手杖指着门里。

“哦，请进请进，阿香，沏两杯茶。”吴清风一边将两人让进屋一边对那用人吩咐道。

罗非和小曼在客厅里四下观察着，罗非似乎对书架上的书发生了兴趣。吴清风坐着喝茶：“二位请坐。罗顾问，你还没说找我有什么事呢。”

“找你聊聊马博远的案子。”罗非尽量表现得云淡风轻。

“案子已经结了，我也已经不是马家的律师了。”吴清风说道。

“但是你不想知道这件案子背后的真相吗？”

“背后还有真相？”吴清风放下茶杯，盯着罗非。

罗非与其相对而望：“我有一个有趣的故事，不知道吴律师有没有兴趣听？”

吴清风：“好啊，不妨说说看。”

罗非清了清嗓子，真的像是在说书一般：“话说江南水乡有一位名叫阮梦竹的女子，数年前嫁入大上海名门马家。马家虽然家道中落，但是凭借已故商会会长马老先生的名声，在上海滩商界还是有一些影响力，阮家也是依靠马家的影响力，在上海滩做生意。”

吴清风点头：“这些我都知道。”

“那你知不知道，阮梦竹出嫁后在马家地位低下，过得很不快乐。”

吴清风：“哦，是吗？”

“我第一次到马家，发现客厅墙上挂满了马家家人的照片，唯独没马太太。”罗非见吴清风眼神飘忽，随后继续说道，“再加上专横的马老太太，无能的马公子，这马家的媳妇肯定不好当，所以马太太多次萌生离家的念头，可是阮家为了生意，把逃回娘家的阮梦竹又送回了马家。”

“这些事我有所耳闻，但是作为律师，委托人的家事我不便插手。”

“所以你从来不过问马太太的事？”罗非故意问道。

“我和她不熟，话也没讲过几句。”吴清风答道。

“这就奇怪了，我在马太太床头柜里看到马博远高利贷的账单，作为马家的律师，难道不是你和马太太一起在帮着马博远处理各种麻烦吗？”

“我是说除了法律上的事务，我和马太太并没有什么来往。”吴清风解释道。

“对了，我在马太太的床头柜里除了账单，还看到一本《啼笑因缘》。”罗非踱步走到书架跟前，“马博远显然不会看这种书，而且这本只有下册没有上册，所以我推测是别人借给马太太的。”

罗非边说边伸手在书架上搜索，秦小曼发现此时的吴清风已经没有刚刚的云淡风轻，倒是略显紧张。

罗非拍了拍手中的书：“啊，在这里，《啼笑因缘》上册，没有下册，好巧啊，连书店的印戳都一样呢。”

吴清风沉下脸：“罗顾问，你说有一个有趣的故事，我以为是和案情有关，如果只是这种无聊的八卦，我实在没有兴趣。”

“别急啊，我马上就要说到案情了。你和马太太在来往中产生了感情，你同情马太太的处境，想帮她逃离这个家庭，可是你知道马家人为了名声一定会不惜代价找回她，她的娘家也不会帮她，要想彻底跳出这个火坑，除非她死。”

“你该不会怀疑是我杀了马太太吧？”吴清风用试探的眼神看向罗非。

“哈哈哈，你没那么蠢，你的计划高明得多。”罗非转身看向吴清风。

“什么计划？”吴清风紧盯着罗非。

“首先，你去宝大祥定制了一件和马太太身上穿的一模一样的姜黄色朵云绉的旗袍，又去珠宝店买了一样的首饰，然后，你剪断了花园里的路灯电线，并用一辆花匠的小车挡住了半边道路。当天晚上月黑风高，马太太故意找借口和马博远吵架，抓着马博远的车门不放，而这时，你正躲在一旁的树丛中，抱着一具身穿与马太太一模一样服饰的女尸。”

罗非的眼前好像浮现出了那晚马博远车灯前树丛闪过的那抹黑影：吴清风抱着一具穿旗袍的尸体等候在树丛里，透过树丛缝隙看着马博远和阮梦竹的动向。

“当马博远的车经过树丛时，马太太假装失手掉进树丛里，而你不失时机地把事先准备好的女尸塞进马博远车底，并且让车轮正好碾过头部。马博远以为自己误杀了马太太，不会再去找她，马太太就此重获自由。”罗非说着，走到吴清风跟前，锐利的目光刺破了吴清风眼神里隐藏着的某种东西，“也许她已经离开上海，现正在南京某处等你赴约呢。”

然而吴清风毕竟不是马博远那种轻易就会被动摇，以至于方寸大乱的人。面对罗非缜密的推理，他强行装出一副不以为然的样子：“哈哈哈，真是个离奇的故事，有证据吗？”

“这是宝大祥本月的女装定制记录，店员说有一位戴眼镜的男士拿着尺码来定制了一件姜汁黄朵云绉的旗袍。”秦小曼说着拿出一个记录本，摊开推向吴清风。

吴清风看也不看那记录本：“马太太确实委托我帮她定制一件旗袍，我只是帮她跑腿而已。”

“那件多出来的旗袍呢？”小曼问道。

“我怎么知道，你应该去问马太太。”吴清风冷声道。

小曼又亮出一张照片：“我们还在马家的树丛里发现了皮鞋脚印，这尺码和鞋底的花纹……”

罗非起身走到门口，随手拿起门旁的一双皮鞋，回头将鞋底展示给吴清风：“一模一样。”

“一样尺码和花纹的皮鞋全上海可以找出成百上千双。”吴清风冷笑道。

“能随意出入马家的只有一双。”小曼说道。

“哦，我想起来了。”吴清风迟疑了片刻，面对小曼故作姿态反驳道，“有一天我突然内急，站在树丛中方便了一下，犯法吗？”

“你……”

罗非见此情景，不慌不忙地掏出自己的手帕，从中取出一片碎玻璃碴：“你内急的动作幅度可不小，连眼镜都掉了，摔碎一个镜片。我第一次见到你时就注意到，你的两个眼镜片不一样，有一片是新配的，而摔碎的那片……”罗非将碎玻璃摊向吴清风，“这是在车祸现场的树丛中发现的，我相信度数是一样的吧？”

此时的吴清风紧低下头去擦眼镜，双肩微动。

罗非和小曼随即走近，却发现他在笑。

吴清风戴回眼镜，抬头盯着罗非：“罗顾问，秦警探，如果你们有逮捕令，可以现在就把我抓走，不过我要提醒你们，你们的这些所谓证据，到了法庭上都是站不住脚的，你的故事在法官和陪审团面前只是一个离奇的猜测，到时候只怕不但定不了我的罪，上海滩第一名探的名声也会变成笑话。”

小曼见吴清风如此叫嚣，再也按捺不住，凑近指着吴清风呵斥道：“吴清风，你就不要狡辩了，现在跟我去巡捕房归案，算你自首。”

吴清风一笑：“小姑娘，你怎么还是一点都不成熟，法律是严肃的，凡事要讲证据，你们手里的这些证据最多只能证明我到过马家，并不能证明你们那个离奇的故事，那个故事如果要成立，还缺少一个最关键的证据。”

小曼一愣：“什么证据？”

“尸体啊。你说我事先准备了一具女尸冒充马太太，那就一定有另外一个女人死了，可是据我所知，近期并没有发生年轻女性被杀或者失踪的案件，这具尸体从何而来呢？”

秦小曼听罢，一时被问得哑然，目光不由得转向罗非，却见罗非正在出神，不知道在想什么。

“尸体的来源……我们已经查到了。”秦小曼仰起脸争辩道。

“小姑娘，你说谎的时候眼神会飘哦。”吴清风说话间，眼神充满了蔑然，“好了，谢谢你们的故事，如果没有其他事的话，我要继续整理东西了，二位走好不送。”

吴清风做出送客动作，小曼上前一步瞪着吴清风，依然心有不甘。

忽然，她觉得自己紧攥着的拳头被一只温暖的手包住，小曼回过头看向罗非，但见罗非目光直视门口，淡淡地说了一句："走吧。"

可小曼又觉得在某一瞬间，那眼神像是在躲避自己身上某种东西。

第十六章　死而复生

两人从吴家出来，小曼才反应过来。

"可恶，居然死不承认。"小曼说着把手抽了回来。

"他说得对。"罗非点点头，依旧走在前面。

"啊？"小曼一时没想到不可一世的罗非会说这么一句话，不由得紧走几步赶上罗非，歪着头看着罗非。

"这件案子的关键证据确实是尸体，我本想讹他一下，但是他没有上当，这一局我输了。"

小曼更是一脸惊讶："输了？这么容易就认输？那接下来……哎，罗非，你去哪儿？"

罗非终于回头看了一眼小曼，然后一招手跳上一辆黄包车，径自离开了。

晚间，小曼沿着灯火阑珊的弄堂小路一路走回到沙利文公寓，双手抱着一罐咖啡豆。小曼走到公寓楼下时，抬眼看了看二楼罗非的窗户，见到一个抱着萨克斯的身影正在缓缓摇摆着，但是却没有传来一丝声音。

小曼走到二楼，走向自己的公寓门口，犹豫了一下，然后转身走到罗非的门前，敲了敲门。

"罗非。"小曼声音轻柔地说道。

门开出一条缝，罗非咬着萨克斯的吹嘴，仍旧左右摇摆，一言不发地看着小曼。

小曼见此情景，眼神中犹豫又带着恳切："我想说……如果你确定吴清风是调包杀人的凶手，我觉得我们应该继续找证据，而不是认输放弃。"

罗非听完，吹了一个急促的音符出来，看着小曼，眼神中有一丝动容。

罗非这番莫名其妙的举动，顿时让小曼有些不知所措。她不知道罗非是已经有所打算，却不和自己说，还是真的放弃了。可是这种对视的感觉，让小曼觉得那双眼睛里的伤情似乎与案子无关。

两人沉默了片刻，还不等罗非回答，走廊那头传来汪苏苏的声音。

“秦警探！听说你的行李找回来了，能不能先把房租付一付！”

小曼闻听，浑身一惊：“快让我躲一躲。”小曼手忙脚乱地把罗非推进去，自己也飞快跟进去关上了门。

小曼趴在门上听外面动静。

“真奇怪，明明看见她回来的，难道我眼花了？”门外传来汪太太的声音。

罗非对着门口想要再吹，被小曼一把掐住脖子。

随着汪太太的脚步声渐行渐远，罗非的脸色由红转青。

小曼松口气，一转头被罗非凑得极近的脸吓了一跳，这才意识到自己用力过猛，急忙松开了手。

“咳咳……”罗非摩挲着脖子，“你还欠着汪苏苏的房租？”

“我刚来的时候不小心把钱弄丢了，等下个月巡捕房发了薪水……”

罗非也没听小曼说完，就走到桌边，从那颗骷髅里挖出了一小沓钞票。

“拿去。”罗非将钱递了过去。

“这里面居然还藏着钱，我怎么没发现？”小曼目瞪口呆。

“这个应该够你跟汪苏苏结账，再找一个更好的地方，等这案子一结束你就搬家。”

“我为什么要搬家？”

罗非面无表情：“因为你不是我想要的邻居……”

“你有病吧？等等！”小曼又是一惊，“你说等案子结束？难道你有眉目了？”

“啰唆！”

小曼捏着钱站在走廊里，罗非家的门当着她的面“哐！”地又关上了。

小曼下意识瞄了一眼走廊窗户。

同时，罗非突然开门：“窗户我也锁上了！”

门“哐！”地又关上了。

“神经病。”小曼一边点头一边面露肯定地说道。

小曼在书桌边合上日记本，又望了望那沓有些卷边的钱，然后将钱平整地夹在了日记本里。

此刻，罗非慢慢打开了房门，拿起了那罐咖啡豆和一个手掌大小的小布包，伫立在门口看着204的房门。

清晨，小曼睁开眼，定了定神，打了个哈欠。从床上坐起来，像是习惯似的走到门口想打开门看一眼，却发现门缝下面不知什么时候塞进来一张字条。

小曼上前捡起，喃喃念道："上午十点，极司非而路 22 号？"

小曼想了想，猛地打开门，朝对面望去……

吴宅门口，停着一辆没熄火的出租车，吴清风和阿香正把行李一件一件往车上放。

吴清风行动匆匆，当他从后备厢转过来时，一眼见到了站在门口的秦小曼，吴清风见只有小曼一人，镇定自若起来："秦警探，你是来送行的吗？"

"不，我只是路过，你急着要走？"小曼抱着肩膀说道。

吴清风点点头："是啊，去南京供职，昨天跟你说过的。"

小曼冷笑："供职？只怕是从此人间蒸发吧。"

"怎么会，我又没犯法。"吴清风一摊手。

吴清风正要回身上车，突然，一辆挂着警用牌照的黑色轿车在门口急刹停下。

紧接着，一名巡捕从驾驶座位下来，小跑着打开了后车门。随后，沙威探长从里面走了下来。吴清风见状一愣。

"沙探长，您这是找我吴某人有事？"吴清风强作镇定。

小曼仔细一看，令她没想到的是，从车上下来的沙威探长也是一脸茫然，但见沙威亮出一张字条："不是你说有急事找我吗？"

"我……我没有给您留过便条啊。"吴清风看着那张字条，心里莫名忐忑。

"那这字条是谁写的？"沙威这时也发现了小曼，随即将字条递向小曼。

小曼连连摇头，四下望去，正见到罗非不紧不慢地从一棵树后转了出来。

"是我写的。"罗非把玩着雪茄盒，嬉皮笑脸地朝沙威使了个鬼脸。

"罗非，你又在搞什么鬼？"沙威探长撇了撇嘴。

"搞鬼的不是我，是这位吴律师，我今天是来抓鬼的。"罗非朝吴清风微微一笑，递过雪茄盒，"吴律师抽一支吗，你要的关键证据，我已经找到了。"

吴清风一推手："是吗，怎么找到的？我倒是有点好奇。"

罗非拿出一支雪茄，放在鼻下闻了闻："容我慢慢道来，口好干，先进去喝一杯茶如何？"

吴清风沉下脸："对不起，我赶火车。"

罗非一歪头："你的火车十一点半才开，不差这十分钟吧。"

“罗非，这到底是怎么回事？”在一旁听得云里雾里的沙威，瞪眼看向小曼，“秦小曼，你们两个搞什么？”

小曼耸耸肩：“探长，真的不关我的事，我也是收到字条才来的。”

“你们两个也想知道答案吗，那就一起进屋吧。”罗非说着朝院里走去。

吴清风长舒了一口气：“好吧，给你十分钟，如果拿得出你说的证据，我跟你回巡捕房；如果拿不出，就别再纠缠我了。”

“主人先请。”罗非朝吴清风一摆手。

随后，一行人走进吴家。

吴家客厅内东西差不多已被搬空了，只剩桌椅和一些茶具。

“大家别客气，随便坐。”罗非还是一脸嘻嘻的贱笑。

众人互相看了看，只好尴尬地各自找地方坐下。小曼朝罗非使眼色，罗非却只是朝小曼眨了眨眼。

罗非端起一个杯子：“吴律师，不请我们喝茶吗？”

“对不起，茶叶已经收起来了。”吴清风不耐烦地说道。

罗非看了看杯子里的水：“隔夜茶也好，可以明目。”

吴清风看表：“你还有八分钟。”

“罗非，我巡捕房里还有事，一大早不是来看你演独角戏的。”沙威厉声说道。

“探长，我查出马太太车祸时现场有第三个人，并且得出了我的推论，想必你已经知道了。”罗非说着掏出雪茄钳套在雪茄上。

“秦小曼跟我讲过，但我认为你没证据，只是胡乱猜测。”沙威探长说道。

“那好，接下来我就出示证据。”罗非说着剪短了雪茄头，随后端起茶杯细看了起来。

沙威看着杯子不解：“证据在茶杯里？”

“可惜，上好的细瓷。”罗非摇着头说道。

罗非突然一松手，杯子落到地上摔碎，碎片四溅，把众人吓了一跳。

“不好意思，手滑。”罗非夸张地看着碎片，一副手足无措的样子，“哎呀，这满地碎片会扎到脚，谁来收拾一下吧。”

这时，用人阿香匆忙跑进屋，拿着一块抹布一边擦地，一边捡着碎瓷片。

罗非也蹲下来帮着一起捡，偷眼看着略显紧张的吴清风。还是一脸蒙的沙威不耐烦地别过脸去，气不打一处来。

阿香捡起一块碎瓷片。

"哎呀，小心！"罗非伸手握住阿香的手，故作关心，"瓷片很锋利，你这手细皮嫩肉的，划伤就不好了，马太太。"

阿香听罢，脸色一变。沙威和小曼一时间都张大了嘴，不敢相信这已经死了的马太太就好好活在眼前。

吴清风跟着站起了身："罗非！你别欺人太甚！"

"哟！吴律师真是体恤用人，别人碰也碰不得的。"罗非站起身，朝四周说道，"我来给大家介绍一下，马博远的太太，吴清风先生的情人，阮梦竹女士。"

罗非说着一把扯下阿香的假辫子，阿香一声惊叫，露出一头卷翘的秀发。

沙威惊讶地站了起来："这……这到底是怎么回事？"

"吴律师，你说得对，我之前的推理缺关键证据，我推出你用一具女尸冒充了阮梦竹，却没推出尸体是从哪里来的。一开始我去医院、贫民区找最近失踪的女性尸体，白忙了半天，后来我突然意识到你是在故意误导我，我这样是找不到尸体来源的，因为根本就没有人失踪。或者说，就算这个人失踪了，也不会有人知道。"

"我明白了，那具尸体是阿香的！"小曼从椅子上弹了起来。

罗非用雪茄指着吴清风说道："没错，你杀了自己的女佣阿香，然后把阮梦竹打扮成阿香冒名顶替，一个假死，一个失踪，两者正好重合，真是太完美了，差点连我都被你骗过。可惜世界上没有绝对完美的犯罪，再高明的计划也难免留下破绽。"

"是吗？"吴清风无力地向后靠在椅背上，低头看着那些碎瓷片。

"昨天我进门时递上名片，这位阿香接过名片看了一眼，可是我后来从邻居处了解到，阿香是农村女孩，根本不识字，从而确定了我的怀疑……"

阮梦竹这时突然紧攥住碎瓷片，伏地哭了出来："都是我的错，是我逼他做的这一切，你们不要怪他。"

罗非摇摇头："不，马太太，你只是从犯，你不认识阿香，也不知道她的身材和你相仿，怎么可能制订这样一个计划。"

吴清风叹了一口气："这一切都是我做的，但我也是被逼无奈，我担心梦竹的情况，有时候趁马博远不在家和她通电话，可是我太粗心，被阿香偷听到了，她以此来勒索我。"

"我能来一支吗？"吴清风指着罗非正要点燃的雪茄。

罗非点点头，点然后递给吴清风。

吴清风并不会抽烟，更不用说烟气浓重的雪茄了，可是此时的他却贪婪地大口吮吸着，然后再大口地向外剧烈咳嗽着。一番不得法的抽吸，吴清风整个人倒像是完全放松了下来，他眼神虚离地瘫坐在椅子上，眼前好像在慢慢闪过一幕幕回忆：“我一时冲动失手杀了阿香。一开始我很慌，不知道怎么处理尸体，冷静下来之后，我突然发现阿香的身材和梦竹十分相似，于是想到了这个调包计。”

罗非点点头：“我之前推出你的计划是伪造车祸现场，嫁祸马博远，自己带着阮梦竹远走高飞，一箭双雕。我小看你了，你的计划是一箭三雕。”

沙威听到此处，霍然站起身：“吴清风，阮梦竹，看来你们得跟我回巡捕房一趟了。”

阮梦竹这时上前一把抱住吴清风的腿：“清风，对不起，都是我害了你。”

吴清风缓缓俯下身，眼含心疼地把阮梦竹手中的瓷片拿出来，然后解下自己的领带缠在手掌的伤口处，他一边仔细地包扎一边说道：“不，梦竹，我们一起相处这几天虽然很短，但是我很开心，是我一生中最快乐的时光，谢谢你。”

梦竹紧紧握住吴清风的手：“清风，不管你去哪里，结局怎样，我会一直陪你到最后的。”

小曼见此情景，不禁扭过头看向门外。

“咯！”沙威轻咳了一声，“阮梦竹，我必须提醒你，法律上你还是马太太。”

吴清风看向沙威：“不，马博远为了脱罪，已经签字承认自己有精神病史，和精神病人离婚应该不难，可以找我律师界的朋友帮忙。”

罗非点点头：“你连后招都想好了，佩服佩服。”

沙威也不再理会吴清风，转头就对秦小曼下命令：“秦小曼，带他们回巡捕房。”

小曼却在原地发愣。

“秦小曼！”沙威说完就走了出去。

“哦。”小曼答应着，有些踟蹰地走向吴清风与阮梦竹。

第十七章　疑犯逃跑

吴家门口，警车远去，车的后视镜却映着小曼愣愣站在原地的样子。罗非走上前：“你不跟着回巡捕房吗？”

“我不太舒服，跟探长请了半天假。”小曼情绪显得很低落。

“哪里不舒服？”罗非追问。

小曼沮丧地指了指心口的位置。

“你……胸……不舒服？”罗非一脸认真地试探着问道。

“心里不舒服，没心情跟你开玩笑。”小曼白了罗非一眼，径自朝前走去。

“案子破了，你不是应该高兴吗？”罗非重新点燃了一支雪茄。

“可我没想到是这样的结果，马博远吃喝嫖赌虐待妻子，结果是无辜的，吴清风把马太太救出火坑，却成了杀人犯。”

“这个世界不是非黑即白，人也不是简单的用好坏就可以区分，每个罪犯都有值得同情的地方，受害人也未必无辜。你还想着要把所有的罪犯都绳之以法吗？”

小曼思索片刻，回头看向罗非：“有一位哲学家说过，世界上也许没有绝对的正义，但警察的职责是必须要让每个人都相信正义的存在。”

罗非好奇地看着小曼：“哪位哲学家？”

“本人。”小曼说着转回身加快了步伐。

罗非看着小曼的背影，吐出口烟雾，神情严肃起来。

深夜，在沙利文公寓，小曼又坐在窗前写着日记。忽然，听到了敲门声。

“进来。”小曼喊道。

穿着真丝睡衣的罗非轻轻推开门，向里面张望着，正看到目光呆滞的小曼。

“你不是答应我案子完了就搬走吗？”

“我有答应过你吗？”

“你收了我的钱。”罗非理直气壮地说道。

小曼朝罗非招手。罗非双手插兜看了看小曼，犹豫地走过去。

小曼示意罗非俯下身，罗非只得俯下身，两人面对面呼吸近在咫尺。

就在罗非有些心猿意马之时，小曼将一张字条塞进罗非的睡衣口袋，还轻轻拍了拍罗非的胸口。

“谢谢你借钱给我渡过难关，这是欠条，下个月发了薪水就还你。”小曼一脸认真地说道。

罗非翻着白眼起身。

“啊！我知道了。”小曼指着棚顶说道。

“你又知道什么了？”罗非不屑道。

“我知道你做的是什么实验了。你看，天花板上有墨迹，那是你模拟的血迹对不对。”

“说下去。”罗非摩挲着下巴上的胡须说道。

小曼躺在地上手舞足蹈一般：“被害人颈动脉被割破，血迹喷溅得到处都是，凶手转移了尸体，又清洗了所有的血迹，却遗漏了天花板。你是在模拟案发现场，地上的人形不是尸体被发现的位置，而是第一现场，我说得对不对？”小曼说完从地上蹿了起来。

“很好，那么问题来了，如果被害人倒地后就被拖走，请问血迹会留下多长的路径？”

“颈动脉破裂，血可以流三分钟不止，凶手拖被害人的速度大概是每分钟50米……”

罗非点头，当即掏出怀表：“现在开始计时。”

随后，罗非拖着小曼往屋外就走。

“你还没死，正在挣扎。”

“啊啊，救命啊……”

汪苏苏带着一名租客刚上到二楼，204室内就传来了小曼“凄厉”的呼救声。

汪苏苏装作没听到，继续面带尴尬地笑着介绍：“沙利文是我先生的姓，这栋沙利文公寓是他买下来送给我的，你可别小看我这里，中西联合商会会长窦马里知道吗？他可喜欢这里了……”

紧接着，那位房客就看到204室的门突然被打开，昏暗的走廊里，一个穿着睡衣的男人将一个妙龄少女拖进了对门的203房。

“你的力气越来越小，声音越来越弱。”

“啊啊，我不行了。”

“你失血过多进入昏迷状态。”

小曼捂紧喉咙：“呃……”

“我又补了两刀，插！插！”罗非说着伸出手掌就在小曼肋下插了两下。

租客目瞪口呆地目睹了这一幕，二话不说，转身就跑下了楼。

“喂！别走，这只是实验，是实验……”王苏苏扶着楼梯扶手，向下大喊着。

怎奈租客已经跑得无影无踪了。

汪苏苏捂脸：“我到底做错了什么啊！现在一个神经病不够又多了一个。”

而此刻，沙利文公寓外的黑暗中，一个身影正透过望远镜观察着罗非和小曼映在二楼走廊窗玻璃上的身影。

“外滩那边准备好了吗？”那个身影放下望远镜。

“巡捕房、码头都准备好了。”身旁一个声音说道。

“我们的大神探也该出场了。”那个身影说完便隐入了黑暗中。

不一会儿，沙利文公寓一楼，传来汪太太的喊声：“两位大神探！巡捕房电话！”

紧接着，便传来秦小曼的惊呼：“什么？从巡捕房逃走了？罗非！出事了……”

此时的夜空中，稠云卷积，俄顷，大雨倾盆，电闪雷鸣。

出租车中，小曼一脸焦急：“他们怎么会从巡捕房逃出去？”

“现在不是思考这个的时候。”罗非摩挲着怀表说道。

“巡捕房正在全力追捕。”

“没头苍蝇一样寻找有什么效率。”罗非冷哼道。

小曼吃了一惊：“难道我们不是去巡捕房？你知道他们在哪儿？”

“不是在哪儿，而是去要哪儿。”

“他们要去火车站？”

“吴清风这么聪明的人，怎么会走一个已经被警方知道的逃跑路线？”

“那……那他们是要去码头？”小曼眼前一亮，“哎！不对，这车怎么在捕房停下来，应该去码头。”

“少啰唆，下去！”罗非打开了小曼一侧的车门。

“你什么意思？”

“快下去找人封锁西外滩码头，那里是唯一一个对外还有晚班客轮的码头，他们能逃出来，一定会有内应，也一定会有人暗中跟随，我们要做到有备无患。”罗非说着把小曼推了下去。

“可是你……”

还没等小曼说完，罗非就“砰”的一声关上了车门。

车窗如注的雨水瞬间模糊了小曼的脸，罗非望着车窗，眼里闪过一丝柔情。

大雨之中，整个城市的霓虹在劲风骤雨中被映成一片片诡异的光晕，就仿佛是被扭曲了的时空……

时间终于又重合回了那个雷雨交加的夜晚。

还是那个房间，沙利文公寓203室，罗非抱着双膝把这三天所有的事都过了一遍，但是他始终不明白吴清风死前为什么要那么说，而那个贸然开枪的巡捕又是被谁杀死的。

“看来，他们是在挑衅我，我不会乱了方寸的。”罗非转头看向秦小曼。

“我明天就和沙威探长申请，去查……”

“不！”罗非从小曼手里拿过骷髅，“你知道要怎么抓住魔鬼吗？”

小曼慢慢摇摇头。

一个闪电照亮了骷髅，罗非晃了晃手里的骷髅：“就是先变成鬼。”

第十八章　再生命案

深夜的街道上，空无一人，隐隐只能听到一阵阵高跟鞋声响起。此时，韩薇薇正快步往前走着，时不时还回头望着什么，眼神惊恐。走了一会儿，韩薇薇转进一个小巷，一边回头张望一边开始急匆匆往前跑。突然撞到了路边一个坐在轮椅上的人。

韩薇薇连忙欠身道歉：“对不起，对不起，你没事吧？”

韩薇薇抬眼望去，地上只有一台翻倒的轮椅，随即她似乎察觉到什么，刚想抬头，一个黑影将她吞没……

干净温馨的公寓内，煤炭炉上烧着水壶，水壶开始发出“吱吱”的叫声，却没人理。而公寓外室，韩薇薇趴在地板上一动不动，后脑的鲜血流了一地。

第二天，巡捕房的一些巡警在公寓外维持着秩序。

头发散乱的秦小曼穿着一身家常便服从人群后面往前挤。

一个市民不耐烦：“别挤啦，谁啊这是？”

另一个看热闹的市民回头冲着秦小曼大嚷：“挤什么挤，反正又不让进去！”

秦小曼一瞪眼，一手一个把两人扔在身后。当小曼终于挤到最前面时，被一个巡警拦下。

“小赵，我呀！”小曼咧嘴一笑。

这名巡警一时没反应过来：“你是？”

秦小曼把散发捋到后面：“我，秦小曼！”

巡警看罢，这才指着小曼，恍然点了点头：“你怎么这个样子就来了？”

秦小曼边把散发扎起边说：“房东戒指不见了，一大早就缠着我。这不，一接到探长电话，我就直接上这儿来了。”

巡警朝里面挥挥手：“进去吧。对了，罗非呢？”

秦小曼一撇嘴：“他突然请长假了，每天不是把自己关在屋子里，就是一整天不在家，鬼知道他干吗去了。”

当秦小曼走进外间时，迎面就看到韩薇薇趴在地板上的尸体。一名法医正一边查看尸体，一边向沙威汇报情况。

“死者叫韩薇薇，初步看来，死因是后脑勺遭受了致命重击，但没有反复击打的痕迹。”

沙威回头发现小曼来了，连忙招手：“你来了？正好，仔细听听。”

小曼走近尸体旁，不由得对刚刚正在分析死因的法医多看了两眼，转身向沙威投去了询问的眼神。“这是我们警察局的法医本杰明，你刚来可能还没见过，以后你们会经常见面的。”沙威介绍完毕便示意本杰明继续分析。

本杰明向小曼点头示意后继续说道：“一般来说，使用钝器杀人，会有一个反复击打的过程，即使第一下重击已经导致被害人死亡，但出于对钝器的不自信，以及一定要确保对方必死无疑的心理，凶手往往会用钝器反复击打。”

沙威看向死者，一皱眉：“哦？这个死者的后脑勺没有被反复击打的痕迹？”

本杰明摸着死者的后脑勺点点头：“对，如果死者的致命创口曾遭反复击打的话，会在头骨上留下多层摩擦的痕迹，但这个死者的伤口没有这样的痕迹，所以我可以确信，这个死者只被重击了一次。”

小曼俯下身看了看，问道：“为什么？”

本杰明挑眉一笑：“这个问题，不是我的职责范围。”

沙威点点头：“对，这应该由我们警探来查清楚。”

本杰明随即又补充道：“另外，根据尸体僵硬的程度来看，遇害时间大概是昨晚十一点到凌晨一点，更准确的时间要等尸检后才能给出。”

“小曼，听说过晋商会的汤会长吗？”沙威突然问道。

“报纸上看过，说汤会长正在为黄河灾区募捐善款呢。”

“我们巡捕房的警力要全部派去保护汤会长的安全，所以今天这个案子先交给你全权负责。”沙威说道。

秦小曼面露惊喜，指着自己的下巴：“我？全权负责？”

“对，算是你主持的第一个案子。”沙威点头一笑拍了拍小曼的肩膀，“好好干，要考核的。”

“谁留下来帮我？”小曼随口问了一句。

沙威迟疑：“帮你？……呃，本杰明吧，反正晋商会那儿又没死人，用不上他。”

说完沙威就带着叶常青和其他警探走出了公寓。

“你行不行？”看着远去的沙威一行人，本杰明凑近问小曼。

“罗非可以帮我呀。”小曼理直气壮地说道。

“他不是请长假了吗？”

“我现在是这个案子的全权负责人，我可以私下雇他，反正他现在也算是带薪休假了，不用付薪水给他，探长也不会知道。”

本杰明一副看好戏的眼神，戏谑地说道：“你确定他会帮你？”

“他破案的瘾那么大，我跟他随便说两句案情，他就会求着我来看现场。”小曼拍了拍胸口，心虚地说道。

“好了，最后一个问题，罗非人呢？”本杰明问小曼。

小曼有些茫然地看着本杰明：“要不先往公寓打个电话碰碰运气？”

此时的沙利文公寓，汪苏苏正站在门口对着四个站成一排高矮不一的小孩训斥着什么。他们身后不远是一个高高的梳妆台，梳妆台下有个狗粮盆，一只大狗围着狗粮盆在转。

而罗非则搬了把椅子对着门口坐在屋里，用双手的食指对着四个小孩，来回交叉，汪苏苏在一旁焦急地等待罗非的结果。

在汪苏苏看来，整间公寓除了罗非和秦小曼，就只有这四个因为放假来上海玩的远房亲戚的孩子。他们昨天刚到，今天她的戒指就丢了。戒指是她昨晚睡觉前才取下的，夜里公寓大门也是锁上的，所以肯定没有外人，况且小汪今天也一直叫个不停，其中一定有蹊跷，很大可能是家贼干的。

但罗非分析这四个小孩都没有嫌疑，因为首先最矮的两个小孩，根本够不着汪苏苏的梳妆台高架，所以他们不具备作案条件。而另外两个孩子，脸颊和胳膊上都有很深的睡席印痕，这些痕迹都证明他们睡得很熟，不具备作案时间。所以他们都不是偷戒指的贼，希望汪苏苏放小孩们出去玩，但汪苏苏坚持要罗非找到戒指。

就在两人僵持不下之时，秦小曼的电话拯救了罗非，罗非向汪苏苏保证他今晚就能找到戒指，只要她听罗非的安排，答应他三件事情。第一件事，放这些小孩子出去玩；第二件事，不准逼问或难为刚才罗非偷偷嘱咐悄悄话的小孩；第三件事，今天别倒垃圾，等罗非晚上回来。

说完，罗非拎上椅背上的风衣，拿了一份报纸，转身出了门。坐在黄包车上的罗非正在翻看报纸，原本舒展的眉头又紧锁。

报纸上最显眼的地方是一张张黄河灾民的惨状照片。再看报纸标题写着《十五万难民流离失所，陈县发现三百具饿殍！》，紧接着是《晋商会沪上募捐，首批物资由军列直送灾区！》。

“黄河！募捐！”罗非摇摇头，合上报纸，向外看去。今日的上海依旧是热闹繁华。

第十九章　假扮夫妇

当罗非赶到韩薇薇公寓时，看到本杰明正在检查尸体。秦小曼则拿着笔记本跟在旁边，边听边记。

“死者指甲完整，没有发现异物，手腕有扭伤的痕迹，不过是旧伤。”

“旧伤？”小曼听罢，在笔记本上着重标注了一下。

“说旧，其实也不算太旧，看瘀痕应该是最近三天受的伤。死者腿部有一些毛发，初步推断是狗毛，具体还要看化验结果。”

“咦？你看，好像死者的伤口黏了些什么东西。”小曼指着死者的伤口。

本杰明用镊子从死者后脑勺伤口处夹起一个很小的硬颗粒。

本杰明点点头：“小曼你看得很仔细，这的确是个很重要的线索。”

趴在门后的罗非也笑着点点头。

“到底是什么东西？”小曼一时不解。

“应该是瓷器的小碎片，估计凶器是一件质地很硬的瓷器。”本杰明猜测道。

“凶器的底座是圆形，高度在十厘米到十二厘米之间。”门外响起来罗非的声音。秦小曼惊喜地回头：“罗非！你来啦！汪苏苏的戒指被你找到了？”

罗非走过来，俯身观察低橱上面的灰尘。

“凶器就放在这个低橱上，本来是一对，也就是两个。虽然凶手行凶时只用了其中一个，但离开时却把两个都带走了。”

“为什么？”小曼问道。

“等抓到凶手的时候，就知道为什么了。”罗非说道。

“可能凶器上留下了凶手的线索，所以都被带走了。”本杰明说道。

罗非快步走到本杰明身边，蹲下，抓起本杰明拿镊子的手，看他镊子上的小颗粒。“这个颗粒的质地不是瓷器。”

“来，镊子给你，你把我手放了。”本杰明嫌弃地松开手。

“不是瓷器？”小曼放下笔记凑过来。

“对，不是瓷器，而是泥土的烧制品。等等，泥土，圆形底座，十多厘米高，还是一对。”罗非想了想，突然失笑，“我知道凶器是什么了。”

本杰明和秦小曼一齐问：“是什么？”

“给我一副手套。”罗非说着一伸手。

本杰明立刻从工具箱里掏出一副橡胶手套，递给罗非。

罗非快速戴上手套，开始翻找凌乱的书桌，最后找到一本厚的记事本。记事本被撕去了一些纸页，只留下空白页。

罗非高举记事本，仔细观察撕页留下的残边。

秦小曼有些着急：“喂！问你呢，你说知道凶器是什么了，到底是什么呢？”

“这个记事本很新，仅仅被凶手撕去了三页。”

秦小曼听完，急忙抢下罗非手中的记事本。

“喂，你干吗？”

“你先告诉我，凶器到底是什么？”小曼问罗非。

罗非撇撇嘴：“如果你需要我向你解释每一个发现，这会拖慢整个办案效率，直白地说，你简直就是在帮助凶手逃跑。”

秦小曼冷笑，又瞄了眼本杰明：“罗大神探，今天可不一样哦。你们俩，都得听我的。”

罗非一愣，也看向本杰明。

本杰明似乎很配合地点点头：“不错，沙探长让小曼全权负责这个案子。”

秦小曼抱起肩膀：“所以，我问你什么，你就得答什么。”

罗非皱眉，想了会儿，突然说道：“我能退出这个案子吗？”

秦小曼高声叫道：“你敢！！”

罗非一仰脸，表现得十分不屑：“有什么不敢的？我本来就被停职了，再说我也没发现这个案子有什么特别吸引我的地方。”

秦小曼见状，竟突然撒起娇来：“人家第一次全权负责一个案子嘛……罗非，你就帮帮人家嘛……”

本杰明见此情景，也连忙说道：“罗非，你就帮帮小曼吧……”

“对啊对啊……”小曼继续撒娇。

“她撒娇的样子太恶心了。”本杰明低声对罗非说道。

小曼听到后，指着一脸严肃的本杰明，无从发作：“你……”

罗非则笑着点点头：“同意。”

房间门口，一个轮椅缓缓滚到门外。书房门内，一只正在写字的手停住。

房间内的人停笔望向房门口：“做得干净吗？”

轮椅上的人得意地笑道：“哼！我们又不是第一次合作。”

“东西带回来了吗？”

“你们交代的，我都会办到。”

“对了，凶器呢？记得拿给我。”

韩薇薇公寓外间。

罗非正一边用铅笔侧面轻涂记事本的第一张空白页，一边跟秦小曼解释。

“凶器难道还不明显吗？泥土烧制、圆形底座、十多厘米高，还是一对，你就没想到什么吗？”

“没有，到底是什么你就直说嘛。”

罗非吹了吹铅笔灰：“无锡的特产，泥娃娃。”

秦小曼拍了拍脑门：“泥娃娃？有道理。”

罗非又吹了吹铅屑：“消失的不仅是凶器，还有死者的狗。你们看死者腿部沾上的狗毛，应该是比较凶猛的猎犬。来！你们过来看！”

秦小曼、本杰明都凑过来，对着光，看涂了铅笔灰的记事本空白页。

“有字！”本杰明指着本子。

“是数字，720900……什么意思？”小曼皱起眉。

“可能是电话号码，也可能是密码，或者是什么暗号……”本杰明看向罗非。

“乱猜恐怕没有什么意义。你们再看上面，还有字，但是死者写字有轻有重，只能认出几个字。”罗非说道。

“嗯，不是很清楚，好像是个‘東’字，还有晋什么会，还有黄河。”本杰明指着上面的字，“‘東’是什么意思？”

“会不会是个机构的名称，或者人名？”小曼猜测。

本杰明摇摇头：“不太像机构名称，反而下一行的晋什么会，像个机构名称。对了，沙探长离开的时候说过，我们巡捕房的所有警力都派去保护晋商会汤会长，晋什么会可不可能就是晋商会？”

“报纸上连续登了好几天的新闻，说晋商会要为黄河灾区的百姓组织大型募捐活动。这么巧，我们这个案子的死者也写下了“黄河”两个字，我觉得不像是巧合。她的死会不会和晋商会的这次活动有关？”

秦小曼看向罗非，而罗非正在环视房间。

秦小曼冲罗非吼道：“喂！罗非，我问你话呢，我们这个案子的死者会不会和晋商会的赈灾活动有关？”

罗非把目光聚焦在一个相框上：“有关又怎么样？”

“那我们去晋商会查查线索呗。”

“晋商会的后台很硬，不是你想查就能查的。”

秦小曼看向本杰明：“后台？”

“传闻晋商会是北方某个大军阀安插在上海的聚宝盆。”本杰明解释道。

“这里是租界，是有法律管的地方，我们当然可以查。”小曼指着地面理直气壮地说道。

“怎么查？说这里死了个人，问晋商会知道不知道？如果晋商会说不知道呢，你再灰溜溜地回来？”罗非无语地看着小曼。

“那怎么办？”

罗非这时拿起另一个相框：“别忘了，案发现场是破案的第一个关键。”

“我们问过周围的邻居，死者是三个月前刚刚搬来的，他们跟死者都没有太深的接触，如果不去问晋商会的话，我们可能要去花很长一段时间去调查死者的人际关系，反正现场是没什么新的线索了。”小曼说道。

罗非扑哧笑了一声：“要花很长一段时间？那是你吧。”

“罗非，你有新发现？”本杰明凑过去，看着相片。

“死者室内共有 46 张自己的相片，说明死者生前爱美，比较自恋。其中四张被撕去了一大半，说明凶手和死者有过合照，两人的关系虽然亲密但又比较隐秘，应该是一段不能被公开的地下恋情。”罗非说道。

小曼推测道：“会不会是死者自己撕的呢？”

罗非摇头："不会，死者是左撇子，而被撕的照片明显是右手发力。"

"左撇子？"小曼重新看了看照片。

"书桌上的墨水，放在左手边，也说明死者是个左撇子。"

"你说他们……是地下恋情？为什么？"本杰明问道。

"被撕掉的只有四张照片，占比很低，而且全部存放在卧室，外室一张也没有，说明她不想公开这些照片，不想公开这段恋情。"罗非说道。

秦小曼点头赞同："有道理，我觉得这个撕掉照片的地下男友，应该就是凶手。"

罗非看着书橱："我还发现，死者对财经知识非常感兴趣，应该在从事与财务有关的工作，但她不是正规的财经专业毕业生，所以她做的是比较低阶的财经工作，并且随时有失业的风险。"

秦小曼愣了半天："你……都是从书橱看出来的？"

秦小曼和本杰明都来到书橱前，上下打量书橱里的书本。

"你就凭这几本财经书断定死者做的是财经工作？"秦小曼不断挑出一些书，看一眼又放回书橱，"书橱里有很多其他的书呀，像世界历史套书、各国新闻报摘、泰戈尔的诗，还有雪莱的诗、易卜生的小说，我粗看一下，这书橱至少有上百本书，而财经书只有五本而已。"

罗非瞥了这两人一眼，语速不断加快："死者身高一米六五左右，当她的眼睛平视的时候，她看到的就是这第二排书，另外，她是个左撇子，所以她从书桌站起来，转身面向身后的书橱的时候，她会习惯性地左转身，这么来说的话，书橱第二排右侧的几本书是她每次来到书橱时第一眼看到的书，也一定是她经常要看的书，除了一本雪莱的诗集外，其他五本都是财经书，所以她对财经知识一定非常感兴趣。"

本杰明竖起拇指，和小曼两人会心一笑："厉害！"

"那你怎么知道她不是正规财经专业毕业生呢，而且你还说她做的工作比较低阶，随时还有失业的风险？"小曼语气透着一股想驳倒罗非一次的倔强。

"我说的这些，不就摆在你眼前吗？"

秦小曼一愣："啊？"

"只要你仔细看一下这五本书的名字，就会知道这不是大学教材，而是自学课程。另外我怎么知道她的工作比较低阶？其实你仔细看看这五本书的细节，就很容易发现第一本入门书的页脚曲卷得最厉害，但是从第三本中阶开始几乎都是崭新的，说明她还在努力自学最基础的财经知识，自然现在做的工作应该是比较低阶的。

而且你看这第一本入门书，其中有十几页是被折住的，说明了什么？只有两种可能性，要么她需要反复地学习这些知识点，要么她在这些知识点上犯过错误，折起来提醒自己注意。总之，这是一个在财经入门书里都会碰到这么多难题的人，所以业务水平一定非常有限，自然会有失业的风险。”罗非一口气说完，喘了一大口气。

本杰明惊叹：“厉害，连肺活量都这么厉害！”

罗非突然皱眉：“不过，有一点很奇怪。”

本杰明问罗非：“什么？”

“死者的财务能力很差，为什么会替晋商会工作呢？”

本杰明若有所思地点点头：“被你这么一说，我也觉得很奇怪，晋商会是出了名的要求严苛，以死者的能力，绝对进不了晋商会。”

“那到底为什么呀？”小曼问道。

罗非摇摇头：“我也不明白。”罗非又突然莫名地笑起来，“对我来说，这案子变得有趣了些。”

“那……还有别的发现吗？”小曼问道。

“当然有，首先，凶手的身高比我还高一些，至少在一米八以上……”

公寓电话铃声突然响起，打断罗非的话。

秦小曼跑去接听。

“嗯……嗯……好的。”

“什么事？”本杰明问道。

“探长让我去晋商会。”小曼说道。

本杰明点头：“正好趁机探一探晋商会。”

“探长是不是只让你一个人过去？这样，我和本杰明留在这儿。”罗非故意说道。

秦小曼点指着罗非的鼻子：“不行！你一定要去，我这个案子很明显和晋商会有关，你不去怎么帮我查案子？”

罗非一耸肩：“我被探长停职了呀，要是撞见探长多尴尬。”罗非说完，抬头看天花板。

这时本杰明看了一眼小曼，又看看罗非，突然说道：“没事，晋商会正在搞募捐，你们假扮一对去捐善款的夫妇，不就行了？”

秦小曼立刻答应：“行！”

罗非同时反驳："不行！"

"我都不在意名声了，你有什么不行的？"小曼显得有些不开心。

罗非叹气："我怕你到时候沉不住气，打草惊蛇。"

秦小曼连连摆手："不会不会，我肯定听你的话。"

小曼愣了一下，忽然反应过来气愤地看着罗非，改口道："喂，不对啊，现在这个屋里应该听谁的？"

随后，小曼和罗非两人走到街道边。罗非招手叫停一辆黄包车。

罗非刚想上车，被小曼一把拉到一旁。

罗非愕然侧目，小曼则一脸得意地先上了车。

"绅士应该让夫人先上车，快走吧。"小曼转而向车夫说道，"麻烦你，去霞飞路晋商会。"

罗非捂脸苦笑。

"罗非，你怎么猜到凶手的身高？"小曼问道。

"猜？"罗非摇头哼了一声，没有回答她的问题，只是告诫她，"到了晋商会，你千万不要打草惊蛇。"

秦小曼使劲儿咬了一下嘴唇，像是要吃了罗非，随即也哼了一声，侧过脸不看罗非。

过了几秒钟后，罗非突然打了个喷嚏。

秦小曼立刻转过头："你……着凉了？"

"怎么可能？"罗非刚说完，又打了个喷嚏。

秦小曼随后递上一块白色的手绢。

罗非拿起手绢看了一眼，再闻了一下，又放回秦小曼的手中。

"怎么了？"

罗非一脸嫌弃："手绢太脏了。"

秦小曼翻看手绢："脏？哪里？我昨天才洗过的。"

罗非又打了个喷嚏："这就对了，怪不得有消毒水的味道。如果只是普通的灰尘或污垢，根本用不着消毒水吧。"

"哼，好心没好报。我就是不小心沾上了点咖啡，本杰明说加消毒水容易洗干净，你还是拿上吧，防而不备。"

罗非把手绢揣进小曼的口袋："小曼，一会儿到了晋商会，你知道该查什么吗？"

“当然知道，问问有没有人认识死者韩薇薇……”

罗非立刻打断：“不，你应该问怎么给黄河灾民捐款。”

“啊？”小曼一时不解。

“而且你要捐五千银圆。”罗非补充道。

秦小曼更是惊讶：“啊？我哪里有五千银圆？”

罗非竖起食指：“外加一万法币。”

秦小曼直摇头：“你开什么玩笑？我要是有这么多钱，还会跟你合租房子？”

罗非微微一笑：“这样你一定会见到晋商会里最高级别的财务人员。”

秦小曼恍然大悟：“哦！你说过死者在晋商会从事财务工作，所以要我诈捐。”

罗非好笑地说道：“不是诈捐，你只管这样说，这钱，我替你捐。”

“你哪儿来的钱？”小曼瞪大眼睛看着罗非。

“上个月，我帮了北方大军阀一个小忙，人家非要答谢。”罗非淡然地说道。

“答谢了多少？”

“就我之前说的呀，五千银圆、一万法币。”

“你打算全捐啦？”

罗非迟疑了一下：“呃……没有。”

秦小曼失笑：“我就说嘛，这么多钱，是个人都得动心。你留多少？”

“六十五，法币，交房租。”

秦小曼一愣：“你……你是不是傻啊？就给自己留个零头？”

“我有个小侄子，六岁，也住在黄泛区。上周接到电报，他们一家人……都没了。”罗非说道。

“对……对不起。”小曼表情黯然。

第二十章　分头行动

两人到达晋商会门口时，见到门外有很多巡捕房警探在巡守。秦小曼出示证件后，二人走进晋商会。

晋商会大厅，空旷安静，有两条长绳串着，只看见有两个工作人员走过。罗非、秦小曼穿过大厅，来到有工作人员站在外面的小厅门口。

“两位怎么称呼？”工作人员问道。

“这位是秦先生，我是他太太。”

“你……”

小曼丝毫没给罗非说第二个字的机会。

“我们是来给黄河灾民捐款的，之前打电话预约过。”小曼继续说道。

工作人员查阅了一下记录，然后欠身微笑，引领着两人：“原来是秦先生和秦太太，来，请跟我来。”

随后，小曼和罗非被请到小厅。小厅放有两个面对面的沙发，中间隔着一个茶几。

“两位先在这里歇息片刻，茶几上有登记表，你们填好之后，我们会有对应的人员与你们交接。”工作人员说道。

“喂，要这么麻烦吗？”小曼有些心急。

工作人员一愣：“二位是第一次来晋商会？”

秦小曼脱口而出：“是又怎么样？”

工作人员致歉微笑：“抱歉，希望二位谅解，不管在租界里多高地位的人，来晋商会，都是这个流程的。”

“把你刚才的手帕给我。”这时罗非说道。

小曼白了罗非一眼：“你不是嫌弃它脏吗。”

秦小曼递过手帕，罗非直接把手帕垫在了椅子上：“入乡随俗，小曼，坐吧。”

“你！”秦小曼见状，强忍住发作。

罗非、秦小曼坐下后，工作人员退出小厅。秦小曼拿起登记表，看了看。

“我们怎么就成了秦先生和秦太太了呢？”罗非犹豫着说道。

“不是假扮嘛，又不是真的。”小曼表情十分自然。

“就算是假扮，那也应该是罗先生和罗太太吧，哪有男的跟着女的改姓？”罗非争辩。

“行行行，我是罗太太，行了吧？”

罗非寻思了半天，勉强点了点头：“好像……还行，但还是怪怪的。”

“那我就按你说的填，捐款了。”秦小曼一边写登记表一边问，“对了，你还没说，你怎么知道凶手的身高大概一米八呢？”

“很简单，凳子。”罗非拍拍沙发，继续解释道，“死者的身高大概在一米六五，这样的身高，不会坐这么矮的凳子。这是凶手从厨房里搬来的凳子，我坐上去都觉得有点矮。所以凶手的身高应该比我还要高一些，至少在一米八以上。”

秦小曼点点头，自言自语：“这么简单？我怎么没发现呢？”

“真相永远隐藏在细节中，你发现的细节越多，就离真相越近，喀喀！”罗非咳嗽了几声。

“你真是感冒了，要不要去看医生？”小曼关切地问道。

这时脚步声响起，一个穿西服的男子朝两人走来。

西服男看了看秦小曼和罗非的登记表。

“秦小姐，您要捐五千银圆加一万法币？”西服男微笑着问道。

秦小曼迟疑着点了点头：“呃……是啊。”

“秦小姐，晋商会和黄河灾民会万分感念您的善心，您请跟我来。”西服男说完，朝两人深深鞠躬。

“等等，我丈夫呢？”小曼指着罗非。

西服男笑道：“秦小姐放心，会有人带他过去见陈秘书的。”

随后，西服男带着小曼来到晋商会的一间小办公室门前，小曼看着办公室门外铭牌印着晋商会财务组。紧接着，西服男轻轻敲了敲门。

“请进！”门内传来一个男人的声音。

随即，秦小曼跟着西服男走进办公室。

办公室里有五张办公桌，只有一张正对门口，其余四张分列两侧。五个人都在埋头翻账目。

正对着门口的办公桌上放着铜制铭牌：陆向東。

这个铭牌引起了小曼的注意，她瞬间想起了那本涂了铅笔灰的空白页。

秦小曼心想：不会这么巧吧？陆向东？秦小曼走到陆向东的办公桌前坐下。

陆向东仍低着头：“小姐，您应该先去我左边的第一个办公桌去登记。”

秦小曼突然问道：“你认识韩薇薇吗？”

陆向东猛一抬头，和秦小曼对视一眼，又低下头，冷冷地回了一句：“不认识。”

“她是个左撇子，业务能力不太好，但长得很漂亮。”小曼盯着陆向东继续说道。

“我说了，不认识。小姐，你到底是来捐款的，还是来找人的？我这里是财务组，其他事务你应该去找陈秘书。”陆向东不耐烦地说道。

“我捐款，捐款……去第一个办公桌登记，是吧？”秦小曼慢慢挪到左边第一个办公桌，但视线还是不断扫向陆向东。

陆向东则继续工作，一只手翻着账目，一只手打着算盘，动作娴熟。

另一边，一个西服男带着罗非走进大会议室。

罗非看到沙威以及其他一些警探和一个陌生的男人，飞快地还有晋商会工作人员正围坐在一个大会议桌旁。

“罗非？”沙威有些惊讶地看着罗非。

“是会长一直仰慕罗先生的破案能力，特意邀请的。”那个坐在沙威身边的陌生男人朝罗非微笑。

“但他现在……算了，来了就帮点忙嘛。来来来，这是晋商会常务秘书陈汉良先生。”沙威伸手对着男人向罗非介绍。

陈汉良点头微笑：“幸会，幸会。”

罗非审慎地朝陈汉良点了点头，然后问沙威：“巡捕房的警力都跑到晋商会来了，到底出了什么事？”

“汤会长要举办个规模很大的募捐活动，很多政界、商界和军界名流都会光顾，我们当然要重点保护，但是……”

罗非见沙威犹犹豫豫，似有不便，便直接抢问道：“但是什么？”

这时，陈汉良接过话：“有人寄了死亡威胁信给汤会长。”

“信呢？”罗非问道。

陈汉良给一个工作人员使个眼色，工作人员递上一封信。罗非打开信封，拿出信纸读信。

罗非边看边念：“你既无义，必将死于乱枪之下……汤会长怎么说？”

陈汉良摇头叹道：“汤会长的精力全放在募捐活动上，他不拿这个信当一回事。但我们不能不当一回事。”

罗非看了看信的折痕，又甩了甩信封。”

“这封信原配的信封在哪里？给我看一下。”罗非举着信问道。

沙威一脸疑惑：“原配的信封？这不是有个信封吗？”

“这个信封并不是随信寄来的，而是被人后配的。”罗非说道。

“怎么可能，信封是不是后配的你都能看出来？”沙威反问。

“只能说还有痕迹。”罗非笑道。

陈汉良竖起大拇指：“不愧是鼎鼎大名的罗非。这种小细节，沙探长都没发现，罗先生是怎么发现的？”

罗非不屑地一笑："太简单了。信纸放入信封，必须折叠，然而正常人折信，基本只折到稍比信封小些即可。而这封信，信纸折得巴掌大，信封却空空荡荡，显然信纸本来并不是为了这个信封折的。"

"这也可以判断？有些牵强吧？"沙威还有所疑虑。

"当然还有一个原因——这个信封，刚刚我一路走来，在晋商会工作人员的桌上见过一样的，这应该是晋商会统一购买的一批信封。所以这应该不是随恐吓信寄来的，而是你们换上的信封。"罗非用看透了一切的眼神看着陈汉良。

沙威转向陈汉良："汉良兄，一个小小的信封，你到底为何要换，连我都瞒住了。"

陈汉良叹气："唉！拿来给大家看吧。"

工作人员递上一个信封，信封看起来正常，但撕开启封处，上面有个黑龙图章。

罗非一见到就皱起了眉："黑龙会？"

陈汉良点点头："不错，这是日本最臭名昭著的刺客组织黑龙会的专用图章。"

"日本人，干吗跟汤会长过不去？"罗非问道。

"谁知道呢？"陈汉良无奈地摇摇头。

此时的沙威却如临大敌："黑龙会可真开不得玩笑，你应该告诉汤会长，劝劝他，能不能先取消明天的慈善募捐活动。"

陈汉良立刻摇头："会长的脾气我还不了解吗？就算被枪指着脑袋，他也要完成自己要做的事情。所以我干脆换了信封，免得会长为此事分神。希望沙探长多多帮忙，发动巡捕房的警力，帮助我们保护好会长的安全。"

罗非站起身："既然巡捕房警力都在晋商会，我看我没有留下的必要。"

陈汉良也急忙起身，拦住罗非："罗先生，稍等！"

"怎么了？"

"发生了件很奇怪的事情，所以沙探长才会打电话邀您过来。"陈汉良说道。

罗非一笑："奇怪的事？"

沙威清咳了几声："是这样，这封信不是来了一封，而是……"

"而是什么？"罗非盯着沙威。

"每个时辰都来一封同样内容的死亡威胁信。"沙威说道。

"这是黑龙会为了增加我们的压力和恐惧感使的一种手段罢了，有什么奇怪的？"罗非耸耸肩。

"关键是，这信不是在邮筒里发现的，而是……而是每隔一个时辰都出现在汤会长的办公桌上。”

罗非听罢陈汉良的话，愣了一下：“每个时辰？汤会长的办公桌上？当着汤会长的面？”

“倒不是当面，会长每次出来如厕或是见人，回到房间就会发现桌子上的一封信。”

“那汤会长不是已经看到黑龙会的印章了吗？”

“没有，这印记印在启封处，撕开才能看到。会长没有拆封，直接交我处理。但这些信每隔一个时辰就出现在他的办公室里，好像会长对此事也有些烦躁了。”

“什么时候开始的？已经有几封了？”

“就是今天上午发现的，现在有三封信了。看时间，可能很快有第四封了。”陈汉良面色焦急。

罗非歪着头一笑：“有意思，太有意思了！走！我们去汤会长办公室等！”

与此同时，晋商会小办公室内，秦小曼抬头问工作人员小王：“我在这里签名？”

小王点头：“对，您签了名之后，明天到我隔壁的办公桌取支票本。”

秦小曼一边签名一边轻声问：“您认识韩薇薇吗？她在你们这里工作过。”

小王摇头：“不认识。”

“你再想想，是个左撇子，业务能力不好，但很漂亮。”秦小曼说道。

“不认识。”小王依旧没什么印象的样子。

这什么鬼地方啊，个个儿都跟个冰棍似的，太奇怪了。小曼心里想。

秦小曼收拾桌上一些材料，装进材料袋中。

秦小曼看了看一屋子低着头的工作人员，觉得气氛有些不对，随即摇摇头，准备出门。

“小姐，你好像忘了东西。”陆向东头也不抬地说道。

秦小曼愣了一下，随即快走到陆向东桌前：“啊？哦，对对对……”

随后，陆向东递给秦小曼一张折好的字条，抬起头使了个眼色。秦小曼立刻把字条放进口袋。

“如果你想进一步增加募捐金额的话，可以随时给我们打电话。”陆向东说道。

秦小曼点头：“好的，谢谢。”

汤会长办公室内。

汤济豫、陈汉良、沙威和一些警探站在墙边，看着到处找线索的罗非。

罗非则一副无所顾忌的专注状态，他弯腰仔细观察办公桌，再平视窗口，然后摇了摇头。

罗非又抬头观察天花板上的通气栅栏，还是摇头。

会长汤济豫问罗非："罗先生有什么发现吗？"

"汤会长，这三封信出现的时候，你都正好不在这屋子里？"

汤济豫点头："没错，我回来的时候就发现桌子上多了一封信。"

"窗户打开过吗？"罗非问道。

"我前几日刚受了点风寒，所以今天一直没敢开窗户。"

罗非点头："也就是说，窗户一直从里面锁着。"

"没错，这点我可以肯定。"

"那天花板上的通气管道呢？陈秘书，你知道管道的尺寸吗？"

陈汉良忙走过来："我看过大楼的结构图，管道很细小，只有三十公分宽，绝对藏不下一个人。"

"汤会长你出去过几次，每次大概花多长时间？"罗非转而问汤济豫。

"有长有短，但最长也不超过十分钟，我记得那次是租界工部局的约翰处长来找我。""最短的一次呢？"罗非追问。

"就是第三次，我本来想出去抽支雪茄，走到半路上忘了带火，所以又回办公室，结果一开门就看到办公桌上多了一封信。"汤济豫回忆道。

"从你离开到回来，花了多长时间？"罗非问道。

"时间很短，差不多两分钟吧。"

罗非又转向沙威："探长，在汤会长每次离开办公室的时间里，会不会有人偷偷进了办公室？"

"不可能，巡捕房的警力一大早都到位了，而汤会长的办公室更是我们保护的重中之重，每时每刻都有两个警探在门外守着。我保证汤会长离开办公室的时候，没人进去过。"沙威语气坚定地说道。

罗非淡然一笑："有意思！窗户是反锁的，通气管道小得藏不住人，又不曾有人趁汤会长离开的时候进去过。也就是说，三封威胁信出现的时候，这里都是一个密室！"

第二十一章　神秘数字

夜晚华灯初上，黄包车内“秦氏夫妇”终于结束了一天的调查，显得都很疲惫。

“又是密室？”小曼惊讶。

“对，三个死亡威胁，都出现在密室中。”罗非闭着眼睛说道。

“那你看出什么端倪了吗？”

罗非笑着摇摇头：“还没有。你呢？有什么收获？”

“晋商会财务组像个冰窖一样，个个儿都冷漠得要命，倒是他们的头儿最后偷偷给了我一张字条。”小曼抱怨道。

“写的什么？”罗非侧过头。

“是个数字，720900，还写了个地址，我查过了，是家西餐厅。”小曼拿出陆向东给的字条。

“720900，你记不记得，死者韩薇薇的记事本上也写了这个数字。”

秦小曼猛然直起身：“对了，给我字条的这个人叫陆向东，我记得那个记事本上有个‘東’字，会不会这么巧？”

罗非立刻睁开眼睛：“走！去这家西餐厅！师傅，麻烦掉个头！”

十五分钟后，黄包车停在路边。面前的商铺、餐厅都黑了灯。

“都是为了等你，你看，都已经关门了。”小曼抱怨道。

“没关系，明天你再去会会这个陆向东。”罗非说道。

“明天？明天不是晋商会的募捐活动吗？”小曼无力地靠在座位背上。

“人多耳杂，更容易和陆向东说上话。记住，一定要问清楚720900这个数字的意思，我估计他是知道一些内情的，但知道的并不多。”

“那我们现在……回去？”小曼问道。

罗非想了想：“不着急，我们绕道去一趟韩薇薇的公寓。”

小曼一脸拒绝：“啊？为什么呀？”

“韩薇薇昨天遇害的时间，差不多就是现在这个时候，正好可以观察一下死者最后走过的一段路。”

“挺瘆人的，你……不怕？”小曼抽了口冷气。

罗非瞄了小曼一眼，咳嗽着说道：“师傅，麻烦你，前面路口拐进去，走慢一点。”

不一会儿，黄包车来到一条空旷的小巷，几盏路灯，忽明忽暗。

在经过一个比较昏暗的岔口时，罗非喊了声："停一下！"

紧跟着，罗非一下钻出黄包车。秦小曼见状，付了车钱，立刻跟了出去。

"怎么了？"小曼追上来问道。

"这里是离韩薇薇公寓最近的一个小岔口，而且也是灯光最昏暗的，如果我是凶手，我会选择躲在这里，伏击韩薇薇。"罗非说道。

"什么意思？你是说，公寓不是第一案发现场？"

"公寓是第一杀人现场，但不一定是死者遇到凶手的地方。"

"罗……罗非，你……你看，怎么韩薇薇公寓的灯还亮着？"小曼颤抖着声音指着韩薇薇公寓楼上的一扇窗户。

"会不会是本杰明还没走？"罗非倒是一点不怕。

小曼连连摇头："不可能，本杰明下午就把尸体运回巡捕房了。"

罗非立刻朝前走去："走，去看看。"

当小曼、罗非来到公寓门外时，更诡异的一幕出现了。

公寓里居然断断续续传来一个女人的哭声。秦小曼做了个止步的手势，咽了口口水，随即掏出枪来。

"听见没，里面有女人在哭？快去看看。"罗非低声说道，轻轻推了推小曼。

"你是男的呀，能不能有点绅士风度？"小曼瞪了罗非一眼。

罗非嘲讽道："哟，自称辣手女警探的秦小曼，现在是你展现能力的时候了。"

"都是你，非要这时候来凶案现场。这大半夜哭得真瘆人。"

罗非故作认真地说道："会不会是死者的鬼魂？"

"鬼你个头啊，你敢拿封建迷信来吓我。走，进去看看！"

随后，罗非紧跟着秦小曼走了过去。

"砰"的一声，门被踹开。

秦小曼和罗非奋力冲了进去。

秦小曼闭着眼，高声喝道："警察！不准动！"

罗非放下枪，回头看着小曼："你别躲后面了，刚才哭的是人，不是鬼。"

秦小曼这才从罗非背后探出头来，慢慢睁开了眼睛。

只见两个年轻的女孩坐在书桌旁。其中一个眼睛很红。

"刚才哭的人是你？"小曼问道。

红眼睛的女孩儿点点头。

“你们是谁啊？为什么到这儿来？”小曼问道。

“你们……”两个女孩儿也像是被吓了一跳，惊魂未定。

秦小曼掏出证件：“我们是巡捕房的警员。”

红眼睛女孩儿说道：“我叫陈慧言，她叫赵素。我们都是韩薇薇的同事。”

秦小曼一皱眉：“同事？我今天没在晋商会看到过你们呀。”

这时陈慧言说道：“我们不是晋商会的，我们是《申报》的记者。”

“那韩薇薇也是《申报》的记者？”小曼问道。

陈慧言点点头：“没错，薇薇本来是副刊的编辑，两个月前刚刚调来主刊当记者。她人特别善良也特别上进，没想到她这么年轻就……”

“薇薇姐说好今天要来报社开会的，但一直没出现，所以我们下班就来找她，没想到她竟然被人害了。刚才好多同事都来过了，我和慧言想给薇薇姐守夜，就留下来了。”赵素说道。

“怪不得书橱里有各国新闻报摘。”小曼说着看向罗非，“罗非，你不是说死者是做财务工作的吗？这次差得也太离谱了吧？”

罗非皱眉，摩挲着胡须：“记者？怎么可能？那她为什么要自学这么多财务书籍呢？”

陈慧言解释道：“薇薇跟我们说过，她要跟一个大新闻，曝光一个轰动上海滩的大丑闻，但具体是什么，她从来没跟别人透露过。”

“为了抢独家？”

赵素摇头：“不是，薇薇姐说过，她这次跟的新闻会很危险，所以她不跟我们说，是为了保护我们的安全。”

“她离开报社多长时间了？”罗非问道。

“一个半月左右。”赵素说道。

罗非朝小曼一笑：“小曼，我没有说错，韩薇薇在这一个半月的时间里做的就是财务工作，或者更准确地说，是地下工作。”

赵素听到罗非的推理，也好像明白了一些：“这段时间，报社里谁也不知道薇薇姐在干吗。昨天她突然打电话到报社，说是要开编辑会，准备连载新闻。”

“她有男朋友吗？”罗非突然问道。

陈慧言一脸茫然：“没听说过。”

罗非连着打了两个喷嚏。

秦小曼走到罗非身边，关切道：“你感冒这么严重啊？这样吧，你们在这儿守夜，我们就不打扰你们了。”

陈慧言目光殷切地望着小曼：“要是查到害死薇薇的凶手，一定要告诉我们一声。”

秦小曼微笑着点点头：“那当然，那当然。”

随后，秦小曼推着罗非出了门。

“要是有她男朋友的线索就好了。”罗非靠在黄包车里说道。

“我已经想通了，韩薇薇要曝光的丑闻，应该跟晋商会的黄河赈灾有关，所以她应征到晋商会工作，收集相关证据。但是就在她收集好证据、准备登报的时候，遭到了晋商会的灭口。”秦小曼推理道。

“不能这么说。”罗非闭着眼睛说道。

秦小曼一皱眉：“怎么了？”

“现在还没有证据否定整个晋商会，或许只是晋商会里某些人因为利益关系，杀了韩薇薇灭口。”

小曼突然想到了什么：“那你还打算继续捐款吗？”

“当然捐，我不是捐给晋商会，我是捐给灾民的，喀喀……”罗非又咳嗽起来。

“你感冒越来越严重了，回去好好休息吧。”小曼说道。

沙利文公寓走廊里，罗非、秦小曼开门走了进来。而汪苏苏房间的灯还亮着。

“看来暂时休息不了了。”罗非叹了口气。

汪苏苏这时从房间出来，倚着门框，一脸怒气：“罗非！你总算回来了，我等得急死了！我戒指呢？”

“你的爱犬大汪今天应该拉了很多狗屎。”罗非笑道。

“你怎么知道？”

“你的金戒指就在那些狗屎里。”

汪苏苏脸色大变。

“你不信我？”罗非说道。

汪苏苏将信将疑：“当真在狗屎里？”

“事情的经过是这样的。你家来了那么多小孩，他们嬉戏打闹的时候撞到了梳妆台，梳妆台上的金戒指被碰掉了下来，而你梳妆台的下方是一盏盛满狗粮的碗，戒指一定是落在碗里后被狗吞了下去。所以今天早上你的大汪因为不舒服，吼个不停。”

汪苏苏抱怨道：“那你干吗不直接告诉我呀？”

罗非叹气：“我知道你心疼大汪甚过亲儿子，你会舍得拿巴豆喂它？”

“当然舍不得，所以……你敢用巴豆害我家大汪？！”汪苏苏瞪眼指着罗非。

“所以，我请了一个小孩帮忙，趁你不注意，把巴豆掺入狗粮里。”

汪苏苏恍然大悟：“你当时跟小孩子说的悄悄话就是这个？让他放巴豆害我大汪？”罗非强忍住笑：“反正你戒指就在大汪的便便里了，你自便。”

汪苏苏突然开始难过起来。

罗非奇怪：“你怎么了？”

汪苏苏脸上的难过逐渐变成了心疼：“我把大汪的便便清理得干干净净，通通倒掉了。”汪苏苏说完捂着脸，冲回到房间里。

“我早上出门前不是让你不要倒垃圾的吗？”罗非无奈地说道。

房间里传来汪苏苏的哭声：“我没把大汪的便便当垃圾呀！”

罗非和秦小曼对视一眼，都摇摇头。

203房间内，罗非正熬夜在桌前画图。

猛然间打了个喷嚏，罗非掏出手绢，愣了一下，还是用手绢擦去图纸上的喷嚏。

这时秦小曼来到开着的房门口，看着罗非。

“你感冒得这么厉害，怎么还不休息呢？”

罗非难得露出一个略显憨厚的笑意：“那个密室来信，让我兴奋得睡不着啊。”

罗非紧接着又打了个喷嚏，立刻拿手绢擦拭，刚擦了一下，突然停住，把手绢藏到身后：“你……你找我有事？”

秦小曼低下头，偷笑：“我是想来拿回我的手绢的，现在看来，没必要了。”

又过了许久，秦小曼再次走回到203室，轻轻来到罗非身边。桌前的罗非趴在桌上已然熟睡。秦小曼看着罗非手里抓着的手绢，微笑着摇摇头。

第二十二章　小曼受伤

第二天清晨。

罗非慢慢睁开双眼，坐起身来，忽然发现身上披了一件厚大衣。

桌上有一个用棉布袋装着的汤罐，下面压着一张字条。罗非拿起字条看到：早上刚煨的鸡汤，对你的感冒有益。

罗非笑了笑，从汤罐里倒出一碗鸡汤，迫不及待地喝下一大口。万没想到是，就在他的每一寸味蕾接触到每一个鸡汤分子时，罗非“噗”的一声，把口中的鸡汤喷到了地上。

“秦小曼，你怎么能把糖当成盐呢？！”

而此时的小曼已经来到了晋商会募捐活动的广场，和叶常青、本杰明等人在巡逻。

叶常青一脸不耐烦：“有没有搞错，这么一大早就把整个巡捕房的警力都弄来了？这晋商会的面子也太大了吧？”

本杰明也唉声叹气：“你有什么好抱怨的，守卫巡查本来就是你的任务。可他们竟然把我也拽来了，我是法医啊，拽我来现场，他们也不怕不吉利。”

只有秦小曼十分机警地环顾着四周：“谁让它被黑龙会盯上了呢，能多一个警力就多一个警力。这黑龙会可真厉害，昨天给汤会长送了三封威胁信，神出鬼没的，罗非想了一夜都没弄明白怎么回事。”

叶常青小声嘀咕：“希望黑龙会不要伤及无辜啊。”

“叶常青，你这么怕死啊？”小曼讽刺道。

“来了很多工部局的人，这汤会长还真是有面子。”本杰明说着扫向演讲台。

此时就在广场中央所搭建的演讲台上，拉着一个横幅，上书：援救黄河灾区百姓爱心募捐。

汤济豫、汤夫人、陈汉良和陆向东在演讲台上，不断向坐在台下的达官贵人致意。达官贵人一个个上前捐款，再释放一个个挂有捐献人姓名的气球。

小曼顺着本杰明所指看着最近的两个气球字幅写着：工部局约翰捐赠一万银圆、浙商会罗大千捐赠三十万法币。

这时场地内忽然安静下来，汤济豫走到演讲台话筒前，清清嗓子，准备讲话。

忽然，讲稿不小心被汤夫人碰落在地，汤济豫和汤夫人同时俯身正想去捡讲稿时，只听“砰”的一声枪响！与此同时，汤济豫被吓得蹲了下来。沙威听到枪响后，第一时间跳上台来，带着一队警探护着汤济豫夫妇撤离演讲台。

陈汉良手指右边楼上：“小心刺客！保护会长！小心刺客！”

秦小曼在混乱的人群中挤上前去，正看到陆向东倒在血泊中，左胸中枪。秦小曼帮陆向东按压胸部，实施急救。

陆向东吐着血水，双眼失焦地望着天：“没……没用的。”

秦小曼急忙俯在陆向东脸颊旁，低声说道："720900 是什么意思？"

"汇……丰……"陆向东抽搐着只说了两个字，便当场毙命。

秦小曼失望地站起身，无奈地摇了摇头，回头却看到叶常青一直在身后护着自己，有些感动。

"谢谢，刺客呢，刺客在哪儿？"

"好像在右边那楼上。"叶常青指着右边的大楼说道。

秦小曼随即拔出枪，直往右楼冲去。

"小曼！你回来！你怎么斗得过黑龙会呀！"叶常青大喊，犹豫再三跑向了沙威探长一边。

楼道二层内一队警探背靠背，往楼道前方推进。秦小曼挤过这队警探，冲到了最前面。

"小曼，你不要命啦。"身后的警探大喊。

"对方是职业杀手，撤离速度很快。这么慢慢走上去，对方早就溜了。"小曼边跑边说道。

当小曼跑到大楼的第五层时，她一个人从楼梯间冲进了空旷的楼道内。小曼一个门一个门地踹开，并立刻侧身持枪警戒。秦小曼一连踹开五个门都没有见到任何人。

秦小曼踹开第六个门时，便发现房间内有个桌子，窗户虽然关着，但很明显左侧第二格窗户没有玻璃。秦小曼冲进去搜索一番后，发现室内空无一人。

小曼又走到窗前，发现没有玻璃的窗户正好对着募捐活动演讲台。她仔细看了看，窗帘被打了个带孔的结。小曼推开窗户，发现窗台上没有脚印，立刻返身观察室内，看到天花板的通气栅门很大。她站在凳子上，推开通气栅门，双手一撑，上半截身子进了天花板隔层。

通气隔层很昏暗，秦小曼还是一个撑跳，进入隔层。秦小曼屏住气慢慢移动，不时听到一些金属撞击的声音。

此时的晋商会募捐活动广场一片混乱，到处都是四散奔逃的人群。

"大家不要乱！跟我走！往左边巷子撤！"正在疏散人群的叶常青忽觉袖子被人用力拽住。

叶常青紧张地一回头："谁？"

"看到小曼了吗？"

叶常青见来人是罗非："一个人去追黑龙会了，右边那楼上。"

罗非一瞪眼："一个人？唉，你怎么不拦着她！"

"我能拦得住她吗？"

罗非也不听叶常青在说什么，往右楼飞奔。

叶常青看着罗非的身影，有些奇怪："她不要命，你也不要命啦？"

通气隔层内，金属撞击的声音断断续续。

秦小曼快速往前走着，声音一停，她也停下，等声音再响，她也快速追上去。

秦小曼心里盘算：这个声音，肯定是长枪撞到管道发出的声音，只要我追上这个声音，就追到凶手了！

秦小曼想到这儿，又奋力往前冲了一段距离，忽然停下。

秦小曼心里奇怪：怎么不响了？

这时，在小曼身后昏暗的管道中，一个阴沉的日本男人的声音冷笑着："你很厉害，居然追到了这里来。"紧接着，是一声清脆的拉动枪栓的声音。警觉敏锐的小曼惊得一回头，瞬间听到一声枪响在管道里炸裂开来，黑暗中一道细长的火光正朝自己袭来。

秦小曼惊恐地瞪大眼睛……

此时的楼梯间，一队又一队的警探跑上跑下。人群中，罗非拦住正要上楼的沙威。

"看到小曼了吗？"

沙威紧张地摇头："还没，我正派人一间一间地找她呢。"

"现在搜到几楼了？"

"应该到四楼了吧。"

罗非挤开前面的一队警探，径直往上跑去。

沙威望着罗非的背影大喊："你去哪儿？！"

通气隔层管道内，传来秦小曼重重的呼吸声。一个背着狙击步枪的男人慢慢朝小曼走了过来。

"是……是你杀的陆向东？"躺在地上的小曼看着一个身影渐渐遮挡住了自己的视线，"也是你寄的威胁信？"

小曼看着黑影离自己越来越近，平复心情，猛然提高了声音："反正……我落在你手里了，在我死前，你能让我明白那个密室来信到底怎么回事吗？”

随即，那人用拗口的中文说道：“陆桑欺骗黑龙会，死有余辜。”

秦小曼握枪的手微微颤抖。

这时，罗非正在空旷的走廊上焦急地寻找着秦小曼的身影。

突然，罗非听到一声枪响，他浑身一颤，脑海里那个咖啡店爆炸的景象仿佛又在眼前重现了！罗非用力晃了晃头，扭头往枪声处望去，仔细辨别着方向。紧接着又是两声枪响！

“小曼！”罗非大喊着立刻撒腿往后面跑去。

通气隔层内，秦小曼倒在地上，一只手按着流血的大腿，一只手持枪瞄着前方。恍惚间，她好像看到罗非正朝自己跑来，不，那一定是梦，小曼此刻宁愿他在家喝着鸡汤，可她又觉得无比害怕，她渴望那个身影将自己紧紧抱住，温暖着自己……

罗非跑到秦小曼身边，蹲下查看她的伤口。

秦小曼微微一笑：“真的是你……，对不起……让他……跑了……”

罗非无比惊慌地看着小曼：“别管他了！倒是你，必须立刻止血！否则……”

“否则什么？”小曼的声音逐渐微弱。

罗非取下皮带，抬起秦小曼的大腿，用皮带捆绑伤口上侧。

“你…你干吗？”小曼急切地呻吟着。

“失血过多，你会晕倒，甚至有生命危险。”罗非说着又用力撕破秦小曼的裤子，查看伤口，用手按压，但仍有血不断流出。

“你……”本还想发作一番的小曼却红了脸，但很快两眼一黑，便失去了知觉。

三天后，医院病房。

秦小曼慢慢睁开眼睛，她看到罗非、汪苏苏、本杰明都坐在病房里。

汪苏苏第一个看到小曼醒来，急忙上前：“醒了醒了，她醒了！”

秦小曼无力地皱眉：“我饿……”

汪苏苏心疼地说道：“当然饿啦，你都昏迷三天了。我去给你买点吃的。”

汪苏苏说着快步走了出去。

这时罗非凑到小曼身边安慰道：“小曼，放心，医生说了你没什么大碍。”

秦小曼想了想，盯着罗非片刻，忽然用力说出一句：“停！罗非，我记得我昏迷前你…你后来有没有……”小曼突然又害羞地别过了头。

罗非则是一脸认真与关切，继续说道：“医生还说了，幸亏我当时按住你大腿的伤口……”

秦小曼随即打断罗非的话：“行了行了，你不要再说了！”

本杰明这时凑过来问道：“小曼，你还记得凶手的样子吗？”

“我没看到他的样子，他一直站在我后面。不过听他口音，是中年男子，而且是日本人。”

本杰明又问道：“他说过什么吗？”

秦小曼皱眉回忆着：“我记得……他好像说过，陆桑欺骗黑龙会，死有余辜。”

本杰明立刻和罗非对视一眼，罗非摇摇头。

本杰明笑着点点头：“这就对了，小曼，你的第一个案子已经破了！祝贺你！”

秦小曼一脸诧异：“破了？凶手是谁？”

“就是那个杀手口中的陆桑啊，陆向东。陆向东死了以后，我们在他家中发现了罪证。”本杰明说道。

第二十三章　行凶男友

三天前，陆向东家门外。

四个警探站在陆向东家门口，沙威带着本杰明、罗非走近他们。四个警探齐刷刷地向沙威敬礼。

沙威气呼呼地说道：“叶常青呢？急吼吼地把我从老汤那里叫过来，要没重大发现，我非剥了他的皮不可！”

一名警探说道：“叶警长在里面等着您呢。”

沙威示意罗非和本杰明：“走！看看去！”

陆向东家，沙威、本杰明、罗非走进内厅。

叶常青正戴着手套在翻找一个橱柜的下层。

“叶常青，我让你过来把陆组长的噩耗通知他的家人，你给我整什么幺蛾子？”沙威申斥道。

叶常青回头：“探长，您来啦。本来我是过来通知他家人的，可来了之后才知道这陆向东是独居的，家人都不在上海。”

沙威一闪身："你要的人，我都给你带来了。喏，本杰明，还有罗非。有什么重要的话，现在可以说了吧？"

"探长，我打算离开的时候，突然听到橱柜里有些动静。我就打开来看了下，结果……"叶常青说到这儿故意停下。

沙威急了："你卖什么关子啊，别尽跟罗非学些坏毛病。"

"橱柜里拴着一只狗，还有一对沾了血的泥娃娃。"叶常青说着招呼几人来到橱柜前。

本杰明满脸疑惑："狗？在哪儿？"

"我拴在后院了。"叶常青说道。

"我去看看。"本杰明说着走了出去。

"那泥娃娃呢？"罗非问道。

"在书桌上那个证物盒里。"叶常青指着桌上说道。

罗非走过去，戴上手套，打开证物盒，捧出两个泥娃娃。

罗非仔细观察左手的泥娃娃，底座有个明显的裂口，还沾着干涸的血迹。

"凶器？"沙威背着手问道。

罗非放下左手的泥娃娃，又翻看右手的泥娃娃。

沙威突然觉得有些不对劲儿："咦？这个泥娃娃既没裂痕，又没血迹。"

这时，本杰明走了回来，来到沙威身边："探长，我比对过了，在陆向东橱柜里发现的狗身上的狗毛，与死者韩薇薇腿上发现的狗毛，是一致的。"

沙威闪身对本杰明说道："来，你再看看这个。"

沙威指着罗非放在桌上的带血的泥娃娃。

本杰明边看边说："泥娃娃的底座外形和韩薇薇后脑勺的伤口完全吻合，而且从裂口痕迹来看，这个泥娃娃只受过一次外力，巧的是，这跟韩薇薇被一击毙命的死亡经过也是吻合的。"

沙威肯定地点了一下头："证据很确凿，但动机呢？晋商会的财务组长为什么要对一个女记者下毒手呢？"

"我记得罗非在勘查韩薇薇公寓时说过，韩薇薇有个神秘的地下男朋友，我在想，会不会就是这个陆向东？"本杰明猜测道。

沙威摇摇头："不太可能，秦小曼昨晚打过电话给我，说她查到韩薇薇是工作心很强的《申报》记者，正在卧底调查一桩与晋商会有关的丑闻。我想她不会在这个时候，去找个晋商会的人当男朋友吧。”

叶常青这时插言：“会不会韩薇薇对陆向东，根本是逢场作戏？陆向东是晋商会的财务组长，而韩薇薇伪装混进去，是为了曝光晋商会的丑闻，那陆向东不是她最好的突破口吗？”

沙威点头赞同：“有道理，这陆向东发现真相后，自然恼羞成怒，对韩薇薇痛下杀手。本杰明，你觉得呢？”

本杰明一摊手：“我是法医，我只关心证据，不关心推理。我现在知道的是两件事：一、这个泥娃娃就是杀害《申报》记者韩薇薇的凶器；二、出现在陆向东橱柜里的狗是韩薇薇生前饲养的。”

叶常青兴奋地说道：“还有第三件！”

罗非微微一笑：“第三件？”

“就是晋商会的丑闻。”叶常青说完，朝沙威身后看了看。

沙威听罢，朝身后的两名警探吩咐道：“等一下，小张，还有小赵，你们出去帮我买包烟，顺便帮我们把门关上。”两个年轻警探接过沙威的钱，快步走出，关上内厅的门。

叶常青立刻拍马屁道：“探长果然考虑周全。”

沙威环顾一圈，此时厅内只剩沙、叶、本、罗四个人。

“嗯，现在说吧。”

“我找到了陆向东贪污黄河赈灾款项的黑账目。”叶常青指着一摞被放在桌上的文件档案袋，“这只是一部分。”

“在哪里找到的？”罗非问道。

“就是你们来的时候，我正在翻的那个柜子。哦，对，你们看这个。”叶常青从档案袋文件中抽出几张，递给沙威。

沙威看了一眼递给罗非：“这些乱七八糟的数字是什么意思？”

罗非接过来看了看：“叶常青要给您看的，不光是数字，更是这几张纸，这是《申报》的稿纸。”

沙威突然恍然大悟：“那岂不是……”

叶常青点点头：“我怀疑这些就是陆向东从杀害韩薇薇的现场带走的证据。”

本杰明接过来也看了看：“的确是韩薇薇的笔迹。”

“这么说来，是陆向东私下里侵吞了汤会长辛辛苦苦募集的巨额救灾善款。《申报》记者韩薇薇故意接近他，找到了黑账，却被陆向东杀人灭口。罗非，你觉得呢？”沙威说完看向罗非。

罗非摇摇头：“陆向东留在家里的罪证太多了。”

“可能他没来得及处理，却意外当了汤会长的替死鬼。”叶常青分析道。

沙威点头：“有道理，也是老天有眼，这陆向东临死前总算是做了件好事，替汤会长挡了一枪，真没想到，陆向东是这种人。”

“探长，那韩薇薇被杀一案可以结案了吗？”叶常青问沙威。

“本杰明？”沙威又看向本杰明。

本杰明点点头：“定罪证据充足。”

罗非忽然问：“照片呢？”

沙威、本杰明、叶常青同时面面相觑：“什么？”

“如果陆向东被韩薇薇利用，是韩薇薇的地下男友，那韩薇薇内室的四张合照应该就是他撕的。那被撕掉的照片呢？既然凶器都没扔，那照片呢？”罗非反问道。

“照片那玩意儿很小，说不定随手就扔了吧。”叶常青说道。

罗非摇摇头：“可能性很小。还有，我推测过，杀害韩薇薇的凶手，身高至少在一米八以上。但陆向东最多也不会超过一米七五。”

沙威试着猜测：“说不定是陆向东故意误导我们呢？”

“看陆向东的胳膊，以他的力量，能用泥娃娃砸一下就砸死韩薇薇吗？而且只砸一下，没有补第二下，他这么笃定只要一下就能砸死韩薇薇？”罗非一脸质疑。

叶常青想了想，反驳道：“一日夫妻百日恩，他和韩薇薇毕竟是情侣，砸了一下之后说不定后悔了，就没砸第二下。谁知这第一下已经要了韩薇薇的小命。”

沙威连连点头：“对对对，除此之外我看没有第二种可能。”

罗非看向沙威和叶常青，露出了不以为然的神情。

病房内，罗非接着分析道：“第二种可能就是小曼听到的那样。”秦小曼一头雾水：“啊？”

“杀手说陆向东欺骗了黑龙会，说明陆向东和黑龙会有过勾结。这第二种可能就是，陆向东雇用黑龙会杀手杀害了韩薇薇，但事后没有兑现对黑龙会的承诺，被黑龙会枪击报复。”罗非说道。

本杰明点头：“这不就对了吗？”

罗非又轻声问："小曼，杀手站你背后的时候，你能感觉到他有多高吗？"

秦小曼肯定地说道："当然不能，他站我后面，我怎么可能知道他有多高？"

罗非盯着小曼的眼睛，开始放慢声音："你闭上眼睛好好感受一下，当时的环境非常特别，非常安静……"

一瞬间，小曼仿佛又回到了那个让人窒息的通气隔层内，周围一片昏暗。

秦小曼的汗从额头上滑落，背后忽然传来一阵重重的喘息声。

突然，秦小曼睁开眼："二十公分，他至少比我高二十公分。"

本杰明突然说："这不就对了！罗非，你之前就说杀害韩薇薇的凶手身高至少在一米八以上，秦小曼差不多一米六三，加二十公分是一米八三，正好在一米八以上。"

"一定是陆向东骗开了韩薇薇的家门，再偷偷放进黑龙会杀手，趁韩薇薇不注意，痛下杀手。"小曼说道。

"看来你这第二种可能才是真相。"本杰明点头说道。

可令两人没想到的是，罗非又突然说道："但是还有第三种可能。"

秦小曼与本杰明对望："还有？！"

罗非点头："对，以韩薇薇后脑勺受的重击程度来看，杀手具备一击毙命的本领，他明明可以用同样的力度轻松杀掉秦小曼的，可他为什么没有杀呢？我觉得肯定不是因为对小曼怜惜吧。"

秦小曼忽然愤然打断："罗非你个王八蛋！我没死，你是不是觉得很遗憾啊？！"

汪苏苏拎着竹筒瓶进门："哎哟，小曼，你身子虚，可别生这么大的气。来来来，吃点鱼汤面，补补。"

秦小曼愤愤地说道："苏姐，你不是说替我物色了几个相亲对象吗？我今晚想见。"

本杰明瞪大了眼，看向罗非："相亲？！"

汪苏苏白了本杰明一眼："有什么大惊小怪的，小曼年纪也不小了，她这年纪在我们老家早应该抱上二娃子了。"

小曼又显得害羞起来："苏姐，你说什么呢？"

秦小曼低头间偷偷看向罗非。

而罗非正闭着眼睛，双手按着太阳穴，嘴巴在快速默念一些词。小曼转过头来，哼了一声。

同时，罗非突然睁眼：“鞋子！”

本杰明连忙问：“什么鞋子？”

罗非拎起椅背上的风衣，夺门而出。

“等我一下。”

小曼刚想起身，被汪苏苏一把按住：“我说小姑奶奶，你才醒了多大一会儿就敢下地啊？听话，先乖乖把鱼汤面吃了。”

本杰明起身安慰小曼：“小曼你先好好休息，我跟着他，放心吧。”

第二十四章　午夜追杀

一辆黑色雪佛兰轿车驶在上海热闹繁华的街道上。

车内，本杰明在驾驶汽车，罗非坐在副驾驶上。

“你还约了探长和叶常青？说吧，去哪儿？”

“韩薇薇公寓。”罗非说道。

“去那儿有什么意义，勘查早就结束了，凭吊韩薇薇的人很多，来来往往的，就算有证据也早就被破坏了。”

罗非没有回答，看着窗外。

本杰明换了一个话题：“喂，你喜欢小曼吗？”

罗非点点头：“喜欢啊。”

“那她说今晚要去相亲，你怎么没反应？”本杰明一副杞人忧天的样子。

“我喜欢她工作态度积极，抓贼敢闯敢拼，还特别乐观。这些跟她相不相亲有什么关系吗？”罗非比画着说完，双手显得无处安放，最后掏出一根雪茄点着。

“看过刘半农主编的《福尔摩斯侦探案全集》吗？”

罗非点头：“很有趣的书。”

“你不觉得你和小曼，有点像福尔摩斯和华生吗？小曼像你的华生，形影不离的。”本杰明笑道。

“不，华生是男的。”罗非撇嘴。

本杰明突然一个猛刹车。

罗非全身前倾一耸：“怎么了？”

“没……没事……”本杰明早就该想到不应该对罗非这种人抱有任何期待。

韩薇薇公寓外，沙威和叶常青正等在路边。

当罗非和本杰明停车，走进公寓，沙威和叶常青紧随其后。罗非越过外厅，直往里走。

本杰明停下："罗非，你不是说鞋子吗？鞋柜在门口，你往里面走干吗？"

四人走进厨房。罗非打开橱柜。

"看到了什么？"

橱柜里整整齐齐地放着碗盘碟子和水杯。

叶常青："不就是看着挺整洁吗？"

"这何止整洁，简直一尘不染，而且所有的碗盘碟子都摆放得特别对称，由高到矮，由小到大，方的圆的，整整齐齐。虽然外厅被凶手翻得很乱，但从这橱柜可以看出来韩薇薇是个洁癖很严重的人。"罗非说道。

"嗯，就算韩薇薇有洁癖，那又怎样呢？罗非你能不能别废话，讲重点！"沙威探长有些不耐烦。

罗非又快步走到外厅门口，打开鞋柜。另外三人跟在后面。

"明白了吗？"罗非看着三人。

沙威皱眉："明白什么呀，别卖关子，直接说。"

"既然韩薇薇有严重的洁癖，为什么她的鞋柜里只少了一双鞋？"

"就是死者自己脚上的那双？"本杰明立刻接话道。

"不错，如果是男友来访，总得让男友在门口换双拖鞋吧。"

叶常青看向罗非："罗非，你这话是什么意思？"

"我很怀疑，韩薇薇到底有没有男朋友。如果有，她一定会给男朋友准备一双拖鞋的，但翻遍鞋柜和卧室，都没有发现男人穿的拖鞋。"罗非说着熄灭雪茄。

"会不会陆向东离开时，带走了自己的拖鞋和其他用品？他想隐藏自己的身份。别忘了，他还故意撕掉和韩薇薇的合照呢。"沙威猜测。

"可是，我们在陆向东的住处没有发现这些东西。"

叶常青挠着头，突然说道："会不会被他处理掉了？"

罗非摇摇头："不会。按照正常人的心理，陆向东应该先处理掉沾满血迹的凶器、死者养的狼狗以及对自己非常不利的黑账，这些才是最危险的东西。他不会优先处理拖鞋、牙刷、照片这样的东西。"

本杰明质疑："万一陆向东没按常理出牌呢？"

叶常青连忙附和："对呀，韩薇薇死的时候门窗完好无损，没有任何强行闯入的痕迹，大半夜的，不是熟人的话怎么可能骗开一个美女记者的门呢？"

"我还没想明白，凶手到底用了什么办法，让死者乖乖打开了门。"罗非说道。

"按你的想法，凶手会不会伪装成警察或者水电工人，骗开了死者韩薇薇的大门？"沙威问道。

罗非摇摇头："年轻貌美的独身女性在晚上的警惕性是很高的，从她养了一只高大凶猛的猎狗就看得出来。所以就算是警察，她肯定也要隔着门盘问一番，一旦起疑，大声呼救，以租界的治安巡逻质量，凶手很容易暴露自己，风险太大。"

本杰明叹气，也有些失去了耐心："罗非，你会不会太钻牛角尖了？你说凶手不是死者的熟人，那他为什么要撕掉他和死者的合照呢？"

罗非一愣："等等，你再重复一遍刚才说的。"

本杰明有些蒙："你会不会太钻牛角……"

罗非立刻打断，一脸焦急："不对！最后那句。"

"他为什么要撕掉他和死者的合照呢？"本杰明盯着罗非缓缓说道。

"对对对……他为什么要撕掉合照呢？"

罗非闭上双眼，手按太阳穴，自言自语。

罗非脑海里，四张被撕掉一大半的照片画面相互交错，重叠。

"我看还是之前说的最靠谱，陆向东被韩薇薇利用，眼看黑账要曝光，所以买凶杀人。"

罗非睁开眼睛拍住沙威肩膀："探长！你让人把最近三年所有的旅游杂志、报纸都找给我，外文的也要，我去巡捕房等。"

罗非系紧风衣，匆匆走出门外。

沙威狐疑地看着同样不明所以的本杰明和叶常青："旅游杂志？还要三年的？干吗用？"

巡捕房小办公室内，昏暗的台灯和吊灯都亮着。

罗非在翻看各种厚厚的报刊。办公桌上、椅子上和地上都堆满了各式各样、大小不一的杂志、报纸。

而与此同时，巡捕房门口，不断有警探走出、道别。

巡捕房的街道对面，停着三辆黑色轿车。

车内，一只戴着黑皮手套的手按在方向盘上。

手中捏着一张照片，每当对面巡捕房走出人时，照片就翻转到正面。

而照片里的人正是被画了个红叉的罗非头像！此时，另一只戴着黑皮手套的手则拿着一把手枪，慢慢指向照片里罗非的额头。

过了一会儿，罗非所在的巡捕房小办公室突然响起了敲门声。

罗非抬头，看到是本杰明在敲自己开着的门。

本杰明手里端着咖啡来到桌前："还不回去？"

"找到两张合照的原图。"

本杰明凑过去看："哦？有什么发现吗？"

罗非摇摇头，继续翻找："你先回吧，我可能还得待一会儿。"

本杰明无奈地摇摇头，把咖啡杯放在罗非的桌前。

"谢谢。"罗非低头说道。

"那你注意安全，也早点回去。"本杰明转身离开。

当本杰明迈步走出巡捕房时，第三辆车里的那只黑皮手套将枪口对准了本杰明，跟着他的移动而移动。本杰明毫无察觉地走向三辆车中的第一辆，上了车直接开走了。黑皮手套随即放下枪。

突然有人敲车窗！道边一个巡捕站在窗前。

"喂，我下午就看你停这儿了，在等谁？"

车窗缓缓摇下。

窗内伸出一只黑皮手套，搂住警探的脖子，往里面一拽。巡捕一声闷哼，双腿抽搐一下便不动了。

随后，这名巡捕的后颈刺出一柄利刃，瞬间又缩了回去，顷刻间鲜血汩汩流下。

而此时的罗非全然不知危险正在逼近，他还在翻看一本厚杂志，翻了几页后突然停住！罗非取来放大镜，仔细看这一页左边的图。罗非取来被撕过的小半张照片，也用放大镜照。

照片只有韩薇薇的半个身子，身后是两道栈桥栏杆，再后面是远远的高山瀑布。罗非仔细比对杂志上的图片，同时用笔在记事本上写下等比例算式。

罗非终于露出了满意的微笑。

小半张照片残缺的部分被慢慢补全，韩薇薇的右侧是栈桥边缘。

罗非笑道："这里根本站不下一个人！"

忽然，头顶的吊灯闪了几下，罗非抬头看了看，吊灯又恢复正常。罗非拿起电话机，开始拨号，放在耳边听了听，冷然间一皱眉。

“电话怎么接不通？难道电话局也下班了？”

罗非摇摇头，穿起椅背上的风衣，把照片夹在杂志中，走出小办公室。

巡捕房外，罗非走在空旷的街道上。

一辆没有开前灯的黑色轿车跟在他后面。

在走了不到五十米后，轿车轰鸣声骤起，直往罗非冲去。

罗非看到路边有个馄饨摊，直接拐向走了过去。轿车擦着罗非身后冲了过去，撞翻一个垃圾桶。一阵刺耳的刹车声响起后，轿车立刻倒车，重新对准罗非。

罗非眼见这辆轿车的杀意明显，撒腿就跑。轿车在后面穷追不舍。罗非拐进一个小巷中，轿车擦着墙壁，火星四溅，却丝毫没减速，径直冲了进来。罗非慌忙之中推倒垃圾桶，想阻挡轿车。轿车直接撞飞垃圾桶，急追不舍。罗非跑到一个岔路口，稍作判断，马上又转进一个更窄的巷子，身后的轿车随即“砰”的一声撞在了巷子口。

罗非跑到巷子中段，回头看了看巷口，没有轿车追来，稍微松了一口气。

罗非试着往回走了几步。

突然，轿车冲出，横在巷口，车窗开着，一支手枪伸了出来。

没有丝毫停顿，对着罗非便连开数枪！但距离较远，打在了街灯柱和垃圾桶上。罗非赶紧返身，往巷子另一头奔去。

轿车上的杀手恼羞成怒，推门下了车，单手持枪不断射击，直往罗非的方向追来。罗非跑到巷口，忽然被人一把拽到一边。罗非定睛一看，来人正是秦小曼！秦小曼将罗非护在身边，转身拔枪还击。

杀手立刻躲在街灯灯柱后面，不再向前，一边开枪一边往后撤。随后，杀手回到车上，开车急速离开。

第二十五章　一箭双雕

深夜的街巷里，罗非弯着腰，大口喘着粗气。

秦小曼催促罗非：“快走，这地方也不安全。”

罗非跟在秦小曼后面，继续往前走：“你怎么知道我在这儿？”

“我看你这么迟没回来，想给你送点吃的。听到这里动静这么大，就追过来看看。”小曼说道。

罗非会心一笑：“本杰明说得还挺对的。”

秦小曼好奇：“他说什么了？”

“回头你自己问他。对了，我找到韩薇薇案子的真相了。”罗非说道。

“找到什么了？”小曼问道。

罗非在一盏路灯下停住，打开旅游杂志，还有那半片照片：“韩薇薇的这张照片被撕掉一大半，但终于被我找到原图了。韩薇薇是在一个风景地拍的照片，但是对比风景地原图，我终于找到了凶手的破绽！”

秦小曼看着图片：“破绽？”

罗非指着韩薇薇身边:“韩薇薇的右侧根本站不下一个人,因为那是栈道边缘。”

“所以……”

“所以凶手撕掉的不是‘合照’！而是韩薇薇站在栈道左侧的独照！”

秦小曼还是没明白：“那为什么要撕掉啊？”

“为了制造一个根本不存在的神秘男友！”

“不存在？”

罗非点头：“对！凶手故意撕掉‘独照’，给我们制造出韩薇薇有一个地下男友的假象，我们自然而然地会认为这个地下男友撕掉照片，是为了掩藏身份，所以最有作案的嫌疑和动机。”

秦小曼有些反应过来：“你意思是说，陆向东跟韩薇薇没关系？”

“不，有关系。凶手制造一个不存在的男友，还有另外一个目的。”

秦小曼又被绕了进去：“还有目的？”

“就是嫁祸给陆向东，一箭双雕，同时除掉韩薇薇和陆向东。”

秦小曼若有所思地点点头：“你这么一说，还真挺有道理的。”

“我确信，陆向东不是贪污赈灾巨款的幕后黑手，和韩薇薇一样，他们都是知道赈灾黑幕的人，所以被设局一起做掉了。唉，可惜，这两人都被灭口了，真凶留给我们的线索太少了。”罗非叹道。

“线索？你这么一说，我倒想起来了，陆向东临死前，跟我说了两个字……”

两人正说着，轿车刹车、转向的声音忽然又传了过来！

“不好，又追来了。”秦小曼拉着罗非就往前跑。

两人没跑出多远，轿车就追上了二人，并且停在二人身边。秦小曼猛然回身，持枪指着驾驶位。

车窗摇下，驾驶位上却是本杰明。秦小曼长舒一口气，放下手枪："你怎么来了？"

本杰明解释："我看罗非又要熬夜，准备送点吃的给他。还没到巡捕房就听到这里有枪声，我就直接把车开过来了。"

而罗非此刻还在思考："小曼，陆向东跟你说的什么？"

"汇丰。"

罗非和本杰明对视一眼："是银行？"

第二天，巡捕房小办公室内，沙威翻看旅游杂志。罗非在一旁轻声将昨晚对小曼讲的再说给沙威听。本杰明坐在一旁喝着咖啡。

这时，秦小曼和叶常青跑进来。

"都查过，没有！"叶常青摇着头说道。

"不管是韩薇薇还是陆向东，都没有他们租保险柜的记录。"小曼说道。

本杰明皱眉："难道陆向东临死前说的不是银行？"

罗非想了一下："小曼，你们再去一趟银行，用陈慧言或者赵素的名字问问。"

秦小曼、叶常青点头走出去。

"罗非，你说的这两个人是谁？"沙威问道。

罗非一笑："韩薇薇的同事。我也是猜的。查凶案那天晚上，我和小曼撞见她们在韩薇薇公寓为她守夜，我估计她们关系非常不一般，所以我在想，韩薇薇会不会不用自己名字，而用她们的名字租了银行保险柜？"

不一会儿，叶常青抱着一个大的文件箱走了进来，放到桌上。

秦小曼紧随其后："罗非，你真神了，还真有个陈慧言名下的保险柜。"

本杰明立刻冲到文件箱前："720900 果然就是银行保险柜的密码？"

秦小曼点头："一点儿不错。你看，叶常青把保险柜里的东西都搬过来了。"

沙威拿下文件箱的盖子，翻看了几页文件，摇了摇头，递给罗非。

沙威叹气："可惜，黑账上没写真名，只有'良'和'淑'两个字。"

罗非翻了翻，笑道："小曼，还记得我们发现韩薇薇的记事本上写了个'東'字吗？"

秦小曼点头："当然记得，就因为这个'東'字，我们一开始才把嫌疑对象锁定在陆向东的身上。”

“可是，那不是一个‘東’字。”

“不是？不可能吧，我们三个人都看到‘東’字了。”本杰明说道。

“这个字跟韩薇薇照片一样，少了一半。应该是个‘陳’字。”罗非说道。

沙威、秦小曼、本杰明同时说出：“陈？”

沙威一副难以置信的表情：“陈……陈汉良？贪污善款的元凶难道是汤会长的秘书陈汉良？”

罗非点头：“有能力贪污善款并做黑账的，至少是陆向东、陈汉良这个级别的人。”

“汤济豫会不会也牵涉其中？”小曼突然怀疑。

随后，沙威、本杰明、秦小曼都看向罗非。

罗非想了想：“应该……不会。汤济豫的背后是北方大军阀，他想弄钱，有的是办法，不用这么麻烦。我记得汤济豫的档案上写过，他是河南人。”

“怪不得他的名字又叫济豫，豫就是河南简称。看来他这次为黄河赈灾，更多的是出于对家乡的一份热心，应该不是为了敛财。”小曼说道。

罗非笑着点点头：“他确实是真心赈灾的，不过不是出于对家乡的热心，而是为了自己，因为他有不少产业就在黄河边上。”

“所以，贪污杀人的元凶就是陈汉良一个人？”小曼问道。

沙威一拍桌子：“管他是不是一个人，先抓了他再慢慢审！”

罗非一皱眉：“抓？怎么抓？这个黑账用的不是真名，你敢说这个‘良’字就是陈汉良？那这个‘淑’字呢？我们没有足够的证据抓人。就算抓了他，他也可以轻轻松松地赖掉。”

叶常青一瞪眼：“这么详细的黑账岂不是浪费了？韩薇薇岂不是白白死了？”

“除非我们先有别的证据指证陈汉良，黑账才能起作用。”

本杰明看向罗非：“你还有别的证据？”

罗非摇头：“还没有。”

这时一名文职警员走了进来，对罗非说道：“罗顾问，您的电话。”

罗非随即走了出去。

屋内的人等了十多分钟，还不见罗非回来。小曼迫不及待地跑出去，却发现罗非早已离开。

到了夜晚，小曼回到公寓，试着推了推罗非房间的门，果然没锁。

小曼进屋后发现罗非躺在沙发上借着台灯翻着报纸，不时咳嗽两声。

小曼的声音响起："怎么不开灯啊？"

吊灯随即亮起。

"你帮我一起看看，这几天的报纸都在谈晋商会被黑龙会刺杀的事情，有很多现场图片。"罗非说道。

秦小曼把汤罐放在桌上："鸡汤，趁热喝。"

罗非看了看汤罐，心有余悸地皱起眉头。

秦小曼从汤罐里倒出一碗热鸡汤递过来。

罗非一愣："不用喝了吧？我……感冒早就好了……喀喀！"罗非又咳嗽起来，打断了自己的话。

"你看，咳得这么厉害，赶紧过来把鸡汤喝了。"

"叔叔，你想和我们踢球吗？"

门口站着那个喂泻药的小男孩。

罗非坐起身："好哇！正好想动动，走！"

罗非逃命似的跟着小孩跑出去。

"喂，先把汤喝了再去呀！"

空旷的大仓库里，不断传来撞击声。

四个小孩在踢着一个空的牛肉罐头。罗非在一旁看着。

小男孩朝罗非招手："嗨！叔叔你别光站着看哪，进来踢两下嘛。"

罗非摇摇头："你们踢吧！"

"接好！"小男孩儿话音刚落，空罐头就向罗非飞来，罗非侧身避过。

空罐头砸在墙上，撞击声不断回荡在大仓库里。

小男孩大喊："嗨！叔叔，把球踢过来！"

罗非大声地说道："你们自己踢吧！"

回声不断在回响，罗非看着孩子们，渐渐露出笑容。

第二天，募捐活动广场，活动如期进行，汤济豫、汤夫人、陈汉良、六个晋商会雇员站在罗非身后。沙威、叶常青、本杰明、四个警探站在演讲台后方。

"那天你们怎么站的，现在就怎么站。"罗非说道。

陈汉良随即从左侧移步到汤济豫的身后。

罗非忽然制止："等一下，我是说那天枪响之后，你们是怎么站的。"

汤济豫往台前挪了几步，汤夫人陪在他左侧。陈汉良来到演讲台最中间。

汤夫人不解地问道："想刺杀会长的不就是黑龙会吗？你们不去追查他们，到底想干吗？"

罗非摆手："不不不，今天我要找的不是黑龙会杀手，而是雇用杀手的那个人。"

汤济豫神色严峻："谁？！"

罗非指着陈汉良："就是会长您最亲信的秘书——陈汉良。"

陈汉良冷笑："我？哈，我需要贪污善款吗？会长你是知道的，我差钱吗？"

汤济豫点点头："不错，汉良的钱我是一清二楚的。罗先生，会不会搞错了？"

"事实的真相，有时候就是让你难以置信，报纸！"罗非一伸手。

叶常青立刻递上一份报纸，汤济豫接过来看了一眼，汤夫人也凑上来看。

报纸的黑白图片上，陈汉良右手护着汤济豫，左手指着左上方。

陈汉良不屑地一笑："这能说明什么？只能说明我对会长是忠心耿耿的。"

汤济豫点点头："不错，汉良是第一时间冲上前护住我的。"

罗非冷笑："没错，你的右手确实护着汤会长，但是你的左手呢？在指什么？"

"当然是指杀手藏身的位置呀！"陈汉良一脸无辜，"这有什么奇怪的吗？"

"你仔细看看这张图片。你是当时唯一一个指出杀手藏身位置的人。你怎么知道杀手藏在那儿？"

"看到的。我可能是晋商会里视力最好的人。"

汤夫人也点头："不错，晋商会每年的秋猎活动，汉良是收获最多的人。"

罗非继续说下去："哦，我忘了，当时的现场，有很多很多用气球吊着的挂幅，常青！"

叶常青和本杰明从演讲台下掏出很多气球挂幅，飞起的红色挂幅很快遮住了演讲台上人的视线。挂幅上仍绣着那些字：工部局约翰捐赠一万银圆、浙商会罗大千捐赠三十万法币……

"我问过准备这些挂幅的人，当时现场有一百二十多个挂幅，围在演讲台四周。你是怎么看到杀手的？你视力不是一般的好啊！"罗非嘲讽道。

陈汉良有些语塞："我……"

"既然你知道杀手藏在哪儿，那就只有一种可能：杀手是你花钱请来的！"

罗非指着陈汉良说道。

“胡说八道……会长，我……”陈汉良转向汤会长。

“杀手要刺杀的目标其实不是汤会长，而是死者陆向东！所以汤会长，你不需要因为陈秘书挡在你身前而感动，因为他知道杀手已经完成任务，不会再开枪了。”罗非对汤会长解释道。

“我没有！我就随便这么一指，不……不……不，我可能记错了，我不是看见的，我是听见的，我听见枪声了，就是左边那楼上传来的枪声！”陈汉良方寸大乱。

罗非微微一笑：“听见的？那就再听一次。”

陈汉良一脸茫然：“什么再听一次？”

“巡捕房的秦小曼现在就在我们周围的某一栋楼的某一个房间里。一会儿她会朝天空开一枪，你应该能找得到她吧？”

罗非说完，叶常青挥了挥手中的小绿旗。

这时，在楼上的秦小曼持着手枪，走到窗边，把手枪伸出窗外，对准天空。

“啪”一声枪响。

募捐活动广场枪声“嗡嗡”地回荡。

第二十六章 杀手再现

陈汉良左看看、右看看，额头渗出汗珠。

罗非冷笑着看着陈汉良：“这广场被楼围着，像不像一个回音壁？”

陈汉良眼珠一转：“我……我要再听一次。”

罗非点点头：“没问题，常青！”

叶常青又挥一挥小绿旗。又是一阵“嗡嗡”的枪声。

陈汉良慌乱地抬头看向四周的楼房，指来指去：“是……那边……”

罗非撇嘴：“到底哪一栋？”

“不对不对，是……这边……”陈汉良改变方向，指着另一栋楼说道。

“确定吗？”罗非故意加重语气。

“就是这边！”陈汉良笃定地说道。

罗非摆摆手：“常青，让小曼出来吧。”

叶常青挥一挥小红旗。

小曼从陈汉良所指方向的对面楼中走出。

陈汉良见状，急忙跪在汤会长的跟前："会长……你听我说……"

汤济豫当即沉下脸："够了！有什么话，留着跟巡捕房说吧。"

汤济豫携着汤夫人，往演讲台后面走去。

突然一声枪响。陈汉良肩部中弹，狙击步枪子弹的巨大冲击力将他瞬间掀翻在地上。

"有刺客！大家小心，快躲起来！"沙威高喊。

秦小曼回身抬头看了看楼上，跑进楼内。

众人纷纷躲到演讲台下，有气球挂幅挡着，只剩陈汉良一个人趴在演讲台上。又是两声枪响。陈汉良的双腿被打得血肉模糊。

即便这样，连连惨叫的陈汉良还拼命向着汤济豫和汤夫人蹲的位置爬去："对不起……对不起……"

"到底为什么呀，汉良？我知道你不差钱的，你为什么要去贪这个钱呢？"汤会长看着陈汉良的惨状，于心不忍地摇着头。

"……对不起……"陈汉良把手伸向汤会长。

"啪！"第四声枪响过后，陈汉良头颅一颤，终于一动也不动了。

罗非和本杰明躲在演讲台的另一侧，全程目睹了这一相。

"我怎么感觉陈汉良好像不是在跟汤会长说话，而是在跟汤夫人说对不起。你看汤夫人的眼睛。"本杰明若有所思地说道。

"你说得对。"罗非的目光紧紧盯着汤夫人发红的眼眶。

当沙威带着罗非、本杰明、叶常青等人冲上楼梯时，正遇上一瘸一拐的秦小曼。

罗非一把扶住秦小曼："小曼，怎么了？"

"我追凶手的时候被一根细铁丝绊倒了，扭了脚。"小曼揉着脚踝说道。

罗非紧张地问："看到凶手了？"

"只看到背影，身手非常好，眼神也好，那细铁丝非常不显眼，他也没被绊倒。"

罗非转向沙威："探长！你赶紧派人把这两条街封了！别让杀手跑了！"

沙威立刻吩咐叶常青："常青，封街！"

叶常青一脸茫然："为什么呀？"

"凶手不是眼神好，而是对这一带地形特别熟悉，连一道很不显眼的铁丝网都能避开，凶手应该就住在这附近。"罗非立刻补充道。

叶常青当即带着一队巡捕往下走。

随后的时间里，沙威带着人开始挨栋楼搜查。

一番搜查过后，叶常青带着两个巡捕，气喘吁吁地走向沙威。

“探长，还是没找到！”叶常青把枪套扔给身后一个巡捕，解开衬衫的几粒扣子，不停地抖动扇风。

“你确定每一家都问了？”罗非问道。

叶常青点头：“按你说的，都问了。暂时还没发现，附近没有身高一米八三左右，上过军校或者参过军的人。”叶常青说完索性又把外衣脱了，扔给身后另一名巡捕。

这时，秦小曼也带着一队巡捕走出楼道。

“有什么发现吗？”沙威走过去问道。

秦小曼沮丧地摇头：“没找到这个人，不过四楼有个大爷说认识一个上过军校的退伍士兵，离这儿不远，叫郑义雄。”

本杰明突然凑过来：“在哪儿上的军校？”

“好像是日本的士官学校。”小曼挠挠头。

沙威与罗非交换了一下眼神，笑着点点头：“日本？黑龙会？会不会这么巧？走！先去会会这个郑义雄。”

于是，小曼带着众人，按那位居民所说，来到了郑义雄的住所。

当众人看到坐在轮椅上的郑义雄时，都有些吃惊。

“没错，我以前的身高是一米八二，我是说……以前。”郑义雄苦笑道。

沙威上前拉开郑义雄右边的袖子，露出一段胳膊。

“没有黑龙会的文身。”沙威回头看罗非。

郑义雄闻听，淡然一笑：“黑龙会？我可不是黑龙会的人。”

“看来我们误会郑先生了，不知道郑先生是什么时候受的伤？”沙威立刻说道。

郑义雄不自觉地抬头看了看墙上的嘉奖令：“二次革命的时候，这嘉奖令是大总统亲自颁发的，给我们这些在战争里伤残的退伍军人。”

沙威点点头，立正给郑义雄行了个英式军礼。

众人走出郑义雄的住所后，沙威问小曼：“封锁的街区还剩多少地方没查？”

“还有三栋楼房，两个公寓。”小曼说道。

这时，小曼发现罗非突然停下，被众人远远落在后面。

“怎么了？”沙威回头问道。

“鞋子……”罗非喃喃道。

“什么鞋子？”沙威疑惑地看着罗非。

“探长……你的鞋，很多折痕。”罗非指着沙威的鞋子。

沙威低头看了看：“没错啊，我天天在外面跑，鞋子当然变成这样。”

“那个郑义雄，他的鞋子也有很多折痕。”

罗非的这句话使得在场所有人都如梦初醒。

“妈的！回头！抓郑义雄！”

随着沙威的这句高喊，一群人快速转身冲向楼道。

叶常青领着一队巡捕，冲在最前面，可走着走着，叶常青突然停住，举手示意全部停下。

身后的警探连忙问道：“怎么了？”

叶常青指着楼梯上方：“你听……”

整个楼梯立刻安静下来，随后众人便听到楼上有个哼着《欢乐颂》曲调的男人声音，还有一下一下空旷的脚步声。

那名警探高声喊道：“巡捕房办案！闲人走开！”

回音未消，楼梯中间忽然坠下一颗手榴弹。

“小心！”

叶常青和警探都掩面蹲下。手榴弹落在一楼地板上。

过了一会儿，叶常青第一个站起身，试探着朝楼下看去：“没事！别怕，这手榴弹没拉弦！”

叶常青随即又朝楼梯上方望去，只见刚才那个坐在轮椅上的郑义雄此刻正嘴角带笑，用手枪远远地瞄准。

“趴下！”

叶常青话音未落，一声巨大的爆炸便将楼梯间底下两层炸得一片狼藉，烟雾弥漫。

“糟了！”罗非看着从楼内冒出的浓烟，立刻跑了过去。

紧接着，楼内又响起了密集的枪声。

罗非刚跑到楼下，就看到叶常青撞破窗户，摔在街道上。随即，有四个警探跟着跳出来。

众人随即都跑向叶常青。

小曼看了看叶常青，回头对沙威说道："叶常青左肩中弹了！双膝、手臂也有伤。"

此刻的叶常青还想奋力起身，嘴里咒骂道："我……没事，别让他跑了！这狗日的杀了小孙和小李。"

沙威回身朝众人一招手："我们上！"

沙威紧接着对刚想开口打头阵的小曼说道："你留在外面，保护好罗非和本杰明。"

不等小曼辩驳，沙威就带着剩下的警探，冲进浓烟滚滚的楼梯口。随后，密集的枪声又响了起来，紧接着又传来两声爆炸声。

这时，罗非突然指着楼顶："郑义雄要跑！"

第二十七章　会长夫人

楼顶上郑义雄仍背着长枪，在楼顶上闪转腾挪，快速往前跑去。

秦小曼在楼下连开数枪，都没有击中。

情急之下，秦小曼发现不远处有一辆自行车，立刻骑车追去。

本杰明看向罗非："我们怎么办？"

罗非一瞪眼："愣着干吗，你不是有车吗？开车追啊！"

"法医的外勤一般不包括这个。"本杰明一边发动车一边说道。

此时，秦小曼骑车来到巷子口，朝四周望了望。突然，罗非一个鱼跃，扑倒了秦小曼。同时一颗子弹也在两人头顶破风而过。

秦小曼虽被罗非压着，却立刻往身后连开数枪，然后看向罗非："罗非，你没事吧？"

罗非捂着胳膊站起身："没事，哎哟……"

"怎么了？"秦小曼这才发现罗非的左臂中弹，正在流血。

"我看看怎么样。"本杰明这时也赶了过来，检查了一下罗非的伤后立刻说道，"必须先回去处理一下。"

巡捕房小办公室里，本杰明刚为他包扎完，罗非就打着绷带，开始在办公桌上写字。

这时敲门声响起。

罗非兴奋地抬头："来啦？"

秦小曼随即拎着饭盒走了进来。

罗非立刻显得有些失落："是你啊。"

"你以为是谁啊？"小曼把饭盒重重一放。

"我约了人。"罗非继续写字。

"谁？"

"我还有点儿事，要不你先回吧。"罗非头也不抬地说道。

小曼叹了口气："这次巡捕房算是损兵折将，郑义雄也逃了，可你现在是个受伤的人，这么熬着就能捉到他吗？还不如好好休息呢。"

罗非露出一抹意味深长的表情："说不定……我能捉住郑义雄。"

秦小曼抱着肩一脸不相信："就你这样？怎么可能？"

这时，小曼身后忽然传来敲门声。

秦小曼回身看，是《申报》的记者陈慧言和赵素。

陈慧言有些局促地走进来："罗先生，您找我们？"

"我写了篇稿子，想劳烦你们登在报纸上。"

陈慧言接过罗非递来的几张纸，看起来。

赵素在一旁面露难色道："罗先生，我们报纸审稿很严的，我可不敢保证……""如果……能帮韩薇薇抓到凶手呢？"罗非抬头神秘一笑。

陈慧言看完了稿子，立刻说道："发！罗先生这篇稿子，明天就见报！"

赵素有些诧异："慧姐……你……"

罗非用笔点了点桌子："哦，我还有个要求，给这篇稿子配个日文。"

赵素瞪大眼睛："这不可能！那要双倍的篇幅！我们报纸可是出了名的寸土寸金。"

陈慧言却连连点头："没问题，这事我来搞定。"

"慧姐……"赵素拉着陈慧言耳语了几句。

"呃……不好意思，我还有个请求。"罗非毫不在意地说道。

"还有？"赵素完全听傻了，一脸不可思议地看着眼前的警探。

罗非点头："对，在文章显眼的地方，帮我配一张郑义雄的相片。"

陈慧言点头："好，我们现在就回去排版。"

陈慧言立马收起稿子，拉着还在纠结的赵素匆匆离开。

秦小曼这时凑过来：“你写了什么？”

“哦，就是讲了一遍这个案子的来龙去脉，尤其重点讲了这个郑义雄如何冒充黑龙会，还将杀人罪名栽赃给了黑龙会。可能我写得更煽动些，至少达到了黑龙会的人读了以后想立刻扇他的效果。”罗非得意忘形地笑着，不料抖动幅度过大，胳膊又疼了起来。

秦小曼看着龇牙咧嘴的罗非，一脸疑惑：“这……能抓到郑义雄？”

第二天清晨，巡捕房大楼外天色微亮。

空旷的街道上，一辆黑色轿车驶过，在巡捕房门外停了下来。随即轿车上迅速扔下一个被捆成粽子一样的遍体鳞伤的赤裸男人，最后车子又疾驰而去。

一个当值的巡捕走到那个赤裸男人的身边，看了看，立刻朝楼内大喊：“郑义雄！”

巡捕房审讯室里，鼻青脸肿的郑义雄被多条麻绳捆在一张椅子上。

罗非、秦小曼、本杰明、沙威以及叶常青陆续推门进来。

秦小曼直奔主题：“说吧，你是怎么杀害记者韩薇薇、晋商会陆向东以及陈汉良的？”

郑义雄冷冷地哼了一声，露出冷笑，并不答话。

叶常青把一些白色毛发、头套、小药瓶以及一些散装的子弹，放在郑义雄的面前：“都是从你的住处找到的。”

本杰明接话道：“我检验过，这些是德式98K毛瑟狙击步枪的子弹，和陆向东、陈汉良体内发现的子弹一模一样。”

罗非走到郑义雄面前，鄙夷地说道：“看到你的白发头套，还有这些白色毛发、小药瓶，我终于明白，韩薇薇为什么会放松警惕，主动让凶手进入自己家中。”

“你假扮残障老人，骗得韩薇薇信任，随后在家中，用泥娃娃害死了她，这些即便你不说也是抵赖不掉的。”小曼愤怒地瞪着郑义雄。

“对了，你杀韩薇薇只用了一个泥娃娃，可为什么要把两个泥娃娃都带走？”本杰明突然问道。

郑义雄不屑地一笑：“给我来杯咖啡。”

沙威示意叶常青：“常青，去给他泡。”

郑义雄还一脸傲慢地补充道："加牛奶，双份糖。"

叶常青哼了一声，摔门出去，不一会儿，将一杯咖啡摆在桌上。

郑义雄用嘴叼住杯沿，一仰头，把咖啡全倒进嘴里。郑义雄嘴巴一松，咖啡杯摔落地上，摔得粉碎。

小曼问郑义雄："你的雇主是不是陈汉良？可你为什么要杀他呢？"

罗非拿起信封说道："还有这个密室来信，你之前说是局内人做的，到底怎么做的？"

郑义雄露出嘲弄的微笑，忽然脸色一变，很是狰狞。

"不好，他咬舌头。"沙威指着郑义雄叫道。

冲过去时，已然来不及了，只见郑义雄吐出半截舌头，满口是血，带着笑容，整个人向后倒去。

罗非看着郑义雄，若有所思地点了点头："看来只能去问另一个人了。"

"是谁？"小曼连忙问道。

"跟我走。"罗非匆忙开门走出了审讯室。

天色微亮，罗非和小曼坐着出租车来到了墓地。他们在车上远远看到一个黑衣黑帽的女子，只见那女子走到一个墓碑前放下一束花，沉默良久。

"汤夫人？"小曼惊讶地叫道。

"我去会会她。"罗非说着走下车。

"这么早，不怕凉吗？"

汤夫人回头，看到罗非站在一排墓碑的尽头。

"还是说怕被人撞见，汤夫人？"罗非伸开双臂，看了看四周。

"好巧啊，罗先生。"汤夫人显得很镇定。

"我以为你只会给陈汉良送束花，没想到郑义雄的墓前也收到同样的一束花。"罗非朝汤夫人一笑。

"可能我放错了吧。"汤夫人语气依旧平和。

"敢问汤夫人的闺名中可有一个'淑'字？"罗非慢慢走过来。

"你什么意思？"汤夫人警觉地看着罗非。

"韩薇薇和陆向东在银行保险柜藏了一份黑账，可黑账上没有真名，只有'良'和'淑'。我想良是陈汉良的简称，这个淑会不会是您呢，汤夫人？"罗非笑问道。

"我的闺名没有'淑'字。"汤夫人冷冷地说道。

罗非微微一笑："是吗，李淑芬？"

汤夫人冷笑道："罗先生不愧是神探，这么短的时间居然查到我的闺名。可是……就凭这没头没尾的一个'淑'字，你又能怎么样呢？"

"我不想怎么样，只是找汤夫人聊聊我对案子的一些想法。"罗非见面前的女人城府极深，于是也不急于一时说出谜底，他深知，对于汤夫人来说，击败她的自尊和骄傲，才是命中要害的方式。

"洗耳恭听。"汤夫人抚摩着郑义雄的墓碑。

"汤夫人你缺钱，你遇上了一件羞于见人且需要用钱的私事，这件事当然不能跟汤会长明说，所以你先找陈汉良借钱。陈汉良对你一直很倾心，他很愿意帮你，但他的钱，汤会长知道得一清二楚。所以陈汉良需要一大笔会长不知道的钱，用在汤夫人你的身上。正巧，汤会长让陈汉良负责黄河赈灾的筹备工作，一笔接一笔的巨额捐款来到陈汉良的手上，他就铤而走险，为你做了黑账。"罗非指着不远处陈汉良的墓碑说道。

汤夫人一笑："罗神探，很会编故事嘛。"

"很快有个人发现了账目有问题，这个人就是财务组长陆向东，但陆向东很快发现他根本查不下去，因为阻挠他的内部力量实在太强了。陆向东就匿名找记者帮忙，碰巧撞上一个雄心勃勃的女记者韩薇薇。陆向东利用职务之便，安排韩薇薇来晋商会财务组工作，实则是方便她卧底调查。但陈汉良何等精明，他很快发现了韩薇薇的真实身份以及背后的陆向东。陈汉良找来职业杀手郑义雄，精心策划了一个一石二鸟的计划，做成陆向东贪污巨款，雇杀手杀害记者韩薇薇，后因分赃问题被杀手反杀的故事。"罗非说完，又用手杖指了指郑义雄的墓碑。

汤夫人哑然失笑："这故事很精彩，但跟我好像没有什么关系吧？"

罗非走近汤夫人："陈汉良的死是不是出乎你的意料？"

汤夫人轻轻摇头："我不明白你的意思。"

"陈汉良临死前，一边爬向你一边说对不起。为什么说对不起？汤夫人你当时为什么流了泪？我估计，汤夫人在找陈汉良帮忙时，一定承诺他事成之后和他双宿双飞，一起逃离汤济豫。但陈汉良没有做到这一点，没能把你带出汤济豫的魔掌，所以他要向你说对不起。而汤夫人你流泪是因为内疚，因为你一开始就对陈汉良撒谎了，你根本不会跟他一起走。"罗非指着汤夫人说道。

"直到你今天来墓地献花，才证实了我的想法。"罗非缓缓点头说道。

“什么想法？”汤夫人紧紧抓住墓碑说道。

“你给两个人献了花，但第一个献花对象却不是为你卖命的陈汉良，而是职业杀手郑义雄……”

汤夫人突然打断罗非：“他不是职业杀手，他是军人！堂堂正正的军人，他替我挡过两颗子弹！”

罗非接话道：“所以，郑义雄才是你真正的爱人，也是你推荐给陈汉良的吧？可是郑义雄为什么要杀陈汉良呢？是不是他无意中听到了陈汉良要和你双宿双飞的事情，以为你变了心，所以杀人泄愤？”

汤夫人眼神瞬间黯然：“如果这么简单的话，义雄不会这么冲动的。”

罗非点头：“所以，你肚子里的是郑义雄的孩子？”

汤夫人惊讶地看着罗非：“这你也知道？”

“所以你想要一大笔钱，和郑义雄去美国生活。”罗非一脸无奈地说道。

汤夫人点头：“不错，既然你都猜到了，我说也无妨了。为了让陈汉良死心塌地帮我，我灌醉他，假装和他发生了关系，还让他误以为我肚子里是他的孩子。”

罗非摇头：“你太可怕了。”

“我一个弱女子，我能怎么办？义雄只会打打杀杀，他根本弄不来钱哪。”汤夫人理直气壮地说道。

“郑义雄一定是无意中听到了陈汉良与你发生关系的事，所以怒杀陈汉良。但他不介意你天天和汤会长在一起吗？”罗非质问道。

“汤济豫那老头儿那方面不行，很多年不近女色了。我们都是分开睡的。”汤夫人毫不隐讳地说道。

“我发现陈汉良早就帮你订了今天下午去美国的飞机，你下午就走？”

“那就看你拦不拦了。”汤夫人一脸无畏。

“我不会拦一个孕妇，但如果你一开始就和郑义雄飞去美国，不弄黑钱的话，这孩子一出世，岂不是还能见到他爸爸？”罗非叹道。

汤夫人听完罗非这番话，突然痛哭起来，进而瘫坐在地上。罗非看着面前这个女人，微微叹了口气，系紧风衣，一转身便看到小曼站在不远处。

“案子就这么结了？”小曼问道。

“有时候，一个人的罪恶可以被终结，但是有些痛苦可能要背负一辈子。”罗非深沉地望向一排排墓碑。

“你这句话才最像哲学家说的。”小曼笑道。

罗非背对着小曼，露出一丝苦笑。

“我明天就去和汪太太安排的人相亲了。”小曼突然说道。

罗非迟疑了一下，随后晃着手杖笑道：“好啊！真怀念周围没有人没完没了问我‘为什么’的时光啊！”

“罗非！！！”

第二天晚上，一家高档餐厅里。

秦小曼正和一个西装革履的年轻人在餐厅就餐，说说笑笑的。这时罗非突然出现在餐桌旁。

“我能不能加个椅子？”

“喂，你看不出来我在干吗吗？”秦小曼瞪了一眼罗非。

年轻人指着罗非：“他是？”

秦小曼强作镇定：“我邻居，也是我同事。”

年轻人尴尬一笑：“那挺好啊，一起坐。”

罗非也不客气，搬来个椅子，坐下。

“小曼，我提前申请假期结束了，其实我跟你说，是探长把我停职了。”罗非凑近小曼显得很亲密，“今天，庆祝我正式复职，你俩这顿我请。掌柜的！”

年轻人一笑：“这里不叫掌柜的，应该叫 Waitress，服务员。”

这时，一个美女服务员走到罗非身边：“先生，有什么可以帮你的吗？”

罗非指了指秦小曼的盘子：“就她吃的，给我来一份一模一样的。”

美女服务员点头：“好的，先生。”

服务员离开后，罗非对小曼说道：“我们这案子虽然看似真相大白，但还有个大谜团没解开，你说这黄河赈灾的巨款去哪儿了？我查过汤夫人的账户，并没有收到这笔巨款。”

刚才刚想说话被罗非岔过去的年轻人，听得云里雾里。

秦小曼故作不在意，对年轻人说道：“我们刚才聊到哪儿了？”

年轻人笑着点头：“哦，在聊我的律师工作，是不是太无聊了？”

秦小曼摇头：“不会。对了，罗非，你也认识一下吧，他是日本早稻田大学毕业的法学高才生。”

罗非冷眼看着年轻人："哪年毕业的？"

年轻人愣了一下："好久了，有十几年了吧。"

"小曼，他是个骗子。"罗非用叉子直接指着年轻人。

秦小曼也愣住："啊？"

"早稻田大学的法律学院是1920年才成立的，十几年前的话，早稻田大学还没有法律学院。"罗非笑道。

年轻人这时尴尬起身："呃……我还有点事要忙，我先走，你们慢用……"说完便灰溜溜地走了。

"罗非，你有没有搞错啊？我在相亲啊，你来干吗？"小曼抱怨道。

罗非装傻道："哦，我本来是想来告诉你那个密室来信的方法，看来现在也没必要了。"

秦小曼瞬间迫不及待地摇晃着罗非的胳膊："快，快告诉我，你看你都把我的相亲搞砸了。"

罗非忍俊不禁地解释道："其实郑义雄没说谎，密室来信的元凶就是局内人——陈汉良，他的目的就是用匪夷所思的案件来吸引警力，延误韩薇薇案子的侦破，让陆向东蒙在鼓里，从而一箭双雕。说到这个诡计呢，其实很简单，就是个心理密室，陈汉良为汤济豫开门、沏茶，趁汤济豫不注意，用很快的手法放下威胁信，然后非常夸张地惊叫着告诉汤济豫，在你办公桌上又出现一封密信，实际上他不是从办公桌上拿的，而是从自己的身上掏出来的……"

"喂，小曼，你去哪儿？我还没说完呢。"

在罗非回过神时，发现小曼早已离开。这时，那名美女服务员再次走来，将一份账单推到罗非面前。

第二十八章　神秘乐谱

静谧的月色下，一栋别墅的二楼亮着一盏灯，亮灯的房间内正响起钢琴声，那旋律忧伤哀婉，缠绵悱恻。

突然，钢琴声戛然而止。

此刻房间内的地板上正躺着一个衣着考究的男人，他的脸上挂着诡异的笑容，眼角的一滴泪滑过脸颊……

第二天清晨，罗非家，又传出一声枪响。房间里，散落的羽毛在房间里飘浮。

罗非把一个干瘪的枕头扔到一边，朝小曼大喊：“开始！”

小曼应声扑向床上。

罗非像电影导演一样一拍手：“停！”

小曼又应声停住，回头看着罗非。

“被害人扑到床上去枕头下面摸枪，嫌疑人第一枪打中了枕头，当被害人转身时，嫌疑人又开了第二枪，砰！”罗非边讲戏边用手比画。

“啊！”

小曼倒在床上不动了，紧接着，罗非表情严肃地上前观察。

“你身上粘到的羽毛和现场情况一致，但嫌疑人声称是被害人先开枪，他被迫还击，如果是这样的话，被害人当时面对凶手，羽毛就不会粘到这里……这里……这里……”

罗非说着在小曼身上指指点点：“所以说嫌疑人撒谎了，这不是正当防卫，是谋杀。”

小曼一脸认真：“我可以起来了吗？”

罗非点点头：“可以。”

“接下来需要我做什么？”小曼跃跃欲试。

“把房间收拾一下。”罗非走到餐桌前，端起一杯牛奶喝了起来。

小曼叉着腰：“没了？”

“没了。”罗非耸耸肩。

“除了扮演尸体和扫地，就没什么别的需要我帮忙吗？”

“不需要，收拾房间不需要用到逻辑思维，非常适合像你这样头脑简单的人。”罗非贱兮兮地说道。

小曼气得指着自己的鼻子：“我头脑简单？那上次无头案为什么抓住马博远的人是我，不是你呢？”

罗非放下牛奶，一本正经地说道：“首先，马博远不是凶手，只是嫌疑人；其次，是我先‘推理’出他的藏身之处，秦警探你才有机会把他逮捕；最后，你当时用的也是蛮力，不是脑力。”

“罗非！”小曼快步逼近罗非。

罗非一脸得意，丝毫不惧：“所以我看不出你举这个例子有什么用，除了……

自取其辱。”

小曼听罢，朝着罗非就挥出一拳，罗非没想到小曼来真格的，躲闪不及脚下绊倒，拉着小曼一起倒在了床上。

一瞬间，两人鼻尖相抵，都愣住了。

突然，一个背着双肩包的长相清秀的男生敲了敲门，门没有锁，于是他探头进来，看见床上的画面，急忙别过了头。

“请问，罗非先生住在这里吗？”

罗非被这一声惊得回过心神，失焦的眼睛重新映出脸颊微红的小曼。

“可以起来了吗？”

小曼也回过神，“腾”地跳了起来，罗非也站起。

“没错，我就是罗非。”

男生看看罗非和小曼，抢步上前和罗非握手。

“您好，久仰大名，今天终于见到本人了。”

小曼十分嫌弃地指着罗非：“等等，你久仰他的大名？”

男生忙点头：“对啊，上海滩第一神探罗非，推理爱好者都知道。”

罗非礼貌地笑笑，朝小曼挤了挤眼。

小曼颇为不屑地白了他一眼。

“真不好意思，打搅您和您的女朋友了。”男生笑着说道。

小曼恼怒地瞪了男生一眼：“我不是他女朋友。”

但小曼依旧泛着微红的脸丝毫没有说服力。

男生一脸诧异：“啊？那刚才……”

小曼用力拍了拍男生的肩膀：“我是警探！”

男生看着小曼，纠结地点了点头。

“别吓着人家孩子，收拾屋子去。”罗非推开小曼，对男生说道，“你找我有什么事？”

男生朝罗非欠了欠身：“哦，先自我介绍一下，我姓鹿，梅花鹿的鹿，大家都叫我小鹿。”

小鹿说着从包里取出一本日记本。

“我的外婆上个月去世了，留下一本带密码锁的日记本，虽然不是什么值钱的东西，但是我很想知道外婆在上面写了什么，可是外婆五年前得了老年痴呆症，不记得密码了。我试了好久都没有打开，所以就想请罗大侦探帮忙破解这个密码。”

罗非看了一眼本子，不是很感兴趣：“抱歉，这种事不在我的业务范围内，恐怕帮不了这个忙。”

小曼立刻抱着肩膀嘲讽：“哼，还说自己是推理高手，连一个日记本都打不开，看来这密码是永远解不开了。”

罗非随即转头盯着小曼，伸手从小鹿手里一把拿过日记本。

三人围坐在茶几前，看着日记本。

罗非边端详着日记本上的密码锁边问道：“密码是四位的。老人家一定是把密码和能记住的数字联系在一起的，外婆的生日试过吗？”

“生日、出生年份，还有结婚纪念日都试过了，统统对不上。”

“电话号码呢？”罗非又问。

“她家里没有电话。”小鹿摇头。

罗非思忖了片刻，又问道：“外婆平时有什么习惯吗？比如，经常说的口头禅。”

“没有。外婆年纪大了，有点痴呆，只会成天拉着人胡言乱语。”

“什么样的胡言乱语？”罗非的目光移向小鹿。

“她老是说什么，我们家……听牌了……”

“听牌？她喜欢打麻将？”

“是啊，她以前一直喜欢打麻将，街坊们都叫她‘雀后’。”

“雀后？”小曼不明所以。

“‘雀后’是南方人的称呼。麻将分为南、北两派。北派听口最多清一色，1到9全和。而南派麻将是四头听。”罗非说着手还在不断比画着数字。

小曼点点头：“没想到啊，罗大侦探，你对麻将也有研究。”

“一个优秀的侦探，自然应该各个方面都略懂一些，这样有助于破案。我们家……听牌……”罗非开始陷入思考，突然问小鹿，“对了，你外婆家的门牌号是多少？”

“福开森路123弄45号505。”小鹿连忙说道。

“麻将里没有0。去掉0就是1、2、3、4、5、5、5，那么听牌就是1、4、3、6。”罗非说道。

小鹿忙转动密码盘：“1、4、3、6。”

日记本随之“咔嗒”一声开了。

小鹿高兴得手舞足蹈："胡了！哦不，开了！"

小曼惊喜："还真打开了！让我看看。"

小鹿神色慌张地合上日记本："外婆的日记，我想带回去慢慢看。"

小曼点头："哦，说得也是。"

罗非盯着眼前这个小鹿："这恐怕不是你外婆的日记吧？"

"罗非，你什么意思？"小曼说着不禁又打量起眼前这个小鹿。

"你刚才说外婆五年前就得了老年痴呆症，那这本日记应该存放了肯定不止五年。但是这个日记本洁白如新，因此我有理由怀疑，这根本不是你外婆的日记。"

小鹿一笑："大侦探果然名不虚传。"

小鹿随即打开日记，里面是空白的。

"你拿一本空日记本来叫罗非打开，为什么？"

罗非一脸迫不及待的表情："为了试探我，看看我是不是一个合格的侦探，我想接下来这位鹿先生一定还有真正的案子需要我破吧？"

小鹿点点头，拿出一张报纸放在茶几上。

罗非瞟了一眼："这是昨天的报纸。"

小鹿指着上面一则新闻。

"惊悉指挥家肖朗昨晚家中暴毙。"罗非读完这一句，就把报纸递给小曼，小曼细读。

小鹿十分诚恳地说道："其实我的真实身份，正是报上登的这位指挥家肖朗的助理。我来这儿，是想请罗非帮我调查肖老师的死因。"

小曼放下报纸："报上不是说，肖朗是心脏病突发猝死的吗？"

小鹿表情复杂地点了一下头："对，但也不全对。其实，这一切都跟一首神秘的曲子有关……"

第二十九章　彼岸花

"就在前天早晨，我收到了一封匿名邮件，里面有一首名为《彼岸花》的乐谱，当时肖老师只是看了看就把它放到了抽屉里，可当我第二天再去别墅时，在琴房里发现肖老师躺在地上没了呼吸，脸上挂着诡异的微笑，眼角还流着泪，而乐谱架上正摆着那首《彼岸花》。"小鹿心有余悸地回忆道。

“真有这么诡异的事情？有意思。”罗非笑着说道。

“等医生赶到的时候，肖朗已经不行了，医生鉴定是心脏病突发而死。”小鹿说道。

“你认为是这首曲子杀了他？你告诉警察了吗？”罗非问道。

“没有，我知道这听上去太荒谬，说了不会有人信的。所以我来找你，你是侦探，也许会有兴趣。”小鹿眼中闪过一丝希望。

小曼故意说道：“我看你应该去找巫师神婆，这种怪力乱神的事我们没兴趣。”

罗非一掌拍在笔记本上：“不，我有兴趣。”

“你不会真的相信乐曲会杀人吧？”小曼奇怪地看着罗非。

罗非摩挲着胡须：“我在一本国外刊物上读到过，有一首匈牙利歌曲由于太过忧伤，以至于听过的人纷纷自杀，而演奏过这首歌的乐手也就此封手，再也不表演了。”

“那些小报杂志编的故事，你也信？”小曼撇嘴。

“不是故事，是心理暗示。过于忧伤的旋律，会让人觉得心里压抑，以至于产生自杀的念头。这一点儿都不奇怪。对了，那份乐谱现在在哪儿？”罗非说着做了个弹钢琴的手势。

“我想，应该还在钢琴上。”小鹿说道。

罗非起身：“既然这样，那就去肖朗家走一趟。”

一个小时后，三人刚从出租车上下来，就听到眼前别墅里传来缕缕哀婉的旋律。

三人随即走进门，来到肖家客厅中央，正看到一支乐队在演出一支忧伤的乐曲，身旁围满了拿着白玫瑰、窃窃私语的追思者。

“怎么会有这么多人？”小曼对此十分吃惊。

“这些都是肖朗的乐迷，大家自发组织为他举办一个追思会。正在演奏的是肖朗的同事，他们都是工部局西洋乐团的成员。”小鹿解释道。

小鹿指着乐队三名成员，依次介绍道：“小提琴手叫关尔，大提琴手叫国荣，吹长笛的是郑东，肖朗生前常和他们一起在这里排练室内乐。”

“旁边那个胖子呢？”小曼低声问小鹿。

小鹿点点头：“哦，那是乐团的团长兼指挥，是工部局华董的小叔子。”

“看来这乐队背景不浅。”罗非细细打量着每个人说道。

这时，一个五十多岁的男人出现在他们面前。

“小鹿，你怎么才来，这两位是？”

“这两位是我的朋友，也是肖朗的乐迷，来参加追思会的。”小鹿机敏地说道，然后又向罗非和小曼介绍道，“这位是乐团的后勤曹叔。”

罗非朝曹叔伸出手：“你好。”

“哦哦，二位请自便。”曹叔与罗非礼貌性地握了握手，然后就走开了。

“我们先去琴房看看吧。”罗非看着曹叔的背影对小鹿说道。

“好，跟我来。”小鹿说着引领着二人朝二楼走去。

罗非对小曼说道：“你留在这里，留意一下这些人。”

小曼会意点头：“好。”

随后，罗非跟着小鹿上了楼。

琴房内，小鹿打开门，小鹿带着罗非走进屋中。

“肖老师就是在这间琴房里出事的。”小鹿落寞地说道。

罗非随即环视房间。房间中央摆放着一架三角钢琴，周围还摆放着吉他、小提琴等各种乐器。靠墙的书架上摆放着各种唱片，角落里还有一部留声机。

小鹿走到钢琴前：“咦？乐谱怎么没了？我记得乐谱就放在钢琴上。”

罗非绕到钢琴后侧，看到琴板下面夹着一个信封。罗非把信封抽出：“是这个信封吗？”

小鹿指着信封：“没错，就是这个！”

罗非微微一笑，打开信封，却发现里面空无一物：“乐谱不在里面。”

小鹿凑上去看了看，一脸疑惑：“怎么会这样？肖老师出事后，我忙着去求救，没有碰过乐谱，难道是被人偷走了？”

“知道是谁寄来的吗？”罗非问道。

小鹿摇头：“不知道。我打开信箱的时候就在里边了，上面只写了‘肖朗收’，一定是直接投到信箱里的。”

突然，楼下传来了喧嚣声。

小鹿一皱眉：“怎么回事？我下去看看。”

随后，两人回到客厅。

“怎么回事？”罗非问小曼。

“本来他们在合奏，也不知道怎么回事，就吵起来了。”小曼说道。

这时，关尔和郑东正在激烈地争执，而国荣在一旁做着和事佬。

“你那个地方肯定拉错了。”郑东说道。

“是你没跟上节奏！”关尔用长笛指着郑东反驳道。

“明明是你心不在焉漏了一个小节，不知道心里在想什么！”郑东说道。

“我在想什么？你把话说明白！”关尔提高了声音。

郑东冷哼：“哼，谁心里有鬼谁明白！”

国荣两下摆摆手：“好了好了，谁都没错，我们继续。”

郑东还不依不饶：“别打马虎眼，你自己都被他带乱了节奏！”

“郑东，你够了！吵架也不看看场合！”国荣说道。

“事情都到这个份儿上了，还看什么场合，这曲子没法演了！”郑东将乐谱打翻在地，扬长而去。

国荣见状，愤愤地对关尔埋怨道：“这下你满意了？”

关尔一甩弓弦：“哼，谁心里有鬼谁才满意，大家散伙拉倒。”

这时，团长也跑过来劝。

“哎呀呀，好好的散什么伙呀，来来，继续演奏。”

无奈团长也支使不动这些有来头的大爷，眼睁睁看着国荣也要甩手走了。

“哎，国荣，你别走啊。曹叔，你也帮忙劝劝。”团长追着国荣而去。

小鹿见此情景，叹了口气：“唉，我也去劝劝他们。”

现场众人开始窃窃私语。

“看来这支乐队不怎么和谐啊。”罗非轻轻摇了摇头。

这时，一个小个子凑过来：“这不是罗大侦探吗？”

罗非指着小个子：“曾帅，你在这里干什么？”

“肖朗生前是个花花公子，我只是来这里挖一点花边新闻而已，没想到挖到不少猛料啊。”

罗非好奇：“什么猛料？”

曾帅鸡贼地朝罗非使了个眼色：“等价交换，你告诉我四马路杀人案的细节，我就告诉你肖朗之死的独家内幕。”

小曼插言：“知情不报，等同犯罪。”

“这位小妞好凶悍，你就是传说中连沙威探长都怕你的女警探吧？我叫曾帅，上海滩最帅的记者。”曾帅说着还甩了一下前额的头发。

曾帅紧接着伸出手，小曼伸手用力捏住：“你到底打听到什么，快说。”

记者求饶：“啊啊，痛，我说。我怀疑肖朗是被人谋杀的。”

小曼闻言松开了手。

罗非侧目看着痛得直甩手的曾帅：“你有什么根据，凶手是谁？”

“这间屋子里差不多人人都有嫌疑。你看，那边那个是肖朗的前前前女友，因爱生恨，一直扬言要肖朗的命。还有刚才出去的团长，肖朗向他借过一大笔钱一直赖着不还。还有刚才吵架那几个，别看他们经常在一起排练，其实相互之间矛盾深着呢。”

罗非目光一凛：“什么矛盾？”

“说来话长，我们边走边聊……”曾帅说着带着罗非走开了。

小曼跟了几步，忽然听到边上几名乐迷在讨论。

“你们有没有听说过，肖朗是被一首乐曲杀死的……”

小曼立刻被吸引，凑过去听了起来。

正听着，团长从屋外回来，走到屋中对悼念者们讲话。

“各位，请安静一下，刚才发生了一点小插曲，因为肖朗的突然离世，乐团成员心情不好，有点小摩擦情有可原，希望各位谅解。今天的追思会这么多朋友一起来缅怀肖朗先生，作为工部局西洋乐团的团长，我十分感动，在此我想说几句话……”

团长摸出一张小纸片，开始讲话：“我和肖朗先生，一向是最好的朋友，我们情同手足，乐团曾经是我们共同的家，音乐曾经是我们共通的语言……”

此刻，众人不约而同地聚拢过来。

罗非、小曼、小鹿随着人群也聚到一起。

罗非问小鹿：“他们几个吵完了吗？”

小鹿无奈地摇摇头：“没有，一个也劝不回来，树倒猢狲散，要是肖朗在，他们绝不会这样。”

“你从那位小报记者那边打听到什么了？”小曼问罗非。

“肖朗抢过国荣的女朋友，关尔嫉妒肖朗在乐团的地位，郑东性格懦弱经常被肖朗当众嘲笑捉弄，总之人人都恨肖朗，个个儿有杀人动机。”罗非注视着乐团每一个成员的背影。

小曼撇嘴：“个个儿都有，那就等于没有。”

罗非不屑：“破案最重要的就是不要轻易下结论，我看你刚才耳朵竖得老长，秦大侦探你打听到什么了？”

“我打听到……”

“嘘。你们听，好像有琴声。”小鹿突然打断了小曼的话，神秘兮兮地手指着天棚。

三人立刻噤声，便隐约听到从二楼传来了琴声。

“有人在拉小提琴？”罗非不禁疑惑。

“那是《彼岸花》的曲调！”小鹿惊讶地说道。

“就在二楼！”小曼说道。

小鹿第一个跑向二楼。罗非、小曼也紧随跟上。

三人来到二楼走廊，循声到了琴房门口。

小鹿边转门把手边嘀咕：“琴房里应该没人啊。”

小鹿拧了两下，转头看向罗非：“门被反锁了。”

小鹿随即敲门，房间内并没有反应。

这时，琴声戛然而止，随之发出一声沉重的声响，仿佛什么东西重重地砸在了地上。罗非迫不及待地用力撞门，门纹丝不动。

小曼推开罗非：“让开！”

小曼上前猛踹一脚，门应声而破。

第三十章 诡异葬礼

小鹿抢先一步进入琴房内，当即发现关尔捂着胸口倒在地上，身旁扔着一把小提琴。而那张神秘的乐谱赫然就摆在谱架上。

这时，罗非和小曼也跟了进来。

罗非见到地上的人，脸色一变：“是关尔！”

小曼上前搭住关尔的颈动脉，片刻失望地抬起头：“已经没气了。”

罗非拿起那张乐谱：“这是寄给肖朗的那份乐谱吗？”

小鹿接过来看了一眼，坚定地点了点头：“没错，就是这首《彼岸花》！”

罗非从地上拿起小提琴：“这是关尔的小提琴吗？”

小鹿点头：“他的小提琴从不离身。”

小曼这时查看起琴房的环境，随后走到窗前，拉开窗帘，居然发现外面虽然有一扇窗，但是却安上了铜栅栏。

“这缝隙太窄了，人根本不可能钻出去，难道凶手是从门口逃走的？”

罗非指着地上被小曼踢飞的插销：“不，门是从里面关上的，没有人出去过。”

小鹿兴奋道：“哇，密室杀人案，好刺激！”

小曼白了他一眼。

“看来得叫捕房支援了。”

一个小时后，捕房的警力赶到，开始勘查封锁现场。

沙威和数名警探在调查取证。几个巡捕用担架把盖着白布的尸体抬走。

“这就是个突发心脏病。为了这点小事，你还叫我大老远跑一趟。”沙威指着罗非，略带抱怨地说道。

罗非坚定地认为：“不，这是一起凶杀案，而且这已经是第二名死者了。”

“小曼都跟我说了，什么被诅咒的曲子。我看这完全就是巧合，再加上一丁点儿心理作用。罗非，我劝你也别钻牛角尖了。这件事就这样吧。”沙威说着吩咐身边的警探，“时间也不早了，下面的那些宾客，也都让人家回去吧。”

罗非急忙打断：“不行，这里每个人都有嫌疑，把他们全扣下，我一个个仔细询问完才能走。”

沙威一皱眉，压低声音：“你知道来这里的都是什么人吗？听西洋音乐的乐迷都是上流社会的人物，有总理的公子，有外使的夫人，是你一句话想扣就能扣的？”

“正因为他们地位高，你现在要是放走了他们，以后想要问话就更难了。”

沙威瞪着罗非：“你是探长还是我是探长？再说，你一没凭二没据，凭什么不让人走？放人！”

沙威说完，带着警探就走开了，罗非颇为无奈地揉了揉太阳穴。

“走！我带你去个地方！”小曼对罗非说道。

出租车上，小曼看向闭目养神的罗非：“你不问问我带你去哪儿？”

“肯定不是什么好地方。”罗非十分肯定地说道。

小曼从口袋里掏出一张名片：“本杰明给过我一张名片，他说这个心理学……”

“好了，我知道你要带我去哪儿了。”罗非连连摆手打断小曼，“这个本杰明什么时候也相信那些东西了。”

“人家是从国外学成的心理学专家，你就这么心高气傲吗？”小曼冷眼看着罗非，“这件乐谱杀人事件他一定能帮上忙的。”

“装神弄鬼而已。”罗非冷笑道。

半个小时后，两人走下车。罗非用手杖指着一座临街洋房门口的牌子——霍文斯心理诊所：“非要来这儿吗？换一家不行吗？”

“你少啰唆，人家霍大夫的本事本杰明都跟我说了。”小曼一把抓住罗非的手杖，拖着罗非继续走。

“霍文斯心理诊所？故弄玄虚，嘁！”

“霍医生说平时可以到他的诊所找他。”

“你倒是不见外。”罗非嘲讽道。

“那当然，我们怎么也算打过交道，而且霍医生的能耐你不是也见识过嘛。”

两人随后走进诊所，站在前台。

“你好，我们找霍医生。”小曼说道。

一位诊所女助手起身微笑道：“请问有预约吗？”

罗非用手杖敲着前台，不耐烦：“巡捕房查案。”

“抱歉，没有预约不行。”女助手鞠躬致歉。

此时，诊室门突然打开，霍文斯送一名病人出来。

病人连连道谢：“谢谢你霍医生，多亏有你。”

“不用客气，回去多休息……”霍文斯送走病人后，一眼看见小曼朝自己招手：“秦警探！罗大侦探也在，你们找我有事？”

“有个案子上的小问题想请教，不知道会不会打搅你看病人？”小曼说道。

霍文斯微微一笑：“秦警探干吗这么客气，秦警探的事我愿意随时效劳。”

罗非翻了个白眼。

霍文斯也不在意，引着两人往诊室方向做了个请的手势。

诊室内，霍文斯仔细地看着乐谱。

小曼坐在一旁，罗非站在那里明显一脸的不耐烦。

霍文斯伸手示意对面的沙发椅：“罗大侦探请坐啊。”

罗非看着椅子，一副很难接受的厌弃表情。

霍文斯疑惑：“这椅子有什么问题吗？”

罗非拄着手杖，面无表情地说：“很多人坐过。”

小曼指着罗非：“他有洁癖，他嫌脏。”

霍文斯笑道：“洁癖是强迫性神经官能症，最好不要放任，要不要我帮你治疗？”

罗非看了一眼小曼，紧接着又看了看沙发，鼓起勇气坐下，只是坐姿总有些别扭。

小曼忍住笑：“霍医生还是说正事吧，在苏州满庭芳疯了的齐妈听了你的几句话就说出了当年真相，你看这首曲子会不会让听的人……自动心脏病发？”

霍文斯扶了扶眼镜：“我对齐妈说的那几句话是顺势‘心理暗示’，音乐也可以对人产生一定的‘心理暗示’，影响到人的情绪，但是引发器官病变来杀人是不可能的。”

“你怎么知道是杀人？”罗非突然问道。

“小道消息已经传得满天飞了，乐曲杀人。”

“既然乐曲不能杀人，那么告辞。”罗非霍地站起来，浑身轻松，转身就走。

小曼有些猝不及防，也跟着站起身，朝霍文斯笑了笑：“不好意思，又麻烦您了。”

霍文斯点点头：“不麻烦，乐意效劳。”

“再见。”

小曼刚说完再见，走到门口的罗非又转身回来拿乐谱，看了看小曼，又用一种奇怪的眼神看了看霍文斯，然后转身而去。

小曼莫名其妙地跟上。

霍文斯微笑着送走二人。

两人走出诊所，小曼问罗非：“你说现在去哪儿？”

“回家。”罗非简洁地说道。

小曼转了转眼珠，暗自松了口气。

“回家也得查案。”罗非看着她的小动作又补上了这句。

晚上，沙利文公寓203内，罗非在台灯下反复查看《彼岸花》的乐谱，小曼和小鹿在一旁倚着门看着罗非。

“既然乐曲不能催眠人去自杀……”

“你不是讨厌霍文斯，不相信他说的吗？”小曼插言道。

罗非停顿了一下，然后依旧用他惯用的傲娇口气说道：“我是不喜欢那个霍文斯，但是我不会不相信专家的意见。”

小曼嗤鄙冷笑。

“对了，我看过一本英国人写的推理小说，被害者死去的房间就是一个密室，唯一的出口只有通向隔壁房间的通风扇，凶手正是利用了这一点，训练了一条斑点毒蛇，爬过通风扇去杀的人。”小鹿说道。

罗非点点头：“我也看过那本小说。对蛇来讲，铃声就是让它发动攻击的信号。也许，这首《彼岸花》就是一种信号，当被害者开始演奏的时候，就会引来神秘的动物杀手，可能是毒蛇，或者蝎子、蜘蛛。”

“不过，我们怎么证明这点呢？”

“只有一个办法。”罗非说着拿起萨克斯。

“不行！太危险了！”小曼立刻站起身。

“别担心，根据之前的情况，凶手应该只会攻击演奏者本人，你们不会有危险。”

“攻击谁都不行。我不能眼睁睁地看你被蛇咬死。”小曼表情严肃。

罗非调侃道：“那你可以把眼睛闭起来。小鹿，帮我拿一下乐谱。”

“没问题。”此时的小鹿倒是一副跃跃欲试的样子。

“等等。”小曼说着掏出枪，四下警戒，如临大敌。

罗非朝小曼微微一笑，开始吹奏《彼岸花》，随即，忧伤的旋律充满了整个房间。

与此同时，住在楼上的汪苏苏开始用枕头捂住头，颇为懊恼。几番于事无补后，汪苏苏气呼呼地来到窗前，对着楼下大吼：“知不知道现在几点了！大半夜的，吹给鬼听啊！”

随后，汪苏苏“砰”的一声用力关上了窗户。

而此时的罗非家，气氛异常紧张，一曲奏毕，罗非放下萨克斯。

三人屏息静气，四下安静。过了一会儿，三人突然听见卧室有动静。

小曼朝罗非和小鹿使了一个眼色，示意他们不要乱动，然后小曼紧握着枪，缓缓走向卧室。

第三十一章　霍文斯

小曼举着枪慢慢推开卧室的门。

卧室内并没有人，只有一只野猫从窗户翻了进来，迷茫地盯着小曼。

小曼当即松了口气。

客厅内，三个人看着墙上的钟。

“看样子，今晚是解不开这乐谱的秘密了。时候也不早了，我先回去了。”

罗非眼神专注地看着乐谱，对小鹿说：“乐谱就暂时放在我这儿。我还想再做进一步的研究。”

小鹿点头：“那我就先告辞了。”

小鹿离开后，罗非见小曼并没有走的意思：“你不回去睡觉吗？”

小曼拍了拍腰间的手枪：“作为一名警探我有责任守在这里，保护你的生命安全。”

罗非迟疑了一下：“随你的便。”

罗非说完就往卧室走去。

“你去哪儿？”小曼朝卧室张望。

“睡觉。”罗非走进卧室，趴在门框上望了一眼小曼，然后关上了门。

“不要关门！”小曼在沙发上坐下。

不一会儿，罗非从卧室中扔出一个毯子。

夜深，客厅依旧亮着灯。

小曼坐在沙发上，警惕地四下张望，目光依次扫过每扇门、窗、墙上的排风口。

突然小曼霍地从沙发上起来，找到一卷胶布，拉过一把椅子，站到椅子上，用胶布封排风口。封好后，还用力拍严实。

就在小曼觉得万无一失时，窗口突然传来一阵奇怪的刮擦声。

小曼扭头，只见窗外有一个黑影，似乎正在拨弄窗户缝隙。

小曼迅速无声地跳下椅子，拔枪靠近窗户。

细看却是树影，且有一段枝丫恰好戳在了窗户上，被风吹动，发出了刮擦声。

小曼顿时松口气。

小曼要回到沙发上，想了想又掉头走向罗非卧室，轻轻地进入。

小曼一进门，只见罗非静静地睡在床上。

小曼发现卧室的窗户竟然半开着，随即愤愤地对睡梦中的罗非扬了扬拳头。

随后，她默默走向窗户，轻轻地关好窗，又反复试了几下确定已经锁好。接下来，小曼在房间四周又查看了一番。

当走到罗非床边时，小曼犹豫再三，凑上去小声说：“罗非，你还活着吗？”

罗非一动不动，没有任何声息。

小曼紧张：“不会吧。”

小曼皱紧眉头，伸手去探罗非的鼻息。

突然！罗非张开双眼。小曼吓了一大跳。

“出去。”罗非在床上用力咬牙平伸了个懒腰，这次倒真像是挺尸一样。

小曼一脸认真：“我觉得我还是在这个房间里保险一点。”

罗非作势要起来。

小曼一把将他按在床上：“你要干吗去？”

罗非指着小曼按在自己胸前的手：“报警，巡捕房女警探夜闯男性邻居卧室。”

小曼翻了个白眼，撒手退了出去。

“关门，谢谢！”

卧室门随即“砰”的一声关上。

清晨，小曼在沙发上睡得正香。罗非蹲在她面前，看她。

小曼梦呓：“罗非，小心！”

小曼竟然真的去掏出枪。

罗非被吓了一跳，小心翼翼地推开小曼的枪，睡梦中的小曼咕哝着放下了枪。

罗非为小曼盖了盖毯子，然后悄声走出了房间。

巡捕房的走廊里，罗非和本杰明并肩边走边谈。

本杰明指着罗非的鼻子叮嘱：“我是帮你忙才把尸体调运过来的，要是查不出疑点，我的麻烦就大了。”

罗非甩开本杰明的手：“放心吧，我什么时候坑过你。”

这时，拐角处，霍文斯迎面走了过来。

“罗大侦探，乐曲杀人案有发现了吗？”

“暂时没有。”罗非瞬间冷下脸。

“怎么没看到秦警探？”霍文斯左右看看。

罗非抱着肩膀，得意地装出一副无所谓的样子：“昨天我试吹了一下那首曲子，她怕我出事在我家守了一晚，现在睡着了。”

霍文斯微微一笑：“秦警探很关心自己的搭档啊，我找沙探长有点事先走一步，不打搅你们办案了。”

罗非看着霍文斯离开，回头看到本杰明正用一种奇怪的眼神看着自己。

“秦小曼在你家待了一晚上？”

“少学他管闲事。”罗非撇嘴，转身继续往前走。

本杰明无语地摊了摊手，随即跟上。

两人来到解剖室内，本杰明熟练地开始解剖程序。

一把解剖刀力道均匀，节奏张弛有度地划开尸体的皮肤。随后，青白色的皮肉缓缓翻出一道深红色的肉线，像是打开了另一个世界的大门。

罗非在一旁目不转睛地看着。

“死者面部呈现乌紫色，并且鼻孔内有血流出。手指缝里有青紫和暗红的斑点，而脚趾末端肥大变形，这些都是缺氧导致代谢性中毒的表现。再看这里，死者腹部肿大，腹腔内有明显积水迹象。这些都证明，这个人是心脏病突发猝死的……”本杰明说着说着，又突然问罗非，“秦小曼昨天整晚在你家里？”

罗非敷衍着点了点头：“嗯。胃内有没有毒物残留？”

本杰明摇头：“没有。你为什么要把秦小曼在你家过夜的事告诉霍文斯？”

“因为他问我。血液？”

“蛋白含量偏高，但可能是一般性炎症引起的。”

“会不会注射了药物？”罗非问道。

“我已经检查过全身，没有发现注射针孔……”

“还是再查一遍的好。”

罗非接过本杰明递来的手套戴上，两人开始一同检查尸体。

“你和秦小曼现在什么关系？”本杰明忍不住又问。

“邻居，搭档。”

“还有呢？”

“没了。”

“既然你和她没有别的关系，那就别妨碍她和别人发展别的关系。”

罗非抬头看了一眼本杰明：“什么意思？”

“你看不出来吗，霍医生对我们的秦警探好像很有意思。”本杰明故意说道。

罗非低下头：“有吗？你也成心理专家了？”

罗非正皱眉，小曼这时冲了进来。

“罗非，你果然在这里。”

本杰明咕哝：“说曹操，曹操到。”

小曼看到关尔的尸体，大惊：“关尔？你们私自……”

“嘘！”罗非和本杰明一起朝小曼做了个别出声的手势。

“秦小曼，你会剃头吗？”罗非问秦小曼。

小曼诧异：“剃头？”

随后，小曼专心地替关尔的尸体剃着头，罗非在一旁看着。

“为什么要我做这种事？”

罗非看到关尔的头皮已经显现出来，立刻摆手：“可以了，你让开。”

小曼移步让开，罗非俯身，仔细查看关尔的头皮。本杰明也凑了过来。

“你们发现了什么？”小曼问道。

本杰明指给小曼一处头皮：“看，这里有一个针孔。”

本杰明指着的地方，果然在关尔头皮上靠近后脑的地方，有一个暗红的小针孔。

“什么样的毒药通过血液注射，可以造成心脏病的假象，而且不会被轻易检测出？”罗非急忙问道。

本杰明斟酌了一下开口：“这个可难说……他死时有什么特别的症状吗？”

“我看他死的时候表情好像很开心，可是眼角却有眼泪。”小曼回忆着说道。

“我想到一样东西……”本杰明说着走到实验桌前开始调试各种器械。

十分钟后，实验桌上的试管烧瓶中各种颜色的液体开始不断冒泡，罗非和本杰明聚精会神观察。

小曼在一旁歪着头打起了瞌睡。

“怎么样？”罗非问道。

本杰明拿起一个试管：“有了，我做了针对性的药理检测，发现了 Tears 残留。”

罗非疑惑：“Tears？”

本杰明点点头：“一种新型的高纯度毒品，呈白色粉末状，人一旦吸食就会产生一种虚幻的幸福感，过量吸入会造成心脏负担过重而猝死，临死前无一例外会流下眼泪。”

“一般会采用注射手段吸食吗？”罗非又问。

本杰明表情严肃：“绝对不会，除非他想自杀。”

“如果他是自杀，为什么要刻意隐藏注射的针孔？”罗非走到一边，摇醒打瞌睡的小曼。

“啊？”小曼睡眼惺忪地看着罗非。

“麻烦你去一趟殡仪馆，把肖朗的血液样本采集过来，交给本杰明检测。”

小曼点点头：“哦。”

小曼走了两步，回头看罗非。

“你不去吗？”

罗非朝小曼挥挥手：“我有更重要的事情。”

“你要干什么？”本杰明问道。

罗非扔下手套：“去现场。”

肖家门口，小鹿气喘吁吁地赶到罗非面前。

“叫我来干吗？”

“你是肖朗的助理，应该有他家钥匙吧？”

小鹿看了看肖宅的门：“随便闯空门不好吧？”

“你不想解开肖朗和关尔死因之谜吗？”

小鹿犹豫了一下，四下看看，快速掏出钥匙打开了门，对罗非招了招手。

还是那间琴房，在白天里阳光四溢，使人感到惬意悠然，有一种不禁想坐在钢琴前弹奏一曲的冲动。而丝毫不会让人联想到这是一间已经离奇死了两个人的神秘所在。

罗非从地上捡起关尔的那把小提琴。

“关尔死时，拉的就是这把小提琴吧？”

小鹿点头：“是的，没人动过。”

罗非放下琴，四处观察，看到书架上全是唱片。罗非随即上前查看唱片。

“肖朗收藏了不少唱片。”

小鹿跟过来：“他是个音乐迷。”

罗非从架上抽出一张唱片，封套上赫然印着《彼岸花》。

“这也是他收藏的？”罗非看向小鹿。

小鹿看到唱片的名字时，也有些吃惊：“我不太清楚，这些唱片他从来不让人碰的。”

“这张唱片是各个乐器版本的《彼岸花》合集，也有小提琴版的。”罗非拿出唱片，放在留声机的唱盘上，放下唱针，忧伤的小提琴曲声顿时在屋内回荡开。

“关尔死的时候，我们听到的其实是唱片的声音？”小鹿问道。

罗非摇头：“不，当时我走进房间，注意到了留声机，上面并没有唱片。”

与此同时，小曼气喘吁吁地跑进了本杰明的实验室内，把一个针筒交给本杰明。

“给你，肖朗的血样，我要是晚去一步，他就烧成灰了。”

本杰明朝小曼竖起拇指，然后把针筒里的血样注入试管。

“为什么要验肖朗的血？”

“Tears。”本杰明专注地盯着试管。

小曼瞪大眼睛看着试管里的血样：“什么死？”

本杰明轻叹：“如果你刚才没睡着，现在就不会问这么蠢的问题。”

小曼嘟囔：“还不是因为罗非……”

本杰明拿起一个小罐子，对小曼说道：“张嘴。”

“啊？”小曼愣了一下。

本杰明拿出一颗绿色的圆球放入小曼嘴里。

小曼用舌头在嘴里不停搅拌着：“你给我吃的什么？”

本杰明微笑：“提神醒脑薄荷糖，奖励你保护罗非一晚上。”

小曼笑着点点头：“谢谢。”

小曼边嚼糖，边看本杰明工作。

本杰明偷瞄了小曼一眼，尽量把语气放得自然一些：“你觉得罗非这个人怎么样？”

小曼想了想：“刚开始觉得他没什么人情味，不过好像是我误会他了，他还是有那么点人味的……不过，总体来说还是比较讨人厌。”

“讨人厌？”

“罗非好像不太情愿和我搭档，你知道为什么吗？是不是我哪里做得不对？”

本杰明摇晃了一下试管：“知道，因为你粗心、暴力，还容易冲动。”

第三十二章　音符密码

肖宅之中，罗非用螺丝起子把被小曼踢坏的插销装回去。

小鹿不禁好奇：“你在干什么？”

“复原现场。”罗非说着抱起肩膀，重新环顾了一下房间。

“你发现什么了？”

“只是一些零散的线索，但是如果把这些线索拼在一起，也许能看到一幅完整的拼图。”罗非边说边走向书架，目光落在书架上的一卷胶带上。

书架上突然稀里哗啦掉下一大堆东西，吓了罗非一跳。

“秦小曼！保护……”罗非话说了一半，看看身边才缓过神，自己也突然奇怪刚才为什么会那么说。

“哎呀。”这时，小鹿把书架上一个箱子费力地托了下来。

“怎么了？”罗非问。

“这个箱子放得这么高，我想拿下来看看。”小鹿说道。

罗非上前查看，地上是一个手提箱，里面的乐谱、指挥棒散落掉了出来。

“这是肖朗的乐谱箱？”罗非捡起一张乐谱，上面写着《彼岸花》，再捡起一张，又是《彼岸花》，“看来他不是第一次收到《彼岸花》的乐谱。”

小鹿翻着这些乐谱，推理道：“这么说有人一直寄乐谱来诅咒他，他终于忍不住弹了一曲，结果……”

“奇怪。”罗非陷入了沉思。

“你发现什么了？”小鹿问罗非。

“这个乐谱箱的高度和深度不吻合。”罗非说着在箱底找到一个机关，按下，箱底弹开，露出夹层，“果然有暗格。”

“可是里面什么也没有。”小鹿看着空空的暗格说道。

这时，罗非突然看到在暗格的角落里有一些白色的粉末，罗非用手指沾起，闻了闻：“这是什么？”

“肖朗平时演出会带着这个乐谱箱吗？”罗非直接问小鹿。

小鹿点头：“他每次演出都会带的，而且从不让别人碰，说是这个箱子会给他带来好运。”

“乐团其他成员呢，也有乐谱箱吗？”罗非又问道。

小鹿连连摇头：“没有，只有肖朗有。”

“从来不让别人碰的东西，除了乐谱箱，就是……”罗非立刻回身又拿起关尔的小提琴，仔细查看，用手叩打。随即，罗非在琴身上发现一个机关，轻轻按下，琴身被打开。

“哇，小提琴也有暗格！”小鹿惊呼。

罗非用手指沾出一些白色的粉末，点点头：“果然如此。”

“谢谢你，谜团很快就可以解开了。”罗非匆匆起身，朝门外走去。

“能现在就告诉我吗？”小鹿紧跟上追问。

“现在还要去查一些资料！”罗非说着飞快地下了楼。

租界图书馆，小曼东张西望地走来。罗非在一排书架前探出了头，朝小曼招了招手，然后又急忙钻了回去。

小曼快步走来，正见到在图书馆一角，罗非和小鹿翻着大堆的外文报纸。

“我到处找你，你们两个在图书馆干什么？”

罗非头也不抬：“先说说你那边的情况，肖朗的血样采集到了吗？”

“采到了，本杰明在其中检测出毒品 Tears 的残留。你呢，查到什么了？”

“我们在肖朗的乐谱箱和关尔的小提琴内都发现了 Tears 的痕迹，怀疑他们利用乐团出国演出的机会贩运毒品……”小鹿说道。

罗非亮出一个本子：“这是工部局西洋乐团这几年出国演出的记录，我们查了他们演出所到地当时的报纸，差不多每次乐团出国之后，当地就会出现因为 Tears 毒品引发的犯罪事件。”

小鹿看了看四周，低声补充道：“我们推测公共租界内有个毒品地下加工厂，为了不引起注意，他们从不在租界贩毒，而是利用工部局乐队向海外贩卖。”

小曼立刻警觉道：“你是肖朗的助理，不会也是他们中的一员吧？”

“他一个月前刚当上肖朗的助理，应该不知情，而且如果他是其中一员，就不会找我来调查肖朗的死因了。”罗非说道。

“不过从毒品的量来看，除了肖朗和关尔，贩毒团伙确实还有其他人。”小曼一拍桌子，“我去申请逮捕令，把工部局乐团所有人都抓进巡捕房来一个个审！”

这时，图书馆里的人都朝三人这边看过来，一脸茫然。

罗非和小鹿尴尬地低下头，假装看报纸。

租界巡捕房，探长办公室。

“我不同意！”沙威严词拒绝了小曼。

“有人在您的地盘上制毒贩毒，您难道坐视不管？”小曼诘问。

“他们向海外贩毒，并没有妨碍到公共租界的治安，至于贩毒集团内讧，让他们自相残杀全死光不是更省事？”沙威压低声音说道。

“探长，真想不到你是这样没有是非观念的人。”小曼继续争辩道。

沙威指着小曼：“秦小曼！你们以为探长这个位子好坐吗？办案是要警力要

资金的，涉及毒品这样的大案，没有上头的支持，巡捕房根本寸步难行。而且你知道工部局乐团的背景吗？他们是对外文化交流的大使，是公共租界在国际上的门面，如果爆出乐团贩毒会造成怎样的国际影响，你觉得上面会让这样的事发生吗？”

小曼无力地垂下了头：“可是……”

“不要再说了，刚才的对话就当没有发生过，给我出去！”沙威一拍桌子，盯着小曼，像是在等着她出去。

小曼愤然转身。可是出乎沙威意料的是，小曼走了几步又返了回来，使劲儿拍了一下面前的桌子，这才快步离开！

被吓了一跳的沙威，良久愣在当场。

夜晚，沙利文公寓 203 室。

罗非和小鹿坐在茶几前，小曼还十分懊恼地走来走去。

“可恶，警察不就是维护公平正义的吗，可是明明看到罪犯就在面前，却坐视不理。”

罗非用手指转动着一支雪茄，装出一副语重心长的样子：“年轻的警探啊，探长有探长的难处，他没有追究偷验尸体的事，说明已经默许我们继续调查此案，这已经是最大程度在帮我们了。”

“我们现在连找嫌疑人问话都不行，怎么调查？”小曼气呼呼地问道。

“条条大路通罗马，我们还有其他线索。”罗非说着拿起乐谱，“为什么肖朗和关尔死前都要演奏同一段音乐？这乐谱到底有什么含义？解开这些谜，也许整个案子就迎刃而解了。”

“说不定是他们知道自己罪大恶极，想演奏一首优美的乐曲，净化自己罪恶的心灵。”

罗非和小鹿听罢，一齐看着小曼，随后又面面相觑，罗非手里的雪茄应声落地。

小曼见状，立刻尴尬地解释：“人之将死，其言也善，这种可能性也是有的嘛。”

这时小鹿突然说道：“对了，我想起看过的一本间谍小说，里面的间谍组织就是利用乐曲来传递信息的。会不会在这个乐谱里面，藏着只有贩毒组织的人才能解读的讯息？”

“我上次吹完之后，总觉得有几个地方不怎么着调。”

小鹿点点头：“我也听出来了。”

“我怎么没听出来？”小曼一脸疑惑。

“你对音乐的敏感度不够，无法识别细微的音高差别，分辨不出旋律之间和谐与不和谐的区别。”罗非笑道。

“那是什么意思？”小曼看着罗非，一时还没反应过来。

罗非撇嘴，对小曼认真地说了四个字：“五音不全。”

“罗非！”

“嘘……”罗非制止小曼，指着乐谱，“这几处音符很奇怪。”

“给我看看。”小鹿接过乐谱，仔细查看，并轻声哼了几句，“这里的大三度用得的确很奇怪，如果这个 g 音再升一格，变成纯四度，就完全了。”

罗非点头：“没错。还有这里，d 音后面几个音也有问题。吹的时候，就觉得很别扭。”

“是很奇怪。怎么会是大六度？“

这时，听得一头雾水的小曼连连摆手：“等等，什么三度、六度的？”

“我们在讨论音程的协和度。协和的音程听起来会比较融和，而不协和的音程就会比较刺耳。刚才我们说到的大三度和大六度，都是不完全协和音程，用在乐谱里会很奇怪。”

“哦……”小曼似懂非懂地点了点头。

随后，罗非拿了支笔，在乐谱上把那几个音符勾了出来。

“这几个音符明显有误，难道说信息就藏在里面……”

小鹿看了看：“咪拉索拉拉索，什么意思呢？”

“如果转成简谱呢？”罗非说道。

“那就是 362665。难道是电话号码？”小鹿有些兴奋。

“电话号码没有 362 开头的。而且我觉得，信息既然是藏在乐谱里的，应该和音乐有点关系。”

“那是什么样的关系呢？”小曼问道。

罗非一时想不出来，有些不耐烦：“秦小曼，你完全不懂音乐，你在这里只会干扰我们分析，浪费大家的时间。”

小曼听罢，脸色一变。

“我只是实话实说。”罗非说完又陷入了思考。

“抱歉，我粗心、暴力还冲动，拖了大侦探的后腿，你们没有我一样能破案。”

小曼说完夺门而出，重重地摔上了门。

罗非朝门的方向看了一眼。

“她好像生气了。”小鹿指着门说道。

“别管她，我们继续。”罗非拿出一沓乐谱，“这是从肖朗的乐谱箱里找到的。你看有什么特别。”

小鹿指着乐谱上面画着红圈的音符：“这几个音符都圈出来了。”

“每张乐谱上都有六个错音，虽然位置不同，但是对于熟悉乐曲的人来说，只要弹一遍就能找到这六个音。”

“关尔找到乐谱之后马上拉了一遍，也是为了找这几个音符？”

罗非指着乐谱下方的一串数字说道：“看，这里有一串数字，172643。”

“这是肖朗的笔迹。”小鹿肯定地说道。

“他每次拿到乐谱，解开密码，就随手记在下面，可是最后一次还没来得及写下密码，他就死了。“

“如果把这份乐谱上的六个错音用简谱标出来，就是2、1、3、2、5、3……对不上啊。”小鹿满脸疑惑。

“看来不是简谱那么简单。”

“那会是什么呢？”

小鹿看着罗非，两人的推理陷入了僵局。

此刻，对门的204室内，小曼正狠狠地打着沙袋泄愤。

而203室内一片寂静，只有罗非的特制咖啡机咕噜咕噜地冒着热气。罗非和小鹿还在苦思冥想，一杯接一杯喝着咖啡。

“莫尔斯电码、埃特巴斯码、恺撒方阵……我把所有的可能性都试过了，全都行不通。”罗非揉着鼻梁说道。

“我觉得你可能想得太复杂了，肖朗没你这么聪明，不会去解这么高深的密码。”小鹿说道。

“最简单的就是直接把五线谱上的唱名转成简谱，但是和肖朗的答案对不上。”

小鹿拿起一份乐谱：“简谱只有0到7，可是你看这里，肖朗写了一个8，这里还有一个9。”

罗非突然想到什么，拿过乐谱：“对啊，我怎么没想到！”

小鹿忙问："怎么了？"

罗非拿起纸笔飞快地演算。

"你到底想到什么了？"小鹿又问道。

罗非突然扔下笔笑起来："哈哈哈，原来是这样，简单，太简单了。"

小鹿迫不及待地催促："你快说啊，怎么算出来的？"

罗非看向小鹿："你说得对，我把密码想得太复杂了，其实就是简谱唱名，只不过采用了不同的进制。"

小鹿连忙解释："我数学不好，能不能说得通俗易懂一点？"

罗非指着乐谱上的数字："你看这份乐谱，六个错音是来、多、米、来、索、米，写成简谱就是2、1、3、2、5、3，但是简谱有一个问题，只有从0到7一共八位，没有8和9，怎么用简谱来记录所有的数字呢，最简单的办法就是使用八进制。"

小鹿若有所思地点点头："我好像有点明白了……"

罗非拿起笔在数字上画下逗号分隔："你看，213253，这其实是三组二位数，21，32，53，但这是八进制的数字，换算成十进制就是……17，26，43。"

"这样就和肖朗的答案一模一样！"

罗非点点头："没错！"

小鹿拿起最后那张乐谱："那么这张乐谱上的密码应该是……"

罗非又拿起笔飞快地计算："302253。"

"这只是一串数字，我们还是不知道有什么用。"小鹿说道。

罗非摩挲着胡须："我没猜错的话，这应该是保险柜密码，他们既然是贩毒集团，一定有一个秘密的地点取得毒品，这么大量的毒品，通过保险柜交接是最安全的。"

小鹿的表情显得十分急切："就算是保险柜密码，我们只知道密码，还不知道保险柜在哪里。"

罗非微微一笑："不用担心，有人会带我们去的。"

第三十三章　陈年旧事

墓园内，正在举行着关尔的葬礼。乐团团长又在发表讲话。

"关尔先生生前是我最好的朋友，我们情同手足，乐团曾经是我们共同的家，音乐是我们共同的伙伴……"团长说到此处，还忍不住抽噎了两下，"亲朋好友会聚在关尔的棺材旁，或痛哭流涕，或悲伤戚戚。”

国荣、郑东和曹叔也在人群中，表情肃然。罗非和小鹿则站在一角。

“他和每个人都情同手足，再死一个他要变八爪鱼了。”

小鹿听罢差点笑出来，赶紧憋住。

团长讲完话，每个人都拿一朵白玫瑰上前，再说一次告别的话，然后把鲜花放进棺材里关尔的尸体旁。

国荣叹着气摇摇头：“你说你，活着时候窝囊，死也死得那么窝囊。”

郑东撇嘴：“够了，你积点口德吧。老关啊，下辈子再和你一起演奏吧。”

“关尔，你好好走，我每年都来看你。”曹叔说着拍了拍棺材边沿走开了。

“关尔，你临走前演奏的最后一首曲子，就是我手上的这张乐谱《彼岸花》，愿你在另一个世界感受音乐的美好。”小鹿略微提高了声音，然后把乐谱放进棺材。

同时，已经走开的国荣和郑东都回头看了看小鹿。

墓园门口，亲朋好友陆续走出墓园，握手寒暄离开。

罗非看着人群，喃喃自语：“晚上我能见到你们之中的谁呢？”

夜幕中，罗非和小鹿躲在离关尔墓碑不远的一座墓碑后面。

小鹿警惕而胆怯地望着漆黑一片的四周：“晚上的墓园还挺瘆人的，秦警探怎么没来，要是有她在肯定更有安全感。”

罗非冷笑：“她说她要自己独立查案。”

小鹿低声说道：“秦警探应该找个男朋友，她不应该天天跟你混在一起。”

罗非沉吟了片刻，态度坚决地说道：“以她的性格最不适合的就是找男朋友。嘘，有人来了。”

小鹿闻听，聚精会神地朝官二代墓碑望去。两人只见一个黑影扛着一把铁锹偷偷摸摸地靠近关尔的墓地。随后，黑影刨出棺材，撬开了关尔的棺盖，拿走了《彼岸花》的乐谱。

这个黑影很警觉，时不时左顾右盼。做完这一切后，他把乐谱藏进大衣内袋，转身离去。

而另一处墓碑后面躲着的罗非和小鹿这时也探出了头来。

“竟然是郑东！”小鹿惊讶。

“跟上他。”罗非悄悄起身。

墓园门口，郑东上了一辆汽车。小鹿招手，罗非和他钻进等在路边的一辆出租车。于是，两辆车一前一后地行进在夜色中。

郑东的车最后停在车路士饭店门口，郑东匆匆下车，进了饭店。

罗非和小鹿紧随其后也下了车。

郑东来到饭店内的一排储物柜前，见四下无人注意，便走到其中一个柜子前，掏出乐谱。

此刻，罗非和小鹿正在立柱后面紧紧盯着郑东的一举一动。

罗非点点头："车路士饭店的储物柜，这里是名流出入的高档场所，没有人会怀疑到这里，又安全又隐蔽，真是太聪明了。"

郑东看了一眼乐谱，随后开始转动密码盘。

"啪"的一声，保险柜被打开了。

罗非和小鹿对视一笑。

郑东打开保险柜，却突然愣在了原地，他慢慢伸手进去拿出一张照片。

小鹿兴奋地想探头去看照片，不慎碰倒了面前茶几上的花瓶。小鹿忙扶住花瓶。

郑东听见声音，转身正看见小鹿，脸色一变，扔下照片就跑。

小鹿立刻追了出去。

"小心点！"

罗非叮嘱完小鹿，跑到保险柜前，一看，里面是空的。罗非又伸手摸了一下，手指沾到白色的粉末。罗非接着捡起地上的照片。

照片上是一位美女，背面写着一行字：我在家里等你。

另一边，郑东在前面跑，小鹿在后面紧追不舍。

郑东钻进了一条小弄堂，小鹿也狂奔追了进去。

郑东一拐弯，从一处门洞跑了出去。

当小鹿也跑出门洞时，突然一辆车开来，小鹿躲闪不及，当即被车撞倒。

这时，图书馆里，值夜班的老头儿走到小曼身边："小姑娘，我们要闭馆了。"

小曼伸了个懒腰，点头起身："不好意思，我整理一下。"

小曼匆忙整理东西。

老头看着旧报纸上的照片："你也喜欢夏露娜？"

小曼惊讶："您认识她？"

老头儿一脸向往："那当然。当年她琴弹得好，人又长得漂亮，很多人去听她弹琴都是为了一睹芳容，可惜红颜不长命，死得早。”

小曼听完，眼前一亮，立刻追问：“她是怎么死的？”

“说起来你肯定不信，死前那一晚，她的房间里传出了弹奏钢琴的乐声，弹的是一首《彼岸花》，有人说她就是被这首曲子给勾走了魂，后来这首曲子乐团就不再演出了。”老头叹道。

“您知道夏露娜的公寓在哪儿吗？”

“你问我，算是问对人了。我可算是夏露娜的头号乐迷了。每年夏露娜的祭日，我都会去她公寓的楼下，恭恭敬敬地献上一捧花。她就住在查尔斯公寓，离这儿不远。”

“查尔斯公寓。真是太谢谢您了。”小曼紧紧握了握老头儿的手，匆匆跑了出去。

此刻，查尔斯公寓楼下，罗非正从一辆黄包车上下来，走向公寓。

查尔斯公寓已不复当年胜景，衰败得破旧异常。

罗非走进公寓，看见楼梯口躲着一个人，于是悄声四顾，捡起一块砖头，从那人身后慢慢靠近。

罗非搬起砖头正要下手，突然对方一个转身高劈腿，把砖块劈成两半。

罗非愣住，对面人影从阴影中走出，原来是小曼。

罗非和小曼异口同声：“怎么是你？！”

罗非用手绢擦着手上的砖块灰尘，嘲讽道：“你不是去独立查案了吗？怎么又跟来了？”

小曼冷笑：“你也太自以为是了吧，我不是跟你来的，我是查到线索来的。”

“什么线索？”

“你问我？你不是会推理吗？”小曼转身走开。

罗非表情尴尬。

此时，一个醉汉晃进来，冲着小曼吹口哨。

小曼瞪了醉汉一眼：“走开。”

“小宝贝……来……”

就在醉汉嘟着嘴要上来亲小曼时，罗非把小曼拉到身后，结果自己被醉汉拦腰抱住，亲到了脸。

小曼飞起一脚把醉汉踹到一边，回头一看罗非正在用手帕疯狂擦脸。小曼忍俊不禁：“你没事吧？”

“你没把人踢死吧？”罗非问道。

这时，角落传来醉汉的呼噜声。

小曼摇头：“没有。”

“秦小曼，你要是刚才把线索告诉我，我就不会、不会被……查完这里我要回去消毒。”罗非扔掉手绢，愤然说道。

小曼点点头：“好，告诉你，我想既然《彼岸花》是一首被诅咒的乐曲，那说明肖朗不是第一个受害者，以前一定还有其他人受害，于是我去了图书馆，查找这首曲子的来龙去脉，结果我查到这首曲子的第一个受害者叫夏露娜，是一位钢琴家，五年前在自己家里弹着这首曲子神秘死亡，死状和肖朗、关尔一模一样。接下来我查到了夏露娜家的住址，想到当年的现场来看看，结果正好看到乐团的郑东鬼鬼祟祟上楼去了，我在下面等着，看看还会有什么同伙来，结果碰上了你。”

罗非双手插兜，十分不屑：“你这不叫查案，根本就是瞎猫碰上死老鼠。”

“不管什么猫，能抓到老鼠的就是好猫。”

“安静。你听。”罗非突然制止了小曼。

这时，楼上传来了八音盒的音乐声。罗非和小曼对视一眼：“《彼岸花》！”

“不好，要出事！”罗非急忙跑上二楼。

小曼紧随其后。

二人从漆黑的走廊一边跑到走廊尽头的一扇门前。

罗非指了指门里，小曼点头掏出手枪。

罗非随即转动门把手，忽然发现门是开着的。

二人走进屋子，穿过客厅，循声到了卧室门口。

罗非和小曼对视一眼，两人分别靠在门左右。罗非伸手比出数字，用来倒数。

三！二！一！

罗非随即打开门，小曼举枪上前。

卧室内，郑东躺在一把椅子上，脸上带着诡异的笑，眼角流出泪。

两人看到郑东手里拿着一个八音盒，上面一个跳舞小人慢慢旋转，发出音乐声……

小曼放下枪，上前查看郑东的尸体：“尸体还是热的。”

“凶手还没跑远。”罗非说道。

小曼快步走到窗口查看，发现窗是从里面插上的："窗没有开过。"

"刚才除了我们并没有人从楼梯下楼，这么说凶手还在房间里。"罗非说完，小曼又立刻紧张地举起枪。

罗非打着手势，两人交换眼神，默契地开始四下巡视。罗非俯下身查看床下，空无一物。小曼猛地拉开大衣柜门，里面只有几件旧衣服。这时，小曼转头看到窗帘下有一双脚，当即朝罗非示意。

两人悄悄上前，将那人围起来。

"不许动！"

小曼一把拉开窗帘，出乎意料的是什么也没有，只有一双鞋而已！

罗非皱眉："奇怪，这里没地方可以藏身了，难道又是一个密室？"

此时死者手里的八音盒音乐停了，上面的跳舞小人停止转动，八音盒从死者手里滚落下来。

小曼吓了一跳，转身用枪指着死者，发现只是虚惊一场："他为什么要拿着一个八音盒？"

罗非捡起八音盒查看，又走到床头柜前，对着柜子上一块灰尘留下的印记，把八音盒放上去，正好吻合。

"这个八音盒不是他的，是屋主夏露娜的。"

这时，两人忽听门外传来脚步声。

"有人来了。"

罗非与小曼交换眼神，快速退到卧室门后。

脚步已经到了客厅，声音渐近。不一会儿，来人推门进来。罗非与小曼看到来人原来是国荣。

罗非小声说道："是国荣，乐团的大提琴手。"

"我早就知道他们是一伙的。"

客厅里，国荣在沙发上坐下："怎么样，钱到底拿到没有，为什么约我在这里见面？"

国荣等了一会儿，见没有反应，向卧室走来："郑东，躲在屋里干吗，快出来。"

国荣拉开门，门后却是罗非和小曼。

国荣惊慌失措："你们是谁？！"

罗非一笑："我们见过，在追思会上。"

国荣眼神中满是谨慎："你们是肖朗的朋友？"

小曼亮出警徽："不，我们是警探。"

"你们为什么在这里？"

"你先解释一下你来这里干什么？"罗非反问。

"郑东打电话给我，约我在夏露娜家见面……我也不知道什么事。"国强支吾着说道。

"你对夏露娜家很熟悉吗？"罗非问道。

国荣僵硬地点了一下头："当然，我们以前是同行……什么意思，你这是在审问我吗，我犯了什么罪？"

"你谋杀了肖朗和关尔。"罗非表情严肃地说道。

"胡说，我为什么要杀他们？！"

罗非冷哼："为了钱。你们每次贩毒，上家的供货都放在车路士饭店的保险柜里，密码用乐谱的方式寄给肖朗。这次可能有买家单独向你出价，你起了贪念，杀了肖朗拿到密码，取走了货。"

"关尔怀疑你，你就把他也杀了，然后又把郑东骗到这里，打算把他也干掉，但你没想到有人先来了一步……"

罗非伸手打断小曼："但是你没想到我们先来了一步，你们利用乐队出国的机会贩卖毒品的事，郑东已经全部向我们交代了。"

"这个浑蛋，居然诬陷我，人不是我杀的，是郑东干的，想独吞这批货的人是他！"国强愤然说道。

罗非摇头："不，他打开的是一个空的保险箱。"

国荣警觉地问道："他在里面吗，让他出来，我要和他当面对质！"

"恐怕不可能了。"罗非一耸肩。

罗非让开，国荣向里张望，看到了郑东的尸体。

国荣指着郑东的尸体："他……死了？可你不是说他向你们交代了……"

罗非咧嘴："我骗你的，我们进来的时候，他已经死了，死状和关尔一样。你刚从外面进来，应该不是凶手，你们贩毒集团是不是还有其他人？"

"没有别人了，只剩下他了……一定是他！"

"谁？"罗非紧盯着国荣。

"我可以喝杯水吗？"

罗非点点头，国荣拿起桌上的杯子和水瓶，倒了一杯水。

随即，国荣眼珠一转，突然把水泼向罗非，把杯子向上扔去，砸掉了电灯。屋内一团漆黑，紧接着便传来小曼的声音。

“我抓住他了！”

然后是罗非的声音：“你抱着我干吗？！”

“对不起，搞错了。”

罗非点亮打火机，看到房门开着，咬牙：“他跑了。”

随后，小曼便追了出去。昏暗的楼梯里，小曼与国荣两人你追我逃。

国荣跑到楼梯口，突然掏枪朝小曼射击。小曼预判到国荣掏枪，提前俯身躲过子弹，立刻拔枪回击。

楼梯间瞬间火光穿梭。

“啊！”国荣胳膊被打中，随即捂着胳膊逃跑。

国荣从查尔斯公寓内跑出来，回身又打了两枪，小曼谨慎闪躲。

国荣借机跳上车，开车离去。

当小曼追出楼时，车已经开走了。而此时在夏露娜家，罗非借着打火机的光再次摸进卧室，拧亮了床头灯。罗非看到卧室窗户是开着的，不禁一愣。

罗非走到窗口向外观察，看到小曼站在路中。罗非探头朝下喊道：“记下车牌号了吗？”

小曼抬头，掐着腰：“还用你说！”

罗非回头看屋内，看到大衣柜的门也是开着的。

罗非走到大衣柜前，拨开旧衣服，看到里面有一个可以藏人的暗格。

罗非眯起眼睛：“凶手……刚才就在我们身边。”

第三十四章　贩毒乐团

第二天，沙利文公寓。

罗非正在暗房里洗印照片。

红色灯光下，显影盘里一张照片正在慢慢显现出来。这时，小曼推门而入：“我已经查过了……”

罗非斥责：“快把门关上！”

小曼匆忙关上门："你在干什么？"

"印照片。"

"什么照片？"

"昨天晚上郑东手里那个音乐盒你不觉得有点特别吗？实际分量比里面的机械零件重一倍，我猜想可能藏着什么东西，所以拿回来研究了一下，果然发现里面滚出一卷底片。"

"底片？"小曼一脸诧异。

"是的，这一定是一卷很重要的底片，夏露娜不想让别人发现，所以藏在了八音盒里。"

小曼拿起底片拉开，对着光看。

"这拍的都是些什么，看不清啊。"

罗非抢回底片："别动，我正在放大洗印，你突然闯进来害得相纸曝光了，又得重印。"

小曼连忙道歉："对不起，我不知道……"

罗非摇头："你除了给我添乱，还会干什么？"

罗非边说边把底片装进放大机操作。

"看来我是帮不上什么忙了，还是小鹿比较适合当你的助手。"小曼转身要走。

"等等，来都来了，交换一下信息再走吧。"罗非突然叫住小曼。

小曼立刻转过身，然后又摆出一副无所谓的样子："如果你一定想知道，我就告诉你。昨晚巡捕在靠近十六铺码头的半凇园路上截停了国荣的车，但是他弃车逃走了。巡捕房接报后赶去码头，但没有发现他的踪影，他一定已经上船跑了。"

罗非听罢，摇头："不，他没拿到那笔钱，不会走的。"

"那他还会去哪儿呢？"

"我想他应该去找贩毒集团的另一个成员了。"罗非说道。

"是谁？"

"我不知道，不过你根据他的车开到半凇园路上就判断他是去十六铺码头，未免太过草率，如果仔细看一下地图，你会发现这条路还通往另一个他常去的地方。"

"哪里？"

"工部局礼堂，他们经常排练的地方。"

"我马上去查。"小曼迫不及待地夺门而出。

“唉，又曝光了……”罗非无奈地扔下底片。

当小曼走进工部局礼堂时，发现整个大厅空荡荡的。

小曼走上舞台，舞台上摆着排练用的椅子和谱架。

小曼又来到后台查看，后台也没人。

突然，一个人影出现在小曼身后。

“姑娘你找谁？”

小曼回头，看到一个五十多岁的男子，手里拿着拖把。

“今天没有人来排练吗？”

“这才一清早，人都没到呢。”

小曼觉得眼前的人很是眼熟：“你是？”

“我是乐团的勤杂工，大家都叫我曹叔。”

小曼一拍脑门：“哦，我想起来了，肖朗的追思会上我见过你，你怎么这么早就来了？”

曹叔轻叹：“年纪大了醒得早，手脚闲不住，每次大家排练前我就先过来整理一下。”

“你有没有看到国荣？”

“没看到啊，你找他什么事？”曹叔问小曼。

小曼亮出警徽：“我是巡捕房警探，来查案的。”

曹叔满脸惊讶：“这……国荣出什么事了？”

小曼忽然瞥见地上有血迹，走过去蹲下来查看。

曹叔大惊：“哎呀，地上怎么有血？！”

小曼沿着血迹向前找，找到化妆间，推开门一看，国荣背对着她坐在椅子上，一只胳膊扎着绷带，另一只手拿着枪。

小曼掏出枪：“不许动！”

国荣没有反应。

小曼慢慢走到正面一看，国荣胸前一个洞，已经死了。

这时，曹叔跟了进来：“哎呀！这不是国荣吗，他怎么了？”

小曼收起枪，上前搭了一下颈动脉：“他死了，你没听到枪声吗？”

“没有啊，我也是才来，就比你早一步。”

“看上去像是畏罪自杀。电话在哪儿？我通知巡捕房。”

“我带你去。”曹叔带着小曼穿过舞台走来。

曹叔一边走一边说:“唉，作孽啊，一起排练的几个好朋友，一下子全都死光了。警探小姐，到底发生了什么事啊？”

小曼缓缓停下脚步，站定看着曹叔。

“怎么了？”曹叔问道。

“你怎么知道郑东也死了？”

曹叔神色紧张：“我……猜的。”

小曼看着舞台，若有所思：“你说你只比我早到一步，可是舞台上几十把椅子和谱架却全都摆好了。国荣的尸体虽然被摆放成自杀的样子，可是地上的血迹有拖动的痕迹。地板明明这么脏，你不扫地却先拖地板，是想擦掉血迹吧？”

曹叔愣了一下，突然推翻谱架，转身就跑。

小曼立刻掏枪高喊：“站住！”

与此同时，罗非也刚刚把照片洗好，准备一一夹起来晾干……

照片上都是夏露娜的日常生活，有一些是肖朗的照片，有一些是两人的合影。罗非自语：“都是生活照，为什么要藏得这么好？”

显影盘里，一张照片正渐渐显影。

罗非夹起照片看，上面是几名乐队成员聚在肖朗家里，桌上放着一包白色的粉末，众人正把粉末往拆开的乐器里装。

照片上的一张张脸，吸引了罗非的注意。

罗非喃喃自语：“肖朗……关尔……郑东……国荣……”

当罗非的目光落在最后一个人脸上时，扬起嘴角：“贩毒团伙的第五名成员是……曹叔。”

又一瞬间，罗非像是突然想到了什么，说了句“该死，傻丫头”，随后就转身跑了出去。

礼堂后台，小曼举枪绕过各式各样的装置、道具景片，对曹叔紧追不舍。

“曹叔，别躲了，你跑不了的。你就是贩毒团伙第五个成员吧。我之前一直以为贩毒团伙的成员都是演奏家，忽略了你这个勤杂工也是每次都和他们一起出国，照料他们生活的……”

曹叔躲在暗处，悄悄解开拴在柱子上的一个绳结。

小曼脑后突然传来风声，急忙回头，看到一个挂在绳索上的大沙包向她飞来，小曼躲闪不及，当即被沙包砸倒在地。

不知过了多久，小曼慢慢睁开眼，发现自己被绑在一根柱子上。小曼挣扎，却无法挣脱。

曹叔这时走来，手里拿着一把枪，指着小曼："快说，货在哪里，是不是你拿走了那批货？"

"什么货？"

"别装糊涂，保险柜里的货。"

"你是说那批毒品？我是警探，怎么会做这种事？"小曼瞪着曹叔。

曹叔冷哼道："哼，别假正经了，天下乌鸦一般黑，你们这些警探、巡捕，仗着执法的名义，贪污、勒索，什么坏事没干过！"

小曼一边挣脱一边反驳："胡说，警界败类只是极少数，而且我要是凶手，为什么还要来这里追捕国荣？"

曹叔想了想："说得也对，那到底是谁拿了货？！"

小曼疑惑："难道不是你吗？贩毒团伙就你一个还活着，是你把他们全杀了，一个人独吞了这批货。"

曹叔摇头："你太不了解我了，肖朗他们几个加入工部局乐团之前，组建过一支小乐队，我是他们的经理人，虽然后来他们有了大靠山，不需要我这个经理人了，可我还是离不开他们，这个小乐队就像我的孩子一样，我怎么会为了钱害自己的孩子呢。"

"你为了钱就纵容自己的孩子违法犯罪？"小曼质问曹叔。

曹叔叹气："不，贩毒的事我一开始并不知情，我也劝过他们，他们不听。孩子做了坏事如果不肯改正，当家长的除了包庇还能有什么选择？我只好加入他们，一直跟着他们，也是为了保护他们，怕他们在这条路上走得太远，可是没想到还是……"

小曼冷笑："说得好听，至少国荣是你杀的吧？"

"我不是故意的！"曹叔捶胸顿足，"今天一早我正在这里收拾就见到国荣捂着胳膊从幕布后面跳出来，他一边说是我吞了那批货，还杀了郑东，一边疯了一样就开始和我拼命！厮打之间，我才失手……"

"我确实没有故意杀他，也不知道货被谁拿走了。"曹叔再次为自己澄清。

“杀死肖朗、关尔、郑东的另有其人？”

“我知道是谁。”曹叔双眼发红。

“谁？”

“夏露娜，一定是夏露娜的鬼魂来报仇了！”

小曼想了想：“这么说五年前夏露娜之死是你们干的？”

曹叔举起枪对着小曼：“别问了。姑娘，你是一个正直的警探，这年头像你这样的人不多了，可惜啊，你知道得太多了。”

小曼惊恐地看着曹叔：“你想干什么？”

“对不起，我也是没有办法，我不想坐牢，我还有家，有老婆孩子。”曹叔说完，手指颤抖着钩向了扳机。

“国荣是你失手杀的，你跟我去巡捕房自首，说明情况，法官会从轻发落的！”

“小姑娘，你唬谁呢，不管有没有杀人，贩毒就是死罪！”

曹叔随即扣动扳机，只听“砰”的一声，小曼闭上眼，再一睁眼却看曹叔打在了别处。

曹叔一通乱射打光了小曼枪里的子弹，把枪扔在地上，又拿起国荣的枪。

“等一下我会打电话报警，告诉他们你追捕国荣到这里，你们两个举枪互相射击，你不幸中弹，但临死前英勇地和凶手搏斗，终于夺过他的枪打死了他，你会被当成英雄的。”

“胡说，我的枪法哪有这么差！就算我死了，罗非也会查明真相！虽然我们两个人互相讨厌，但是我死了，他还是会把你揪出来的！”小曼高喊。

“我已经尽量美化你了，你就不要要求太高了，到了那边也别找我了。”曹叔说着举起国荣的枪，对准小曼。

这时，大厅里突然传来罗非的声音：“勃朗宁小型手枪只有五发子弹，昨天晚上打掉四发，你打死国荣用掉一发，现在已经没子弹了。”

曹叔神色慌张地朝着声音来源扣动扳机，“砰”的一声枪响过后，罗非从一块道具景片后走出来。

“啊，打偏了。刚才我骗你的，昨天晚上只打过三发。”

曹叔朝着罗非连扣扳机，枪却已经不响了。

“这次是真的没有子弹了。”罗非走到曹叔跟前。

曹叔见状懊恼地扔了枪，颓然地蹲在地上。

“罗非，你怎么来了？”小曼十分惊喜。

罗非拿出一张照片："你离开之后，我把照片洗印出来，终于知道夏露娜为什么要把胶卷藏起来了。这卷底片虽然拍的都是她的日常生活，但其中有一张恰好拍到了贩毒团伙在肖朗家装毒品的场面，一共五个人，全在照片上。"罗非接着又转向曹叔，"这五个人中当然也包括你，曹先生。只是有一点我不太明白，这张照片是怎么拍的？"

曹叔的表情万念俱灰："唉，都怪肖朗喜欢拈花惹草，四处留情……"

第三十五章 Captain 的魔掌

肖宅。

夏露娜突然跑进来，对着屋内的众人按下快门。屋内的乐队成员猝不及防。

肖朗立刻跑到夏露娜面前："露娜，你来干什么？"

"哼，你不肯见我，又不接电话，我还以为你跟哪个女人在鬼混呢……咦，你们这是在干吗？"夏露娜走到一把小提琴前，好奇地观看。

曹叔连忙挡在夏露娜面前："我们在清洗乐器。"

夏露娜绕过曹叔，用手指摸了一下桌上的白色粉末："这是什么，洗衣粉？"

肖朗沉下脸："你不要胡闹，把相机给我！"

"我又没捉奸在床，你紧张什么啊。"

肖朗厉声道："给我！"

夏露娜抱紧相机："就不给！"

夏露娜转身就跑，肖朗起身追了出去。

两天后，肖朗约夏露娜去咖啡馆面谈。

夏露娜抱着肩膀，冷眼看着肖朗："说分手就分手，你当我是什么样的女人？！"

"对不起，我们两个真的不合适！"肖朗低头面无表情。

"不是不合适，是你看上了那个新来的吹双簧管的小骚货吧！"夏露娜一瞪眼指着肖朗。

"现在这个时代恋爱自由，我看上谁不用你管吧！"肖朗冷言道。

"分手可以，不过我跟你在一起这么久，损失的青春怎么算？"

肖朗掏出钱包："分手费我给你，想要多少？"

夏露娜伸出一个手指："不多，一万大洋。"

肖朗惊诧地放下钱包："什么，这么多！"

夏露娜得意地冷笑道："拿不出就算了，我也不会逼你。对了，上次关尔他们在你家干什么，好像不是干什么正经事吧，那张照片要是让别人看到……"

"别胡闹，快把照片给我，这不是开玩笑的事。"

夏露娜见肖朗神色紧张，更加得意，随即又伸出一根手指。

肖朗猛然抬起头，目露凶光："好，三天后，我把钱送到你手上。"

三天后的夜晚，肖朗如约去送钱。

"钱呢？"夏露娜倚在门前，冷冷说道。

肖朗提起一个箱子朝夏露娜晃了晃，冷笑："不请我进去坐坐吗？"

夏露娜盯着箱子，犹豫道："没这个必要了吧。"

"我看这由不得你了。"肖朗话音刚落，关尔、郑东、国荣、曹叔四人分别从门两侧蹿了出来。

随即，夏露娜被捂嘴拖进屋，按在沙发上。

夏露娜神色惊恐："照片已经给你们了，还想怎么样？"

"别把我们当傻瓜，底片在哪里？"肖朗质问道。

"底片我烧掉了。"

肖朗点头示意，关尔、郑东、国荣、曹叔等人在屋内翻箱倒柜一通乱搜。

最后几人一无所获。

肖朗这时忽然看到桌上镜框里一张照片，照片里是夏露娜和一个小女孩的合影。

肖朗指着照片里的小女孩儿："这是你妹妹？"

夏露娜语气立刻软了下来："她和这件事情无关，你们不要伤害她。"

"这里有一张船票，是到美国波士顿的。"郑东递给肖朗一张船票。

"你想跑？"曹叔有些紧张。

"不，这张船票是给我妹妹买的，她要去美国读书。"

"这么说你妹妹一定会来拿船票的，我们在这里等她来，也许她会告诉我们底片在哪里。"肖朗阴沉一笑。

"你们不要伤害她，她只是个孩子！"夏露娜高喊。

"不是我们要伤害她，是你的贪心害了她。"

"我错了，我把钱还给你们，你们放过我妹妹吧。"夏露娜求饶。

"现在认错太晚了。"肖朗目露凶光。

“算了，再给她一次机会吧。”曹叔有些心软。

“你想违背 Captain 的指令，落得像她一样的下场吗？”肖朗用凶狠的目光盯着曹叔。

曹叔噤声。

国荣还在屋里乱翻，打开大衣柜翻里面的衣服。

夏露娜这时突然挣脱，冲到窗口朝外喊：“小文，不要回家，快躲好啊！”

一众人急忙捂住她的嘴，把她拖回来，关上窗。

肖朗朝关尔使了个眼色，关尔犹豫着掏出一个注射器，哆哆嗦嗦上前。

“救命啊！杀人啦！”夏露娜愤怒地瞪着关尔的眼睛。

国荣匆忙上前，捂住她的嘴。郑东也过去帮忙压住了夏露娜的腿。

关尔拿起注射器，一闭眼朝着夏露娜的脖子扎了下去。

随后，肖朗盯着眼神逐渐虚离的夏露娜，诡秘一笑：“嘘……别叫，别叫，Tears 不会让你感到痛苦，只会让你觉得无比地愉快，流下幸福的眼泪。”

夏露娜被捂着嘴无力地挣扎着，发出唔唔声。

肖朗走到墙边的钢琴边，掀开琴盖，坐了下来。

肖朗转向渐渐失去力气的露娜：“露娜，让我弹一首你最爱的曲子，送你最后一程吧。”

随后，肖朗开始演奏那首《彼岸花》，悲伤的旋律充满了整个房间。

乐声压过了夏露娜痛苦的呻吟声。

夏露娜被捂着嘴，仅露出的双眼流出眼泪，一首乐曲过后，肖朗再回过头，见夏露娜已经再也不动弹了。

曹叔惊惧不已、颤抖着的瞳孔与自己当年那双同样惊愕的眼睛渐渐重合……

“是他们杀了夏露娜，我只是在边上看着，什么也没做，我是逼不得已啊！”

而此时罗非的眼神变得异常冷峻，小曼从来没有见罗非有过这种眼神。

“幕后指使你们贩毒的是 Captain？”

“Captain 就是跟我们交易毒品的人，没有人见过他，他只通过电话和我们联络过，后来连电话也不打了，只寄乐谱给我们。”

“乐谱上暗藏着保险箱的密码，再利用车路士饭店的保险箱把毒品交给你们，万无一失，一点痕迹都不留，是很像 Captain 的手法，但是……”罗非陷入了回忆与沉思。

“那这个Captain一开始是怎么找上你们的？怎么把你们组织起来的？”小曼问道。

“我不知道，他找的是肖朗，我们都是听肖朗的指挥，可是肖朗已经死了。”

“夏露娜的妹妹呢，你们找到她了吗？”罗非追问。

曹叔无奈地摇摇头：“没有，夏露娜死后她妹妹就像人间蒸发了，再也没有出现过。”

罗非看着手里的照片，若有所思。

曹叔见罗非分神，突然冲上前推倒了他，随即夺路而逃。

罗非爬起来就追。

小曼则焦急地高喊：“罗非，别追，先帮我松绑。”

可是此时的罗非已经追了出去。

曹叔和罗非一前一后。曹叔毕竟上了年纪，跑了不一会儿就体力不支。随后，罗非看到曹叔突然爬上高高的灯光架。罗非见势不妙，犹豫了片刻也急忙跟着爬了上去。

舞台上方的灯光架，曹叔一路摇摇晃晃走来，发现前方没了去路，再一回头罗非已经近在眼前。

罗非慢慢靠过来：“别跑了，你一大把年纪，跑不过我的。”

曹叔冷笑一声，突然开始用力晃动，铁架随之来回摇，罗非一个站立不稳便掉了下去。曹叔随后上前，却发现罗非两手正抓着铁架边缘，悬在半空中。

“没人告诉你姜还是老的辣吗？”曹叔狞笑着走近罗非。

罗非向下看，下面是相距十几米的地面。

小曼在下面看着这一幕干着急，用力想要挣脱绑着的绳子：“罗非，小心啊！”

这时，已经失去理智的曹叔开始去踩罗非的手，罗非眼看就要支持不住了。

突然，曹叔身后出现一个人影，用力一推，曹叔惨叫着掉了下去。罗非定睛一看，来的是小鹿。

小鹿伸出手，把罗非拉了上来：“你怎么来了？”

小鹿连忙解释：“昨天晚上我追郑东，不小心让车撞了一下，被送进医院。今天一出院我就去找你，你不在，我想过来看看郑东会不会在这里，没想到正好看到这惊险的一幕。”

罗非看着舞台上已经坠地一动不动的曹叔，叹道：“郑东已经死了，贩毒集团的成员全死了。”

小鹿看着下面曹叔的尸体：“他也是？”

罗非点点头。

小鹿担心地说道："真没想到，我不是故意的，我只是想帮你。"

罗非拍了拍小鹿的肩膀："放心吧，你是正当防卫，我会和巡捕房说明情况的，而且下面还有一位目击证人。"

两人这时往下看，小曼还在挣扎。

"你们两个聊够了没有，快帮我松绑！"

罗非家。

咖啡机里的咖啡还在咕嘟咕嘟地冒着泡沫，罗非、小曼、小鹿三人围坐在茶几前。

"罗非，十年前你们究竟抓住 Captain 了没？"小曼突然问道。

罗非点头。

"那这个 Captain 现在在哪里？"

"在哪里不重要，但我可以肯定现在的Captain不可能是他们贩毒的幕后指使。"

"那是谁在幕后呢？难道曹叔为洗白自己撒谎？"

罗非摇头："不像。"

小鹿松了一口气似的站起身："好了好了，案子既然破了，我也该走了。"

"案子并没有全破，你不想知道那个密室，凶手杀死关尔后到底是怎样离开现场的？"罗非表情异样地看着小鹿。

"这些问题就留给你们了，对我来说乐曲杀人的谜已经解开，其他的我就不关心了。接下来我要好好放松一下，周游世界，看看意大利的歌剧、法国的芭蕾……"

小鹿边说边惬意地跷起腿。罗非突然愣住了，若有所思。

"你发什么呆？"

罗非站起来："走，我知道密室杀人的手法了。"

小曼和小鹿不知所措地看着罗非。

第三十六章　真相大白

肖家琴房内，罗非在钢琴凳上坐下。

小曼有些不耐烦："别摆架子了，快说吧。"

“我已经知道凶手是怎么做的了。这个凶手当时就在这个房间里，在我们眼皮底下，把关尔给谋杀了。”

“可是，关尔死的时候，我们就在琴房外面。琴声一停，我们就破门而入了，房间里并没有其他人啊。”小鹿说道。

“没错，看上去的确是这样。不过，凶手只是使用了一种巧妙的障眼法，完成了这个不可能完成的谋杀。”

“障眼法？”小曼不解地看着罗非。

罗非点头：“嗯。我之前一直没想明白，为什么关尔要在琴房里拉小提琴。”

“是为了找出六个错音，破解乐谱上的密码？”

“不，是凶手为了让我们误以为关尔当时还活着，但实际上，在我们听到琴声之前，关尔就已经死了。”罗非说道。

“那我们听到的琴声是……”

罗非走到书架旁，抽出一张唱片：“是留声机里播放的唱片。”

小鹿指着留声机：“可我记得当时，留声机里没有唱片啊。”

“的确没有。因为凶手播放完唱片后，又让唱片自己消失了。”

“这么大一张唱片怎么会凭空消失？”小曼问道。

“关尔死的时候，我在这间琴房调查时，总觉得和第一次来的时候相比，少了什么东西。”

小曼四下环顾：“是什么？”

罗非从书架上拿出一个弹簧卷尺：“就是这个。”

“弹簧卷尺。”小曼莫名其妙地看着卷尺。

“没错，凶手就是利用它，完成了布置密室的关键一环。”

罗非走到书架前，继续说道：“首先，拉出弹簧卷尺，一端钩住留声机的金属唱针，并绑上一根短线，短线的另一头用胶带粘在唱片的边缘，再把弹簧卷尺的另一端绑在书架底部内侧靠墙的柱腿上。第二步，将一根五米长的钓鱼线的一头用胶带粘在房门插销上，另一头缠绕在安放唱片的固定柱上，而中间的线拖在地上。”

小曼听完罗非的一番描述，惊讶的同时，眼前慢慢浮现出一整套装置，有些不敢相信世上还有如此心思缜密的凶手。

“凶手杀了关尔后，便开始播放唱片。”

罗非说着把唱针移动到唱片上，唱片开始播放小提琴曲的《彼岸花》。

“最后，凶手快速离开现场。此时我们几个正在楼下听团长讲话，并没有注意到楼上发生的这一切。”罗非随着音乐摆动着双手，又对小鹿说道，“小鹿，麻烦你出去一下。”

小鹿有些犹豫，疑惑地走了出去。

“接下来，就等这房间自己变成密室了。”罗非关上门，回头对小曼说道。

小曼不可思议地看着眼前的这一幕。

随着唱盘的旋转，拖在地上的钓鱼线逐渐被拉紧，当钓鱼线被拉紧成一直线时，粘在钓鱼线尾端的插销被自动拉直，把门给锁上了。

“门居然自己关上了！”小曼兴奋地说道。

“别着急，还没完呢，发挥你的想象。”罗非慢慢走到小曼身后，轻声说道，“看到了吗，钓鱼线从胶带中脱落，被逐步收回到留声机里，缠绕在唱机的固定柱上，一曲放完，唱针自动升起，弹簧卷尺的一端从唱针上脱落收了回去，引出的钓鱼线和黏着的唱片也被一同拉了出来。”

“卷尺被收回到书架底下的柱腿边，唱片也一同被拽到书架底下，消失在阴影里，唱片就是这么消失的。”小曼也恍然大悟，回头正与罗非鼻尖相对，“太不可思议了。你怎么发现的？”

罗非没有动，表情有点不太自然地说道：“抽丝剥茧的调查加上逻辑缜密的推理，才是破案的关键所在。”

“原来是这样。”小曼先一步退开身体。

“小鹿，你可以进来了。”

小鹿此时在外面推门，门却不动。

罗非笑道：“用力！”

小鹿一脚踹开了门，插销飞出来落在地上。

“这就是当时的情景，我们三个人进屋，只看到关尔的尸体，看不到唱片。小鹿，麻烦你把唱片拿出来，我想带回去调查一下上面的指纹。”罗非对小鹿说道。

小鹿走过去，跪在地上，从书架下面拿出唱片。

罗非看着跪在地上的小鹿，笑意加深：“奇怪，你刚才在走廊里看不到屋里的情况，怎么知道唱片飞到了书架下面？”

小曼也反应过来：“对啊，你怎么知道？难道，凶手是你？”

“别开玩笑了。这屋子就这么点儿地方，唱片还能藏哪儿呢？我稍微一想，就推理出来了嘛。”小鹿背着罗非若无其事地说道。

“不，我十分肯定，你就是杀害关尔的凶手！”罗非坚定地指着小鹿。

小曼立刻掏出枪来，指着小鹿。

“秦警探，你别冲动。罗非，你说我是凶手，有什么证据？”小鹿举起手缓缓站起身。

“我最初对你产生怀疑，是在一天前，当我在这间屋子里推算密室杀人的手法时，你故意打断了我。”罗非说道。

小鹿一脸无奈：“要不是我打断你，你是不会发现乐谱箱的暗格的。”

“是的，你成功地把我的注意力转移到了乐谱上，我也就没有多想，暂时打消了对你的怀疑。可是刚才，就在我家里，你在沙发上得意忘形地跷起了脚……”罗非指着小鹿的鞋子，继续说道，“我没看错的话，你鞋底上的胶带，就是粘在插销上的胶带。”

“当关尔被害后，你是第一个抢着闯进房间的，你进门之后看到地上插销上还粘着一小段胶带，为了消灭证据，假装系鞋带，把胶带拿下来，随手贴在了不会被人发现的鞋底。可能是你过于自信，也可能是过于专注于解开乐谱中的密码，竟然忘了自己鞋底上还一直粘着作案现场留下的证据。不介意的话，可以让我们看看你的鞋底吗？”罗非走到小鹿身边。

小曼催促：“快，把鞋脱下来。”

小鹿脱下鞋，露出鞋底上一截胶带。

小鹿故作惊讶：“咦，真的有胶带。”

“比对一下就不难发现，这段胶带正是从肖朗家里的胶带上扯下来的。”罗非笑道。

“一定是我当时不小心踩到的。”小鹿辩驳道。

“你不承认也没用的。在那个胶带上，一定会有凶手留下的指纹，也只有凶手才会在粘胶的一面留下指纹。”

小曼这时上前拿过鞋，小心地揭下胶带，放进证物袋。

“肖朗、关尔、郑东都是你杀的，你制造贩毒集团内讧，导致曹叔误杀了国荣，你杀曹叔虽然是为了救我，但从一开始你就打算置他于死地了。”罗非说道。

“可是他为什么要这么做，他是委托人，把你这个大侦探拉进案子里来，不是给自己找麻烦吗？”小曼问罗非。

“他委托我办案，是为了破解乐谱上的密码。”

“难道你也是为了保险柜里的钱？”小曼对小鹿说道。

此时的小鹿忽然浑身松了下去，而脸上的表情却异常凝重：“不，我不是为了钱，是为了给我姐报仇。”

小曼大惊：“你姐姐？”

罗非绅士地欠了欠身，朝小鹿伸手道：“我来介绍一下，站在你面前的，就是夏露娜的妹妹，夏文杰。”

小曼瞪大眼睛看向罗非：“妹妹？你开什么玩笑罗非，他明明是男孩子啊。”

小鹿这时落寞地低下头：“爸妈去世得早，我从小就是姐姐一手带大的，因为我长得秀气，姐姐经常开玩笑地把我打扮成女孩……”

“虽然在外人眼里，姐姐是个大明星，但在我心中，她就是个活泼可爱的大姐姐。和姐姐在一起的日子总是很快乐，直到有一天……我一进门就看到姐姐在整理行李，她说已经替我买好了船票，让我去美国，当时的我还不明原因不想走，就在我们犹豫之间，肖朗那群浑蛋闯了进来，姐姐情急之下把我藏进了衣柜。”

小鹿说到这里，浑身抖动，眼泪不住地向下落着。

“我万万没想到，这会是我和姐姐最后一次见面。那帮恶棍进屋之后，就把我姐姐按在椅子上，在房间里翻箱倒柜。姐姐是为了掩护我，才故意朝窗边大喊让我不要回家，警告我不要出来，其实我一直躲在衣柜里，透过门缝看着外面发生的一切，我把手咬得流血，不敢发出半点声响，我就那样无声地目睹着姐姐死在我眼前。”

小鹿在小曼的枪口下，慢慢走到钢琴前，露出手心一截齿痕，缓缓弹奏着《彼岸花》的旋律：“我永远记得房间里响起的钢琴声，我永远忘不了那可怕的旋律，每一个音符就像一把刀，一下、一下扎进我的心脏……”

“离开上海之后，我用姐姐给我的钱去国外念书，但我从来没有一天忘记过回来复仇。”小鹿说罢，忽然抬起头满眼怒火。

罗非点点头：“五年后，当你认为自己有能力复仇，就来到上海应聘当上了肖朗的助手。肖朗不知道夏露娜有个弟弟，对你丝毫没有怀疑，你在他身边暗中观察，摸清了贩毒集团的活动规律，也知道他们利用乐谱和 Captain 联系。”

“当我终于明白姐姐是为什么而死的，也明白了姐姐那些话的含意的时候，一想到她惨死的样子，我就恨不得马上把这帮凶手一个个送入地狱，可是我太过心急，结果引起了肖朗的怀疑。”小鹿一拳砸在琴键上。

第三十七章　原谅魔鬼

夜晚，肖宅书房内。

小鹿偷偷打开乐谱箱，翻看里面的乐谱。

肖朗突然出现在身后：“小鹿，你在干什么？”

小鹿紧张回过头：“我在找乐谱。”

肖朗沉着脸：“我没告诉过你这个乐谱箱不能动吗？”

“对不起。”

“你看到什么了？”肖朗注视着小鹿不安的表情，面露疑惑。

“没什么，只是乐谱。”

肖朗拿起乐谱：你知道这是什么曲子吗？

小鹿摇头：“不知道。”

肖朗拿起乐谱：“这首曲子叫《彼岸花》，曾经风靡一时，是我们乐队演出的保留曲目，可是有一次一个叫夏露娜的乐手在家里弹这首曲子，弹着弹着离奇地死了，从此以后大家都觉得这曲子不吉利，再也没有人演奏过……你听说过夏露娜吗？”

肖朗说着盯着小鹿的眼神。

“没有。”小鹿避开了肖朗的眼睛。

肖朗把乐谱放上琴架：“你弹弹看。”

小鹿犹豫：“我……”

“怎么，你也怕不吉利？”肖朗冷冷地说道。

小鹿深吸一口气，走过去慢慢弹起了曲子。

肖朗站在小鹿身后，让小鹿浑身不自在。

“小鹿，你今年多大？”肖朗问道。

“二十。”

“五年前你正好十五岁。”

“是啊，怎么了？”小鹿紧张地用余光扫了一眼身后。

“没什么，让我想起一个人。”肖朗看似随意地将手搭在小鹿的肩膀上。

“谁？”小鹿的双手顿了一下。

“对了，你的简历上写着你是在美国学的音乐吧？”

小鹿点头：“是。”

“哪个学校啊？”肖朗冷笑着又问。

“波士顿音乐学院。”

“波士顿，嗬，好熟悉的地名。”肖朗眯起眼来回打量着小鹿，“像，真像，从侧面看你和夏露娜简直一模一样。”

小鹿紧张得弹走了音：“是吗？”

“别停，继续弹！”肖朗突然提高了声音。

小鹿继续弹奏，肖朗则走到屋角，悄悄拿出一个针筒。

“你知道吗，夏露娜有个妹妹，自从姐姐死后她就失踪了，再也没人见过。你说一个人怎么会人间蒸发一点痕迹都没有呢，难道……我们搞错了性别，那不是妹妹，也许是弟弟？”肖朗手拿针筒，边说边靠近小鹿。

小鹿从钢琴的反光里看到肖朗的举动。

肖朗举起针筒要扎，小鹿机敏地躲过，反手握住肖朗的手，把针筒狠狠扎进了他的脖子。

“你猜对了，我就是夏露娜的妹妹。”小鹿满眼通红地瞪着肖朗。

肖朗捂住脖子，呼吸急促，踉跄着奔向电话。

小鹿则抢先一步拿起电话听筒，冷冷地看着跪在地上的肖朗。

“快……快打电话，叫救护车……”

“你先告诉我，怎样才能找到 Captain？”小鹿俯下身，语气变得阴沉起来。

“Captain 是找不到的，除非让他来找你……快把电话给我。”肖朗伸手去抢，被小鹿一把推倒。

“怎么才能让他来找我？”

“不用操心，你拿了他的货，他一定会找到你，亲手置你于死地的。”肖朗躺在地上，微微抽搐起来。

“保险柜的密码是多少？快说！”小鹿追问道。

肖朗神志不清，喃喃自语：“好舒畅啊……原来死是这么舒畅……”

小鹿见状，面无表情地坐回钢琴前：“让我弹一首你最爱的曲子，送你最后一程吧。”肖朗眼角流出眼泪，在小鹿弹奏的乐曲声中，一点点停止了呼吸。

还是在这个房间，小鹿依然坐在钢琴前，夜晚变成了白天，罗非与小曼若有似无地注视着地上肖朗的尸体。

“因为身份败露，你不得不杀死了肖朗，接下去你把乐队其他四个成员也一一送上了绝路，但那不是你的最终目标，你最终的目标是Captain。你需要一个理由，让 Captain 不得不和你联络。”罗非走到小鹿身边说道。

“所以是他拿走了那批货？”小曼问道。

罗非点点头：“拿到那批货，必须先得到保险柜的密码，肖朗死了，你却没有能力解开乐谱的密码，为此你需要一个人擅长推理解谜的人帮助。”

小鹿叹了口气：“我找了四五个私家侦探，只有你符合我的要求。”

“但你知道要让我参与调查，仅凭一个传言是不够的，你必须让我亲眼见到杀人乐曲的魔力。所以你就在肖朗的书房里精心布置了一个密室。”罗非看着小鹿，脸上露出一丝敬佩的神色，“确定万无一失之后，你用乐曲杀人的传说勾起我的好奇心，把我带到追思会，随后你找机会把关尔骗到密室中，做到这些对于这个年纪的你来说，真的很不错，但也很可怕。”

接着，罗非又略带讽刺与惋惜地对小鹿说道：“你杀死了关尔，并把乐谱放在尸体身边引我上钩，不得不说这样做真是太冒险了。”

“但你还是上钩了。”小曼说道。

罗非随即白小曼一眼：“关尔死后，你刻意把破案的关键往乐谱上引，我终于帮你解开了保险柜密码，而你抢先一步取走了里面的货，把你姐姐的照片放在了里面，当郑东打开保险柜时，他只看到一个空柜子和你放在里面的照片。昨天晚上你在我面前追赶郑东，其实你早已知道郑东要去哪里。你说你被车撞伤送进了医院，但你根本没有去过医院，而是提前一步赶到了夏露娜家，埋伏在那里等待郑东。”

罗非揉了揉鼻子，像是烟瘾犯了一样，掏出一根雪茄，继续说道：“你没料到我和小曼会这么快找到夏露娜家，情急之下又一次躲进了衣柜的暗格里。”

“昨天晚上我们在夏露娜家的时候，他一直就在我们边上！”小曼惊讶地看着小鹿。

罗非点头：“是的，他听到了我们和国荣的全部对话，国荣逃走之后，他知道国荣会去找曹叔，所以来到礼堂藏了起来，静静地等着好戏上演。”

“国荣被杀后，小曼和我相继赶到礼堂，而你一直躲在暗处静观其变，直到我面临险境，你才出手相救。”罗非咬住雪茄，盯着小鹿。

“早知道我就不救你了。”小鹿略显气愤地说道。

“你救我因为你不是杀人成性的坏人，你只是为了给姐姐报仇，并不想伤及无辜。”罗非“啪”的一声打着了打火机，透过火焰的颤动，小鹿的样子像是也在跟着颤抖。

“不管你的动机是什么，杀人就是杀人，跟我回巡捕房吧。”小曼拿出手铐，朝小鹿走了过去。

小鹿连连摇头：“不，现在不行，我还得找他报仇。”

“你是说 Captain？”小曼说道。

“是，没错，Captain 才是杀死我姐姐的真正凶手，如果是你们，明知害死你亲人的凶手还逍遥法外，你能甘心放弃报仇吗？能吗？”小鹿开始歇斯底里地咆哮。

而此时的罗非却望着小曼，那眼神之中，闪烁着另一个女子的面庞，映着身后的一片熊熊大火，转瞬又被火焰吞没……

“我可以带你去见 Captain。”罗非突然说道。

小曼和小鹿都惊讶地看向罗非。

“见到 Captain 是不是报仇你可以自己选择。”

“罗非？！”小曼看向罗非。

“但是你要答应我一件事，见过 Captain 之后你就投案自首，怎么样？”

小鹿思考良久，郑重地点点头：“可以。”

一个小时后，监狱会见室内，小鹿坐在铁窗外等，罗非和小曼站在他身后。

铁窗内，侧门打开，一名狱警推着轮椅进来，轮椅上坐着一个痴呆的老人。

这个看似已经痴呆了的 Captain 看着栏杆外的罗非三人，嘴里流着口水不知道咕哝着什么：“阿巴、阿巴……”

小曼低声问罗非：“你不是说带我们来见 Captain 吗？”

罗非指着那个老人：“他就是 Captain。”

小鹿沉默良久，回头看向罗非：“我不相信！”

“十年前我和当时的巡捕房警探一起将他和他的组织一网打尽，他在逃跑时中了我们一位警员的一枪，那枪没有打中要害，但是让他变成了现在这个样子。”

小鹿握拳，注视着眼前这个人，泪流满面。

痴呆的 Captain 手舞足蹈，狱警用警棍抽了他一下：“吵什么！”

痴呆的 Captain 却只是嘿嘿地傻笑。

“他现在这个样子你打他骂他他都不会有任何知觉，你觉得杀了这样的 Captain，就真的算是为你最重要的人报仇了吗？”罗非平静地说道。

第三十八章 沉睡的魔鬼

咖啡店前，一个黑影在罗非身边诡异地左右徘徊着。

“你到底和上一代 Caption 是什么关系？！”罗非怒吼。

“哈哈哈……”

黑影狂笑着隐入黑暗，一团火焰吞没了咖啡店……

罗非突然睁开眼，看着栏杆后的 Captain，若有所思。

小曼上前轻轻按住小鹿肩膀：“小鹿，你姐姐不会希望你为了替她报仇，而成为一名罪犯的。”

小鹿突然伏在桌面上，掩面而泣，紧握的拳头却慢慢松开了……

监狱外，一辆警车开来。

罗非和小曼带着小鹿从别墅内出来。两名巡捕打开车门，罗非和小曼目送着小鹿上车。

小鹿突然回头对罗非说道：“罗非，谢谢你。我说我对当侦探没兴趣，那不是真心话，可惜没有机会再和你一起破案了。”

罗非点头微笑，眼神坚定：“你放心，我们一定会抓到 Captain 的。”

车门随即被关上，警车缓缓开走。

罗非看着远去的警车，若有所思。

小曼转头看着罗非：“怎么，舍不得？”

“巡捕房新购置了警车吗？”罗非忽然转头与小曼对视。

“没有啊，为什么问这个？”

罗非指着警车的牌号说道：“这辆警车的车牌号是新发的。”

小曼大惊：“糟了，我们上当了。”

两人立刻拔腿追去。

两人追出去约有几百米后，终于发现了停在树下的警车。

“那里！”小曼先一步奔了过去。

罗非和小曼来到警车前，发现此刻的警车内十分安静。

小曼端枪警戒，罗非随后配合着拉开车门。

两人只见后排中枪奄奄一息的小鹿。血正从伤口处不停冒出。

“小鹿！”小曼放下枪惊叫道。

罗非钻进车内一把扶起小鹿："是谁干的？他长什么样子？年龄？性别？"

小鹿用失神的双眼看了看罗非，喃喃地说了几个字便闭上眼："是……是Captain……"

罗非和小曼惊讶地对望着。

已然陷入弥留的小鹿轻声呢喃："姐姐……我好想你，我们马上就要见面了……"小鹿微笑着闭上眼，眼角流出眼泪。

不甘心的罗非，异常失态地摇晃着小鹿："小鹿！小鹿！"

三天后，墓园内，罗非把小鹿的骨灰与夏露娜的灵位放在了一起。

放好骨灰盒后，罗非久久凝视着夏露娜的照片。

"你在想什么？"小曼不禁问道。

罗非神色冷峻地说道："我在想为什么小鹿临死前说杀死他的人是Captain？"

"也许是他执念太深……还是你怀疑牢里的那个 Captain 是在装傻？"

罗非转身离去，小曼把花束摆放好，跟了出去。

那花束下方夹着一页乐谱，正是《彼岸花》。

夜晚的沙利文公寓，罗非正背靠在门上，摩挲着手中的怀表。他的手微微颤抖，好像这只怀表是一个潘多拉魔盒，一旦打开，就会有什么东西汹涌袭来，将自己吞没一般。

突然，罗非目光一凛，手中的怀表盖"啪"的一声被掀开，一个酷似小曼的美丽女孩儿正在朝罗非微笑……

罗非一大早跑去巡捕房本杰明的办公室喝咖啡。本杰明见罗非一进门，神色有些黯淡。

"案子破了还愁眉苦脸的。"本杰明说着给罗非倒了一杯咖啡。

罗非也不说话，端起咖啡，呆呆地看着一张张蒙着白布的架床。

"难道你还在想着之前的那起案件吗？"本杰明试探着说道。

"小鹿本可以不死，是我的疏忽，是我亲自把他送到了 Captain 的手上。"

本杰明疑惑地放下咖啡："你又提到了 Captain，可他不是早已被判定为痴呆了吗？"

“小鹿临死前说，是 Captain 杀了他。”

本杰明摇头：“这怎么可能？”

这时敲门声响起，秦小曼和霍文斯走了进来。

“罗非，我帮你把霍医生请来了。”

罗非也不客气，直接发问，指着自己的额头上方：“霍医生，如果一个人这里中了一枪，变成了痴呆，有没有康复的可能？”

霍文斯摇头叹气：“康复？这样都能康复，那必须是载入医学史的奇迹了。”

“没有先例？”罗非追问。

霍文斯摇头：“除了胡编乱造的野史传说。”

本杰明无奈一笑：“罗非，神经系统的结构性损伤基本上是不可逆的。”

“如果 Captain 真的痴呆了，那为什么小鹿告诉我，是 Captain 杀了他？”

“无论如何，小鹿肯定是被人杀害，你们还记得那辆假警车和接小鹿的两个假巡捕吗？”小曼说道。

“这是问题的关键——那辆接小鹿的假警车我后来调查过，完全是一辆查不出痕迹的私改车。还有那两个假巡捕，消失得干干净净，事后完全查不到线索。”罗非停顿，又想了想，“这说明 Captain 不但能行动，甚至他还掌控着一个精密的组织！”

霍文斯笑道：“你还是坚持 Captain 已经从痴呆状态康复了？刚才本杰明也说了，那种结构性损伤是不可逆的，他怎么可能康复呢？”

罗非喝干咖啡，语气坚定地说道：“既然不可逆，也许…还有一种可能。”

“还有一种可能？”秦小曼和本杰明异口同声，惊讶地看向罗非。

“Captain 根本就没有痴呆，从头到尾都是伪装的，而且一装就装了十年。”

霍文斯笑看着罗非：“装十年痴呆？恐怕早就变成真痴呆了，没人有这种意志力能撑十年。”

罗非抬头盯着霍文斯，态度十分认真：“如果他有呢？”

“怎么可能，我不信！”霍文斯一时也固执起来。

“不信就试试。”罗非说着起身，朝霍文斯做了个请的手势。

监狱检查室内，痴呆状的 Captain 坐在椅子上，霍文斯蹲在他面前。霍文斯撑开 Captain 的眼睛，仔细观察。霍文斯又竖起一根手指在 Captain 眼前晃，但对方毫无反应。霍文斯突然把手指刺向 Captain 的眼睛，对方仍无反应。

霍文斯在 Captain 身后走来走去，用手指在他耳边打了一声响指，Captain 仍是一副痴傻状。

霍文斯皱起眉，双手插入白大褂，摇摇头。

随后，霍文斯从房间里走出，来到走廊，朝房间门口的两个狱警点了点头。

最后，霍文斯转了个弯，见到一直等在外面的罗非、秦小曼和本杰明。

霍文斯对几人无奈地摇摇头："Captain 的痴呆是真的。"

而此刻罗非的脑海中浮现出小鹿陈尸的画面，伴随着回忆，渐渐皱起眉头："真的痴呆？不可能，绝对不可能。"

罗非边说着边往检查室走去，秦小曼一把拦下他。

"见 Captain 这样的重犯，要跟监狱提前申请的。"

本杰明也走过来说道："再说，你去见他有什么用？霍医生是全上海顶尖的心理专家，难道你还信不过他的诊断？"

罗非深深叹了口气："你们不懂，罪犯最松懈的时候就是他自以为安全的时候。他刚刚骗过了霍医生，如果这时候我再出其不意地出现在他面前，说不定有意想不到的收获。"

"那你也得先申请啊。"小曼说道。

"不！来不及，这种机会稍纵即逝。"

罗非说完飞奔过转角，来到检查室门外，缓住脚步。先冲两个狱警礼貌地笑了笑，然后突然往里面冲去。两个狱警架住罗非的胳膊，轻松地拦下了他。

罗非也不挣扎，笑着对两个人说了句："对不住啊。"

当即，两个狱警愣了愣，紧跟着其中一个狱警高喊"哎哟"一声，原来是被罗非偷袭个正着，捂着下腹部蹲下。赶过来的秦小曼、本杰明和霍文斯看到这一幕，都露出了不忍的表情。

随后，在探长办公室内。

沙威把文档袋子摔在桌上，瞪着对面的罗非、秦小曼："本事大了呀，居然跑到监狱去胡闹！"

秦小曼替罗非辩解："探长，罗非也是为了小鹿的案子……"

沙威当即打断了小曼的话："你少插嘴！没你的事！罗非，你看看，你给我好好看看，这些都是监狱长向工部局举报你的材料。"沙威说着还重重地拍了拍桌上的文件袋。

罗非一脸鄙夷："人才啊，就这么点小事，需要整这么大一个文档袋子？"

"你以为你就得罪别人这么一次？人家是把新账旧账跟你一起算了！"

"这有点……不太厚道吧？"罗非嬉皮笑脸地说道。

"你探案顾问暂时被停了！回家给我好好反省反省！"沙威指着罗非呵斥道。

"又停职？我不是刚复职吗？"罗非无奈地摇摇头。

"对，又停职，现在，立刻。"沙威坚定地说道。

"探长……"

站在一旁的小曼还想再替罗非求情，被沙威伸手制止："行了，别说了！不然让你跟他一起停职反省！

"破了这么费脑又伤心的案子，也该休息休息了。"罗非起身，拍了拍小曼，随即又用调侃的口吻说道："我走了，你就是整个巡捕房的智慧担当了！"

第三十九章　失踪的妻子

探长办公室内，象棋盘前，沙威探长放下一个黑棋："将四退一。"

罗非背对着沙威探长，目不转睛地看着报纸："车八平六。"

沙威探长移动红棋，又拿着黑棋皱着眉，犹豫着把棋子放下："将四平五。"

"车六退一，吃卒，将军！"罗非哗啦一声放下报纸。

沙威探长睁大眼，擦额头上的汗，斜眼看了一眼罗非，悄悄把红棋的马拿在手里："将五平六。"

"我的马挡在那里，你怎么将五平六？"罗非跷起二郎腿。

"没有马呀，你记错了吧？"

"那你左手心里拿着的是什么？"

沙威探长叹气，把手里的"马"扔回棋盘中："你就告诉我高楼盗窃案的谜底吧。"

"说好你得先赢我。"罗非故意说道。

"罗非，我没有时间陪你耗，我已经向上面保证三天内查出盗窃犯，今天是最后一天了，要是破不了案，不光我这个探长丢脸，你这个探案顾问也跟着一起丢脸。"

"我就喜欢看你这副既不服气又不得不求我的样子。"罗非一脸得意。

沙威探长一瞪眼："罗非，你有完没完！"

"好吧，你把案情再复述一遍。"罗非转过身。

沙威探长撇着嘴说道："三天前有一个小偷徒手爬上18层高楼，从一扇不到三十公分宽的气窗爬进现场，并且在大使夫人在家的情况下偷走了那串价值连城的项链——'维纳斯之泪'，他到底是怎么做到的？"

罗非一歪头："很简单，这个小偷不是人。"

沙威探长冷笑道："不是人难道是鬼？"

"盗窃犯是一只鸟啊。"罗非说着伸出两只胳膊呼扇起来。

"你这个玩笑开得一点都不好笑。"

"我没有开玩笑，现场曾经发现了一根宝蓝色的羽毛，你手下的警探武断地认为羽毛是从大使夫人的帽子上掉下来的，但是帽子使用的羽毛一般是鹅毛、火鸡毛，那根羽毛则是来自一只金刚鹦鹉的。"

沙威探长将信将疑："鹦鹉能偷东西？"

"所以这不是一只普通的鹦鹉，而是一只被人精心训练过的鹦鹉。"罗非将报纸展开放在沙威鼻尖前。

报纸上，印着一只金刚鹦鹉，旁边还配着一行文字——"洋鸟跳舞大象识文法国杜马斯马戏团来沪盛大演出"。

沙威探长一把抓过报纸细看："项链被偷前一天，大使夫人去看过杜马斯的马戏表演。"

沙威探长想了想，拿起桌上的电话："马上帮我拟一份搜查令，我要搜查杜马斯马戏团。"

罗非抱着肩膀："案子我帮你破了，可你棋还是没赢。"

沙威探长放下电话，对罗非说道："这次算我欠你一个人情，改天……"

"不用改天了。"罗非直接打断了沙威探长，"作为报答你现在就给我一个案子吧，不要偷东西这么无聊的，要有趣一点的。"

"对不起，巡捕房不是西餐馆，还能让你点单。"沙威立刻冷下脸。

这时候，办公室的门被突然推开，秦小曼气呼呼地走了进来。

"探长，四马路那件案子明明是我出的警，你为什么要交给叶警探？"

"那件案子不适合你。"沙威探长说着，偷瞄了一眼罗非。

"哪里不适合？"秦小曼使劲儿咬着嘴唇。

"女孩子不能去那种地方！"沙威说道。

"我不是女孩子，我是女警探！"秦小曼反驳道。

“女警探也是女人，那种地方正经女人就不应该去。”沙威板着脸端起茶杯。

“难道正经男人就应该去？”小曼反问道。

“你……”沙威一口茶水差点没吐出来。

“等等，四马路出什么事了？”罗非终于开口了。

“四马路天香旅店客房内发现一具女尸……”

还没等小曼说完，罗非就扔下报纸跳了起来：“什么，有尸体，太好了，为什么不早告诉我？”

“这件案子我已经交给叶警探去办了。”沙威探长急忙抢话。

“哈哈，叶常青那个笨蛋，你居然把凶杀案交给他？”罗非说着看向秦小曼。

小曼强忍住笑意。

“他可能没你聪明，但却是巡捕房资格最老的警探，你毛都没长齐人家就已经开始破案了。”沙威数落道。

“怪不得当年的破案率那么低。”罗非阴阳怪气的口吻又一次激怒了沙威。

“对前辈尊重一点！”沙威探长瞪眼指着罗非。

罗非一耸肩：“破案靠的是能力，不是资历。比如这位新来的秦警探，虽然智商不高，但打起架来战斗力是常人的3.5倍……”

正一脸舒爽的小曼突然回过神：“你是在夸我？”

“夸你？你觉得智商不高是夸人的话吗？”罗非贱兮兮地说道。

小曼听罢，立刻对沙威探长揭了罗非的底：“他上次连堵这么点高的墙都翻不过去，还让我托他一把。”

“她胡说，我有事先走了。”罗非转身走。

“你去哪里？”小曼跟了出去。

“去破案。”罗非头也不回地说道。

“我也去。”小曼说道。

“我警告你们！不许去搅和叶常青办案！”

然而两人并没有理会身后声嘶力竭呐喊的沙威探长。

罗非和小曼从巡捕房大院内走出。

“只要我一天是个女的，探长就永远不会把我当一个警探，对吗？”

“他不把你当警探，你就不做警探了吗？”罗非摇晃着手杖，心情莫名大好起来。

“当然不会……你说得对，只要我坚持下去，总有一天他会看到我的努力的。”小曼目光坚定地看着罗非。

“很好。”罗非伸手拦了一辆黄包车，拉着小曼上车，接着对车夫说道：“四马路，天香旅馆。”

“刚才探长好像说了不许我们搅和。”小曼有些不安地看着罗非。

“说了吗？我没听见。”罗非摇头晃脑地说道。

“我……也没听见。”小曼笑着说道。

“很好，我们不是去搅和，只是去学习，看看巡捕房资格最老的前辈是怎么破案的。”罗非一脸贱兮兮的表情，让人怎么都不会相信他是去学习的。

此时的四马路天香旅馆房间内外，把守着数名巡捕。

小旅馆房间内，叶常青装模作样地察看脸被划花的女尸，朝一旁记录的一名助手模样的巡捕高声说道：“从尸体来看，我可以断定这不是自杀，一定是他杀！”

助手在旁边忙点头，拿着小本子记录：“高明！您还看出什么？”

叶常青朝四周问道：“你们有谁找到死者的钱包了吗？”

巡捕们面面相觑，摇头。

“凶案现场有明显的打斗痕迹，死者的钱包失踪，唯一的解释就是，这是一起入室抢劫杀人案！你们去盘查一下这两天有什么可疑人物进出旅馆，尤其是那些有偷盗、抢劫前科的……”

叶话音未落，门外传来罗非的声音：“错，这不是抢劫杀人。”

围拢着的巡捕们散开，叶常青起身冷眼看着罗非和秦小曼：“你们两个来干吗？”

“我们只是路过，随便看看。”罗非目光落在女尸身上。

“这里是凶案现场，无关人员不要进来捣乱，哎呀……”叶常青用力挥手，可是由于枪伤未痊愈，又抱着肩膀龇牙咧嘴起来。

罗非观察完尸体，转头对叶常青点了点头：“好，我马上就走，不过有一个问题想请教，既然是抢劫杀人，为什么死者脖子上的金项链、手上的玉镯都还在呢？”

“这个……”叶常青使劲儿摸着下巴，看着手下众人一时有点尴尬。

忽然，叶常青眼珠一转，恍然大悟地笑道：“凶手只抢了钱包，还没来得及摘首饰，听到动静惊慌失措就逃跑了。”

巡捕们都连连点头，被围在中间的叶常青一脸得意地看着罗非和秦小曼。

“你们进屋时这个坤包就是这样打开在地上的吗？”罗非问道。

“是啊，怎么样？”叶常青的助手急忙反问。

罗非蹲下观察，根据坤包口打开的位置，察看五斗橱下，喃喃自语：“凶手和死者发生了打斗，死者用随身的坤包砸凶手，凶手打落了坤包，里面的钱包……”

罗非说着掏了掏口袋，脸色就是一变。

小曼见状，从自己的口袋里掏出两副白手套，递给罗非一副。

“拿去吧，洁癖大侦探。”

罗非朝小曼眨眼一笑：“你要不要考虑当我的助手？”

“谢谢，我已经是警探了。”小曼撇嘴说道。

罗非戴上手套，趴在地板上，从五斗橱下掏出一个钱包。“这就是被抢走的钱包。”

叶常青将钱包一把抢过来，发现里面钞票还在，顿时有些尴尬，进而迁怒巡捕们：“不是说了让你们好好找找吗？！既然值钱的东西一样不少，那就肯定不是劫杀。我明白了，死者是一名妓女，因为嫖资和嫖客发生冲突，嫖客一怒之下杀了她……”

助手急忙又在小本上记录。

“死者身上的旗袍是上好的进口哔叽面料，做工精细，而且是量身定做的，来这种低档小旅馆的下等妓女怎么会穿这么高档的旗袍？”

叶常青挠着头，想了半天，支吾着说道：“这个……其实我是想说，死者是有钱人家的太太，会来这种鱼龙混杂的地方，一定是为了掩人耳目和情人幽会，两人临时起了矛盾，一个就把另一个杀了，所以是情杀！”

此时，助手划掉几行字，重新记录。

罗非用手杖敲了一下助手的肩膀：“死者绝对不是一个有钱人，她虽然穿了一件价值不菲的旗袍，但是却配了一双旧皮鞋，佩戴的项链、玉镯成色都一般，包里的香水、口红更加都是廉价品……”

叶常青打断罗非的话，把他拉到一边：“罗非，你到底想干吗，是不是故意来找碴？”

罗非装作友好地拍了拍叶常青的肩膀：“我是来帮你破案的，这件案子很不寻常，以你的能力恐怕破不了，只有我帮你才能……”

叶常青被他拍得龇牙咧嘴，转身打掉了他的手：“想得美，案子是我的，你们休想抢我的功劳。”

罗非靠近叶常青，又一次把手放在叶常青肩膀上：“你放心，案子破了功劳全归你。”

叶常青拿开罗非的手，半信半疑：“真的？那你想要什么，我可没什么好处给你们。”

“能让我参与破案就是最好的报酬，至于秦警探，能跟着前辈学习机会难得啊，是不是？”

小曼勉强附和地点点头，毕竟和罗非相处这么久，其他没学到，打配合还是很默契的。

叶常青看着他们两个貌似真诚的举动妥协了：“好吧，我让你们两个参与破案，但是不要再当着我下属的面质疑我！”

罗非连连点头，像哄小孩儿一样，伸出了小拇指，随后两人还真就偷偷拉了钩，看得小曼目瞪口呆。

接着，罗非和小曼蹲在尸体旁观察。

“秦警探，你从尸体身上看出什么了吗？”

“致命伤在右颈处，颈动脉被刺破，凶器应该是一把小刀，刀口呈三角形，凶手杀人后又用同一把刀把死者的脸划花，可能双方积怨很深，也可能是刻意在传递某种信息……”小曼认真地说道。

罗非满意地点点头：“很好，看来也不算没有救，我们走。”

“哎，你们去哪儿？”叶常青在一旁不明所以。

“调查。”罗非懒得和叶常青解释。

“看什么热闹！继续清理现场。”叶常青呵斥完四周的巡捕们，便急急跟了上去。

旅店掌柜眯着眼翻看登记簿。

罗非、秦小曼、叶常青围在桌前。

旅店掌柜指着一行字缓缓说道：“昨天下午……201 房……哦，是王太太。”

秦小曼迫不及待地拿过登记簿：“王太太？没有名字吗？”

“没有，我们这儿的登记，就是走个形式。”旅店掌柜尴尬地笑了笑。

“她是一个人来的吗？”罗非问。

旅店掌柜点头：“是的。”

“几点来的？”

掌柜想了想：“四五点吧。”

“没有别人跟她一起上去？”

旅店掌柜皱眉思索了片刻：“哦哦，我想起来了，她虽然是一个人来的，但登记的时候，跟我说等会儿有位王先生，来了就把房间号告诉他。”

“王先生？”叶常青终于插上一句。

“他来了吗？什么时候来的？”小曼急忙问道。

“昨天晚上六点钟。”

秦小曼有些怀疑：“你怎么这么确定？”

旅店掌柜连连点头：“非常确定，他来的时候，电台正好开始播‘广播歌后竞选’，正好六点钟，周璇第一个唱……”

“好好。”秦小曼连连摆手，转而问道，“那他是什么时候走的？”

“上去没多久就下来走了，周璇一支《凤凰于飞》还没唱完呢。”

“你还记得他长什么样子吗？”叶常青问道。

“中等个头儿，穿一身灰色长衫……”旅店掌柜说着说着，突然问道，“201的女人是他杀的？”

“至少他是最大的嫌疑人，你马上跟我回巡捕房给嫌疑人画像。”叶常青说道。

“我还要做生意呢。”掌柜有些害怕。

叶常青一瞪眼：“你的旅馆发生了命案，你还想做生意？走！”

叶常青不容分说拉着掌柜就走。

“我们要不要一起去？”小曼问罗非。

罗非摇摇头：“不用，这位‘王先生’不是凶手，唱完一支《凤凰于飞》只要三分钟，他根本没有作案时间。他来找人却很快就离开，说明屋内没人应门，死者这时候已经遇害了，死亡时间就在四点到六点之间。”

“那我们接下来该怎么办？”

“一个聪明的侦探要做的，不是大海捞针，而是顺藤摸瓜。”罗非说完用手杖指了指门口，小曼急急跟上。

“大侦探，你能不能把话说明白，什么藤，什么瓜？”

“死者的旗袍用的是进口哔叽面料，裁剪合体，是量身定做的，公共租界能做这样旗袍的裁缝店不超过十家。”罗非边走边解释。

“你怎么知道得这么清楚？”小曼急忙站定，稳住差点撞上罗非的脚步。

“一名真正绅士对于衣着必须有特别的讲究，而站在你面前的恰好是一位绅士。”罗非得意地拄着手杖拦下了一辆黄包车。

一上午下来，两人连查了八家裁缝店，可都一无所获。

“不是……不是……不是……”罗非烦躁地晃着手杖又从一家裁缝店走了出来。

“能不能告诉我你到底在看什么？”小曼近乎崩溃。

“绲边。技艺高超的裁缝都有自己独特的手法，就像画家的签名一样，死者的旗袍绲边非常与众不同，是斜纹拼接、极细窄边的。”

两人说话间，来到了同孚路上的一干旗袍店门口。

“是这个吗？”小曼随便指了一家。

“不是，下一家。”罗非摇头指着一家名为嘉德的裁缝铺。

罗非和小曼走进店内后，小曼对着店内陈列着的各种华美旗袍目瞪口呆。

“秦大警探，你还喜欢这个？”罗非歪头看着小曼。

撞上罗非探究似的眼神，小曼便立刻转头走开了。

随后，罗非和小曼分头在店内查看。

“啊，就是这家，找到了！”

罗非的这一声让小曼着实松了一口气。

“你确定？我看着都差不多……”小曼还是一脸茫然。

这时候，伙计凑了上来：“先生好，太太好，古德阿夫特奴，太太是看成衣还是定做呢？我知道了，太太那么漂亮当然是定做了！”

“你们这里有进口的哔叽料子吗？最好是水绿色的。”罗非直接地问道。

“有有有，不瞒先生您说，水绿进口哔叽料子整条同孚路上就我们一家有。”伙计说着从柜台上拿出料子得意地给两人看。

小曼点点头：“一模一样……”

伙计疑惑：“太太你说啥？”

“有哪些人用这布料做过旗袍？”小曼问道。

伙计一愣：“太太不好意思，客人的资料我不能告诉您。”

小曼掏出警徽：“我不是太太，巡捕房警探查案。”

伙计见状有些慌张：“哟，出什么事了？”

“不该问的少问，快把记录拿出来。”小曼瞬间拿出了叶常青的那股蛮横劲儿。

伙计撇嘴，从柜台下拿出记录簿："谁买谁卖我们这儿都有记录，我看看，这儿。"

小曼仔细查看："总共就卖出去三件？"

"店里生意差卖不动。"伙计叹道。

"那我们就按着单据一个一个去找吧。"

罗非看了一眼："这上面没有我们要找的人。"

"你怎么知道？"小曼问道。

"这三个人的尺寸都和死者不符。"罗非说道。

伙计倒抽了一口气："死人了？"

小曼一瞪眼："叫你少问。还有其他记录吗？"

"没了，都在这里了，这匹布从进货到现在就做了三条……"

罗非看了一眼伙计，二话不说抖开了布。

"喂喂，你干什么？！"伙计有些猝不及防。

罗非拿起尺将剩余的布长和宽都量了一遍，又看了一眼销售单据，然后站起来。

罗非："你撒谎，扣除销售单上的尺寸，刚好少了一米八，这匹布应该一共做了四条旗袍，还有一件是给谁做的？"

伙计连忙说道："你这么一说我想起来了，还有一件是给太太做的。"

罗非突然笑起来："哈哈哈，我早该想到了，什么人穿得起高档旗袍，却没钱买高档化妆品？当然是裁缝店老板娘。"

"太太出事了？"伙计紧张地问道。

"你老板在哪儿？"罗非问道。

伙计手指了指楼上。

罗非和小曼一边上楼一边就听到了缝纫机的转动声。登上窄小昏暗的楼梯后，两人看到一个瘦小精干的男子正在踩缝纫机，身旁的布料上放着一把锋利的剪刀。

小曼和罗非交换了一下眼神。

男子发现二人后，停下机器："你们找谁？"

"你是王嘉德吧？"小曼问道。

王嘉德冷着脸继续踩动缝纫机："要做衣服先登记，阿毛，谁叫你带他们上来的。"

伙计跟着跑了上来："不是我带他们，是他们硬要上来找你的。"

小曼亮出警徽："我是巡捕房警探，找你问点事。"

王嘉德面无表情："什么事？"

"你太太现在在哪里？"小曼问道。

王嘉德头也不抬，好像习以为常了："她？昨天下午她接到电话就去马路对面李家打麻将了，到现在也不见人影。"

"你太太经常出去打麻将吗？"罗非问道。

这时，伙计在一旁接茬儿："是啊，太太她可会打麻将了，每次都赢好多钱回来……"

王嘉德突然呵斥伙计："这里没你的事。"

伙计咧嘴，走了。

王嘉德冷哼着："哼，成天往外跑，最好死在外面不要回来算了。"

王嘉德不小心手一抖，缝纫机踩歪了，他生气地抓起做坏的布料，用剪刀剪开。

罗非看了看王嘉德："她昨天出门的时候是不是穿了一件水绿色哔叽旗袍，戴着金项链、玉手镯，拿着绯红色的手提包？"

王嘉德点头："没错，她出什么事了？"

"昨天下午四点到六点这段时间你在哪里？"罗非问道。

王嘉德抬头看向罗非："我一直在这里做衣服。"

"谁能证明？"小曼插问道。

王嘉德拿着剪刀激动地站起来："我做衣服要什么证明，你们这么问到底什么意思？"

小曼盯着剪刀，伸出手做出安抚的动作："王先生，事情是这样的，你先冷静一下，把手里的东西放下，我们……"

罗非目光犀利地盯着王嘉德："我们发现一具女尸，穿戴和你太太一模一样，你最好去巡捕房认一下尸。"

王嘉德一愣，手里的剪刀落地，扎在地板上。

第四十章　优雅的法医

罗非和小曼走在弄堂路上。

"你说话就不能婉转一点吗？"小曼埋怨道。

罗非双手插在口袋里，一脸无所谓："有什么区别，我说得婉转一点他太太能活过来吗？”

“你这个人真是一点人情味也没有。”秦小曼用一种厌弃而又同情的眼神看着罗非，“不过这个王嘉德……你说他会不会是凶手？”

“从他刚才的反应来看不像是说谎，而且哪个凶手会当着来调查的警探的面把凶器挥来挥去？”

“我们现在去找谁？”小曼问道。

“李太太，如果死者在她家打过麻将，她也许会知道王太太为什么要去四马路。”罗非说道。

“就不能请我吃个午饭吗？”小曼突然站定，摸了摸早就抗议的肚子。

罗非回头看着小曼的样子，迟疑了片刻，然后指着小曼说道：“你作为警探在工作时间公然向一个无辜又能干的顾问索要午饭，是我万万没有推理出来的，不过要是作为我的助手，也就合理了。”

“上次我好好相个亲，被你搅和了，这次就当补偿了，到底请是不请嘛？”小曼背着手一脸期待。

“你再啰唆一会儿，圣母院路那家餐厅的龙虾奶油汤就吃不到了。”罗非说着拦下了一辆黄包车。

小曼见罗非心事重重，摇头叹道：“我就是想让你好好吃个饭，休息一下再查案。”

“我需要减压，不是装作没压力吃饭。”罗非捏着鼻梁说道。

“我知道一个好办法！”小曼用拳头擂了一下罗非，结果差点把毫无防备的罗非推下车，小曼急忙又一把将罗非拉了回来。

“您这么玩我，是不是特别减压。”罗非一脸无奈。

“我是说拳击！我免费当你的陪练。”小曼兴奋地说道。

“当沙包也免费吗？”罗非认真地问道。

小曼一瞪眼：“那就看你有没有那个本事了。”

十五分钟后，两人站在一家名为蒂丽舍的西餐厅门口。

“这名字真尴尬。”小曼看着招牌喃喃道。

“啰唆，菜好吃就行了。”罗非说着推开门走了进去。

“二位需要点点儿什么？”一名男服务员拿着菜单微笑着走到桌边。

“头盘熏鲑鱼，龙虾奶油汤，我们时间比较紧，就煎两份薄牛排吧，加白尼斯汁，再来两份千岛汁煮菠菜和水果奶酪，最后两杯咖啡。”罗非也不看菜单，就这么一气呵成地点完了菜。

“好的，先生，稍等。”服务员飞速记下点头说道。

“赶时间，吃什么西餐。”小曼看着菜单上的价格喃喃道。

“请你吃西餐，还挑剔矫情上了。”罗非翻了个白眼。

“好！吃穷你！”小曼举起刀叉恶狠狠地说道。

牛排上来后，小曼正大刀阔斧地“割”着牛排时，面前突然出现了一盘切好的牛排。

“这还有点绅士的样子。”小曼看着罗非，笑着点点头。

“第一，这是绅士的品格；第二，你这样锯木头的吃法，会耽误查案。”罗非毫不客气地说道。

小曼瞬间觉得还是不要抱有幻想了，眼前这个人还是那个嘴上不饶人的罗非，仅此而已。

午后，李家客厅，一个胖胖的中年妇女冲着小曼抹着眼泪：“真是天有不测风云啊，好端端一个人，怎么说没就没了！”

“你和她很熟吗？”小曼问道。

“以前经常一起打麻将的搭子。”

“她有没有得罪过什么人？”小曼问。

“怎么会，阿梦脾气最好了，人又漂亮，讲话又嗲，男人一听她声音就酥了……”李太太绞着手绢，继续说道，“她这个人心肠也好，邻里有什么事她都会帮忙，谁会跟她有仇啊。”

“你刚才说以前一起打麻将，现在不打了吗？”罗非问道。

李太点头：“是啊，最近几年裁缝铺生意不好，她也不来打了。”

“那为什么王嘉德说她昨天在你家打麻将？”小曼问道。

李太向后用力一挺身：“瞎讲，这几天我家里小毛头生病，我哪里有心思打麻将。”

小曼敲着额头：“奇怪，王嘉德为什么要撒谎？”

李太突然惊得站起身来：“啊呀，会不会是她男人杀了她？”

小曼看着反应如此之大的李太太：“为什么这么说？”

李太压低嗓门儿："我悄悄跟你们讲哦，这个王嘉德可不是什么好料，自己裁缝店生意不好就怪女人，天天喝酒、打老婆，还挥着剪刀说要杀她。"

小曼盯着李太太："你亲耳听见的？"

李太太连连点头："当然，他那个嗓门儿吵起来半条马路都听得到。哎呀不说了，万一他知道是我说的，以他那个火暴脾气，哎哟，想想都怕……"

小曼和罗非对视了一眼。两人从李太太家里走出来后，罗非抱着肩膀说道："我现在倒是好奇王嘉德看到自己老婆是一种什么反应了。"

"现在去找本杰明看解剖报告？"小曼问道。

罗非点点头："我们的大法医会得还多着呢！"

停尸房内，担架车上尸体盖着白布，警员缓缓拉开白布，露出赵绮梦被划花的脸。

王嘉德缓缓走过来，前去认尸，一名警探和一名巡捕陪在边上。

"王先生，你确定这是你太太赵绮梦？"警探问。

王嘉德点头，声音低沉得仿佛要吃人："是谁杀了她？是谁？"

警探顿了顿："凶手还没有找到。请你跟我来一下，我们有几个问题要问你。"

王嘉德猛地转过身："什么问题？人死了你们不去抓凶手，问我什么问题？"

警探见惯了这种场面，缓声说道："只是例行公务，来吧。"

"你们怀疑我是凶手？你们的脑子让狗吃了，我怎么可能杀我老婆，快去抓真正的凶手啊！"王嘉德激动地揪住警探的衣服。

警探甩开王嘉德："放手，请你说话客气点！小心我现在就按袭警罪拘捕你！"

王嘉德瞪着红红的双眼，咬牙说道："蠢货，浑蛋，废物！"

随即，王嘉德被扔进了拘留间，铁栅栏哗啦一声关上。

"等你冷静下来再来问你。"警探站在铁门外瞟了王嘉德一眼。

王嘉德用力踢打铁栅栏："浑蛋，放我出去！你们不去抓凶手，我自己去！"

罗非全程在一旁看着，沉默不语。

"他真的不是凶手？"小曼问道。

罗非摇摇头。

这时，小曼看到穿着白大褂的本杰明走了进来，熟练而优雅地推走了担架车。

"新来的，欢迎来到我的小天地，不要紧张，我会对你很温柔的。"本杰明说着回头看向小曼和罗非，"你们两个常来的可以自便。"

“说实话，如果我有那么一天，能碰到你这样的医生，也算死得很幸福了。”罗非打趣道。

“死人是感觉不到幸福的，作为一个医生，我首先希望你们活着的人都好好活。”本杰明说着低头看着担架车，“然后才希望死了的人都无憾地死。”

随后尸体被推到解剖台前，本杰明走到屋角一台唱机前，把唱针放在唱片上，唱片转动，传出优雅的音乐声。

“莫扎特，你喜欢吗？”本杰明对尸体说道。

“我还真没见过他现场解剖呢，原来这么有仪式感。”小曼惊讶地说道。

“这是巡捕房最有格调的地方，验尸房，你应该常来的。”罗非笑嘻嘻地说道。“公共租界唯一的法医本杰明，从来都把工作当成令人敬畏的艺术。”

“他真的姓本？”小曼好奇，她从没见过毒舌的罗非会对一个人如此赞不绝口。

罗非摇摇头：“不，他的父亲是圣玛丽医院院长 Benjamin 先生，所以当他们两个在一起时，要叫 Benjamin Jr.”

“那他有外国血统吗？”小曼又问。

“不，他是本杰明院长收养的义子，老本杰明让他从小接受最好的教育，想培养他当自己的接班人，可是他却偏偏不喜欢活人，迷上了死人。”罗非此刻就像说笑话一样。

“巡捕房真是什么怪人都有。”小曼盯着罗非说道。

“在我看来，只有我和他是这里正常的人……到了。”罗非说着一把推开了门，音乐声扑面而来。验尸房内，那白色身影背对着罗非和小曼，正在摆弄着什么。

罗非插着兜，踩着乐曲的步调走过去，就像是进入了百乐门舞池：“本，进展如何？”

本杰明点点头：“马上就好了。”

小曼不禁小声脱口而出：“好帅，感觉比上一次见面更帅了。”

罗非看着入神的小曼一皱眉。

本杰明看到小曼稍有一怔。他凑近小曼又仔细看了看，小曼只觉得一股说不出的气息压了过来，浑身不自在。

本杰明打量了半天，说道：“我有没有和你说过你很像一个人，像，又不像，应该算‘神似’吧。”

小曼不禁好奇：“沙威探长也说我像一个人，我到底像谁？”

罗非随即用眼神制止了本杰明说下去。

本杰明看了一眼罗非，摆出一副无奈的表情，随后对小曼说道："你像……前天送来解剖的一具女尸。"

罗非看了小曼一眼："他开玩笑的，他对女人过敏。认识的女尸可能比女人要多。"说着转头问本杰明，"尸体解剖得怎么样了？"

本杰明走回到担架车旁："还没开始，难得有一具质量这么好的尸体，我怎么可以一个人解剖，就等你来呢。"

小曼凑上前看，看到本杰明刚才摆弄的是一个小电炉，上面两块带血的肉"滋滋"冒着热气。

小曼指着炉子，一脸惊恐："这是……尸体？"

本杰明笑着摇摇头："不，这是上好的安格斯牛排，罗非说你们两个还没吃饭，一定饿了吧，不要客气，我请客。"

罗非坐在一张小桌前十分惬意地切着带血的牛排，而小曼坐在一边，拿着刀叉不知如何下手。小曼严重怀疑罗非刚刚请自己吃牛排是个阴谋。屋子中间，本杰明面对尸体，一边解剖一边自语："现在切开死者胸壁，胸壁软组织有挫伤，无肋骨骨折，体内器官正常，无病变……"

小曼呆呆地看着。

"你怎么不吃？"罗非用叉子指向小曼。

"这牛排……有血。"

"三分熟是安格斯牛排最佳烹饪方法，只有新鲜牛排才能达到这种效果。"罗非说着把一块牛排送进嘴里，脸上露出满足的表情。

小曼也学着切下一小块，勉强放进嘴里尝了尝："你这位法医朋友，经常在验尸房里吃饭吗？"

罗非点点头："这里就是他的家，他吃饭睡觉工作全在这里。"

这时，本杰明说道："腹膜无粘连，腹壁无损伤、出血，腹腔内无积血、积液……"

小曼偷偷指着本杰明："你刚才说他对女人过敏？"

"哦，他只对活着的女人过敏。"

"为什么？"

罗非俯身小声说道："他是四马路妓女的私生子，从小在妓院里被女人包围，三岁时生了一场大病被丢在圣玛丽医院门口，是本杰明院长救活了他，收他为义子，但是他却落下了害怕女人的心理阴影，连医院女护士都怕。他到巡捕房工作一个重要的原因是这里没有女人，谁知道来了一个女警探。”

“罗顾问，与其在背后议论别人的私生活，不如来欣赏我熟练的解剖技法。”本杰明说道。罗非放下刀叉，起身上前走到本杰明身边。

正好看到本杰明一边拿起大钳子，一边招呼罗非：“现在打开胸腔，你帮我搭一把手，一……二……三……”两人动作默契地配合着。

小曼不可思议地看着本杰明和罗非检查尸体，简直是绝配。

本杰明指着一个脏器说道：“看，这是鱼肉。”

“葱，姜，应该是清蒸鳜鱼。”罗非说道。

“我看是糖醋鲑鱼。”本杰明摇头说道。

罗非争辩：“不，糖醋的不是鱼，是猪肉，看，这是猪软骨。”

小曼好奇地放下刀叉走上前：“你们在看什么？”

罗非坏笑着让出身位说道：“死者胃内容物。”

本杰明：“这是她昨天没消化的午餐，你看，这是米饭和蛋……”

本杰明掏出一把递到小曼面前，小曼一阵作呕，捂嘴冲了出去。

罗非指着本杰明：“你是故意的。”

本杰明摇头：“我不是。”

“你是。”罗非指着本杰明。

“我一直想问问你，秦警探长得很像某个人，你确定这对你没什么影响吗？”本杰明用关切的语气问道。

罗非表情黯然：“没有，再像也不是同一个人。”

夜晚，巡捕房内，叶常青带着助手风风火火走来：“人呢，人在哪儿？”

一名巡捕指着铁栅栏后面的王嘉德：“在这里。”

叶常青盯着王嘉德：“王先生，你好。”

王嘉德死死抓住叶常青面前的栏杆：“警探，快放我出去，我错了，不应该骂人，可是我太太真的不是我杀的！”

叶常青点点头：“放他出来。”

巡捕立刻打开了铁门。

王嘉德连连朝叶常青鞠躬：“谢谢你警探先生！”

王嘉德刚想往外走，叶常青一把按住王嘉德：“站住，我只说放你出来，可没说你可以离开巡捕房。走，我们换个地方好好谈谈。”

审讯室内，一盏刺眼的灯照得王睁不开眼，叶和助手坐在对面。

“昨天下午四点到六点你在哪里？”叶常青一脸严肃地问道。

“我说过了，在家做衣服。”王嘉德双手抱着头。

“谁可以证明？”

“我一个人做衣服，还需要什么证明？”

叶常青这时亮出一把剪刀：“这是你用的剪刀？”

王嘉德点点头：“是的。”

叶取下销子，把剪刀拆成两半：“长约三寸，宽约半寸，三角形刀口，和伤口完全吻合。你就是用这半把剪刀杀了你太太吧？”

“没有，你胡说，我为什么要杀她？”

叶扔下剪刀：“问得好，我来告诉你答案吧。昨天下午你太太假装打麻将，去四马路天香旅馆和情人幽会，你跟踪她到了小旅馆，和她发生争吵，一怒之下用剪刀杀了她。”

王嘉德大惊：“什么？情人？在四马路幽会？这个臭婆娘，杀千刀的！”

叶对身边的记录员说道：“嫌犯主动招供了，要杀被害者一千刀。”

王嘉德拼命摆手，手上的手铐哗哗作响：“不，不是的，我没有杀她，我根本不知道她在外面有情人！”

“唉，敬酒不吃吃罚酒。”叶常青叹了口气，对助手说道，“我去休息一会儿，你接着审。”

助手问叶常青：“我问他什么？”

叶凑近小声说：“随便问什么，只要让他别闭上眼睛，他会招供的。”

第四十一章　电话追踪

验尸房内，本杰明拿着滴管在培养皿里做化验，罗非在一旁看着。

“上次的那部《天造地设》，你觉得怎么样？”本杰明问罗非。

罗非点点头：“剧情还可以，只是女主角太一般了，论演技我觉得还是费雯丽最好。”

“同感，费雯丽主演的《乱世佳人》下个礼拜就要公映了，要不要一起去看？”

本杰明问道。

罗非点头："好。"

"别迟到啊……啊，毒物反应出来了。"

罗非凑上去："是什么？"

"马钱子碱。"本杰明说道。

"她是中毒死的？"罗非半信半疑。

"不，这么小的剂量不足以致命。"本杰明摇头说道。

"凶手既然用刀杀她，为什么事先又要下毒？"

"胃内除了马钱子碱，还验出了其他成分。"

"是什么？"罗非紧张地问道。

本杰明拿起培养皿："你仔细闻闻。"

罗非闻了闻，思索了片刻："是……麝香。"

"你的嗅觉果然灵敏。"本杰明笑着点点头。

"马钱子碱加麝香……这应该不是毒药，你想到什么了？"

"我再熟悉不过了，四马路下等妓院常用的廉价避孕药，当年如果不是我的生母偶然忘了服药，我也不会来到这个世界上。"

"死者赵绮梦是一名妓女？"罗非感觉有些不可思议。

而本杰明的回答不是很肯定："可是她有丈夫……"

"她丈夫并不知道这件事，她是瞒着家人偷偷做生意的一名暗娼。"罗非说道。

与此同时，审讯室内，王嘉德一脸困倦，灯光刺得他睁不开眼。

"警探先生，我昨天做了一整夜衣服没闭过眼，让我睡一会儿吧，就一小会儿。"

助手厉声说道："你招供杀人经过，我就让你睡。"

"我真的没杀人，你们不能冤枉我啊。"

这时，叶常青拿着一份报告走进来，在助手耳边耳语，助手离开。

叶随后坐下："王生先，对不起，之前是我搞错了，你太太并没有情人。"

王嘉德冷哼道："哼，我早就知道是你们胡说八道，可以放我走了吧？"

叶摆摆手："别急，我们随便聊聊，这是验尸报告，上面说你太太一直在服用避孕药，你知道这件事吗？"

王嘉德听罢，吃了一惊："什么？一定搞错了，我们一直想要个孩子，她怎么会吃避孕药？"

“跟我说说你的裁缝店吧，最近生意怎么样？”

王嘉德叹了口气：“唉，现在的人都喜欢买成衣，不喜欢找裁缝，他们根本不懂怎么穿衣服。”

“对了，你家里装了一部私人电话是吧？”叶常青问道。

“是啊，我是做裁缝生意的，家里装电话是为了接订单。”王嘉德说道。

“电话打来的都是找你做衣服的吗？”

“最近生意差，顾客电话很少，倒是找我太太打麻将的电话不少。”

“是谁打来的？”叶常青追问。

王嘉德想了想：“邻居李太太。”

“多久打一次，什么时间打来的？”

“一般是每个礼拜三、四两天，下午两三点钟打来，有时候是我太太接，有时候是我接了让我太太听。怎么，这电话有问题？”

“看来这部电话除了帮你接生意，还帮你太太接生意呢。”

王嘉德一脸疑惑：“什么意思？”

“你太太打麻将手气不错吧？”

王嘉德点点头：“是啊，总是赢钱，她还说靠她打麻将来贴补家用，这不是看不起我吗，我一个大男人难道要靠老婆打麻将养活？”

“呵呵，你太太出门可不是去打麻将的，我们调查了周围邻居，包括你们家对门的李太太，你太太已经好几年没碰过麻将牌了。”

“这怎么可能？”王嘉德若有所思。

“你以为打电话来的是李太太，其实是冒充李太太的暗马子团伙的联络人。”叶常青冷笑道。

“暗马子？你越说我越听不懂了。”

“暗马子是四马路的行话，大白话呢就是暗娼。你太太以打麻将为名，一直在做皮肉生意，经常通宵不归，你起了疑心，以为她跟情人约会，跟踪她到了小旅馆，她在逼迫之下不得不向你吐露了真情。哈哈，你老婆原来是个妓女，这可比跟情人约会更让人难以接受啊，你忍无可忍，一气之下用半把剪刀杀了她。怎么样，我说得都对吧？”叶常青说着，将身子探向王嘉德。

王嘉德随即慢慢低下头，让人看不清表情。

叶常青则满脸得意的神情。

沙利文公寓外，阳光明媚。

床上，小曼醒来，突然发现不对劲！猛转身发现罗非坐在自己床边，注视着自己。

“你怎么进来的？”

罗非神情自然：“这不重要，重要的是沙威刚刚打来电话，关在拘留室里的王嘉德跑了。”

小曼：“什么？又有人跑了！”

“不光跑了，还打伤了一个警探抢了他的枪。”罗非说着拉开小曼的衣柜，飞快地从里面挑选了上衣和裤子，递给小曼，“赶紧穿，给你五分钟时间，我在楼下等你。”

罗非说完走了出去，一时没反应过来的小曼还在发愣。

小曼愣了半天，抱着衣服对着门外喊：“喂，你到底是怎么进来的？！”

半个小时后，探长办公室内。

叶常青脸上带伤地站在那里，对沙威汇报，罗非和小曼站在沙威旁边。

“昨天晚上我回到警局，拘留室值班巡警小刘跟我说，王嘉德要见我主动招供他杀人的事，我就把他带到审讯室问话，谁知中途他假装肚子痛要我送他上厕所，走到半路趁我不注意从背后打晕了我，等我醒来的时候才发现他已经跑了，还拿走了我的枪。”

叶常青在说的时候，罗非对着他左看右看。叶常青不自然地大声吼道：“你在干什么，有完没完！”

罗非点指着叶常青：“撒谎，人在撒谎的时候都会或多或少地出现一个生理特征——口干，叶警探你的这个特征实在太明显了，刚才你在说话的时候不停地吞口水、舔嘴唇，你的嘴一定很干吧？”

叶常青：“罗非，告诉你，我可不吃你这一套，无中生有！”

罗非眯起眼睛盯着叶常青：“王嘉德又不认识你，为什么指名要向你招供？嫌犯上厕所应该由巡捕陪同，为什么你要亲力亲为？你说王嘉德从背后打晕了你，为什么伤却在脸上？”

叶被问得语塞：“这个……”

沙威一拍桌子：“够了，罗非，秦小曼，你们两个也向我解释一下，叫你们不要插手叶警探的案子，为什么你们还在调查？”

“我说过了，破案靠的是能力不是资历，像这样的凶杀大案你随便交给一个能力差的警探，不但放跑了嫌犯，还丢了配枪，你还嫌麻烦不够大吗？”罗非说道。

“要不是罗非，叶警探根本连死者身份都查不出。”小曼帮腔。

叶常青：“谁说的，我早看出她的身份了……”

“都别说了！”沙威思索片刻，“好吧，秦小曼、罗非，我允许你们加入这件案子，协助叶警探一起调查。”

小曼敬了个礼：“谢谢探长。”

沙威：“叶常青，警探失枪是大事，如果你不想事情闹得更大的话，最好说实话，昨天晚上到底发生了什么？”

叶常青支吾着说道：“我……昨天我回到巡捕房，听说死者丈夫因为袭警被关在拘留室，我马上想到他可能就是凶手，所以我审讯了他，没想到他死不承认，为了引诱他招供……”

时间闪回到昨夜的审讯室。

叶常青跷着二郎腿，一脸得意：“……怎么样，我说得对吧？”

王慢慢低下头。

“王先生，你今天来巡捕房是来认尸的，关你是因为袭警，而不是作为杀人嫌犯正式逮捕，我现在也只是普通问话，并不是正式审讯。如果你承认杀人，可以算你自首，加上你一时冲动情有可原，法官应该会酌情免你死罪。可是如果你拒不承认，知道等着你的是什么吗？”叶常青说着掏出配枪放在桌上，“你见过枪毙犯人吗，子弹从脑后打进去，前面打出来，嘭，整个脸一下子都没了。”

王慢慢抬起头……

叶得意地看着他：“怎么样，你选哪一条路？”

突然，王嘉德飞快地抓起桌上的枪，对准叶：“我不是凶手，我老婆也不是暗娼，你骗人！”

“你你你冷静，不要冲动！”叶常青说话间脸都绿了。

“她是去打麻将的，你们一定搞错了，我要去找李太太问清楚，让开，别拦着我！”

“你不要乱来，现在把枪放下，我不会告诉别人你抢我的枪……”

王嘉德也不听，上前用枪柄狠狠砸了几下叶常青的头，叶常青随即倒地，王嘉德慌忙离开。

“……事情经过就是这样。”叶常青说完低下了头。

“这么重要的事你不早说，快派人去李太太家。”沙威说道。

“我已经派人去守着了，王嘉德没有出现。”

“恐怕他现在要找的不是邻居李太太，而是打电话来的那个‘李太太’。”罗非摇着头说道。

“不管王嘉德要找的是谁，他现在袭警、夺枪，已经构成重罪了。叶常青，马上发布通缉令，在交通要道设岗，防止王嘉德逃出租界，我限你24小时内把他抓捕归案。”沙威对叶常青说道。

叶常青立正：“是！”

沙威等着叶常青：“还站着干什么，马上去办！”

叶常青愣了一下，急忙退了出去。

沙威接着又对罗非、小曼说道：“你们两个，负责找到那个打电话来的‘李太太’。”

“是！”小曼点头。

“探长，你总算做了一个正确的决定。”罗非笑着说道。

沙威探长一瞪眼：“少废话，快去！”

电话局工作大厅内，一排接线小姐在插拔电话线。

接线小姐：“您好，要几号？……要多少号？……7254号，好的……”

经理带着罗非、小曼走了进来。

“你在家里拿起电话接通我们电话局，告诉接线员小姐你要通话的对方号码，接线员就会帮你接通对方，对方接听后，接线员会记录下通话开始和终止的时间。”

“每一个电话都有记录吗？”

经理指着厚厚一大堆记录册：“是的，就凭这个记录收电话费呢。”

小曼拿出一张写着号码的纸：“能查到昨天下午三点左右打到这个电话的来电号码吗？”

经理为难：“这恐怕不行。”

小曼疑惑：“为什么，你不是说每一个电话都有记录吗？”

“我们只记录呼叫方的号码，不记录接听方的号码，接听电话是不收费的，没有必要记下来。”经理说道。

小曼翻看着记录册：“昨天下午三点左右有一百多个电话打进来，根本无法确定哪个是打给王家的。”

“如果今天还有电话打到这个号码上，你能帮我记录下来吗？”罗非说道。

“你看，这里有上百名接线员，每人每天都要接几百个电话，按你说的要增加一道工序，还要修改记录册格式，这根本不现实。”经理指着大厅工作的接线员说道。

“可以让她们记录打这个号码的电话吗？”罗非说道。

“我可以把这个号码告诉她们，不过你看她们忙成这样，是不是真能记住，我可不敢保证。”经理说道。

罗非想了想：“那如果这样呢，当有电话打到这个号码上时，我同时用另一台电话打进来通知你，你接到我的通知，马上询问所有的接线员，看是谁接通了这个号码。”

经理挠头：“这个……理论上是可以的，可是操作起来很麻烦。”

“警察办案，请你配合一下。”小曼说道。

经理不情愿地点了点头：“好吧。”

王家，一名电话工人正在接一台电话，罗非和小曼在旁边看着。

“总机总机，我是 1397，听到吗……好的……警探先生，电话接通了，还有什么事吗？”

罗非点点头：“没有了，谢谢你。”

工人离开后，罗非低声对小曼说道：“记住了，等一下有电话打进来，你负责拖延时间，我负责通知电话局。”

小曼问：“你确定对方会打过来？”

罗非摇摇头：“不确定，但这是唯一的办法了。王嘉德供述说每周三、四下午三点左右都会有电话来，今天是周四，应该也不例外。”

“万一对方已经知道赵绮梦被杀了……“

“不会的，我已经让沙威严密封锁消息，对方应该没这么快就知道赵绮梦的死讯，等一下电话打来你就假装是赵绮梦。来，我们试一下，丁零零……”罗非说着竟然模仿起打电话的状态。

小曼没好气地瞪了一眼罗非：“喂，谁啊！”

罗非：“停停停，赵绮梦不是这么说话的。”

小曼一脸蒙：“你听见过她说话？”

“没有，但是李太太说过……”罗非诚恳地看着小曼。

小曼回想了一下李太太的话，浑身打了个冷战：“一听就酥？我学不来，要不你示范一下。”

罗非模仿嗲里嗲气的女人声音：“喂，哪位呀？我是绮梦呀，什么事呀？”

小曼立刻呆若木鸡。

罗非认真地朝小曼点了点头：“你来试试。”

“这个……对我来说难度太高了。”

“快，抓紧时间，马上就要三点钟了。”罗非打开怀表看了看。

小曼一咬牙一闭眼，模仿道：“喂……你哪位呀……”

而此时，就在王家门前，一个人影靠在电线杆旁，一边抽着烟，一边监视着楼上的动静。

王家屋内，小曼还在练习。

“我是绮梦呀……什么事呀……”

“声音再松一点，就像没睡醒的样子，再来。”罗非还时不时指导。

“我是绮梦呀……”

这时，电话突然响了！小曼紧张地看着罗非：“要不要接？”

“记住，你现在是赵绮梦，是个妓女，要是用你那种凶巴巴的口气说话，是做不到生意的，会活活饿死的。”罗非指着小曼命令道。

小曼瞪他一眼，接起电话，嗲声嗲气地说话：“喂，我是赵绮梦呀，你哪位呀？”

电话里传来女声：“绮梦啊，我是李太太呀。”

小曼比出手势，罗非连忙拿起旁边另一部电话。

“哦，李太太呀，找我什么事呀？”小曼强作笑意说道。

“绮梦，你声音怎么变掉了？”

“呃……我……我感冒了。”

小曼捂上话筒对罗非悄声道：“查到了吗？”

罗非：“我这里占线。”

小曼：“那我怎么办？”

“继续，拖时间。”罗非拿起听筒反复拨打。

与此同时，另一处房间一个女子正在打电话：“你生病了？那今天你还能来吗？”

“一点小毛病，不要紧的呀，今天在哪里？”

“小芙蓉旅馆，五点半，这次是张先生哦，记住了？”

小曼点头：“记住了。”

“好，那就这样……”

小曼看了看罗非，又急忙补充道：“哎，等等！”

“什么事？”

“这个……我有一件事情想跟你商量。”

“到底什么事啊？”“是啊……什么事啊……”小曼求助地看向罗非，罗非用手比出飞的动作。

小曼看着罗非的动作，朝罗非眨了眨眼：“我……想飞？”

“啊，你说什么？”

罗非无奈地摇头，又比出后退姿势。

小曼终于领会：“我想退出。”

罗非比出大拇指。

“为什么啊，做得好好的？”

“是啊……为什么呀……”

罗非用手指自己双眼，又指小曼。

“我男人可能已经怀疑我了，要是被他发现……”

罗非紧跟着掐着自己的脖子。

“他会杀了我的……”

罗非又跟着做害怕状。

“怎么办，我好害怕呀……”小曼颤抖着声音说道。

“怕什么，当年大风大浪我们也经历过来了，还怕一个男人？”电话那头不屑地说道。

这时，罗非终于接通了电话：“喂，我是罗非。”

“你旁边有人吗？”

“没有，我男人出去了，是收音机的声音。”小曼急忙说道。

“好了不跟你说了，有人敲门，生意来了。”

电话随即挂断。

“喂喂……”小曼看向罗非，“查到了吗？”

罗非比出 OK 手势。

第四十二章　七姐

钱家，钱戚月放下电话过来开门。

“来了来了，色鬼，急什么，这么早就到了！”门打开，钱戚月满脸惊讶的表情。

“你是谁？”

王家。

罗非拿着听筒：“怎么样，刚才那个电话查到了吗？……太好了，你说，我记录……布道路 34 号三楼……”

王家门口，罗非和小曼急匆匆出来，叫了一辆黄包车离开。门外那名监视者扔下烟头，转回身，正是叶常青的助手。随后，助手骑上自行车，紧紧跟上。

二十分钟后，布道路 34 号门口，罗非和小曼坐着黄包车在此停了下来。两人下车，看向三楼。

而屋内，钱戚月却倒在了床上，脸同样被划花，满床都是血迹，一个穿西装、戴着毡帽的人，正在翻她的钱包。

门外突然响起敲门声。西装男子走到门边听了一下。

“钱小姐，开门，我是警探。”门外传来小曼的声音。

男子慌乱，走到窗口向外张望。男子爬出窗，不小心碰倒一个花瓶，“咣”的一声。同时，小曼一脚踹开了门，冲了进来，正看见男子爬出窗外。

“站住！”小曼大喊。

男子沿着水管滑下，小曼毫不犹豫地追了上去。

屋内，罗非上前快速地查看尸体。

罗非自语：“三角形刀伤，右颈中刀，同一把凶器，同一个凶手……”

罗非跑到窗口向下看了看，想爬窗，想了想又放弃，从门口跑出去。

街上，西装男奔跑，秦小曼一路紧追。

西装男发现秦小曼追了上来，用左手掀翻右边摊贩的摊位阻挡小曼，右边身体撞开路人，然后转身用左手推倒路人，但都被秦小曼一一躲过。

罗非气喘吁吁地跟在后面。

西装男奔逃进一家电影院，银幕上正在放卓别林的电影，观众席里爆发出一阵阵笑声。小曼一排排搜索过来，时不时有观众抱怨她挡了视线。

罗非走进电影院，摸索着和小曼会合。

“找到了吗？”罗非问道。

“没有，可能已经从后头出去了。”

“我已经和电影院的工作人员讲好，把住每一个出口，不过这部电影还有十五分钟就结束了，电影一散场可没办法留住观众。”罗非说道。

“我们只有十五分钟找出凶手，这黑灯瞎火的怎么找？”

电影院里的灯突然全亮，电影停映，观众一片哗然。叶常青带着巡捕走进电影院。

影院里随即传来广播：“各位请注意，有一位逃犯刚才逃进了电影院，请大家配合，都坐在位子上不要动，配合警方查找逃犯。”

观众席哗然：“什么啊，刚看到最好看的地方……退票！”

罗非和小曼走到叶常青身边。

“你跟踪我们？”罗非笑看着叶常青，心里想着：还没蠢到无可救药。

“我们合作办案，本来就应该消息共享。”

“你不是去抓王嘉德了吗？”小曼问道。

“找到凶手的下一个目标，就能找到凶手，这点简单的道理你以为我不懂吗？”

一众巡捕在电影院里来回搜查。

“有没有发现王嘉德？”叶常青问道。众巡捕都摇头。

“凶手不一定是王嘉德，我只看到一个穿灰色西装的人。”

叶常青听罢，紧接着说道：“所有穿灰色西装的，都过来。”

过了一会儿，巡警把七八个灰色西装男带了过来。

“秦小曼，你认一下，是哪个？”叶常青对秦小曼说道。

小曼摇头：“都不是。”

罗非走进观众席，一排排走过来。

叶大笑：“大侦探，那边都是女人，你去找什么？”

罗非也不理会，走到一位穿着衬衫、披着头发的女人面前：“这位女士，麻烦你站起来一下。”

“干吗？”女人瞪着罗非。

罗非一把抓住她的手臂，抬起，白手套上赫然有红色的血迹：“这是什么？”

“我看见你这位大帅哥，流鼻血了呀。”

四周观众哄笑，小曼上前。

“你疯啦，我们要找的是一个男人。”小曼凑上来说道。

罗非对小曼晃了晃手指：“不要被习惯思维骗了，你刚才追的只是一位穿西装的人，并不一定是男人，其实刚才从她奔跑的体态上你就应该看出她的性别了。”罗非又转向女人，“虽然你把头发放下来了，但头发上的折痕还是出卖了你，说明你刚刚一直戴着一顶帽子。”

“衬衫下摆上的褶皱，说明你的衬衫一直掖在裤子里，刚刚拉出来。你的额头，还有胸前都有明显的汗渍，我还从没有见过一个人看电影也能看得满头大汗的。如果我没猜错的话，你的座位下面应该就是刚脱下来的西装。”

小曼紧跟着蹲下身，从座位底下搜出一套灰色西装和帽子。

“哼，算你运气，瞎猫碰上死耗子。”女人冷哼道。

巡捕房内。

女人不耐烦地用手指敲着桌子。旁边放着那件西装。

叶常青一拍桌子：“你到底说还是不说？你叫什么名字？干什么的？跟死者什么关系？”

女人斜眼看着叶常青。

叶常青：“说话啊。”

女人冷眼白了叶常青一眼：“就凭你也想审我，也不打听打听我的名号？”

“我呸！你什么名号？”叶常青狠狠地说道。

一旁的罗非说道：“公共租界黑白两道，能用自己名号吓唬人的女人不多，平时喜欢穿男装的只有一个，那就是四马路七姐。”

七姐抬头看向罗非：“大帅哥，还是你有眼光，我给你一个面子，有什么要问的？”

罗非一欠身：“深感荣幸，为什么要杀钱戚月？”

七姐摇头：“你太让我失望了，第一个问题就问得没水平，你哪只眼睛看到我杀她了？”

“那你为什么会出现在死者房间？还有，为什么我一追你，你就跑？”小曼紧接着问道。

七姐敲着桌子，发出咚咚声：“我吃这口饭的，上门收保护费，很正常吧，我前脚刚进门，就看到床上躺着个死人，还没来得及看清楚，你们两个人就冲进来了，这种事跳进黄河也洗不清，我能不跑吗？”

这时，有人敲门。

接着，本杰明走进来，拿着一份报告递给罗非。本杰明：“给，这是验尸报告。”

“这么快？”小曼喜出望外。

“快不快要看是谁的案子。”本杰明小声对罗非说，“看电影别忘了。”

罗非点着头，翻看报告：“和赵绮梦一样，都是被人用剪刀刺穿颈部，失血过多而死，可以确定，凶手是同一个人。伤口很浅，凶手要么是个身材矮小的男人，要么就是个女人。”

“这么说，凶手不是王嘉德，是她？”叶常青说道。

叶常青拍桌子：“听到没有？凶手是个女人。铁证如山，你还不交代！”

七姐有恃无恐地仰起脸：“我说了，我什么都没做，你让我交代什么？别以为你是警察，我就怕你！”

“我虽不是干干净净的平民百姓，就是个流氓头子，靠收保护费活的，但我绝对不会多收一分钱，不会冤枉一个好人，在我的地盘里如果有人死，我会为他报仇，而不是像你们这些吃干饭的警察一样，抓不到凶手，却在这儿为难一个女人！”七姐说完，嘲讽地看着叶常青。

叶常青自觉面子挂不住，索性一瞪眼，装出一副即将要刑讯逼供的凶相：“不要东拉西扯，这里是巡捕房，不是四马路，老实交代，为什么要杀人？”

这时，罗非摇摇头，淡然说道：“她不是凶手？“

众人惊讶地看向罗非。

叶常青转向罗非：“你凭什么说她不是凶手？”

罗非放下尸检报告解释道：“根据验尸报告，这两起杀人案明显是同一人所为。致命的刀伤都在死者右颈部，说明凶手是用左手持刀行凶的。”

罗非边说边站起来演示，手握空拳刺向叶常青。

叶常青躲闪：“那又怎样，如果嫌犯惯用右手，她为了掩饰身份，也可以故意用左手行凶。”

罗非摇头：“叶警探，你的观察力真是感人，难道没看出来七姐是不可能用左手杀人的吗？”

“凭什么这么肯定？”

“因为她的左手只有两个手指啊。”罗非指着七姐的左手。

叶常青、秦小曼这才仔细朝七姐的左手看去。

罗非对七姐说道："我没说错吧？"

七姐微笑，摘下左手的手套，当即露出两根手指。

"单凭大拇指和食指的力量，根本不可能拿刀刺穿一个人的颈部。"罗非自信地说道。

"你怎么知道她左手只有两根手指的？"小曼问道。

"你追七姐的时候，我就看出她的左手不太灵活，刚才在电影院里她虽然换了女装，却不愿摘下沾了血的手套，我猜想她的手一定有问题；她用这只手敲打桌子，难道你们没听出来声音不对，只有两个手指着力吗？如果我没猜错的话，你的名字叫七姐，应该就和这七个手指有关吧。"罗非说着用自己的两只手比画出七根手指的样子给七姐看。

七姐当即大笑："哈哈哈，让你说中了，年轻时候火气旺，一言不合和人动手，对方拿刀砍我，我握住刀刃，保住了性命，却丢了三根手指。这件事知道的人不多，大家都以为我叫七姐是因为排行老七，想不到被你一眼看穿了。"

叶常青点指着七姐："就算她只有两根手指，也脱不了嫌疑，她可以这样……这样……"叶常青用左手握空拳，试图刺罗非右颈，罗非一把抓住叶的手。

"死者颈部被刺中，颈动脉破裂，大量失血，现场到处都是喷溅血，如果七姐是凶手，为什么她只有鞋底上有血迹，衣服上却一点血迹也没有？"

叶常青拿起一旁七姐的男装细看，抬头看看七姐，又看看罗非，一拍桌子："秦警探，这就是你的不对了，七姐明明不是凶手，你怎么可以乱抓人呢？"

小曼不明所以："啊？明明是你一口咬定她是凶手。"

叶常青一仰脸："我是被你误导了。"

小曼白了叶常青一眼："你是急着抢功吧？"

叶常青也不示弱，直起身俯看着小曼："这本来就是我的案子……"

两人随即争执起来。

"喂，没事的话我可以走了吗？"七姐说道。

小曼和叶常青异口同声："不可以！"

罗非突然问道：七姐，你刚才说'她们几个'，那就应该不止两个人，除了赵绮梦、钱戚月，这伙暗马子中还有什么人？"

七姐摇摇头："大侦探，人家出保护费就是为了保守秘密，我收了人家的钱，这点信用还是要讲的。”

“你要是不说，可能还会有人受害。”小曼劝说道。

不料七姐完全不吃这一套：“说不定人家觉得名声比命重要呢？”

“你不想让江湖上都知道七姐的名字是怎么来的吧？”罗非镇定自若地说道。

七姐毫不在意地冷笑道：“呵呵，当年的事虽然提起来有点丢人，不过我混到现在这个地步，也无所谓了。”

罗非听罢一笑，慢慢凑上前，盯着七姐的胸部：“你身上还有一个秘密，一定也不想我说出去吧？”

七姐立刻变了脸色。

“说给我听就好。”罗非意味深长地盯着七姐。

随后，罗非、小曼、叶常青三人陆续走进巡捕房大办公室内，罗非边走边翻看审讯笔录。

小曼问罗非：“七姐到底有什么秘密，你是怎么看出来的？”

罗非摇摇头：“这不重要，你应该关心的不是七姐的秘密，而是案件的真凶。”

这时，叶常青的助手跑来，在叶耳边小声私语。

“真的？太好了！”叶常青高声说道。

转身要走，身后突然传来沙威的声音。

“叶常青！秦小曼！听说你们把嫌犯放了？”

小曼点头：“罗非已经证实了她不是凶手。”

沙威气冲冲地走到他们面前：“叫你们低调行事，你们却闹得那么张扬，为了抓人包围了一整个电影院，结果告诉我抓错了？”

叶常青指着小曼和罗非：“都是他们提供的情报有误。”

小曼反驳：“我们可没提供情报，是你擅自跟踪我们的行动吧？”

叶常青冷笑：“要不是我及时带人赶到，你们能抓住嫌犯吗？”

小曼叹气：“都说了凶手不是七姐……”

沙威甩了一下手里的报纸：“够了，你们两个都闭嘴！这件事情闹得沸沸扬扬，刚才报社已经打来电话询问了，我好容易才说服主编把报道压下，他答应我延迟三天见报，三天之内要是破不了案，就会闹到满城风雨，到时候督察问罪下来，你们谁来承担？”

罗非信心满满地说道：“放心吧，用不了三天，两天我就能破案。”

“一天，我一天之内把凶手交给你。”叶常青紧跟着发愿道。

沙威愣了一下，看看两人：“好，这才像样。叶常青、秦小曼，你们两组谁先抓住凶手，功劳就是谁的，要是破不了案，全都停职！”

沙威探长说完便走开了。

叶常青凑到罗非身边：“大侦探，这次你可输定了，嘿嘿。”叶常青说完拉着助手跑开了。

小曼看着叶常青：“他为什么这么得意？”

罗非抱着肩膀笑道：“一定是知道了王嘉德的下落。”

“这下让他抢先一步了。”

“我敢肯定王嘉德不是凶手。”

“为什么？”

罗非皱眉：“且不说惯用手不同。死者是被杀死赵绮梦的同一件凶器刺中右颈，王嘉德逃跑时身上并没有凶器，也没有回过家，他抢了叶常青的枪不用，却要费尽心机去找一件一模一样的凶器来行凶，这不合常理。”

“那凶手会是谁？”小曼也隐隐觉得有什么不对劲儿。

罗非指着笔录：“根据七姐的供词，暗娼集团一共有三个人，其中两个已经死了，这第三个人要么是凶手，要么就是下一个受害者。”

第四十三章　电话暗娼

“七姐提供的第三个人叫孙祈雪，她的丈夫郑松是一名小学教师，据说夫妇两人都安分守己，家庭十分和睦，邻里关系也相处得很好，不像是做那种生意的，会不会搞错了？”小曼看着门牌说道。

“搞没搞错，见了就知道了。”罗非说道。

两人来到一栋石库门民房前，罗非上前按响门铃。

一个穿着素色粗布短上衣、长裤，梳着发髻的女人打开了门。

“请问是孙祈雪家吗？”小曼问道。

“你们找我有什么事？”女人见陌生人，一时不解。

“你认识赵绮梦和钱戚月吗？”罗非问道。

女人神色慌张：“不认识，你们找错人了吧。”

屋内传来一阵剧烈的咳嗽声。

“喀喀……小雪，是谁啊？”

女人朝门后应了一声：“哦，没什么，大概是走错门了。”

紧接着一个男人出现在女人背后：“两位是……”

小曼亮出警徽：“我们没有走错门。”

随后郑松把罗非、小曼请进屋内。

郑松朝两人窘迫地笑笑：“警探先生，请进屋坐。小雪，去倒两杯水……不好意思，家里茶叶用光了。”

孙祈雪走到一边拿起热水瓶倒水。

“你是孙祈雪的丈夫？”罗非问道。

“是啊，两位警探找小雪有什么事？喀喀喀……”郑松说着又咳嗽起来。

“最近发生了两起凶杀案，我们是来调查情况的。”

郑松疑惑：“什么凶杀案？”

“公共租界内两名女子接连被人杀害，一名叫赵绮梦，一名叫钱戚月，你听说过这两个人吗？”小曼问道。

一旁的孙祈雪手一松，热水瓶落地打碎。郑松连忙上前查看：“小雪，你没事吧，有没有烫到？”

“没事没事，刚才不小心手一滑……我马上收拾。”孙祈雪蹲下捡碎片。

郑松一把拦住：“小雪，当心划到手，还是我来吧。”郑松说完，打扫起碎片来。

孙祈雪连连道歉：“不好意思，开水没了，我去老虎灶打水。”

罗非立刻上前拦住：“不用了，我们问几句话马上就走。”

客厅内，四人坐在一起，气氛有些说不出的微妙。

郑松收拾好，继续问两人：“两位警探，发生了凶杀案为什么要找我们家小雪？”

罗非说道：“我们听到传闻，尊夫人和两名被害者相识，所以来打听一下情况。”

郑松对孙祈雪问道：“你认识她们两个吗？”

孙祈雪一个劲地摇头：“没有，从来没听说过！”

郑松转向两人：“你们一定是搞错了，我太太她……”

郑松突然剧烈咳嗽。

“郑先生，你身体不好？”小曼关切地问道。

郑松点头：“是啊，两年前查出肺病，跑了好几家医院，一直治不好。”

罗非的目光落到一旁的电话上："你家有私人电话？"

郑松用手帕擦了擦嘴："哦，那是小雪要装的。自从我得了病，工资全扔在医药费上了，我一个小学教师收入本来就不高，多亏小雪想办法在外面帮小朋友补习功课，赚钱补贴家用。装这个电话就是为了经常和小朋友的家长联系，约补课的时间。"

罗非和小曼交换了一下眼神。

罗非继续问道："郑太太，你补课的收入不错吧？"

孙祈雪点头，目光低垂："还……还可以吧。"

郑松点头："她可受欢迎呢，补课费比我这个正式教师收入还高，只是经常要往外跑，总是忙到深更半夜才回家。小雪，苦了你了。"

郑松深情地拉住孙的手，拍了拍。

孙祈雪极不自然地摇摇头："没什么，我们是夫妻嘛。"

小曼凑到罗非耳边低语："怎么办？我问不出口。"

罗非笑着说道："郑太太，我有一个侄子今年刚升小学，功课不好，正在找私人教师，你有没有兴趣，我可以给你介绍。"

孙祈雪一时语塞："这个……"

"你要是有兴趣的话，我们带你去见一下他，你们可以当面聊聊，有些事在这里聊也不方便，你说是不是？"罗非问道。

"是……是啊。"孙祈雪抬起头会意说道。

罗非和小曼随即站起身。

"郑太太，那我们一起走一趟吧。"罗非说道。

"现在吗，这么急？"郑松问道。

罗非朝郑松点头："是啊，功课不好是会要人命的。"

孙祈雪对丈夫说道："没事的，我去去就来，你在家等我。"

郑松只好将信将疑地点点头："哦，早去早回。"

咖啡馆里，孙祈雪捂着脸不停地哭泣，罗非递手绢给她擦。

"赵绮梦、钱戚月、孙祈雪，你们三个名字当中都有一个'齐'字，但是你们并不同姓，长得也不相似，应该不是亲姐妹，却认识很久了。"罗非说道。

孙祈雪擦了擦眼泪，慢慢开始诉说："我们姐妹几个都是被人遗弃的孤儿，从小在苏州的育婴堂一起长大，十六岁时，一个叫齐妈的女人来育婴堂挑中了我们，我们以为找到了愿意领养我们的好人家，开心极了。可是到了齐妈家我们才发现，那里叫作‘满庭芳’，是一家青楼，齐妈是青楼的老鸨，她挑中我们根本不是为了领养，而是要培养我们当女先生。”

恍然大悟的小曼点了点头。

“齐妈给我们起名齐梦、齐月、齐雪，因为我们长得好看，年纪又小，很受寻芳客的欢迎，没多久就成为满庭芳最受欢迎的头牌。可那只是表面风光，辛苦赚来的钱,全落进了齐妈的口袋,稍不如意她就又打又骂,就算生病也得强颜欢笑接客,身上不方便也被强迫应酬，真是生不如死……终于有一天，我们再也忍受不了了。”

说到此处，孙祈雪又是一阵声泪俱下的痛哭。

“你们逃跑了？”小曼问道。

孙祈雪冷笑一声：“跑？往哪儿跑？这世道哪有几个弱女子存身之处？我们几个走投无路，只好一起去寻死。

罗非盯着孙祈雪：“可是你们都还活着。”

孙祈雪点了点头:“嗯,也许是命大吧,我们留下遗书,相约一起投渭清河自杀,结果却没死成，被经过的船民救起。”

秦小曼又问：“后来呢？”

“我们几个宁死也不愿再回满庭芳，好心的船民顺路把我们捎到了大上海。初到上海，我们举目无亲，当过保姆，做过纱厂女工，吃够了苦头，也算是老天有眼，凭着长得好看，终于都找到了如意郎君。齐梦嫁给了一名裁缝，齐月被有钱人包养，我遇到了当老师的阿松。”

罗非摸着下颌的胡须：“所以你们三个都改了名字？”

孙祈雪点头:“是啊,我们都不愿意重提往事,更不想让家人知道我们的出身,只说是逃荒来到上海滩的。”

小曼若有所思地点了点头：“既然找到了男人，就好好过日子，怎么又干起了这一行?

孙祈雪：“天有不测风云，好日子没过两年，齐月的男人抛下她另觅新欢，我的男人得了肺病，齐梦的男人生意不好，裁缝铺开不下去，天天在家喝酒打老婆……为了维持生活，我们几个只好重操旧业。”

“这个齐月一个人独居，负责接客和联络，接到客后她分派任务，打电话给你们两家，为了掩人耳目，分别假冒是打麻将的牌友和学生家长。”罗非说完看着孙祈雪。

“你们接下生意，就到事先约定的小旅馆开房？”罗非说道。

孙祈雪点了点头。

“当天齐梦在小旅馆的客房内等嫖客上门，没想到却等来一场杀身之祸。而约好的‘王先生’到了之后，敲不开门，以为自己被放鸽子，就离开了。”罗非仔细回忆着旅馆里的环境，“但这个王先生没有作案时间，不是凶手，凶手应该是在他之前到，又知道房间号，应该是一路尾随而至的……”

孙祈雪抽泣着点点头：“呜呜呜……这就是命啊，我算是想明白了，女人命中注定就是来这个世上受苦的，到死也没个好下场。”

“谁说的，女人只要不依靠男人，靠自己努力，总会有回报的。”小曼安慰道。

孙祈雪冷哼：“哼，警官你说得轻巧，你一定是投胎在了好人家，你要是像我们这样从小被人抛弃，送进育婴堂，又被卖到妓院，你就不会说这种轻巧话了。”

小曼一时无语，不知道该怎么安慰她。

“如今齐梦、齐月都不在了，只剩下我一个人苟且偷生，要不是放不下我家阿松，我真想随她们一起去了算了，呜呜……”

“你觉得杀齐梦、齐月的凶手会是谁？”罗非突然问道。

孙祈雪摇头：“不知道。”

罗非追问：“你们三个有没有什么仇家？”

“我们虽然做的是见不得人的下贱行当，但从来小心谨慎做生意，没借过债，也没得罪过什么人。”

小曼随即出示两张照片：“这是齐梦和齐月的死状，她们死后脸被人划花，你知道这是为什么吗？”

孙祈雪露出惊惧的神色。

孙祈雪指着照片，眼里惊恐：“是她！一定是她！”

小曼立刻问道：“谁？”

孙祈雪颤抖着声音回忆道：“齐妈。以前在满庭芳的时候，有一个姐妹叫海棠，看上了一位大学生，可是那个大学生没钱为她赎身，两个人就偷偷私奔，结果被人抓住，大学生被打断一条腿，海棠的脸被划花。我们都知道那是齐妈雇人干的，她还放话说，谁要是想学海棠，就和她一样下场。”

小曼怀疑地看着孙祈雪：“你们已经隐姓埋名这么多年，她就算发现你们没死，也不至于下此毒手吧？”

孙祈雪连连摇头："你不知道，当年我们三个一起投河，满庭芳逼死头牌成了轰动一时的新闻，齐妈也成了众矢之的，听说当地警方迫于舆论查封了满庭芳，齐妈因此穷困潦倒。她要是知道我们还活着，一定会和我们拼命的。"

小曼点头："难道是以前的客人偶然认出了你们，回苏州告诉了齐妈，齐妈雇人来寻仇？"

罗非盯着孙祈雪，目光变得锐利起来："如果这样的话，凶手的下一个目标就是你。"

孙祈雪立刻慌张起来："那可怎么办，我死不要紧，可千万不要连累阿松啊！"

小曼立刻又安慰孙祈雪："你放心，我们会派巡捕保护你家的。"

孙祈雪连连朝两人鞠躬："谢谢你们，我还有一个请求，这件事情请你们无论如何不要告诉我丈夫，他身体不好，一定受不了这个打击的。"

罗非点头："放心吧，我们会为你保密的。"

孙祈雪站起身，朝二人深深鞠了一躬："我该回去了。"

孙把手绢还给罗非，罗非趁机捏住了孙的手。孙急忙抽手，转身离开。

小曼白了罗一眼。罗非却毫不在乎，看着孙的背影，自言自语："她不是凶手。"

小曼满脸同情地说道："是啊，这么可怜怎么会杀人，你是不是像我一样被她悲惨的身世打动了？"

罗非白了小曼一眼："她的惯用手是右手，我可不像你这么多愁善感。"

第四十四章　悲惨回忆

叶常青匆匆带人赶到一家小酒馆。

"现在抓人吗？"叶常青的助手迫不及待。

叶常青甩手扔下烟头，伸手制止："慢慢来，当心他身上有枪。"

随后，叶常青打了个手势，众人随后陆续进入酒馆。

小酒馆内乌烟瘴气，叶常青等人身穿便衣在其中穿梭。助手拉拉叶常青，使了个眼色，叶常青随后看向屋角。

屋角，王嘉德喝得大醉，正拉住身边的人说话。

王嘉德："我老婆……漂亮……比电影明星还漂亮……而且还特别听话……我叫她往东……她不敢往西……"

旁边一名酒客大声和人打招呼："阿四头，我家里三缺一，叫你太太来我家打麻将！"王嘉德突然眼睛一亮，跳起来。

王嘉德瞪着红红的双眼："你刚才说什么？"

酒客们嘲讽："我叫人打麻将，关你什么事？"

"打麻将……就是你！你这个不要脸的嫖客！"

王嘉德冲上去和对方扭作一团，巡捕闯入，一众人按倒王搜出枪。

助手退下子弹检查："一颗都没少。"

叶常青上前，接过枪。

"王嘉德，你因为涉嫌杀害三名妇女被捕了。"

王嘉德傻笑："警官……你太太也经常打麻将吗？"

叶常青一拳打在王的面门上："带走！"

王被带走,叶常青得意地自言自语:"哼,罗非,秦小曼,想抢我的功劳？做梦！"

夜色之中，一列火车鸣着汽笛在飞驰。火车车厢内罗非在看书，小曼靠在窗边睡着了。

罗非放下书，借着昏黄的灯光，出神地看着小曼的脸，叠化白衣女子的脸。

罗非转头看向窗外沉沉夜色。

夜色之中，孙祈雪家门口小路的路灯下，两名便衣站在黑暗处，稍后叶常青的助手过来和他们耳语了几句。三人便急匆匆地离开了。

孙祈雪家内，孙在窗边补衣服，电话响，孙愣了一下，起身接。

"喂？"

电话里传来一个含混不清的女声："孙祈雪吗，请你到巡捕房来一下。"

"什么事？"

"我们抓住了凶手，请你来指认一下。"

"现在？"

"是的，怕打扰你家人，所以就不来接你了，麻烦你自己过来吧。"

孙祈雪犹豫着点了点头："好的，我就来。"

孙祈雪放下电话准备出门，里屋传来郑的咳嗽声。

"谁的电话？"郑松问道。

"没什么，一个学生家里有点事，我去去就来。"

孙家门外昏暗的小路上，孙祈雪独自走出没几步，一个驼背的老年女人突然出现在她面前。

孙祈雪看着眼前的黑影，心里一震。

“齐雪，你还认识我吗？”老女人说道。

苏州一条小街上，行人稀少，罗非、小曼正四处搜寻着什么。

小曼抱怨：“什么鬼地方，连个人影都没有。”

“这里不比大上海不夜城，大家吃过晚饭没事干就都上床睡觉了，以前满庭芳开着的时候，这一带还算热闹，满庭芳一倒，就更加冷清了。”

“你怎么知道，来过？”

“推理。”罗非撇嘴道。

说话间，两人走到一间大屋前，门上挂着一块破匾，上书“满庭芳”三字。

“黑灯瞎火的，里面没人吧？”

罗非也不听小曼抱怨，试探性地一推门，门跟着吱呀一声开了。

黑漆漆的屋中两人走来。

小曼问了一声：“有人吗？”

罗非在桌上找到一段蜡烛，点亮，四处照。烛光映出地上倒伏着一个人，小曼一惊。小曼和罗非交换了一下眼神，上前试探。

地上的“死人”动了一下，慢慢翻身坐起来，是一位五十多岁驼背的老年女子。

“谁啊？”

小曼试着问道：“你是齐妈？”

齐妈勉强挺起身：“你们是……”

“我们从上海来的，找你的。”

还没等小曼说完，齐妈连连求饶：“我没钱，真的没钱，有钱我一定还，求求你们放过我吧，我就剩下半条老命了。”

“我们是警探，是来调查……”

“你们是记者！就是你们毁了我的满庭芳！滚！给我滚！”齐妈瞬间又变得非常可怕，一副怒不可遏的样子。

齐妈抄起一张破烂的条凳挥舞，罗非和小曼忙后退，罗非为了保护小曼手被条凳砸了一下。

小曼急忙查看罗非的伤处：“你怎么样？”

罗非轻描淡写地说道：“没事。”

小曼眼神却十分动容。

齐妈半天没动静，罗非示意小曼去看看齐妈。

小曼走过去：“喂，齐妈？”

齐妈突然又坐起来：“天黑了，该吃夜饭了，该吃夜饭了，该吃夜饭了……”

齐妈边咕哝，边把地上的枯草扒拉进嘴里，边扒拉边嚼。小曼和罗非相互看了一眼。

苏州警局内。

“档案室”门外，一个老警察和罗非站着交谈。

“这鬼天气你们那么远路来够受的呀。”

罗非无反应。

“你们那边警局挺忙的吧？”老警察又搭话。

罗非还是没有反应。

“那姑娘怎么还不来？”

“你当面最好别叫她姑娘，她是个警探。”罗非说道。

“是是。”老警察连连点头，然后小声嘀咕，“会说话啊，还以为是个哑巴呢。”

这时，小曼快步走来。

“电话打了，沙威探长说正好巡捕房新聘了一位心理顾问，现在就连夜派过来，看能不能帮上忙。”

“心理顾问？”罗非一脸不解。

“两位警探跟我来吧，档案室在这边。”老警察说道。

老警察打开档案室的锁，推门。

三人走进档案室内。

老警察一摊手：“所有的档案都在这里了，我也不知道哪一年的放在哪里，你们自己找吧。”

罗非用手绢捂住鼻子，有些不高兴：“都没有归类吗？”

“我们小地方，哪能和大上海的巡捕房比，人手少，工资又低，这些档案能保存着就不错了，你们慢慢查，我去值班室睡觉。”

罗非又问：“有没有咖啡？”

“没有。”

老警察打着哈欠离开了。

“我们到底要找什么？”小曼问道。

“齐妈疯了，我们目前掌握的线索，就是受害者之间的联系：一是她们都在满庭芳生活过；二是曾相约自杀但侥幸逃生。”罗非走在档案架前，捏着鼻子说道。

“没错，这些孙祈雪都告诉我们了呀。”

“关于当年的事，孙祈雪没有完全对我们说实话。”

“你怎么知道？”小曼奇怪。

“她告诉我她们三个初到上海时走投无路，做过用人，当过纱厂女工。你见过纱厂女工的手吗？她们三个手上的皮肤白嫩，保养得很好，绝不是做过苦工的手。”

“所以也许当年事件的档案，能告诉我们这个齐雪到底撒了什么谎。”

小曼看着堆积如山的资料，有些发愁：“这怎么找？”

“一人一边，开始。”罗非眼神坚定地说道。

随即，罗非和小曼翻找资料。

清晨，上海石库门弄堂街道。

一名清洁工扫着马路而来。忽然像是发现了什么，于是上前查看。但见孙祈雪倒伏在路边，地上是一摊有些发干的血迹。

清洁工惊慌地喊道：“小姐……小姐……”

清洁工翻过那人的身子，看到了一张被划花的脸！

“啊——！”

清晨的街道随后又传来一声惊恐的大叫。

苏州警局档案室内小曼趴在一堆资料上睡得正香。

过一会儿，脸上的阳光被挡住，小曼慢慢睁眼才发现眼前是罗非的脸，当即吓了一跳。

“你又干吗？”

罗非递上一张字条：“找到了。”

小曼接过字条：“这是什么？”

罗非指着字条：“你念念看。”

小曼开始念："苍天谨启，奴襁褓之中被抛弃于圣母堂，从不知亲生爷娘是何人；满庭芳齐妈妈将我们收养，强迫我们操持贱业，从此妈妈打骂，嫖客折磨，日复一日，苦不堪言；本有良人救我出火坑，谁知天不长眼，良人已去、知音断绝；我等虽生而为人，却从无做人尊严，而如今别无他想，只求脱离了这污沼泥潭；我们姐妹四人不求同年同月同日生，但求同年同月同日死……"

小曼惊讶地放下字条："四个人的遗书？"

罗非提问："你看这份遗书有什么特别的地方？"

小曼想了想："遗书是假的？"

罗非摇头："不，遗书是真的，上面有四种不同的笔迹，应该是四个人一人一句写下的，警方当年也比对了四人留下的其他笔迹，确定是她们亲笔所书，要完美模仿四个人的笔迹，这几乎不可能。"

"那还有什么地方不对？"

"你仔细看遗书的纸张。"

小曼拿起遗书细看，又对着光照，摇摇头："这只是普通的信纸啊。"

罗非指着纸张下方："你看，纸张下缘有人为剪裁过的痕迹，比普通信纸短一寸。"

"那又怎样，一时找不到整张纸，写在裁过的纸上也没什么奇怪吧。"

罗非指着纸上的折痕："这是信纸折过的痕迹，一般只折一下的话都是对折，不会这样折的。"

"所以……这份遗书不完整，有人想掩盖下面的内容，会是什么呢？"

"回上海问齐雪就知道了。"罗非站起身说道。

这时，一位警察进门。

"你们是从上海来的警探吧，有你们的长途电话。"

警局通信室内，罗非和小曼走过来，拿起电话听筒。

罗非拿起电话："喂，我是罗非……孙祈雪被杀了？"

"该死！晚了一步。"罗非"啪"的一声挂掉了电话。

"好不容易有了线索，但知情人全死了，剩下一个齐妈是疯的，难道这个案子走进死胡同了？"

罗非表情严肃："言之过早。"

与罗非一同说出这句话的，还有一个声音。

罗非和小曼回头，只见走来的是一位西装革履、温文尔雅的年轻男子。

小曼疑惑："你是？"

男子朝小曼伸出手："警方心理顾问霍文斯，来协助你们探案的。"

小曼与眼前这个气质非凡的男人握了握手，感觉整个人都要融化在他的温度里："探长说你在德国待了很多年……"

霍文斯点头："秦警探觉得我应该是个白胡子老爷爷是吗，这个叫作心理预期，抱歉让你的预期落空了，希望合作愉快。"

霍文斯又将手伸向罗非："罗大侦探，合作愉快。"

罗非没有伸手，一脸谨慎："我办案从不和人合作，抱歉也让你的心理预期落空了。"

罗非说完带着依依不舍的小曼离开了。

霍文斯看着两人背影，喃喃自语，嘴角扬起一丝笑意："从不和人合作……"

小曼跟着罗非走出苏州警局门口。

"罗非，你为什么不握手？"小曼偷瞄罗非。

"你知道我有洁癖。"

"撒谎，你是不是和那个人有过节？"

"没有，我只是不相信什么心理分析那一套鬼把戏。"

小曼笑指着罗非："哈哈哈，我看你是嫉妒巡捕房同时找了两个顾问吧？"

罗非转头干笑道："哈哈哈，你想象力很丰富……黄包车。"

罗非招来一辆黄包车，两人上车。

车夫问："先生去哪里？"

罗非想也不想就说："渭清河。"

"我们去干吗？"小曼依旧摸不着情况。

"到了就知道了。"罗非又习惯性地闭上眼睛。

第四十五章　姐妹相残

一名警探带霍文斯走进阴气森森的满庭芳。齐妈披头散发地呆坐在地上。

警探一指地上的疯女人："就是她。"

霍文斯俯下身："齐妈，听见我说话吗？"

齐妈垂着头毫无反应。

警探撇嘴摇摇头："没用的，这个老婆子疯了很久了。"

霍文斯想了想，凑到齐妈耳旁："有客人来了。"

齐妈突然眼睛一亮，抬起头来："来客了？在哪里？"

霍文斯声音轻柔："我在这里。"

齐妈双眼发亮地看着霍文斯："你贵姓？"

"你不记得我了吗？"

齐妈想了想："你是……张公子？"

霍文斯笑着点点头："对啊。"

齐妈眉开眼笑："哎呀，稀客啊，好久不见了。"

"我很久没来了，满庭芳变得不一样了。"

齐妈连连点头："是啊是啊，我可是花了大价钱翻修的。"

"齐妈你不带我到处看看吗？"

"好好……"

随后，齐妈一边带着霍文斯往鬼气森森的里面大堂走，一边对着空气指手画脚。

"我们'满庭芳'可是这条街上一等一的清音小班，我的这些姑娘琴棋书画、吹拉弹唱样样都是精通的，西洋钢琴也会弹两支，外国歌曲还会唱三首，她们都是我的宝贝女儿，卖艺不卖身，客人你若是一定要，就看你这颗心诚不诚了……"

齐妈边说边环顾四周。

破烂阴森的满庭芳，仿佛一瞬间恢复了往日灯红酒绿、莺声燕语的热闹景象。

齐妈双眼放光，好像也看到了年轻的齐心、齐月、齐雪、齐梦花枝招展地向她走来。

而此时的罗非和小曼也已经到了河边。

罗非快步走来，小曼跟在后面。

"我们来找什么？"

"是我疏忽了，我应该在孙祈雪家等凶手出现，而不是跑到苏州来找一个疯老婆子，是我害死了她。"

小曼安慰道："不能怪你，你临走前全交代清楚了，是叶常青擅自撤的岗。"

罗非走到河边，闭上眼默念："不求同年同月同日生，但求同年同月同日死……"

小曼一脸诧异："啊，你在说什么？"

突然，罗非向河中迈出一步，小曼忙上前一把抱住。

“放开我，你在干什么？”罗非嘴上叫唤着，但是身体却有一种说不出的感觉，就像是一股电流把自己带回到了过去的某个瞬间。

“就算你犯了错，也用不着寻死啊。”

罗非听到小曼的声音，回过神：“谁说我要寻死？”

“那你干吗跳河？”

罗非摇头：“你难道没看出来，我是在揣摩当年满庭芳四大名旦投河时的心情吗？”

小曼松开手：“这里是她们投河的地点？”

罗非点点头：“是的，案件卷宗上写着渭清河上游，距离麻姑庙五百米处，应该就是这里没错。齐雪死了，齐妈疯了，当年的线索全都断了，我必须找出齐雪究竟在向我们隐瞒什么。”

罗非找到一块石头，扔进河里。

“你听到什么？”

“扑通一声？”小曼捡了一块石头也试着扔进了河水里。

罗非点头：“扑通一声说明这里的水并不深。”

随即，罗非手一指离这里不到五百米就有一条陈墓河：“那儿比这里深得多，要寻死为什么却挑一条浅水河？”

“你怀疑她们从一开始就是假自杀？”小曼猜测。

罗摇头：“齐雪说过，她们三个是被路过的船民救起的，可是这条河这么浅，根本不适合行船，会搁浅的。”

“也许她们是被冲到下游再被船民救起的？”

罗非想了想，转身就走。

小曼紧紧跟在后面：“哎，你去哪儿？”

两人来到不远处的农田边。

罗非走到田边，拔起一个稻草人。

“你怎么随便拿人家东西，你这是偷窃。”

罗非晃了晃稻草人，压向小曼：“不，是借用。”

罗非把一块石头绑到稻草人上。

“你在干什么，谋杀稻草人？”小曼说道。

罗非掂了掂分量，点点头，自顾自地导演着："这个比重，和人体差不多。"

罗非说完就把稻草人奋力扔进水里，稻草人在水中沉浮几下，迅速地顺着水流漂去。"好急的水流，快，跟上。"

罗非沿着河快步紧追，小曼紧跟。

两人来到下游，一路跑来，气喘吁吁。

"追不上了，你的受害者被冲走了。"

"不，它在那里。"

罗非手一指，前方一座小桥，桥墩拦住了稻草人。

"如果在上游投河，又不熟水性，很快会被一路冲到这里。"

"过了这座桥进入前面的大河，就有可能被船民救起了。"小曼指着前方大河里的船。

罗非走上桥，看着桥下水中的稻草人，稻草人已经快散架了。

"不过这时候就算救起来，恐怕也是体无完肤了。"

罗非翻身跨出桥栏杆，想去捞水中的稻草人。

小曼紧张："你要干什么，危险！"

"作为一名绅士，借了东西一定要归还……哎呀。"罗非突然脚下一滑，掉进水里。

"罗非！罗非！"小曼大叫着跑了下去。

当小曼把落汤鸡一样的罗非送回苏州警局里，便迫不及待去托人打听霍文斯的消息。小曼回到办公室后，见到罗非还裹着毯子打着喷嚏。小曼随即端来杯子递给罗非。罗非喝了一口，立刻全都吐回到杯子里。

"我要的是咖啡。"罗非一脸嫌弃。

小曼瞪着眼："对不起，只有姜汤，请大侦探将就一下。"

这时，一旁传来脚步声，霍文斯在一名警探的陪同下走来。霍文斯看到罗非和小曼，向他们走来。

霍文斯见罗非的狼狈样，忍俊不禁："罗侦探，这是怎么了，怎么掉水里了？"

罗非嘴硬争辩："不，我只是突然兴致来了，想游一下泳。"

"我猜你一定是发现什么重要的线索了。"

"没错。我猜霍医生审讯疑犯一定也很顺利吧。"

霍文斯拿过警探手中的记录递给罗非，罗非不屑地接过随手翻看。看着看着，罗非的眼神专注起来。

“这些……都是齐妈亲口说的？”

“当然，我可没必要编造证词，这位警探也在场，他可以做证。”

警探点头。

罗非看着报告喃喃自语：“齐妈说有个李公子曾经私下给过齐心一大笔赎身钱……四花旦跳河以后，那笔钱就不翼而飞了……”

罗非突然抬起头来：“齐妈呢？”

警探回答：“还在满庭芳。”

罗非突然站起来，放声大笑。

“神经病，你又笑什么？”小曼不解地将罗非按在座位上。

“我明白了。”罗非看向小曼。

“你明白什么了？”

罗非站起来，将姜汤塞到霍文斯手里：“请你喝姜汤，合作愉快。”

随后，罗非拉起小曼就走。

霍文斯留在原地，手里拿着杯姜汤，有些莫名其妙。

罗非两人来到满庭芳门前小路。

罗非拉着小曼快步走着。

“放心，齐妈跑不了。”小曼说道。

罗非摇头：“齐妈不是凶手，她是凶手的下一个目标……”

罗非话音未落，对面满庭芳楼上突然传来齐妈的惨叫声。

啊！

罗非神色一变：“晚了！”

罗非和小曼一起冲进满庭芳。

罗非和小曼冲进大厅，看到地上一条鱼在蹦。

小曼指着楼上：“在上面。”

两人抬头，看到二楼开放式走廊上，两个驼背女人正纠缠在一起搏斗。

小曼大喊：“住手，巡捕房警探！”

随后飞快地冲上二楼。

一个女人从二楼摔下来，落在地上不动了。

罗非上前翻过身一看，是已死的齐妈，脖子上插着一把杀鱼刀。小曼来到二楼走廊，面对驼背女人，亮出警徽。

“不许动，摊开双手让我看到手心！”

女人摊开双手，抬起头，露出一张满是伤疤的脸。

夜色深沉。

苏州警局审讯室，罗非、小曼和一名当地警察一起审问驼背女人。

“我是卖鱼的，经过满庭芳，那个疯老太婆叫我进去说是要买鱼，可是又不肯付钱。我和她争了起来，她突然扑上来打我，我不小心一失手……警官，我不是故意的。”

“你叫什么名字？”警探问道。

“我叫钱招娣，大家都叫我阿娣。”女人回答。

“不，那不是你的本名，你的本名叫齐心。”罗非说道。

女人抬头一惊。

小曼转向罗非：“你有没有搞错，她怎么可能是齐心，她是个老太婆呀。”

“外貌不一定反映真实的年龄，生活境遇可以极大地改变一个人的相貌，尤其是对于一个死过一次的女人，我说得对不对？”罗非锐利的目光直射女人的眼睛。

女人回避罗非的目光：“这位先生，你认错人了，我不知道你说的齐心是谁。”

罗非亮出杀鱼刀：“三角形刀刃，和杀害齐梦、齐月、齐雪的是同一把凶器，我之前一直以为是剪刀，没想到是杀鱼刀。而且你在杀害齐梦、齐月的犯罪现场都留下了指纹，回上海之后比对一下不是难事，你就不用抵赖了吧。”

齐心垂下头，只得沉默：“我可以抽一支烟吗？”

警察看罗非，罗非点点头，警察递上一支烟。齐心颤抖着手深吸了两口烟，开始讲述：“我从小在育婴堂长大，十六岁被卖给满庭芳当妓女，被迫接待各种各样不认识的男人，满口酒气的醉鬼、七老八十的老头儿，还有喜欢虐待女人的怪癖狂……唉，干我们这行的表面上养尊处优，背地里的苦只有自己知道。反正这种日子我是一天也过不下去，一心想着早日离开满庭芳。这时候，我遇到了李公子，他虽然没什么本事，可是心眼好，是真心爱我……”

齐心又猛吸了一口烟：“我们两个私订终身，为了赎我出来，他变卖了家产，我以为从此就要脱离苦海了，谁知道……”

齐心眼前闪出当年妓院走廊的场景：

齐心在逗挂在廊下的鹦鹉。

齐妈急匆匆走来：“齐心啊，不好了，李公子出事了，他被车撞死了。”

齐心一惊：“怎么可能，你骗我！”

齐梦、齐月、齐雪三个也帮腔：“齐妈没骗你，我们几个都看到了，就在桂阳路上，满地都是血啊。”

齐心要往外冲，齐梦等人拉住她。

三人：“别去了，尸首已经被李家领走了，你去了也看不见他了。”

齐心：“不可能，不可能，他说明天就来接我，说会一辈子对我好的！”

齐妈做安慰状：“别伤心了，世上男人多得是，少了一个李公子，还会有张公子、王公子的。”

齐心靠在齐妈怀里痛哭。

审讯室内的齐心默默流泪：“我在房里哭了三天三夜，不吃不喝，不愿见人，一心想去黄泉见李公子，直到第三天晚上……”

眼前又闪回到一间屋内：

房门被打开，齐梦、齐月、齐雪三个捧着一碗粥进来。

齐梦：“齐心，喝点粥吧，你这样下去会活活饿死的。”

齐心呆呆地坐在床上：“不要管我，就让我死了算了。”

齐月这时说道：“我们几个好姐妹发过誓，不求同年同月同日生，但求同年同月同日死，我们怎么能看着你这样不管呢？”

齐心默默流泪：“我的命为什么这么苦啊？”

齐雪叹道：“我们几个天生就是受苦的命，这辈子命里不配过好日子，还是下辈子投个好人家吧。”

齐梦：“是啊，别看现在被公子哥儿们簇拥着，过不了几年年老色衰，还不是没人要的老妈子。”

齐月：“就算将来从良，到了外面也被人瞧不起。”

齐雪摇摇头：“还记得嫣红姐姐吗，听说她离开满庭芳没两年，实在过不下去，投河自尽了。”

齐心狠心道：“早晚都是受苦，还不如死了干净。”

齐梦朝另外两人使了个眼色，随后说道：“你要是真心不想活了，我们陪你一起去。”

审讯室内，丑陋颓然的齐心冷笑道：“就这样，她们陪我聊了一晚上，越聊越伤心，到天亮的时候，我们四个决定一起投河自尽……”

“我知道了。”罗非点点头，眼前浮现出当年的场景：

天蒙蒙亮，四个女人来到河边。

四个人手牵手慢慢走进河水，河水渐渐没到胸口。

齐梦放开了牵着齐心的手，齐心被水冲走。

罗非突然问道：“等一下，李公子留给你赎身的钱呢？”

“李公子给我留了一万两银票，他人不在了，那笔钱对我也没有意义，我不想留给齐妈，就和遗书一起寄给了报社，请她们代为转交给李公子的家人。”

罗非若有所思：“你看着齐雪把信投进了邮筒，可是你不知道，她们准备了两个信封。”

齐心点点头，冷笑变成了苦笑：“是啊，我真是太傻了，居然一点怀疑都没有，就相信了她们的话。”

“齐妈想要得到那一万两银票，派了三个干女儿来骗你说出钱藏在哪里，没想到她们三个见财起意，摆了齐妈一道，骗你投河自杀，又私吞了这笔钱，远走高飞。”罗非叹道，也是唏嘘不已。

第四十六章　渐生好感

“有遗书做证，而且你确实是自愿投河，没人会想到这是一桩谋杀案，真是完美的犯罪，可是她们万万没想到的是，你竟然大难不死。”罗非说道。

“我被水流冲走，礁石撞在我的身上，划在我的脸上，我痛得昏了过去……我醒来，发现自己躺在渔民的船板上。”齐心摸着自己的脸说道，“一开始我还是一心想寻死，几次往河里跳，几次他都把我救上来，好劝歹劝，我终于慢慢放弃了寻死的念头，和他一起过起了日子。渔民的生活很辛苦，风吹日晒，再加上我这满身满脸的伤，很快我就变成了一个没人认得出的老太婆了。”

罗非看了一眼眼圈有些泛红的小曼。

“这样的生活虽然艰苦，但是不用每天强颜欢笑，也不受打骂虐待，渐渐我也就过惯了。本以为就这样平平淡淡地了却余生，谁知道不久前，沿江捕鱼经过上海，我在四马路附近卖鱼……”

齐心突然目露凶光，眼前仿佛又出现了一个个死者挣扎的样子：“她以为我是来找她索命的鬼魂，吓得把一切都说了，我这才知道这么多年我一直都被骗了，我的一生就这样被所谓的好姐妹给毁了。”

“我真的不是故意要杀她，只是一时失手……”齐心无奈地又低下头。

“可是你却拿走了通讯录，找到了齐月和齐雪，又杀了她们两个，这可不是一时冲动，而是精心策划的谋杀。”罗非说道。

“第一次杀鱼，我也不敢下手，阿德说，手上一旦沾了血腥气，就习惯了。”

“你杀红了眼，从上海一直杀到苏州。你跟着渔船回到苏州，以卖鱼为名来到满庭芳，杀了你的最后一个仇人。”

“你让毁了你一生的人全都付出了生命的代价，可是你也赔上了自己的人生，值得吗？”小曼问道。

齐心冷笑：“人生？我哪里还有什么人生？五年前我已经死了，这五年我经历的不过是临死前的一场梦，到时候了，该结束了。”

小曼追问：“那你的丈夫、女儿呢？”

齐心没有回答，深吸一口烟，闭上眼睛。

罗非和小曼走出审讯室。

“真相居然是这样，我……我倒情愿没有破案。”小曼一脸落寞。

“你同情她也改变不了她是凶手的事实。”罗非点燃了一支雪茄。

“你真冷血。”小曼快步向前走去。

这时，霍文斯迎面走来。

“秦警探，罗顾问。”霍文斯和小曼微笑打招呼。

“霍医生，这次真的要谢谢你。”

“哪里，罗顾问才是破案的关键，我还有事，先走了。”

小曼笑着目送霍文斯离开。

罗非在一旁冷眼看着小曼：“你喜欢他？”

小曼不假思索地点着头：“当然，霍医生办案认真，对人有耐心，大家都喜欢，不像某位不近人情的顾问，罗非你应该知道大家都不是很喜欢你吧？”

周围警探附和点头。

罗非扫了一眼众人，众人忙咳嗽假装忙碌。

罗非再也没说话，转身就走。

河边，架子上挂着晾干的渔网，渔夫阿德正在哄哭闹的孩子。

“不哭不哭，妈妈很快就会回来的。”

“你是叫阿德吧？”罗非轻声问道。

“是，先生找我有什么事？”

“没什么，听说你这里的鱼又好又便宜，我来看看。”

阿德高兴地点着头：“哦，快请坐，要什么鱼，我这里有鲫鱼、鲈鱼、白水鱼，都是现捕活杀的，新鲜得很！”

“每样都来一条吧。”罗非说道。

阿德放下孩子：“好的，您稍等！”

阿德拿起杀鱼刀在一旁磨刀，罗非看着玩耍的孩子：“你孩子？多大了？”

“是个闺女，才两岁。”

罗非低头默默地问道：“孩子她妈呢？”

阿德叹道：“唉，前几天出门卖鱼，一去不回，也不知道出了什么事……”

罗非又问：“找警察报案了吗？”

阿德尴尬一笑：“没有，我们这种穷人家的事警察根本不会管，而且我们渔民以船为家，连个固定的地址也没有，怎么报案？”

罗非停顿了一下，说道：“她临走前有说什么吗？”

“您这么一说是有点怪怪的，她叫我把孩子送进城里读书，别像她一样长大了受人欺负。我一个卖鱼的，哪有钱供孩子读书。”

罗非苦涩一笑，招手叫小孩过来，交给她一个饼干盒。

罗非柔声说道：“你妈妈说得对，女人要想改变命运，只有靠自己努力争取，这是给你的，收好了，等你到了上学的年龄再拿出来，千万不要让坏人骗去。”

抽噎的孩子似懂非懂地点点头，接过饼干盒，渐渐不哭了。

阿德见状，笑着说：“先生真会哄小孩，快谢谢先生，我帮你抓鱼去！”

阿德说着进屋去了。

罗非缓缓转身离开。

远处，小曼站在角落看向这一幕。

小女孩用力打开饼干盒，里面是厚厚一沓钱。阿德拎着鱼出来，罗非已经不见了。

阿德拎着几条鱼走出来，却不见了主顾：“先生……你的鱼，怎么走了？”

阿德看到饼干盒里的钱，霎时愣住了。

“先生……先生……”

阿德抱着饼干盒追了一段，罗非已经不见踪影。

罗非走向小曼：“你跟来干吗？”

“我以为这案子还有什么没查清的，所以跟来看看，没想到……你还是个好人。”小曼笑着说道。

“难道之前在你眼里我是个恶人？”

“恶人说不上，但绝不是一个好相处的人。”小曼背着手，面带审视地说道。

罗非听罢，看着小曼，不禁失笑，小曼也露出微笑。

深夜的沙利文公寓，204号房间人影闪动，时不时发出砰砰啪啪的声音。

汪苏苏气急败坏地边上楼边嘟囔：“大晚上的让不让人睡觉了……”

此刻小曼的房间里，罗非正戴着拳击手套趴在沙袋上，气喘吁吁地看着一脸得意的小曼。

“怎么样，减压吗？”小曼举着护具挑衅地笑道。

“哼，等我歇过来，我们再来！”满头大汗的罗非不甘心地盯着小曼。

“我都说了，速度、力量都要有，你这样不用力是体会不到其中的快乐的！”小曼说着左躲右闪示范给罗非看。

“啊！”罗非冷不防又冲向了小曼。

“对！很好！继续！加油！用力！”

房间里顿时又传来噼里啪啦打沙袋的声音和小曼的叫喊声。

“警探们的风格都是这样奔放的吗……上次还说不是去约会。”站在门外的汪苏苏一脸惊诧地紧捂住嘴，转而蹑手蹑脚地走开了。

第四十七章　记者会

清晨，小曼扶着罗非姿势僵硬地下着楼梯。

罗非整个人僵直着身体，一只手扶着小曼一只手抓着楼梯扶手，龇牙咧嘴地迈着小步子：“轻点轻点！”

“对不起……”小曼急忙收力，转而叹气埋怨，“谁叫你打拳用那么大力了，手腕挫伤，脚踝扭伤，还好我在警校向一个中医世家的同学学过推拿复位。”

“不是你叫我用力的吗？！况且问题的关键是，你一个靶子躲什么？躲就躲了，为什么不告诉我你身后是书架？还在书架上放了那么沉一个沙袋？是怕砸不死我吗？”罗非理直气壮地埋怨道。

正巧这时，两人抬头正看到汪苏苏牵着大汪溜圈回来。

“哦哟！两位这么早就起来了，哎，我说罗非，年轻人也不能仗着身体好，就这样啊。”汪苏苏看了看罗非，又看了看小曼，扑哧一声笑了出来，转身走进了房间。

“是啊……汪姐？”小曼看着汪苏苏有些奇怪的表情，突然觉得有些莫名其妙。

罗非此刻也是一愣神：“她在笑什么？”

小曼摇摇头，随后又急忙拉起罗非朝门外走：“快点儿吧，巡捕房和救火会的新闻发布会还有一个小时就开始了。”

“你轻点……胳膊还不能太用力，叫车了吗？”罗非呻吟着问道。

“叫什么车，只有黄包车。”

“你有没有内疚感，我是伤者，还是因你受伤的，你怎么能虐待我……”

“好啦，你真啰唆！”

……

就这样，两个人一路上吵吵闹闹地来到了工部局。当两人溜进会议室时，正见到沙威和救火会长正在回答记者提问。

“请问起火原因查到了吗？”一名记者举手起身说道。

“初步判定，起火点是18号楼的二层，起火原因可能是住户吸烟不慎。”救火会长的语气顿挫有序，表情郑重自信，好像近三周的三起纵火案起火原因都已经了然于胸了。

“有没有发现人为纵火的痕迹？”另一个记者站了起来。

“我们在火灾现场没有发现人为纵火痕迹，对目击者的调查，也没有发现可疑物。”沙威对这一点十分肯定。

“沙探长，这已经是本市第三起火灾了，您认为这三起火灾之间有什么联系吗？”又一名记者问道。

沙威轻轻摇了摇头：“照目前来看没有任何关联。”

“但是三起火灾全都发生在周日晚上十点左右，这只是巧合吗？”这名记者继续问道。

还没等沙威回答，就坐在罗非正前方的记者突然站起身：“坊间传说是祝融显灵，您怎么看？”

沙威一耸肩：“对不起，祝融不归我们巡捕房管。”

场下当即一片哄笑。

可当这名记者落座后，沙威探长脸上的笑意便逐渐凝固了，因为他看到记者身后的罗非正在朝自己偷偷摆手打招呼。沙威立刻给站在罗非身边的小曼使了个眼色，小曼刚拽住罗非要举起的左手，罗非已经将右手举了起来。

“我有个问题，刚才章先生说火灾是18号楼的住户吸烟引起的，我查了一下死者名单，18号住户是工部局高级翻译郑远，上周五郑远先生在电台发表过反吸烟演讲，称他已经戒烟十多年了。之前的一起火灾，你们公布的起火原因是壁炉烟囱倒灌风、火苗倒蹿引起的，但是火灾当天没有刮风。还有本市的第一起，你们说是电线短路引起的，但不巧的是当天那片街区停电。沙探长请你解释一下这些疑点可以吗？”

罗非的这番话一出，全场哗然，记者们随即也跟风七嘴八舌地问了起来。

救火会长看向沙威探长，却见沙威捂着脸，低头不语。

“对不起，今天的记者会到此结束，大家的疑问我们已经在调查了，相信很快就能给大家一个满意的答复。”会长说完起身就走。

沙威用余光看到救火会长已走，自己也随即起身，转身之际狠狠瞪了罗非一眼。

罗非侧头看着沙威，淡然一笑，随后转身推开向前围拢的记者们，朝门外走去。

“去哪儿？”小曼也挤出人群跟了上来。

“坐探长的车回捕房，我可不想再坐黄包车了。”罗非一瘸一拐地边走边说。

当沙威的车停在巡捕房门口时，还没等司机开门，沙威就气冲冲地推开车门，朝楼内快步走去。

“扶我一把。”罗非这时一把抓住司机的手，从车里钻了出来。

巡捕房走廊内，小曼搀着罗非朝探长办公室走去，迎面碰见了叶常青。叶常青随即调侃道：“哟！以前是跟班，现在改丫鬟了？”

“叶常青！”

小曼刚想发作，叶常青一个箭步跑开，又起哄道：“我错了！秦大警探息怒！您先忙……”

“正事要紧。”罗非急忙地拉着小曼继续朝前走。

“我们刚才是去探听消息的，你当众让探长这么下不来台！他还怎么把案子交给我们。”小曼埋怨道。

“他们刚才是在混淆视听，也是变相给巡捕房抹黑！我这是帮他好吗？”罗非无奈地摇摇头。

“那一会儿你自己跟探长解释去吧，我可不陪你挨骂。”小曼说着跑开了。

罗非站在探长室前，看着小曼的背影隐隐露出一丝笑意，随即推门走了进去。

不出小曼所料，沙威已经在办公室大发雷霆。然而罗非看着沙威愤然踱步的样子，只是轻轻摆了摆手：“探长，你这样来回快走，容易造成阑尾炎。”

“罗非！为什么我走到哪儿你跟到哪儿，我欠你钱吗？为什么总是搅局？”沙威拍着桌子吼道。

“没有，你欠我一个案子。”罗非仰脸盯着沙威。

沙威上前一步，凑近罗非的脸：“你想接案子，也不能跑到记者会上去胡闹，你知不知道这么一闹，那些记者会怎么写我们，租界内外的市民又会怎么看我们，他们会觉得巡捕房是一群无能的废物！”

“所以才需要我这个特别顾问哪。”罗非笑着站起身，把沙威扶到沙发上，“我的沙探长，我知道您压力很大，三起火灾十多人伤亡，租界内谣言四起，上面希望你出面安抚一下民众，你也是奉命而为，但你真的相信这三起火灾之间没有任何联系吗？”

沙威听罢沉默。

“你有没有想过一个更迫在眉睫的问题，如果这个周日再像前三周一样在同一天发生火灾，最后自食其言的不是你吗？”

沙威怅然叹了口气：“如果我让你调查这个案子，你能保证这个周日不再发生火灾吗？”

罗非见沙威有所动摇，表情立刻严肃起来：“不能，但我会尽力而为，现在只剩下三天就到周日了，我需要授权，以巡捕房的名义展开调查。”

沙威思索了半晌，终于重重点了点头：“好吧，我希望你把整件事的来龙去脉查清楚。”

罗非点点头：“我需要三起火灾死者所有的资料，现场勘查报告，目击者证词，对了！最后一起火灾现场还保留着吧？”

“在，你可以去现场看，还有什么要求？”沙威又问道。

罗非望了一眼门外，干笑着说道："还有就是，时间这么紧，人手又不够……"

"知道了，我把秦小曼借给你。"沙威点头说道。

罗非出了探长办公室，兴冲冲地来到办公大厅，一屁股坐在了秦小曼的位子上。当小曼端着咖啡走回来时，看到罗非已经出来了，就迫不及待地快步走了过去。

"怎么样？"小曼一脸期待地看着罗非。

罗非微微一笑，接过小曼手里的咖啡，闻了闻："跟我煮的比差太远，不过你倒是养成了喝咖啡的好习惯。"

"现在他坐这里的时间比你还多。"旁边路过的警探打趣道。

小曼见同事走开，把咖啡夺回来放在桌上："案子拿到了吗？"

罗非点点头："我还特地跟探长借了你，够意思吧。"

"好话不能好好说吗？我是人，不是东……不是物件，你能不能别老说借来借去的？"

罗非听完，看着小曼此时瞪着眼紧绷着嘴唇的样子，越看越觉得有一种发自心底的熟悉。

"欸？你想什么呢？我们得赶去火灾现场了吧。"小曼伸手在罗非眼前晃了晃。

"噢。"罗非回过神，起身和小曼走了出去。

刚刚路过的警探看着两人的身影，不禁啧啧摇头。

第四十八章　有意思的对手

南京路一条被浓烟熏得黑漆漆的弄堂口，依旧拉着警戒线，救火会的工作人员还在整理着起火的郑宅废墟，四周弥漫着焦炭的味道。虽然火灾已经过去三天了，可警戒线周围还是围了不少看热闹的居民。

罗非刚下黄包车，就拿出手绢紧捂着鼻子。小曼刚想讽刺他几句，看到罗非手里拿的正是自己送给他的那条手绢，眼睛微微一亮。

当两人走进郑宅废墟后，小曼看着地上焦黑的断壁残瓦和满地的泥灰，着实吃了一惊："都烧成这个样子了，还能查出什么来？"

"凡事不要轻易下结论。"罗非捂着鼻子闷声闷气地说道。

随后，罗非把手绢系在脸上，戴上消防员递过来的手套，蹲下来拨开地上的灰。小曼随即看到灰尘下露出了一块没被烧焦的地板。

“这就是尸体的位置。”罗非说着指给小曼看，“尸体中的水分阻隔了火势，所以这是唯一一片完好的地板。”

紧接着，罗非把手绢掀开露出鼻子，深深吸气。

“烤肉的味道。”

“你……”小曼看得目瞪口呆。

“确切地说，是人体脂肪受热后产生的一种芳香化合物，渗入木质地板后，保存了下来，你来闻一下。”罗非伸手招呼小曼蹲下。

“我？”小曼犹豫着看向罗非。

“想当一名好警探，就要克服心理和生理的障碍，快！”罗非催促道。

小曼不情愿地缓缓蹲下，紧闭着眼凑到地板前，轻轻抽了抽鼻子，随即突然睁开眼睛，又用力嗅了嗅，立刻转头对罗非说道：“不光有烤肉香，还有酒香！”

“鼻子还算好用。”罗非点点头，随即从旁边的废墟里拿出一块变了形的圆弧形玻璃，“这就是高温熔化后的酒瓶。”

“好像是伏特加。”罗非紧接着又闻了闻，接着又拔出更多的碎玻璃指给小曼，“这里……还有这里……秦警探，你看出什么了吗？”

小曼皱起眉想了想，随即开始推理：“死者是一个酒鬼，当时一边喝酒一边抽烟，喝酒后打翻了酒瓶，烟头不小心掉在地上，引燃了地上的烈酒，这才引发了惨案。”

罗非摇头：“错！如果是死者不慎打翻酒瓶，那为什么会有这么多熔化的玻璃残渣？”

“他喝了很多酒，打碎了很多酒瓶不可以吗？”小曼反问。

罗非走到露天的屋角，指着角落里一大堆的碎玻璃碴：“你看这里应该是酒柜的位置。”

罗非说着，随手拿起身边一根焦黑的木棍扒拉着玻璃碴：“有红酒、威士忌，啊，还有三星白兰地，但是这么多酒为什么他专挑伏特加砸？”

“因为酒精度数高！”小曼恍然大悟，猛然站起身说道。

罗非点头，又走向窗口，仔细查看起来。小曼循着罗非的视线看去，只见两扇窗子，一扇向外打开着，一扇紧闭着，都已经烧焦变形。

这时，罗非又回头看了一眼门，然后示意小曼过去。小曼走过去后，罗非慢慢转到她身后，轻声说道：“你不是立志要当一个优秀的警探吗？好好观察这两扇窗户，你来告诉我有什么问题。”

小曼静静感受着罗非的呼气，手绢随着呼吸有节奏地摩挲着脸颊，一时间有些心猿意马。小曼用力眨了眨眼，定了定神，这才仔细观察了起来："呃……这扇打开的窗在上风口，所以基本没被烧到……它斜对着门，和门形成了空气对流，助长了火势。"小曼随即又指着锈迹斑斑的铰链，"窗框积了不少灰，铰链早就锈死了，说明已经很久没开过了，而另一扇正对着房门，如果起火后将其打开，烟雾散出会被更早发现。"小曼说着小心翼翼地侧过头。

"不错。"罗非拍拍小曼的肩膀，"可是火灾发生时，这扇窗却碰巧开着，造成了有利于火灾的通风条件。"

"难道是凶手故意打开的？"小曼猜道。

"纵火犯很聪明，他不想被人发现是故意纵火，所以他没有带汽油、煤油这类常规的助燃剂到现场，而是就地取材。"罗非说着指向那扇被打开的窗户，"随后他只打开有利于通风的窗子，而他知道正对着房门的另一扇，打开后反而会被人发现烟雾，他一连三周在三个不同的地点放火，作为一个外来者却没有被人发现可疑，这个人一定既狡猾，又不显眼，就像一条冷血的变色龙能轻而易举地隐藏在人群之中。"

罗非说完，突然闷声发笑，口鼻前的手绢被吹得老高，异常滑稽。

"终于遇到个像样的对手了。"

小曼在一旁偷笑撇嘴。

这时，屋顶上一小块木梁掉在小曼身边，顿时小曼头顶落下了一阵黑灰。罗非走过去，解下脸上的手绢，为小曼擦去脸上的灰尘。小曼当即愣在了原地。

"这就是偷笑我的下场。"罗非说着把已经变成黑色的手绢收进了衣兜里，"给你擦擦至少不会吓到证人们，快走吧，我们还有很多事。"

随后，罗非和小曼以巡捕房的名义对当天在场的证人进行了问询。

下午，两人又去了另外两个火场和周围的几条弄堂进行了勘查。罗非看着墙上逐渐被贴满的资料，紧紧皱起了眉，神情显得有些急切。

第二天上午，沙威办公室内，罗非正一边翻着报案记录册，一边在纸上写着什么。

沙威看了看忙着的罗非，感觉头又大了好几圈，不耐烦地敲了敲桌子："137个……一天就这么多人报案，每个都说有抓到纵火狂魔的重要线索，你能解释一下这是怎么回事吗？"

“哦，我在报纸上登了个小小的广告，到巡捕房提供连环纵火案线索者，一经证实，必有重赏。”罗非头也不抬地说道。

“你……我刚开完记者会辟谣，你就公然在报纸上这么肆意妄为地造谣，还冒用巡捕房的名义？”沙威指着罗非愤然道。

罗非悠然地摇着头：“第一，我可没有造谣，连环纵火犯确有其人；第二，我也没有冒用啊，是您赋予了我巡捕房如此正义的名义展开调查的。”

“我怎么知道你会在报上悬赏？”沙威没好气地问。

罗非终于抬起头看向沙威：“第三，我承认这是万不得已的下策，如果你早一点让我介入，我现在不会这么被动，并且今天已经是周日了，除了这么做，你还有更好的办法吗？”

沙威听罢，叹气垂下了头。

罗非指着桌上的电话：“我已经跟救火会打过招呼了，今晚如果有火警，马上打电话通知我，我会以最快的速度赶到火场搜集第一手证据。”

沙威焦急地抬手看了看表，叹道：“再过几个小时可就天黑了，除了在这里干等，你还有什么打算？”

罗非把刚写的纸单递给沙威：“这137个线索中，有几个线索还是比较有价值的，虽然希望不大，但是我建议你派人去查一下。”

沙威一脸失望地摆摆手，晃了晃脑袋：“我没人手了。”

这时，小曼突然气喘吁吁地闯了进来，拿起茶几上的茶杯就大口喝了起来。

“罗非，你在这儿啊……沙探长……”小曼放下茶杯长出了一口气。

“查得怎么样？”罗非急忙又给小曼倒了一杯水。

小曼接过水杯又一饮而尽，接着抹了抹嘴，从包里拿出一个本子交给了罗非：“按你说的，火灾现场方圆两百米所有的商家住户，还有医院的二十一名伤者，我都询问过了。”

罗非接过本子，把手里的那张纸单递给小曼：“还有这十家，你再去查查。”

“好的。”小曼接过纸单，边看边快走了出去。

沙威在一旁露出十分疑惑的表情：“我怎么觉得你说话比我说话管用多了呢？”

罗非笑而不语。

第四十九章　恶鬼纵火

天色渐晚，小曼拖着疲惫的身子来到罗非纸单上所列的最后一家门口。小曼无力地按下门铃。

不一会儿从里面传来一个女人的招呼声：“来了来了……”

门一开，小曼看到一个穿着氅衣的中年妇女站在自己面前。

“请问你找谁？”

小曼强打精神：“是王太太吗？我是巡捕房的警探，是你报的警吧？”

“你是……警探啊？”王太太有些迟疑。

小曼亮出警官证：“有什么问题吗？”

“呃……没什么，只是没想到巡捕房会有女警探，快请进！快请进！”王太太说着侧过身摊手将小曼让了进去。

小曼随即走进弄堂的天井，没走几步，忽然觉得脚下一软，低头看到自己踩着的一块青砖上下晃动。

王太太见状，急忙领着小曼朝另一边走过：“您当心，这里挖过坑。”

“是你报警说今晚会有人来纵火的？”小曼边走边问。

“呃……是啊，我先生梦见的。”王太太虽有些不好意思，但语气倒是坚定的。

“梦见的？”小曼此时心里凉了半截。

“自从三个礼拜前，报纸上登出第一件纵火案开始，他就说不好要出事，整个人慌得不得了的呀！后来又出了第二件、第三件火灾，他就紧张得像个神经病，一会儿挖沙土，搞了个大水缸说是防火，一会儿又在天井里挖坑……”

说着两人进了堂屋，小曼刚迈步进去，王太太就立刻指着客堂地上提醒小曼：“快当心脚下！”

“这是……”小曼低头便看到堂屋中央立着几颗尖头冲上的大钉子，抬头环顾，门旁还挂着一张渔网，四周墙壁画着不知道是什么的符咒一样的图形。小曼看到这儿，不禁觉得这堂屋鬼气森森的。

“喏，这些都是我先生折腾的。”王太太说着朝四周指了指，“这几天开始啊，他天天晚上做噩梦，梦见家里起火，还自言自语说什么金先生要来杀他。”

“金先生是谁？”小曼好奇地问道。

“不知道啊！问他什么他也不说，气死人了，快请坐。”王太太叹气道。

“谢谢。”小曼坐在一把椅子上继续问道，“你先生是做什么的，有什么仇家吗？”

坐在对面的王太太想了想，最后还是摇头说道：“我先生就是报馆的编辑，一直安安分分地上班，我没有工作，平常打打麻将，从来不惹事，也不借债，不会有什么仇家的呀。”

小曼朝堂屋后望了一眼，随口问道：“你先生呢？”

王太太满脸无奈：“在屋里睡觉呢，现在他夜里不敢睡觉，连灯都不敢关，只有白天他折腾够了，才勉强睡几个钟头。”

“那你先生最近有没有受过什么刺激或者……”小曼说着突然声哑了下去，随后使劲儿咽了一下口水，“……请问我可以喝杯水吗？跑了一天有点口渴。”

王太太闻听急忙起身：“不好意思，我这就去泡茶，用人们哪，都被他吓跑了，我一时还不习惯家里没人照顾。”

王太太离开去厨房后，小曼一个人在堂屋里又转了几圈，忽然，房梁上的一幅图吸引了小曼的注意，那幅画花花绿绿，好像画着好多人的样子。小曼随即搬了把椅子，站在上面朝房梁上望去。不料，凑近了才发现，那竟然是一张春宫图。小曼脸一红，急忙跳了下来。小曼刚想把椅子搬回去，身后的书房里突然传来了异响。小曼朝书房慢慢走去，走到附近，门是开着的。小曼缓缓走进去，只见窗户紧闭，光线十分昏暗。随后，小曼在一面墙上看到一个神龛，里面供奉着一个形状骇人的龙头雕像。当小曼还想凑近仔细观看时，身后一个黑影突然蹿出，挥着一把木剑朝小曼就砍。

机警的小曼一个转身躲过木剑，随后一把将来人按在墙上。

“巡捕房警探，你是什么人？”

那人趴在墙上连连哀号：“啊！救命……”

这时，王太太拿着茶杯匆匆赶来：“哎……误会误会！警探，他就是我丈夫王积富！”

小曼一愣，随即松开了王积富。

“你干什么？冲着人家警探也发疯！”王太太狠狠瞪了丈夫一眼，然后走到窗前，一把撩开窗帘。阳光瞬间照亮了整间书房，小曼也看清了王积富的样貌。只见眼前的这个人，一脸憔悴，胡子拉碴，眼窝深陷发黑，嘴里还不断朝小曼嘀咕着：“求求你，不要放火烧我，求求你……”

小曼见这个王积富满口胡言乱语，也问不出什么，于是喝干了王太太端来的茶，只好先作罢。

王太太站在门口，满面愁云："警探，你这就走了啊，晚上不派人保护我们吗？"

"王太太，您先生需要的不是保护，而是医生。"小曼说完，便颓然转身离开。

还没走出几步，小曼突然被一个算命先生给拦住了。

"算命测字，趋吉避凶，小姐要算一卦吗？"算命先生掐指说道。

"不用。"疲惫不堪的小曼随即绕开算命先生。

"不准不要钱。"算命先生一边跟着小曼一边笑道。

"你有完没完……"小曼忽然觉得这声音有些熟悉，突然转过身，细细打量起眼前这个穿着道袍、戴着小墨镜、捋着大胡子的算命先生，"罗非？"

小曼说着一把揪住对方的大胡子，不料对方立刻叫道："啊，痛，痛，松手。"

"真的是你？你在这儿干吗？"小曼惊讶地问道。

"我觉得这家的线索很有意思，所以本大师亲自来看看。"罗非又捋着胡子故弄玄虚道。

"那你刚才怎么不和我一起进去？"

罗非把眼镜放低，露出双眼盯着小曼："王太太是瞒着丈夫偷偷来报的警，你以警探的身份来调查是问不出什么的，要接近一个迷信的人，还有谁比算命先生更合适呢？"

小曼点点头："所以，你去过他家了？"

"是的，在你来之前。"罗非抱起肩膀，看着小曼，"先告诉我，你在王家看到什么了。"

"我看到墙上画满了画符，屋里供着一个怪兽，说明这位王先生非常迷信，天井里挖过陷阱，门口地上有朝天钉，门旁还有一张网，说明他想捉鬼，对了！还拿剑砍我，说明有暴力倾向，我还看到房梁上有一幅画……"说到此处，小曼脸一红。

而罗非偏偏装着一时疏忽的表情追问道："噢？什么画？"

小曼一甩头："哎呀，就是下流画，足以说明他是个变态，总之这个王积富就是个神经病。"

罗非拿下眼镜，摇头加叹气："你只学会了看，还没学会如何观察，王积富家里画的符是避火符，佛龛里的龙头叫作螭吻。是避火神兽，砍你的是驱邪的桃木剑，而房梁上的春宫图是避火图。"

“那东西能避火？”小曼瞪大眼睛，半信半疑。

“传说火神是位女神，见到春宫图害羞就会逃走。”罗非说着解开道服，拿出一根抽了一半的雪茄，“我和王积富谈过话，他虽然过度紧张，思路却十分清楚，确信有鬼要来害他，而他采取的这些驱鬼措施全都有凭有据，并不是神经病能做出来的。”

“思路清楚？他还想挖坑捉鬼呢，这叫思路清楚？”小曼反问道。

“他家地上的朝天钉、门旁的网，还有天井里挖过的陷阱又填上的痕迹，这些可都不是用来对付鬼的啊，是用来对付人的。”

小曼听罢罗非的分析，仔细回想了一下在王家的所见，若有所思地点了点头。

罗非点燃雪茄，抽了一口，继续说道：“很显然，这个王积富一开始是想亲手活捉纵火犯，可是第三起火灾发生之后，却突然改变了主意，转而去求助神灵了。”

“所以王积富一定有事瞒着我们。”小曼语气肯定地说道。

罗非将手中的打火机打着，看着随风飘摆的火焰：“这三场火灾和王积富之间，一定有着某种联系。”

此刻，小曼略显紧张地看着罗非：“所以他说今天晚上有人要烧他家，不是胡说八道？”

罗非神色严峻地点点头。

两人说着来到了王家斜对面的一间杂货铺前。随后，小曼继续监视王家是否有可疑的人靠近，罗非则去杂货铺打电话。而两人都没有察觉，就在弄堂一头的黑暗之中，正有一个人影在悄悄地注视着两人。那人看了一会儿，低头打开一件精美吊坠的翻盖，里面放着一张人像照片，而那人正是关押在监狱里达十年之久的Captain。

第五十章 凶手现身

罗非打完电话后，莫名地朝那人影的方向望了望。而那人刚刚所站的位置，早已空空如也。罗非皱了皱眉，端着两瓶汽水和小曼一起坐在杂货铺前。

“渴死我了。”小曼接过汽水一口气喝下了一大半。

罗非看着小曼的样子，微微一笑：“告诉我，我们为什么要守在这里？”

小曼擦擦嘴，想了想说道：“第一，这里比较隐蔽，没人会注意两个坐在杂货铺前的人；第二，视线好，对面王家的情况一目了然。我说得对吗？”

罗非笑着点点头：“很好，不过你还漏了最重要的一条，这里有电话，有情况可以立即叫增援，而且我和救火会打过招呼了，万一我估计错误，别的地方起火了，他们会及时通知我。”

“你也有估计错误的时候？”小曼惊讶地问道。

罗非表情淡然地摇了摇头：“我不是神，当然也会犯错。”

“罗非，你当侦探以来有没有碰到没侦破的案子？”小曼突然问道。

罗非肯定地点了一下头：“当然有。”

小曼期待地看着罗非：“比如？”

罗非叹了口气，抬起头回忆着：“比如……十年前的银行失窃案……八年前的火车失踪案……两年前的一桩诱拐案……还有上个月……”

“上个月的毒品案不是破了吗？”小曼插话道。

罗非神情倏而严峻起来：“但是我还没搞清楚杀小鹿的究竟是不是Captain。”

“罗非。”小曼看着双眼有些黯然的罗非，不自觉地伸手想要安抚罗非。

恰巧此时，杂货铺的老板走了过来：“先生，小姐，时间不早了，我要打烊了。”

罗非扔出一个银圆：“你打你的烊，我们就留在这里，不碍事吧？”

老板抓起银圆满面赔笑：“不碍事不碍事，二位请便。对了，我楼上有房间，比这里舒服……放心，我口风紧，保证不会讲出去。”

小曼怒瞪着老板，用瓶子狠狠敲了一下桌面：“走开！”

老板立刻转身走开，一边上门板一边嘟哝：“真是不识好人心。”

深夜的弄堂逐渐变得寂静起来，整条弄堂除了王家以外，只有杂货店前还亮着灯光，气氛显得有些阴森。罗非拿出怀表看了看，指针接近十点。罗非忽觉右肩一沉，转头看到小曼手撑着头，不知不觉地靠在了自己的身上。罗非看着小曼，想伸手叫醒，又犹豫不决。

忽然，对面王家传出砸东西的声音，紧接着小曼被惊醒。

“有情况。”小曼跳起来就要向王宅跑去，却被罗非一把抓住。

“不急，听仔细。”

此刻安静的四周，王太太的声音清楚可闻。

“你个杀千刀的，自己一个人过吧，我实在吃不消了！”

“只是夫妻吵架。”

罗非话音刚落，王宅的门被一把打开，王太太拎着一个包袱气呼呼地走了出来。

“她居然丢下丈夫一个人跑了？”小曼咋舌。

“也有可能是王积富不想连累妻子，故意赶她走的。”罗非突然说道。

小曼撇嘴：“才怪，他那副样子，一看就不是好丈夫。”

罗非略显无奈地摇摇头：“你太年轻，感情上的很多事情你不懂。”

小曼转头看着罗非，不以为然：“说得好像你很懂一样，大侦探你有什么罗曼史说来听听啊。”

罗非一翻白眼，刚想反击，突然跳起来。

“怎么了？”小曼也瞬间紧张了起来。

“王家的灯灭了！出事了！”

小曼一脸疑惑：“关灯睡觉不是很正常吗？”

“不正常！王太太说过王积富这几天晚上睡觉都不敢关灯，为什么老婆走了反而胆子大了？”

两人边说边跑到王家门口，此时楼上突然传来王积富短促的呼救声。

“来人……”

叫声随即戛然而止，情急之下小曼飞身翻过围墙。罗非则站在门口，直喊：“哎，帮我开门啊。”

而此时的小曼没有时间理会罗非，她破门而入，穿过堂屋，寻着打斗声来到了二楼。小曼冲上二楼后，便见到黑暗中两个人影正在纠缠。

小曼大喝一声：“不许动，我是警探！”

随后，小曼见到王积富扑通一声倒地，另一个人影闪身从窗口跳了出去。

“站住！”小曼看了一眼王积富，随即也尾随着从窗口跳了出去。

同时，罗非刚刚十分狼狈地从围墙上爬进王宅。罗非来到二楼，看到王积富倒在地上。罗非急忙上前查看，凑近闻了闻，随即用力拍打王积富的脸：“王积富！王积富！”过了好半天，王积富渐渐睁开眼，惊恐地看着罗非：“不要……不要杀我……”

罗非立刻安慰道：“不要怕，我是侦探，是来帮你的，刚才是谁要杀你？”

王积富无力地摇摇头：“不知道，他从背后偷袭我，我没看到脸。”

罗非见王积富没事，便说道：“你在这里好好待着，我去追凶手。”

罗非说完便匆匆跑下了楼。

当罗非气喘吁吁地循迹赶来时，看到小曼一个人站在路中央，对面是一家电影院。

“他跑了？”罗非问着，眼睛急忙打量小曼是否受伤。

“他趁着电影散场跑了，这家伙太狡猾了。”小曼愤然说道。

“看清脸了？”罗非又问。

小曼沮丧地摇摇头：“没有，不过刚才和他对打的时候，他身上掉下一个东西。”

罗非一皱眉：“什么东西？”

随后，小曼指着地上的一堆碎玻璃和不明液体。

罗非走过去，仔细看了看，然后对小曼说道：“看来，咱们的大法医得加个班了。”

一个小时后，中央巡捕房验尸房内，本杰明用镊子仔细地拼凑碎玻璃，罗非和小曼在一旁面带期盼地看着。

“怎么样？”小曼小声问本杰明。

“常见的50毫升滴剂药瓶，碎成这样指纹是肯定找不到了。”本杰明有些失望地叹道。

“里面的药物是什么？”罗非急忙问道。

本杰明抖了抖试管里的样本溶液，说道：“TSD，一种新型镇静剂，有很好的镇静效果，但是过量服用会致幻，患者会失去自我防范意识，所以也被称作诚实药水。”

“能开这种药的医院不多吧？”罗非追问。

“公共租界卫生系统不完善，对药物的管控比较混乱，很多医院都会滥开药物。唉，不像我在伦敦的时候……”说到这里，本杰明叹了口气。

罗非拿着放大镜看着碎玻璃碴，突然招呼本杰明：“你过来看，上面有字。”

本杰明凑过来，罗非随即把一块玻璃放到灯下给他看。这时，灯光透过玻璃在桌面上照射出几个字。

小曼慢慢读了出来：“德华社监？”

本杰明眼前一亮，点点头：“是‘爱德华社监制’，爱德华社是一家德国药厂，最近在上海设立了分部经营德国进口药，他们的药药效好但很贵，通常只会供应给一些收费高的私人诊所。”

“这好像是数字。”罗非紧接着又夹出一块碎片，上面有半个阿拉伯数字。

“等等，这里也有一片。”本杰明也按着罗非的思路找起了碎玻璃。

“这里也有。”小曼也凑了过来。

随后，三个人七手八脚拼起了碎片，最后拼出了一串“E068”的字符。

小曼一脸疑惑地看着字符串：“这是什么数字？”

本杰明立刻说道：“这是批次，有了批次，联系制药厂，马上就能查到买家是谁了。”

罗非随即拍拍本杰明：“我请你看电影。”

本杰明一笑：“好，我要看《鸳梦重温》。”

小曼不可思议地看着两人，在心里惊叹天才们的脑回路。

第五十一章　锁定嫌犯

第二天上午，霍文斯的心理诊所。

“查了一圈，原来在这里。”罗非用手杖指着诊所的招牌说道。

小曼听着罗非的语气总有那么一丝奇怪，自己心里倒是有些顾虑：“查过了，只有霍医生在上个月进了一批同批次的TSD，不知道他把药开给了谁，霍医生还不知道他的病人里有危险分子呢。”

罗非看了小曼一眼，欲言又止。

两人随即进了心理诊所，接待的护士见又是两人，立刻起身：“二位警探，有预约……”

“知道是警探，就不要打扰办案，谢谢。”罗非脱帽示意说道。

“我们只是来问问……”小曼跟在罗非身后小声说道。

这时罗非敲了敲敞开的门，回头对小曼说道：“你看，正好没有病人。”

“二位是需要帮助吗？”霍文斯一边合上抽屉一边摆手让护士退出去。

“有样东西需要您过过目。”罗非说着拿出一个医用小布包，放在霍文斯的桌上摊开。

霍文斯将布包里的药瓶碎片轻轻拿在手里看了看，不禁抬头看向罗非和小曼。于是，小曼把本杰明的判断简要地向霍文斯做了介绍。

霍文斯听罢点点头：“没错，是TSD。”

“这个药瓶是在纵火犯身上发现的。”小曼立刻说道。

霍文斯一惊："啊？"

"可是从瓶底的批号看，只有你的诊所进过这批药，昨天晚上十点你在哪里？"罗非的语气变得严肃起来，手按着办公桌的一端，俯身盯着霍文斯。

"罗非，你干什么？"小曼看着两人对视的场面，觉得气氛有些异常。

"在侦探的眼里每个人都是怀疑对象。"罗非毫不客气地说道。

"没事，我理解。"霍文斯虽然点着头，但是面对罗非的眼神没有丝毫的退让，"昨天晚上十点我在这里接待病人。"

"什么病人？"罗非追问。

"工部局董事马天利先生，他有失眠症，每周日晚上九点到十点在我这里做心理治疗，你们可以去查登记册，如果还是不相信，可以去问马先生，除非你们怀疑他也是纵火同谋。"霍文斯说完，朝罗非微微一笑。

"虽然你有不在场证明，但这药确实是从你的诊所开出的，你能告诉我都有哪些病人开过镇静剂吗？"罗非紧盯着霍文斯说道。

霍文斯扶了扶眼镜，略作停顿："这个……实在抱歉，心理医生有保护患者隐私的义务，我刚才告诉你马先生的名字，已经违规了。"

"你现在不配合，我们可以回巡捕房申请搜查令，一样可以查你所有的病案。"罗非说完，也朝霍文斯回了一个挑衅似的微笑。

"那就请回吧，我在这里等着。"霍文斯一摊手说道。

罗非直起身，看了看一旁的小曼，又看向霍文斯，忽然换了缓和的口气："霍医生，连环纵火案已经死了九个人了，你不配合调查，还会有更多的死者，有一天你闭上眼睛，也会像我一样看到他们的脸，你本来可以救他们，却坐视不管。"

"霍医生，您能通融一下吗？我们会保密的。"小曼这时也认真地看着霍文斯。

霍文斯思索了片刻，然后抬头看着小曼："好吧，我把病案给你们看，但是你们只能在这里看，不能带走，也不能告诉别人你们看过病案。"

随后，霍文斯把一堆病案放在桌子上："请吧，跟案子无关的病人信息，还是希望你们两位帮我保密。"

小曼连连点头："当然。"

罗非则毫不客气，眼睛看着霍文斯，向小曼一伸手。小曼白了罗非一眼，随即扔给他一副橡胶手套。罗非戴上手套，开始按着病案的序号飞快地翻着病案。

"催眠治疗十五分钟，你还会催眠？"罗非边看边问。

霍文斯一笑："罗大侦探你也太小看我了，我好歹也是有奥地利维也纳医科大学心理学博士学位的，还有工部局颁发的执业证书呢。"

"催眠是让人睡觉？"小曼也很好奇。

"催眠是让人的意识进入放松恍惚状态，让潜意识觉醒，这样就能知道病人的真实想法，找出他心理问题的症结所在，秦警探对催眠有兴趣？"霍文斯看向小曼，目光里充满了温柔。

小曼不好意思地摇摇头，这时，罗非突然抬头看了看霍文斯，打断了两人的眼神交会："开过 TSD 镇静剂的一共有 12 人，除去行动不便的老年人、女性……还有 8 人。"

霍文斯点头："其中 5 人有偏执型人格，可能会有犯罪倾向。"

罗非摩挲着胡须："这位富家公子应该没有纵火的专业技术。"

霍文斯摇头："这位身材肥胖，肯定不是秦小姐昨天交过手的嫌犯。"

"这样一来，嫌疑对象一共有三个人，那我们去查查看吧。"小曼随即转向霍文斯，"霍医生，非常感谢您的帮助。"

"秦小姐客气了。"霍文斯朝小曼深情一笑。

神经大条的小曼迫不及待地转身先走了出去。随后，罗非也放下病案准备离开。

"等等……"霍文斯突然叫住罗非。

罗非回头看着霍文斯。

霍文斯思虑片刻，语气突然异常恳切："是这样的，后天我要参加一个宴会，想邀请秦警探作为我的女伴一起去，能不能麻烦罗大侦探帮我问一下，我怕秦警探不好意思当面拒绝我。"

霍文斯的这番话的确出乎罗非的意料，罗非迟疑了一下，挤出一丝微笑点了点头。

霍文斯立刻显得很开心："谢谢。"

罗非走出诊所后，小曼奇怪地看着罗非："霍医生刚才和你说什么了？"

罗非顿了顿："没什么。"

两人随后上了一辆黄包车。

"三个嫌疑人，我们先去哪儿？"小曼打开刚才记录的资料问罗非。

"师傅麻烦您去一下震通大学。"罗非直接和车夫说道。

"震通大学化学系最年轻的副教授，陈顺昌，患有受迫害妄想症，总担心有人要害他，同时又精通各类化学制剂。"小曼读着笔记本上的资料。

这时，罗非忽然问了一个让小曼觉得莫名其妙的问题。

“你觉得霍文斯这个人怎么样？”

“霍医生？聪敏有头脑，也很好相处。”小曼一边研究资料一边说道。

罗非则一脸严肃地说道：“心理医生这个职业也没多大风险，如果跟他在一起的话应该不会遇上什么危险的事。”

听到这里，小曼忽然抬起头：“什么意思？”

罗非别过头：“没什么。”

当两人到了震通大学，一路询问着来到陈顺昌的实验室门外时，突然听到里面“嘭”的一声巨响，紧跟着学生们惊叫着从教室里逃出，烟雾从门窗滚滚涌出。

罗非和小曼挥开烟雾走进实验室，只见讲台上一堆化学仪器正冒着火苗，一个中年男子正用灭火器朝着实验台喷射，小曼立刻上前用扫帚帮忙一起扑灭了火。

“谢谢。”陈顺昌捋了捋被炸得乱蓬蓬的头发朝小曼一笑。

“你是陈教授吧？”小曼问道。

陈顺昌点点头：“是，你们有什么事？”

小曼亮警徽：“巡捕房警探，想问你几个问题。”

“警探？”陈顺昌神色微变，“什……什么问题？”

“上周日晚上十点左右你在哪里？”小曼盯着陈顺昌问道。

“我？我在看电影啊。”陈顺昌眼神飘忽。

“什么电影？”小曼追问。

陈顺昌想了半天：“这个……噢！《蓝天使》。”

“《蓝天使》上周日还没上映呢。”罗非紧接着说道。

陈顺昌一拍脑门：“我记错了，应该是《夜未央》。”

罗非锐利的目光紧盯着陈顺昌：“有人可以证明吗？”

陈顺昌紧张地踱着步子：“我是一个人去看的电影，你们想知道什么？我是守法的，没有做过坏事。”

陈顺昌刚说完，突然奋力推开罗非想往外跑，小曼一把揪住，把他按倒在地。

“啊啊，不要杀我，我知道你们是兄弟会派来的，你们的秘密我不会说出去的，放过我吧。”

罗非和小曼听着陈顺昌的告饶，交换一下眼色。小曼无奈地摇摇头，松开了陈顺昌。

从大学出来后，两人又马不停蹄地赶往救火会，寻找下一个嫌疑目标。

“第二个人叫杜金保，是一名救火员，他有梦游症，曾经在睡梦中跑到自己救过火的地方。”小曼一边走一边说道。

“救火员和纵火犯？有点意思。”罗非若有所思地点点头。

第五十二章　谁是真凶

午后，罗非和小曼走进救火会的大楼，并在救火会长的带领下朝内厅走去，此时内厅里传出了一阵掌声。

当救火会长带着罗非和小曼走进大厅时，两人看到大厅里正在举行一个小型的颁奖仪式，一个穿着制服的救火员站在台上接受奖状，手臂还挂着绷带。

这时，会长指着台上那个人骄傲地介绍道：“那个就是杜金保，这次火警他第一个赶到现场，救出了五个人，立了头等功。”

小曼不禁感到奇怪：“救火员接到火警不是一起赶到现场的吗？”

会长立刻解释：“救火会人手有限，除了值班救火员，其他人只要听到警钟，都必须从自己家里赶来一起救火。”

“所以周日晚上失火时他不在救火会里？”罗非问道。

会长摇头，用敬佩的眼神看着台上的杜金保：“不在，周日轮到他休息。”

“他一休息就发生火警，真巧啊。”罗非笑道。

会长看着罗非，面露不悦：“你们到底想了解什么？”

“他最近有什么异常举动？比如说过什么奇怪话？”罗非更加直白地探问道。

会长一脸不可思议地指着杜金保：“你们怀疑他是纵火犯？”

罗非不以为然地说道：“我们只是调查一下。”

会长怒气冲冲地说道：“我们救火员冒着生命危险救火救人，你们巡捕房不去抓纵火犯，却跑来怀疑我们救火员，简直岂有此理！”

小曼见势，忙过来圆场：“别误会，我们只是例行公务。”

“你们走错地方了！不送！”会长说完便生气地转身走开。

小曼看着会长的背影，转头瞪了一眼罗非，罗非则还是一副傲慢无谓的表情，看着小曼：“下一个。”

随后，两人又来到了租界四川路上的一幢小洋房前。

罗非和小曼走进没有上锁的房子里，随后看到一层几乎摆满了画作。其中的一幅画作描绘的正是各种物体着火，其中物体虽是扭曲变形的，但火却画得格外逼真。

小曼盯着其中一幅，左看右看，还是一头雾水：“这画的是什么啊？”

“大画家江城的超现实主义大作岂是你能理解的？”罗非笑着朝小曼撇撇嘴，随后拿过小曼的笔记本读了起来，“江城，留法归来的新派画家，症状是妄想症，声称世界末日即将来临，有罪的人都会遭受地狱之火。”

小曼也不理罗非，又倔强地走向一幅未完成的画。这幅画中画了很多小人，有的仰面躺在地上，有的缩着身体席地而坐，有的在来回走。

小曼指着画布问罗非：“你懂，那你说说这些人在干什么？”

还没等罗非说话，江城从他们身后走了过来。

“他们是在承受另一种酷刑，有些人仰面躺在地上，有些人则紧缩着身子席地而坐，还有些人在不断地来回走着……”

罗非接着江城的话说道：“在这整片沙地上方，有大片大片的火雨在缓缓而降……这是但丁的《神曲·地狱篇》。”

“知音啊……”这时江城激动地握住罗非的手，不住地摇晃。

罗非当即满脸别扭，嫌弃地抽回自己的手，随后拿出小曼的手帕，勉强对江城挤出一丝笑容，然后将手藏到背后猛擦起手上的颜料来。

“上周日晚上十点左右你在哪里？”小曼随即开始例行查问。

江想了想：“我在马路上。”

“你半夜在马路上干什么？”小曼疑惑地看着江城。

“找灵感啊。”江城脱口而出。

小曼叹了口气：“什么灵感？”

“当然是画火的灵感。”

“不会是找放火的灵感吧？”小曼半开玩笑地说道。

江城大笑：“哈哈哈，小姑娘，火不需要人去放，火是有生命的，火是一种宏大得你我无法看清它全貌的生命……”

这时罗非朝小曼使了个眼色。小曼会意，突然挥掌，江城敏捷地一闪，小曼一掌打空拍到画布上。

江城随即惊叫道：“啊！我的画！我画了一个月啊，就被你这么毁了。”

小曼尴尬地连连道歉：“对不起，我不是要打你的画……”

而令罗非和小曼没想到的是，江城看着看着，突然又笑起来："哈哈哈，太好了，真是神来之笔，你们看，这是上帝之手拍向人间的罪恶，一下子提升了整幅画的格局，bravo!"

罗非和小曼当场面面相觑。

从江家出来，天色已晚，折腾了一天的两人，终于回到了沙利文公寓。

203 室内，罗非和小曼坐在沙发上看着墙上贴着的三人资料，展开了谁是真凶的讨论。

"三个人都没有不在场证据，精神方面又都有问题，但并没有确切的纵火动机。"罗非缓慢地摩挲着胡子说道。

"论身手，一个手无缚鸡之力，一个手臂受了伤，我看只有那个画家最可疑。"小曼指着江城的照片说道。

罗非摇摇头："身手是可以伪装的，伤也可以作假。"

小曼有些不耐烦地站起身："干脆去三个人家都搜一下好了。"

罗非面露疑虑："一个是大学教授，一个是立功的救火员，一个是著名画家，一旦查不出证据，会造成很糟的影响，除非有确凿的疑点，不然巡捕房不会下搜查令的。"

"那我们接下来……"小曼一转身，罗非却不在旁边，而是一头扎进桌上的资料堆翻查起来。小曼上前翻看罗非找出的资料。

"别动！"罗非突然握住小曼的手。

小曼脸红，迅速抽回手："这是什么？"

"三起火灾所有受害者的档案，我相信凶手不是偶然地选取目标，只要找出他们之间的联系，就能预测出凶手的下一个目标。"罗非语速极快地说道。

小曼反应了一会儿，点点头："你找出了吗？"

罗非一边快速地翻查着资料，一边摇头："没有……一点关系也没有……"

自觉帮不上忙的小曼叹了口气："何必这么麻烦，我们现在已经锁定了三个嫌疑犯，只要盯着他们的一举一动，一旦他们之中有人放火，马上就可以人赃俱获。"

"是的，但盯梢是你们巡捕房的工作，不是我侦探顾问的工作。"

"有什么需要我帮忙的？"小曼上前拿起一份资料，却被罗非一把夺下。

"没有，你帮不上忙的，只会降低效率。"罗非头也不抬地说道。

"我是警探，再说了不管做什么事两个人一起总比一个人快些。"小曼盯着罗非反驳道。

“两个人看书比一个人快吗？两个人弹琴比一个人快吗？两个人洗澡……”说到这儿罗非突然一愣，然后沉默，继续找着资料。

“闭嘴，没人要跟你一起洗澡。”

小曼气得剁了一下脚，转身离开了，走到门口时，还顺手点了点墙上的日历。

“你最好效率再高点，时间可不等人。”小曼随即关门出去。罗非听罢，突然停下手，呆呆地看着日历，喃喃重复：“时间……时间……”

转过天，罗非一整天都把自己锁在屋子里，谁敲门也不开。到了晚上，从捕房回来的小曼看着紧闭着的203房门，想过去看，却又怕打扰，最后还是回了自己的房间。

案情的焦灼仿佛让时间也变得漫长起来，小曼在房间内打了一会儿沙袋，眼前还总是莫名出现罗非的样子，还有那晚一起练拳他被书架上的沙袋砸到的滑稽样子。想到这儿，小曼慢慢停下，看了看表，已接近午夜。小曼扔下拳套，开门来到走廊窗户前，轻车熟路地翻窗跳进了罗非的房间。

小曼本想看看自己不在罗非究竟都在做什么，可是一进屋，整个人就愣住了。

客厅地板上铺开了一大张白纸，上面画了一个坐标，标着年份，所有的资料摊在上面，满满一地。而罗非此刻正在上面爬来爬去。

小曼小心地踮脚走过去：“罗非……”

罗非立马儿呵斥：“别动，你踩到受害者了。”

小曼连忙收起脚。

罗非这才抬头：“什么事？”

小曼递上一张记录：“这是三名嫌犯的跟踪记录，今天一整天都没有发现可疑的举动。”

“王积富那边情况怎么样？”罗非边看着记录边问道。

小曼叹了口气说道：“他没有大碍，已经出院了，巡捕房讯问了他，但他还是一口咬定既不认识纵火犯，也不认识前几起火灾的死者。我们已经在他家四周增设了巡逻人员，他则请了病假天天躲在家里不出门。”

罗非点点头继续趴了下去：“好，我知道了，你可以走了……等等。”

小曼急忙转身：“什么事？”

“霍文斯说他明天要参加一个宴会，想邀请你作为他的女伴一起去。”罗非一脸无所谓地说道，但左右晃动的眼神却出卖了他忐忑的内心。

本以为罗非会留下自己帮忙的小曼不禁奇怪："啊？什么时候的事？干吗让你跟我说？"

"这个还是你自己去问他吧，没事就出去吧，别在这儿影响我查案……"罗非抬头看着小曼，连连摆手做出轰人的手势，然后继续在纸堆中爬来爬去。

小曼看着罗非，无奈转身离开。

第二天，两名搬运工抬着一个沉重的木箱走上二楼，在罗非房间的门口把木箱"咣"的一声放下。其中一人一边喘着粗气一边敲着房门："203 罗非。"

随后，在接连的几天内，小曼都能看到有货运工到对面房间送货。小曼开门问罗非，罗非也不理，每次都急吼吼地关上门。

巡捕房方面，沙威还在派人二十四小时不间断地监视着三名嫌疑人的动向，可是依然没有一点有价值的消息。

而对于小曼来说，这几天在家更是备受煎熬，不光是因为扑朔迷离的案情，也因为一直安静的 203 房间，开始发出各种奇怪且惊天动地的声音。小曼每晚躺在床上简直无法入睡。就连汪苏苏的大汪也没精打采，白天直打盹儿，心疼得汪苏苏几次上门，却都无人应答，任凭门外叫骂。

这天夜里，对门忽然传来一声爆炸的巨响，小曼被惊得从床上跳起来，飞奔到 203 门前，用力敲门。

"罗非，罗非，你没事吧？"满脸焦急的小曼大声呼喊。

不一会儿，门开了一道缝，一脸焦黑的罗非探出头朝小曼摇了摇头："没事。"然后又是"砰"的一声关上了门。

独留小曼瞠目结舌地愣在原地。

第五十三章　灾祸将至

王家书房内的大座钟嘀嗒嘀嗒地走着。王积富呆若木鸡地坐在书房里，手指来回摩挲着抽屉的把手，双眼一直盯着墙上的日历。此刻日历的页面正翻到六月三十日，星期天。

王宅外围，数名乔装的便衣警探正在来回走动。

与此同时，江城家和杜金保家的便衣警探也还在蹲守，但并没有发现任何可疑的迹象。

而震通大学的实验室内，陈顺昌则时不时抬头看看墙上的钟。只见他放下实验器具，打开实验室的门，向走廊张望了许久，然后才急忙一路小跑着出了教学楼，匆忙叫了一辆黄包车离开了。此时校门口的两名便衣警探立刻骑车悄悄跟上。陈顺昌的黄包车七弯八绕，最后拐进了一个偏僻的弄堂里。随后，陈顺昌下车，走进一座废弃的空屋。跟踪的警探紧随而至，但见空屋内火光一闪。

两人对视一眼，立刻踹开屋门，冲了进去。

“巡捕房！里面的人不准动！”

可还没等再往下说，屋内的一幕便让两人都愣住了。屋内除了陈顺昌，还有一个衣衫褪了一半的女学生，闪动的火光原来是蜡烛光。

陈顺昌抱头蹲在地上，不停地求饶：“不要抓我！不要抓我！我知道教师和学生不应该，但她是自愿的，我们是自由恋爱！”

而女学生则抱着衣服尖叫着冲出了屋子。

与此同时，画家江城开车来到一户人家前，鬼鬼祟祟地拿出火柴，刚刚点亮，小曼立刻从一旁跳出摁倒了他。

“你干什么？！”江城挣扎道。

“巡捕房警探！现在怀疑你纵火！”小曼喝道。

“我没纵火，我就点支烟！”江城一脸无奈地垂下头。

小曼皱眉：“你在别人家门口点什么烟？”

还没等江城回答，门内里面传出一个女人的声音。

“谁啊，在外面？”门一开，一个满头珠翠、俗气穿戴的胖女人走了出来。

“哎哟，这是怎么回事？”

“我是巡捕房的，这人是个纵火犯，刚才偷偷摸摸地想在你家门口放火。”小曼解释道。

女人刚听完，甚是害怕，可低头仔细一看江城的脸，随即惊讶道：“这不是小江吗？！”

小曼一怔：“你们认识？”

女人连连点头：“当然认识，我们三缺一就等着他呢。”

“警探小姐，我真不是来放火的，我就是来打麻将的。”江城头贴在地面上吃力地说道。

小曼慢慢松开了江城，还是不解：“打麻将为什么偷偷摸摸？”

不料那女人倒是扑哧一笑："警探你们不知道哦，我们这位可是个大画家，他全靠摩登做派才能把画卖个好价钱，要是被人知道了他是个喜欢打几圈的俗人，那他的身价可要大跌啰。"

江城也嘿嘿一笑："个人一点小爱好，麻烦两位还替在下保密。"

说着江城从兜里掏出一小沓钱给小曼："谢谢，谢谢……"

小曼推开钱，一脸尴尬。

时间在一分一秒过去。

而此刻，在杜金保家蹲守的叶常青正坐在车里，趴在方向盘上打着瞌睡。

"头儿！夜宵买来了。"

叶常青先是一惊，随后摇下窗户，见是自己的助手小王。

叶常青随即打开车门，让助手进车，两人一起吃着夜宵。

"有什么情况吗？"小王吃了一大口云吞面，含糊着问道。

"没有，我们的救火员先生早就睡着了，现在恐怕已经梦到爪哇国了，我们还像傻子一样在下面守着。都是那个罗非，害我礼拜天晚上也不能休息……"

叶常青还想抱怨几句，突然对面的楼上传来咣当一声。

"什么声音？"小王警觉地问道。

"可能是野猫吧？你下去看看。"叶常青语气懒散地说道。

小王随即下车，走过去查看，见房子二楼一侧的窗开着，立刻朝叶常青打手势："头儿，二楼的窗开了。"

"天这么热，开窗很正常。"叶常青继续吃着夜宵。

"刚才窗是关着的，他不会梦游爬窗出去了吧？"

叶常青听到这里，不禁一愣。

随后，两人冲到杜家楼下，叫开一层房东的大门，然后一起冲上二楼。

两人到了二楼，连敲了几下门，都没人应。

两人对视了一眼，小王随即一脚踹开房门，叶常青紧跟着拔枪冲了进去。

两人进屋后，发现窗开着，屋内空无一人。

"糟糕，他跑了，这下怎么办？"小王看向叶常青。

叶常青摆摆手："别慌，他就算梦游，也不一定是纵火犯，开灯。"

小王随即开了灯，叶常青开始查看屋内的情况。

"你看，火油，还有棉纱，这些都是引火物。"

叶常青这时才意识到问题的严重性，神色有些惊慌："快找找看，他的救火服在不在？"

小王打开衣柜，搜寻了一番，朝叶常青摇摇头："不在。"

叶常青转身正看到墙上挂着一幅公共租界的地图，走上前细看，看到地图上画着几处圈，分别标着数字1、2、3、4、5。

小王这时也凑了上来:"这不就是前三起火灾的地点吗？这第四处是王积富家，还有第五处，这是什么地方？"

两人对视了一眼。叶常青脸色骤变："糟了，要出大事！"

而此刻走在漆黑街上的杜金保神情呆滞、眼神空洞，宛如一具行尸走肉。

第五十四章　调虎离山

罗非正坐在沙发上，端着咖啡对着一个打开的保险柜皱眉思索，电话突然急促响起。

罗非急忙跑过去接听："喂，秦小曼？什么事？"

"证实纵火犯是杜金保，可是没跟上，让他跑了。"电话那头的小曼语气急切。

"知道纵火地点吗？"罗非拿过一张租界地图。

"知道，是大光明电影院。"

罗非神色异常严峻："什么，火烧电影院？今天有夜场，里面有上千名观众。"

"是啊，巡捕房已经出动了所有警力在电影院四周设防，救火会也出动了救火车。"小曼那边隐隐传来警笛声。

罗非自语："奇怪，前几次都是民居，为什么突然搞这么大的动作？"

"你说什么？"

"王积富家呢，有没有异常？"罗非突然问道。

"没有异常。"小曼肯定地说道。

"没有异常？那边还有人监视吗？"罗非急切地追问道。

"没有，全部人手都调去大光明电影院了。"

"糟糕,你们上当了。"罗非拿着铅笔用力指着王积富家的位置,笔尖当即折断。

"啊？"电话那头的小曼一惊。

"快，马上去王积富家跟我会合！"罗非说完啪地挂了电话，急匆匆跑出了公寓。

当小曼和罗非先后赶到南京路时，王家早已火光冲天，旁边挨着的人家也被波及，大人小孩在火场中逃命，哭喊声连成一片。

“来晚了，你们中了调虎离山计。”罗非沮丧地说道。

还抱有幻想的小曼焦急地问着周围的居民：“里面的人出来了吗？”

居民们都摇头：“没有看到人出来。”

令罗非万万没想到的是，倔强的小曼情急之下，拎起水桶冲了自己一身就跑进了火场。

“秦小曼！”罗非紧跟了过去，不料被一团喷出的火焰逼了回来。

此时的小曼在火场中艰难前行，四周火焰此起彼伏、张牙舞爪，犹如王积富所供奉的怪兽般可怕。

小曼凭着记忆，摸到书房里，只见王积富正背对外坐在火场中。

“王积富！王积富！咯咯……”小曼喊了两声就被烟雾呛得咳嗽起来。

火中的王积富慢慢地扭过头，眼神呆滞地看着小曼，突然他诡异地一咧嘴，露出一副狰狞的笑容，紧接着咯咯地怪笑了起来。

小曼愣在原地，眼见着王积富被四周的火焰吞没，变成了火人，痛苦地在火中扭动，可他那声嘶力竭的嗓子里还在不停地咯咯怪笑着。

就在小曼一愣神的工夫，书房内发生闪燃，整个房间被火焰吞没，火瞬间向外喷涌，扑向小曼。

一时间惊慌失措的小曼绝望无助地愣在原地。

就在这千钧一发的关头，一名救火员及时扑倒小曼，火焰瞬间从两人头上蹿过。

火场外，罗非还在着急地呼唤着：“秦小曼……小曼！”

罗非看着眼前的熊熊大火，时空重叠，仿佛一切又即将重演。

“不不……”罗非惊恐地喃喃自语，随即也抢过一桶水，倒在自己身上，推开阻拦他的救火员，疯狂地朝火场冲去。

正当罗非即将跑入火场时，迎面出现了两个人影，罗非又跑近几步才看清。原来是杜金保搀扶着小曼走了出来，罗非忙赶上前。

罗非从杜金保手中接过小曼，便一把拥入怀中。

被紧紧抱住的小曼，整个人怔在原地。

“你没事吧？”罗非说着把小曼抱得更紧。

“我……我没事。”小曼觉得体内有一种温度仿佛超过了身后的大火，而自已正在融化一般。

过了一会儿，罗非回神有些尴尬地放开小曼，小曼的表情也有些不自然。

“……王积富呢？”罗非转而问道。

小曼无奈地摇摇头。

这时，杜金保走过来对小曼说道：“小姐，刚才真是太危险了，以后救火的事情还是让我们救火员来做吧。”

“谢谢你。”小曼眼含感激地说道。

杜金保一笑：“不客气，这是我应该做的。”

就在杜金保转身要回火场时，小曼迅速拉住他，将一副手铐铐在他的手上。

杜金保惊诧地看着小曼：“这是……”

“对不起，职责所在，麻烦你跟我回一趟巡捕房。”小曼面带歉意地说道。

随后，在围观居民的注视下，小曼和罗非带走了杜金保。

两人身后还时不时传来居民们的议论声：“怎么回事，怎么把救火员抓走了？恩将仇报啊……”

第五十五个章　案中悬案

杜金保被连夜送进了总捕房的审讯室。

此刻，杜金保正一脸憔悴地坐在审讯室里，沙威、罗非、小曼都神色严峻地坐在他对面，静静地看着他，希望他能自己说出实情，至少对一个救火员留有最后的尊重。

“我……我有点口渴。”杜金保舔着干裂的嘴唇低头说道。

于是，沙威示意小曼为他倒了一杯水。

随后，三人就那么看着杜金保咕嘟咕嘟地一口气喝完了一大杯水，那贪婪频繁蠕动着的喉结，给人一种莫名窒息的感觉。

“啊！”杜金保擦擦嘴，平复了一下急促的呼吸，然后，缓缓讲述了起来。

“我的父亲是一名救火员，几年前城隍庙大火，他为了救人牺牲在火场里，我接替父亲也当了救火员，救火会的同事都很照顾我，把我当成救火英雄的儿子，可是我却怕火，每次救火都缩在最后面。”说到这儿，杜金保自嘲地笑了笑，开始把玩着手里的玻璃杯，“渐渐地，大家都看不起我，背地里说我是虎父犬子，我心里的压力也越来越大，夜里常常睡不着觉。两个月前，有一天早上我醒来，发现自己身上穿着救火服……”

说到这儿，杜金保眼神越发空洞起来：“我一点也记不起来自己去过哪里，去做了什么。我心里很害怕，后来我在报纸上看到了霍文斯医生的广告，就去了心理诊所，霍医生告诉我，我可能患有梦游症……”

这时，小曼朝罗非使了一个眼色。罗非明白小曼是想说这和霍医生没有关系吧之类的话，但是罗非却面无表情地将视线移回到了杜金保的身上。

“医生治疗之后，我的状况好了一些，我以为自己的梦游症好了，就没有再去看病，直到有一天晚上……”杜金保说着一把攥紧了玻璃杯，“我记得自己明明是躺在床上的，可就当我半梦半醒的时候，突然听到了一阵警钟声，我猛然惊醒，却发现自己站在路边，身上还穿着救火服，这时，有一个女人拉住我，哭着让我去救她的孩子，我没来得及想许多，就跑向了火场。”

罗非紧盯着杜金保说道：“所以，你因此成了救火会的英雄。”

杜金保点了点头：“那天，我成了第一个赶到火场的救火员，等到一切结束以后，我回到家……疲惫地呆坐在床边回想着刚才发生的事，正当我暗自窃喜自己终于克服了对火的恐惧时，我突然看到窗边桌上放着一桶火油、几团棉纱，我失魂落魄地走过去，又发现墙上的地图上，画着一个圈。”杜金保说到这里，双手一用力，手里的杯子啪啦一声被捏碎，血一下子顺着嵌入皮肉的玻璃碎片流了下来，而杜金保却像丝毫感觉不到疼一样继续说道，“我浑身冒着冷汗，这才意识到，原来刚刚那把火竟然是我放的，我害怕极了，想去巡捕房自首，可是又怕因此坏了我父亲的名声……”

“杜金保……”小曼想上前为杜金保包扎，却被罗非一把拉住。

“第二天我一整天都很紧张，生怕捕房的人会来抓我，可是没想到……我却莫名其妙成了连救三人的救火英雄。”杜金保长舒了一口气，“尤其是会长拍着我的肩膀说虎父无犬子时，我真的不知道该做何表情……”

“你幻想着你会变成你父亲。”

小曼转头看着罗非，听着他说话的语气，一瞬间觉得他也很像一个心理医生。

杜金保点点头：“我没想到会是这样的结果，所以没有去自首，也没有再去看医生……”

听到这儿，沙威厉声说道：“你就这样任由自己梦游纵火？你知不知道四起火灾，一共死了十个人！”

杜金保恍然抬起头，面色惊恐地看着沙威：“对不起，我有罪，我该死！”

罗非见杜金保的情绪有些不稳定，于是急忙问道：“你是怎么选择纵火地点的？”

杜金保眼神茫然地摇摇头：“我不知道。”

罗非着急地站起身：“你为什么在地图上画了电影院，又跑去烧王积富家？”

这时杜金保开始使劲儿地摇头，布满鲜血的双手紧捂着头：“我真的什么都不知道，都是在梦里做的啊，我错了，我对不起我爸，对不起救火会，我死有余辜，你们枪毙我吧！”

杜金保彻底崩溃地大哭起来，那满是鲜血的脸，混合着泪水，让罗非三人看了心情异常沉重。

线索中断了，罗非叹了口气，缓缓走出了审讯室。小曼看着罗非的背影，满眼关切。

当小曼处理完捕房的事，回到公寓时，见罗非的房间灯还亮着。于是，上楼来到203前敲了敲门。

门一开，罗非端着咖啡站在门口。

“什么事？”

“我看见你房间的灯一直亮着。”

罗非喝了一口咖啡：“我睡不着。”

小曼看着罗非的举动，不觉失笑：“可以进去吗？”

罗非无力地靠在门上，一摊手。小曼随即进屋内，看到屋里一片狼藉，桌上、地上资料堆得四处都是，客厅里多了一个保险柜敞开在边上。

小曼看到桌上那架奇怪的咖啡机还在滴着咖啡，无奈地摇摇头：“睡不着还喝咖啡？”

“咖啡可以扩张脑血管，降低呼吸频率，十五到二十分钟之后才会起兴奋作用，如果掌握好时间，喝咖啡可以助眠。”

小曼拿起桌上一张纸看了看：“杜金保的供词。不是已经结案了吗？”

罗非微微叹了口气：“你真的相信杜金保就是纵火案的凶手？”

小曼听罢，用奇怪的眼神看着罗非，紧接着皱起眉想了想说道：“他自己都招供了。”

罗非放下咖啡杯，来到贴满线索资料的墙边，看着钉在上面错综复杂的红线：“事情没有这么简单，这件案子疑点太多了。”

“都有哪些疑点，快告诉我，我可以帮你一起推理。”小曼说着凑了过去。

罗非当即露出了一丝无奈的苦笑：“小姐，推理不是推车，不是两个人一起使劲儿就会变快的。”

“别忘了我也是一名警探，就算使不上劲儿，多少也能给你点启发吧？”小曼一脸认真地说道，却不再像以前那么过多在意罗非这种盛气凌人的语气。

罗非看了看小曼，也没有像以前那样咄咄逼人，点头解释起来：“好吧，第一个疑点，王积富根本不认识杜金保，怎么会知道他要放火烧他家？”

“他做梦梦见的。”小曼脱口而出。

罗非耸耸肩：“你相信这种怪力乱神？”

小曼思考了片刻，开始推理起来：“你自己说的‘日有所思，夜有所梦’，说不定王积富认识杜金保，王太太听见他梦里叫金先生，杜金保的名字里不就有一个‘金’字？他们之间一定有过节，他看到三起火灾的报道，知道是杜金保干的，所以才会害怕到做噩梦……”

“这么说杜金保和之前三起火灾的受害者也有过节吗？”罗非抱着肩膀，笑着看小曼。

“是的，他们之间一定有什么联系……”小曼倔强地咬着下唇，想坚持自己的推理，忽然一转身，指着罗非，“对了，杜金保的父亲是在救火中牺牲的，说不定那场火灾就是王积富他们造成的，杜金保是为父报仇。”

罗非佯装惊讶，敷衍地鼓了几下掌：“你刚才说话时，眼球一直在向右上方转动，说明这个理由只是你的臆想，你自己也知道根本没有依据可循，你的想象力很丰富，但是当侦探不能光靠想象力，还要靠调查研究。”

小曼尴尬地收回手，走到一旁的桌子边，看了几眼满桌眼花缭乱的资料问道：“这一个星期来你做了很多调查研究吧，告诉我你都查出些了什么？”

罗非走过去，拿起桌上的资料，给小曼排出顺序：“一开始，我和你一样怀疑火灾受害者之间有某种联系，可是当我查看十名死者年龄、职业，却找不到任何共同点。正当我的调查陷入僵局时，你刚才的一句话提醒了我……”

“什么话？”小曼突然又莫名兴奋起来。

“我突然意识到我只顾着横向比较每个人的现状，却忽略了纵向的时间，所以我改变方向，调查这十个人以前的经历，结果，我发现了一件有趣的事情。”罗非说着用力点指着桌面上那四具焦尸的照片，“四起火灾，每起都有一名遇害者在十年前辞去了原工作，连同王积富在内，这四人分别是……”

这时罗非又从一沓文件里抽出四张照片，依次摆在那四张尸体照片的上方：“赵大同，工部局高级译员，十年前是利查洋行的经理……方礼斌，新南洋机械工厂工程师，十年前是永和保密机械厂的工程师……郑远，现任大世界保安经理，十年前是汇旗银行的保安主管……王积富，现任《新林报》社会新闻栏责任编辑，十年前，他是汇旗银行的业务经理……”

罗非一只手拍在照片上，另一只手指着小曼：“十年前，他们差不多突然在同一时间辞去了原工作，搬了家更换了住址，这说明什么？”

小曼若有所思地点了点头：“当时一定发生了什么事。你有没有查过十年前的新闻？”

正当小曼觉得案件的线索明晰起来时，罗非却颓然一笑：“不用查，还记得你问过我有什么破不了的案子吗？十年前我刚开始当侦探，遇到的第一起悬案就是汇旗银行钻石失窃案，至今未破，这件案子就像一个小齿轮卡在我脑子的一个角落里，没想到现在又转了起来。”

“你是说那个钻石案和这四个人有关？”小曼试探着问道。

罗非点点头，随即拿出了一个男人的照片递给小曼。

小曼接过照片，看了看，照片里是一个衣着得体、满脸英气的男人。

“他是谁？”小曼抬头问罗非。

“利查洋行买办金查理。”罗非长叹了口气，走到窗前望着不远处那依旧霓虹闪烁的戈登路，“十年前，这个金查理为了炒买上海滩的房地产，把毕生积蓄的一笔巨额资产转买成价值连城的钻石，从国外带入公共租界。金查理把钻石存入号称远东最安全的汇旗银行保险库保险柜，不料只隔了一天，钻石就在戒备森严的保险柜内不翼而飞，警方没有发现任何线索，金查理因为受不了这个巨大的打击精神失常，最终放火烧了自己的办公室，自焚而死。”

小曼一边看着桌上的照片一边听完了罗非的回忆，不禁唏嘘。她慢慢走过去看着出神讲述的罗非，似乎当年那场大火在那炯然的目光里燃烧着。

“纵火案的四名死者，一名是金查理手下的经理，两名是银行的员工，另外一名虽然看似和失窃案没有直接的联系，却是一个精通各类保险柜的工程师。”罗非说着，转头看向小曼。

“你是说，这四个人合谋偷了钻石？”小曼举起那五个人的照片说道。

“我想，王积富梦中提到的金先生，指的应该不是救火员杜金保。”罗非说着从小曼手里抽出金查理的照片，按在窗户上，“而是洋行买办，金查理。”

于是，小曼顺着罗非的思路，继续推理：“王积富是害怕十年前的冤魂来找他报仇才做的噩梦，但纵火案的凶手不是鬼而是人，凶手真正的目的是……”

罗非点点头：“是价值连城的钻石。”

“这么一来全都说得通了！”小曼激动地说道。

可是这时，罗非却无奈地摇了摇头：“可惜这些都是建立在假设之上，没有任何证据，而且十年前的悬案现在想回头再查，更是难上加难啊。”

“要找出纵火案的真凶，就要先破十年前的旧案，越来越有意思了！”说到这儿，小曼忽然变得异常兴奋起来，把罗非拉到沙发旁坐下，“快跟我仔细讲讲，这桩连你都破不了的案子到底是什么样的？”

“十年前……”罗非刚开了个头，马甲里的怀表突然“叮”的响了一声，他随即掏出来看了一眼，“十五分钟到了。”

“什么十五分钟？”小曼瞪大眼睛，一脸奇怪地看着罗非。

罗非一笑，指了指桌上还在咕嘟咕嘟沸腾着的咖啡机说道：“咖啡助眠的最佳时间，失陪。”

罗非随即起身快步走进卧室，“砰”的一声关上了门。

“什么啊？你……哪有这样吊人胃口的！”小曼噘着嘴抱怨，渐渐地，她看着那紧闭的房门，心底莫名涌上一丝奇怪的感觉。她似乎看见罗非此刻正靠在门上……

第五十六章　消失的保险柜

清晨一大早，小曼就被一连串急促的敲门声给吵醒了。

好不容易对门不折腾，能睡个安稳觉的小曼，对于这种行为，真的有一种想立刻冲出去把门外人当作沙袋绑在房梁上痛打的冲动。可当小曼真打开门，见到穿着精致西装三件套的罗非时，惺忪的睡眼又强撑开一倍的缝隙，隐约射出光来。

“什么事？”

罗非张开五根手指，异常兴奋地对小曼说道：“你有五分钟的时间洗脸、换衣服，我在楼下等你，过时不候。”

罗非说完转身就走。

小曼揉了揉眼睛，愣了片刻，随即趴在门口追问：“去哪儿？”

罗非晃晃手杖：“犯罪现场。”

“啊？”小曼一脸惊诧，难道十年前的案子有转机了？

当小曼急急忙忙钻进出租车时，早已等得不耐烦的罗非抱怨道：“说给你五分钟，你多用了三十秒。”

“对不起呀，罗非探长。”小曼讽刺着说道，然后学着罗非先一步闭上了眼睛。

罗非一愣，转而对司机说道：“师傅，去汇旗银行。”

半个小时后，两人走进了汇旗银行的大厅。小曼打着哈欠问道：“来银行干什么？”

“你不是想知道钻石案的细节吗，那么充分发挥一下你的想象力。”罗非说着指了指身后的银行大门，“十年前的某一天，汇旗银行打烊前，就从这扇门进来了两个人，一个是利查洋行买办金查理，另一个是陪同他的洋行经理赵大同……”

“你是想从当事人的角度做一次情景重现吗？”小曼似乎明白了罗非带她来这儿的目的。

“金查理手里拎着一个美国进口的安全密码箱，箱中装着的是价值连城的钻石……”说着罗非抬手做了个提箱子的动作，“现在我是金查理，你是赵大同，我们来重演一遍当时的经过，看看问题到底出在哪里。”

两人说着来到了柜台前。

经理微笑相迎：“两位，请问需要什么？”

“我想租一个保险柜。”罗非装作神色慌张的样子，小曼在一旁低头偷笑。

“好的，请问您要租多久？”经理说着拿过笔，非常专业地做着登记。

罗非竖起食指：“一天。”

经理诧异地看着罗非：“一天？”

“可以吗？”罗非语气急切地说道。

“当然……”经理怔了怔，连忙点点头，把登记本推到罗非面前，“可以，请在这里登记，付款。”

随后，罗非按章程付钱，签字。手续办好后，经理出示给两人一个方形大盘子，上面挂着十几个号码牌。

经理伸手依次掠过号码牌："这是目前空置的保险柜，请您挑选一个号码。"

罗非看了看那些号码牌，手伸出去一半又突然停了下来。

"怎么了？"小曼小声问道。

罗非转头，十分认真地对小曼说道："你是我最信任的手下赵大同，但我并不知道你其实是一名内鬼，并且……"罗非说着，又指了指对面的经理，"你已经和他串通好了。"

经理一脸诧异："对不起，先生，你说什么？"

小曼立刻朝经理尴尬地笑了笑，然后指指自己的脑袋："没什么，他脑袋有点……"

"哦——"经理将信将疑地点了点头，也就不再说什么了。

"如果你想让我挑选一个特定的号码，你会怎么做？"罗非突然问小曼。

小曼想了想，然后指着盘子里的一个号码说道："101，纵火案是你经手的第101个案子。"

罗非拿起101号牌，扬起嘴角："很好，你利用我的个人特点成功地诱导了我，而金查理的特点是非常迷信，赵大同也可以诱导他。"

小曼看着钥匙，思考了片刻，又摇了摇头："如果金查理没有选预定的号码呢？"

"计划中止，没有任何人会有损失。"罗非淡淡地说道。

这时，在一旁听得一头雾水的经理干笑着从柜台中走出来："先生，您选好了吗？那请跟我来吧。"

于是接下来，经理带着罗非和小曼走到地下室。幽暗的走廊，寂静而狭长，只有三人的脚步声在久久回荡着。小曼走在其中，望着一扇一扇紧闭着的保险库门，感到莫名的窒息和冰冷。

这时，经理按着钥匙牌的号码，在一扇保险库门前停下了脚步，用钥匙和密码打开沉重的银行保险库大门，然后引领着罗非和小曼走了进去。

最后，经理把信封交给罗非："先生，这是保险柜的钥匙和密码，您把物品存入后可以重新设置密码，如果您不知道怎么设置，我可以教您……"

"不用了。"罗非急忙摆手打断了经理的话，然后指着面前的保险柜说道，"这个型号的保险柜我研究十年了。"

罗非转而对小曼介绍道："德国克鲁伯公司特制保险柜，配备世界最先进的防盗装置，迄今为止没有人用非暴力的方式撬开过它。”

“我们银行的保险柜是最安全的，先生您大可放心。”经理的语气坚定又自信。

“我很放心，因为据我的经验即使是暴力方式，也没用！”罗非泄愤似的在保险柜门上拍了几下。

经理诧异地看他一眼，然后咧了咧嘴：“您有十分钟的时间，我在外面等您。”

经理离开后，罗非迫不及待地打开信封，然后竖起信封快速抖动，将一把钥匙和一张纸倒在手心。小曼看到纸上写着三个两位数的号码。

“王积富带着金查理和赵大同来到保险库，交给金查理一个密封的信封，信封中是168号保险柜唯一的钥匙和一串密码。”罗非说着将手里的字条摊给小曼看。

“如果168这个号码是事先准备好的，那么王积富可以事先偷偷打开信封，偷配一把钥匙的！”小曼说完，疑惑地看向罗非。

罗非摇摇头：“但是他知道初始密码也没有用，金查理把手中的密码箱存入后，用保险柜门后的开关重新设置了只有他自己知道的一串新密码。”

小曼赞同地点点头，想了想又问道：“那王积富和赵大同可以偷看他设置的密码吗？”

“按规定，客户设置密码时银行经理必须回避，而且按金查理当年的笔录，他也确认王积富并不在场，至于赵大同……”罗非说着突然搭住小曼肩膀说道，“你退后三步。”

小曼看着罗非，不解地向后退了几步。

“金查理的笔录确认他当时在几步之外，侧对着他。”罗非边说边按着初始密码打开保险柜，然后开始重置保险柜后的密码，“你能看到我设的密码吗？”

站在罗非身后的小曼无奈地摇头。

罗非随即转身：“所以，知道保险柜原始密码并没有用，没有人知道金查理自己设的密码是什么。”

罗非背着手关上保险柜的门，缓缓说道：“最后一步，金查理把装有钻石的手提密码箱放进了保险柜中，然后他按下了密码箱上的报警开关。”

“什么报警开关？”小曼不解地问道。

“金查理的手提密码箱是从美国进口的，装有最先进的报警装置，一旦按下报警开关，箱子中的一个水银开关就开始工作，此时任何一点点微小的震动，都会触动水银开关，发出尖厉的报警声。”罗非说着，随手又关上了外层的保险柜，继续说道，“然后，金查理锁上保险柜，离开了银行；隔天早上，经理王积富来银行上班，按照规定，他首先用密码和钥匙打开保险库例行检查，此时他发现金查理的168号保险柜敞开着，保险柜内空空如也。”罗非说着再次打开了保险柜，朝小曼一摊手。

“于是，王积富按响了警报。”说着罗非用手杖指了指一旁的警铃，“银行所有的出入口都被当场封锁，银行安保和巡捕第一时间赶到，其间没有任何人离开过银行，王积富也没有离开过保险库一步，巡捕对所有在场人员都搜了身，没有发现钻石。”

“也许小偷就藏在保险库里呢？”小曼托着下巴说道。

“你觉得这里有空间可以藏得下一个人吗？”罗非指着保险库的四壁说道。

“那通风管道呢？”小曼又问。

罗非挥起手杖指着天花板：“通风管道设计得十分细小，连老鼠都爬不进去。银行内从办公室到厕所每一个角落也都仔细搜查过，没有任何发现，装着钻石的密码箱就这样在保险库内不翼而飞了。”

“密室盗窃！”小曼脱口而出。

罗非点点头：“是的，钻石在最牢不可破的密室里失踪，这个案子成了不解之谜，我也一直没想出来窃贼的作案手法。”

小曼顺着思路，继续试着推测：“会不会是金查理自己不小心泄露了密码，比如喝醉酒……”

“不可能。”罗非立刻摇摇头，“金查理为人十分低调谨慎，当天他离开银行后直接回家，第二天是星期天，他待在家里休息没有出过门，一直到星期一早上案发他都没有接触过其他人，也没有去过其他场所。”

小曼皱起眉，抱着肩叹了口气：“照这么说，整个过程没有一点漏洞。”

“你又忘了侦探的第一要领，不要轻易下结论。”

小曼一愣：“刚才我漏掉了什么环节吗？”

“过来看。”罗非对小曼招手，随后打开保险柜门，让小曼查看保险柜的背后。

小曼随即把头探进保险柜，仔细观察着保险柜：“看什么？”

“德国克鲁伯保险柜，世界上最安全的保险柜，锁上之后就像是一座钢铁堡垒，根本无法从正面破解，但是打开之后……”罗非说着指向柜门背面，“它的背面很脆弱，可以轻易地把锁芯拆卸下来。”

小曼缩回头，一瞪眼：“废话，保险柜都打开了，当然不保险。”

罗非也白了小曼一眼：“但是银行的安全流程中，有一个步骤是在保险柜打开的状态下进行的……”

“保险柜密码的重置？”小曼眼神发光地说道。

罗非点头：“总算开窍了。”

“那又怎样？金查理还是独自换的密码。”小曼叹气道。

“所以接下来就需要一个专业的工程师登场了，还记得那个方礼斌吗？”罗非说着轻轻敲了敲保险柜门，“身为保密机械厂工程师的他，精通市面上所有保险柜的结构，以他的技术，完全可以偷偷地把168号保险柜的锁芯换掉。”

听了罗非的话，小曼点点头，然后又摇摇头，好像还是有什么想不通：“怎么换，保险库又不是你家，说来就来，说走就走。”

“自然有人会帮他。”罗非说着用期待的眼神看着小曼。

小曼立刻想到了四名死者中的又一个人：“银行保安郑远！所以说前一天晚上……”

“没错。”罗非微微一笑，“银行下班时，方礼斌偷偷躲在王积富的办公室内。晚上，等到预定的时间他从办公室出来，用王积富提供的密码和钥匙打开保险库……”

听到这里也一瞬间明白了的小曼随即接着罗非的话，继续说道：“这时正好是保安郑远值班，银行保安每半小时一轮，只要他们串通好，方礼斌就有半个小时的时间，足以把168保险柜的原装锁芯换成他自己特制的假锁芯。”

“方礼斌换好锁后，回到经理室躲好，第二天银行开门，他可以混进人群大摇大摆地离开。”罗非说着用手杖指了指就在头顶的银行大厅。

“可是，换个假锁芯有什么用呢？”小曼又不禁奇怪地问道。

罗非十分坚定地点了一下头：“当然有用，不管金查理重设的密码是什么，这个假锁芯都可以用原始密码打开，金查理从来没有用过克鲁伯保险柜，也没见过原装锁芯长什么样，所以丝毫不会怀疑，就中了圈套。”

听了罗非的解释，小曼恍然大悟地一拍手：“啊，我知道了，只要等到晚上，王积富进入保险库，用原始密码可以轻而易举地打开保险柜，取走钻石。”

“你怎么和窃贼一样着急。”罗非轻轻摇了摇头，“你这么快就忘了最后一道防线——密码箱的报警装置。”

“报警器不能关掉吗？”小曼问道。

罗非语气坚定地说道：“不能，密码箱上的报警开关一旦按下，只有输入唯一的密码才能关闭。”

“方礼斌不能破解吗？”小曼又追问道。

罗非还是继续摇头：“不能，报警器的图纸在美国生产厂家，属于高度机密，方礼斌不可能得到。”

“所以除了金查理本人，任何人都不可能拿走钻石。”小曼有些失望地说道。

“即使是金查理本人，也必须先触发警报，才能输入密码关闭。”罗非说完，也低下头陷入了沉思。

“照这么说，这个密室盗窃无论如何都无法成立啊。”

罗非不断摩挲着下颌的胡须，显得有些焦虑：“是啊，每次推到这里我就推不下去，脑子里像是被一团乱麻堵住了……”

这时，经理突然走了进来，指着墙上的时钟对二人说道：“对不起，二位，时间到了。”

“好的，我们就走……”

罗非点头，刚想转身走出去，突然停下，看着时钟开始发愣。

小曼见状立刻摇了摇罗非的胳膊：“怎么了？”

又过了几秒钟，正在发着愣的罗非忽然反手抓住小曼的手，近乎狂喜地大叫道：“时间！他说得太对了，我怎么这么蠢，我早就该想到了，案件的关键就是时间啊，哈哈哈哈！”

罗非说完，急忙放开小曼，又激动地紧紧拥抱住了一旁的经理。

银行经理被吓了一大跳，神情慌张地看着小曼。小曼无奈上前拉开了罗非，把钥匙交还给经理，说了句“我这就带他去看病”。就拉着罗非快步离开了。

两人走出银行，罗非一把甩开小曼跳上了一辆黄包车。

“哎，下一步去哪啊？”小曼有些兴奋地问道。

“回家睡觉。”罗非倚靠在座位上，闭上了眼睛。

小曼随即也上了车，狠狠掐了罗非一把：“你还没跟我说刚才你想明白什么了呢。不许睡觉……你给我起来，一大早就吵醒我，现在又勾起了我的好奇心，这时候想自己睡觉，没门！……你给我醒醒……”

“我这几天都没怎么睡觉，我就睡十分钟，然后我就告诉你……”

“不行……”

一辆吵吵闹闹的黄包车沿着九江路朝沙利文公寓飞驰而去。而此时，一辆停在路边的黑色轿车里，一个人正紧盯着那辆黄包车，手里紧紧攥住一块雕工精美的淡黄色玉佩。

第五十七章　鸡汤的味道

中央捕房探长办公室内，沙威与罗非相对而坐。

“杜金保不是凶手？那凶手是谁？”沙威一脸诧异地问罗非。

罗非摇摇头：“现在还不能确定，但是我确定二十七天后我就能把他送到你的面前，你现在要做的就是延长杜金保的羁押时间，二十七天后再送交司法。”

沙威一撇嘴：“你说得容易，你知道这个案子社会影响多大？各方面都希望尽快公审，给公众一个说法，兰心大戏院都在排演枪毙杜金保的话剧了。”

“你不会为了迎合社会舆论，就把一个无辜者送上刑场吧？”罗非立刻正色反驳道。

“我也不会为了迎合你无端的猜测，就随意破坏巡捕房的制度。”沙威也语气坚定地反驳。

“那不叫无端的猜测，叫推理，我的推理什么时候错过？”罗非将身子探向沙威。

沙威也针锋相对地盯着罗非：“有啊，上次我收到一个匿名包裹，你说是炸弹，结果是生日蛋糕，害我把太太送的惊喜交给拆弹专家引爆了。”

“我是说在生死攸关的大事上，我不会再让一个无辜的人死在我面前，不管他与我有没有关系。”说这后半句时，罗非目光竟有些黯然，语气也平添了几分恳切。

沙威叹了口气，像是看到了罗非眼神里的某种东西一样，他低头想了想，随后点点头：“好吧，我尽量拖延，但你至少告诉我你掌握了什么线索，为什么非要等二十七天？”

罗非神秘地一笑：“时间，一切的关键就在时间……”

从捕房出来，已是午后，罗非抬头看了看和煦橙色的阳光，放下了想要招呼黄包车的手。

随后，罗非独自一人沿着街道缓步前行着，步伐不再是走路带风的果决爽利，也不再是吹着萨克斯时的舞步律动。此时的步伐，显得异常沉重，沉重到能直击内心，一瞬间又显得莫名无力，无力得那么彷徨无助，仿佛整个人与世隔绝了一般，就像是穿越进了一段回忆里，不愿想起，也不忍忘记。

“先生，买花吗？”

罗非低头侧目，看到一个小女孩儿正捧着花篮，满眼期待地朝自己笑着。

“买一朵吧，罗非。”一个女孩儿的声音在耳畔响起，“我喜欢那束天堂鸟。”

紧接着罗非好像又听到了自己在说话：“那花多不吉利，买给死人的。”

罗非怔在原地，看着小女孩儿身上打着补丁，却依旧被洗得干干净净的红色麻布裙，缓缓从衣兜里掏出一块银圆放进了花篮里。当罗非刚转身，准备离开时，又停住脚步，回身从花篮里拿出了一枝黄瓣蓝蕊的天堂鸟，然后转过头看着一个穿着白色连衣裙的美丽女孩儿，苦涩一笑：“这样可以了吧？”

而此时，站在一旁的小女孩儿则用一种奇怪的眼神望着眼前正在和空气说话的罗非，“……先生，您给的太多了……”还不等小女孩儿反应过来，罗非早已走远了。

“你是不是知道我突然想去看你，才让我给你买花的。”罗非低头揉捻着花枝笑道。

“你每次来看我，都带很多花，唯独没有天堂鸟。”女孩儿娇嗔道。

“这花，不吉利的。”罗非故作淡然地说道。

“谁说的，这花的形状多像两只小鸟在一块展翅欲飞啊，就算有一天，飞到了天堂也要在一起。”女孩儿指着罗非手里的花，高兴地说道。

“嗯。”罗非重重地点了一下头，“是我没资格陪你一起飞。”

“罗非你不要每次都这样说，我希望你好好照顾自己，不管我在不在你身边。”

“如果当年我早一点赶到……”罗非说到这里有些哽咽。

女孩儿连忙靠在罗非肩膀上，摩挲着他的后背：“罗非，我从来没有怪过你，这十年来，你救了很多人，每个人都应该有继续活下去的意义，你也还会碰到其他人。”

罗非听完女孩儿的最后一句话，似乎全身冻住了一般！

女孩儿抬头深情地回望着罗非：“我期盼着有一天你再能亲手送我一枝天堂鸟，不过在这之前，我希望你能珍惜她。”

“她？”罗非一瞬间躲开了女孩儿的视线。

“我很高兴，有个人能那样时刻保护你，关心你，我也很高兴，那晚大火，你冲了进去。”

“我只是……”

“不，我是真的很喜欢小曼，你呢？”女孩儿看着罗非，露出柔美的笑容。

“我……”

当罗非再次转回目光时，女孩儿早已消失不见了，可肩膀的重量感明明还在！那是一只轻柔的手，罗非感觉到此时那只手正在将温暖源源不断地传进自己的身体。罗非急切地抓住那只手，突然停住脚步，慢慢回过身，看到秦小曼正站在自己身后，低着头盯着自己的脚尖。

“你怎么在这里？”罗非有些惊讶。

“我……我回捕房的时候，看到你一个人拿着一枝花，失神地从路边朝马路中央走着，以为你是不是又光顾着想案子……”小曼话没说完，把手从罗非手里抽了回去。

“噢。”罗非茫然地点点头，这才发现自己不知什么时候已经快走到了马路中央。

当两人重新走回到路边时，罗非才有些回过神地紧张问道：“刚才你听到我说什么了吗？”

“没……没有啊。”小曼再次红着脸别过头。

“你在撒谎……”罗非还想说点什么，但是不管是打趣还是毒舌的话都好像一时间哽住了。

“那个……我听沙威探长说，你还要把杜金保扣留一个月？”小曼没话找话地说道。

“啊，对。”罗非慌忙点点头，“二十七天后，自会见分晓。”

“那，那你现在要去哪儿？”小曼问道。

“我？我要……阿嚏！”罗非的一个喷嚏好像让此时两人之间的气氛缓和了一些。

“你又感冒了？是不是这几天没休息好？”小曼关切地问道。

“不是，是花粉过敏。”罗非连忙解释道。

“我和汪姐学了熬鸡汤，今晚请你喝！一起补补身体。”小曼笑着说道。

罗非一脸惊讶：“你熬鸡汤？算了吧，别在没天赋的事情上努力了。”

“我那次是放错调料了好吗？”

此刻的两人好像都找回了相互说话的节奏。

“我先回家了。”罗非伸手叫停了一辆黄包车，上车后，罗非突然看了看手里的那枝天堂鸟，然后在车子被拉走的前一刻，伸手将花插在了小曼上衣口袋里，随后向车后面的小曼挥了挥手，“送你了，查案你也辛苦了，警探助手。”

小曼望着黄包车，又拿起那枝花，脸上渐渐露出了微笑。

晚上，沙利文公寓内，小曼用抹布双手端着一个砂锅，轻轻踢开 203 房虚掩着的门。整个房间顿时飘香四溢，罗非瞪着眼睛，不可思议地看着小曼。

小曼把鸡汤放在桌上，抱起肩膀对罗非笑道：“怎么样？敢再尝尝吗？”

罗非对着砂锅里飘香四溢的淡黄色鸡汤端详了半天，抬头问小曼：“这是你做的？”

“那当然，汪姐亲手教我的。”小曼说着盛了一碗，摆在罗非面前。

罗非拿过勺子，喝了一口，又故意咂咂嘴：“还可以吧。”

小曼一撇嘴：“这算什么评价，好喝还是难喝？”

罗非放下碗，这时才发现小曼被烟熏得有些蓬头垢面，于是去浴室拿了一条大毛巾甩手盖在小曼头上。

“你干吗？”

小曼刚想拽下毛巾，被罗非一把按住手：“谢谢，鸡汤很好喝。”

罗非说完，小曼脸上的毛巾顿时被吸得凹进去了一块。罗非知道那是小曼在笑，那也是她嘴唇的位置。一瞬间两人就那样静静地站着，罗非将脸慢慢朝那个凹陷凑了过去。同时，那个圆润的凹陷也开始频繁地起伏着。

正当罗非的嘴唇即将要碰到那个凹陷时，房门突然被一把推开了！

紧接着传来了汪苏苏的声音：“小曼，记得把砂锅刷干净，不然会留下味道，下次……哦哟！你们不是吃饭吗……对不起……”

罗非再一抬头，汪苏苏早已走开，只剩下房门还在晃动。随后，罗非扶着小曼的肩膀，将她送出房门，然后说了一句“晚安”，就轻轻关上了门。

又羞又恼的小曼，情急之下则捂着头，转身朝自己的房门跑去。这时，刚端起碗的罗非，突然听到门外传来“砰”的一声奇怪的撞击声……

第五十八章　十年宝藏

二十七天后。

银行大厅内，人来人往。一个人影走进银行，来到接待台前，向大厅经理出示一把钥匙。

银行经理查看了一番钥匙，然后朝着那人点点头，随即带着来人走向一旁的保险库。银行经理打开保险库大门，来人独自进入保险库，经理随后转身离开。

来人走到 167 号保险柜前，插入钥匙，转动保险柜密码盘，然后扭动钥匙。保险柜的门立刻咔嗒一声被打开了。

此时，那人身后忽然传来一个声音。

“霍医生，又见面了。”

保险柜前的背影闻声转过头，正是霍文斯，而此时站在他背后的，正是罗非和秦小曼。

霍文斯看着两个人，有些惊讶，转而微笑着说道：“罗大侦探，秦警探，这么巧，你们也来银行存东西？”

罗非回以微笑：“不，我是来找你的。”

“我现在有点事，你们可以去诊室等我。”霍文斯指着身后的保险柜笑道。

“这件事很紧急，我现在就想跟你谈谈。”罗非软中带硬地说道。

“在这里？不太方便吧。”霍文斯一愣，扶了扶眼镜，“而且按规定，保险库一次只能接待一位客户。”

罗非笑着摆摆手：“没关系，我和银行经理是熟人，他可以为我破例。”

“是吗，你人脉还挺广的。”霍文斯说着走到罗非面前，与罗非四目相对，“好吧，到底什么事？”

“你有没有听说过十年前汇旗银行钻石失窃案？”罗非正色问道。

霍文斯摇头：“没有，十年前我在奥地利。”

“十年前，就在这间密室内，一箱价值连城的钻石不翼而飞，我推理出了四位窃贼怎样利用职业之便合伙打开保险柜，却始终想不出最后一步，他们是怎样破解密码箱上的警报装置的。”罗非说着指了指墙上的挂钟，“直到有一天看到这个，我突然意识到，密码箱再完美的设计也无法抵御住一个天敌……”

“你就别卖关子了，快点说吧，我都心痒快一个月了，到底是什么啊？”小曼迫不及待地说道。

“时间。”罗非摩挲着胡须说道。

“我实在不明白你们在讲什么，要是没我什么事的话……”

一脸狐疑的霍文斯说着正想离开，罗非横起手杖拦住了他。

“霍医生，耐心点，听我说完你就明白了。我突然意识到，警报器既然要响就一定要用电，要用电就需要电池，而电池是有寿命的。于是我通过长途电话联系了生产密码箱的美国公司，从他们那里了解到，报警开关开启后，警报器的电池最多可以维持十年。而且我相信，十年前，工程师郑远也打过一个同样的电话……”

罗非说着走到保险柜前，故作神秘地抖动着双手像是在变魔术一样，继续说道：“所以他们四个人的计划只要加上十年的时间，就可以完美地实施了。那一箱钻石其实从未离开过保险库，一直都在保险柜里。”

这时，小曼急忙打断罗非：“等等，我不明白，168 号保险柜不是被打开了，里面空无一物吗？”

罗非得意地点点头：“是的，但是金查理存入钻石的，并不是 168 号保险柜，而是隔壁的另一个保险柜。”

小曼瞪大眼睛看向罗非：“这怎么可能？”

“当然有可能。”罗非说着走到保险柜前，指着上面的数字牌，“保险库的第二大漏洞，保险柜的号码不是刻在上面，而是用螺丝固定的铭牌，可以轻易地拆下来更换。”

“保险柜的号码都是连贯的，换了号码，难道客户不会注意吗？”小曼立刻反驳道。

罗非张开双臂靠在保险柜墙上说道：“有一个办法可以不引起注意，那就是把这一排的号码全换掉，一般人只会注意相邻的号码连不连贯，不会注意上下排的数字关系。”

“这可是个不小的工程呢。”小曼一脸不可思议地摇摇头。

“我测试过，一个手法熟练的人，十分钟就可以搞定。当年，就在金查理进入保险库前，上一位进入保险库的客户应该就是那四个人……”罗非站在 167 号和 168 号保险柜之间，做了个手势交叉的交换动作，“金查理进入保险库看到的 168 号保险柜，实际上是旁边的 167 号，是四名同伙事先就租下的。而方礼斌事先更换的假锁芯，则是按照 168 号的钥匙和初始密码制作的。”

小曼扫视了整排的保险柜问道："但是这样一来，整整一排保险柜的号码都是错的，难道不会被后来的人发现？"

罗非摇摇头："不会，赵大同作为经理，帮金查理安排日常事务，他特意把来保险库存钻石的时间安排在银行下班前，当金查理离开后，王积富马上停止了当天的保险柜业务，没有其他客户进入保险库。接下来的事情就非常顺利了，金查理离开银行独自回家，赵大同却留了下来，赵大同、王积富、方礼斌三人一起躲进了王积富的办公室。"

罗非说着又转到了霍文斯身边，故意低声说道："到了晚上，轮到保安郑远巡视时，四个人一起进入了保险库，他们恢复了保险柜号码，并且换回了原装的锁芯。"

"你说的这些一个人就可以完成，为什么要四个人一起进去？"小曼问道。

"团伙作案最大的问题不在于作案时的合作，而在于作案后的相互信任。大部分团伙作案即便当时成功，结果都会因为内讧，或分赃不匀，或攻守同盟破裂，导致东窗事发。对于一笔必须十年后才能取出的财富，这四个人用了一种很独特的方式确保彼此之间的守信……"罗非伸双手，一手比出一个三，一手拿着霍文斯保险柜上的钥匙，继续说道，"保险柜密码一共由三组数字组成，赵大同、方礼斌、郑远三人每人设置了其中一组数字，只有自己知道，而王积富则持有保险柜的钥匙。"

小曼若有所思地接着说道："所以做完这一切，他们又回到藏身处，等天亮后混入人群各自离开，白天，四人从王积富的办公室出来，混入银行来往的人员中。"

罗非点头："隔了一天，也就是周一早上，王积富一早打开保险库大门，用事先准备的钥匙和密码打开168号柜，然后报警，警察到场自然什么也查不出，连金查理在内所有人都以为钻石不翼而飞，没有人会想到它其实就在隔壁相邻的167号保险柜里。"说着罗非看向霍文斯，"霍医生，接下来的，你应该知道了吧，作案的四名同伙分道扬镳，不但更换了职业，也搬了家，换了地址，确保相互之间不再有任何联系，直到十年后的某一天再在指定地点相聚，凑齐密码和钥匙，打开保险柜，取出电池耗尽的密码箱。"

霍文斯听完罗非的话，闭上眼，眼珠则快速转动起来，而脸上依旧面带微笑。

"为了证实这个假设，我找到了现任的银行经理，他虽然不能泄露客户的资料，但是我说服他查看了167号和169号柜的合约，结果发现，167号柜的租约恰好是十年，承租人匿名，而且有一条奇怪的附约，规定十年内任何人都无权打开保险柜，十年后租期的最后一天，也就是今天，只要凭167号柜的钥匙就可以进入保险库，取走柜中的物品。”

“这么说，现在保险柜里……”小曼张大嘴地指着167号保险柜，一时惊得说不出话来。

“霍医生，真是奇怪，你手里为什么会有167号柜的钥匙，可以看看里面是什么吗？”说到这儿，罗非再次与霍文斯面对面，用锐利的目光盯着霍文斯。

霍文斯突然睁开眼睛，沉下脸说道：“我听不懂你编的故事，167柜是我租的，里面的物品是我的个人隐私，你无权查看。”

“你不是说十年前你在奥地利吗，怎么会租下这里的保险柜？”罗非追问道。

“我托人代租的。”

罗非冷笑地看着霍文斯：“霍医生，我真佩服你，到现在还能够这么镇定。”

“因为我说的都是实话。”霍文斯语气平顺地说道。

随后，霍文斯走到保险柜前，想关上柜门，却被跟上去的罗非一把用手挡住。

“怎么，不取东西了？”

霍文斯甩开罗非的手，冷冷地说道：“你们无理取闹干扰了我，没事的话我就不奉陪了。”

“等等，我刚才的故事只讲了一半，还有后半部分没讲完呢。”罗非盯着霍文斯说道。

“我没兴趣听，请把钥匙还给我。”霍文斯向罗非一伸手。

罗非把保险柜的钥匙轻轻放在霍文斯的手心，然后又立刻收了回来，霍文斯当即抓了个空。

“你不觉得这很无聊吗？”霍文斯叹道。

“当然不。”罗非兴致勃勃地把钥匙重新插在了保险柜上，然后意味深长地回过头对霍文斯说道，“你会有兴趣的，因为这个故事和你有关，一个月前我来到你的心理诊所，翻看了病案，发现缺失一个编号……”

第五十九章　自投罗网

“一个月前，我在翻病案记录时，发现缺了一个编号。”罗非站在保险库门口，拄着手杖盯着霍文斯，“当时我没有太在意，后来我意识到，也许是你不想让我看到某位患者的名字，比如……赵大同？”

“赵大同是谁？”霍文斯耸耸肩。

“赵大同是利查洋行的经理，当年他只是想偷钻石，没想到事后金查理会自焚身亡。亲手害死了曾经最信任自己的上司，赵大同每时每刻都活在内疚和恐惧中。心理负担过重的他找了你这位心理医生，接受了你的催眠治疗，但他不知道催眠会让人透露出内心的秘密，你从他口中得知了十年前钻石盗窃案的真相，并且问出了保险柜的第一组密码。”罗非迅速说完了前面一大段话，然后突然放慢语气，缓缓说出了接下来的几个字，“然后杀了他灭口。”

此时，小曼听得目瞪口呆，她看着眼前这位衣着得体、举止儒雅的心理医生，怎么也难以把他和杀人犯联系到一块。

“哈哈哈，催眠杀人，你说的是电影吗？”霍文斯听罢哈哈大笑，随即解释道，“现实中的催眠术可没这么离奇，也许被催眠者会说出心中的秘密，但是像保险柜密码这种重要的信息，潜意识中会有保护机制，一旦强行探查，自我警觉就会把他从催眠中唤醒的。”

“催眠术也许不能问出密码，但是它能。”说着罗非拿出一个小药瓶，展示给霍文斯，“TSD，一种从毒蘑菇中提取的药物，轻微剂量服用可以有镇静作用，一旦超过剂量，则会令服用者产生幻觉，失去心理防线，回答任何不愿意回答的问题，又称诚实药剂。”

霍文斯当即面露愠色：“请你不要污蔑我好吗？”

“这不是污蔑，一个月前的某天晚上，你正是带着这样一个小药瓶潜入被害人赵大同家，强迫他服下过量药物，你从他嘴里问出了密码，然后把现场伪装成火灾，一方面掩盖罪证，另一方面制造更多死者，转移警方的注意力。为了一箱钻石，你竟然不惜杀了十个人！”说到这儿，罗非语气也异常强硬起来。

“火是杜金保放的，他自己也承认了。”霍文斯不屑地说道。

罗非缓缓摇摇头：“不，他只是替罪羊。他因为梦游症向你求医，却正好被你所利用……”

霍文斯冷笑着看向罗非，摇头叹气，还是一副镇定自若的样子：“罗大侦探，你的想象力太丰富了，你可以去询问任何一名心理学专家，他会告诉你催眠术只能做有限的心理引导，并不能让被催眠者做复杂的事情，更不能做出违背自己本能的事情，比如伤害自己或者伤害别人。”

听霍文斯这么一说，罗非立刻摆手：“我可没有说你用催眠术控制他纵火，你只要强化他的病症，确保他每周日晚上都会梦游就行了。火其实都是你放的，你放火之后马上潜入杜金保家，此时他正在附近街上梦游，你可以从容不迫地把纵火的证据布置在他家里。”

“所以，等他回家后醒来，看到这些证据，自然就会误以为是自己放的火。”小曼说完看着霍文斯：“霍医生，这一切真的是……”

“对他，你还抱有幻想吗？”罗非瞟了小曼一眼，转而又对霍文斯说道：“你杀了赵大同后，根据他临死前供出的名字，找到另外三名同伙，用同样的方法干掉了郑远和方礼斌，本来你只要用同样的手法除掉王积富，得到他手里的钥匙，然后打一个匿名电话举报纵火犯杜金保，就可以完美地实施你的计划了，可是百密一疏，你犯下了一个致命的错误。”

霍文斯顺着罗非的话，冷笑着问道：“哦，是什么？”

“你只知道四名同伙互不联络，不会因为对方的死讯而引起警觉，但是你疏忽了王积富的职业是报社编辑这件事，虽然报纸不会刊登死者名单，但王积富却可以接触到原始的新闻素材，当他看到第一起火灾死者中有赵大同的名字，一定十分沮丧，因为再也打不开保险柜拿不到钻石了；当他看到第二起火灾死者中有方礼斌的名字，沮丧会转为惊慌，他一定会怀疑这是郑远为了独吞钻石干的，而下一个目标就是他，所以他在家里设下陷阱企图活捉郑远，因为郑远是唯一知道完整密码的人。”

霍文斯看着罗非满是自信的脸，听着回荡在保险库中罗非的声音，不知不觉皱起了眉头。

罗非看着霍文斯的表情，继续说道：“可是当他从第三起火灾的死者名单中看到郑远的名字后，惊慌转为恐惧，既然同伙不是凶手，迷信的王积富一定会认为是买办金查理的鬼魂来报复了，于是在家里画满了符咒，不明缘由的王太太看到丈夫的失常表现，担心他走火入魔，来巡捕房报案，这才引起了我和秦小曼的注意，我们两人介入调查，结果打乱了你的完美计划。”

“真是无稽之谈。”霍文斯的语气有些不耐烦，好像非常不想听罗非再说下去了。

而罗非偏偏紧盯着霍文斯，而且加快了语速：“当天晚上，你本来是来杀王积富的，没想到被我和秦小曼撞破，逃跑中还掉落了随身的药瓶，把我们引到了你的诊所，不过你并没有因此慌了阵脚，也没有放弃原定计划，你用一个不在场证据蒙混过关，并且提供了几条假线索转移我们的注意力，拖延时间，最后又用一个假目标调虎离山。”罗非说着指了指霍文斯手里的钥匙，“好让你继续完成未完成的计划，拿到钥匙，杀了王积富，并纵火毁尸灭迹，再嫁祸给杜金保。那天晚上秦小曼在火场中看到王积富在狂笑，其实是服用了过量TSD后的反应……”

“等等。”这时，霍文斯突然一声断喝打断了罗非的话，“你别忘了我有不在场证据。”

小曼在一旁看着霍文斯，眼神里充满陌生感。

罗非笑着点点头：“确实，为了万无一失，每次作案时你都会安排一个不在场证据，那就是你的失眠症病人工部局董事马天利，每周日晚上你对他进行催眠治疗，十点钟治疗准时结束，马董事回家睡觉，因此可以证明十点火起时你在诊所，这个不在场证据看似牢不可破，但其实是伪造的。”

“所以，你觉得我是怎么伪造的？”霍文斯紧接着问道。

“很简单。”罗非耸耸肩，“你在催眠中让马董事失去对时间的判断，此时你离开诊所纵火作案，回来后把钟拨回十点再叫醒马董事，他回家之后继续睡觉，马董事直到第二天早上醒来，都不会知道自己被人偷走了半个小时……”

“就算我能拨慢诊所的钟，难道还能拨慢马董事家里的钟吗？”霍文斯反问道。

“关于这一点，我特地到马家查看过，他因为失眠需要绝对安静，家里的钟都没有上发条。”罗非说到这儿，抬眼看了看门口墙上的挂钟，用说戏剧台词一样的语气对霍文斯说道，“啊，又是时间，十年前的钻石案，十年后的纵火案，每一个关键点都和时间有关，你不觉得这其中有某种特殊的含义吗？”

“霍医生，罗非说的都是真的吗？”

还没等霍文斯反应，小曼突然一个箭步来到保险柜前，上前一把拉开了保险柜的门，赫然看到里面放着一个密码箱！

“这是我的私人物品……”

小曼没理会霍文斯，伸手取出箱子，一眼便看到箱子上的铭牌赫然印着一串字母：Charlie King。

小曼一脸严肃地朝霍文斯说道：“霍医生，看来你得跟我回巡捕房一趟了，至于你是不是被冤枉的，等打开箱子，看看里面是不是钻石一切就都真相大白了。”

罗非走到小曼身旁拿过箱子，一撇嘴：“你太煞风景了，知不道道侦探最享受的就是和凶手面对面的时刻，从容不迫地说出案情，然后听凶手开始忏悔……”

“站住！”

小曼的这声高喊打断了罗非喋喋不休的抱怨，罗非一转头，正看到霍文斯已然冲了出去！

“他跑不了了，对沙探长你就这么没信心？”罗非提着箱子，紧随小曼走了出去。

银行大厅的地下室入口，霍文斯被沙威带着十余名巡捕重重围住。

这时，罗非慢慢走了出来，对着霍文斯那一脸无奈的表情，十分绅士地欠了欠身。

两天后。

监狱会见室内，罗非隔着铁窗，与霍文斯相对而坐。

“你要求见我有什么事吗？”罗非问道。

“你不是想听凶手的忏悔吗，罗非我真的很后悔，如果我没有起了一时贪念该多好，现在还可以和你、和秦警探继续是朋友，一起并肩作战，但是你不知道那袋钻石的诱惑实在太大了，大得让我冲昏了头！”霍文斯说着用拳头狠砸自己的脑袋。

“我调查过了，你说邀请秦小曼参加宴会，但那个宴会根本不存在。”罗非突然说道。

霍文斯苦笑：“那天你和秦警探找上门，我心里其实慌得不得了，我知道以你们的查案能力，发现其中的关联是迟早的事情，所以我才不得已出此下策想给你们一些干扰，是我骗了秦警探，麻烦你转告她，我想跟她说声对不起。”

罗非一皱眉：“你请她去宴会是为了干扰我们查案？”

“准确地说是干扰你。”霍文斯神情诚然地说道。

罗非听罢，眼神闪烁，随即站起来，转身要走。

霍文斯也跟着站起身，恳求道：“罗非，我知道我因为一时贪念犯了罪，我会在这里好好自省、改造，希望……希望你和秦警探给我一个重新为人的机会。”

“你害死了那么多无辜的人，你自己跟法官说吧。”罗非说完快步走出了会见室。

晚间，监舍内，三四个犯人正围殴着霍文斯。

“来啊，吭声啊，嫩鸡！”

“哈哈……就是个娘儿们。”

“还他妈心理医生，给大爷我看看病啊……”

犯人们一边打一边骂着。而霍文斯只是护住头部一声不吭。犯人们打了一会儿，就都叫骂着离开了。

“没劲！啐！”

当犯人们都躺在铺位上睡下后，霍文斯才慢慢露出脑袋，从怀里掏出眼镜，戴在满是瘀青的脸上。这时，监舍外的走廊传来了车轮轴承的转动声，不一会儿，一个护士推着轮椅上的Captain从霍文斯面前走过。霍文斯趴在地上，目不转睛地盯着轮椅上的Captain……

与此同时，巡捕房解剖室内，本杰明一边收拾解剖器具，一边对端着咖啡的罗非说道：“罗非，你在这里看我解剖一个晚上了……”

“霍文斯认为我对秦小曼有特别的感情。”

本杰明听到罗非突然来了这么一句，立刻放下了手中的东西，转身按着罗非的肩膀，一脸兴奋：“他违法犯罪是不应该，但是作为心理医生还是很专业的，那……霍医生说中了吗？”

罗非看本杰明，又扭头看窗外。

本杰明叹了口气，无奈地摇摇头。

第六十章　悬案再起

第二天，沙利文公寓203室内。一个中年男子正坐在单人沙发上，揪着自己的头发，表情很痛苦：“那块宝石是我外祖母传下来的，如果找不回来，我母亲知道了肯定受不了，她本来身子就不太好，罗非先生，请你一定要帮帮我。”

此时，罗非和秦小曼正坐在中年男子对面。

罗非转头看向秦小曼：“小曼，你怎么看？”

“刚才这位先生说了，小偷在丢失宝石的箱子里留了字条，自称是侠盗陆步平。”小曼一本正经地说道。

罗非失笑：“陆步平？路见不平，拔刀相助。现在嘛，十个盗窃案，有九个都自称陆步平。”

“但你怎么知道这次不是陆步平干的呢？”小曼问道。

罗非摇摇头，也不理会小曼：“赵先生，你养的狗最近生病了吗？”

“没生病。”男子说完，忽然一愣，“咦？我好像没说过我养狗吧？”

“其实很简单，因为……”

“因为你的裤子膝盖上粘了几根狗毛。”小曼立刻打断了罗非，并且得意地看了眼罗非，“别以为就你会推理，我也行。”

“如果你不侮辱‘推理’这两个字，我不会在外人面前让你难堪的。”罗非小声对小曼说道。

小曼气得一瞪眼：“你！我说错了吗？”

“小曼，你比较过猫毛和狗毛的区别吗？”罗非说着转过身，从身后第三层抽屉里拿出两个小盒，递给秦小曼。

小曼接过来，打开一看，分别是两团毛：“这是什么？”

随后，罗非指着两个盒子对小曼说道：“我以前做研究留下来的，你左手的盒子里是猫毛，右手的盒子里是狗毛。你仔细看看，猫毛比较细、比较柔软，很容易粘在衣服上，而狗毛比猫毛粗硬很多，色泽上也有非常明显的差异。”

“你是说……”小曼按照罗非所说的特征，仔细辨认着男子裤子上的毛，“赵先生裤子膝盖上粘的是猫毛？那你怎么知道他养狗了呢？”

这时，电话铃声突然响起。

罗非走过去，接听。

“……我不会去见他的，请你不要再打电话来了！……他写给我的信？没有，我一封也没有收到……我再说最后一次，我不会去见他的！再见！”

罗非说完，重重地挂上了电话。

“谁啊？”小曼问道。

罗非突然莫名地板起脸：“你感兴趣的，不是我怎么知道赵先生养狗的吗？”

“我……”小曼抬头憨笑，“我都感兴趣嘛。”

还没等罗非坐下，敲门声又响了起来。

汪苏苏推门走了进来，手里还拿了一沓信封。

“罗非，有你的信，很多封。”汪苏苏说着把信放在了桌上，转头对小曼商量着说道，“对了，小曼，我侄女从英国回上海，可能后天就到，她习惯住在你那个房间。能不能让她跟你挤挤？”

小曼笑着点头：“当然没问题。”

罗非走过去拿起信封，看了看，摇摇头，直接划了根火柴，点着了这些信，随手扔在烟灰缸里。

小曼见状，急忙拿起桌上的水杯，浇灭已经烧了一半的信。

“罗非！你干吗！看都不看就烧？”小曼拿起一封只剩一半的信封，看了看，顿时面露惊讶，“写信的是欧阳寻？咦，那不是巡捕房的前任探长吗？你干吗烧他的信？”

罗非皱起眉，然后快步走到赵先生身边，拉起他就往外推。

“罗先生，你这是干吗？你不帮我找到宝石的下落，我死也不走！”赵先生扒着门框哀求道。

罗非无奈叹了口气：“你的狗是一只体形很大的看门狼狗，非常凶猛，既然它没有生病，为什么有小偷进门的时候，它没有叫呢？原因只有一个，小偷不是从外面进来的！”

赵先生一脸疑惑：“不是外面进来的？怎么可能？”

“没错，你当然觉得不可能，因为你家里就你和你母亲两个人。”罗非快速说道。

赵先生惊讶地看着罗非：“这……你也知道？”

“所以不管你能不能接受这个真相，反正把宝石偷偷藏起来的人一定是你母亲。”罗非说着掰开了赵先生的手，反手关上了门。

门外随即传来了砸门声和叫嚷声。

“罗非，你没搞错吧？”小曼放下信封问道。

罗非背靠在门上，白了秦小曼一眼：“至于他母亲藏起宝石的原因，我想他比谁都清楚，你仔细看看他牙齿上的烟渍以及浮肿的眼袋，说明他最近经常熬夜。另外，他刚才说话时，不停用拇指搓着食指，这是一个赌徒看牌时候的惯用动作。也就是说，他最近常常通宵赌博，还准备把外祖母留下的宝石拿去抵押，所以他母亲偷偷藏起了这个宝石。”

这时，门外的叫嚷声变小了。

罗非这时故意大声对小曼说道：“小曼，如果这位赵先生的母亲遭受什么暴力问题，一定是这位赵先生干的，我想巡捕房不会坐视不理的！”

“是啊！我记住他的长相了。”小曼也高声配合着说道。

这次，门外渐渐恢复了安静，随后响起了远去的脚步声。

罗非听到脚步声，这才坐回沙发上闭目养神。

“罗非，你还没告诉我呢，为什么对欧阳探长的信和电话你都置之不理啊？”小曼推了推罗非的胳膊。

罗非缓缓睁眼，颐指气使地说道：“我想喝鸡汤。”

“好！我答应你，讲给我听，今晚肯定有鸡汤喝！”小曼按捺不住兴奋，凑近罗非，俨然一副听故事的小女孩儿模样，“我好像嗅到了案子的味道。”

罗非转头看着小曼，长叹了口气，然后陷入了回忆：“那年，租界内发生了几件离奇的案件，受害者都是被笑死的。”

“笑死的？”小曼瞪大眼睛，抓紧了沙发靠垫。

罗非点点头：“而且受害者都是女性，尸体上还留有死后被鞭尸的痕迹，十分诡异，欧阳探长怕引起社会恐慌，这才找到我和本杰明，这时，已经有四人遇害，一人失踪了，而且这五个人身份、地位各不相同，一时间扑朔迷离，当时我们的压力非常大。”

罗非说完，用一种矛盾的眼神，又审视起茶几上欧阳寻的那半截信封。

“那后来呢？那个凶手抓住了吗？”小曼迫不及待地问道。

罗非有些落寞地说道：“你这么勤奋好学，如果凶手被抓住的话，你一定在巡捕房的卷宗里看到过这案子。”

“凶手没被抓住？”

罗非点点头：“不错，欧阳探长撤销了专案组，给了被害人的家庭一大笔赔偿金。”

“你说有五个女人失踪，死掉四个，那第五个呢？”小曼追问道。

“听说没死。”罗非表情颓然。

“听说？”小曼不禁有些奇怪，她认为这并不是罗非一查到底的作风啊。

“凶手后来没有再出来犯案，欧阳寻说第五个受害者获救了，不过我从来没在巡捕房见过这个受害者，也不知道欧阳寻说的是真是假。”

言语之间，小曼发现罗非的语气有些奇怪，一提到这个欧阳寻总有一种不冷不热的感觉，按说这不是对老上司该有的态度。即使是对现在的沙威探长，小曼还是看得出来，表面口无遮拦的罗非在心底还是十分敬重沙威的。

“刚才的电话也是欧阳探长打的？”小曼又问道。

罗非点点头。

“既然欧阳探长这么想见你，为什么不去和他见一面呢？”小曼试探着问道。

“因为我没办法原谅他。”

“原谅？”小曼听着罗非的这句话，心里莫名一紧，“什么意思？他对你，干什么啦？”

“既然你愿意推理，难道看不出这个案子的玄机吗？”罗非看向小曼。

“玄机？”小曼仰起脸，皱眉陷入了思考。

罗非看着小曼苦思冥想的样子，笑了笑，随即提示道：“这个案子出现了两个阻碍因素，一个是欧阳寻莫名其妙地撤销了专案组，停止追查凶手。另一个是凶手突然偃旗息鼓，不再出来作案。”

“是很奇怪，如果欧阳探长继续追查，或者凶手继续作案，两个因素有一个存在的话，这个案子就肯定是巡捕房必须解决的重案。”小曼将目光移回到罗非身上，点了点头，“听你这么一分析，确实这个案子，有点……怪怪的感觉。”

“是默契。”罗非冷冷地说道。

“啊？”听了罗非如此简洁的解释，小曼一时没反应过来。

“又开始不动脑子了。”罗非看着小曼，用手指轻轻敲了敲太阳穴，继续解释道，“你说的怪怪的感觉，其实是默契，是欧阳寻和凶手之间达成了一种默契，更准确的说法应该是，他们达成了一桩肮脏的交易。”

小曼听罢，眉头皱得更紧了：“不可能吧？”

“嘴上说不可能，但是你心里也知道事实的真相只有一个，就是我刚才说的那样。”罗非起身，朝酒柜走去。

“所以你不愿意原谅他，也不愿意去见他。”此时的小曼，心里也有些失望，看来这个案子和银行钻石失窃案还是不一样的，罗非心里已经产生了抵触的心理。

这时，门口又响起了敲门声。

随后，本杰明行色匆匆地推门走了进来。

罗非摇晃着红酒杯，瞥了本杰明一眼：“你也是为欧阳寻来的？”

紧接着，本杰明的一句话让屋内的两人都是一惊！

“欧阳探长快不行了，只想见你最后一面。”

第六十一章　临终嘱托

随着一声刺耳的刹车声，本杰明的轿车停在了公馆马路上的一栋洋房前。

车内的三人随着惯性都不自觉地前倾着身子，本杰明看了看罗非，用叮嘱的口吻说道：“一会儿，我希望你能调整好自己，耐心一点。”

罗非点点头，然后一把推开了车门。

随后，三人快步走进了洋房内。用人将三人领到二楼的卧室前就退了下去。本杰明推开卧室门，先走了进去，秦小曼和罗非跟在后面。

小曼一走进卧室，就看到一个形容憔悴、头发花白的男人正躺在床上，不用问，那人定是欧阳寻。随后，小曼又看到床边围着几个人，其中紧靠在床头的是一位五十岁左右的妇人，看样子应该是欧阳夫人，在她身后站着一名医生，然后就是沙威探长、叶常青。此刻，众人都神色凝重地望向走进来的三人。

病床上的男人看到罗非走了进来，立刻睁大了眼睛，强打精神，大口喘吸了几口气，挣扎着想要坐起来。一旁的欧阳夫人急忙上前扶住他，拿过一个枕头让他靠在床头。

“该说给你们听的，我都说完了。”欧阳寻对周围人说完，随即将目光移向罗非，“我……想跟罗非单独说几句话。”

“小曼，你留下。”罗非小声对小曼说道。

随后，沙威、本杰明、叶常青和医生陆续退出房间，房间内只留下了欧阳夫人、罗非，还有小曼。房间里的气氛也没有刚才那么压抑了，罗非慢慢走到床旁，在椅子上坐下，与欧阳寻相对而望。

欧阳寻转而对罗非身旁的小曼说道：“小姑娘，我床头木柜里有个黑色的口袋，麻烦你拿给罗非。”

秦小曼点头，然后走到一边的柜子前，从里面拿出一个黑色大口袋。

“这是当年你撤销专案组时候用的口袋。”罗非看着那个大口袋说道。

“罗非你那么聪明，当年发生的事情，你肯定早就猜出了个大概。”欧阳寻神色落寞地说道。

“既然你们之间已经达成交易了，干吗还旧事重提？”罗非将视线转回到欧阳寻脸上。

“问题是我死了之后，交易就不存在了。”欧阳寻眼含悔恨地说道。

“欧阳探长，您的意思是凶手会再次行凶杀人？”小曼放下口袋说道。

欧阳寻无力地点头：“当年，他要我在《申报》上登一份声明，只要我不追查他，他就不再作案，协约期限是我们两人的有生之年。可我现在……熬不住了。”欧阳寻说完又缓了好半天的气。

“凶手为什么要这么做？”小曼忍不住问道。

“因为凶手需要刺激和快感。最开始，折磨被害人就可以让凶手获得刺激，但这种刺激很快就满足不了凶手。”罗非替欧阳寻回答道。

“所以他就开始杀人？”小曼心里一惊，“难道真的有这种只为了杀人取乐的疯子存在？”

“不错，但是当杀人的刺激也让凶手渐渐麻木的时候，他必然渴望新的刺激。而逼迫华人大探长乖乖听话，对凶手而言，就是一种非常强烈的刺激和快感。”罗非说这话的时候，双眼露出无限的寒意。

这时，欧阳寻继续说道：“其实我也是被他拖死的。”

“探长……”小曼想去劝慰欧阳寻几句。

欧阳寻晃动了两下手指，示意小曼不要打断他：“他知道我心里特别有愧这些被害人，她们的资料，不，是她们的冤魂，一直萦绕在我的床头。他知道我一定会积郁成疾，他一直在等着我咽气，你懂吗？”

小曼被问得一愣，她看着欧阳寻那近乎扭曲的表情，不觉朝罗非凑近了一些：“这个凶手会不会已经死了呢？”

“不会！怎么会？”欧阳寻圆睁着眼睛，更加激动地叫嚷道，“他心里那么痛快，那么开心，怎么会死呢？他在等我咽气！喀喀……”

欧阳寻随即开始剧烈地咳嗽，欧阳夫人急忙拍抚着他的后背。

欧阳寻平息一会儿，继续对罗非说道：“那第五个受害人，叫汪雪如，他真的放了，按照我们的协议，他真放了，但是这个受害人不仅耳膜被凶手挑破，还受了很严重的心理创伤，没办法帮助我们破案。她一直在精神病院秘密疗养，用的是化名，叫安萍。”

“总算有了个突破口。”罗非闻听，眼神一亮，立刻站起身，盯着欧阳寻说道，“还是那句话，我会抓到他的。”

罗非说完，正要转身，欧阳寻突然把手伸向罗非，在空中奋力地抓着，可整个身体因为太过虚弱，以至于前倾着的身体差点从床边翻倒下去。

“老爷……”欧阳夫人带着哭腔吃力地扶住欧阳寻。

可欧阳寻还在挣扎，双眼紧盯着罗非的背影：“罗非，我留着这口气，一定要见你一面的原因，除了这个案子，我还想向你道个歉，我对不起你，你一直不进巡捕房当警探，也是被我这样的坏警察影响了。”

罗非终于在门口停住，停顿了片刻，故作轻松地说道：“欧阳探长，你别自作多情，我不进巡捕房是有别的原因，跟你，一点关系都没有。”

欧阳寻听完罗非的话，整个人脱力一般地倒在欧阳夫人怀里，嘴角露出一丝笑容。小曼看着那苦涩的笑容，觉得更像是一种解脱。

随后罗非和小曼来到了欧阳家客厅，看到本杰明、沙威等人都还等在那里，相互窃窃私语。

“欧阳夫人的年纪好像比欧阳探长小不少啊。”本杰明说着看向沙威探长。

“现在的夫人不是欧阳探长的原配。”沙威低声对本杰明说道。

这时候，罗非走到医生面前：“欧阳探长还有多少时间？”

医生叹了口气，摇摇头：“他一直靠顽强的意志撑住，就是为了见你。”

“罗非，你是想在欧阳探长去世前抓到凶手？”站在罗非身后的小曼忍不住说道。

罗非转头看看小曼，当即一愣，然后就很认真地摇了摇头：“小曼，我觉得我们思考问题的方式存在巨大的差异。我问这话是想知道，凶手大概什么时候会再次动手。”

这时，欧阳太太从卧室开门出来，缓步下楼来到客厅，向在场众人鞠了一躬，然后满脸泪痕、强忍悲声地说：“先生已经走了。”

客厅里，一片寂静，所有人都默默低下了头，唯有罗非，抬头久久盯着二楼欧阳寻的卧室门，从马甲里慢慢掏出那只随身怀表，“啪”的一声弹开表盖，看了一眼时间。是的，就在这一刻，这个折磨了自己多年的人终于解脱了，而罗非从这一刻又必须重新面对那个神秘的杀手。罗非不知道，是不是真如欧阳寻所说，他的死，就意味着一个恶魔封印的解除。

两天后，罗非刚参加完欧阳寻的葬礼，就被小曼找回了巡捕房。

罗非还没进巡捕房探长办公室，就听到沙威在屋内骂娘的声音和叶常青唯唯诺诺的声音。罗非随即和小曼对视了一眼，朝着小曼一眨眼，拉起小曼就从门口跑开了。

“去哪儿？不是应该先找探长立案，让他把本杰明借给我们吗？”小曼满脸疑惑地问罗非。

罗非一笑：“有叶常青一个人挨骂就够了，等咱们找小木办完事，再回来汇报也不迟。”

此时的探长办公室里，沙威狠狠地把报纸摔在桌上：“他娘的！就一个晚上，居然连着两个大学生失踪！”

这时，叶常青倒了杯茶放在沙威面前：“探长，你说会不会是欧阳探长留下的那个案子？”

“但愿不是，那凶手能这么神？”沙威叹了口气，端起茶杯，刚要喝，忽然又放下，神色也紧张起来，“欧阳探长刚刚咽气，他就知道了？”

叶常青摇摇头：“我也是看这一墙的照片和资料，瞎猜的。”

紧接着，沙威也转头看向照片资料墙：“又是罗非贴的？”

“罗非、秦小曼还有本杰明，他们连夜贴上的，下次我好好说说他们仨，全捕房上下就属他们仨最无法无天……”叶常青还在用告状的语气喋喋不休着。

而沙威探长却知道，这些照片都是当年欧阳寻搜集到的资料，他不知道那个神秘的凶手到底用了什么手段使得时任捕房总探长的欧阳寻做出了置人命于不顾的妥协，有那么一瞬，在他心底里，也隐隐产生了一丝恐惧，他害怕自己也像当年的欧阳寻一样，成为一个背负千古骂名才能平息命案的探长。

“探长，我们现在怎么办？探长？”

才回过神的沙威，转头问叶常青：“罗非人呢？欧阳探长既然把案子交给了他，他得负责吧。”

“罗非、秦小曼，还要带上本杰明，听说去精神病院了。”叶常青疑惑地看着沙威。

“精神病院？”沙威喃喃自语，陷入了沉思。

第六十二章　消失的病人

北桥精神病院的住院部走廊内，罗非、秦小曼和本杰明跟在穿着白大褂的医院医生韩宁生后面走着。几人穿过几层铁栅栏门，来到病房区。周围的病房里，时不时有病人从里面向几人伸出手。小曼紧张地看着一张张或呆滞或痴笑的脸就那样盯着自己，总感觉浑身不自在。

四下环顾的罗非，这时看向小曼，不禁揶揄道：“怎么？秦大警探也有害怕的时候？”

小曼白了罗非一眼：“胡说！”

“胡说！”这时旁边门口一个病人也学着小曼说道。

小曼被这一声吓得向旁边跳开，被本杰明一把扶住。

“没关系，这里只是普通病区，没什么危险。”本杰明安慰着说道。

“法医先生说得对。”在前面带路的韩宁生回头看了看三人，“你们说的这个人，我还真有点印象。她送来的时候耳膜被刺破了，损伤很严重，耳朵一直不好使。”

“现在呢，她恢复得怎么样？”小曼紧跟在韩宁生身后问道。

“你问的是耳朵还是精神？”韩宁生淡然地说道。

“都想知道。”小曼立刻说道。

韩宁生叹了口气：“耳朵嘛，应该是彻底废了。至于精神状态，还是像小白兔，有个风吹草动就特别怕。”

随后，四人转入右侧的走廊，周围逐渐变得安静起来。

“当时受害人的耳膜做过医学鉴定吗？说不定有修复的可能。”本杰明问道。

“这人送来的时候，当年你们巡捕房的欧阳探长再三强调：既要保护好又要保密，所以我们把上海滩最好的几个耳科医生都请来给她看过，都说治不好。”韩宁生说完耸耸肩。

罗非这时突然停住，开始了一连串的盘问：“最好的几个耳科医生？到底几个？都有登记吗？”

韩宁生挠着头，仔细想了想：“记不太清楚了，毕竟这么多年了，登记册恐怕也很难找，不过我记得有三个以上吧，可能四个，也可能五个。”

“罗非，你是怀疑……”

“不错。”罗非立刻朝小曼点点头，“伪装成耳科医生，是凶手接触这个受害人的最佳途径。”

韩宁生听着两人的对话，一脸狐疑：“什么凶手？什么受害人？”

“欧阳探长没跟你讲过？”小曼奇怪地看着韩宁生。

韩宁生茫然地摇摇头：“没有，欧阳探长把这个病人移交给我们的时候非常神秘，几乎没跟我们说过几句话，但是欧阳探长有工部局的批文，我们就接纳了她。”

随后，韩宁生把三人带到一间小会面室内。

罗非、秦小曼和本杰明一进门，就看到一个长发女人趴在桌上，丝毫感觉不到有人进来，并且靠近她。

韩宁生双手揣进白大褂，走到女人身边，略显无奈地转向三人说道：“她就是安萍，你们随便问吧，不过我估计问不出什么东西。”

韩宁生说完，轻轻拍了拍长发女人的肩膀。安萍慢慢抬起头，看到三个陌生人站在面前盯着自己，顿时面带惊恐，惊叫着向后一挺身，跌坐到了地上，缩成一团。

三人相互交换了一下眼神，面对安萍的状态，都有点出乎意料。

作为女生小曼首先慢慢走过去，来到安萍身边，俯下身尽量让安萍看到自己的脸："安姑娘，我们是来帮你的……"

"小曼。"本杰明打断了小曼的话，"她听不见，用写的。"

小曼随后掏出本子，在上面写道：我们是警探，你是汪雪如吗？然后撕下来递到安萍的面前。

韩宁生看着字条，也恍然点了点头："原来她叫汪雪如。"

"你别怕，我们是巡捕房的。"小曼看着安萍的脸又说了一遍。

出乎小曼意料的是，眼前这个长发女人接过纸看完后，突然将字条撕掉，紧接着就把纸屑往嘴里塞。

富有经验的韩宁生见状一把抓住她的双手，开始从嘴里往外拽纸屑。

安萍吐掉纸屑后，立刻趴回到桌上，呜呜地哭了起来。韩宁生伸手抓住安萍的手臂，想让安萍坐起来。可是，安萍却不停挣扎着，就是不肯抬头。

"别动！韩医生，你就这样拽着她的手！"

罗非喝止住韩宁生，慢慢走近安萍，蹲下观察她的手，又撩起她的长发，看了看她的耳朵。然后朝韩宁生点了点头："行，放开她吧。"

"罗非，是不是有什么发现？"小曼立刻凑过来问道。

罗非先没有回答小曼，而是紧盯着韩宁生，冷笑道："韩医生，真正的汪雪如在哪儿？"

韩宁生一愣，莫名其妙地看着罗非："她就是五年前欧阳探长送来疗养的那个女人哪。"

罗非摇摇头："这个女人的无名指有一圈很深的印痕，那是长期戴戒指造成的。但是真正的汪雪如不仅未婚，连男朋友都没有，她手上怎么可能出现戒指的印痕呢？"

韩宁生急忙解释道："罗先生应该没见过汪雪如的手吧？她手上的印痕会不会是祖传的戒指，不是什么结婚戒指呢？"

"别急。"罗非冷笑着摆摆手，伸出两根手指，"再听第二个疑点。精神病院的女病人几乎都是短发，可以避免发生长发自残的潜在威胁，但是为什么这个病人却留着长发呢？当我撩起她的头发，我就明白了。"

罗非说着走到瑟缩在桌边的女人身旁，指着她的侧脸说道：“因为真正的汪雪如是戴耳饰的，有耳洞，而这个病人的耳垂虽然也有个明显的耳洞，但是耳洞周围有很多戳伤的痕迹，应该是在她不情愿的情况下被人强行打出的耳洞，却没想到留下了戳伤的痕迹，所以你们让这个病人留长发的目的，就是遮住她的耳垂。”

韩宁生若有所思地点了点头：“会不会她犯病的时候给自己弄了个耳洞呢？你知道很多时候病人犯病是无意识的，会做很多匪夷所思的事情。”

罗非背起双手，一脸无奈地走近韩宁生：“韩医生这么诡辩，才叫匪夷所思。不过也让我确定了一件事，就是你韩宁生，与汪雪如的去向一定有莫大的关系。”

韩宁生不觉后退了一步：“罗先生，我只是提出一些可能性，你不能保证这些事情绝对不可能发生吧？”

“出现一个偶然，我会去考证，出现两个偶然，我已经不太相信这是偶然了。”罗非紧接着又竖起三根手指，“而出现三个偶然的时候，就真的不是偶然了。”

韩宁生的眼皮微微颤动着：“三个？”

“难道这个女人偶然把衣服穿错了？”罗非质问道。

韩宁生一愣：“衣服？”

“她的胸口有一行编号，17081501。这个编号的意思韩医生应该知道的吧？”罗非的语气变成了逼问。

这时的韩宁生只是站在原地，咬着牙盯着罗非，也不再吭声。

“一七，应该不是一九一七年的意思，太久远了。那这个一七是什么意思？我想起我刚才进来的时候，一路上看到的所有病人的编号，有一九开头的，有一六开头的，还有零八开头的。但是没有一个是超过二十的。”

“二十？”本杰明听到这儿，不禁皱起眉头：“这个我知道，这家精神病院才成立十九年，明年才二十年。”

“本杰明说的这点很重要。”罗非朝本杰明点点头，随后又笑着对小曼说道：“小曼，既然你爱推理，那么从这些衣服编号之中，你看出什么了吗？”

秦小曼咬着嘴唇，瞪了罗非一眼：“喂，我不就把狗毛和猫毛搞错了吗？你干吗逮住机会就提啊？”

“这里的衣服编号都有八位，其中，第三位和第四位数没有超过十二的，第五位和第六位数没有超过三十一的，说明了什么？”罗非再次提示道。

秦小曼这才恍然大悟：“我知道了，第三位和第四位数是月份，所以没有超过十二的。第五位和第六位数是日期，所以没有超过三十一的。”

罗非满意地点点头：“非常好，小曼，你不算太笨。”

“不算太笨？”小曼撇撇嘴，“……这是夸我吗？”

“难道不是夸吗？”罗非微微一笑，继续推理，“现在我们知道编号的三、四位是月份，五、六位是日期，我推测一下，七、八位可能是当日入院的人次。那么一、二位是什么呢？”

“年份哪！”小曼脱口而出。

“不错，就差年份。”罗非打了个响指，“所以我说这位女患者的编号开头是一七，让我觉得很奇怪，不可能是1917年，年龄不符。但是只要我们把这里其他编号联系起来看，就很容易发现，所有编号的开头都没有大于二十的，说明年份的编排是用了另外一种形式，就像现在的民国，1912年是民国元年，1913年称为民国二年，1914年是民国三年，依次顺推。”

本杰明抱起肩膀，疑惑地看向罗非：“你的意思是如果是明年入院的病人就会编号20？今年是19？”

罗非指着女人病服上的编号说道：“这位女患者的编号是一七，也就是说她是前年入的院。但真正的汪雪如是五年前进来的，编号的头两位应该是一四。”

“韩宁生，真正的汪雪如在哪儿？！”秦小曼对韩宁生厉声问道。

韩宁生忽然无力地垂下头：“安姑娘，她……她三年前就病死了。”

罗非冷笑：“我不相信。”

第六十三章　凶手重现

隔天后，落日的余晖照进一片杂乱的弄堂里，在错落叠置的杂物阴影下，一个推着垃圾小车的老妇人在一条无人的弄堂口停下，从车上拿过一把大扫把，缓慢地走进弄堂，开始清扫着弄堂的石板路。

哗哗的扫地声响了几下，便突然停止了。只见老妇人拖着大扫把，走到一个垃圾桶跟前，眯起眼睛仔细看着垃圾桶后面露出来的几个白花花的东西，随着老妇人慢慢俯下身躯，眼前的物体也逐渐清晰起来。

“啊！”老妇人惊叫了一声，扔下扫把，踉跄着连退了好几步，最后紧贴在了对面的墙壁上。原来，垃圾桶后面伸出的居然是四条细细的人腿！

二十分钟后，弄堂口外围满了各色人等，有维持秩序的巡捕、有围观指指点点的居民，还有拿着照相机见缝就钻的记者们。

弄堂内，本杰明正在垃圾桶旁查验尸体。沙威和叶常青就站在一旁，对地上的两具女尸指指点点，交换着意见。这时，匆匆赶来的罗非和秦小曼从人群中挤了进来。

“罗非，你总算露面了。”沙威一眼看到罗非，连忙招手，“有个打扫卫生的，发现了两具尸体，估计凶手是昨天夜里抛的尸，我们已经证实了，尸体就是前天夜里失踪的那两个大学生。”

这时，秦小曼走到垃圾桶后面，好奇地看了一眼，当即被吓得慌忙别过头，倒抽了几口凉气。

“怎么了？”罗非说着来到小曼身边。

小曼指着两名女孩儿的脸，颤抖着说道：“被害人脸上挂着笑呢，太诡异了。”

罗非盯着两个女孩儿那挂着诡异微笑的苍白面庞，神色凝重起来：“这么快就动手了？”

“真是欧阳探长留下的那案子？”本杰明站起身，走到众人身边，脱下手套，“两位死者都有眼结膜下出血的症状，是窒息死亡导致的，但尸体没有发现致命外伤。不过，结合死者颈部和喉部的肌肉紧张反应，可以判定，两位死者是因大笑不止缺氧窒息而亡的。”

秦小曼瞪大眼睛看着本杰明：“真是笑死的？”

“有鞭打过的痕迹吗？”罗非问本杰明。

本杰明的表情也是耿耿于怀：“有，跟五年前的几个案子一样，鞭打痕迹也是死后造成的。”

“现场应该有一只星星形状的耳环才对。”罗非摩挲着胡子说道。

本杰明摇摇头：“这个倒没发现。”

罗非随即对小曼正色说道：“小曼，我估计还会有更多的受害人。”

小曼突然想到了韩宁生，于是对罗非说道：“或许明天是时候去一趟审讯室了。”

转过天，巡捕房审讯室内，韩宁生没精打采地靠在椅子上。罗非、秦小曼和沙威则站在对面，冷眼审视着韩宁生。

“我说过了，安姑娘三年前已经病死了，不管你们问我多少遍，我的答案都是一样的。”

小曼眉梢一挑：“既然病死了，你如实说就是了，干吗要找个人冒充呢？”

韩宁生低下头，喃喃说道：“还是那句话，我一时鬼迷心窍，安姑娘很漂亮、很温柔，我忘不了她，就找个长得挺像的人替代她。”

“鬼迷心窍？”小曼被气得一拍桌子，“你到底是精神病医生还是精神病病人？”

这时，本杰明推门走了进来，对罗非说道：“罗非，你说的那个星星耳环，我找到了,在一个被害人的胃部找到的。”本杰明说着把一个小塑料证物袋提了起来。

沙威一瞪眼：“凶手竟然强迫被害人吞下耳环？”

罗非面色冷冽地说道：“五年前的连续凶案，凶手每次都会把上一个受害者的一件东西留在下一个案发现场，来告诉我们这件案子是他做的，但只是放在地上而已，现在凶手压抑了五年之后再次犯案，各种手段都可能会升级。”

秦小曼疑惑地看着罗非：“上一个受害者？”

罗非眼神肯定地点点头：“这个星星耳环，是上一个受害者汪雪如的耳环。”

“凶手把这个耳环留了五年？”小曼一脸不可思议地看着罗非，心里不禁一阵胆寒，她没想到这个凶手的杀人心思会如此乖戾残忍。

这时候，韩宁生突然抬起头，紧盯着那个塑料袋子：“这耳环……能给我看一眼吗？”

沙威闻听，看向罗非，罗非点点头。

于是，本杰明将证物袋里的耳环放在韩宁生的面前。随后，在场的人都看到了不可思议的一幕。只见韩宁生轻轻抚摩着耳环，脸上竟然慢慢浮起笑意来。

“安姑娘戴上这耳环，一定特别好看。”韩宁生痴痴地说道。

“安姑娘？”沙威莫名其妙地看着韩宁生。

“就是汪雪如，欧阳探长把她送到精神病院疗养的时候，用了安萍这个假名字。”罗非说着起身走到韩宁生面前，眼神犀利地盯着他，“韩宁生，安姑娘死没死这件事情，你瞒住我们没用，你瞒得住凶手吗？凶手把她的耳环放在抛尸现场，说明他对你的安姑娘也是念念不忘。”

“凶手当年是为了胁迫巡捕房探长听他的话，才暂时放了你的安姑娘，但现在协议已经不存在了，你觉得他会放过安姑娘吗？”小曼这时也跟着说道。

可是，韩宁生还是摇头，并且一脸幸福地说道：“她已经有了自己的生活，我觉得没人知道，这样她才是最安全的。”

罗非盯着韩宁生，话锋一转："你这么喜欢汪雪如，她离开的这三年，你有没有偷偷去看过她？"

"我……"韩宁生听罢，猛然一愣。

"如果有的话，你的安姑娘现在非常危险，凶手知道她在哪儿，而我们却不知道。"小曼说着也走到韩宁生面前，与罗非对视了一眼。

"这个凶手的侦查能力很强，你看欧阳探长一咽气，他就开始作案了。我认为五年前凶手就伪装过耳科医生，开始监控汪雪如了。"罗非说到这儿，俯下身用同情的眼神与韩宁生对视着，不禁冷哼一声，"哼！你所谓的瞒天过海，在凶手眼里，根本是不值一提的小把戏。"

听完罗非的话，韩宁生呼吸变得急促起来，眼神之中充满了恐惧和不安，突然间紧紧抓住罗非的胳膊，大叫道："我说！但是，我求求你们……你们一定……一定要保护她！"

第六十四章　幸存者

石库门的一条弄堂里，一个裹着头巾的女人，捧着一瓶花，贴着墙边小心翼翼地正走着。走到一个巷口的转角时，迎面碰到了罗非和秦小曼。还没等女人多做反应，秦小曼立刻一手拿出警徽，一手掏出一张字条递到汪雪如的面前。

汪雪如看了看纸上的字："别怕，我们是警探"，却依旧面露惊恐，不断往后退步，直到后背贴住墙面。

小曼随即又拿出第二张纸，递到她面前，纸上写着：有两个无辜的女孩需要你的帮助。

汪雪如看罢，渐渐恢复了平静，而后放下头巾，露出了清秀的脸庞。随后，汪雪如又撩起头发，向罗非和小曼指了指自己耳朵上戴着的白色仪器。

"我耳膜恢复了一点点，后来我先生还给我做了个助听器。"

小曼听着汪雪如的发音还是有些生涩，不过能正常交流总比用笔沟通方便多了。

"你先生？你结婚了？"小曼缓声问道。

汪雪如点点头："是的。我们能别在外面说吗？我家就在前面。"

汪雪如说完，指了指对面弄堂里的一家门口。

罗非和小曼相互笑着点了点头。

汪雪如家客厅内，汪雪如端来两杯茶水，分递给罗非和秦小曼。

“什么时候结的婚？”小曼接过茶水问道。

“有三年了，先生对我很好。如果没有他的照顾，我都不知道怎么办才好。”汪雪如说话间，目露感激之情。

“你先生是做什么工作的？”罗非问道。

“他叫林中衡，在大学里教书。”汪雪如说着坐在了两人对面。

“对了，汪小姐，你的病情痊愈了吗？”小曼关切地问道。

汪雪如无奈地摇摇头：“没有痊愈，但我会尽量让自己忘掉那些事，有时候一想起来，还是会犯病。”

小曼点点头：“那好，如果我们的谈话让你有任何不适的话，你随时打断我们。”

汪雪如点头，主动问道：“你说有两个无辜的女孩需要我的帮助，是什么意思？”

“曾经伤害过你的凶手，前天夜里绑架了两个女孩，今天上午我们发现了她们的尸体，脸上肌肉僵硬，带着诡异的笑容……”秦小曼说着，忽然停下，谨慎地观察着汪雪如是否有异样。

此时的汪雪如重重咽了口吐沫，闭起眼睛，紧抱双臂，慢慢浑身都颤抖起来。

这时，罗非突然上前一把抓住她的双臂：“你看到什么了？”

汪雪如闭着眼，颤抖着说道：“皮带……绳子，还有血……有血！”

汪雪如那最后一声呼喊，近似在求救一般。

小曼推开了罗非，埋怨道：“罗非，你怎么这样？你没见她不舒服吗？”

恰在此时，一个中年男人抱着一束茉莉花开门走了进来，见汪雪如不住地哆嗦着，脸色一变，急忙跑过去，抱住汪雪如：“雪如，我回来啦！雪如，你怎么了？”

“您就是林中衡先生吧，我们有个案子需要你太太的帮助……”

“请你们不要打扰我太太，好不好？雪如不能受刺激！”林中衡立刻打断了小曼的解释。

小曼转而结束话题，连连道歉：“对不起，我们不知道会这样。”

林中衡回头对小曼稍有缓和地说道：“麻烦你，帮我拿一下雪如的药，就在那边柜子下面的抽屉里。”

当两粒药片被塞进汪雪如的嘴里后，林中衡又喂她一口水。过了约有五分钟，汪雪如慢慢停止了颤抖，安静下来。

“汪雪如吃的是镇静类药物？”罗非皱着眉问道。

林中衡一脸无奈地叹道：“每次想到不开心的事，就容易犯病，只能吃些药物控制一下，今天恐怕不能和你们谈话了，有什么问题可以先写下来，我用恰当的语言委婉地告诉她。”

罗非和小曼相互对视一眼，只好先起身告辞。

夜幕下的街道上，罗非开着本杰明的车，秦小曼坐在副驾驶，望着窗外霓虹闪烁的黄浦江和白渡桥。

“你看汪雪如她丈夫，确实很会照顾人，唉，还带了一束有安神作用的茉莉花回家，不像某些人，可能连‘照顾’这两个字都没见过。”小曼说着回头看了一眼罗非。

“我见过。”罗非一脸认真地说道。

小曼索然无味地笑了笑：“我说的是某些人，你干吗这么心虚啊？一会儿你去把车还给本杰明，把我放在巡捕房门口就好。”

罗非没有回答，继续开着车，眼神中阴晴不定。

小曼回到捕房后，直奔探长办公室。推门进去时，沙威正在收拾公文包。

“探长，那个幸存的受害人汪雪如，我们找到了，但是她的精神状态很不稳定，暂时没法帮到我们。”

沙威拎起公文包，边朝外面走边说道：“她是一个重要的突破口，我派了两组便衣，暗中保护她。你帮我听一下电话，我要去见一下南洋银行的行长，他女儿这次遇害，我去问问他那边有没有什么线索，顺便安抚一下他的情绪。”

沙威说完，便匆匆走出了房间。

小曼则走回到左面墙边，看到墙上新贴的两张面部黑白照片，几张胳膊、小腿伤痕的照片，还有一些纸片写着“小百乐门”“国立沪东大学”“失踪时间23:30-6:00”等。

这时，办公桌上的电话忽然响了起来，小曼猛然回过神，转过身拿起了听筒。

“喂？你好，这里是巡捕房。”

“我打的应该是沙威探长的电话。”电话那边随即传来一个低沉而油滑的男声。

“探长出去见个人，一会儿就回来，有什么可以帮你的吗？”小曼客气地说道。

“听声音你是个女的，巡捕房只有一个女警探，叫秦小曼，是不是你？”

小曼一愣：“没错，我就是秦小曼。”

“我在报纸上看过，你和罗非一起破了不少案子，是不是很有成就感？”那声音冷笑着反问道。

小曼这时才觉得情况有些不对劲儿，紧皱起眉头："你到底要说什么？"

"由你接我这个电话也挺好，秦小曼，我想和你做个交易。"那声音带着挑衅的意味说道。

"交易？"小曼不禁抬头望向墙上的那两个遇害者的照片……

第六十五章 肆无忌惮

一间黑屋内，仅有的一盏油灯微微地晃动着。

一个女孩昏倒在地上，嘴角流着血，脸色苍白，双手被绑在身后。过了一会儿，女孩儿缓缓睁开眼睛醒了过来，她深吸了一口气，随后又急促地喘着气，过了好一会儿才平复下来。

"有人吗？！有没有人？！……"

微弱的求救声是那样苍白无力，此时，在她周围除了那盏微弱的油灯，能证明自己尚在人间以外，余下的便是无尽而死寂的黑暗……

与此同时，小曼还在与那个神秘的来电周旋着。

"我手上还有个女孩。跟五年前一样，只要你放过我，我就放了那个女孩，而且不再杀人。"那个声音得意地说道。

"对不起，我不是探长，我没有权力这么做。"小曼郑重地说道。

"哈哈……"电话那边的男人怪笑了一阵，随后用狠戾的语气说道，"你一定可以让我不被抓到。"

"什么意思？"小曼紧皱着眉追问。

"只要你答应帮我，比如让关键证据莫名消失，让调查混乱找不到方向，我就放了那个女孩。"

秦小曼紧握着听筒，面色凝重，此刻她想起了欧阳寻临死前的话，果然这个正在与自己通电话的人，就是当年行凶的罪犯！小曼脑海里回想着欧阳寻悔恨的表情，看着此刻照片上两个遇害女孩儿的照片，愤然说道："不，我绝不会跟你谈条件！"

"你考虑清楚，你现在说的每句话都关系到一个女孩，甚至更多人的生死。"男人有恃无恐地冷笑道。

“我不会像欧阳探长那样和你妥协！”小曼语气坚决地说道。

“你应该听我的。”男人的冷笑变成了威胁。

“我的职责是亲手抓住你！”小曼高声说道。

“你会非常后悔的。”男人说完便挂掉了电话。

小曼慢慢放下电话，不安地看着照片墙，心脏在胸腔里剧烈地噔噔跳着。

这时，罗非推门走了进来，看着小曼有些发青的脸色，忙问道：“怎么了？”

小曼看着罗非，冰冷的胸膛瞬间像是燃起了一团火一样，渐渐温暖平静了下来。

沙利文公寓内，秦小曼坐在窗前，皱眉看着外面。罗非则端着一杯酒走过来，递给她。

“大晚上的喝什么酒？”小曼嘴上说着，但还是伸手接过来，闻了闻。

“这是有助于安眠的酒，我自创的，里面有三分之二都是牛奶，保你一觉睡得安安稳稳。”罗非说着努努嘴，“尝尝吧，我可从来没给第二个人调过，今天破例，是因为嘉奖你与凶手斗争到底的决心。”

小曼轻啜了一口，眼神一亮，看向罗非：“嗯，好喝。”

“不比你的鸡汤差吧。”罗非抱着肩膀说道。

“哼，那还差得远。”小曼噘起嘴。

罗非看着小曼，突然正色道：“你做得没错，我们不能跟凶手交易。”

“可是……”小曼捧着酒杯，有些不安地说道，“会不会因为我的几句话，让一个无辜女孩正在遭罪呢？”

这时，门外传来敲门声。

汪苏苏走了进来，手里还端着一碗汤水：“小曼，给你熬了碗桂圆水，安神补气。”

“谢谢苏苏姐。”小曼起身连连道谢，还是紧紧捧着酒杯，只是示意汪苏苏把碗放在桌上，“对了，你不是说你侄女要和我住一起吗？怎么还没来？”

汪苏苏也一脸疑惑：“是呀，照理说今天白天就应该到了，可能和同学去玩了吧。”

第二天清晨，警笛声在一条弄堂口此起彼伏地响着。

罗非、秦小曼和沙威快步走进弄堂里，没走多远，本杰明就迎了上来。

“还是他？”罗非紧张地问道。

本杰明神色严峻地点点头：“对，还是笑刑导致的窒息身亡。”

这时，罗非看到秦小曼跑到尸体身边，跪在一旁，双手紧紧抱着头，神情痛苦又懊恼。

罗非随即走过去，蹲在她身边："你很难过？"

"是我的错，是我害死她的。"小曼带着哭腔说道。

罗非轻轻拍了拍小曼的肩膀："这不是你的错，是凶手杀的人，不是你。"

"可是我如果昨晚答应了凶手，她就不会死。"

罗非当即扳过秦小曼的双肩，郑重地说道："小曼，你看着我，认真听我说。在你的警察生涯里你会遇到很多这样的被害人，但如果你把他们的遇害都算在自己的头上，你会承受不了的。"罗非说着摘下手套，轻轻拭去小曼的泪痕，"小曼，你做到了尽忠职守，你做到了一个警察所能做到的一切职责，但还是会有被害人的。这不是你的错，是凶手犯的错，所以你才要抓住他们，不能任由他们逍遥法外。"

秦小曼看着罗非温柔鼓励的表情，缓缓地点了点头，那一瞬间，小曼突然想起来昨晚罗非开车时，认真说'我见过'的情景。

罗非继续说道："你看看巷子外面那么多围观的人，说不定凶手就在里面，他在看着你。我们不能变成他希望看到的样子。"

秦小曼随即看向巷子口，人头攒动，很多人都在盯着自己看。

"被害人身份确定了吗？"沙威问本杰明。

本杰明摇摇头："现场没有发现死者的身份信息，可能要从失踪人口的数据库里慢慢比对。"

"需要多长时间？"沙威焦急地问道。

本杰明面露难色："看运气，如果运气好的话，可能三天左右吧。"

沙威重重叹了口气："运气好还要三天？"

这时，本杰明突然说道："对，如果死者在租界有亲人，而且亲人及时报案的话，差不多要三天时间。因为死者不是小孩子，是成年人，即使短时间内没有与家人联系上，家人可能也不会立刻去报案，而是四处寻找，这样就会耽误一天两天的时间。"

"那要是运气不好呢？"沙威沉着脸问道。

本杰明无可奈何地看着沙威："万一死者只是游客或者独居，家人都在外地，没人及时报案的话，可能要三个月甚至半年的时间。"

沙威一听，就瞪圆了眼睛："三个月？我们现在连三天都等不了！凶手现在绑架杀人的时间间隔越来越短，谁知道他在三天里又会害多少人？！"

“可我们现在确实一点儿线索也没有。”本杰明看着眼前的女尸，微微叹了口气。

“不，想知道这个死者是谁，线索还是够的。”罗非一边观察尸体一边推理道。

“罗非，你已经知道死者的身份了？”本杰明一脸不可思议。

罗非摸了摸死者的脸庞，还有脖子，又让本杰明帮忙扶起死者，看了看死者的手背。

“死者是个留学生，刚从国外回来，乘坐的是大型邮轮，但死者经济情况一般，邮轮的费用应该是有亲戚朋友的赞助。死者生前爱喝烈酒，性观念也比较开放，交过不止一个男朋友。我建议查询一下最近两天抵达上海但航程在半个月以上的大型邮轮，排查旅客名单，很快能确定她的身份。”

当罗非快速说出上述一大段的推理时，在场所有人都愣了足有十秒钟。

“你怎么知道这么多？”沙威迫不及待地问道。

罗非指着死者的脸说道：“死者的脸庞有些小红疹，是长时间吹海风造成的，一般在一个星期左右才能恢复。说明死者是走水路刚从国外回来。再看死者的额头有脱皮的痕迹，这是经过赤道附近的时候，被强烈的阳光灼伤的痕迹，说明死者的行程应该经过赤道附近，那么航程至少在半个月以上。”

“死者爱喝烈酒，你从哪儿看出来的？”沙威又问道。

“这不是很明显吗？她的牙齿，还有她的鼻子，你连这个都看不出来？”罗非说着指了指死者泛红的鼻尖。

“那……”

“我知道你要问我怎么知道死者交往过不止一个男朋友。”还没等沙威再发问，罗非直接说道，然后又指着死者的后背解释起来，“这更简单了，我是从她的文身看出来的，她曾经文过几个字母，是个男人的英文名字，但后来可能是分手了，她改掉了这几个字母，重新文了一个新名字，但也是一个男人的名字。不过这些信息是帮我们排查嫌犯的，想知道死者的姓名，先查邮轮吧。”

“如果是刚刚下的长途邮轮，名单还是好查的。”沙威看罢，点点头，随即转向在不远处抽烟的叶常青：“常青！过来！”

当捕房从现场收队后，小曼被罗非中途送回了沙利文公寓，说是让她好好休息。

秦小曼走到公寓门口，正在翻找钥匙时，汪苏苏从里面打开了门，急匆匆走了出来。

“小曼，这个时间，你不是应该在上班吗？”

小曼神色黯然地说道：“我今天有点不舒服，提前回来休息一下，再回巡捕房。”

汪苏苏关切地摸了摸小曼的胳膊：“正好，我给你熬的桂圆红枣汤还在锅里，你随便喝一点。”

小曼点点头：“谢谢苏苏姐，您这是去哪儿？”

“西外滩码头，我不是有个侄女从英国回来嘛，就是说要跟你挤一个房间的那个。”

“她还没到吗？”小曼眼神一凛。

汪苏苏叹气摇了摇头：“就是啊，昨天就应该到埠了，怎么现在还没消息？我准备去轮船公司问问。”

小曼连忙问道：“哪个轮船公司？”

汪苏苏想了想，然后说道：“叫英吉利远东邮轮公司，这孩子家境也一般，这邮轮的钱还是我替她付的。”

小曼惊得脸色煞白：“难道……”

汪苏苏一脸茫然地看着小曼：“小曼，你这是怎么了？”

“苏苏姐，你有你侄女的相片吗？”小曼急切地抓住了汪苏苏的手臂。

第六十六章　必须找到他

沙利文公寓内，秦小曼接过汪苏苏递过来的照片，只看了一眼，就一屁股坐在了凳子上。

汪苏苏见状急忙扶住小曼：“怎么了，小曼？到底怎么了，你跟我说呀。”

小曼眼圈泛红地看着汪苏苏：“苏苏姐，你侄女已经找到了，她……出事了。”

“出事？”汪苏苏蹲下身拍着小曼的双肩，脸上也变了颜色，“你可别吓我，她到底出什么事了？”

“她……”小曼哽咽。

“你别光哭哇，我侄女她到底怎么了？”汪苏苏满眼焦急地望着秦小曼。

小曼深吸一口气，终于说了出来：“她被人害了。”

汪苏苏闻听，惊恐地看着小曼，身子后倾，一下瘫坐在地上：“啊？怎么会这样？”

突然，呆坐着的小曼突然站起身，急忙跑出了房间，嘴里还喃喃重复道：“必须找到他……”

小曼走后，汪苏苏坐在地上，放声痛哭……

午后，巡捕房大办公厅内，罗非正站在一张上海地图前，指着地图分析道：“现在地图上东部有两个蓝圈，北部有两个蓝圈，西部有一个红圈，中间也有一个红圈，至此，以上就是五年前凶手所有的抛尸地点，集中在东部和北部，两个红圈是最近两次发现尸体的地方，分别在中部和西部。”

这时，叶常青端详着地图，说道：“这么说，只剩下租界的南部没有被凶手抛过尸，如果凶手再抛尸，是不是可能会在南部？”

罗非看向小曼：“小曼，你怎么看？小曼？”

“啊？我……”秦小曼才恍然回过神。

“小曼，借你的黑笔用一下。”罗非说着走到小曼跟前。

秦小曼伸手把手中的笔递给罗非。

罗非在地图南部画了一个黑圈，闪身展示给警探们：“其实还有一个地点，我们特别不应该忽视。”罗非说着把笔扔回给小曼，“小曼，这就是凶手给你打来电话的那个公共电话亭。”

“在南部？”小曼若有所思地看着地图。

“对！”罗非点点头，用手重重点指着黑圈，“就是这个黑圈填满了地图的区域空白。”

小曼接着罗非的思路，也开始了推理：“凶手杀人后抛尸，应该会让尸体远离自己熟悉的区域，因为潜意识里他觉得发现尸体的地方会很危险，会被警察列入重点排查地段，所以他不愿意把尸体抛在一个他正常活动的范围内。”

“非常好！”罗非朝小曼笑着点点头，随即又问道，“这个公共电话亭呢？”

小曼立刻说道：“公共电话亭不一样，在这里凶手需要讲话，需要沟通，甚至需要生气，要做的动作比较多，如果在一个陌生环境中，他会没有安全感，打电话给警方谈判也会缺少气势……”

“不是气势！是控制力。”罗非打断小曼，稍作解释然后示意伸手小曼继续说下去，“没关系，你继续。”

“所以结合起来看，凶手非常熟悉的生活区域，就在租界的南部。”小曼说着手指向地图上的黑色圆圈。

“好！”罗非带头鼓掌，这让其他警探都一时没反应过来。

随后，沙威第一个跟着罗非一起鼓掌，其他警探见状也跟着沙威鼓掌，顿时办公厅内掌声一片。

这时，叶常青突然问道：“就算小曼说得对，但租界南部生活着几十万人，我们怎么找出凶手？”

“五年前，凶手用残酷的笑刑杀害这四个死者的时候，留下的线索特别少。但凶手蛰伏了五年之后，重新犯下的第一案，却给我们留下了很多新线索。”罗非胸有成竹地说道。

“哦？”叶常青一愣。

“凶手应该有一辆汽车，否则行长女儿和她同学的两具尸体，他没办法一次性完成抛尸。这下应该能再缩小一下范围了吧？”罗非反问道。

叶常青想了想，还是心存疑虑：“万一凶手没有汽车，是借了别人的汽车来抛尸呢？之前我们遇到过一起案子，抛尸现场留下了车轮的印痕，可找到车主，人家有确凿的不在场证明，最后才发现是他朋友偷偷用他的车干的坏事。”

这时小曼插话道：“那个案子我知道，但那是激情杀人，没有预谋。这个凶手不一样，他有预谋有计划，而且多次抛尸，只有他自己的车，才能让他有安全感。”

罗非笑着点点头：“小曼，说得非常好，而且还有一点，让我觉得很奇怪。”

“什么？”小曼一皱眉。

“凶手蛰伏多年后，第一次行凶，居然同时绑架了两个大学生，对于一个人而言，这个难度可不小。”罗非分析道。

小曼沉思了片刻，突然说道：“你是怀疑凶手不止一个人？是个团伙？”

本杰明这时坚决否认：“不可能，从尸检结果来看，凶手用皮带鞭打尸体的力度非常均匀，是出自同一个人。”

罗非点头：“我认同本杰明的结论，但如果凶手只是一个人，他是怎么同时绑架两名少女的呢？”

“会不会用枪？”小曼猜测道。

随后，罗非走到地图前，用红笔将两个地址连了一条线。

“两个被害人是晚上 11 点半从小百乐门出来的，她们回学校的路，都是有路灯的大路。”罗非一边说，手指一边沿着那条红线移动着，“上海以“东方夜巴黎”

著称，晚上 11 点半的时候这些大路上不可能空无一人，如果凶手用枪威胁她们，被害人一定会奋力反抗、挣扎，或者逃跑，这样反而会暴露凶手的行踪，所以用枪的风险也大，对凶手而言，不是一个好的选择。”

“凶手会不会是她们在小百乐门认识的朋友？在她们离开之后，凶手开着汽车尾随她们，追上之后借口送她们回学校，这样就能把她们骗上汽车。”小曼又立刻推测道。

“小曼又提了一个很好的假设，虽然是错的。”罗非朝小曼眨了眨眼。

“啊？为什么？”小曼显得有些失望。

“第一，离开熟悉的环境之后，人的警觉性会提高很多，尤其是女人，对于两个被害人而言，小百乐门和学校是她们熟悉的环境，而午夜的马路是个危险的环境，她们的警惕性会很高，想把她们骗上车，那是非常困难的。”罗非说着走到小曼面前，递给她一个抄录的笔记本，“第二，你看一下我记录的两个被害人之前的出入校登记本，她们虽然爱玩，但从没在外面留宿，每次不管多迟，都会回到学校宿舍，说明她们内心里是保守的，不会和小百乐门的男人胡来。既然没有勾搭男人的意愿，她们更不会轻易坐进一个小百乐门朋友的汽车。”

这时沙威赞同地点了点头：“但他是怎么绑架那两个大学生的呢？”

罗非皱着眉头，再次回看向地图：“对啊，他到底是怎么做到的呢？”

所有人都陷入了沉思，一时间都无法给出合理的解释。最后沙威宣布会议暂停，各部门先按已有计划行动。

晚间，探长办公室内，罗非和秦小曼坐在照片墙前，看着贴满照片和纸片的墙壁，仍然百思不得其解。

“连探长都回去了。”罗非转头看向小曼，“这么晚了，你还不打算回去？”

“如果不是我激怒凶手，也许苏苏姐的侄女就不会死，也许她还会和我挤在一张床上。”小曼一脸自责地盯着墙上的资料。

“你在想这件事？我以为我已经开导得很成功了。”罗非自嘲地笑了笑。

“你开导得是不错。”小曼敷衍地点点头。

罗非想了想，凑近小曼的脸：“那你还闷闷不乐，难道是在想霍文斯的事情？这件事我确实忘了开导开导你……”

小曼摇头：“当然不是，我就是在想苏苏姐侄女的事。如果不把凶手找出来，我真的没法面对苏苏姐。”

“小曼，你已经做得很好了，推理也有很大进步。”罗非转过小曼的肩膀，深情地看着她，“我还是那句话，别把凶手犯的错，算到自己头上。”

小曼躲过罗非的目光，微微低下头：“从汪雪如那儿回来的时候，我还说你连‘照顾’两个字都没见过，没想到你今天还挺照顾我的情绪的，真是让我大吃一惊。”

罗非微微一笑：“你都看出来了？”

“刚才那么多人，你不但没怼我，还总是让我说话，你是想把我拉回到工作中来，想让我忘掉苏苏姐侄女的事情，对不对？”小曼抬头看着罗非。

罗非轻轻摇了摇头：“是你本来就表现得很好，分析得很专业。”

小曼不禁苦笑：“罗非，你今天怎么这么会熬心灵鸡汤？”

罗非神色严峻地与小曼对视着：“因为你做警探，一定做得比我更好。”

第六十七章　锁定凶手

清晨，探长办公室内，熟睡着的秦小曼躺在椅子上，身上盖着罗非的外套。

阳光照在秦小曼的脸上，秦小曼微睁双眼，渐渐醒了过来。

小曼随即看到，罗非仍站在地图下面思考，看了看身上的大衣，对罗非说道：“你给我盖了你的外套？你要是着凉了怎么办？”

“你醒啦？”罗非转过身一笑。

“醒是醒了，不过睡得腰酸背痛，要说舒服，还是属于自己的地方才舒服。”小曼捶着腰说道。

罗非忽然愣住，指着小曼说道：“等等，你刚才说什么？”

小曼一脸茫然地看着罗非：“我……我说，还是睡自己的床才舒服。”

罗非连忙摇头：“不不不，你不是这么说的。”

“我好像说，睡得腰酸背痛。”小曼试探着说道。

罗非像乐队指挥一样，紧盯着小曼的眼睛，急切地摆着手：“下一句呢？”

“要说舒服，还是属于自己的地方才舒服。”小曼缓缓说道。

“属于自己的地方？属于自己的地方？”罗非喃喃自语道。

小曼像是感觉到了什么，急忙站起身：“罗非！你是不是想到了什么？”

罗非抬头微微一笑：“我想我们可以抓住凶手了。”

这时，沙威探长走了进来，见两人熬了一夜，便劝说道：“快去休息吧，破案也需要个好身体……”

“叫大家开会！我们抓凶手！”还没等沙威说完，罗非便冲到沙威面前，兴奋地说道。

十分钟后，众警探再次集结到昨天的地图前。罗非站在地图前说道：“我们一开始分析案情的时候，有些说对了，比如凶手绑架两个大活人，必须要用汽车这样的工具，但是这两个大学生是不会在深夜随便上一个男人的汽车的，其实这句话也没错，可是这样的话，我们就进入了一个死循环，凶手必须用汽车绑架两个被害人，而两个被害人不会进凶手的汽车。”罗非说完扫视着对面的众人。

“没错啊，就卡在这儿了。”沙威点头说道。

叶常青看着罗非的样子，也莫名地兴奋：“罗非，你现在想通了？”

“小曼的一句话，让我明白了。”罗非看向小曼，“其实我们进了一个思维误区。”

秦小曼一愣：“思维误区？”

叶常青随即望着明显愣住的小曼偷笑：“你说小曼让你想明白了，但看样子她自己还没明白。”

紧接着，罗非便在地图上指出昨天所画的那条红线来：“我们总认为凶手绑架两个大学生，是发生在小百乐门到学校之间的这段马路上。但是小曼今天早上醒来的一句话点醒了我，她说睡觉的话，还是属于自己的地方才舒服。”罗非扫视着众人，启发地又重复了一遍，“属于自己的地方！明白了吗？”

这时，小曼恍然激动地看着罗非：“哦，你是说……”

罗非点头：“没错。人在什么地方才会放下戒备和警惕？”

叶常青迫不及待地低声问小曼：“小曼，你想通啦？”

小曼悄声摇了摇头：“当然没有。但每次我假装我想明白的时候，他就会迫不及待地抢着说。否则的话，他老要卖关子。”

叶常青立刻竖大拇指：“高！下次我也试试。”

“人只有在属于自己的地方才会放下戒备和警惕。对于两个被害人而言，马路肯定不是这样的地方，小百乐门也不是，反而是这里。”罗非说着指了指地图上的学校标志。

“国立沪东大学？”沙威疑惑地看着地图，陷入了思考。

罗非点头：“对，这里有她们的宿舍，有她们的同学、老师和熟人。所以这里是她们心理上觉得最安全的地方，但恰恰也是凶手最容易得手的地方。所以，凶案……不是发生在路上，而是发生在这里！”

沙威皱眉反驳道：“不对啊，国立沪东大学对进出校园管理得很严格，连这两个被害人每次进出都会登记，凶手作为一个外人是怎么混进去的呢？”

“探长这句话，已经说到关键了。”罗非指着沙威微微一笑。

“我说的什么？”沙威茫然地看着罗非。

“探长说，凶手作为一个外人，是怎么混进去的呢？不错，校园管理非常严格，作为外人，确实混不进去。但如果凶手本来就是学校的一部分呢？”罗非将疑问的目光投向众人。

小曼立刻推测道：“你是说凶手可能是教师、教工或者后勤，甚至学生？而且凶手有汽车？”

罗非满意地点点头。

这时，沙威立刻转向小曼和叶常青：“小曼！常青！立刻排查国立沪东大学的教师、教工还有后勤，包括学生，看看哪些人有汽车，还可以自由出入校园，其他人配合行动！”

很快，午后叶常青便回到了探长室复命。

“探长，沪东大学的汽车排查工作完成了，一共有二十一辆轿车。”

沙威有些惊讶：“二十一辆？哟，挺有钱哪。名单呢？”

叶常青随即递上一个公文袋。

十五分钟后，罗非和小曼闻讯赶来。

“你们怎么看？”沙威抱着肩膀，盯着写着名单的公文纸，问罗非。

罗非则看向小曼：“小曼，你记不记得第五个受害者汪雪如的丈夫叫什么来着？”

小曼想了想：“好像叫……林中衡。”

罗非指着公文纸：“这里也有他，林中衡，教的是化学。”

小曼拿起纸单，仔细看了起来：“这么巧？”

“如果不是巧合呢？”罗非反问道。

“你别吓我。”小曼脸色一变，放下纸单，看着“林中衡”那三个字，心生寒意：“那汪雪如岂不是……岂不是嫁给了残害她的凶手？这不可能啊！她不可能这么傻吧？”

“如果汪雪如认不出林中衡，就有这个可能。”罗非自信地说道。

“认不出？”小曼一时不解。

罗非一耸肩：“很简单，只要林中衡犯案的时候戴个面具遮住脸就行。”

沙威听到这里，一拍桌子：“我立刻派人把这个林中衡抓来。”

“别急！”罗非急忙拦住沙威，“我们现在只是推测，没有实际证据，如果他不认罪，我们也没办法，反而会打草惊蛇。”

“探长，我和罗非去摸摸底。”小曼立刻站起身请示沙威。

沙威随即点了点头：“事不宜迟，你们和本杰明一起开车去，注意安全。”

当本杰明的车停在林中衡家对面后，罗非却不让小曼和本杰明下车。

“林中衡现在不在家，我们待在他家门口有意义吗？”小曼有些不解地说道。

本杰明安慰小曼：“放心，有两路弟兄跟着林中衡呢。”

小曼长叹了口气：“每次都是有两路弟兄跟着嫌疑犯，但每次都让嫌疑犯跑了。我就纳闷了，这两路弟兄到底是哪两路弟兄，是嫌疑犯派过来故意坑我们的吧？这林中衡要真是凶手，我觉得以他的能力以及那两路弟兄以往的战绩，林中衡一定可以逃得掉的。”

罗非一笑：“小曼说得没错，所以我们才要守在这里。”

本杰明侧目打量着罗非：“‘小曼说得没错’什么时候成了你的口头禅？”

“有吗？”罗非瞪了本杰明一眼。

“那我们到底为什么要守在这里？”无心打趣的小曼又问道。

“因为她。”罗非这时指着开门走出来的汪雪如。

三人随后看到汪雪如把一沓旧报纸、旧书放在门口的地上，又走到一边，摘了一朵路边的花。

小曼越看越觉得这个汪雪如的举动有点儿不对劲儿：“汪雪如？你怀疑她是共犯？”

“我并不是怀疑她。而是说，只要有她在，林中衡就不会跑。”罗非说道。

“为什么？”小曼又陷入了疑惑。

“如果林中衡是凶手，那汪雪如就是他最完美的作品。他虐待她，刺破她的耳膜，还让她精神失常，却又变成了她的丈夫，每天都能享受这种征服猎物的快感，那他怎么舍得丢弃这个作品呢？所以他一定会回来。”罗非语气坚定地说道。

“罗非，你看她脖子上戴的吊坠，怎么这么眼熟？”小曼突然指着汪雪如脖子上的吊坠说道。

罗非紧跟着，也皱起了眉头："汪苏苏侄女也戴了一模一样的吊坠。"

"上一个受害者？"本杰明这时像是突然想到了什么。

"这不就是证据吗，还等什么！"小曼迫不及待地说道。

"嗯，通知探长，拘捕林中衡。"罗非点点头，随后推开了车门，继续说道，"走，我们把汪雪如也请回去，指证林中衡。"

第六十八章　谁是真凶

巡捕房审讯室内，林中衡坐在桌前，微笑着面对沙威和叶常青。

"林中衡，33岁，年轻有为的大学副教授。为什么要杀人？"沙威放下资料册，用严厉的目光看着林中衡，"而且是用残酷的笑刑来折磨被害人，她们到底跟你有什么仇？"

林中衡面对沙威露出了嘲弄的笑容，转而又很快收敛起来。

叶常青愤怒地把所有被害人的相片和尸检照片都撒在桌上，推向林中衡。

林中衡看了一眼，便抬起了头，无所畏惧地说："不好意思，我听不懂你们说的这些东西，这些女人我也都不认识。如果你们拿不出证据，只是反复地说这些话来骚扰我，请问，我可以请位律师吗？"

叶常青随即把一个装着吊坠的证物袋扔在林中衡面前："这是从你太太脖子上取下来的，和上一个死者戴的吊坠一模一样。"

林中衡不以为然："只是款式一样而已，这是我托朋友买的。"

"哪个朋友？能出来替你做个证吗？"叶常青强压怒火问道。

林中衡轻轻摇了摇头："我真是运气不好，这个朋友上个星期已经离开上海，去美国了，他没法替我做证。"

而距此仅一墙之隔的审讯室内，汪雪如正抱着自己的双肩，缩作一团。

罗非和秦小曼则坐在她对面。

"你们一定搞错了，我先生人很好的，他很听我的话。"汪雪如颤抖着声音说道。

"雪如小姐，你别怕，如果你先生是无辜的，我们一定不会为难他的，但是目前所有的证据都指向你先生。"秦小曼柔声说道。

汪雪如摇头："不会的，我先生不会伤害别人的。"

"你是怎么认识你先生的？"罗非突然问道。

汪雪如一皱眉："我怎么认识我先生的？我……"汪雪如紧紧抱着头，努力地回忆着，却丝毫没有印象，"我……记不得了，我怎么记不起我是怎么认识我先生的？"

"确实像欧阳探长还有韩医生说的那样，她帮不上我们什么忙。"小曼对罗非说道。

探长办公室内，罗非、秦小曼、沙威和叶常青凑在一起，开始交换审讯进展情况。

"一个巧舌如簧地在狡辩，一个精神不清不楚的帮不上什么忙。等他律师一来，我们再拿不出什么有力证据的话，恐怕林中衡就要被保释出去了。"沙威气愤难平地说道。

这时，电话铃突然响起。

沙威随即拿起听筒："是，我是……什么？昨天晚上？好的，明白了。"

紧接着，沙威放下电话，面色凝重。

"出什么事了？"小曼连忙问道。

"昨晚，国立沪东大学又失踪了一个女学生，至今没有下落。"沙威转向罗非，"罗非，这可怎么办？"

"探长，麻烦你去查一下林中衡汽车的进出校园记录。"罗非转而又对小曼说道，"小曼，你跟我再去一趟林中衡家，希望有新的线索。"

"那我呢？"叶常青忙问。

"你留在巡捕房，拖住林中衡的律师，另外，你打电话，摸清楚林中衡在上海的所有置业项目，尤其是土地和房子。"罗非说道。

"为什么？"叶常青有些不情愿。

罗非只好解释道："不管出于什么目的，林中衡一定是在用笑刑折磨被害人。但被害人不管是大笑还是大哭，动静都会很大，林中衡是如何做到隔音的呢？"

"所以你怀疑林中衡有别的空地或者不为人知的地产？"小曼立刻回答道。

罗非点点头："快！我们分头行动！"

晚间，林中衡家客厅内，罗非在墙壁前站定，仔细地查看着墙上的照片。

秦小曼这时从房间里出来，有些沮丧："林中衡把家里收拾得一尘不染，像是有洁癖一样，我估计在这儿很难找到线索了。"

"不，你仔细看看这几张照片。"罗非指着照片给小曼看。

就在此时，客厅里一片漆黑。短促的一声电流声后，墙角传来林中衡温柔的声音：雪如，别怕，我在这里陪着你，乖，把眼睛闭上，天黑了，该睡觉了。

小曼惊叫着抱紧罗非："啊——是鬼吗？还是林中衡被放出来了？怎么回事？"

罗非随即打着打火机。小曼看到亮光，这才安静下来。

"你进屋子的时候，没注意到墙角有个留声机吗？这声音是从留声机里出来的。"罗非轻轻拍了拍小曼说道。

小曼急忙松开罗非："都断电了，留声机怎么会响？"

罗非走到留声机后面一边查看一边说道："这应该是林中衡的一个诡计，他在家里接了两条不同的电路，一条控制照明，另一条专门控制这个留声机，相当于一个……跷跷板，照明这条线路断开了，留声机的线路就自动接通了。"

"林中衡在自己家里为什么要做这个电路机关呢？"小曼问道。

"两个目的，一个是让汪雪如给自己做不在场证明，另一个，就是困住汪雪如。"罗非解释道。

小曼一惊："困住汪雪如？"

"对，你看你一个正常人，遇到突如其来的黑暗，都会吓得大叫。"罗非说着，回身盯着小曼说道，"试想，像汪雪如那么一个神经脆弱的人，她还敢乱动吗？"

小曼推开罗非："所以他每天晚上都这样溜出去。"

"也不一定是每个晚上，但今晚他是打算出去的。"罗非肯定地说道。

"杀人？杀昨晚那个失踪的大学生？"小曼立刻紧张起来。

"没错。而且我知道他打算去哪儿了。"

"哪里？"小曼连忙追问。

"海上。"罗非笃定地说道。

两人连夜回到巡捕房后，直奔探长办公室汇报。

沙威和叶常青听完罗非的分析也是一愣。

"海上？"

罗非朝两人点点头："我在林中衡家里的照片墙上找到他和太太有好几张在船上拍的照片。"

罗非说着把几张黑白照片摊在桌上。

两人拿起来观看。

"隔音效果最好的，难道不是大海吗？任凭你笑多大声，喊多大声，都不会有人来打扰。简直就是完美的犯案场所。"罗非配合着解释道。

“可是我查了林中衡的置业情况，没有登记过船只啊。”叶常青表情奇怪地对罗非说道。

罗非立刻摇头：“不，他肯定有船，对了，他太太名下呢，查过吗？”

叶常青点头：“我当然查了，但她的名下也没有登记过船只。”

“怎么可能呢？对了！”罗非突然想到了什么，“他太太有过另外一个名字，是欧阳探长起的名字，叫安萍。”

“好！我明天就去查！”叶常青放下照片说道。

“一切，到了明天，该见分晓了。”罗非若有所思地说道。

转过天，巡捕房审讯室内

林中衡被提审，依旧一副有恃无恐的样子。

“说吧，你用安萍这个名字登记的俄狄浦斯号船现在在哪儿？”小曼问道。

林中衡把玩着自己的指甲：“很早以前就被人偷了。”

“你……”

小曼刚想发作，被罗非一把按住。随后，罗非拿起桌上的一沓照片，看似随意地翻了翻。

“听说林先生对这些照片，包括尸检照片都无动于衷，不知道林太太看了会怎么样？”

林中衡突然怒瞪着罗非大喊：“你敢！你这么刺激一个病人，还有没有人性，我要让律师告你！”

“你现在被关在这里，谁去管船上的大活人，难道你要把她留在船上活活饿死？”罗非也提高了声音，“那我绝对会将这些拿给你太太看，而且我要告诉她，这些都是你杀的人！”

听了罗非的话，林中衡忽然像泄了气的皮球一样垂下了头：“既然你们已经认定是我杀的人，我再怎么解释也没用，要杀要剐悉听尊便，千万不要为难我太太，她是个非常可怜的人。而且我还想说最后一句：我是清白的。”

第六十九章　陷入误区

第二天，探长办公室内。

沙威长吁短叹：“这个林中衡够倔的啊，把自己清白的事，说得那么感人。罗非，你确定我们没抓错人吧？”

“已经排查了沪东大学的所有可疑人员，他是唯一一个有嫌疑的。”罗非说这话时的状态好像心不在焉。

“我觉得林中衡的心理素质本来就非常人可比，我们不能被他迷惑了。我支持罗非。”小曼坚定地说道。

叶常青冷笑：“你当然巴不得早点定个凶手下来喽，既能给你那个汪苏苏一个交代，又能让自己良心得到安生。”

“你……”小曼怒瞪着叶常青。

“常青！胡说八道什么！”沙威立刻呵斥叶常青。

这时敲门声响起，本杰明走了进来：“探长，今天一大早，法租界在城东发现一具女尸，也是遭受笑刑窒息身亡的，想和我们并案侦查。”

沙威一脸吃惊：“今天？身份核实了吗？”

本杰明点头：“核实了，是前天夜里失踪的国立沪东大学的女学生。”

罗非闻听，不禁愣住：“这……这不可能。”

叶常青冷笑：“如果按照你的推理，那当然不可能，因为林中衡和他太太昨天都关在我们巡捕房里，谁去杀人抛尸？真有意思，我们巡捕房给嫌疑犯做了个不在场证明，而且是铁证。”

“可那个吊坠……”罗非一皱眉，又开始陷入了思考中。

“法租界他们在抛尸现场也发现了一样的吊坠，说是上个死者的遗物。”本杰明说道。

“会不会是林中衡的同伙？”秦小曼猜测道。

本杰明叹了口气：“小曼，之前的尸检结果清清楚楚地告诉我们，凶手是单独犯案，没有同伙。”

“那会不会是有人模仿……”

“更不可能了。”叶常青随即打断了小曼的推测，“这个案子的细节我们从没跟媒体透露过，凶手作案习惯、在被害人死后鞭打尸体，还有上个死者遗失的东西是什么，如果不是真凶，是不可能知道的。”

这时沙威看着罗非，眼神有些动摇：“罗非，我们会不会真的弄错了？”

转眼两天过去了，罗非蹲坐在沙发里，一直在发呆。他前面的桌子上摆了四碗米饭和面条，但都是满满的。

汪苏苏和秦小曼则满脸愁容地站在门口。

“唉，两天了，一口没吃，就在那儿叨咕错不错的。”汪苏苏叹道。

“像他自视这么高的人，如果真的从头到尾都推理错了，对他的打击一定很大。”小曼无奈地摇摇头。

“什么？从头到尾都错？”

秦小曼看着汪苏苏，点了点头：“很有可能。”

汪苏苏冷笑着说道：“怎么可能，你跟罗非一起这么长时间了，你见他在推理上错过吗？”

“这倒真没有。”小曼摇头说道，在小曼心里，她比任何人都更相信罗非。

“别说你了，我跟他住在这儿这么长时间，我也没见他错过。所以要是有人说他从头错到尾，我认为只有一个可能。”

小曼一愣：“什么？”

汪苏苏抱着肩膀，皱起眉：“有人陷害他。”

“你这么信任他？”小曼苦笑着反问道。

汪苏苏连连点头：“对啊，我相信他，他说那个林中衡害死了我侄女，一定有他的道理。他现在最需要的，是支持，还有信任。”汪苏苏转而用胳膊戳了戳小曼，“小曼，你呢？”

小曼还是无奈地摇摇头：“光说没有用，我必须帮他找到新的证据！林中衡的妻子已经被放出来了，我可以去找她问。”

随后，小曼真的去了林家开始跟踪汪雪如。热闹的菜市场里，吆喝声此起彼伏。

秦小曼跟在汪雪如身后不远处，看着汪雪如在和一个卖青椒的商贩争执，汪雪如在争执间，言语泼辣，甚至推推搡搡。

“姑娘，你长没长眼睛，明明一斤半，你自己偷偷扔掉两个辣椒，反过来怪我短斤少两？”商贩气急败坏地说道。

“我没有扔掉辣椒，是你想骗人！”汪雪如指着商贩，毫不示弱地说道。

“姑娘，你是不是有病啊？想闹事，是吗？”商贩一瞪眼。

秦小曼见状，快速往前走几步，却又忽然停下了脚步。

因为她突然看见汪雪如捧起一个装着辣椒的簸箕，全部都倒在了商贩的身上，紧接着又掀翻了商贩整个竹筐。

躲在人群里的秦小曼不禁吃了一惊：“力气这么大？”

随后，秦小曼才上前拉住汪雪如，一边向商贩道歉掏钱赔偿，一边拉汪雪如离开菜市场。

两人来到市场外，汪雪如一把甩开秦小曼的手，恶狠狠地瞪着秦小曼。

小曼莫名其妙地看着汪雪如："雪如姑娘，你不认得我了？"

"什么雪如姑娘？我叫安萍！"汪雪如没好气地说道。

秦小曼连连点头："对，对，对，你是有个名字叫安萍，但你的真名是叫汪雪如。"

"呸，我才不知道什么汪雪如，你找错人了。"汪雪如说完一脸不耐烦，直接转身离开，小曼不能用暴力拉住她，只能作罢。

于是，小曼急忙赶回到公寓，把今天见到汪雪如的离奇经历告诉了罗非。

罗非刚听秦小曼说完话，也觉得有些不可思议。

"……什么？语气动作完全不同，还自称不认识你？"

小曼十分肯定地点着头。

"这样的情况……极为少见，难道是精神科上的问题？"

秦小曼好像突然想起了什么："精神科？对！精神科！罗非，有个人可以帮我们！"

罗非也想到了那个名字："你是说霍文斯？我不想见他。"

小曼随即劝说道："霍医生可以帮到我们，你想啊，一个人变成了完全不同的样子，可能真是精神上的问题。而全上海最好的心理医生就是——关在监狱里的霍文斯霍医生。"

"霍文斯作为全上海最好的心理医生，他缺钱吗？"罗非摇头，"不缺，那他为什么要霸占巨额赃款？"

"霍医生自己都说了，就是一时糊涂起了贪念。不是每个人都能像你这样，视金钱如粪土，抵挡得住金钱诱惑的。再说了，为自己犯的错他都被关进监狱了，你别斤斤计较了。"小曼继续为霍文斯开脱，其实是不想看到罗非再这样折磨自己。

可是，沙发里的罗非还是缓缓摇着头："不，我总觉得事情没有这么简单，他有很多秘密瞒着我们。"

小曼蹲下身，捧起罗非的脸，严肃地说道："如果抓不住真凶，还会有越来越多的受害人出现，你到底想不想破案？

第七十章　双重人格

监狱会面室内，霍文斯戴着镣铐，认真地翻看了一遍案卷，然后抬起头看着罗非和小曼：“居然有个幸存者？还是个女的？”

“可是她的情况很奇怪，记不起以前的事情，行为举止也时常不一致。”小曼沮丧地说道。

霍文斯皱了皱眉：“你说在你遇到她时，她自称是另一个人，并且不认识你，行为举止也完全不同？”

“对！”小曼眼前一亮，霍文斯的反应似乎让她看到了希望，“之前见到的汪雪如温柔胆小。而我那天见到的她，又泼辣又蛮横，力气也很大，自称安萍，还说不知道汪雪如这个名字。”

霍文斯想了想，神色渐渐凝重起来：“那么，最大的可能性就是——人格分裂。”

小曼回忆了一下与汪雪如的几次见面，对霍文斯问道：“人格分裂？你是说，她一个人，分裂成两个人？”

霍文斯点点头：“可以这么说，她的两个人格有独立的记忆，且不知道另一个人格的存在。”

“那，如果询问这个第二人格，会不会有第一人格所不知道的破案线索？”罗非突然问道。

霍文斯看着罗非，语气诚恳地询问：“既然你们之前去询问过一次，这个幸存者还记得当年的线索吗？”

罗非看着霍文斯的反应，隐隐觉得哪里不对劲儿：“很少，她有些零碎的回忆，但那让她非常紧张，好像受到了很严重的刺激。而且后来她丈夫回来，打断了我们的问询。”

霍文斯随即提出建议：“既然她丈夫被你们扣押了，为什么不试试再去刺激刺激这个汪雪如呢？说不定有更多新线索，说不定自称安萍的人格，知道一些你们没问出来的事。”

小曼这时面露难色：“这……不太好吧，汪雪如发起病来……很可怜的。”

“霍文斯，你确定她的另一重人格能知道更多的线索？”罗非盯着霍文斯说道。

秦小曼当即不满地看了罗非一眼。

霍文斯面色平静地看着罗非：“其实对正常人而言，很多令自己痛苦的记忆都会被封存进潜意识里，一旦受到外界刺激，比如一首歌、一幅画，很多深藏在潜意识里的回忆就会涌上心头。所以我觉得汪雪如潜意识里的记忆碎片，应该就是解开这道谜题的钥匙。”

听完霍文斯的话，罗非慢慢站起身，意味深长地说道：“霍医生，我觉得现在的你变得有些特别。”

霍文斯捂着嘴角的瘀青，有些尴尬地笑了笑。

小曼看着两个人，瞬间觉得气氛有一种说不出的紧张。

两人从监狱出来后，罗非就直奔林家。

黄包车上，小曼很担心地对罗非说道：“我不同意这么做。”

罗非转头看向小曼，好像有些生气：“让我找霍文斯的是你，现在不听霍文斯建议的又是你，你不是自相矛盾吗？”

“汪雪如很可怜的，对她来说，记不得以前的事是种解脱，你们还要故意让她发病？”

“你到底想不想破案？”罗非反问小曼。

小曼立刻点头：“想，但一定有别的办法。我们不要去折磨一个那么可怜的女人了，好不好？”

“如果折磨她一个人，能让我抓住真凶，不让更多女孩被害，”罗非说到这里，别过了头继续说道，“老实说，我不介意折磨她多少次。”

小曼顿时也有些气恼：“你这人，到底有没有底线？”

“我的底线就是破案。”罗非坚决地说道。

“你……”小曼气得背对着罗非，把头转向另一边。

过了一会儿，罗非缓和了语气说道：“霍文斯不是说过嘛，一个受过巨大心理创伤的人格，应该有强烈的自我保护意识，甚至会有极端的暴力倾向。如果安萍真是这样的人，她一定会有这些特征，你帮我跟着她，时刻观察她，看看能不能遇到安萍这个人。”

小曼听罢，急忙转过身：“跟踪汪雪如？”

“如果你觉得有必要，可以再多刺激刺激她。”罗非突然打趣道。

“还刺激她？”小曼抱起肩膀，冷哼道，“哼！我可不像你，简直是冷血动物。”

罗非笑着点点头：“所以你心软，这不是跟着我来了嘛。”

“别，要跟还是我跟！”小曼朝罗非一摆手，“谁知道你再对汪雪如干出什么事情来。”

罗非随即靠在车里，一副十分放松的样子：“那好，我正好还有其他事要去办。”

“什么事？”小曼紧张地问道。

“睡觉。”罗非闭上眼睛。

随后，小曼一个人在林家跟着汪雪如又来到了那片菜市场里。进了喧闹的菜场，过了一会儿，小曼跟在汪雪如身后，突然看到一个流氓在汪雪如挑菜时对她动手动脚，汪雪如立即泼辣地骂人。就在流氓即将动手时，小曼冲上前，抓住流氓的胳膊，反手一拧，流氓大声呼痛。

“饶命饶命！再也不敢了。”

“败类，叫你对女孩动手动脚。”秦小曼手一甩，流氓捂着肩膀，一溜烟逃走了。

“安姑娘，你没事吧。”小曼回头对汪雪如说道。

汪雪如略显迟疑：“你是……”

小曼看着眼神有些迟愣的汪雪如，说道：“叫我小曼吧，上次认错了你，有点误会。没想到今天又遇到你了，我可以请你喝杯咖啡吗？”

咖啡店里，靠窗的位置，小曼和汪雪如相对而坐。

“安姑娘，你记得以前什么事情吗？”小曼柔声问道。

汪雪如点了一下头：“记得，记得很多，我好像住过一个很大很大的房子，里面有很多很多好朋友。”

“那你记得你丈夫是谁吗？”小曼又试探着问道。

汪雪如的情绪立刻变得很不安：“他很坏，他很坏，打他！打他！”

“哦？”小曼看进展顺利，于是继续套问道，“他怎么个坏法？”

汪雪如突然陷入了沉默……

第七十一章　接近真相

沙利文公寓203室内，电话铃声急促地响起。

罗非从沙发上惊醒过来，定了定神，慢悠悠地接起电话：“喂？你找谁？小曼？你说你就快拿到证据了？在巡捕房见面？”

罗非挂掉电话，自言自语道：“什么证据啊，也不在电话里先说清楚。”

当罗非推门进来时，沙威正在翻看着报纸：“咦？罗非？”

“小曼呢？还没到？”

“小曼怎么了？”

两人两相对望，一头雾水。

“她和我约好了，在你这里见面，她说她可能拿到指证林中衡的证据了。”罗非解释道。

沙威放下报纸，看了看表：“什么时候约的？”

“得有两个钟头了，我洗洗漱漱花了不少时间。”罗非说道。

沙威一笑：“那她应该早就到了。”

这时候，电话铃声突然响起。

沙威有点发懵地停顿了一下，才拿起了听筒：“喂？找罗非？”随后，沙威把听筒递给罗非，“喏，找你的。”

罗非接过听筒：“喂？你好。”

电话那头随即传来一个低沉的声音：“嘿嘿，罗非，我想和你做个交易。”

“跟我做交易？对不起，没什么兴趣。”罗非冷笑道。

“你拒绝得比秦小曼还要干脆，但我敢保证，只要你挂了电话，我一定让你更后悔……喂？喂？”男人还在呼唤着，可随即听到一声重重的挂断声。

电话这边，罗非已经把电话挂掉，看着沙威。

沙威一愣：“你……你……”

罗非微微一笑：“放心，他会再打过来的。”

过了十几秒钟后，电话铃再次响起。

罗非接听起来：“喂？你好，我是罗非。”

“罗非，我不得不佩服你的勇气，你连我的筹码都没听到，就敢挂……喂？喂？喂？”

罗非再一次挂掉了电话。

“你……太冒险了吧？”沙威这下完全不明白罗非这么做的理由了。

“凶手渴求的是一种掌控全局的感觉，每当被打断一次，他的这种渴求就更深一层。我们不顺着他，才有跟他谈判的资本。”罗非对沙威解释道。

话音刚落，电话铃又响了起来。

这次男人近乎咆哮道：“我的筹码是秦小曼！听清楚，是秦小曼，秦警官！”

罗非本想挂掉电话的手停在半空中，没有把听筒按回座机，转而坚决地拿回电话听筒："你的条件。"

"和欧阳探长一样。你们不再追查我的下落，我呢，不仅会放回秦小曼，而且在我的有生之年，都不再伤害别人。"

罗非冷笑道："你都憋了五年了，怎么还玩这么老套的条件？不如提升一下吧。比如这样，你不能像伤害汪雪如那样伤害秦小曼，你把一个健健康康的秦小曼放回来，这是我的条件！"罗非的语气异常强硬。

"那我呢？"男人迟疑了片刻说道，"我能得到什么？"

"我帮你解决一个案子。"罗非镇定地说道。

男人大笑道："哈哈哈，我有什么案子需要你帮着解决？"

"不，你有。"罗非轻轻摇了摇头，"我不能多说，但你仔细想想，你有的。"

随后，男人突然挂断了电话。

"下一步怎么办？"沙威急忙问道。

刚刚接电话还气定神闲的罗非此刻神情严峻，转身说了句"去林家"就头也不回地急匆匆地走出了办公室。独留沙威一脸茫然地低下头，看着电话。

随后，罗非和本杰明再次来到林中衡家。

开门的是汪雪如，此时她神色平静地看着罗非："罗神探，你找我还是我先生？"

罗非轻轻摇了摇头："我谁都不找。"

汪雪如愣住，皱起眉头。

"我找安萍安姑娘。"罗非盯着汪雪如说道。

汪雪如被看得有些不安，低头问道："安姑娘是谁？"

"昨天我的好朋友秦小曼遇到了这位安姑娘，而且她就住在这里。"

汪雪如目光游移，神色黯然："我听不太懂。你要找什么安姑娘？我们家就我和我先生两个人哪。"

本杰明这时用安抚的语气解释道："雪如姑娘你不要怕，我们是怀疑你的身体里还有一个人，她叫安萍。这个安姑娘可能替你承受了很多你不愿回忆的痛苦，昨天这个安姑娘可能主动提出带小曼警官去寻找证据，这个安姑娘特别坚强、特别勇敢。"

汪雪如猛然一抬头，不可思议地看着罗非和本杰明："我的身体里还有一个人？"

随后，罗非和本杰明把汪雪如带到了那家咖啡厅，三人就坐在昨天小曼和汪雪如的位置上。

“你还记得吗？昨天，就在这里，有个女警探和你谈话。”罗非启发道。

“当时你就是安姑娘。”本杰明补充道。

汪雪如茫然地摇摇头：“我真不知道你们说的人在哪里。我叫汪雪如，没有什么安姑娘。”

这时，一个服务生端着两杯咖啡经过附近。罗非突然伸手拿起两杯咖啡，都泼在汪雪如的身上。汪雪如惊叫着闪避，但仍没躲过咖啡，衣服前襟被泼了一大片咖啡。

汪雪如怒瞪着罗非，声音瞬间提高了许多：“你干吗？你有毛病啊！咦？小曼呢？”

本杰明见状先是一愣，然后顿了顿，又朝罗非点了点头。

“这种双重人格的患者，遇到不同刺激的时候会变换人格，比如受到侵犯的时候、悲伤过度的时候，有些可能要遇到生死危机的时候才会切换。”罗非低声对本杰明说道。

本杰明点点头，随即对汪雪如柔声说道：“安姑娘，我们都是秦小曼的好朋友。刚才你和她在这里喝咖啡的，后来呢？”

此时的汪雪如想了想，立刻说道：“后来，我跟她抱怨了一些琐事，她就跑去那里打了个电话。”

“不错，她那个电话就是打给我的。”罗非见第二人格已被唤醒，便开始盘问道，“对了，你抱怨的是什么琐事？”

汪雪如摇摇头：“我……记不清了，好像……是说我先生的皮带经常要换，尤其是最近这段时间，隔三岔五，不，有时两天工夫就要换。”

本杰明眼前一亮，看向罗非：“罗非！罗非！你记得吗？之前每个被害人的遗体在死后都……”

罗非点头，制止本杰明，继续问汪雪如：“安小姐，是不是你先生还不准你扔掉这些皮带？”

汪雪如立刻点头：“一点不错，真的让我觉得蛮奇怪的。”

“之后你带着秦小曼去了哪里？”罗非紧张地追问道。

“秦小曼要我带她去拿那些皮带，说它们很重要。我就带她去了。”

听到这里，罗非的语气越来越急促：“后来呢？”

“后来，秦小曼就在那里翻看那些皮带，突然门响了。”

“小曼什么反应？”罗非说着站起身。

可是就在此时，汪雪如又开始摇头：“后来我就不知道了，我再醒来就看到你们了。”

罗非神情焦急，低头思考了片刻，忽然拉过汪雪如的胳膊，一下子把她的袖子撸到肩膀处。本杰明随即看到汪雪如的胳膊上布满了很多大大小小的针眼。

“这大大小小的，都是针眼，居然有人给她注射了这么多药物？”

“对，是镇静类药物。”罗非朝本杰明点点头，“我和小曼在林中衡家客厅看到过很多。”

汪雪如看着自己的胳膊也很震惊：“你们找到小曼了吗？”

本杰明失望地摇摇头。

罗非放下汪雪如的胳膊，突然又问道：“还有一件事要问安姑娘，有什么人经常来看你吗？”

“经常来看？有倒是有，叫韩宁生。”汪雪如面露疑惑地回想着，“我每次问他我们是怎么认识的，他都岔开话题。不过我模模糊糊地觉得他好像是个医生，唉，我记性特别不好，总是记不起以前的事情。”

汪雪如的这番话，让罗非和本杰明彻底明白了，这一直以来神秘莫测的凶手竟然不止一个……”

第七十二章　抓捕韩宁生

探长办公室内，沙威大惊失色地看着罗非：“什么？你又怀疑精神病院的韩医生？”

“这个故事可能听起来有些匪夷所思。”罗非说着走到照片墙上看着汪雪如的照片，神情也很无奈，“当事人汪雪如是当年凶案的幸存者，在受剧烈的精神刺激后，演化成双重人格，一个仍叫汪雪如，是大学副教授林中衡的太太；另一个叫安萍，是精神病院韩医生的情人。”

沙威听着咽了一下口水：“一女侍二夫？”

本杰明轻咳一声，摆摆手：“不是这个意思，汪雪如演化成双重人格，那就是变成了两个人，这两个人彼此之间是互不知道的。”

“在长达三到五年的时间里，韩宁生不可能不知道林中衡的存在，林中衡也肯定撞见过韩宁生。”罗非又指了指与汪雪如相连的林中衡和韩宁生的照片，“但是他们之间为什么会达成默契？韩宁生从来没跟我们提过林中衡，同样，林中衡也没有提起过韩宁生。”

罗非说着，突然转身目光炯然地看着本杰明和沙威：“所以，只有一个可能，这两个人是搭档，我怀疑，当林中衡和太太被困在巡捕房的时候，用同样手法杀人的就是韩宁生。”

“但如果不是单人作案的话，为什么每次被害人遗体被鞭打的力度都一样呢？”本杰明质疑道。

“很简单，鞭打这个动作一直都是由韩宁生执行的。”罗非用手指弹了一下韩宁生的照片，“所以最后一个被害人才会留下同样力度的鞭打印迹。”

“对，只能是由韩宁生执行，否则最后一次行凶就会露馅儿。”本杰明顺着罗非的思路想了想，不禁又皱起眉头，“但既然执行人是韩宁生，为什么安姑娘却说这些皮带都在林中衡家中呢？”

“这个确实有些奇怪。不过探长，我们现在应该兵分两路，分别搜查林中衡和韩宁生的家，一定会有收获。”罗非说完，眼神坚定地看着沙威。

沙威也默契地点点头：“我这就加派人手立即行动，这次不但要抓住凶手，还要尽快救出小曼！”

十分钟后，两辆雪佛兰警用巡逻车从中央捕房的大院里呼啸而出。

与此同时，韩宁生正行色匆匆地拎着一个大手提箱朝自家弄堂大门走去。可当他刚放下皮箱，打开大门，便看到一个身穿黑色风衣、头戴黑色礼帽的男人，那人把帽檐压得很低，只露出半张脸，嘴角上却挂着一丝诡秘的笑意。

而此时只是看到来人半张脸的韩宁生，却已经吓得脸色苍白！

“韩医生，您打算去哪儿？”男人迈步跨进院内。

韩宁生惊恐地盯着那人，一边向后倒退一边颤抖着说道：“我……我去走亲戚。”

男人冷笑着关上门：“韩医生，巡捕房和我都没有耐心看你耍心机了。”

韩宁生近乎绝望地看着渐渐被关上的大门，就好像自己的逃生之门也被无情地关上了一样：“我……我和林中衡已经按你说的做了，可是安萍现在完全被罗非利用了，我真的没有办法了，求您了，您就让我走吧，求您……”韩宁生一边求饶一边跪在神秘男人面前。

神秘男人抬起韩宁生惊恐万分的脸，阴狠地说道：“韩医生，和青龙会做过交易的人，从来没有终止交易的权利，这你是知道的，况且还是一个本就身犯人命案的变态凶手。”

“我求您放我走吧，我斗不过罗非的，他不是欧阳寻……”

“我知道，韩医生，你也别紧张。”男人打断了韩宁生的求饶，先是轻轻拍了拍他的脸，然后突然一把甩开韩宁生的脸，挺起身不屑地俯视着韩宁生，用一种命令的口吻说道，“我希望你继续按我说的做，自会有人去对付他，安萍也就平安无事，之前吴清风的下场你看到了。”

韩宁生还想辩驳求饶几句，可当他看到男人那诡异冷酷的表情时，又绝望地垂下了头。

此时，院外不远处传来一声刺耳的急刹车声。

男人闻听，迅速转身走到门口，对着身后的韩医生冷笑道：“一切看你的了。”说完便推门走了出去。韩宁生在地上愣了足足有半分钟的时间，突然像安上发条的人偶一般，从地上弹了起来，抓起皮箱就往外跑。

随后，在弄堂外的大街上，出现了这么一幕：韩宁生在路上飞奔，在他身后则是紧追不舍的叶常青和几个巡捕房警探。

跑在最前面的叶常青眼看韩宁生要往另一条小巷子里钻，骂了声娘，突然站定，掏枪朝天就开了一枪，随后对着韩宁生的背影大喝道：“韩宁生！再跑老子就废你一条腿！”

路上的行人听到枪响，纷纷惊恐地向两边闪躲开。这时，惊慌失措的韩宁生听到枪响，回头正看到叶常青用枪瞄准着自己，吓得脚下一个趔趄，被自己的皮箱绊倒在地。

随后，叶常青便赶到，带人一把按住了韩宁生。

“全上海就没有从我叶常青手底下逃走的嫌疑犯。”叶常青说完，得意地朝助手小王使了个眼色。小王立刻对着周围的群众带头鼓起掌：“咱们巡捕房的叶警探真是神勇无比啊！真不愧是人民的保护神！”

周围的群众此时都面面相觑，除了身边警探稀稀拉拉的掌声，人群里只能听到刚才被枪声吓到的小孩儿的哭声。叶常青尴尬地挠了挠鼻子，自己圆场：“这都是我应该做的，把人带走！”

晚间，巡捕房审讯室内，罗非盯着面无表情的韩宁生说道：“林中衡现在不敢露面，营救女警探秦小曼的好处就落在你身上了，知道吗？”

韩宁生当即冷笑："好处？是留个全尸吗？"

"将功赎罪，死缓也有可能。"罗非认真地说道。

韩宁生颓然地向后靠在椅子上："你瞧着我像是个怕死的人吗？"

"我可以让你见到你的安姑娘。"罗非平静地说道。

"是吗？"韩宁生眼睛一亮。

罗非随后朝本杰明使了个眼色。本杰明随即站起身，走出了审讯室。罗非从身上掏出半支雪茄，沉默地抽了起来。过了好一会儿，本杰明再次推开门，向旁边一闪身，韩宁生的眼神瞬间变得有些呆滞。而此时站在门口的汪雪如有些拘谨地低着头，时不时用余光扫向一边的罗非。

"安萍小姐，请坐。"罗非拉开身边的一把椅子，示意汪雪如坐过来。

本杰明带着汪雪如坐在了韩宁生的对面。

韩宁生的视线一直跟随着汪雪如移动着："安萍？"

汪雪如听到韩宁生的问话，依旧不敢直视韩宁生，犹豫了片刻，颤着声音问道："阿生，秦小曼被你们关到哪里去了？"

"你在替他们问我？"韩宁生眼神中闪过一丝失望。

"你和林中衡杀了那么多人，收手吧。"汪雪如用恳切的语气说道。

韩宁生突然向前一探身，晃了晃手中的手铐："为什么，我能得到什么？就罗非一句'死缓'的口头承诺？"

汪雪如吓得向后缩着身子，连连摇头："不，阿生，你是为了我，我在求你，收手吧。"

韩宁生盯着汪雪如的样子，细细打量起来。

过了一会儿，韩宁生对汪雪如坚定地摇了摇头："你不是安姑娘，只是同一副皮囊罢了，安姑娘从来不会求我，她只会命令我，要求我做什么事。"

汪雪如随即转头，用求助的眼神望着罗非。

罗非熄灭雪茄，起身走道韩宁生身边："她确实不是安姑娘，不管我们怎么刺激她，真正的安姑娘都没有出来。"罗非说着俯下身，紧盯着韩宁说道，"韩宁生，你想过为什么吗？"

韩宁生此时喘着粗气，呼吸突然变得越来越急促。

"可能是安姑娘对你太失望了，她已经不想再见你，她再不想和你沾满血腥的手握在一起。"罗非的眼神变得越来越犀利，"何况你即将要沾上新的血腥。"

韩宁生听着罗非的话，忽然向前一纵身，近乎趴在审问桌上，死死地拽住汪雪如的手，哀求道："安姑娘，求求你，出来见我一面……"

汪雪如随即被吓得尖叫起来，本杰明见状上前帮着汪雪如挣脱，而罗非就那么神情凝重地看着眼前的这一幕。

"罗非！快来帮忙啊！"本杰明焦急地看向罗非。

可令本杰明没想到的是，罗非上前，一把甩开本杰明的手，并且把本杰明挡在了身后。

"罗非你……"

"韩宁生！"

本杰明刚想质问罗非，却突然被汪雪如的一声叫喊惊得愣住了！

罗非转头与本杰明交换了一下眼神，随即两人都将目光移向了面前的汪雪如。只见此时的汪雪如向前奋力一挣脱，便把韩宁生推回到了椅子上。紧接着，汪雪如瞪着韩宁生逼问道："秦小曼到底在哪儿？！"

韩宁生痴愣地看了看汪雪如，然后突然抱住脑袋，大吼了起来……

第七十三章　微笑的黑寡妇

夜晚的中央捕房大厅内，灯火通明，偌大的办公厅内，沙威正在给叶常青一众警探下达紧急命令。

"韩宁生已经招了，小曼被林中衡藏在洋泾港外的一条船上，立刻联系海巡队，还有船舶管理署，展开营救行动。"

"是！"叶常青等人领命后，即刻行动了起来。

而此时的罗非早已坐着本杰明的车，赶往了韩宁生所说的南码头。

"洋泾码头在黄浦江下游，位置相对偏僻，水域又宽阔，怎么确定小曼的具体位置？"本杰明一边开车一边问罗非。

"洋泾港是一个通用性的码头，周围鱼龙混杂，的确是个掩人耳目的最佳选择。"罗非闭着眼睛，一边戳着鼻梁一边思考，"但是这个码头主要还是运煤，白天林中衡不在的情况下，他一定会想办法让囚禁受害者的船躲离大体量的运煤船，所以最好的选择就是……"

说到这儿，罗非猛然睁开眼睛："桥下岸边！将船抛锚在桥下！而且还要是那种桥身狭小、交通不便、很少人去的桥。”

“最近的那就是……”本杰明想了想，突然脱口而出，“租界还没有治理的南洋泾桥周围！”

“没错！”罗非眼前一亮，指着前面的路口说道，“前面进歇浦路就快到了！快开！”

当车子开到港口沿岸时，四下一片昏暗，只有水滨岸边零星的几盏煤油灯在发着幽黄的暗光。本杰明随即放慢了车速。罗非把头伸到车外，扫视着河面和桥梁周围。

忽然，罗非指着十余米开外的一座石桥下大叫道：“在那里！”

随后，本杰明开着车子疾驰到桥边。在两束车灯的照射下，罗非和本杰明朝着桥下狂奔而去。当两人来到桥下时，在本杰明手电光下，一艘船舱被木板钉死的小船赫然在桥下漂荡着，两人紧跟着跳上了船。

“小曼！坚持住！小曼……”罗非一边喊着，一边抡起手杖朝舱门上的铁索砸去。

这时本杰明从侧舷捡起一把生锈的铁锹走了过来，也朝着铁索砸了下去。只砸了两三下，铆着铁索的腐朽船板就被砸烂了。随后“当啷！”一声，铁索应声落地。罗非二话不说，立刻冲了进去。

船舱内，一盏小油灯仍在微微晃动。

罗非一眼见到秦小曼被绑在一个木柱上，低垂着头，张着干裂的嘴唇有气无力地呻吟着：“水……水……”

罗非马上接过本杰明身上的水壶，冲到小曼身边，将水壶递到她嘴边。小曼连呛着喝了几口水，这才抬头一看。恍惚迷离间，看见面前站着的是罗非，小曼眼圈不禁有些泛红，随即傻笑起来：“我是在做梦吗？”

“罗非，果然让你猜对了，林中衡这浑蛋想把小曼困死在这里。”本杰明说着绕到小曼身后，给她解开了绳索。

小曼当即失去平衡，倒在了罗非怀里……

两天后，沙利文公寓203室内，秦小曼兴冲冲地推门进来，挥舞着手中的报纸。

“罗非，你看今天的报纸了吗？”

“有什么新闻吗？”罗非抱着膝盖蹲坐在沙发上，抬头看着小曼。

“大新闻，林中衡在苏州被抓获了，正解押到上海来。”小曼笑着把报纸展开，放在罗非面前。

罗非扫了一眼报纸，随即又低下了头：“是吗？也算是件好事。”

“案子都破了，怎么感觉你还是闷闷不乐啊？”小曼奇怪地看着罗非。

“因为汪雪如说的一句话，一直梗在我心里。”罗非缓缓说道。

“哦？”小曼一愣，放下报纸，蹲在罗非面前，盯着罗非，“什么话？”

“那天在审讯室里，她连说了两次‘阿生’，可我们没有告诉她安姑娘是怎么称呼韩宁生的，况且我们也不知道这个称呼。可是为什么汪雪如知道呢？我明明记得霍文斯跟我说过汪雪如演化成双重人格，那就是变成了两个人，这两个人彼此之间是互不知道的。”罗非说到这儿，一皱眉，表情逐渐凝重了起来，“难道她才是真正的凶手？”

“你是说……”小曼瞪大眼睛，被罗非的这句话惊得差点跌倒在地上。

“没错，这个汪雪如把所有人都玩弄于股掌之中！”罗非说着就从沙发上蹿了起来，顺手拉起小曼，“走，我们去精神病院！”

两人不敢耽搁，叫了出租车，立刻赶往北桥精神病院。

当罗非和秦小曼再次与汪雪如相对而坐时，罗非神情严峻，内心暗自惊叹：这世间竟然还有如此可怕、心机莫测的女人。

“汪小姐，你真厉害。”

汪雪如对于罗非的这句嘲讽似的赞语毫无反应，只是不停哆嗦，双手抱肩，缩成一团。

“如果不是你说了‘阿生’这两个字，我们所有人都要被你骗过去了。”罗非继续说道。

汪雪如缓缓抬起头，一脸茫然：“骗？什么骗？”

罗非抱起肩膀，盯着汪雪如的眼睛：“不用再演戏了，你根本就没有双重人格，所谓双重人格，都是你自导自演的一出戏。”

汪雪如错愕地摇摇头：“我……我听不懂你在说什么……”

“不，你一定听得懂。”罗非轻轻摇了摇头，“我记得医生跟我说过，你的这个双重人格，就像变成了两个人，并且这两个人是不知道彼此存在的。”

这时，小曼也点头附和：“不错，我也记得。”

“但是为什么汪小姐在和韩宁生对话时，却直接喊出了‘阿生’这个称呼呢？

而韩宁生的反应一点也不惊讶，这就告诉我们，他的安姑娘确实是这么称呼他的。”罗非说着指着汪雪如，冷峻一笑，“问题就出在这里，当时你明明不是安姑娘，为什么会知道安姑娘那个人格才知道的事情呢？所以‘阿生’这两个字恰恰暴露了一个事实，就是汪雪如和安萍根本不是双重人格，而是汪小姐一个人的独角戏。”

听完罗非推理的汪雪如慢慢放下双手，整个人换了一副精神状态，双眼炯炯有神地盯着罗非，竟然伸手为罗非鼓起掌来。

“罗非果然是名不虚传，瞒得过别人，瞒不过你。”

罗非随即朝汪雪如欠了欠身还礼：“还有呢，我从别处听了个故事，想讲给你听听。一个是秦小曼听林中衡讲的，另一个是本杰明听韩宁生讲的，都是童年故事，却出奇地一致。”

罗非说完，从口袋中掏出一张纸，然后展开摆在汪雪如的面前。

“我的父亲是个马戏团的小丑……”汪雪如喃喃读了起来，可越读声音越小，越读声音越颤抖，突然汪雪如莫名地笑了一下，抬头对罗非说道，“这个故事听着还挺感伤的。”

而罗非则满脸严肃地质问汪雪如：“为什么这两个共同作案的凶手会说出一模一样的童年故事呢？”

汪雪如阴冷地一笑，耸了一下肩膀，像是在等着罗非开口。

“因为他们都是傀儡罢了，被你彻底洗脑、玩弄于股掌的傀儡，对你死心塌地的傀儡。”罗非说到这儿，霍地站起身，指着汪雪如，“你！汪雪如，才是这一系列凶杀案的真正主导者！”

“真正决定一切行动的人，不是林中衡和韩宁生，而是你！汪雪如，五年前，你也不是什么第五个受害者，你就是凶手，你故意弄伤了自己，混淆视听，还故意赢得欧阳探长的同情。”罗非说着走到汪雪如身边，指着她面前的那张证词，冷笑着反问，“林中衡和韩宁生讲的童年故事，真正的主角应该是你吧？”

汪雪如低下头，颓然一笑：“没错，但还要更复杂一些。那天是我五岁生日，我父亲想为我表演一个从来没表演过的高难度动作，作为生日礼物，可是他失败了。当我求现场的观众救救他的时候，每个人都在大笑，他们以为父亲故意失败，在逗他们玩，最后我父亲就这样死在了我面前，死在了大家的笑声中，所以我恨他们，真的特别恨他们！”

汪雪如说到这儿时，脸上的泪水滴答滴答地落在证词上，打湿了上面的字迹，就像是想极力抹去那段不堪回首的往事："后来，我母亲带着我找老板要抚恤金，但是你知道那个冷血老板说什么吗？他说我父亲做的危险动作是自己乱加的，不应该获得赔偿金，除非我母亲愿意和他单独谈谈。我母亲长得非常漂亮，我当时不懂什么叫单独谈谈，但是后来懂了，那老板是想占我母亲便宜。我母亲反抗的时候，错手杀死了那个老板，可她看着死在地上的老板，突然觉得很过瘾。"

"从那时起，你母亲就开始杀人了？带着你一起？"罗非缓和了一下语气问道。

汪雪如摇摇头："不，我母亲把我送给别人寄养了，她希望我忘掉这些，过普通人的生活。"汪雪如说着"咯咯咯"自嘲地笑了起来，那声音让一旁的小曼听了浑身发凉，"但是怎么可能呢？我母亲连人都杀了，但是在这点上，还是太天真了。"

罗非若有所思地点了点头："所以你经常把这个故事讲给林中衡和韩宁生听？"

"每次听完这个故事，他们都觉得我特别可怜，特别想要保护我。"汪雪如扬起头看着天花板，眼神里流露出一股狠决的神色。

"那你为什么还利用他们？"小曼忍不住追问道。

"因为我发现他们真的很爱听这个故事，尤其喜欢听我亲口讲这个。"汪雪如冷笑着看向小曼，"那时我就发现，其实他们和马戏团那些哈哈大笑的看客，根本没有区别。"

听着汪雪如的话，罗非继续推测问道："所以，林中衡和韩宁生，也是你要处决的？只不过换了方式，你诱使他们犯下杀人罪？"

汪雪如决然地点了一下头："不错。"

"那五年前呢？那四个死者也是林中衡他们杀的吗？"罗非紧接着问道。

汪雪如表情淡然地摇了摇头："不是，五年前替我动手的是我上一批情人。"

"他们是谁？"罗非刚问出口，随即无奈地摇了摇头，"当然，追查他们也没什么意义，因为你才是主控的。"

"放心，上一批凶手，我已经帮你，还有欧阳寻处理掉了。"汪雪如冷笑道。

罗非看着此刻的汪雪如，心中不寒而栗："你简直太可怕了！"

汪雪如突然侧着头笑着对罗非说："罗非，别忘了，你也接受了我的交易。"

罗非也跟着歪了一下头，挑了挑眉毛："不好意思，我从不和凶手做交易，沙探长他们就在外面等着你。"

汪雪如狂笑着指着罗非："哈哈哈，罗非，别忘了我说的话，拒绝我的交易，你一定会后悔的！"

罗非不屑地一笑："我不后悔把你这个魔鬼送进监狱和死刑场。"

这时，沙威、叶常青还有两个警探推门走了进来。

两个警探随即架起汪雪如，沙威走到汪雪如跟前，把一张供词放在汪雪如面前。

罗非转身朝门口走去，走到门口时忽然停住，回过头："汪雪如，你的童年故事里讲到了你的母亲，你说她也用笑刑伤害过一些人，而且也有鞭打尸体的行为，这些都是真的吧？"

汪雪如扭曲着脸，狞笑着看着罗非："你猜。"

罗非皱起眉，摇摇头："我好奇的是，你母亲如果还健在，她是谁？"

汪雪如看着罗非疑惑的表情，隐约露出了一个让人十分不安的诡异笑容。

第二天，监狱会面室内，霍文斯气定神闲地戴着镣铐翻看报纸。

罗非和秦小曼坐在对面静静地看着他。霍文斯看了一会儿，放下报纸，微笑着对小曼说道："恭喜小曼神探，破获这起大案，好几份报纸都在夸你。"

"哪里。"小曼不好意思地摇摇头，"还是得谢谢你。"

罗非听着，转头瞪了小曼一眼。

霍文斯见状，又笑着对罗非说道："罗非，听说你一直怀疑 Captain 组织到底存不存在，正巧我现在和他关在同一个监狱，需不需要我帮你调查调查，盯死这个 Captain？"

罗非转回头打量着霍文斯，发现他与上次见面时似乎有什么不一样了，想到这儿，罗非抱着肩膀，故意阴阳怪气地当着小曼的面说道："霍文斯，你这知错就改的态度还真是少见啊，可我怎么总觉得你别有目的呢？"

霍文斯无奈地摇了摇头，随后站起伸个懒腰："算啦，好心帮你却被说成别有目的，既然不领情，那我还是别自讨没趣了。"

霍文斯转而问罗非："对了，几点了，肚子都饿了。"

罗非掏出怀表，打开看了看："还真到监狱里的饭点了。"

霍文斯盯着怀表，不禁问道："你这怀表里面是谁的头像？"

这时，一旁的小曼听霍文斯突然说了这么一句，也好奇地看向罗非打开的怀表，当即看到怀表一面是表盘，另一面是个长相神似自己的女孩儿！

霍文斯随即指着大笑："厉害了，罗非，真没看出来，你居然把秦小曼的头像贴身带着。"

罗非“啪”的一声合起怀表，冷下脸：“不是她。”

秦小曼则有些失望：“不是我。”

霍文斯看了看小曼，又看了看罗非：“真可惜，我原本以为你对身边的秦小曼有好感，没想到你心里的人是照片里的女子。”

小曼听着霍文斯的话，眼神复杂地看着罗非，目光从震惊渐渐转为难过。

“别乱猜了，我对秦小曼没有好感，和她也没有什么关系。”罗非说着站起身就朝外面走去。

小曼望着罗非的背影，深深皱起了眉头。

当罗非抽着雪茄看到小曼从监狱走出来后，便快步走到出租车边打开了车门：“回去吗？”

谁知小曼有些魂不守舍地走到罗非面前，抬头看了看罗非，然后自己快步走到副驾驶的位置上了车。

罗非开着车门，愣了几秒钟，随即也神情落寞地上了车。

第七十四章　神秘请柬

夜晚的沙利文公寓前，缓缓开来一辆黑色轿车。车停下后，本杰明兴冲冲地从车上跳下来，抬头望了望二楼罗非的窗户，然后快步走了进去。本杰明正上着楼梯，忽听楼下大门一响。紧跟着，本杰明感觉到身后也有个人急匆匆上了楼梯。本杰明一回头，与上来的小曼擦肩而过。

“哎？小曼，是你呀。”

面对打招呼的本杰明，小曼只是侧了一下头，然后便继续朝楼上走去。

本杰明奇怪地看了看小曼的背影，然后跟在后面继续问道：“你也收到罗非的邀请了吗？他在电话里神神秘秘说有好东西给我。”

小曼还是没有理本杰明。

“小曼，你怎么了？”本杰明忍不住问道。

这时，两人已经走到了203室与204室之间。紧接着，本杰明就看着小曼打开自己的公寓门，然后重重地把门关上了。独留本杰明站在走廊里，一头雾水。

当本杰明走进203室后，见到罗非随意地靠卧在沙发上。茶几上摆着一个精致的雪茄盒，见本杰明走进来，罗非立刻从盒子里抽出一根雪茄递给本杰明。

“试试？”

本杰明接过雪茄，无奈地摇摇头：“你个烟鬼，这就是你说的好东西？哪儿来的？”

“一个案子的事主给我的回礼，是顶级货，国内买不到的。”罗非说着抽出一根，放到鼻子前满足地闻了闻。

本杰明一只手拿着雪茄一只手拿起盒子端详起来：“古巴原产 ACC……”

罗非从茶几上摸过火柴盒，“嚓”的一声将两根火柴划燃，待火柴头划燃时产生的异味散掉后，再用火柴预热雪茄，随后仔细地引燃烟头，最后舒缓地吸了一口，露出了享受的表情。

本杰明看着罗非：“对了，我刚才在楼道里碰到秦小曼，跟吃了火药似的，你又得罪她了？”

罗非将雪茄缓缓地移到烟灰缸上方，轻轻弹了下烟灰：“这世上，能有几个不得罪秦小曼的人呢？”

本杰明被罗非的嘲讽逗笑了，可随后又担忧地看着罗非：“对对对，上次我——”

这时，屋外忽然传来了敲门声，罗非说了声“进来”。随后穿着一身淡紫色织锦羽纱斜襟旗袍的汪苏苏，款动腰肢在门口摆起了造型。

“大晚上苏苏姐怎么过来了？”罗非愣着看了汪苏苏一眼，然后仰起头，继续吞云吐雾起来。

汪苏苏收起造型，白了罗非一眼，随即大大咧咧就往屋里走，一边走还一边不断朝两旁扫视着：“怎么？晚上就不能来了啊？是不是金屋藏娇怕我知道啊？”

“原来是你啊！”汪苏苏左顾右盼的目光终于落在了本杰明的身上，脸上的表情也略显失望。

本杰明有些尴尬地朝汪苏苏笑了笑。

“苏苏姐找我什么事？”罗非坐起身问道。

汪苏苏从手袋里拿出一张请柬递给罗非。罗非把雪茄熄灭，将请柬接过来，打开查看。

汪苏苏在一旁迫不及待地解释：“明天周末著名探险家兼大富豪王查理要举行一个宴会，破天荒地请大家去他的山顶公馆。”

罗非抬眼看了看汪苏苏：“山顶公馆？”

汪苏苏点点头："这个王查理从来不请任何外人去他家，这次应该有什么重大消息要宣布。"汪苏苏说到这儿，推开本杰明，紧走几步凑到罗非身边，"我听说，金太太、寇太太都受邀了，罗非，到时候你作为我的男伴一同出席，可不能让那些太太笑话我没人陪。"

"就是那个跟着英国人上珠峰的王查理？听说他有一幅西班牙名画，画中暗含着藏宝图。"罗非放下请柬，想了想，"周末没事，就跟你去看看吧！"

本杰明听罢一皱眉："罗非，这周末我们要去看《浪淘沙》，新上映的悬疑电影……"

"哦……对了……"罗非恍然点了点头，皱了皱眉，"那么你只能先跟我去宴会转转了。"

还没等汪苏苏开口阻拦，罗非站起身笑着对汪苏苏说道："一并带去两个男伴，苏苏姐，到时候您就是全场焦点哪。"

"罗非你……"汪苏苏抱着肩膀，被气得别过了头去。

203室吵吵闹闹的声音传进对门，小曼心烦意乱地解下拳套，随手扔在一边，把沙袋上已经被打烂了的罗非的画像也撕下来，使劲儿团成团扔出了窗外。纸团飞出窗外，正巧砸在了从公寓里出来的本杰明的头上。本杰明抬头看了看楼上，见小曼的窗子开着，想了想，便俯身把纸团捡了起来。当本杰明展开纸团，看到那张被打烂了的罗非的抽象画时，不禁笑着摇了摇头。

随后本杰明驱车行驶在租界霓虹闪烁的大街上。当本杰明经过摩西会堂附近的路口时，对面突然疾速驶来一辆黑色轿车。只见那轿车横穿过电车道，便一路朝自己冲了过来。本杰明当即紧打方向盘躲避，那辆黑色轿车鸣着笛，从自己身旁呼啸而过。

就在两车交错的一瞬间，本杰明气愤地朝左边的轿车里望了一眼，可就是这一眼，让他浑身一震，错愕不已。那辆车子开过后，本杰明紧跟着便推门下了车，望着已经远去的黑色轿车，呆望了许久。

"怎么会？欧阳夫人？和……汪雪如？难道我看错了？"本杰明站在原地喃喃自语。

转过天，左思右想了一晚上的本杰明，一大早就心事重重地开车先去了一趟警务处监狱。当得知汪雪如已经被执行了死刑后，本杰明本就疑惑不安的心更是悬了起来。到了此时，本杰明觉得此事还是应该尽快告诉罗非，于是匆匆驱车赶到沙利文公寓楼去接罗非和汪苏苏。随后，在去往山顶公馆的路上，本杰明才对罗非说出了憋了一宿的话。

“你说什么？！你看清了吗？”罗非听了本杰明昨晚的遭遇，几乎从座椅上弹起来，紧盯着本杰明。

“也没有特别清楚。”本杰明又眯起眼睛，想了想，叹了口气，“唉！那辆车开得太快了，一闪眼的工夫就开过去了，而且车内拉着白色纱帘，隐约觉得两个人很像。”

“不！”罗非坚定地摇了摇头，“你说那辆车从摩西会堂的方向过来，那个路口又与华德路交会，而工部局警务处监狱就在华德路上！”

“你的意思是这个欧阳夫人把一个死囚从监狱里带了出来？这听起来太荒谬了。”本杰明惊讶地看了罗非一眼。

“不，难道你忘了，汪雪如还有一个母亲。”罗非说着，脑海里浮现出了精神病院里自己临走时，汪雪如那诡异的笑容。

“你是说……”本杰明思索着，突然一脚刹车停在路边，转头看着罗非，“可即便欧阳夫人是汪雪如的母亲，她又是怎么把汪雪如救出来的？”

罗非神色严峻地说道：“这才是我觉得可怕的地方，最近一连串的案子，隐隐约约好像都和一个组织有关。”

“什么组织？”本杰明立刻问道。

罗非欲言又止，摇了摇头：“我一直在暗中调查，可现在所有线索都断了，不过这次你说的线索说不定会有大用。”

这时，汪苏苏在后座，终于忍不住抱怨道：“我说你们是来查案，还是去参加宴会的？这车都开到山脚下了，能不能一会儿到了地方再聊，现在可别让我迟到。”

两人听罢，对望了一眼，无奈一笑。本杰明重新发动了车子。

随后车子朝着不远处一座装着缆车的高山又开了十来分钟，终于在山脚下的缆车乘降站前缓缓停了下来。本杰明一身礼服从车里走下来，神情无奈，略显局促。

“看电影变成上山，兄弟同游变……”本杰明看着罗非挽着汪苏苏一同下车，不住地小声嘀咕。

汪苏苏看着本杰明则一脸嫌弃：“本杰明，要不是罗非求我带你一起，你现在还在死人房里发呆呢。”

罗非朝本杰明一笑：“出来呼吸下新鲜空气对你也有好处，而且说不定王查理还会给我们见识一下他那幅名画。”

本杰明用力吸了一口气：“那好吧，看在名画的分上。”

汪苏苏面带愠色，白了一眼本杰明。罗非见状，立刻清了清嗓子，朝汪苏苏扬了扬下巴。本杰明这才反应过来，赔笑道：“还有看在苏苏姐的分上。谢谢苏苏姐带我来宴会。”

汪苏苏听罢，随即得意地一笑，胳膊分别朝两人一摆。本杰明和罗非对望了一眼，只好一左一右挽着她，朝缆车入口走去。

罗非走近发现缆车入口有不少人，看人们的穿着打扮，都是来参加宴会的。突然，罗非在人群里竟然看到了秦小曼！只见穿着一身流苏披肩白丝绒连衣裙的小曼正挽着一身黑色礼服的沙威。

第七十五章　名画宝藏

缆车入口前，沙威与罗非两方人正走了个迎面。

“罗非？”沙威有些吃惊地看着罗非。

罗非只是微笑着点点头，然后迅速又恢复成面无表情的样子，仰脸假意看着来来往往的缆车。身边的本杰明见到沙威，倒好像显得很高兴：“探长？你也是受邀前来的？”

“是啊。”沙威点点头，“不过我也不清楚这个王查理到底想干什么。”

“你们怎么也来了？”小曼问汪苏苏。

“王查理给我发了请柬，我就叫上了罗非，至于这个跟屁虫……”汪苏苏说着看了看本杰明，又对罗非努了一下嘴，“罗非一定要带上他。”

小曼对本杰明一笑，眼神却一直躲闪着罗非。罗非也好像心照不宣似的自顾自整理着礼服上的银色袖针。

“王查理派人去巡捕房给我送的请柬，说务必出席。”沙威说到这儿，降低了声音，“我跟上面汇报，才知道这个王查理可大有来头啊。”

汪苏苏则一脸得意地笑了起来：“那是，王查理政商两界的朋友遍布上海滩，所以这次接到他请柬的，都不是一般人啊。”

沙威也被汪苏苏说得莫名平添了几分神气：“嗯，没想到他还知道有我这号人呢。”

汪苏苏、沙威、本杰明说笑间，慢慢朝等车口排队走去。两方人中，只剩下罗非和小曼不说话，跟在后面。

罗非整理完衣服，又偷瞄了小曼一眼，看着那曼妙的身姿，不禁有些入神。小曼发现罗非在看自己，不觉有些局促，先开口道："探长儿子病了，太太要照顾他，所以就便宜我了。"

罗非立刻收回眼神，故作严肃，别过头指着小曼的衣襟说道："你这身衣服是不是有些暴露。"

小曼闻听，急忙拉了拉领子，又把胸口的衣领处提了提，脸上有些尴尬，沉着脸说道："我临时朝探长夫人借的，是有点不合身。"

汪苏苏突然转回身白了罗非一眼，拉起小曼的手："小曼，这些男人不懂欣赏，我觉得你穿这一套礼服真是美极了，一会儿去宴会，保证成为全场焦点。"

这时，缆车工作人员开始招呼队伍前面的人上车厢。罗非不自觉地开始仔细观察周围走动的人。

"你看什么这么出神？"小曼问道。

"没什么。"罗非敷衍着摇摇头。

小曼一皱眉，顺着罗非的视线也跟着看了过去，只见视线的另一头是一群有说有笑的贵妇小姐。

小曼收回目光，瞪着罗非："看美女吧？"

罗非回头，一脸认真地看着小曼："上次的谜题你解开了没？"

小曼被这突转的话锋弄得一愣："呃——还没……"

还没等小曼说完，汪苏苏、沙威、本杰明忽然都齐刷刷地回过头，异口同声地问道："什么谜题？"

小曼、罗非两人被三人的举动惊得愣住。

汪苏苏看着两人的表情，用折羽扇捂住嘴开始起哄："哟！两个人开始打哑谜，不告诉我们了啊？"

小曼立刻脸红低下了头："苏苏姐！不是你想的那样，是案子！"

"哪件案子？"沙威好奇地问道。

"就是福瑞珠宝店那件。"小曼小声说道。

"福瑞珠宝店？那家店我也常去的，怎么啦？"汪苏苏一听来了兴致，也可能是排队上缆车无聊，非要小曼说给她听。

小曼拗不过，只好点点头：“就是珠宝店老板张金元状告他新招来的杂工高长仁偷了一条高价玉石项链。”

“肯定就是那个杂工偷的，新来的的确嫌疑最大呀！”汪苏苏插话道。

“所以，说话要说重点，苏苏姐这么冰雪聪明的人都被你误导了。”罗非朝小曼叹气摇了摇头，随即转向汪苏苏三人。“看见店主张金元放项链的嫌疑人有三个，账房先生老刘、女佣福妈，然后才是高长仁，而且前两个人一个说手指被割破不能用算盘，告了假，一个说一直在看着张家的孩子，都有不在场理由，但是整件案子的重点就是那个被盗项链的首饰盒，那上面的封条有一部分被染成了蓝色。”

“然后，罗非看了一眼账房老刘的手，就让我把他带走了。”小曼接着罗非的话说道。

“老刘怎么会监守自盗？”汪苏苏听到这儿已经糊涂了，十分疑惑地问沙威探长：“沙探长，您快给解释解释。”

沙威被汪苏苏问得一愣，装作思考，最后用胳膊微微碰了碰小曼：“然后呢？”

小曼急忙圆场：“后来我们真的在老刘家里搜出了项链，那个年轻的伙计也洗清了冤屈，保住了饭碗。”小曼说着咬起嘴唇，瞪了一眼罗非，“可罗非就是不肯告诉我，他是怎么破案的。”

本杰明听罢，看了一眼罗非，然后恍然大悟地笑了笑：“哈哈，这个简单，我——”

还没等本杰明往下说，罗非立刻用犀利的眼神瞪向本杰明，示意他住嘴。

“什么都告诉你，你怎么提高破案技巧？”罗非一本正经地对小曼说。

听得一头雾水的沙威，这时也强作镇定：“嗯，小曼，罗非说得对，你要加强独立思考的能力，想出答案后再跟我们汇报。”

早已不关心案情的汪苏苏，这时突然问小曼：“哎，对了，你们两个，跑去珠宝店干什么？”

小曼神色有些尴尬：“办案子路过而已。”

罗非也立刻转移话题：“已经过去两天了，明天你再解不出来，就转行吧。”

小曼坚定地看着罗非：“放心，我一定能按时解出来的。”

“哦哟，还打赌呢，瞧瞧，明明一副欢喜冤家的样子，还要假装无所谓。”汪苏苏这时又起哄道。

这时候，队伍已经排到登车口。缆车工作人员过来招呼罗非一行人上车，众人随即往前走。汪苏苏故意拉上沙威和十分不情愿的本杰明挤进了前一个车厢，然后坏笑着对罗非和小曼说道："我们先上山，你们俩慢慢解谜吧。"

缆车徐徐上升，车厢外景色宜人。罗非自从上了缆车便站在一侧一言不发，神情严肃地看着窗外。

站在另一侧的小曼俯瞰着脚下蜿蜒的黄浦江支流，忍不住赞叹："从这个角度看下去，好美啊。"

小曼听罗非没搭话，悄悄抬眼看向罗非，只见罗非正闭眼沉思。小曼见状，欲言又止，随后把视线又移向窗外。

二十分钟后，缆车开到了山顶。一行人从车厢里下来，步行约有五十米的路程后，便来到了远山别墅大厅门口。

此时天色傍晚，女宾们挽着男伴开始陆续进场。大厅门口，众人递交请柬、互相寒暄示意，一时好不热闹。当罗非和小曼走到大厅门口时，罗非很自然地抬了一下胳膊示意，小曼有些无奈地犹豫了片刻，最后还是伸手挽住了罗非。

"先生，请出示一下您的请柬。"门口的应侍礼貌地朝两人一伸手。

罗非迟疑地看向小曼："呃，请柬在女伴那里。"

"小姐，请出示请柬。"应侍又欠身把手伸向小曼。

小曼这才想起沙威、汪苏苏、本杰明三人刚刚一直走在自己和罗非之前，于是，有些着急地解释："我不是他的女伴，带我们来的人都已经进场了，我们的请柬在他们那儿。"

"不好意思，没有请柬不得入内。"应侍礼貌地朝两人歉意一笑。

罗非随即往里面张望，正看到汪苏苏正在与几位名流交谈应酬，于是罗非便指着汪苏苏对应侍说道："就是那位穿紫色旗袍的汪苏苏女士，麻烦你帮我叫一下她。"

"黄队长交代了，我不能离开门口。"应侍语气坚定地说道。

"我说你们办事情就不能变通一下嘛，人就在那里……"

就在小曼想与应侍再理论一番时，大厅人群中一个高个儿年轻人看到门口的状况，立刻出来询问。

"小张，有什么事吗？"

"林先生。"应侍对年轻人恭敬地欠了欠身，然后指着罗非和小曼用汇报的语气说道，"这两位没有请柬，想硬闯。"

"谁硬闯？"小曼一瞪眼，"我们两个坐后一班缆车上来的，都跟你说了，和我们一起、拿请柬的人先进去了。"

这时，一直皱着眉头的罗非听了年轻人与应侍的对话，又打量了一番来者，见来人衣着得体，气质温厚，随即上前说道："在下罗非，这位是秦小曼，我们分别是汪苏苏和沙威的男伴和女伴。"

"哦，小误会。"年轻人听了罗非的话，微笑着向里面一摊手，"两位请进吧。"

"林先生——"

应侍还想阻拦，却被来人伸手制止："没事，我会安排的。"

随后，年轻人带着罗非和小曼走进了大厅。

大厅里灯火通明，人头攒动，一旁的管弦乐队，正在演奏着暖场的音乐。

"莫扎特 G 大调小夜曲，请的乐队水平还挺高。"罗非一边自言自语一边从应侍的托盘里拿过两杯香槟，将其中一杯递给小曼。

沙威和本杰明看到罗非和小曼才进来，立刻迎了过来。

"怎么这么半天？"沙威问道。

"门卫说我们没请柬，不让进，幸好有个管事的小年轻人，通融了一下才放我们进来。"小曼抱怨道。

罗非喝了一口酒，打开怀表看了一下时间，又开始环顾四周，观察着人群。

罗非看着看着，不禁笑道："上海滩的名流差不多都到齐了，王查理这个主人家竟然还没出来打招呼。"

本杰明看着周围穿梭谈笑着的女人们，总显得有些不自在，于是急着问罗非："你不是说他有一幅名画吗，是不是在做准备，打算一会儿拿出来给大家见识见识？"

沙威听了也来了兴趣："什么名画？"

罗非朝两人一笑："所谓名画其实并不有名，是西班牙一个初出茅庐的画家的作品，那个画家想去美洲大陆发展，横渡大西洋时遭遇海盗，海盗原打算把他卖到非洲做奴隶，但中途遇到风浪，船翻了，所有人都死了，就他慌乱中抱着一块木板被海浪冲到岸上。"

沙威惊讶地点点头："那他够幸运的啊。"

小曼听得津津有味："看不出来，你连名画都这么了解呢。"

这时，汪苏苏转到小曼不远处，向小曼招手："小曼，快过来，我给你介绍。"

沙威随即示意小曼过去，小曼只好悻悻离开，罗非眼神不由自主地跟随小曼的身影。

"接着说呀！"本杰明端起酒杯在罗非眼前晃了晃。

罗非这才回过神，继续说道："后来嘛，这个画家抱着的木板上有一幅海盗留下的藏宝图，他后来凭着记忆把藏宝图画到画布上，临死前他把这个秘密跟照顾他的护士说了，可惜当时没人相信他的话，一百多年过去了，这幅画几经辗转，最终被王查理花高价买下。"

本杰明若有所思地想了想，然后眼前忽然一亮："那这王查理手握藏宝图，岂不是……"

"没错。"罗非朝本杰明点点头，"据传闻，王查理当年花了一多半的身家买下这幅无名画家的画，以他的精明世故，绝对不会做亏本买卖。"

"那他还真是有眼光。"沙威露出羡慕的神情。

"目前谁也没有见过这幅画，我推测他请探长过来，可能想借着巡捕房的由头，保护这幅画。"罗非说着朝不远处的一个男宾扬了扬脸，"我刚在人群里还看到了艺术商人陈双，他是出了名的无利不起早，看来对这幅画感兴趣的人可不止我一个。"

"唉！"沙威闻听，惋惜地叹了口气，"要有保护名画的任务，应该早点说嘛，那我就带郭子山来了，他加入巡捕房之前，做过镖师。"

"探长你也别紧张，这些只是我的推测。"罗非连忙说道。

沙威喝了口酒，突然问罗非："话说回来，你是怎么知道这些内情的？"

"缘于他的弟弟王大山，之前有个赌场的案子牵涉到王大山，我就调查了一下——说曹操，曹操就——"罗非话说了一半，忽然喝干了杯里的酒，朝着一旁的人群沉着脸走去。

"他怎么了？"沙威问身边的本杰明。

本杰明则在一旁笑而不语。

第七十六章　雨夜留宿

艳惊四座的小曼在大厅另一角引来狂蜂浪蝶，一堆男人来献殷勤。就连王查理的弟弟王大山也端着酒杯多次向小曼敬酒，试图纠缠小曼。一时间，汪苏苏也有些控制不住局面。恰在此时，罗非疾步来到小曼身边，大声说道："小曼，你怎么跑这儿来了？探长找你呢。"

"噢！一定是有什么重要的事，诸位失陪，我还有任务。"小曼说着跟随罗非走出了人群。

"秦小姐，有什么事喝了酒再……"

"哎哟，王先生，来来来，我敬您一杯……"汪苏苏随即挡住了两人的去路，与王大山一众应酬起来。

小曼顺利脱身后，长舒了口气，张口想感激罗非，谢字还没说出口，就收回了笑容，快速走向沙威。罗非看着小曼的背影，微微一笑。

而此时，王大山被罗非搅局后十分不悦，一边白眼打量着罗非，一边绕开汪苏苏，走了过来："你女人啊？"

罗非则避开话题，开始自我介绍："在下罗非，是巡捕房的侦探顾问。"

"巡捕房？"王大山斜眼看了一眼罗非，拿起手中的酒杯，仰头一饮而尽，"我大哥可真逗，连巡捕房的废物警察都请来了。"

这时，沙威端着杯子走向罗非和王大山，正好听到了这句话。

"罗非。"沙威沉了脸与罗非交换了一下眼神。

王大山看着沙威问道："这位是？"

"我叫沙威，公租界中央捕房探长，也就是你刚说的废物警察。"沙威冷冷地说道。

王大山当即一脸尴尬地干笑着："呃，哈哈哈。我那是开玩笑的，兄弟你别在意……别在意啊。"

沙威、罗非不回应，气氛陷入尴尬。这时王大山从口袋里掏出一个烟盒打开，里边码放着一排整齐的上等雪茄："来，两位，抽一支雪茄，算小弟说错话，给你们赔罪，哈哈哈。"王大山赔笑着分给罗非与沙威各一支，自己也拿出一支，向内划燃火柴，像点普通卷烟一样随手点燃雪茄，装模作样地抽了起来。作为一个雪茄爱好者的罗非，看在眼里，觉得既可笑又糟蹋东西。

这时，王大山顺手又给沙威点燃了雪茄。当王大山正要给罗非点时，罗非立刻摆手不应，从自己口袋里拿出火柴："我自己来。"

三人刚抽了几口，刚才那个高个儿年轻人走了过来对三人说道："小王先生，请带您的朋友到外厅吸烟，内厅有艺术品，不能接触香烟的味道。"

王大山一撇嘴，对着年轻人吐了一口烟雾："我自己家，我想在哪里抽烟，还用你管啊！"

罗非为了感谢刚刚的年轻人的帮忙，随即上前解围："王先生，我也正想跟你聊聊，这里人多，干脆就去外厅吧。"

于是，王大山气呼呼地带着罗非和沙威朝外厅走去。

三人穿过人群，来到外厅的露台，王大山倚着栏杆，看着夕阳下幽暗的山谷吞云吐雾。罗非也开始向王大山套起话来。

“这个林在重，仗着我大哥看重他，就拿着鸡毛当令箭，教训起我来了。”王大山一脸不悦地说道。

罗非敷衍地笑了笑：“之前我好像没听过他的名字。”

王大山冷哼着说道：“不就一个毛头小子嘛。哼，也不知道给我大哥吃了什么迷药，前两个月一下子从底层业务员提拔成特别助理了，更可气的是，大哥还让他住进别墅来。”

罗非远望着林在重，若有所思。

沙威小声在罗非耳边嘀咕：“有钱人的想法的确难猜。”

王大山又对沙威继续抱怨：“探长也知道我大哥有钱吧，可他对我特别小气，他无儿无女，我问他要点钱还推三阻四，把着财产不知道干吗。他死了也带不走啊，还不现在就痛痛快快给我。”

沙威神色尴尬，赶紧猛嘬了几口烟。这时，别墅的何管家急匆匆地来到王大山面前：“二老爷，宴会要开始了，大老爷有重要事情宣布，叫你赶紧进去。”

王大山顺手把雪茄交给何管家，兴冲冲往里就走：“莫非大哥想通了？要把家产分给我了，哈哈哈哈。”

罗非和沙威对视，掐灭了手上的雪茄，摇了摇头跟着进了内厅。罗非往厅里走的过程中，注意到外面开始下起雨来。

当罗非几人回到远山别墅的内厅时，王查理身着黑色礼服站在舞台中央，脸上带有些许倦容。王查理扫视着台下，频频点头致意。当他看到王大山进来后，便开始发表讲话。

“各位贵宾，首先欢迎大家莅临寒舍，王某人不胜荣幸。”

台下随即响起掌声。这时，王家的私人律师刘明虚往舞台前走近了两步，手里握着文件，与王查理对视了一眼。

紧接着，王查理继续说道：“今天请大家过来，是想跟大家宣布几件事情。”

台下的众人开始交头接耳。王查理也没有理会，正色说道：“我奔波了大半辈子，现在想好好休息了，所以借此机会，正式宣布退休，结束探险生涯。”

台下的众人顿时面面相觑、窃窃私语。

“对于退休后的生活，我也已经安排好。我会成立一个艺术基金会，专门扶持本土年轻艺术家的创作，基金会由我的助理林在重负责，他是国立美术师专的高才生，他会负责遴选资助和扶持对象。”

王查理的话音未落，众人的目光就全都看向林在重。林在重一时间有些不好意思，有些脸红，不时看向舞台上的王查理，王查理则回以鼓励的眼神。

而愤愤不平的王大山则在台下抗议：“你老糊涂了吗？散钱做观音菩萨呀！”

众人的目光又齐刷刷地看向王大山。王查理看了一眼台下，丝毫没理会弟弟，接着宣布：“我的股票、存款和房产均将由弟弟王大山继承，刘律师会准备好相关文件，前提是王大山必须改邪归正，不能触犯法律，否则自动取消继承资格，财产归入基金会管理。”

这时，律师刘明虚拿着一套文件走向舞台中央的王查理。台下一些收藏行家不禁窃窃私语，罗非也有意凑近站在自己前面的两个人听了几句。

“王大山亏了，王查理最值钱的不是这些账面上的东西，而是他那幅画。”

“可不是嘛，拿到藏宝图，可以买下整个上海了。”

就在众人议论纷纷之时，罗非听到台下离自己不远的陈双突然大声问了一句：“你那幅名画留给谁啊？”

台上的王查理只是微微一笑：“名画只是以讹传讹的玩笑话，大家别听信传闻。”

此时已经是怒不可遏的王大山听到后，更加火冒三丈，一把揪住台下林在重的领口，咬牙质问道：“你这个小子，给我大哥灌了什么迷魂汤！”

林在重在众人的目光下面红耳赤，急忙将目光投向王查理求助。王查理立刻示意何管家。何管家随即带人将王大山拖拉着带出了内厅，然后王查理则继续招呼众人享受晚宴。内厅的乐团随即演奏起了欢快的舞曲。

舞池内，小曼与罗非翩翩起舞。小曼脸上略显别扭，因为罗非此刻的眼神总是在观察舞台边的王查理。

“我又不是你的女伴，为什么请我跳舞……”小曼有意问道。

“你跳舞有很大进步。”罗非头也不回地说道。

“上次出过洋相后，我就拜托苏苏姐教我了。”小曼一脸认真地说道。

“也没听你提起过。”

“哼！”小曼哼了一声，“我不是每件事都要向你汇报吧。”

罗非边旋转边留意王查理的身影：当他看到王查理走向沙威后，便顺手将小曼交给傻站在一旁吃沙拉的本杰明，“你跟小曼跳一会儿。”

小曼瞪着眼睛，望向罗非，气得一句话也说不出来。一旁的本杰明见状，端着盘子迅速溜到了一边。

另一边，罗非跟着沙威和王查理来到了内厅一个安静的隔间。

沙威端着酒杯正跟王查理寒暄，看到罗非过来，就向王查理介绍道：“王先生，这位是罗非，我们巡捕房的侦探顾问。”

“王先生，幸会。”罗非笑着朝王查理伸出了手。

王查理看着罗非先是一愣，然后迅即恢复谈笑自若的表情。可就是这一瞬间的细微变化，也被罗非看在了眼里。

王查理与罗非笑着握了握手：“幸会、幸会，罗先生。”

这时，沙威突然对王查理说道：“王先生，能否借用一下你家的电话？我想打个电话回家，问问孩子的情况，他病了。”

王查理笑着点点头：“当然。”

沙威随即转身离开，王查理也有跟着转身的意思，可是立刻被罗非的话给留住了。

“王先生看到我似乎有些意外？”

“哦——”王查理把目光收回到罗非身上，笑着解释道，“因为来宾名单都是我亲自审定的，不记得有罗先生的名字。”

罗非盯着王查理的眼睛，朝他举了举酒杯：“那我这算不请自来了。”

王查理又尴尬地笑了笑：“哪里、哪里，大名鼎鼎的侦探光临寒舍，是我的荣幸啊，要有招呼不周的地方，还请多多担待。”

王查理说着从衣兜里拿出一盒雪茄，拿出一支递给罗非。随后，罗非看到王查理又拿出两根火柴并排划燃，待火柴头燃尽后预热烟身，随后再次点燃雪茄，缓缓吸了一口，突然咳嗽了起来。

“唉！年轻的时候老在外奔波，现在身体真有点吃不消了。”

罗非接过雪茄看了看，对王查理说道：“所以你才准备这个晚宴，公开宣布退休吧。”

王查理苦笑：“忙了大半辈子，大家都以为我去寻宝，可哪里知道，真正的宝根本无法用钱衡量。”

“你是指那幅画？”罗非追问道。

王查理沉默了两秒，借着雪茄的烟雾，长长地叹了一口气：“我倒乐意是啊。”

罗非会意地笑了笑：“王先生别介意，我只是出于侦探的好奇，随口问问，每个人都有权利保留自己的秘密。”

王查理点头，转身迎着走来的宾客又是一阵杯酒言欢的应酬。这时，陈双走过来，拿着酒杯和罗非碰了一下：“这位是名震上海的罗非神探吧，在下陈双。”

罗非看了一眼陈双，没有与他握手。可陈双自来熟地自打圆场：“罗神探刚才是不是也跟王查理打听名画的事情呢？”

罗非有些厌弃地看了看陈双：“陈先生倒是比侦探更厉害，隔着老远都能知道我们聊什么。”

“呵呵……罗先生可真会说笑。”陈双一双尖刻犀利的眼睛笑起来，眯成一道缝，不动声色地打量着罗非，“我们刚才还在讨论，王查理会把名画留给谁，想听听罗先生的见解。”

这时，舞池里传来争吵声，罗非立刻撇下陈双赶过去查看。

当罗非挤进人群时，正看到王大山手里拿着一个酒瓶在发酒疯，王查理当众打了王大山一耳光。

“你打我！我敢打我！”王大山捂着脸，怒不可遏，举起酒瓶试图还手，却被林在重一把拉住。

“你疯够了没！给我滚！”王查理气势镇住了全场，也吓得王大山愣了神。随后，王查理拖着王大山往内屋方向走去。众人一阵交头接耳。

何管家见势急忙走到台前，对众人说道：“各位贵宾，因外面下起了暴雨，缆车上不来，今晚就请各位留在别墅，现在用人们已经准备好客房，数量有限，只能委屈大家两人一屋。”何管家说着用眼睛瞄了一眼林在重，然后继续说道，“需要休息的贵宾稍后请跟我来，还想跳舞的贵宾，可以留下继续。”

随后，人群议论纷纷地散开了。罗非一行人会聚到一起。

看着向内走的两兄弟，小曼感慨道：“明明是连长相都相似的亲兄弟，怎么脾气秉性相差这么大呢。”

而其他人的关键点显然在今晚要留宿上，本杰明第一个抱怨：“哎呀，我还有报告赶着明天交呢，这下麻烦了。”

罗非更是焦躁不安：“我才有麻烦呢，没带睡袍。”

本杰明立刻指着罗非揶揄道：“哈，对哦，也不知道这里的客房入不入你眼呢。”

沙威使劲儿眨了眨眼睛：“这香槟的后劲儿还真大，我晕乎乎的，先回客房了，这么多人，希望别出什么事儿。”

小曼看了一眼不远处还在舞池中心东摇西晃的汪苏苏叹了口气：“我去看看苏苏姐，她好像喝多了。”

于是，小曼跟沙威先后离开。本杰明则讨好似的看着罗非。

罗非被看得浑身发毛，随后便明白了本杰明眼神里的意思，立刻冷脸严词拒绝：“没门儿，你去跟探长住。”

第七十七章　离奇身亡

深夜，何管家走到王查理卧室门口，看了看走廊上的挂钟，已经十一点多了。何管家伸手轻轻敲了一下门。突然听到房门内传出王查理的责骂声：“大山啊，这么多年来你做过一件正经事吗？你要不是我弟弟，哪能一直纵容你到现在？你花的哪一分钱不是我给的？你除了痛苦和麻烦，你给过我这个哥哥什么？难道真要我死了你才高兴？”

何管家被王查理那最后一声怒吼吓得急忙缩回了准备敲门的手，叹了一口气，随即转身离开。

与此同时，十一号客房内，沙威正躺在床上呼呼大睡。本杰明被震天的呼噜吵得只得拿被子蒙上头，沙威迷糊中把被子抢了过去，本杰明无奈只好下床走人。

本杰明抱着衣服来到了隔壁的十二号客房门前，敲了敲门。许久，罗非才穿着整齐地打开门，头发纹丝不乱。

“被探长打呼吵得睡不着，收留我一晚吧。”

面对本杰明无比可怜的样子，罗非犹豫了一下，朝本杰明翻了一下眼皮，示意本杰明进屋。本杰明走进房间后，迅速爬上大床，把被子裹到身上。罗非看着倒头睡去的本杰明，一脸嫌弃，抓起一个枕头和毯子，走到沙发边，和衣而睡。

而与之相隔两个房间的十四号客房内，汪苏苏与小曼还在并排躺着聊天。

“小曼，难得我们同睡一床。你快跟我说说你跟罗非到底是怎么一回事。”汪苏苏似醉非醉地笑道。

小曼赌气地噘着嘴，看着天花板：“我和他有什么关系？”

汪苏苏转过头捋了一下小曼的发髻，弹了一下小曼的脸颊：“你就不要逞强赌气啦，你到底喜欢不喜欢他嘛？”

“苏苏姐！你别乱讲，我与他只是共同破案的搭档。”小曼说着别过头，“对他，我一点喜欢都没有。”

“可我今天在舞池里留意到你看他的眼神……”汪苏苏怜惜地看着小曼，轻叹了一声，“人哪，眼睛比嘴巴诚实。”

“我今晚只不过是喝了点酒，眼神有些涣散而已。”小曼辩解道。

“姐姐我当年在百乐门，这双看男人的眼睛可不是白练的。”汪苏苏说到这儿，目光诚然地看着小曼，“你糊弄我倒也无妨，可别糊弄你自己的内心，别因为赌气而看不清真心啊。”

小曼听完汪苏苏的这番话，慢慢侧身转过去，陷入了沉默。汪苏苏露出一丝苦笑，关上了台灯。

黑暗中，汪苏苏突然又说了一句：“我看得出，罗非也是喜欢你的。”

窗外的雨声不断，小曼睁着眼睛，心在扑通扑通地狂跳，一边想着汪苏苏的话，一边回味着舞池里与罗非紧贴在一起，翩翩起舞的情景。

经过一夜的大雨，山间又恢复了一派生机。远山别墅主楼周围时不时传来一阵鸟鸣，天色也渐渐亮了起来。

早早起来的小曼从房间里悄悄出来，然后又轻手轻脚地走到罗非的客房门前。小曼站在门口，几番犹豫着想离开，最终还是抬手敲了一下门。

岂料只敲了一下，门就被打开，随后小曼就看到了衣衫不整的本杰明从里面走了出来。

小曼当即被吓一大跳：“你怎么在这里？”

本杰明没好气地斜了一眼隔壁自己原本的客房：“我晚上睡这里啊。”

紧跟着，罗非也周身整洁地走到门口叮嘱本杰明：“你赶紧去换衣服，我去问下缆车的情况，王大山这么一闹，我估计王查理也不会再提名画的事情了。”

这时，沙威从隔壁走了出来，打着哈欠看着门口的三个人：“席梦思睡起来果然舒服，在家里被孩子吵得好久没睡安稳觉了。”

“那也不能折磨我啊。”本杰明嘀咕着钻进了沙威的房间去换衣服。

小曼则尴尬地站在原地，刚才酝酿的话都忘了，一时也不知道该说些什么。

“小曼，你有事吗？”罗非盯着小曼泛红的脸颊问道。

“小曼，你的脸怎么这么红，是不是昨晚雨夜受凉发烧了？”这时，沙威也关切地问道。

“我……”

就在小曼紧攥着拳头，打算索性跑开时，走廊尽头忽然传来一阵躁动声，紧接着，便传来急促的呼喊声：“老爷！老爷！”

小曼一听就知道是出事了，立刻朝呼喊声方向奔去。罗非和沙威紧随其后。

“糟了！那是王查理的卧室！”罗非边追赶小曼边说道。

当两人来到王查理卧室门口时，正见到年迈的何管家跌倒在地，而林在重正在搀扶他。

“发生什么事了？”罗非急忙问道。

何管家带着哭腔指向房间里面：“老爷……老爷他……”

小曼和罗非迅速走进屋内，一眼就看到瘫坐在椅子上的王查理的尸体。

也就是短短十分钟，走廊里就挤满了围观的宾客。

“我是巡捕房警探秦小曼，大家站在原地不要走动，防止破坏现场。”小曼守在房间门口，不让宾客们拥挤进入。不一会儿，沙威和本杰明也费力地挤了过来。小曼当即用眼神示意沙威出了人命。

沙威和本杰明走进房间，与罗非一起查看王查理的尸体。何管家和林在重则站在不远处张望。

“死因是什么？”沙威面色严峻地问道。

“面部和嘴唇发紫，看不到明显外伤。”罗非皱眉说道。

本杰明翻了翻眼皮，又看了看王查理的额头，摇了摇头：“就现在的查验条件很难下结论，额头只有些出汗的迹象，看样子，像心梗。”

罗非随即转身招呼何管家：“何管家，王先生有没有心脏病史？”

何管家紧走几步来到罗非近前：“老爷前阵子的确经常去医院，没听他提过心脏有问题，只跟我说，想退休后好好调养身体。”

沙威重重地叹了口气，低声说道：“这下麻烦了。”

“是意外还是谋杀，本，看你的了。”罗非说着拍了拍本杰明。

本杰明又撸起王查理的袖子，检查了一下尸体躯干，随后说道：“根据尸斑和僵硬程度，死亡时间应该在晚上 11 点到凌晨 1 点之间。”

沙威不禁皱起了眉头：“这时候缆车都停运了，总不会……”

罗非冷笑着站起身：“不管怎么样，目前远山别墅里所有人都不能离开。”

何管家的表情也紧张起来：“早上打电话到山下，缆车坏了，暂时没法上山。”

“好！”沙威转向何管家，正色说道，“何管家，等缆车修好了，你也替我们把住门口，现在所有人都有嫌疑，一会儿我们会盘查每个人的不在场证明。”

林在重听到这儿，忍不住问沙威：“王先生是被谋杀的？”

沙威表情凝重地摇摇头：“现在还不好说。”

罗非这时扭头对林在重说道：“是你发现尸体的？”

“嗯。”林在重点点头，“平时都由何管家叫王先生起床，他今天忙着准备宾客早餐的事情，就把钥匙交给我，我一开门就发现王先生他——”

何管家这时立刻补充道：“我那时正在准备早饭，林在重就慌慌张张地跑来叫我，等我到了一看，老爷他……”

罗非听着听着，慢慢走到门厅，将目光转向门外窃窃私语、探头探脑的人群。

“王大山呢？”罗非突然转头问何管家。

“二老爷平时都得中午起床，昨晚喝那么多酒，估计醉酒睡觉呢。”何管家说着就朝门外走去，“我这就去叫他过来。”

罗非想了想又叫住何管家：“何管家，麻烦你先给我们安排两个空房间，一间作为临时化验室，一间作为询问室。”

“好！”何管家连连点头，随即对身边的林在重说道：“小林，我们赶紧去准备。”

罗非见两人走出房间，又回头看了一眼椅子上的王查理，忽然像是发现了什么一样紧走过去，翻动着王查理的衣领，然后脸上露出了疑惑的表情。

这时，沙威走到房间门口对挤在门口的宾客们说道：“各位来宾，王查理先生突然死亡，死因我们巡捕房的法医正在查找，请大家各自回房，一会儿我们要询问每个人的不在场证明。”

众人听罢，一片哗然，又开始了新的议论。

“哎哟，怀疑上我们了啊，知道我们什么身份嘛。”

“王查理一死，王大山开心了，钱都归他了。”

“还有那个什么小林，基金会就是他的了。”

……

人群一边议论着一边从走廊纷纷散去。

小曼听着人群的议论声，不禁陷入了沉思。

房间内的罗非皱起眉，一脸焦急地围着尸体转来转去：“缆车不知道什么时候修好，尸体已经冷却，再不化验恐怕会错失证据。”

本杰明坐在桌子上，抱着肩膀也跟着叹气：“没有手术刀这些器具，你叫我怎么验尸？”

罗非绕过王查理的尸体，走到书柜前，指着上面一张英文证书说道：“这是王查理参加国际红十字会医疗培训的证书，他因为探险需要，应该参加过短期医疗课程，以便在野外出意外的时候进行自救，他的家里一定备有基本的医疗器具。”

这时，何管家带着用人走了进来：“房间已经准备好了。”

罗非立刻吩咐道：“先把王先生抬到临时化验室。”

用人随即照做。

“何管家，你看一下，这房间里丢什么东西了吗？”罗非趁用人搬尸体的工夫，对何管家问道。

何管家站在房间中央环顾了一圈：“面上看，应该没有丢东西，老爷的手表、戒指都在他身上，你看，黄金寿桃和玉佛也都在。”

罗非看着博古架点点头，又急忙问道：“那家里的医疗器具箱放在哪里？”

何管家指着门外说道：“那些都在大老爷的库房里，我马上带您过去拿。”

罗非示意本杰明跟着何管家去找医疗器具箱：“我还要在这里看看。”

本杰明点点头，跟何管家和用人们一起离开了。

最后，卧室只剩下了罗非、小曼和沙威三人。

“怕什么来什么，这里不是巡捕房的辖区，我们介入案子的话，得赶紧跟上面报告一声。”沙威面露难色，一时头大。

“探长，现在还不确定是谋杀，也可能是意外。”小曼安慰着沙威。

沙威看了一眼神色严峻的罗非，叹了口气：“有罗非在，意外的可能性几乎为零。”

罗非无奈地摇了摇头：“这话，我该当作是表扬还是贬损？”

“呃……我是说……”沙威一时语塞，“凶手伪装的意外都能被你一一识破。”

罗非一边四处翻着什么，一边来回走动。

“如果真是谋杀，我猜多半是王大山下手的，昨天王查理打了他，他还当众要跟哥哥拼命。”小曼迫不及待地推测道。

沙威点点头：“王大山的确有动机，他十分不满王查理将财产分出一部分给基金会。”

“昨天我观察他的确喝了很多酒，一个醉鬼，要做到杀人不留痕迹，似乎有些不符合常理。”罗非一边翻找一边反驳。

小曼有些不以为然："你这口气难道已经排除王大山作案的可能了？"

"那倒也没有，一会儿等王大山睡醒了，得好好盘问他，不过，目前我倒是更加怀疑第一个发现死者的林在重。"说到这儿，罗非忽然停下，朝着王查理的抽屉走了过去，"毕竟他也是王查理财产的受益人之一，而且不能排除他对名画也有企图心。"

"可谁也没见过那幅名画，也不知道王查理把画藏在哪里啊。"小曼疑惑地反驳道。

罗非一边观察着王查理的抽屉一边说道："看来凶手也很想知道这个问题的答案，所以杀了王查理后，翻了他的抽屉。"

沙威和小曼立刻凑过来看。

"这几个抽屉明显被人在慌乱中翻动过。"罗非指着王查理的抽屉说道。

"难道是凶手拿走了名画？"小曼紧张地看向罗非。

"不可能，这个房间窗户很大，阳光可以从东、南、西三个角度射进来。"罗非说着站起身，指着房间的几扇窗户，"传说中名画有100多年的历史，王查理为了保存，肯定得找一个阳光无法照到的地方。"

小曼一屁股坐在了刚刚王查理尸体的椅子上，愁眉不展："何管家说没丢财物，那凶手图的是什么呢？"

"多半是与名画有关的东西，也许是柜子钥匙，也许是位置图。"罗非说完，继续翻找着可疑的物品。

沙威、小曼也跟着四处翻查。不一会儿，小曼从柜子里找到一本相册，打开翻看，里面都是一些各地风景照。小曼快速地翻着翻着，突然发现在中间的一个夹层里好像还藏着一张照片。小曼抽了出来，一看是一张女人的照片。

小曼立刻招呼两人："探长、罗非，快看。"

二人凑近看了看，照片里是一个风景优美的海岛，一个身穿白裙子的年轻女人笑容灿烂冲着镜头挥手。

第七十八章　谁是嫌疑者

小曼见罗非眯起眼睛像是在回想着什么，便立刻问道："这人你认识吗？"

罗非若有所思："看着有些眼熟，好像在哪里见过，但又想不起来。"

沙威看着照片猜测道："王查理不是一直单身吗，这女的难道是他女朋友？"

"应该是前女朋友，而且还是有过痛苦回忆的人，不然干吗要把照片压到别的照片后头，肯定是舍不得扔，又怕见到了触景伤情。"罗非手里拿着照片，又仔细端详了一遍。

这时，林在重敲门走了进来："三位，我刚去通知小王先生，他在房里不省人事，我也拿他没办法。"

罗非朝林在重淡然一笑："缆车上不来，谁也离不开这里，就等他就醒了再说。"

"还有……"林在重突然面露难色地看着罗非三人，"来宾们都被劝回房了，但因为都是一些名流绅士，大家对于自己被警方怀疑十分不悦，纷纷要求我们尽快安排他们下山，不知道你们三位要留大家多久？"

罗非与沙威互相交换一下眼色。

沙威随即说道："罗非，我们分头行动，我跟小曼去问每个人的口供，你去跟本杰明会合。"

"好！"罗非朝沙威点点头，然后又对林在重说道，"林先生，这屋的钥匙麻烦先交给我们，案发现场暂时得封锁起来。"

"好的，叫我小林就行了。"林在重说着将钥匙递给了罗非。

林在重把钥匙交给罗非后，像是想起了什么，急忙说道："我得赶紧下楼打几个电话，原本约好跟王先生一起去谈基金会的事情，现在我得交代一声。"

罗非点头："好，你是尸体的发现者，而且跟王先生又十分亲密，按规矩，我们还得仔细问一下你的口供。"

"哦，好的。"林在重迟疑了几秒才缓过神来，"我就在楼下。"

罗非注视着林在重走出房间，若有所思，然后径自走到门外，看着墙上的挂钟，又打开怀表对了一下时间，喃喃道："都是十二点三十五分。"

罗非合上怀表，转身锁上门，朝着另一边的临时化验室走去。

当本杰明正戴着口罩在尸体前面忙碌时，罗非走进来急切地问道："有结果了吗？"

"还真被你说中了，王查理的库房里，手术刀这些一应俱全。"本杰明示意罗非观看尸体，边按压着王查理的躯干皮肤边讲解："尸斑处于扩散期，指压不易褪色，尸僵位于全身各小关节处。"

本杰明说到这儿，又指着王查理的头部说道："面部、口唇紫绀，角膜浑浊，两瞳孔等大正圆，双眼睑结膜充血，鼻孔内有少量白色泡沫。左内踝前缘有注射针孔一个，体表其余位置没有损伤。”

罗非的视线随着本杰明的手指，落在了脚踝的注射孔上。

“解剖后发现肺部饱满，呈气肿状，切面有大量血性泡沫样液体流出，血液呈暗红色流动状。”本杰明放下肺部，又拿起了心脏指示给罗非看，“右心房及肺动脉扩张，呈充盈状态，刺破右心室有气体溢出，右心房、室腔及肺动脉内有泡沫样血液充塞。”

罗非点点头：“所以结论是？”

本杰明放下心脏，边摘下手套边说道：“就以上这些现象来看，是血液空气栓塞导致的窒息死亡，没有发现其他外力伤害与可致死的损伤。”

罗非指着注射孔问道：“空气针就是从这个位置打进来的？”

本杰明严肃地点了点头：“很有可能。”

“看来这一切都是凶手精心布置的，我想，可以正式通知探长，作为谋杀案处理了。”罗非摸着下巴点了点头，“探长终于猜对一次了。”

罗非刚从临时解剖室走出来，就看到走廊不远处的小曼。

“我正要去找你呢。”小曼神色紧张地跑到罗非面前说，“我们已经询问完所有的宾客了。”

罗非表情严峻地点了点头：“死因也确认了，凶手用空气针将王查理杀死，并试图伪造心梗意外的假象。”

小曼吃了一惊：“这么狡猾？看来是蓄谋已久的杀人计划了。”

紧接着，小曼边翻动手里的笔记本边对罗非说：“因为客房数量有限，客人除夫妻外，其他人都两两住一间，没有不在场证明的，只有律师刘明虚，探长已经将他带回询问室进一步审问。”

“除了宾客，住在别墅里的人也要盘问，尤其是林在重和王大山。”罗非叮嘱道。

“好。”小曼点点头，一副跃跃欲试的样子，“我马上去。我早就怀疑那个王大山了，一会得仔细盘问他，看他的狐狸尾巴哪里藏。”

罗非这时拿过小曼的笔记本翻动起来：“陈双有不在场证明？他可是虎视眈眈盯着那幅名画的下落呢。”

小曼在一旁立刻解释道：“陈双跟另一位男宾同住一个客房，男宾被陈双的打呼声吵了一夜，从死亡时间上看，应该可以排除他的作案嫌疑。”

罗非点点头，把笔记本交还给小曼："好，我先去询问室，你找何管家问完话就过来跟我们会合。"

小曼点头刚要走，罗非又叫住了小曼："去王大山房间的话，让何管家跟你一起。"

小曼微笑着点了点头："嗯，知道了。"

罗非也朝小曼温柔地笑了笑，然后转身朝询问室走去。

此时的询问室内，刘明虚正坐在椅子上，眼圈发黑，样子十分疲惫。

"探长，我是律师，你们这么扣留我可是违反法律程序的。"刘明虚虽然是在抗议，但听起来却是有气无力。

沙威看着刘明虚，从口袋里掏出烟盒，抽出一支烟叼在嘴里，又递给刘明虚一支，帮他点着。

"刘律师，别动气，出了命案，我们只是按规矩问话，哪有什么扣留一说。"

刘明虚抽了一口烟，缓了口气："我都跟那个女警探说了，我一晚上都在房里睡觉。"

这时罗非突然推门进入，刘明虚立刻有些慌乱地别过头，目光不自觉地闪烁了一下。

沙威与罗非对视了一眼，然后继续对刘明虚询问："那你说说从舞厅回客房后，有没有见过王查理？晚宴上他好像提到要你连夜把文件给他做好的。"

刘明虚猛吸了几口烟，然后把烟使劲儿按灭在桌上："我压根儿就没见到王先生，昨晚，我正要去送文件，却碰到了喝得烂醉的小王先生，他说他大哥有些不舒服，刚还把他骂了个狗血喷头，那会儿吃了安眠药已经睡下了，叫我不要去打扰，然后就非缠着我陪他再去喝酒。"

沙威听完，继续问道："你到王查理卧室门口时是几点？"

刘明虚想了想说道："十一点整。"

沙威立刻用质疑的眼神看着刘明虚："这么确定？"

刘明虚提高声音强调着说道："卧室走廊有挂钟啊，我走过的时候还看了下，心想会不会太晚了。"

"那你们离开之后呢？"沙威又问道。

"小王先生醉得要吐，我赶紧把他送回房间，看他躺下了，我也就回房睡觉了，一直到今天早上听到动静才起来。"刘明虚的声音说到最后越来越低。

这时候，一直抱着肩膀看着刘明虚的罗非终于开口：“我早就领教过律师说谎的本事，你的表现，也就 40 分上下吧。”

刘明虚一拍桌子，瞪着罗非：“我没说谎！”

罗非看着刘明虚冷笑：“你说见到王大山的时候是十一点整，你们回到房间最多用掉半个小时，昨晚在台上你精神饱满、一副意气风发的样子，可现在你眼窝深陷，眼圈黑得像熊猫，需要一根接一根地吸烟才能勉强集中注意力，一个健康的男性经过了近十个小时的睡眠不会是这个状态，你昨晚根本就没睡觉。”

沙威听着罗非的分析，立刻板起脸来：“说，昨晚你到底干什么去了？”

刘明虚低头支吾了起来：“我……我……我真的在房里睡觉，只是……只是……”

“只是还有别人，对不对？”罗非扬起嘴角盯着刘明虚。

刘明虚估计也知道瞒不下去了，皮笑肉不笑地点头：“昨晚跟金妙玲跳舞跳出点火花来，送完小王先生，正好在走廊里碰到她，然后我们就……”

罗非疑惑地看着刘明虚：“金妙玲？那个交际花？”

刘明虚低下头小声说道：“嗯，昨天她穿得那么少，我一个大男人，很难不动心的啊。”

沙威指着刘明虚语气严厉地说道：“我们会向金妙玲确认你的口供，我警告你，别想再蒙骗我们，不然以妨碍公务罪逮捕你。”

刘明虚抬头，连连摆手：“不敢、不敢，我刚才不说……是因为我毕竟也是有家室的人，做出这种事，我不敢哪……”

这时，询问室外忽然传来吵嚷声，罗非走过去打开门，正看到走廊里互相拉扯的王大山和林在重，周围也都是开门看热闹的宾客。

“刘律师，刘律师人呢？快出来，快帮我把手续办好！”王大山一边挣脱林在重，一边挨个儿门口高喊道。

而林在重还在奋力阻止王大山：“小王先生，王先生尸骨未寒，你别这样闹。”

“你一个姓林的敢在我面前指手画脚？我现在才是王家的主事人。”王大山一把推开林在重，继续朝罗非这边高喊：“刘律师，快出来，晚一步王家的钱就被外人骗了去，快！”

被重重摔在墙上的林在重也急了，紧走几步，张开双臂又挡住王大山的去路：“小王先生，你说话别太过分了！成立艺术基金会是王先生的夙愿，我一定会尽力帮他实现，王家的钱，我从来没想过要染指！”

这时，沙威带着刘明虚走出房门：“小王先生酒醒了啊？正好，我们就差问你们两个人的不在场证明。”

王大山疑惑地瞪眼看着沙威：“不在场证明？这是我家，我用向你们这些废——这些外人交代吗！”

像是发狂了的王大山用力撞开林在重，冲到沙威近前，一把拉过刘明虚：“走！”沙威使眼色给罗非，罗非看了看王大山，又朝沙威无奈地摇了摇头：“让他走吧，我们先问林在重话。”

第七十九章　迷宫密室

询问室内，罗非、沙威与林在重相对而坐。

“我的房间就在何管家隔壁，昨晚王先生交代我今天要跟几位画家商议艺术基金会的事项，让我不用再跟他开晚会，回房准备意向书即可。”林在重声音低缓地说道，神情显得十分低落。

“你们平时都开晚会吗？”罗非问道。

林在重点头：“嗯，三个月前，王先生说要随时跟我交代工作，非让我搬到别墅里住，每晚临睡前还会跟我单独开个会，其实也不算开会，只是交流心得。”

“唯独昨晚没开？”沙威紧跟着问道。

“嗯，晚宴上他把小王先生拉走时，特意跟我说，晚会取消，叫我直接回房。”林在重十分肯定。

罗非眼睛一抬，眼神犀利，似乎想到了什么的样子：“然后你就回房了？”

“昨天出了那种事，我想王先生肯定心情不好、想冷静一下，所以也就没再打扰他，直到今天早上发现王先生的……”林在重低头说着说着便忍不住抽噎起来。

“你早就得知他成立艺术基金会的事吧？”罗非问道。

林在重叹了口气：“唉，王先生的确早就跟我提过，而且因为这事，我差点还被他骂。”

沙威疑惑地看着林在重：“被他骂？”

“他提出要我做负责人，我说我年纪轻，又没什么经验，没法胜任。”林在重说着抹了一把眼泪，定了定神，“结果他就说男人要学会独立和担当，必须在困难中成长，像我这么唯唯诺诺是绝对成不了大器的，不要浪费他一片苦心。”

罗非忽然问道：“那王先生有没有跟你提起过名画的事情？”

林在重点点头：“说实话，我也听到不少传闻，有一次趁着王先生心情好，问过他，他大笑了一通，就回了一句‘只缘身在此山中’，之后我再问，他就不肯说了，后来我也就没再敢提有关名画的话题。”

这时，小曼推门而入：“我刚看到王大山拉着那个刘律师在楼下，你们审完了吗？”

罗非与沙威交换眼色。

沙威随即对林在重说道：“你可以走了，我们有需要再找你。”

林在重点了一下头，缓缓起身离开，小曼随即警觉地关上了房门。

沙威神色严峻地说道：“这家伙年纪轻轻，说话滴水不漏，以杀人方式来看，我倒觉得他嫌疑更大。”

“嗯……是有些奇怪。”罗非点头赞同，转而看向小曼，“小曼，你盘问得如何？”

小曼摇摇头，似乎没什么进展的样子：“其余用人都有不在场证明，另外，还查到王查理还有一个保安队，负责别墅的日常巡逻等，他们说并没有发现有外人闯入的迹象。”

“这么大地方，的确需要专人看守，这下倒也落实了，凶手就在别墅里。”沙威说道。

“保安队？他们一定有别墅的平面图，太好了！小曼，你赶紧带我过去！”罗非兴奋地拉起小曼就朝门外走。

“那我先给上面打个电话汇报一下这里的情况，一会儿跟你们会合。”沙威随即叮嘱道。

随后，罗非与小曼走出房间，朝着走廊的出口走去。

“你要平面图做什么？”小曼问罗非。

罗非兴冲冲地朝小曼眨了一下眼：“王查理自始至终都没否认过名画的存在和价值，而他的死很大程度上也与这幅画有关，我们要比凶手更早找到这幅画，或许谜题就能解开。”

紧接着，两人从走廊下到一楼，来到保安室内，开始对别墅的保安们进行问询。

随后，保安队黄队长和三个年轻的保安都一脸悔恨地向罗非和小曼交代着情况。

操着一口河南话的黄队长先开了口：“出了这样的事儿，俺们保安队罪该万死，俺这个保安队长罪该万死。”

罗非忍住笑意，摆了摆手："先别着急道歉，跟我说说别墅的格局，有没有平面图？"

"行，俺马上给你找。"黄队长说着转身从柜子里翻出一张图纸交给罗非，"整个宅子是依山建的，坐北朝南，最下边是宴会大厅。上边分东、西、北三栋，东边的最大，是老爷的私人区域；西边的其次，是二爷的私人区域；北边的最小，是客房和各种功能房间；三栋之间有连廊连接，每天午夜到早上八点，每栋会有人分别守夜。"

罗非看了看地图，又抬头看向三个年轻的保安："你们三个负责巡逻？"

"我是看老爷这边的，整个我在岗的时间，没人进出。"站在左边的保安说道。

罗非随即把目光又移向了站在中间的保安，那名保安立刻解释道："我是看二爷这边的，昨天白天刚被队长训过，所以晚上上岗去得早，十一点差不多就到岗了，没多久看见二爷一个人回来，看样子是喝高了，然后二爷再出来就是刚才了。"

中间的人说完后，右边的保安也跟着说道："我这边楼里走来走去的人倒是不少，不过没发现什么异样。"

罗非说着收起平面图："这幅图先借我用一下，你们几个一定看好缆车，别让任何人下山。"

黄队长一口答应："中！"

随后，罗非和小曼从别墅走出来。罗非站在别墅楼前，拿着图纸，边看边对。

"找出名画的藏身之地了吗？"小曼问道。

"一定就在别墅里，估计另有密室，平面图里并未标注出来。"罗非叹道。

小曼紧抿起嘴唇："那要怎么找？"

罗非当即看了一眼小曼，露出一丝神秘的笑容。

接着，两人又回到王查理的卧室。

何管家领着罗非和小曼打开房门："两位探长，钥匙先留给你们。我去看看缆车修理好了没有。"

罗非接过钥匙，带着小曼进入房间。罗非快步走到书桌前，找到一本《徐霞客诗集》，翻阅起来。过了一会儿，罗非又打开抽屉，找到一个笔记本，翻开扉页。

小曼凑过去看到上边写着两行诗：是自名山堪结习，天花如意落从容。

还没等小曼想明白，罗非又开始不断翻动笔记本。

小曼疑惑地看向罗非："徐霞客也是个探险家，你觉得这里面有玄机？"

“看来王查理不但喜欢探险，也喜欢猜谜。”罗非正说着，余光突然扫到门外有个黑影。罗非迅速跑出去，却不见人影。

“怎么了？”小曼立刻跟出来问道。

“总觉得有人在暗中观察我们。”罗非望着空荡荡的走廊低声说道。

小曼立刻警觉了起来：“莫非是凶手？”

罗非出神地喃喃自语：“想通过我来找到名画……好，那我就顺了你的意。”

罗非收回思绪，冷哼了一声，转而对小曼说道：“小曼，你把诗集和笔记本都带上。”

小曼随即将东西收入随身的包里。

于是，罗非拿着平面图，带着小曼穿梭在别墅的廊道之间。在走过一个转角后，突然看到远处，王大山又与陈双纠缠起来，二人正激烈地争执着。

罗非和小曼随即快步走近两人。

“两位，出什么事了？”罗非分开两人问道。

可王大山和陈双却不约而同说了声：“没事！”

王大山松开陈双的衣服：“你不是在查我大哥的死因吗？查出来了吗？是不是有人谋财害命啊？你赶紧抓人去，不然我怕凶手对我下手！”

王大山说话间怒视陈双。

陈双松了松领子：“小王先生，大王先生突然去世，我能理解你的心情，可你也别胡搅蛮缠，我可是你大哥请的客人。”

“哼！我大哥瞎了眼请你这种人。”说到这儿，王大山指着陈双、罗非、小曼几人，恶狠狠地骂道，“好了、好了，我要去找何管家商量我大哥的后事了，等缆车修好，你们一个个儿的，都给我立刻滚！”

小曼有些动怒，却被罗非一把按住。等到王大山走远后，陈双对着罗非、小曼无奈地摇了摇头：“王家算是要毁在这败家子手里了，两位探长，那我也先告辞了。”

罗非注视着陈双走远，再看了一眼平面图，手指着各处仔细寻觅着什么。片刻过后，小曼看到手指最终定在一个处于东西北三栋中间没有任何标注的空位上。

罗非不禁皱起了眉头：“这里应该有空间才对，为什么却什么标注都没有？”

小曼一脸惊讶，又立刻捂住嘴对罗非闷声说道：“莫非就是密室所在地？”

罗非微微一笑：“去看看！”

罗非与秦小曼赶到北楼楼顶后，发现走廊的尽头有一道墙壁。

罗非用力敲了敲墙，又低头看了看手中的宅邸空间图："就是这里，不会错的。"

秦小曼一脸疑惑地看着地图："三栋楼的相对位置我们已经都去过了，都是死路啊。"

"这里的墙体很厚，用力敲也听不出虚实。"罗非盯着墙体有些发呆。

"你确定这里有空间？"小曼反问着罗非。

"一定有，这是一个三棱柱，三个侧面是死的，底面下边是空的，那么如果有入口，就一定在上面！我们去最上面！"罗非说话间，就拉起小曼朝天台跑去。

北楼别墅的天台空间宽广，地面由整齐的大理石砖铺就。

秦小曼看罢，苦笑着对罗非说道："这里的视野更开阔，连墙都没得敲了。"

"我们现在站在顶层，三棱柱的底面应该在我们的脚下。"罗非说完，走到天台中央，低头四处搜寻起来。

"你是说，入口在地上？"小曼一边问一边学着罗非的样子在地上搜寻着。

"差不多。"罗非专注地看着地砖。

两人找了一会儿，罗非突然朝小曼做了一个噤声的手势。随后，罗非按照S形的步伐，从一块块的地砖上踏过。小曼立刻也学着样子，依次走过罗非走过的地砖。一时间，皮鞋与高跟鞋在地砖上交替发出清脆的声音。

当两人走到上下相对位置在大厅中央的一块地砖上时，踏步声突然变得空了许多。罗非随即停下，踏了踏周围的几块地砖，然后又重新踏了踏脚下的地砖。罗非与小曼对视了一眼，两人同时蹲下查看。罗非看了一眼小曼，忽然不由分说地将她头上的发夹取了下来。

"这个借我用一下。"

小曼脸红，刚想呵斥罗非，但看到罗非认真寻找入口的样子，又忍住作罢。

这时，罗非已经把发夹的尖头插进砖缝，然后用力上撬，地砖随即被撬起。紧接着，两人合力将地砖抬开，最后展现在两人面前的，是一条倾斜向黑暗的阶梯。

"真的找到密室了！"小曼兴奋地看向罗非。

罗非划燃了一根火柴扔向了阶梯。火柴一边下坠一边还在燃烧。

"氧气量还算可以。"罗非点点头，转头对小曼说道，"我先下去，如果没问题你再下。"

小曼紧张地点了点头："你小心啊。"

随后，罗非点燃打火机，顺着阶梯一步步地往下走。小曼看着举着微弱火光的罗非，逐渐被黑暗所吞没，只隐隐听到脚步声的回响，心一下子悬了起来！

又过了一会儿，黑暗中传来罗非的声音："下来吧……"

小曼迫不及待地跳下阶梯，突然脚下一滑，整个人便消失在黑暗中。

第八十章　楼顶密室

一片漆黑之中，小曼忽觉身下软软的，正想用手试探着摸下去，身下忽然传来罗非的惊呼："往哪儿摸呢？！"

"啊！"小曼被吓了一跳，立刻收回了手。

这时，打火机的火焰一闪，小曼这才看清自己正与罗非脸对着脸，几乎都要贴在一起了。小曼倒抽了一口气，急忙退身，不料将打火机的火苗给熄灭了。

寂静的黑暗中，二人的呼吸声十分清晰。突然一阵叽叽喳喳的奇怪声音从二人身边传来。

"好像是老鼠。"罗非轻声说道。

"老鼠！"小曼当即迅速翻身，并从罗非身上弹了起来，开始浑身乱抖。

罗非则淡定地起身，拍了拍身上的灰尘，再次打着打火机，"秦大警探，走吧，老鼠早被你吓跑了。"

自觉有些失态的小曼，白了罗非一眼，紧跟在罗非身后往密室的通道里面走。小曼一边走，一边偷瞄着罗非的表情，隐隐觉得好像有那么点儿不自在。而罗非发现小曼在偷看自己时，立刻收回目光，恢复成一副高冷的神态，若无其事地朝前走着。

当罗非和小曼沿着黑暗的通道将要走入密室内部时，尽头隐约有光在闪烁。

两人交换了一下眼神，小心翼翼地走进了面前的密室。

进入后，两人发现密室中间有一个立柜，一旁的书桌上摆着一盏台灯，发出昏黄的光。

罗非微微一笑："终于到了。"

"那幅名画就在柜子里吧？"小曼激动地指着柜子说道。

"打开就知道了。"罗非说着上前查看柜子门，忽然发现门上有一道密码锁。

小曼凑过来查看，一皱眉："怎么没有钥匙孔？"

"这叫密码锁，只有按照顺序，对上正确的数字，门才会打开。"罗非随即解释道。

“王查理已经开不了口，怎么才能知道密码呢？”小曼面露难色地看着罗非。

罗非盯着密码锁，陷入了沉思。

过了一会儿，罗非突然喃喃地重复道：“只缘身在此山中……”

小曼一撇嘴：“这时候还有心情念诗？”

罗非也不解释，突然朝小曼伸手说道：“把《徐霞客诗集》和笔记本都拿出来。”

小曼随后将本子摊在书桌上，左边放着笔记本，右边放着《徐霞客诗集》。

罗非开始按照页码与字数的方式一一对译，秦小曼则在一旁帮助记录。

看着看着，小曼忽然眼前一亮，指着笔记本忍不住开口：“罗非，密码就是——”

罗非立刻对小曼做了一个别出声的手势，紧跟着，凑近小曼，把桌上的灯关了。

黑暗中，罗非和小曼紧紧靠在一个角落。当两人的眼睛适应了黑暗的环境后，他们隐约看到一个黑影走进密室，正一步步靠近柜子。

而就在那个黑影想要打开柜门的一瞬间，他身后突然亮起一团火光！那黑影吓得“啊！”了一声，一转身正看到打火机火光下罗非坚毅的脸庞。而火光也同时映照出了那个黑影的样貌，那人竟然是陈双！

还没等陈双多做反应，就被一旁的小曼反扣住双手，狠狠压在了地上。

“你从刚才就一直跟着我们吧？”罗非把玩着打火机蹲身问陈双。

小曼手上一用力，呵斥道：“陈双，说，是不是你杀了王查理？”

陈双连连哀号：“没……没有，我可没杀人。”

“但你闯入过事发现场吧。”罗非冷笑道。

陈双一愣：“你怎么知道？”

“是你身上这股古龙水的味道。”罗非说着提了提陈双的衣领，“昨晚我在宾客中转了几圈，唯独你用带栀子花香味的古龙水。”

陈双一脸窘迫：“我看王查理要收山了，就提了收购他名画的意向，打算安排探险队去把宝藏找出来。”

说话间小曼将陈双拉了起来。陈双狼狈地坐在地上，一只手揉着另一边的胳膊，继续说道：“我的条件够优惠了，跟他五五分成，可他一直不答应，所以想早上再去跟他谈谈，结果刚到走廊，就看到林在重神色慌张地跑了出来。”

罗非回过神，拿起密码纸，自顾自地开起了柜子的密码锁。

小曼瞪着陈双：“接着呢？”

“我进去看到王查理暴毙而亡，觉得机会来了，他脖子上挂着把钥匙，我想一定是藏画之地的门钥匙，于是扯了下来，就是这把。”陈双说着从口袋里掏出一把钥匙交给小曼，“本来还想找找地图什么的，听到走廊有声音，所以赶紧离开了。”

小曼接过钥匙，仔细端详：“罗非，这钥匙既然不是开柜子的，那王查理怎么还挂在脖子上呢？”

“谜题得一个一个解，先把名画找出来。”罗非微微一笑，左右转动着密码锁，仔细听着锁的声音。

“这把钥匙来自死者，要作为证物上缴，至于你非法闯入案发现场——”

“小曼，他只是图财，这次就先放过他。”罗非说着朝小曼使了个眼色，“至少还算有脑子，知道跟着我找线索。”

“罗先生——哦，罗神探指教得对。”陈双感激地看向罗非，“我看你一副胸有成竹的样子，心想跟着你，没准能找到名画的藏身之处，结果，我猜对了！你放心，等我发掘宝藏，一定会分给你一半的。”

“我会稀罕你的钱？”罗非不屑地说道。

陈双尴尬地笑笑，轻轻抽了自己脸一下：“瞧我这张破嘴，又说错话。”

这时，只听“啪”的一声，罗非把密码锁打开了。小曼和陈双立刻凑近了看。柜门一开，罗非随即从里面取出一幅画，展开来看。

只见这幅画画的是一处海岛风景。

陈双看了半天也没明白个所以然，不禁转头对罗非说道：“这——这宝藏藏哪儿了？”

小曼也看着罗非，一脸疑惑。

“回去再说。”罗非说着收起了画。

随后罗非和小曼回到临时询问室内，将密室里找到的名画摊在桌子上，沙威凑近仔细端详着：“就是一个普通海岛啊。罗非，你看出什么来了吗？”沙威抬起头看向罗非。

罗非眺望着窗外的景色，紧锁眉头地思索着什么。

小曼满脸焦急地走到罗非身边，顺着罗非的视线看向窗外，然后莫名其妙地问道：“罗非！你发什么呆？”

罗非回过身：“王查理脖子上的钥匙是陈双拿走的，杀死他的人并非为了名画，而是专门要取他的性命。”

“会不会是凶手没发现钥匙？”小曼推测道。

罗非神色严峻地摇摇头："不可能，从行凶手法看，凶手一定早有准备，如果为了名画而杀人，绝对不会空手而归。"

沙威叹了口气："我们动作得快点了，刚才何管家来通知说缆车再过半小时就能修好上来接人了。"

罗非点点头："一直没顾得上问王大山话，整个别墅里，就剩下他的口供了。"

小曼："我就说他的嫌疑最大，几次碰到，都刻意躲着我们，要不是心里有鬼，干吗这么怕我们？"

"凶手杀人呢，只有三个理由。"罗非露出不以为然的表情，"要么为财，要么为情，还有就是为仇，动机归到寻仇的话，王大山的确很可疑，不过要抓他也得有证据。"

罗非说完，走到沙威面前："探长，你先看好名画，我跟小曼去找王大山。"

沙威点点头："这里交给我。"

罗非和小曼从询问室出来，沿着走廊步履匆匆。当两人经过一间客房时，汪苏苏突然打开门对两人抱怨："罗非、小曼，要把我们关到什么时候啊？"

罗非查看左右，示意汪苏苏进屋再说。

"小曼你不在，我一个人在房里怕死了，凶手查出来了吗？"汪苏苏刚关上门就迫不及待地拉过小曼问了起来。

"苏苏姐，你别担心，我和罗非已经有些眉目了。"小曼拍拍汪苏苏的手一边安慰一边朝罗非使眼色。

罗非也顺带安慰叮嘱："凶手的目的很明确，你乖乖待在房里，我一定在缆车修好之前破案，让你顺利回家。"

心神不宁的汪苏苏想坐下，可一失神踩偏了高跟鞋摔倒，下意识地扶了一下墙，碰到了墙上的钟。汪苏苏摔坐在地上，钟也掉了下来。挂钟贴墙的一面布满了灰尘，扬尘呛得汪苏苏直咳嗽。小曼急忙蹲下为汪苏苏拍背，扶着她站起身。罗非则俯身捡起钟，准备将钟挂回。

汪苏苏仰头环顾四周，一脸厌弃："这地方出了人命，阴气太重了，我得尽快离开。"

这时，小曼忽然发现罗非端着钟在发呆，于是便走过去看着钟表。小曼看了一会儿也没看出有什么问题，刚想问，只见罗非伸出食指抹了一下钟背面的灰尘。

这时，汪苏苏看着罗非也有些奇怪："罗非，你弄那个钟干吗？赶紧去抓凶手啊。"

罗非也不应声，专注地用沾满灰尘的食指在钟背面一圈一圈地画。画着画着，罗非突然扔下挂钟，一把拉开房门，向外跑去。

“小曼跟我来，我知道了！”

小曼闻听，急忙跟着跑出去。

只留下汪苏苏一个人坐在床边发愣，然后突然快步走到门口又紧紧关上了门。

第八十一章　凶手逃逸

罗非带着小曼沿着走廊一路向卧房的方向奔跑，每看到一个挂钟，就粗暴地把挂钟取下，每个挂钟都跟着激起一团灰尘，罗非看过之后就扔下继续向前跑。

小曼则一言不发，只是跟在后面。当罗非与秦小曼来到王查理卧房门口时，罗非同样把卧房门口的挂钟取下。罗非立刻将挂钟背面展示给秦小曼看。小曼当即惊讶地看到布满灰尘的挂钟背面，有几圈清晰的手指滑动的印记。

“从何管家和刘明虚的口供里，王大山离开的时候，王查理还活着，但实际这个被人做了手脚。”罗非说着把挂钟放下，拍了拍手中的灰尘，“其实何管家是在昨晚十一点前来的这里，只是钟被往后调了一段时间，让他误以为来的时候是十一点半，并且听到了王查理还活着。何管家走后，钟被调回正确的时间，随后刘律师在十一点按约前来，并被王大山劝退，恐怕那个时候，王查理就已经被下了毒手。”

小曼激动地看着罗非：“所以凶手就是王大山了？！”

罗非点点头：“目前说来，他有重大嫌疑，我们分头找。”

随后，罗非和小曼分别跑向走廊不同的方向，开始询问别墅里能见到的所有人。

罗非和小曼上上下下、里里外外找了一通，一无所获，最终在王大山卧室门前会合。

“一路问下来，没人看到王大山。”小曼有些失落地说道。

罗非朝面前的房门歪了一下头：“可能躲在房里。”

小曼上前转动门把手，却发现门被锁住了，小曼随后开始敲门。罗非想了想，拉了秦小曼一把：“敲了这么久，要么没人，要么就是里边的人不想开门。”

小曼一瞪眼，刮了一下鼻子：“看来只能采取武力措施了。”

罗非与小曼相互点了点头。紧跟着，小曼后退了几步，然后助跑飞身便将房门“嘭！”的一声给踹了开来。

两人随即闯进去，见屋内空无一人，家具上东西放得乱七八糟，书桌上墨盒和笔散开。罗非吸了下鼻子：“好浓的酒味，应该离开不久。”

小曼的目光看向垃圾桶，里边尽是砸碎的玻璃杯与酒瓶：“罗非，快看。”

罗非急忙走过去，把垃圾桶翻过来，从里面捡出一枚注射器针头和几片带刻度的玻璃碴儿。

恰在此时，何管家匆忙跑了进来，对罗非大呼：“罗先生！小王先生跑去顶层了，刚才用人看到他脸色不太对劲。”

“难道……”小曼看向罗非。

罗非立刻站起身：“快！可能要出事！”

随即，罗非和小曼夺门而出。

当两人赶到楼顶的天台时，却发现王大山左手扒在栏杆上，像是在远眺，右手自然垂下，一滴滴鲜血缓缓滴下。

“糟了！”罗非跑到近前，伸手摸王大山的脖子，沮丧地摇了摇头。

小曼这时从地上捡起一张沾着鲜血的信纸，读了起来：“我知道你们已经怀疑我了，迟早查到我头上，我王大山是贵公子，吃不起牢饭，愿赌服输，一命抵一命。”

小曼读完看向罗非。

罗非耸了一下肩：“尸体想说的话，只能去问本杰明。”

十分钟后，临时化验室内王大山的尸体被摆放在长条桌上，本杰明一边验尸，一边唏嘘：“刚刚把王查理的尸体送去冰窖，这倒好，弟弟又死了。”

罗非皱起眉，摸着下巴盯着王大山的尸体：“王查理死得诡异，王大山死得就更奇怪了。”

“王大山分明留下遗书，应该是畏罪自杀了。”小曼把那张信纸放在了桌上。

“是不是自杀，还不能下结论。”罗非摇头说道。

小曼有些茫然地看着罗非：“你的意思是有人伪装成他自杀？”

罗非拿起信纸看了看，又递给小曼：“你仔细看这封所谓的认罪书。”

小曼接过去又读了一遍，然后对罗非说道：“已经让何管家鉴别过了，是王大山的笔迹啊。”

“刚才我们进王大山的房间，书桌上的墨盒开着，表面看，像是王大山发觉我们怀疑他，要找他问话，觉得事情败露，所以写了遗书后自杀。”罗非说到这儿，打开怀表，看了一眼，“这前前后后的时间，不会超过十分钟。”

“可是，你看——”罗非说着用手指搓了搓信纸上的黑字，“墨迹都干了。”

小曼一脸惊讶：“遗书是早就写好的！”

罗非坚定地点了一下头：“没错，现在王家兄弟都死了，王家所有的财产就归了基金会。”

“难道是林在重连续杀死兄弟俩，将杀死王查理的罪名嫁祸给王大山？”小曼推测道。

两人说话间，本杰明已经验尸完毕，用白布将尸体盖了起来，一边收拾工具一边说道：“死者全身只有一处伤口，在右腕，但只是划伤了皮肤与肌肉组织，并没有伤及主要血管，真正的死因是中毒，伤口处有大量毒素残留，应该是被淬毒的利器划伤后导致的中毒。”

小曼惊讶不已地缓缓摇了摇头：“不敢想象，那个林在重斯斯文文，会做出这种事来。”

而此时的罗非却沉思不语。

“不过这个王大山就算不被杀，也活不了几天了。”本杰明接着叹道。

小曼一愣：“什么意思？”

本杰明瞥了一眼小曼，朝着罗非方向看去：“王大山腹腔有个巨大的肿瘤，已经压迫门腔静脉，随时有爆血管的危险。”

小曼撇撇嘴：“他喝酒乱来，长肿瘤也不奇怪。”

“我们先去知会探长一声，案情又有新变化了。”罗非这时神情严肃地对小曼说道。

小曼点头，二人刚推门走到临时化验室门口，迎面就碰到了匆匆赶过来的沙威。

沙威震惊地看着两人：“罗非、小曼，听说王大山也死了？”

小曼随即简单解释道：“有人伪造了遗书，做成自杀的样子。本杰明已经化验了，他被人下了毒。”

沙威叹了口气：“原本我还觉得他是杀死王查理的凶手，没想到他也死了。”

“遗书上的笔迹，据何管家说是王大山的，我想能模仿他笔迹的一定是身边很熟悉的人，这座别墅里，只有一个人能做到。”

沙威听了罗非的推理，脱口而出：“就是那个年轻的助理。”

“没错。”罗非点点头，突然又问沙威，“对了，探长你不是看着名画吗？

怎么过来找我们了？”

“张副探早上接到我电话就赶过来了，我叫他们接班看着名画。”

罗非听了沙威的话，大惊失色：“这么说缆车已经修好了？！”

“糟糕！林在重会不会已经跑了？”

小曼的话音未落，三人便朝着别墅外狂奔。

当罗非、小曼、沙威三人赶到缆车乘降站时，只见宾客们正在那里围着何管家吵嚷着乱成一团。

罗非见状挤过去，将何管家拉到一旁：“林在重呢？”

“小林刚才趁我不注意，坐缆车下山了。”

罗非闻听，攥紧了拳头看着山下索道上的一个正在朝山下移动的车厢。

沙威这时凑了过来：“罗非，看来林在重就是凶手了。”

罗非回头看向人群，汪苏苏在人群里冲着他挤眉弄眼，一脸无奈的苦样。

“那就先让这些人下山，反正小曼之前已经登记了每个人的信息，如果要再询问什么话，也不怕找不到人。”罗非咬牙说道。

“我跟他们一起下山，集结所有人全力追缉林在重。”沙威说道。

罗非若有所思地回头看了看身后的别墅，对沙威说道：“我跟小曼先留在别墅，王查理和王大山的死和名画之间的联系，我还得推敲推敲，就算抓到林在重，也得拿出实质的证据才能让他认罪。”

沙威点点头：“好，我们分头行动。”

过了一会儿，别墅大厅里，汪苏苏提着包，跟着人群正往外走。

小曼看到立刻迎了上去：“苏苏姐，你自己下去小心，我还得留下来。”

汪苏苏这时神神秘秘地将小曼拉到一边的角落：“留下来陪罗非啊？我看沙威都准备下山了。”

“探长跟我有分工，现在凶手还没抓到，你就别再跟我开玩笑了。”小曼说着拍了拍汪苏苏的胳膊。

汪苏苏连连点头：“好了、好了，不给你添乱了，我得赶紧下山烧个香，拜拜菩萨、去去晦气。”汪苏苏没走出几步，突然又回头对小曼嘱咐道，“对了，昨晚跟你说的话，你要放在心上，我先走了。”

小曼不情愿地点头，面带沮丧地目送着汪苏苏走出了别墅。

第八十二章　兄弟与爱人

当宾客们陆续乘缆车下山后，罗非与秦小曼回到楼上，沿着走廊走到了王大山卧房的门口。卧房的门开着，何管家和一个上了年纪的杂工正在收拾一片狼藉的屋子。

何管家指示那人把桌面理好，一抬头看到罗非，起身打招呼："罗先生、秦警探，宾客们都送走了，我们收拾完，就得布置灵堂了。"

那人蹲在地上边收拾边哭泣，何管家见状又连忙转身安慰："人已经走了，你再哭，王先生也不能回来了。"

罗非和小曼缓缓走进房间，看到何管家还在劝着："老王，好了，别哭了，来人了。"

老王越哭越大声："王家这是断后了啊，我能不哭吗？！"

"这位是？"罗非看向何管家。

何管家抬头对罗非叹道："唉，他是在这儿做杂工的老王，算是王先生的远方堂叔，前两天因为风湿发作，下山去看病，一直等缆车修好才回来。"

这时，老王抬眼看向罗非和小曼，眼眶通红。

何管家随即又对老王介绍道："老王，这两位是巡捕房的侦探，他们正在查杀死两位王先生的凶手。"

老王起身一把拉住罗非，激动地颤抖着嘴唇："先生、小姐，求求你们，一定要替王先生报仇！"

罗非点了点头："看王师傅这个年纪，在府上工作了许多年吧？"

老王站直了身子，抹了一把眼泪："我今年七十了，十五岁那年从乡下出来，投奔了我们王家最有出息的堂哥，就是两位王先生的父亲，堂哥好心收留我，我就一直在王家做些杂工。"

罗非眼前一亮，从上衣口袋中掏出照片，走上前出示给老王看："王师傅，这张照片上的女人你认识吗？"

老王接过照片，揉了揉眼睛，仔细辨认了一下，然后说道："这人好像是林小姐……"

"是王查理的女朋友吗？"小曼忙问。

老王叹了一口气，拿着照片顺势坐到了旁边的椅子上："是他的未婚妻林媛，林小姐人特别好，一点没架子，跟大王先生订婚后，就搬到这里来住了，平时老支一个画板画些西洋画，文文静静的，真是个好人啊。”

罗非神色一变：“那婚事为何告吹？”

老王瞥了一眼何管家，欲言又止，然后轻轻摇了摇头：“人都不在了，说这些陈年往事也没意义了。”

罗非俯下身十分严肃地盯着老王：“王师傅，为了能尽快查出凶手，你知道什么，务必跟我们讲清楚。”

这时，何管家也在一旁劝：“是啊，老王，你赶紧跟罗先生他们说说怎么一回事。”

“说实话，我们都没想到。”老王说着，重重叹了口气，“大王先生因为外出探险，将林小姐留在家里，可家里除了我们这些下人，还有小王先生呢，也不知道怎么一回事，一来二去，林小姐就跟小王先生好上了。”

小曼和何管家听罢，都不禁大吃一惊。

“大王先生回来后，发现他们的奸情，大过年的就把林小姐赶走了。”老王继续说道。

罗非闻听，渐渐皱起眉头：“这么说，王查理跟王大山之间的嫌隙并不只是家产分配这一层了。”

“毕竟是亲弟弟，是他世上唯一的亲人，小王先生再过分，大王先生也只能忍了，二十多年前的事了，兄弟俩，还能怎么样。”老王说完把林媛的照片交还给了罗非。

罗非盯着照片，出神地思索着什么。

“想什么呢？”小曼走过来，用肩膀撞了一下罗非。

“跟我来！”罗非随即拿着林媛的照片快步走到阳台。

小曼又看了一眼照片，有些不解：“看她的样子，书卷气十足，实在不像是能看上王大山的人。”

罗非点点头：“嗯，其中恐怕另有内情。”罗非说完，低头也看了看照片。

“林媛……林在重……莫非？”罗非喃喃自语。

小曼见罗非眼神闪着光，急忙问道：“怎么？你有什么新发现？”

于是，罗非指着照片给小曼看：“王查理赶走林媛是二十多年的事情，林在重看样子也就二十多岁，两个人都姓林。”

小曼不以为然：“林是大姓，巧合也不足为奇。”

“那你再看林媛的大拇指。”

小曼按罗非所提示，凑近仔细看，又对比自己的大拇指：“她的大拇指好像特别粗。”

罗非点点头：“林在重的大拇指也特别粗，这种情况并非巧合，而是遗传，通常父母一方有粗大拇指，生出来的孩子也会有！”

小曼这时恍然大悟：“对哦！我姨夫的大拇指也特别粗，所以我表哥、表姐都是粗大拇指。”

“难怪我第一眼看到这张照片，就觉得似曾相识，你看林媛的眉眼之间，是不是与林在重有些相似。”罗非若有所思地说道。

小曼连连点头认可。

“几种巧合凑在一起，就不再是巧合了。”罗非微微一笑，“看来林媛与这两起谋杀案都有着密不可分的联系。”

“现在林在重不知所终，也不知道探长下山后有没有抓到他。”小曼想着想着，又愁眉不展，“还有，林在重的生父是谁呢？他为何又要杀王家兄弟？是为了替母亲报复吗？”

这时，罗非像是想起了什么，对小曼说道：“我在刘明虚那里看到过关于艺术基金会的文件，那上面好像就有林在重的出生日期！”

罗非说着在阳台上来回踱着步：“林媛被赶出家门的时候怀着身孕，案子似乎越来越有趣了。”

小曼跟在后面，想了想，突然露出了一个震惊不已的表情：“这么说，林在重的生父应该就是王家兄弟中的一人！”

“徐霞客的诗！”罗非突然停住脚步，脱口而出。

“‘是自名山堪结习，天花如意落从容’，前两句是什么？”小曼托着头努力地回忆着。

罗非思索了片刻说道：“我没记错的话，应该是‘拈来腐草机随在，探得衣珠案又重’。”

小曼伸出手指，激动地指着罗非：“啊！在——重！”

“作为母亲，林媛绝对不会弄错孩子的父亲是谁。”

罗非站在阳台上往屋里观察。见到老王正要清理桌子，而桌子一角摆着一个烟灰缸。罗非想了想，立刻冲进屋内，一把拉住老王：“先别动！”

随后，罗非的目光落在了烟灰缸里两根用过的火柴和缸沿架着的半支雪茄上。

小曼紧跟了上来，凑近看着罗非的一举一动。这时，罗非将两根火柴取出，并排立起来。两根火柴的剩余长度与烧焦程度完全相同。罗非接着又拿起雪茄，凑在鼻子下闻了一下，再摆在手里仔细端详起来。过了一会儿，罗非淡然一笑："原来如此。"

小曼在一旁一直看得一头雾水："你盯着这支雪茄干吗？要送去给本杰明化验吗？"

罗非摇摇头："不需要化验，这支雪茄已经告诉我谁是凶手了，刘明虚送回房的人，根本不是王大山，而是他的哥哥王查理。"

小曼一脸惊讶："怎么可能？"

"昨天王大山递给我和探长雪茄，他根本不懂正确的点雪茄方式，不预热直接点烟头。"罗非指着雪茄摇了摇头，"怪不得我总觉得王查理的死还没有完全弄清楚。"

"你的意思是，王查理冒充王大山？"小曼猜问道。

"嗯……他们兄弟俩在容貌上的确很相似，由于衣着和谈吐的原因，很容易让人忽略这一点。"罗非随即转向小曼，"我先问你，如果你是王大山，你为什么要杀王查理？"

小曼略做沉思，脱口而出："为了独吞家产，为了钱啊。"

"好。"罗非点头一笑，"那我再问你，如果是王查理，你又想要什么？"

"活着，守住遗产！"小曼立刻答道。

罗非神色一凛，凑近小曼："如果你必须死呢？"

"那就……"小曼看着罗非，愣了片刻，随即说道，"把家产留给想给的人啊。"

"你想留给谁？"

"如果我是王查理的话……难道是林媛？"小曼说完盯着罗非的眼睛。

罗非点头："还有他的儿子林在重！"

罗非与小曼说话间，一个用人进来通报："罗先生，请您到书房接一下电话，巡捕房沙威探长找您。"

罗非和小曼对视一眼，来到了书房。罗非不慌不忙地拿起电话。

听筒里随即传来沙威的声音："罗非，我们找到林在重的家，他还有个母亲，不过据邻居说，他刚才拉着他母亲匆匆忙忙出门了。我们已经加派人手，防止他们逃出上海。"

"他带着母亲走了？"罗非一笑，看了一眼小曼。

“探长，我想他们两个人应该是上别墅来了。”罗非说完放下电话，拿出别墅平面图查看了一番后大声说道，“咱们马上去地下冰窖。”

没走出几步，罗非转身又回到书桌前，拿起了电话开始拨号：“等我一下，我再打一个电话。”

“你打给谁？”小曼急忙问道。

罗非笑而不语。

第八十三章 无法弥补的遗憾

别墅一层寂静的大厅内，只回荡着两个人急促的脚步声。此时的罗非正拿着平面图，带着小曼朝地下室走去。

“我们一开始把侦查焦点落在王查理的尸体，所以才会误以为王大山或者林在重还有陈双这些图财的人杀死他，但其实真凶是王查理自己。”罗非胸有成竹地解释道。

小曼迟疑了一下，对罗非的话总结了一下：“你的意思是，不是弟弟杀哥哥，而是哥哥杀弟弟。”

罗非点了一下头：“没错，刚才本杰明说，王大山，哦，不，第二具尸体是王查理才对，所以，刚才我打了电话给医院，证实王查理前阵子去医院，医生已经给他下了最后通牒。”

“噢对！”小曼这时也跟上了罗非的思路，连连点头，“之前何管家也提到王查理最近去医院，但并没有拿任何药回来吃，我想应该是已经到无药可医的阶段了吧。”

罗非：“王查理知道自己不久于人世，于是设圈套来这么一出换身杀人，目的就是想把遗产顺理成章地留给林在重母子。”

“王查理为何不通过法律文件把家产转给林在重，而要通过这么离奇的方式与弟弟同归于尽呢？”小曼突然问道。

罗非冷笑道：“昨晚宴会的情景你也看到了，王大山一副泼皮无赖样，等王查理死后，年轻的林在重哪是他的对手，基金会被吞也是迟早的事。”

小曼赞同地点了点头：“可以想见。”

“再者，这世上除了林媛本人，没人能够证明林在重就是王查理的亲生儿子。”

罗非说完放下平面图，指向不远处的冰窖入口。

“那王查理又是如何获悉林在重真实身份的呢？”小曼追问道。

“这就要问问林在重和林媛母子了。”罗非说完推开了冰窖的铁门，带着小曼走了进去。

寒风凛冽的地下冰窖内，王查理的尸体躺在担架上。在担架床边上，两个背影紧靠在一起，时不时传来呜呜呜的哭声。

罗非和小曼随即走近。

“这位是林媛女士吧。”罗非对着其中一个背影说道。

那两人慌张地回过头。小曼当即见到林在重紧紧搂着一个上了年纪的妇人，有些惊慌失措。

林媛疑惑地看着罗非和小曼，嘶哑着声音问道：“你们……你们是什么人？”

罗非朝林媛欠了欠身：“我是罗非，巡捕房的侦探顾问。”

“我是秦小曼，巡捕房的警探。”小曼随后说道。

林媛听完两人的介绍，靠紧林在重，林在重也紧紧搂住母亲。

“重儿……”

罗非摆了摆手：“你们别紧张，王查理的死我已经弄清楚来龙去脉了。而且，你们现在对着的，并非王查理，而是王大山。”

林媛、林在重听了罗非的这番话，不禁大惊失色。

“当然，王查理的确也已经死了，他的尸体应该还在临时化验室，我们的法医处理完就会送来冰窖。”罗非语气平和地说道。

林在重颤抖着声音问道：“这是怎么一回事？”

这时，小曼突然用责怪的语气对林在重说道：“林在重，你违抗命令，偷跑下山是怎么一回事呢！”

“这件事怪我。”罗非说着从口袋里掏出照片递给林媛，“你刚才是看到我拿着你母亲的照片吓了一跳，联想到王查理最近突然对你很好，像一个父亲般教导你做人道理，还把艺术基金会留给你，所以你迫不及待下山想问你母亲这一切的缘由。”

林在重点了点头：“的确是这样。”而此时看着自己照片的林媛，恍惚间，突然又大声哭了起来，林在重急忙凑过去安抚母亲。

罗非看着泪流满面的林媛，柔声说道：“王查理一直珍藏着这张照片，我想他其实一直在后悔当年把你赶走，而他之所以选择杀人，也是出于对你们母子的愧疚，想在自己死之前尽一切可能留给你们他的全部身家。”

良久，林媛收住哭声，抬起哭红的双眼看着罗非：“查理杀人？”

“我们通过证据线索，已经推断出昨晚的事发经过了。”罗非说着走到王大山的尸体旁，表情复杂地叹道，“那晚，王大山从宴会上被送到王查理的房间内，王查理先是用迷药迷昏了王大山，然后给他打了空气针，随后，王查理又故意在房间里演出两人争吵的声音，然后又将门口的挂钟拨回了正确的时间，紧接着，王查理把自己打扮成王大山的样子，从房间里出来，通过刘律师从案发现场脱了身。”

罗非说到这儿，回头看向林在重：“王查理就是用这样的方式，误导了何管家和刘律师，当然一开始也误导了我们，让我们以为王大山是杀死王查理的疑凶。”

林在重使劲儿地摇着头：“我不相信王先生会杀人！他那么和善，对我、对何管家和所有下人都像家人一样好，怎么会杀死自己的亲弟弟？”

罗非无奈地叹了口气：“一个人在强烈的爱的驱动下，很容易做出超越理智的决定，刚才法医在解剖尸体时，发现王查理体内有肿瘤，我随后给医院打了电话，证实医生判定王查理只有一个月的存活期。”

林媛听到这里，又开始抹眼泪：“查理……你为什么这么傻……”

“他不是傻，而是愧疚。”罗非说着看向小曼，示意小曼说下去。

小曼会意地点了点头，蹲在林媛身边：“昨晚在宴会上，王查理宣布艺术基金会由林在重全权负责，当时就有不少人质疑，我想王查理之所以兜这么大一个圈子，一是为了给所爱的人扫清障碍，二是想保持一个美好的形象。”

“他是一个重视名誉的人，一定要以受害者的身份而不是凶手的身份死去。”罗非目光坚定地说道。

“查理他是自杀的？”林媛反问。

罗非点点头：“是，从制订这个杀人计划开始他就想好怎么收尾，所以他采取了速战速决的方式。”

小曼缓声对林在重说道：“王查理回到王大山的房间，给自己注射了毒药，然后静静抽了最后一根雪茄，独自来到天台，背靠山崖，扶着栏杆，远眺着你离开的缆车，割开了右手，扔下事先准备好的遗书。”

林在重听到这里，浑身颤抖，转而带着哭腔说道：“难怪王先生取消了与我的晚会，他是怕我打乱他的计划。”

罗非对着林在重投去安慰的目光:“他也要保护你,不让你有所牵连。他没料到,何管家让你去叫他起床，让你成为嫌疑人之一，为了让你尽快洗清嫌疑，他来不及从陈双那里拿回钥匙，就上了顶层的天台。”

林在重疑惑地看着罗非：“什么钥匙？”

这时小曼从口袋里掏出一把洛可可风格造型的钥匙，林媛一见到钥匙大吃一惊。

罗非一笑：“果然跟我推测的一样，王查理之所以随身挂着这把钥匙，并非因为它是存放名画保险柜的钥匙，而是……”

罗非停顿了一下，看了一眼林媛，林媛接过小曼手里的钥匙仔细抚摩着。

“这钥匙，是当年查理向我求婚的定情信物。”

罗非神情严峻地说道:“你与王查理婚约作废的起因,恐怕并非与王大山通奸。”

林媛再次抽泣起来，林在重慢慢扶着她在一旁坐下。

林媛强忍悲声说道:“当年那晚,王大山醉醺醺地闯进我的房间强行对我施暴,我拼命反抗，用簪子扎伤了他，王大山恼羞成怒，一巴掌就打昏了我……后来王大山恶人先告状，查理他误会了我，所以把我赶出了家门……”

林在重听到这儿，紧搂住林媛。

罗非这时伸手揭开王大山身上的白布，侧翻起尸体，果然见到背部有着一道长疤。

小曼在一旁看罢，坚定地点头说道：“是王大山绝对没错了。”

林在重抓着林媛的手，侧目看了一眼王大山的尸体：“母亲，难道我是——”

此时,罗非突然对林媛说道:“我没说错的话,林在重是你和王查理的儿子吧。”

林媛随即点了点头：“其实我在被王大山凌辱前已经怀有身孕，打算等查理探险回来就告诉他这个喜讯，没想到他误会我通奸，我百口莫辩。”

小曼听着听着，嫌恶地用白布盖住了王大山的尸体。

林媛：“这个秘密，我一直守了22年。在重小时候问我‘我怎么没有爸爸’，我就跟他说，你爸爸已经死了，从此他再也没有在我面前提过‘爸爸’这两个字。”

小曼见此时的林在重红着眼睛，露出了一个十分复杂的表情。

“直到今天，在重匆匆忙忙回家来。”林媛说着看向林在重，“问我为何我的照片会在王先生那里，我才得知查理竟然被杀了，于是叫他带我来见查理最后一面。”

“我之前一直以为王先生对我如此器重，是因为他着急筹备艺术基金会，没想到竟然是为了……”林在重说着说着就哭了起来。

罗非摩挲着下巴说道：“我推测王查理最近获悉了当年的真相，所以才痛下决心，把王大山除掉，给儿子留下他毕生的心血。”

林在重突然止住悲声：“你一说，我想起来了，大概两个月前，我找王先生签文件，听到王先生正在办公室骂着王大山：‘简直不是人，要不是碰到张妈，我还一直蒙在鼓里。’”林在重说着又看向母亲，“随后我又听到王大山还说着什么‘你要是真那么爱她，当初就不会让她走’。”

小曼若有所思地点点头：“应该从那天起，王查理就开始了复仇计划。”

林在重抱住自己的脑袋，好像无法相信眼前的事实。这时，本杰明带着用人将王查理的尸体也抬了进来。

本杰明朝罗非招了招手：“罗非，王查理的尸体已经处理好了。”

林在重扶起林媛，用恳切的眼神看向罗非和小曼。罗非朝林氏母子轻轻点了一下头。林媛和林在重随即掀开白布，王查理惨白的脸庞立刻显露出来。

空旷的冰窖里，立刻回荡起撕心裂肺的哭声。

第八十四章 阴谋笼罩

罗非和小曼回到别墅的书房内，小曼在拨打电话，罗非则坐在窗边，拿出一根雪茄，再并排抽出两根火柴，向外划燃，等待火柴头划燃时产生的异味散掉。

“喂？”小曼这时接通了电话，“喂，探长，林在重的母亲林媛，也就是王查理的未婚妻已经跟我们交代了，当年她被王大山强暴后，王大山诬陷她勾引他在先，让王查理误会了她，导致两人分手，而当时林媛已经怀了林在重，罗非推测王查理就是因为得知这件事的真相而决定杀王大山。”

“哦，原来如此，那你们结案后赶紧下山，我要整理好文书递交给上面。”沙威在那边说道。

小曼点点头：“好的，探长。”

罗非在一旁用火柴预热雪茄，随后仔细地引燃烟头，舒缓地吸了一口，听到小曼要挂电话，立刻起身抢过电话接听。

“探长，我们还有一个谜题没解开，解决了就回来。”

小曼对罗非突如其来的安排有点不高兴："案情都真相大白了，你还要干吗！"

罗非嘴角一扬，径直走开："学着点。"

小曼气得哑口无言。

两人带着林氏母子又来到临时询问室内，小曼一眼看到桌子上正摆着一个被红丝绒盖着的方框，看形状好像是一幅画。这时罗非朝负责看守的警员点了点头，警员立刻点头转身离开了房间。

林媛疑惑地看着罗非："罗先生，还有什么事情吗？"

林在重看着桌上的方框也有些奇怪："对啊，罗先生，我想尽快跟何管家商量王先生的后事。"

罗非叹了口气："还称呼他为王先生？"

林在重抿了一下嘴，不作回答。罗非也没难为林在重，随即招呼林媛坐下。

"虽然王查理是近期才得知王大山倒打一耙的恶行，但我想他其实从把你赶走后，就一直陷在悔恨和内疚中。"

小曼侧头问罗非："人都已经不在了，你怎么知道王查理的内心？"

"人不在，但是他的心怀意念还留在这里。"罗非说着上前揭开红丝绒，密室里那幅名画赫然出现！

令小曼没想到的是林媛的反应，就在刚刚，林媛看到名画的瞬间，竟然"啊"的发出了一声惊叹。

"多年前，王查理花了一半身家买下这幅无名作家的画，大家一直传闻这幅画之所以名贵，是因为画家把海盗的藏宝图画在里面。"

林媛听着罗非的讲述，眼眶再次泛红，眼泪开始扑簌簌地往下掉。

"直到我发现这张照片。"罗非说着拿出王查理房内发现的林媛照片，将照片跟名画并排放在一起，"你们看，画的最左边，有一处礁石。"

小曼和林在重凑近了观察。

"而这张照片中，在林女士的后方靠右边一点位置，看，那个小小的凸起。"

小曼听着罗非的引导，又转头看向照片。

"就是这块礁石，虽然有些模糊，但是拿远一点看大体轮廓，再与名画中的形状结合。"罗非说着看向小曼。

小曼突然兴奋地叫道："是一个爱心形状！"

“没错！”罗非微微一笑，“这就是王查理的宝藏，刚才我又去了一趟王查理的卧室，在他的书架上看到一本介绍神秘小岛的外文书。”

林媛此时慢慢走到桌子边，泪水滴滴答答落在桌子上。

“外文书上介绍，在西班牙到北非之间的海域，有一个特别的小岛，人到了那个小岛上，会感到特别的宁静和愉悦。”罗非说着看向目光呆滞的林媛，“我想这幅画的作者当年就是漂流到这个岛而得救，并在回到西班牙后，凭着自己的记忆把小岛的模样记录了下来。”

小曼恍然大悟，却也显得有些失落：“那所谓的海盗宝藏岂不是……”

罗非淡然一笑：“对于某些人来说，美好的记忆比任何金银珠宝都要珍贵，是永远无法用金钱衡量的。”

罗非的语速有些放慢，神情细微的变化被小曼看在眼里。

林在重这时也走近那幅画：“你是说王先生一直藏着名画，不让其他人看到，是因为母亲……”

罗非微笑着点点头：“是的，王查理一直深爱着你母亲，他之所以花高价将画买下来，又不再给任何一个人看到画的真面目，是想保留与你母亲在岛上的回忆，不想其他人踏足这个对他们有特别记忆的小岛。”

林媛听着罗非的话，再次泪崩，掩面痛哭，林在重和小曼随即上前一左一右安抚着林媛。

过了好一会儿，林媛缓缓抬起头，抚摩着那幅画，就像是抚摩着当年爱人那温暖的脸庞一样：“只要查理相信我没有背叛他，了解我对他的爱一直没变过，我死也瞑目了。”

罗非走到林媛身边，轻声问道：“林女士，我没猜错的话，王查理就是在这个小岛上跟你求婚的吧。”

林媛轻轻点了点头。

小曼疑惑地看着罗非：“你怎么知道？”

罗非指着那把钥匙说道：“这把钥匙是典型的洛可可风格，正是欧洲宫廷时期流行的式样，这个岛靠近西班牙，所以不难猜。”

这时，罗非又看了一眼林在重：“至于他，也是在这个岛上怀的吧。”

“嗯，是的。”林媛点了点头，不觉一阵心驰神往，“那段时间真是我一生最幸福、最美好的日子了。”

小曼无奈地摇了摇头："没想到王查理杀人案背后有这么多故事，王查理既然得知了当年的真相，应该直接找林女士见面，把话说开。"

罗非深深叹了一口气："要一个男人开口道歉谈何容易，况且王查理深知自己来日无多，不想与爱人重逢后很快又要分别，阴阳两隔不如不见，免得林女士再次陷入痛苦。"

罗非说话间眼神有些飘忽，似乎话里有话。敏锐察觉到了的小曼刚想上前询问，这时何管家突然推门而入："小林——哦，不，小少爷，老爷的棺木订好了。"

林媛泪流满面，紧紧握住了林在重的手。

傍晚雨过天晴，山顶别墅的天台上，晚霞灿烂。夕阳余晖照在罗非和小曼的脸上，不禁使人心旷神怡，缓解了许多谜案的沉重。

"没想到，你也能说出那样的话。"小曼突然感慨地对罗非的说道。

罗非望着晚霞，微微一笑："我说了很多话，你指的哪句？"

小曼低下头，绷紧嘴唇忍住笑意："就是什么'美好的记忆比任何金银珠宝都要珍贵，是永远无法用金钱衡量的'，感觉……"小曼停顿了一下，又鼓起勇气试探着问道，"你好像很有共鸣似的，难道有过类似的经历？上次在马路上……"

"问题真多！"罗非瞥了小曼一眼，转移开话题，"我给你的谜题解开没有？日落后，三天的期限就到了。"

小曼脱口而出："是碘酒！对吧？我可不会这么快认输的。"

罗非笑看着小曼："你怎么知道的？"

"在临时化验室，我看到了王查理的医疗用具箱中有个棕色的瓶子，箱子上方的包装白纸却被染出了些许蓝色。"小曼得意地朝罗非扬了扬下巴，"然后我就问本杰明是不是因为碘酒，他说碘酒遇到淀粉类的物质就会变蓝，珠宝店的封条上有些蓝色印记，而账房先生老刘的手受了伤，擦了碘酒，一定是他偷玉石项链的时候蹭到封条上的糨糊了。"

罗非故作沮丧，叹了口气："本杰明这个家伙，果然经不住女人的逼问！"

小曼马上反驳："是我先解出谜题，再跟他确认而已，我可没作弊！"

罗非笑而不答，将视线又移向了远方的夕阳。微风吹过，罗非和小曼的头发轻轻拂动，相互交错。二人背影在夕阳中格外美丽而和谐。

晚霞山谷中，隐隐回荡着一段对话，既像是一阵微风，又像是一串甜蜜的鸟鸣。

"不请我再好好坐一次缆车吗？"

“不。”

“你……”

“此时此刻，才是最好的风景。”

一个月后，巡捕房大办公厅内，沙威正在对着小曼布置工作。一名警员匆忙走到沙威跟前，交给他一封信。沙威打开信后递给小曼。小曼接过信看了看，随即抬起头，与沙威对视了一眼。

当沙威驱车与小曼来到一家艺术画廊门口时，罗非正站在门口等候。待车子停稳后，罗非上前十分绅士地为小曼打开了车门。

小曼下车后，得意一笑，也学着十分淑女地对罗非欠了欠身，然后将目光转向一旁画廊的招牌，只见上面写着：王查理艺术基金会 & 忆爱艺术画廊。

沙威一脸不解地对罗非说道：“罗非，有什么事不能在巡捕房说？”

罗非示意沙威有人进出，三人立刻收声往里走。

三人走进艺术画廊内，见到画廊中心位置正挂着那幅海岛名画。

林在重衣着光鲜，落落大方在应酬来宾，看到罗非后连忙赶过来打招呼：“罗先生、两位警探，感谢你们大驾光临。”

罗非指着那幅画对林在重说道：“你把这幅画公开了？”

“嗯。”林在重点点头，“跟我母亲商量了，我们一致决定把父亲对小岛、对母亲的心意与大家分享。罗先生，你说得对，世上并不是任何东西都可以用金钱衡量的。”

这时，又有来宾招呼林在重，林在重点头告辞，前去应酬。

沙威看着林在重的背影，欣慰地点了点头：“看来这个小林很能干，王查理一番苦心，总算没白费。”

小曼看着沙威，故意问道：“探长，你怎么同情起犯人来了？”

沙威挺起身，又装作深沉：“有时候，善恶就在一念之间。”

罗非晃了晃手杖，对沙威说道：“别感慨了，我昨天收到一条线报，正要与你商量。”

沙威也正色点点头：“正好巡捕房里也正有事情要和你说。”

而与此同时，在画廊的一个角落里，一个一袭黑衣、压低着礼帽的男人正目不转睛地盯着罗非，微微扬起了嘴角。

莫名觉得有些不对劲儿的罗非猛然回过头，目光直射向刚刚男人所站的位置，可是此刻那里却空无一人。

“看什么呢？”小曼转回身凑过来问道。

“没什么。”罗非摇摇头，随后与小曼走出了画廊，上了探长沙威的车。

而就在不远处的一辆黑色轿车内，刚刚那个男人，正坐在驾驶位置上，他的身边还坐在一个黑衣男人。

“少爷，那笔钱查清了，如您所说，要不要……”

男人对手下一摆手：“哼，好戏开场前，小丑总要先登台热热场，不过小丑终归也只是小丑，青龙会不会受制于任何人。”男人说着，再次低下头，看着手里摩挲着的那块玉佩。

“是。”黑衣手下立刻点头。

男人犀利的目光紧盯着罗非的车：“罗非，希望你别那么早就被玩死了，我倒是很期待和你来一场对决。”

罗非一行三人回到巡捕房后，直接跟着沙威回到了探长办公室。

沙威从最底下的抽屉里拿出一沓文件放在罗非和小曼面前。当罗非和小曼低头看到文件上的 Captain 字样时，各自面色都严峻起来。

小曼一边翻着文件一边说道：“这是负责牢房的孙组长报告……他提到，最近去看 Captain 的访客多了起来。”

“你在画廊想说什么？”沙威问罗非。

罗非表情凝重：“我刚刚想说的就是，之前我接到线报，晋商会那笔消失的赃款果然是被 Captain 组织转移走的，已有证据直接证明。”

沙威听罢一愣：“哦？可他已经被我们投入大牢，人又痴呆，即使有什么组织，理应也是树倒猢狲散了。难道……他的痴呆真的是装出来的，我们都被骗了？”

罗非盯着文件，喃喃自语：“可是这些访客已经离开，要是有人能盯住访客，记住他们的一举一动……”

小曼此时的表情略显嗔怪：“霍文斯曾经提出帮忙监视 Captain，将功折罪，要是你同意就好了。”

罗非冷笑：“他要将功折罪？”

“你……”

“其实……”沙威突然沉吟着打断了小曼对罗非的反驳，“如果 Captain 真是装疯卖傻，试图东山再起，那我们巡捕房要面对的挑战就更大了。”

罗非放下文件："当务之急是弄清楚 Captain 的访客都是些什么人，他们到底在密谋什么。"

"如果 Captain 真的能装疯卖傻骗过所有人，以他的手腕，就算我们派人监视，也不会有什么效果，不如—"小曼迟疑了一下，然后再次向两人建议道，"不如让霍文斯帮忙。"

罗非看着小曼撇嘴："罪犯监视罪犯？"

这时，沙威见状急忙打圆场："罗非，你先别着急否定，我倒是觉得小曼这个主意有一定可行性，你们可以先去监狱摸摸情况。"

罗非转头看着小曼，忽然露出一副若有所思的样子。

警务处监狱的牢房内，小曼和罗非来到霍文斯的牢房前。此时的霍文斯正在低头看着书，见二人来到，不紧不慢起身打着招呼："两位一起前来，看来是有大事了。"

罗非望着霍文斯，并不说话。

小曼则走近几步，对霍文斯说道："是有事找你帮忙，不过一这件事你一定要保密。"

霍文斯扶了扶眼镜，笑道："哈哈，我现在是阶下囚，身败名裂，哪里还有可以分享秘密的人呢。"霍文斯说着，突然深情地望着小曼，"小曼，多谢你来看我，你的忙我一定帮。"

小曼和罗非从监狱回到沙利文公寓，已经夜深了。

"现在有了霍文斯替我们在牢房内部监视 Captain，一定能发现更多线索。"小曼边上楼边对身边的罗非说道。

罗非固执地摇摇头，显得很是忧心："他也是个罪犯，我不能相信他。"

小曼一时语塞："可是……他不是要将功折罪吗，为了减少自己的刑期，帮巡捕房做事，也不是不可能的。"

罗非神色严峻地依旧摇头："换了别人，我或许可以信任，但霍文斯这个人，你看不透他。"

小曼听着罗非的话，忽然莫名有些气恼："你为什么对他有成见？还以为大侦探罗非如何客观，为什么对霍文斯，你就做不到客观对待了？"

"明明是你自己容易上当受骗吧，他想戴罪立功？我倒觉得事情没这么简单，难不成你对他有些‘余情未了’？”罗非说完，故意冷笑着看向小曼。

小曼听到罗非的话，气得发抖：“只有你，才会对谁余情未了！”

小曼说话间，大步往前走，打开自己房门，“砰”的一声摔上了房门。

罗非站在203室的门口，也是一脸不悦。

夜半，霍文斯牢房内，罗非只身前往牢房，狱警打开牢房门。霍文斯伏在床边一动不动。

狱警呵斥道：“霍文斯，有人来看你了。”

罗非察觉不妙，拉开霍文斯，但见霍文斯口吐鲜血已经暴毙多时。

狱警大喊一声。紧跟着，罗非也从梦中惊醒，一下子坐了起来，满头大汗，随即冲出卧室，打开房门，来到对门前，刚想拍打房门，又瞬间像是清醒了一般，将手悬在半空。

清晨，天色渐亮，沙利文大楼下，罗非匆匆从公寓走出来，上了一辆等在门口的出租车。四十分钟后，出租车停在了警务处监狱门口。罗非心事重重地下了车，步履匆匆地走进了大门内。

随后，罗非跟着狱警来到了霍文斯牢房前。狱卒随即打开牢房门，将罗非让了进去。罗非慢慢走近霍文斯，看着霍文斯一动不动地伏在床边，就像那场梦一样。

狱警呵斥道：“霍文斯，有人来看你了。”

罗非尽量不去想那场梦里的场景，可是冥冥中还是察觉不妙。罗非一把拉开霍文斯，只见霍文斯额头出血，已然不省人事。罗非一探霍文斯的鼻息，转头对狱警大喊：“还有气！叫医生来！”

狱警也瞬间慌了神，连连点头：“哦，好、好。”

狱警随即听命，急忙跑出牢房。恰在此时，罗非无意间发现霍文斯的左手中好像紧紧攥着什么东西。罗非伸手掰开霍文斯的左拳，看到霍文斯手里攥着的是一张字条。罗非环顾四周无人，便将字条收进了自己的口袋。

第八十五章　自首的重犯

霍文斯被两个急救员用担架抬出了牢房，身边还跟着个举着吊瓶的女护士。

罗非则拉住医生急切地问道：“霍医生他怎么样？”

“被人打晕了，可能有脑震荡，具体情况还得先回医院好好做个检查。”医生说完也急匆匆地跟了上去。

牢房里，只剩下了罗非，他环顾了一下四周，随后掏出那张字条，在手里慢慢地展开。只见字条上写着的是：小心 Captain 金。

罗非看着字条上的几个字，不禁皱起眉："Captain 金？"

罗非回到巡捕房，刚下黄包车就注意到了巡捕房外公告栏处明晃晃地贴着几大张悬赏令。罗非走近见悬赏令上印着：一级重犯"金不败"赏金十万大洋。上面还配了一张肖像图。

这时，一个巡警走来，用一张新的悬赏通知遮盖住刚才罗非所看的那张。罗非接着又仔细观看，只见大体内容和刚才那张差不多，只不过，原来的一级重犯现在改成了特级重犯，赏金也由十万大洋变成了五十万。

罗非看罢正要转身走开时，身后摇摇晃晃地走过来一个穿着米色风衣的男人与罗非擦肩而过。罗非下意识地看了一眼那个人，只见他站在公告栏不远处，也看了看悬赏，然后就又转身走进了巡捕房的大门。

"哼，才五十万……"后面那人语气不屑地嘀咕着。

罗非听着，又回头看了一眼那人。那个男人与罗非对视了一眼，邪魅一笑。

罗非心想：就算是来领赏金的，也不用这么嚣张吧。随后，两人一前一后走进巡捕房大厅。罗非径直走向探长办公室。而那个男人则环顾了一下大办公室，随即走到叶常青的办公桌旁，敲了敲桌面。

正在写报告的叶常青头也不抬，一脸不耐烦："什么事？"

"自首。"

叶常青停下笔，抬头看了男人一眼，又低下头一边写一边问："哦，犯什么事啦？"

"犯的事？"男人冷笑着摇摇头，"太多，记不清了，不过最近呢，我准备抢劫魏帮办的金库，绑架欧阳会长的儿子，再炸一下陈狱长的轮船，这三位应该都已经收到我的恐吓信了。"

叶常青还没听完就惊得腾地站了起来，拔枪指着男人："你……你……是……"

男人谈笑风生地指了指墙上的悬赏令："喏，我就是你们墙上贴的那个人，金不败！"金不败说完，一脸不屑地伸出双手，"拷上吧。"

办公大厅内瞬间一派寂静，所有的警探都愣在原地，面色惊愕地看着金不败。随即下一秒钟，几乎在场身上带枪的所有警探巡捕们都跑过去将金不败团团围住，随即拔枪如临大敌地指着这个特级悬赏犯。

这时，沙威也从探长室冲了出来，而罗非只是站在探长室门口朝大厅扫了一眼，便悄悄关上了门。

随后，金不败便被沙威亲自带人押送进了警务处监狱。接下来，沙威立刻拟定了一个提审重犯的申请。晚间，双手和双脚已经都戴上了镣铐的金不败端坐在一个单间牢房内。牢房外站着六位狱卒，持枪瞄着金不败。沙威、秦小曼、叶常青带着六个警探走了进去。

沙威神色严峻地盯着金不败，脸上还是疑惑重重："你真的是金不败？"

"我做的事，每一件都是死罪。"金不败说着，用手比出手枪的样子放在自己的太阳穴旁，"谁要是冒充我，那不是找死吗？"

"为什么突然想要自首？"沙威对金不败厉声问道。

金不败微微一笑："好玩。"

沙威怒瞪着金不败："好玩？！"

"不过这手铐、脚镣都挺重的，帮我去了吧。"金不败冲着沙威晃了晃镣铐，"还有，我包里带了张唱片，能不能帮我弄台留声机？"

叶常青指着金不败，咬牙切齿："你疯了吧？这是死囚牢房，谁他妈会听你的？"

金不败蔑然一笑："会，你们都会听我的。"金不败转向沙威，语气突然变得阴阳怪气，"沙探长，你有个儿子，在日本留学，功课不错，上个星期有个测试他差点儿考满分，可惜有个地名写错了。"

沙威听完，整个人惊得脸色一变："你……"

金不败得意地又指了指叶常青，对沙威说道："你后边这个警探是不是叫叶常青？老家安徽，父亲早逝，母亲和妹妹在家乡捕鱼为生，风里来浪里去的，还真是辛苦。"

叶常青听罢，本能地向后一退身，咽了口吐沫，神情惶然地看向沙威。

接着，金不败又转向沙威身旁的秦小曼，表情夸张地说道："这位是秦小曼，第一个女警探，了不起！你父母早亡，这些年全靠姨妈帮助，你才能长大成人，还读了警探学校。"

紧接着，金不败犀利的目光又扫过秦小曼后面的六个警探，佯装思考："我想想，你是赵贵生，你是孙天成……李忠义、周中兴、韩晓光，最后面那个叫林鹏程，有个四岁的女儿，白天都在托儿所，对不对？"

小曼向金不败迈了一步：“你到底想干吗？”

“我就想弄台留声机，听听音乐。”金不败对小曼笑着耸耸肩，“这要求不过分吧？”

“常青，你去办。”沙威低沉着声音说道。

叶常青朝金不败冷哼了一声，随即转身走了出去。

这时，金不败收起满脸浪荡的表情，盯着沙威说道：“我还想见一个人。”

“谁？”沙威冷眼与金不败对视着。

“罗非！”金不败语气坚定地说道。

沙威神色微变，转头与小曼交换了一下眼神。小曼对沙威缓缓点了点头，随后跟着沙威探长走出了牢房。

“好，我一会儿就在这里放着音乐等他。”金不败的声音回荡在牢房的走廊里，那声音在小曼听来有种说不出的挑衅与诡异。

当小曼和沙威回到巡捕房探长办公室时，看到罗非正戴着手套摆弄着一个烟灰缸。在小曼说明情况之后，罗非好像并没有什么兴趣。

“见我？为什么要见我？”罗非一边说话，一边还是专注地观察着手里的烟灰缸。

小曼有些着急：“我们也不知道为什么，反正金不败说想见你。你去见见他，不就知道了？”

“罗非，现在最紧要的是金不败，我觉得他的自首没那么简单。”沙威这时也劝说道。

罗非还是一脸不屑：“我干吗要见他？没空。”

小曼撇撇嘴：“你哪里没空？你光盯这个烟灰缸就盯小半天了。”

罗非正色摇摇头：“这烟灰缸可不一般，它是凶案现场留下来的凶器。”

“这谁都能看出来，底面沾着血呢。”小曼抱起肩膀，有些不耐烦，“可你光看着这个烟灰缸能看出凶手来吗？”

“当然可以呀。”罗非得意一笑：“死者是个年轻女教师，食指光滑无烟渍，说明没有抽烟的习惯，所以她不需要什么烟灰缸，那么这个作为凶器的烟灰缸是哪里来的呢？”

小曼想了想，试探着问道：“会不会是凶手带过来的？”

罗非点点头：“有这个可能性，但是比烟灰缸用得顺手还可以当凶器的东西太多了，比如水果刀、剪刀，甚至擀面杖。而凶手随身带一个烟灰缸当凶器用，这也太不合情理了吧。所以只有一个解释，凶手是与死者产生争执之后，随手拿起烟灰缸，砸死了死者。”罗非说着放下烟灰缸，朝小曼微微一笑，“也就是说，烟灰缸本来就在现场。”

小曼疑惑地看着罗非：“你刚才不是说死者不抽烟，不需要烟灰缸的吗？”

罗非兴致勃勃地开始了推理：“没错，死者不抽烟，却备了一个烟灰缸，说明死者的烟灰缸是为别人准备的，一个经常来她家的男人。”罗非说到这儿，忽然又补充了一句，“哦，不对，是两个经常来她家的男人。”

沙威一愣：“两个男人？”

罗非把烟灰缸递给沙威：“对，我观察过，烟灰缸里面的烟灰只有两种，一种是口感清淡的白云香烟，另一种是口感很冲的骆驼香烟，如果是一个男人，不可能同时抽两种口味迥异的香烟。”罗非说着兴奋地站起身，走到沙威面前，“探长，你去死者任教的学校，查一查有没有抽白云香烟和骆驼香烟的人，对了，还有，这个抽骆驼香烟的人是已婚身份，他的作案动机比抽白云香烟的人更大，可以重点排查。”

沙威略显敷衍地点点头：“好，我安排人去死者的学校调查，那个……”沙威迟疑了一下，又说道，“金不败，你还是见见吧。”

罗非一转身，朝门口走去：“我跟金不败打过交道，这人就是个疯子，还是不见的好。”

“他说你爱破案，他给你准备了三个案子，会同时发生。”小曼这时急忙说道。

罗非听罢，突然在门口转过身：“哦？有意思，那可以见见。”

第二天上午，警务处监狱幽暗的走廊内，从一个角落里悠悠地飘荡着西洋舞曲的旋律。罗非循着音乐，穿过几层忽明忽暗的铁门，慢慢走到了一个单间牢房前。罗非侧目看着栅栏内跟着音乐翩然起舞的金不败。眼前的这个人舞步优雅，就像是在参加一个十分隆重的舞会一样，脸上充满了陶醉，丝毫没有一个重犯该有的幽怨沮丧。看到这儿，罗非自信地微微一笑，朝金不败鼓了几下掌。

金不败闻声，停下动作。

此时，罗非佯装欣赏地看着金不败：“金先生这舞姿，哎呀，怎么形容呢？”

金不败朝罗非做了个舞蹈谢幕的动作：“美？”

罗非立刻摇头：“不，是丑得让人恶心。”

金不败哑然失笑："罗神探，没想到我会来自首吧？"

罗非背着手，一脸自信地说道："金先生来自首，倒在我意料之中。"

金不败走到栅栏边，疑惑地看着罗非："哦？"

"你有两个目的。"罗非说着朝金不败伸出食指，"一来，你最得力的二当家魏峰最近突然弃暗投明，你见众叛亲离，局势不稳，所以想进监狱避避风头。"

金不败冷笑道："魏峰这个叛徒，我早有安排，不劳罗神探担心。"

罗非接着又加之伸出了中指："二来嘛，我帮巡捕房破了一件凶杀案，死者是个年轻女教师，刚才从学校那里传来消息，有个留美回来的化学教授抽骆驼香烟，是重要嫌犯，也会被关进这座监狱。"

罗非说到这儿，凑近金不败的脸，缓缓说道："你是不是对这个化学教授有兴趣？除此之外，我没看出这监狱有什么能吸引到你的犯人或者叫资源。"

金不败听罢，突然后仰着一边大笑一边鼓着掌："厉害！厉害！跟罗兄这种聪明人玩游戏，我也不必藏着掖着了。"紧接着，金不败神色一变，"没错，我进来，就是想跟这个化学教师聊聊天，聊一个非常厉害的病毒方程式。"

罗非眼神闪烁："病毒？"

金不败随即从一旁的桌子上抱出一沓报纸："以前我看报纸，最喜欢看罗兄你的新闻了，屡破奇案，可现在呢，你的风头都被你那个好兄弟魏峰抢了！"

说完金不败态度一转，看着报纸上的魏峰，怒吼着，把报纸几把撕碎狠狠地摔在地上，回身又将桌上的牢饭食盘和留声机打翻在地，紧接着又踢翻了脚边的两个热水瓶后才慢慢消气。

"魏峰！魏峰！全是魏峰！该死的卧底，我以前真是瞎了眼才会那么信任他！"

罗非看向金不败气得通红的双眼，无奈地摇了摇头："我劝你老老实实待在这里吧，让你外面的人也别瞎折腾了。"

"不不不，魏峰知道的秘密太多了，我的手下、我的秘密据点，甚至我的想法，他统统知道。"金不败说到这儿，突然诡异地一笑，盯着罗非，"不过，这样一来游戏岂不是更好玩了，你我都知道下一个应该干掉谁了。"

罗非十分平静地点点头："你要除掉魏峰。"

"要杀一个跟自己吃过三年饭、喝过三年酒的兄弟，哈哈哈，太好玩了！刺激！"金不败近乎癫狂地朝罗非说道。

罗非十分敷衍地假笑了一下：“好玩吧？那就别玩其他的，尽管冲我们来，魏峰就跟我住在一起。”罗非说完转身就走。

“等一下。”

罗非听到金不败的呼声，缓缓停下脚步。

“这个……是谁？”

罗非回过身，看着金不败从栅栏里伸出的一块报纸，不禁一皱眉。“魏峰啊，怎么？难道这魏峰是假的？”罗非指着那块报纸上魏峰的照片问道。

金不败冷笑着说道：“魏峰当然是真的，他化成灰我都认识。我问的是，给魏峰拍照片的是谁？”

罗非神色疑惑地看了看金不败从栅栏空隙里奋力探出的半张扭曲而阴沉的脸：“我不知道。”

金不败意味深长地朝罗非一笑：“那你应该去认识一下，我估计是个漂亮的姑娘。”

罗非耸了一下肩：“为什么？”

金不败看着罗非似乎开始感兴趣了的样子，阴笑着说道：“我是最了解魏峰的，他不是一个爱笑的人，你看这么多报纸这么多照片，只有这张报纸他笑了，他在冲镜头笑，在冲镜头后面这个人笑，所以拍照的，一定是个漂亮的姑娘！而且她跟魏峰是认识的，不不不，可能不只认识，你仔细看看这个笑容，他们应该更亲密。”金不败说着抖动着手里的碎报纸。

罗非瞪了一眼金不败，摇摇头，便又转身朝出口走去。

“魏峰背叛我，是不是因为这个女的？！哈哈……”

罗非听着金不败的呼喊与狂笑，没有再停下，而是加快了脚步。

此时，金不败见罗非走出重犯区消失在自己的视野里后，退回身子，对狱警看守室吼道：“给我换个新的留声机！我出一百倍的价钱！”

第八十六章　Captain 金

魏峰和秦小曼刚从沙利文公寓内走出来，一辆疾驰而来的黑色轿车随即停在两人面前。小曼一眼认出了面前正是本杰明的车，而此时罗非匆匆下了车，快步朝魏峰走来。

魏峰看着罗非微笑着说道："罗兄，正准备去巡捕房找你。"

"我也正要找你。"罗非迫不及待地说道。

"魏峰你先说，你这事比较急。"小曼插言道。

"我的更急！"罗非瞪了小曼一眼，随即又转向魏峰，"那个《沪江报》的记者傅瑗瑗，你赶紧把她也接到我们这里来。"

魏峰听罢脸色一变："瑗瑗？出什么事了？"

"金不败知道这个人了，而且猜到了你们的关系。"罗非说着神色紧张地拉起魏峰就往车的方向走，"现在金不败认为你是因为这个女人才背叛他的。"

魏峰猛地站定，也紧张了起来："这事跟瑗瑗没关系。"

"可金不败不这么想，那傅瑗瑗的处境比你更危险。先不说别的，我们立即上车去接傅瑗瑗。"罗非说着指了指车里的本杰明，"我让本杰明把车都开来了。"

这时，车里的本杰明按了按喇叭，朝小曼和魏峰挥了挥手。小曼看着本杰明，又指着罗非翻了个白眼。本杰明也朝小曼无奈地耸了耸肩。

随后，几人都上了车。本杰明和秦小曼坐在前排，罗非和魏峰坐在后排。

"你别说，这金不败倒是和罗非挺像的，能从一张报纸上看出这么多信息来。"小曼盯着后视镜里的魏峰叹道。

魏峰一脸严肃："金不败组织各路罪犯的能力，比这更可怕。"

罗非突然探身到小曼身旁，急切地问道："小曼，你还记得霍文斯被人打晕之后手里捏着一张字条吗？"

小曼稍微与罗非错开了一点距离，然后点点头："当然记得，写的是Captain金。"

"你说这个金，会不会就是金不败？"罗非紧接着推测道。

小曼也忽然像是意识到了什么："霍医生是不是查到什么了？"

"应该是的。"罗非面色严峻地点了一下头，然后又疑惑地看着小曼："这金不败和Captain到底有什么关系呢？难道他自首还有目的？为了见Captain？"

小曼不以为然地摇摇头："不可能吧，这两人都是单独关押的，就连放风都见不到面。"

罗非慢慢回靠在后座上，长舒了一口气："希望霍文斯能早点醒来。"

小曼这时突然回头对魏峰说道："对了，魏峰你不是有重要消息告诉罗非吗？"

魏峰随即说道："有个可靠的弟兄，刚才打电话告诉我，金不败有个新的犯罪计划。"

罗非立刻转向魏峰："是不是和病毒有关？"

魏峰惊愕地看着罗非："你怎么知道？！没错，就是和病毒有关，具体的没法在电话里说，那个弟兄约我晚上见面。"

"什么时候来的电话？"罗非急忙追问道。

魏峰有些奇怪地看着罗非："在你回来之前，刚刚接的电话。"

罗非低头沉思了一会儿，快速自言自语起来："我是九点半离开的监狱，找本杰明又花了点时间，回来的时候已经十一点了，中间隔了差不多一个半小时。"

魏峰这时脸色渐渐暗淡了下去："你的意思是？"

"你接到的这个电话会不会是个陷阱？一个半小时，足够金不败安排人手了。"罗非神色严峻地对魏峰说道。

"金不败不是被关在监狱的隔离单间吗？他怎么安排人手？"

满脸疑惑的小曼回过头，被罗非一把将脸推了回去："金不败，他永远有败不完的金钱。我亲眼看到他砸坏了一台三百大洋的留声机，但很快会有人给他换台新的。"

小曼又倔强地回过头瞪着罗非："为什么？"

罗非无奈地摇摇头："金不败会出一百倍的价钱，拿三万大洋买一台三百大洋的留声机，如果是你，你替不替他买？"罗非说完，还想伸手去推小曼的脑袋，不料被小曼一把拧住手腕。

小曼笑看着罗非龇牙咧嘴的脸，笑着点点头："买啊！"

本杰明则一边对罗非幸灾乐祸，一边嘲讽小曼："没出息。"

小曼白了本杰明一眼："我当然不能跟你这有钱人比啦，三万大洋，我赚十年都赚不到。"

罗非突然又想起了什么，玩了命地挣脱开小曼，回头又对魏峰说道："魏峰，你那弟兄是不是强调只见你一个人？"

"对。"魏峰点着头，心不禁又悬了起来。

"而且是晚上。"罗非笃定地看着魏峰。

魏峰还是疑惑地点点头："没错。"

"等会儿接上你的女朋友，立刻回沙利文公寓，你今晚先别去见这个弟兄。"罗非不容反驳地说道。

魏峰听完，有些迟疑："这个弟兄，我信得过，应该不是陷阱。"

"但这个时机太巧妙了，或许金不败就是在等我们犯错，你懂吗？我们不能给他这个机会。”罗非提高了声音说道。

“可万一情报是真的呢？”这时小曼也插了一句。

魏峰也坚持说道：“如果错过这次接头，万一后面真出事的话，我当这卧底还有什么意义？”

“我支持魏峰。”小曼随即附和道。

罗非想了想，最后还是摇摇头：“如果一定要去的话，让我和小曼去吧。”

“停车！停车！”这时，魏峰突然一边对本杰明大叫，一边摇下车窗朝外面挥着手。

本杰明随即停下车，回头疑惑地看向魏峰，可是此时的魏峰早已推门跑了下去。随后，车内的三人便见到车后的魏峰正朝一个背着照相机的高挑女孩儿快步走去。

“傅美女！”

听到魏峰的喊声，女孩儿转身，笑着走向魏峰。

“她就是傅瑷瑷？真是挺漂亮的！”本杰明脱口而出。

“主要是气质温柔。”罗非立刻接话道。

小曼看了一眼罗非，使劲儿咬了一下嘴唇。

“阿峰？这么巧？”傅瑷瑷笑着说道。

“我专门来找你的。”魏峰的表情渐渐变得略显紧张。

傅瑷瑷一愣：“什么事？我挺赶时间的。”

“你被坏人盯上了，去我那儿躲躲？”魏峰一脸认真地说道。

傅瑷瑷捂嘴失笑，好像还是完全不相信魏峰的话：“去你那儿，不更是羊入虎口吗？”

魏峰看着傅瑷瑷的表情，心想不让自己心爱的女人知道太多即将面临的危险，对她倒也是一种保护，于是，便也顺势调笑道：“我们俩还不知道谁是羊，谁是虎呢。”

傅瑷瑷认真地晃了一下头：“我约了人做专访，连续三天的专栏，一天也不能空。”

魏峰见傅瑷瑷态度坚决，一时间也有些慌：“瑷瑷，我没开玩笑，你现在真的很危险。”

傅瑷瑷拍了拍魏峰的肩膀：“放心吧，我都是白天出去采访，天没黑就回家了，很安全的。”

“你在我身边，我才放心。”魏峰紧盯着傅瑗瑗说道。

傅瑗瑗忽然觉得魏峰有些奇怪：“躲你那儿，要躲多久？”

“这……”魏峰被问得一时语塞。

傅瑗瑗看着魏峰的样子，扑哧一笑，摆摆手：“算了吧，难道我以后都不要工作，不要生活，成天跟个老鼠一样躲着？”傅瑗瑗说到这儿，恍然看了看手表，立刻一脸焦急地对魏峰娇嗔，“哎呀，不跟你聊了，我要迟到了。”

就在魏峰迟疑间，傅瑗瑗已经转身跑开了。当魏峰正想再次上前叫住傅瑗瑗时，傅瑗瑗忽然又停住回过头，朝魏峰粲然一笑：“亲爱的，明晚我有空，一起吃饭吧。”

魏峰怔在原地，望着傅瑗瑗跳上一辆黄包车慢慢走远后，沮丧地转回身朝车内走来。车内的三人瞬间都回过头各自故作自然地望向他处。

魏峰颓然地坐进车里：“瑗瑗的个性……”魏峰叹了口气，摇摇头，“我永远说不过她。”

小曼也跟着紧张起来：“那怎么办？”

魏峰无奈地说道：“她做事很小心的，我有时间也会暗中护着她，希望不要出事。”

第八十七章　消失的凶手

夜晚，沙利文公寓走廊里，秦小曼从汪苏苏的房间内急急忙忙地跑了出来，手里端着满满一盘热气腾腾的水饺。这时楼梯上突然传来一阵脚步声，小曼一抬头，见到罗非和魏峰迎面走了下来。

小曼一脸期待地对两人说道：“我正准备给你送盘水饺呢，我和苏苏姐一起包的。”

“我们去见魏峰那个朋友。”罗非说着走到小曼身边，探着鼻子闻了闻香气四溢的水饺，有些惊讶地看着小曼，“牛肉香菇馅的！水饺放着，一会儿回来吃。”

小曼一愣：“不是说我们俩去，不让魏峰去的吗？”

魏峰随即对小曼说道：“我打过电话，那弟兄只肯见我一个人，不见陌生人。”

小曼与罗非对视了一眼，心底隐隐觉得魏峰所说的这个兄弟有些奇怪，而罗非此刻的表情也显得有些担忧。

“别胡乱推理了，一个好警探也要敢于放下手中的‘诱惑’，集中精神查案。”

罗非说完，便转身和魏峰朝楼下走去。

小曼冲着罗非的背影努着嘴，赶忙把饺子端进了罗非的房间里，然后又冲到了楼下。

等在出租车里的罗非看着鼓着腮帮的小曼坐到自己的身边，当即朝小曼投去了愤慨的目光："你欠我两个饺子，不！"罗非说着伸手掐住小曼的双腮，又仔细端详了一番，"是一个半，苏苏姐包的饺子每只都圆润等大，可你的左腮部有略微的凹陷，嘴角还有香菇末，所以你现在嘴里左腮含着的正是你自己包的漏馅饺子。"

小曼则一把推开罗非的手，脸上青一阵红一阵。

"算了，你那个反正我也不想吃，还是欠我一个饺子吧……"罗非说着说着，顿时反应了过来，随即顿了顿，转头对前面的司机说道，"可以走了。"

石库门的一条街道旁，矗立着一座五层的小公寓楼。昏黄的街灯下，映出一张细密的雨帘，而周围的黑暗里只回荡着淅淅沥沥的雨声。这时，三人所坐的出租车缓缓地停在街边，罗非、魏峰和小曼相继走下车，各撑起一把黑色的雨伞，朝一栋黑色小楼走去。

"就是前面那栋五层小楼，你们在这儿的咖啡店等我吧。"魏峰突然停住脚步指着眼前的小楼说道。

罗非神色严峻地点点头："我约了探长、叶常青他们，我们都在楼下那家咖啡店等你，一有什么问题，我们随时上去支援你。"

"好。"魏峰答应一声，然后便竖起领口，低着头先一步匆匆进了楼内。

罗非和小曼见魏峰走了进去，随后对视了一眼，随即朝那家咖啡厅走去。

咖啡店内，客人稀少，就在靠近门口的一张餐桌旁，沙威和叶常青正喝着咖啡，打着哈欠。这时，罗非和小曼推门进来，夹杂进店的雨声和凉意，让困倦不已的叶常青，不禁打了一个激灵。罗非和小曼收了雨伞，正要寻望着时，沙威在两人身后招呼道："这里！"

"罗非，你对魏峰也太小心翼翼了吧，是不是恨不得把整个巡捕房搬到他身边？"叶常青对罗非不耐烦地抱怨道。

罗非则一脸严肃："金不败会不惜一切手段除掉魏峰，我不能不防。"

沙威："放心，巡捕房这么多人在这儿，出不了什么事……"

还没等沙威把话说完，只听楼上突然传来"砰！"的一声闷响。

小曼惊得当即站起身："是枪声？"

紧跟着，桌前的四人几乎同时冲向楼梯间，向楼上奔去！

当几人赶到公寓外走廊时，正看到不远处魏峰站在一个房间的门口发着愣。

罗非见状，一边跑一边朝魏峰大喊道：“魏峰！”

可魏峰并没有回头，仍直愣愣地看着房间里面的某一处。当四人跑到他身后，一齐顺着魏峰的目光看去时，但见一个中年男子倒在地上，胸口有一处由一个弹孔而晕开浸透的血印。当四人与魏峰擦肩而过冲进房间时，魏峰依然一动不动地站在原地。小曼见状急忙上前，搭在男子的颈动脉处，然后失望地抬起头看着另外三人：“已经死了。”

叶常青环顾了一圈房间：“现场没有打斗的痕迹，客厅的窗户关着，但没上锁。”

沙威检查了一下房门，十分肯定地说道：“房门是被人踹开的。”

“门……是我踹的。”魏峰突然开口道。

罗非快步走到魏峰跟前：“你踹开门之后，看到什么了？”

魏峰缓缓抬起头，有些失神地看着罗非：“我只看到田百川倒在这里，其他什么人也没有。”

罗非随即指着对面的窗户问道：“窗户也像现在这样子关着？”

魏峰点了一下头：“对。”

罗非说着走过去，仔细观察着阳台：“窗外面，尤其外窗台上有什么异常吗？”

“我知道你要问什么，但我敢保证，外窗台上没有任何异常。”魏峰说着摇摇头，表情黯淡，“我越看越觉得奇怪，我想起你白天说的，这可能是金不败设的陷阱，所以我就站在门外，没进去。”

沙威听完，就问魏峰：“为什么要踹门？”

“我听到枪声了，所以急忙跑上楼，却发现门锁了，我怕朋友出事，就踹了门。”魏峰解释道。

沙威这时也走到魏峰面前，目露疑惑：“看你朋友倒在里面，你能忍住不进去看看？”

这时，魏峰的神志总算是缓过来一些，见沙威有些怀疑自己，立刻解释：“我想起罗非白天的警告，再说，我在外面看到了，田百川是要害中枪，救不活的。”

“这里是五楼，你在几楼听到的枪声？”罗非突然问道。

魏峰想了想，回答：“差不多走到三楼和四楼中间的时候，突然听到枪声。”

“你从那里跑上五楼，花了多长时间？”罗非又立刻追问道。

“很快，五秒钟吧。”魏峰很肯定地说道。

“加上踹门的时间呢？”罗非又问。

“差不多八九秒钟，顶多十秒。”魏峰想也不想地答道。

罗非一皱眉：“也就是说，从听到枪响，到发现尸体，只有区区不到十秒钟的时间？”

这时，小曼从卧室走出来：“几个房间我都看过了，只有客厅这个窗户关着却没上锁。”

叶常青听完，一副灵光一现的模样：“门是反锁的，那凶手进出的唯一通道就是这个没上锁的窗户喽？”

罗非看着窗子，若有所思：“可是只有不到十秒的时间。”

“什么？”叶常青一时间没有听明白罗非的话。

罗非撇着嘴，随即一边做动作一边解释：“先开枪杀人，然后走到窗户边，翻身跳出窗户，再用单手把两扇窗户都关上。”

沙威听完一愣：“单手？”

罗非拍打着大理石窗台说道：“还有一只手他得扒着窗台，不让自己掉下去。”

沙威点头：“有道理。”

“然后凶手还要从五楼的窗台逃走，这么多事情要在短短不到十秒钟内完成。”罗非推理到这儿，突然又摇了摇头，“太难了！”

这时在卧室搜查的叶常青突然惊叫道：“探长，发现凶器！”

屋内其余四人听罢，立刻走进卧室。随后几人看到叶常青正蹲在床边摆弄着一支手枪。

“在床下面找到的，枪管还发热。”

罗非看着手枪，不禁紧皱眉头：“凶手在离开之前，又加了个动作？他走进卧室，把枪扔到床下面，不到十秒钟，怎么可能？”

小曼听着罗非的分析，也摇了摇头：“不到十秒钟，干这么多事，怎么可能嘛。”

叶常青瞟了一眼魏峰，随口说道：“如果凶手就是这个姓魏的呢？他杀人之后把枪扔到床底，再退回到门口，时间可是足够的。”

“常青，明天回巡捕房，好好查这枪的来路。”沙威说完，朝叶常青使了一个眼色，制止他不要当着罗非的面妄下结论，毕竟魏峰是罗非的好友。

“不用查了，这枪是我的，我登记过。”

这句话一出，让在场除了罗非以外的所有人都无比惊讶地看向魏峰！小曼更是有些不知所措。

“你们不要这样看魏峰，他肯定不是凶手。”罗非依旧语气坚定地说道。

沙威淡淡地点了点头：“哦，你找到新证据了？”

罗非摇头：“没有，但……金不败就希望我们这样想，就希望这样栽赃魏峰，你们明白吗？”

沙威看着罗非严肃的表情，尽量用缓和的语气说道：“明白归明白，但是现在魏峰的嫌疑太大了。”

魏峰目光平和地与罗非对视了一眼，然后对沙威几人说道：“其实你们的怀疑很有道理，从枪响到我踹开门，不到十秒钟，但现场除了我和死者，没有第三个人，凶器在卧室的床底下被发现，可以排除掉死者自杀的可能性，那从现有证据来看，我是嫌疑最大的，哦不，应该说，我是唯一的嫌疑人。”

罗非有些气恼地瞪了魏峰一眼：“魏峰，你非要火上浇油吗？”

魏峰朝罗非淡然一笑：“罗兄，金不败的做事风格，他们不知道，你和我还不清楚吗？金不败要么不出手，要出手肯定置对方于死地，所以，除了这手枪，这屋子里一定还有不少不利于我的证据。我刚才进来时看了，厨房里有很多杂乱的脚印，带着泥水的脚印，我估计其中有我的鞋印。”

叶常青这时来了兴致，好奇地对魏峰说道：“真的假的，你脚抬起来我看一下。”

魏峰无奈地摇着头，把脚抬起。

叶常青一笑：“还真有泥水。”

小曼这时幽幽地飘来一句话：“外面下着小雨嘛。”

叶常青立刻自觉没趣地走开了。

“探长，能不能暂时不要抓魏峰？”

沙威第一次听到罗非用异常恳切的语气对自己说话，愣了片刻，才正色说道：“你的意思，凶手另有其人？那你告诉我，他怎么能在十秒钟内消失得无影无踪？”

罗非摇头：“我不知道他是怎么做到的，但肯定有办法，只是我现在还不知道，只能肯定是个密室，但凶手肯定不是魏峰。”

这时，跑去厨房的叶常青又开始招呼沙威：“探长，你得过来看一下，厨房的鞋印，是两个人的，一个是死者的，另一个好像跟魏峰的鞋印，一模一样。”

沙威刚想过去，却被罗非一把拦住：“探长，你不能把魏峰关进监狱，金不败肯定希望我们这么做，这是他计划好的，魏峰进了监狱，我和金不败的游戏就输了。”

沙威叹了口气：“这不是游戏，除非你能找出证据，否则我只能公事公办。”

罗非想了想，慢慢放下胳膊：“那能不能安排单人隔离的监狱？”

沙威思索了片刻，朝罗非点了点头：“嗯，这我来想办法。”

第八十八章　病毒肆虐

第二天夜晚，在工部局警务处监狱内，罗非、小曼与魏峰隔着牢房栅栏相对而望。

罗非神色严峻地嘱咐着魏峰：“小曼会每天给你送吃的和用的，监狱里面任何东西你都别碰。”

魏峰此时倒显得是最轻松的人：“罗兄放心，这些道理我都知道。”魏峰说话间看了一眼小曼，然后朝罗非微微一笑，“不过，君子不夺人所好，我有自己的红颜知己。吃的和用的，瑗瑗每天会送来。”

罗非倒是没有理会魏峰的玩笑，依旧语气坚定地说道：“我一定尽快查明真相，还你清白。”

“罗兄不能把所有注意力都放在我的身上，说不定，这也是金不败想看到的。”魏峰面带忧虑地说道。

小曼听完魏峰的话，不禁皱起眉头：“你的意思是，金不败可能会声东击西？”

罗非点头：“有这种可能性，我会继续关注病毒的事情。”

“关于病毒，田百川在电话里虽然说得不多，但透露了一句，他让我小心重症流感。”魏峰回忆着说道。

“重症流感？”罗非沉吟了片刻，随即转身对小曼说道，“小曼，你每天上午和下午去租界的几个大医院各走一圈，关注一下有没有得重症流感的病人，如果遇到，记得把他们的年龄、性别、发病时间、发病地点，都记录一下。”

小曼立刻点点头：“嗯，交给我。”

第二天，田百川公寓内，罗非和本杰明还在十分仔细地查找着线索。

这时，在厨房里的本杰明拿起碗筷边观察边讲道：“田百川的尸体，我查过了，是心脏中枪，一枪毙命。”

“对，当时只有一声枪响。”而罗非此时正盯着墙壁上的年历出神，只见那本年历上在当月的几天里画有几个红圈。

“死者没有其他外伤，没有挣扎的痕迹，应该是熟人作案。”本杰明推测道。

“田百川的熟人可不止魏峰一个。”罗非笃定地说道。

“所以，现在的关键还是密室，你说凶手不是魏峰，那凶手是怎么消失的呢？”本杰明想着想着，依旧觉得毫无头绪。

“别偷懒！”罗非朝本杰明拍了拍手，示意其打起精神来，“我现在也没想明白，所以才找你来帮我勘查，密室是最容易留下破绽的，因为凶手制造密室的痕迹……”

这时，公寓桌上的电话铃声突然响起，打断了罗非的话。罗非随即拿起桌上的电话机，接听起来。

“……小曼？哪个医院？现在几个？”罗非又听了一会儿，然后挂断了电话。

本杰明看着罗非的表情，有些奇怪：“怎么了？”

“圣约翰国际医院，一个上午出现三个症状完全一样的重症流感，我现在就赶过去，你帮我通知一下探长和常青。”罗非神色严峻地说道。

“那这里呢？”本杰明朝罗非一摊手。

“你先帮我盯着，我去医院看个情况，很快就回来。”罗非说完便快步走出了房间。

本杰明耸耸肩：“行，反正魏峰在单人监狱，暂时也没什么危险。”

当罗非赶到圣约翰国际医院的病房区，隔着玻璃观察了三个电话里所说的重症流感病人后，眉头紧皱：“家属竟然还在照顾他们，患者不需要隔离的吗？”

小曼身边一名姓郝的随行医生解释道：“三个患者暂时不会有生命危险，隔离的话，恐怕家属不答应。”

罗非盯着郝医生：“确定不会有生命危险？”

郝医生点点头：“嗯，用了一些消炎药和退烧药之后，他们的症状有所缓解。”

罗非随即转向小曼：“小曼，他们的发病时间和发病地点，你都记录下来了吗？”

小曼随后递上一个小本子：“嗯，前两例的发病时间一个是七点半，一个是八点左右，间隔大概半小时，第三例间隔十五分钟，差不多八点十五分。地点也比较分散，两个在城东，一个在城南。”

罗非翻看着本子，又对叶常青说道：“常青，让你带的地图呢？”

叶常青随即从包里翻出一张租界地图，递给罗非。罗非递回小本子，把地图展开，按在墙上，又开始吩咐沙威和叶常青："探长，常青，帮我按住地图。"

叶常青还在不情愿时，却看到沙威已经去扶住一角，于是只好也走上前去按住地图的边角。

罗非看了看地图的四周，顺手从郝医生的白大褂胸口口袋上拔下一支笔，转身在地图上画上一个蓝色的圈。

"对，这个是城东的第一个发病地点。"罗非随即在圆圈旁边写上七点半，接着又画了两个蓝色的圈，分别写上八点和八点十五。

"小曼，其他医院你跑了吗？有没有类似的重症流感？"罗非将目光从地图移向小曼。

"还有两家医院，各有一例。"小曼说道。

"地点！时间！"罗非听完又在地图上圈了两个圆圈，分别写上八点四十、九点。随后，罗非将五个圈用直线连起来，地图上出现一个非常不规则的图形。

秦小曼："地点分散，时间也没规律。罗非，会不会我们大惊小怪了？"

罗非则双手悬在空中，反复做了几次丈量的动作，然后就隐隐露出了一丝笑容："看出来了吗？"

沙威和叶常青后仰着头看地图，都皱着眉摇摇头。就连秦小曼也是一头雾水："没看出什么呀。"

罗非一脸惊讶地看着面前的沙威、叶常青和小曼："难道你们没看出来？这么明显你们都没看出来？！"

沙威摇摇头："不就是圈了五个地址吗？还有什么？"

"难道你们没发现这五个重症流感出现的规律吗？这么有规律，肯定不是意外！"罗非用强调的语气说道。

小曼一愣："规律？"

罗非捂着额头叹了口气，然后继续说道："从第一个发病地点到第二个发病地点，间隔30分钟。从第二个到第三个地点，间隔15分钟，第四个25分钟，第五个20分钟！看看这时间，这距离！"

可最后，小曼、沙威和叶常青还是摇着头全都看向罗非。

"仔细看看！"罗非叹着气指着自己在地图上所画的几个圆圈，"这么明显都看不出来吗？这图上画出了速度，是步行的速度，从一号到二号，如果步行，差不多花三十分钟。而从二号到三号，如果步行，差不多十五分钟，从三号到四号……"

"差不多就是二十五分钟？"叶常青顺着话茬儿插话道。

顿时气氛有些尴尬，沙威当即白了他一眼。

"说明这五例重症流感患者，是人为的，投毒者应该是步行，而且他在连续投毒，如果我没估计错的话，接下来会有更多的重症流患者感被送来医院。"罗非说到这儿，转向郝医生，"郝医生，你们要做好准备，可能是今天下午，也可能是明天上午。"

然后罗非又紧接着对沙威说道："探长，你立刻去把另外两个患者接到这个医院来，巡捕房必须保护好他们。"

罗非说话间走到病房门外，又朝里面看了看。

"最早的病人是哪一个？"罗非突然问道。

小曼立刻翻开自己的笔记本："里面那个病床，戴眼镜的，是个大学生，叫郭勇强，刚刚从广州坐火车回的上海。"

"另外两个呢？"罗非紧接着又问道。

小曼想了想，随即翻到另一页："第二个患者是在码头做苦力的，叫陈大力，今天本来应该在家休息。第三个患者是睡在最外面那张病床的那个女孩，叫梁晶，是个小学教师。"

"其他两个医院的患者呢？"罗非又追问。

"一男一女，男的是小孩，女的名字和职业，我没来得及问。"小曼面色严肃地答道。

这时，叶常青开始推测："五个人不同职业、不同年龄、不同性别，这么说，凶手是在无差别投毒。"

"无差别投毒？"沙威听到这几个字，不禁心里一惊。

这时，罗非连连摇头："不是无差别投毒，这五个人之间一定有联系！虽然现在还不清楚到底是什么联系，不过既然是金不败下的棋，一定有他的目的。"

叶常青突然变得紧张起来："这家伙是不是想制造全城恐慌，然后逼我们放他出来？"

罗非摇了摇头："没这么简单。今天上午的五个患者更像是……像是一个测试，对，测试！不同的年龄，不同的性别，不同的体质，看他们对病毒的承受能力，还看病毒的传染性有多强。可能同时被测试的还有医院的救治能力和应变速度。郝医生，后面还会有更严重的患者被送过来。"

郝医生一脸难色："难道我们就这么干等着？"

罗非摇了摇头，随即对沙威说道："探长，让巡捕房一半的警力去街上，找这个投毒人！既然他是步行，很可能会撞上，所以巡捕房遇到什么可疑的人立刻拦下盘问，就算没一下子抓到投毒人，也会给他一个威慑力。"

"那另外的警力呢？"沙威问罗非。

"凡是遇到类似的重症流感，都送来这个医院，所以巡捕房另一半警力就留在这个医院。"罗非安排道。

沙威立刻赞成，然后习惯性地朝常青喊道："常青，就照罗非说的办！"

叶常青被这句话噎得一愣："探长，我……"

沙威瞪了叶常青一眼，示意他不要再找借口。叶常青随即唉声叹气地走开了。

"探长，能不能把魏峰保释出来，他是我们对付金不败的一把钥匙。"罗非这时再次向沙威求情。

沙威为难地摇了摇头："魏峰是杀人嫌犯，不能保释，再说了，郝医生不是讲了，这五个人都没有生命危险，总不能就因为有几个人得了流感，我就放个杀人嫌犯出来吧？"

这时，一个护士突然跑进来："沙探长，有个电话找你，说是监狱的。"

沙威走进办公室一个电话机听筒搁在桌上，沙威拿起接听："我是沙威……嗯，嗯……好的……"随后，沙威的语气一下子严肃起来。

罗非一脸茫然地问道："什么事？"

沙威叹了口气说道："工部局董事吕文德要枪毙魏峰。"

罗非听完，表情显得很微妙："吕文德？"

"你忘啦，魏峰卧底的时候误伤过他老婆，看来吕文德这次，非要置魏峰于死地。"沙威说道。

小曼虽然不知道这个吕文德什么来头，但是根据沙威的语气判断，这个吕文德似乎有些难缠，此刻不禁担心起魏峰的处境，于是便问沙威："我们还剩多少时间？"

沙威一脸严肃地说道："我估计不会太久，听说这吕文德一直在挖魏峰的黑历史，一旦材料准备好，他会立刻下达枪毙魏峰的命令。最早今晚，最迟明天。"

"在这之前，我必须找到证据，破解这个密室！"罗非目光坚定地看向沙威。

沙威点了点头，向罗非投去安慰的目光："监狱那边，能顶的话我就先帮你顶着。"

第八十九章　心理密室

田百川公寓内，罗非在用手指敲打着房间各处的墙壁，还不断用耳朵贴在墙壁上听。

这时候，小曼和本杰明走了进来，本杰明的手里还拎着一个铁锤。

“这是你要的铁锤。有什么发现吗？”本杰明走到罗非背后说道。

罗非摇摇头：“除了死者和魏峰的痕迹，没有新的发现。”

两人说话间，小曼也模仿起了罗非敲墙的动作：“你是在找隔间或者密室？”

罗非坚定地点点头：“对，如果案发时真的有第三个人在现场，而他又想在不到十秒的时间内消失得无影无踪，最好的办法就是藏在现场。”

小曼回过头笑看向罗非：“你想到了上次的银行劫案？”

“没错。”罗非点点头，“当时劫犯让所有人质都绑上炸弹，一起冲出来，场面非常混乱，我们都以为劫犯混在人群中逃了，没想到这家伙在金库的夹层中，藏了一个多星期，然后大摇大摆地从银行正门走出来。”

“要不是你这个洁癖狂发现他头发一个多星期没洗，还真让他溜了，那你是怀疑这间屋子也有夹层？”小曼说完，看向罗非。

“有这个可能，案发后，巡捕房立即封锁了这间屋子，派人二十四小时守着，没有可疑的人进出过，说不定，真凶和那个银行劫匪一样，还藏在这里。”罗非说着从本杰明手里接过铁锤。

秦小曼一脸惊恐，朝四处墙面张望:“那我们现在说的话，他岂不是都能听见？”

“听到了就不能让他跑了！”罗非说完，便开始朝一面墙抡起了铁锤，“嘭！嘭！嘭！”的几声，墙壁就被砸出一个大洞。

小曼拨开灰尘，凑过去，然后摇摇头：“实心的。”

“别急，这才第一个。”罗非淡然一笑，神色笃定地示意小曼，“你拿好枪，防止真凶狗急跳墙。”罗非说着走到第二面墙前，抡起了铁锤，又砸了一个窟窿。

“还是实心的。”端着枪的小曼还是摇了摇头。

罗非耸耸肩，接着又朝下一面墙走去。这时，门口守卫的巡捕房警探们也都向屋内探头，见罗非东敲西砸，都窃窃私语，不以为然地摇着头。

忙活了一阵后，罗非、秦小曼和本杰明走到了最后一面完整的墙壁前。

小曼不禁握紧了手枪：“这可是最后一面墙了。”

累得满头大汗的罗非突然把铁锤交给本杰明："本杰明，你来！"

"啊？"本杰明诧异地看着罗非。

罗非龇牙一笑："我手气不好，换你来砸。"本杰明无奈地接过铁锤，用力抡向墙面，只听"砰"的一声过后，墙被砸出了一个大洞。洞里面居然有灯光！

本杰明兴奋地笑道："果然是我的手气好，有密室！"

"那是隔壁。"罗非说着低头走开。

小曼连忙放下枪，紧跟着罗非也跑开了，独留下本杰明愣在原地。

这时，大洞内探出一个中年男人的脸。

"侬搞啥么子啊？！"

本杰明面对男人的怒吼，扔下铁锤，连连道歉："对不住，对不住，我赔，我赔！"

"罗非，你是不是知道会砸到隔壁，故意留了这面墙给他？"小曼问罗非。

罗非神情无奈地摇摇头："魏峰眼看着就要被枪毙了，我哪有心思开玩笑？"

这时，好说歹说将隔壁安抚好的本杰明走了过来："算了算了，不谈钱的事，说说这墙吧，都是实心的，没有夹层，怎么办？"

罗非："证明我的第一个推断是错的，凶手当时没有藏在屋内。"

小曼疑惑地看着罗非："那凶手是怎么在十秒钟的时间内从一个密闭房间消失的？"

罗非随即指了指那扇可疑的窗户："不是密闭房间，你忘了，客厅的窗户没有上锁。"

"但它是关着的。"小曼抱着肩膀，一脸不解，"你不可能在不到十秒的时间里把枪丢在卧室，再回到客厅，从窗户爬出去，再用一只手关上窗户，还要从五楼逃离。"

随后，罗非走到窗口，推开窗户，向外面看了看，然后又关上左边的一扇窗户，留着右边的窗户开着。

罗非开始用手丈量半边窗户的宽度，随即突然回头问本杰明："本杰明，如果我开半边窗户，你能钻出去吗？"

本杰明一皱眉："从半边窗户钻出去？"

随后，本杰明试了一下，将半条腿伸出窗外时就已经到了极限。本杰明缩回身朝罗非摇了摇头："有点困难，太窄了。"

罗非摩挲着胡须盯着那半边窗框："如果是特别瘦的人呢？"

本杰明思索了片刻，点了点头："有这个可能，你到底在怀疑什么？"

罗非："我在想如果凶手不止一个，而是两个人配合，能不能完成十秒钟消失的把戏？"

小曼这时似乎明白了罗非的话："你是说，其中一个凶手早早在窗外等着同伴？"

罗非坚定地点点头："另一个同伴要做的就是开枪、扔枪，再钻出窗外。"

小曼还是有些怀疑："十秒钟，还是很难。"

"还有厨房的鞋印要留，确实做不到，即使两个人也做不到。"罗非说完，神色一凛，像是突然想到了什么。

这时敲门声响起，傅瑗瑗推门走了进来，当她看着满屋的墙洞时，一时有些不知所措。

"你们谁是罗非先生？"傅瑗瑗看向窗前的三人。

罗非转过身，有些意外："傅小姐？"

"噢，你是魏峰的女朋友。"小曼说着朝傅瑗瑗走了过去。

傅瑗瑗点点头："嗯，是的，我是《沪江报》的记者，傅瑗瑗。"

"傅小姐是替魏峰来的吧？"罗非问傅瑗瑗。

傅瑗瑗有些尴尬地摇摇头："不是，我自己来的，我听沙探长说了，阿峰曾经误伤过吕文德的妻子，现在吕文德想置阿峰于死地。所以我一着急，就过来看看罗先生有什么进展。"

"我想了好几种可能性。"罗非说道。

小曼指着周围的墙洞，一耸肩："但都被砸翻了。"

罗非立刻白了秦小曼一眼："我刚才想起以前遇到的一个类似的密室，密室里的一切是提前布置好的，然后凶手躲在隔壁房间开了一枪，枪声吸引大家赶过去，却发现是个密室。"

小曼一愣："躲在隔壁开枪？"

"没错，心理密室！"罗非说着，匆忙走出了房间，"走，问问这层楼的住户，看有什么发现。"

于是，几人在公寓走廊内开始挨家挨户地问询。

一番调查走访后，秦小曼和傅瑗瑗从相邻的两个房门走出，互相对视一眼，都摇摇头。罗非拖着满脸疲态的本杰明则从第三个房门走出来，按着太阳穴，也是面色凝重。

“除了死者田百川的屋子，另外三个屋子都有人住，而且是住了十几年的老街坊，彼此身份都没有可疑之处。”小曼说道。

罗非点点头：“而且昨天晚上也就是案发前，没有可疑的人进过这三户人家。”

小曼沮丧地叹了口气：“所以凶手躲在隔壁开枪的可能性又被排除了。”

傅瑗瑗又问罗非：“还有其他办法吗？”

这时田百川房间的电话铃声突然响起。秦小曼急忙走进屋内。

罗非还是站在原地皱眉思考：“昨天晚上，这层楼上到底发生了什么？”

不一会儿，秦小曼神色慌张地从房间里跑出来：“罗非，枪毙魏峰的命令已经送到监狱了！”

几人顿时都是一愣。

与此同时，监狱办公室内，沙威慢慢放下电话机，有些尴尬地看向吕文德。

吕文德一脸不屑：“怎么样？连罗非罗神探也洗不掉魏峰的杀人罪名吧？”

“长官，能不能再给罗非一些时间？他一定能查个水落石出。”沙威继续恳求道。

吕文德把命令状拍在桌上，沉下脸：“沙探长怀疑我送来的枪决命令是伪造的？”

沙威连连摆手：“沙某不敢。”

吕文德瞪着沙威：“那就别废话，枪决魏峰，现在就执行！陈狱长！”

吕文德话音刚落，一个监狱警官带着两个狱警，走到吕文德面前，立正，接过命令状。随后，沙威眼睁睁地看着陈狱长走出办公室，朝牢房的方向提人去了。

夜晚的田百川公寓，罗非坐在地上盯着墙上的破洞，眉头紧锁。

“罗非！罗非！”

罗非听到小曼的呼唤，缓缓转过头。看到小曼站在桌前，从布袋里拎出一个汤罐。

“你看你，眼睛通红通红的。我去楼下帮你买了一罐鱼汤馄饨，先吃点东西吧。”

“你吃了吧，我吃不下。”罗非说完又转回头。

有些坐不住了的傅瑗瑗焦急地说道：“不知道魏峰那里怎么样了，我想去魏峰那里。”

本杰明立刻起身：“我送你过去。”

于是，傅瑗瑗和本杰明走出了房间。罗非还是坐在地上，闭起眼睛，眼珠不断转动着。

“一直关着窗户，空气也不好，等会儿我帮你打开窗户，通通风吧。”

当罗非听到小曼说“通风”两个字时，猛然睁开眼：“通风？”

小曼疑惑地点点头：“对啊，不通风的话，空气不好。”

“通风……通风……通风……”罗非猛地站起，神色焦虑而又兴奋，他走到一面墙前，抬头仔细观察。看到墙壁上方有个很小的通风口，高十厘米，宽三十厘米，有三根白色木条拦着，就像百叶窗一样。

“这就是我们唯一忽视的地方，就是这里！”

“你说哪里？”小曼急忙凑过来。

“上面的通风口，我们唯一没有查过的地方。”罗非指着通风口说道。

小曼一脸疑惑：“这儿能藏个人？”

罗非此时渐渐恢复了自信的神情：“藏人肯定不能，但如果藏的不是人呢？上去看看就知道了。”

随即，罗非托起小曼，朝通风口送去。

“再高点，再高点。”小曼指挥着罗非对准通风口。

“看到什么了吗？”罗非急切地问道。

小曼随后用力拽下通风口的白木栅栏，扔了下来。罗非跟着也惯性地晃动一下。

小曼用双腿夹住罗非的脖子：“别动，稳住！”

罗非顿时感到一阵窒息。

紧接着，小曼把手伸到通风口里面开始摸索。

“你手别乱摸，小心破坏了证据。”罗非憋红着脸一个字一个字地说道。

这时，小曼缩回手，看了看手上的黑灰，然后从罗非的肩膀上跳了下来。罗非突然拽过秦小曼的手，放在鼻子下面嗅了嗅。

“你……你干吗？”小曼红着脸问道。

“是香烟的烟灰。”罗非肯定地说道。

“通风口里怎么会有香烟灰呢？”小曼看着自己的手心，不禁问道。

“问得好！通风口里面怎么会有香烟灰呢？”罗非慢慢笑起来，随即对小曼说道，“小曼，你去厨房拿一条白毛巾给我。我要取证！”

与此同时，本杰明已经驾车来到了警务处监狱。突然，监狱刑场方向陆续传来一声接一声的枪响。

傅瑗瑗浑身一震：“是不是枪声？你有没有听见，是不是枪声？”

本杰明摇头安抚着傅瑗瑗：“不是枪声，可能是爆竹的声音。”

本杰明拙劣的安慰，无疑让傅瑷瑷更加绝望。

监狱刑场紧接着又是一声枪响。眼睛蒙着黑布的魏峰，浑身一颤。魏峰身旁的一个死囚应声倒下。而此刻的沙威闭着眼睛，心里默念着倒下死囚的顺序，突然，沙威猛地睁开眼睛，正看到狱警将枪口对准了魏峰。

情急之下的沙威一边高喊一边冲到魏峰身前："枪下留人！枪下留人！"而此时，监狱空无一人的办公室里，电话铃开始响个不停。

"沙威胆敢阻止行刑，可以一并枪决！开枪！"吕文德指挥着狱警大吼道。

随即，所有狱警都把步枪的枪口对准沙威。

第九十章　千钧一发

田百川公寓内，罗非还在不停地往警务处监狱打着电话。

"怎么回事？怎么会没人接呢？"小曼在一旁焦急地望着罗非。

"恐怕是吕文德搞的鬼。"罗非神色凝重，对着话筒恳求道，"接线员，麻烦你，人命关天，继续帮我接。"

此刻的监狱刑场内，挡在魏峰面前的沙威对陈狱长大喊："去听电话！老陈！你忘了你那轮船上的炸弹是谁拆的了吗？老陈！去听电话！"

"沙探长！这也许就是命，别为我冒险了，告诉罗非只要能查出真相，我也就瞑目了……"

"你闭嘴！"沙威回头喝住魏峰的话。

而这时，对面的吕文德有些气急败坏地对陈狱长吼道："我是工部局董事，听我的指令，开枪！"

陈狱长思索了片刻，随后一抬手。狱警们纷纷放下了步枪。

陈狱长转而对吕文德说道："吕长官，我们就听一下电话嘛，让沙探长死了心，不是更好吗？"

吕文德一瞪眼："姓陈的，你敢违抗工部局的命令？！"

陈狱长敷衍一笑，随即转身径直走向监狱办公室。

而此刻被狱警拦在刑场外的本杰明和傅瑷瑷，尚不明白局势的反转。

傅瑷瑷听没了枪响，带着哭腔对本杰明说道："外面没声音了，你说魏峰是不是出事了？"

“傅小姐，你别担心，魏峰一定没事的。”本杰明尽力安慰道。

过了约有五分钟，刑场内却如同过了漫长的五年，最终的死亡宣判随时都会降临在魏峰的头顶。当陈狱长再次从办公室内走出来，冲沙威点头时，沙威悬着的心终于放下了。

“罗非打来的电话，他找到了新的证据，立刻就会送过来。”陈狱长对沙威说道。

“吕长官，要不……”沙威走回到吕文德面前，低声说道，“我们还是先听听罗非怎么说吧？”

吕文德冷哼着别过了脸。

“全体都有！收队！”

在陈狱长的命令下，一排狱卒齐刷刷地把步枪背到身后，走出刑场。

“妈的！”吕文德看着并肩而行的沙威和陈狱长，伸手从腰间掏出手枪连开三枪。

不远处的沙威应声倒地，陈狱长还没反应过来就看到，沙威的右臂已然中弹，正汩汩地流着鲜血，而魏峰被沙威压在身下。

“你没事吧？”沙威问魏峰。

仍被蒙着眼的魏峰一笑：“没事，如果你不压着我，就更好了。”

沙威骂了一句，翻了个身，躺倒在另一侧。

“你们两个，真是……”陈狱长看着地上的两人无奈地摇了摇头。

随后，吕文德被两个狱警制服。

吕文德朝陈狱长大吼道：“姓陈的，你想造反吗？！”

陈狱长也冷下脸对吕文德说道：“吕长官，在这刑场上开枪的，只能是我的人，你开枪，就是蓄意杀人。”

吕文德急得一时语塞：“你……”

“我们还是一起听听罗非会怎么说吧。”陈狱长说完，便扶着沙威走向了办公室。

半个小时后，警务处监狱办公室内，一条白毛巾放在桌子上，上面沾着长长的黑灰，还有三片红色的很小的碎纸片。罗非、秦小曼坐在桌前。傅瑗瑗、本杰明、沙威、叶常青、陈狱长和吕文德都坐在桌子后面。本杰明用镊子夹出红纸片，放在眼前看了看，又把镊子递给沙威。沙威看了一眼，又递给吕文德。

吕文德看了一眼，叫骂道：“这他妈算什么证据？枪毙魏峰！现在就枪毙！”

罗非也不理吕文德，指着红纸片问其他人："你们觉得这是什么？"

"这纸片非常薄，不像是写字用的。"本杰明仔细看了看说道。

"还有，这纸片为什么这么小呢？"小曼也问道。

"本杰明说得很对，这纸片不是写字用的，那纸的用途，除了写字，还能干吗呢？"罗非又问众人。

"还能用来包装吧，像纸箱纸盒什么的。"胳膊缠着绷带的沙威说道。

小曼摇摇头："那得多大啊，这纸片才这么点大。"

"不，探长说得很有道理，纸的用途除了写字，用得第二多的就是包装。"罗非把红纸片拿到自己手上，放在鼻子下面嗅了嗅，对本杰明说道，"本杰明，如果东西沾了火药，能不能测出来？"

本杰明立刻点点头："能，我那儿有试剂，立刻就能测出来。"

罗非一笑，瞥了一眼吕文德："测试之后，记得把结果告诉这位吕长官，其实我闻也闻得出来，纸片上有火药味，但很微量。"

小曼瞪大眼睛又看了看那红色的纸片："火药？"

罗非点点头："没错，用红纸片包裹着，火药很微量，是不是很容易猜？"

"到底是什么？"沙威不耐烦地问道。

"就是一节小鞭炮。"罗非说道。

小曼疑惑地看向罗非："鞭炮？"

罗非微微一笑："昨天晚上的密室，应该是这样的，凶手提前杀死了田百川，用的是装了消声器的手枪，所以没有引起左右邻居的注意，然后他拆下消声器，把手枪丢到卧室的床下。"罗非说着指了指毛巾上的烟灰，"接着，他拿出一个关键的道具，去掉了烟屁股的香烟，将一小节鞭炮的引线，插在香烟里，接下来他要做的，就是站在窗口，等待魏峰出现在楼下。"

罗非说着指了指办公室天花板上的通风口："他把点燃的香烟，丢进通气口，通气口空间狭小，是个天然的扩音器，而且也是最容易被人忽视的地方，然后他可以轻松地从提前设计好的窗户离开，他的时间非常充裕，因为他通过控制香烟的长短，可以完全地控制好小鞭炮炸出的响声，这就是为什么我们听到枪响，却发现凶手在不到十秒钟的时间内消失不见的密室之谜。"

吕文德冷笑："一派胡言！就凭一点香烟灰和几个碎纸片，能证明魏峰的清白？"

沙威立刻说道："至少是很大的疑点嘛。"

吕文德站起身，环顾着其他人，自知此时时机已过，于是咬牙说道："行，我暂时不枪毙他，但除非你们抓到真凶，否则姓魏的就一直给我待在牢里。"

这时，电话铃声响起，陈狱长立刻过去接听，不一会儿陈狱长回来对吕文德冷冷地说道："吕长官，陈某把这里发生的事情汇报给了工部局另外几位董事，现在工部局有了命令下来，吕文德扰乱监狱秩序，着羁押候审。"

当即，两名狱警将吕文德扭送出了办公室。

罗非立刻问道："那魏峰呢？"

陈狱长转向沙威："放不放魏峰，我们听巡捕房的意见。"

罗非对沙威说道："探长，把魏峰关在里面，只会让金不败下面的计划继续得逞。"

沙威一愣："金不败？"

罗非点点头："对，田百川在电话里告诉过魏峰，金不败有个可怕的病毒计划。现在圣约翰医院里那些发病的病人算是开端，更大的麻烦还在后面。"

沙威疑惑地看着罗非："这么肯定？"

罗非对沙威低声说道："你想想，田百川为什么会死？因为他想把金不败的病毒计划透露给魏峰，而告诉了魏峰就等于告诉了我，所以金不败必须抢在我们前面，把田百川灭口，这也证明，金不败的计划绝对不是让五个普通人染上流感病毒这么简单。"

小曼这时也附和："我同意罗非的看法。探长，我们把魏峰先捞出来吧。"

沙威有些犹豫："但这样……万一……我是说万一，在魏峰身上出点什么岔子，我可吃不了兜着走。"

罗非神色严峻地说道："探长，我们离下一次更严重的病毒袭击，已经进入倒计时了。"

这时，电话铃又响起。陈狱长接听了一下，然后递给沙威："找你的。"

沙威接过电话听了一会儿，然后缓缓放下电话，看着罗非。

小曼见沙威神色不对，立刻问道："什么事？"

"圣约翰医院，昨天那个得流感的大学生郭勇强，他死了。"

小曼疑惑地看向沙威："死了？郝医生不是说那五个人都没有大碍了吗？"

"郝医生是这么说了，所以郭勇强父亲打了郝医生。郭勇强是第一个感染者，现在另外四个患者都很恐慌，都吵着闹着要回家。"沙威说道。

“好了，现在当务之急先把魏峰放出来，我们也许会得到更多的线索。”本杰明说道。

傅瑗瑗立刻点头赞同，用近乎乞求的目光看向沙威。

随后，一行人来到关押魏峰的单间牢房。当魏峰从牢房内走出来后，先是和傅瑗瑗来了个紧紧的拥抱，然后又对罗非笑道：“罗非果然没让我失望，这么快就破了金不败的密室。”

“阿峰，我还有个更好的消息要告诉你呢。”傅瑗瑗低头摸着肚子，眼含深情，“阿峰，你要当爸爸了。”

魏峰愣了一下，然后就手舞足蹈地大笑起来，笑着笑着又蹲下身，将耳朵轻轻贴在傅瑗瑗的肚子上。

傅瑗瑗笑着拍了拍魏峰的头：“哎呀，你听什么呀听，现在才刚开始，哪里能听到什么。”

魏峰把手放在嘴唇前，悄声说道：“别动别动，我听得到，我听到他了。”

小曼站在一旁，看着享受着劫后幸福的两人，也渐渐露出了笑容。

第九十一章　二次投毒

魏峰和傅瑗瑗先行离开了监狱后，本杰明对小曼说道：“我要去医院勘查郭勇强的尸体。小曼，这是傅瑗瑗的背包，你记得还给她。”

秦小曼接过包，一皱眉：“怎么这么沉啊？”

“我在车上和傅瑗瑗聊过，她准备做圣约翰医院发生疫情的报道，所以收集了很多资料。”本杰明解释道。

罗非看向沙威，有些懊恼：“探长，不是让你封锁消息，防止引起恐慌的吗？”

沙威一脸茫然：“我封了呀，你早上去医院的时候，应该没有看到报社记者吧？”

“那傅瑗瑗她是怎么知道的？”罗非问道。

“有人寄了一封信和几张照片给她，向她曝光这件事，希望她把这个新闻登报。”本杰明说道。

罗非隐隐感到不安：“信和照片在哪儿？”

本杰明指着小曼手里的包：“就在她的包里。”

罗非对小曼说道：“小曼，把傅瑗瑗的包还给本杰明。”

又转头紧张地看着本杰明："帮个忙，验一下信和照片有没有问题。"

本杰明犹疑了片刻，猛然抬起头看着罗非："你是怀疑？"

罗非点点头："对，谁会寄这些东西呢？谁希望扩散这种恐慌感呢？而就算扩大恐慌又为什么要把信和照片寄给傅瑗瑗而不是其他记者呢？所以我怀疑是金不败。"

沙威不解："为什么？"

罗非神色严峻地说道："金不败一直认为魏峰是因为爱上傅瑗瑗而背叛他的，他一定对傅媛媛恨之入骨，所以我请本杰明帮我检测一下信和照片的安全性，希望是虚惊一场吧。"

本杰明接过背包，点头转身匆匆离开。

罗非想了想，突然又对本杰明的背影嘱咐道："本！注意安全！戴个橡胶手套！"

转过天清晨，罗非焦急地坐在电话前，显得心神不宁。这时，小曼走了进来，看着奇怪的罗非问道："你在干吗？"

"等电话。"罗非指着电话，只张嘴不出声，好像生怕对话的声音会掩盖掉电话铃声。

"谁的电话？"

小曼话音刚落，电话铃立刻响了起来。罗非一把抓起听筒："怎么样？"

小曼也好奇地凑过去仔细听着。

听筒那边传来本杰明的声音："你猜得没错，傅瑗瑗收到的那几张照片，背面都沾了毒粉，而且是大剂量的。"

"什么样的毒粉？"罗非直起身追问道。一旁的小曼则一个重心不稳，脑袋磕在了桌角。

本杰明叹了口气说道："成分很复杂，是混合型毒粉。"

罗非紧张地问道："中毒的人，会有生命危险吗？"

"有。"

"有什么办法吗？"罗非急切地问道。

本杰明的回答也是干脆："有，两个字：'解药'。"

罗非眼神黯淡："解药？只有两个途径：要么逼下毒的人交出解药，要么根据毒粉成分自己研制解药，但不管哪个途径，留给我们的时间都不多了。"

罗非放下电话，整个人有些恍惚。

“怎么了？那张照片有毒？那傅瑗瑗不会真的……”在一旁猜了个大概的小曼，也紧张地不敢再说下去了。

“走！去捕房。”

罗非说着，站起身往外就走。小曼紧随其后。

罗非和小曼来到巡捕房，便被魏峰一把拉过来。

“罗非！小曼！你怎么才来？咱们下一步怎么查！”开始还十分兴奋的魏峰看着罗非明显沉郁的表情，继而疑惑地问道，“咦？你脸色怎么这么奇怪？”

罗非拍了拍魏峰的肩膀，缓缓说道：“魏峰，我想跟你说几句话。”

随即，罗非朝小曼使了个眼色，然后便带着魏峰走进了一间无人的小房间内。

小曼看着魏峰的背影，心里五味杂陈，原本好不容易脱离险境，与爱人重聚，此刻又要面对挚爱即将遭遇生命威胁的厄运。

随后，魏峰听到傅瑗瑗恐怕早已身中剧毒的消息后，便一屁股跌坐在椅子上，目光呆滞。随即开始不住地摇头：“不可能，不可能……她好好的呀，你看她的样子，那么精神，怎么可能中毒呢？”

罗非抓住魏峰的肩膀：“魏峰，你冷静一点。我需要你帮我，不然我赢不了金不败的这场游戏。”

魏峰挣脱开罗非，激动地高声吼道：“这他妈不是游戏！这是人！是傅瑗瑗！我女人！我孩子的妈！”

罗非冷冷地看着魏峰：“在金不败看来，这就是游戏。”

“你呢？”魏峰忽然反问道。

罗非一愣：“什么？”

魏峰双眼通红地注视着罗非：“在你看来呢，这也是个游戏吗？”

“当然不是。”罗非摇了摇头，语气坚定地说道，“但我不能输，我们都不能输。我准备两条路一起走。一边从圣约翰医院入手，找到下毒毒死郭勇强的凶手，这人一定是金不败的人，同时也是病毒计划的重要一环。另外，我已经请了租界医协会的欧阳会长组织最好的医生和医学科研人员专家团，立刻研制解药，因为傅瑗瑗只是第一个个案，后面还会有很多。”

魏峰一字一顿地说道：“我只关心瑗瑗。”

罗非见魏峰的情绪渐渐平稳，继续劝慰：“越是这样，我越需要你冷静，帮我一起找出第二次向郭勇强下毒的那个凶手。”

“你让我跟你去圣约翰医院？那瑷瑷怎么办？”魏峰立刻反问道。

罗非再次抓紧魏峰的肩头：“我会让本杰明开车，送她去医协会专家团那里，一旦解药配制成功，立刻救人。”

不料魏峰立刻拒绝：“不行！我要带着瑷瑷！尤其是现在，不管去哪儿，我都要在她身边。”

罗非叹了口气：“但你光陪着她，对救她有什么帮助吗？”

“如果医协会的专家没能配制出解药呢？我就让瑷瑷还有肚子里的孩子留在那个地方等死？别费劲了，就算你说出花来，我也要把瑷瑷带在身边。”魏峰在这个立场上显然不会退让。

罗非被魏峰问得哑口无言，愣了愣，转而点了一下头：“好吧，我了解你的心情。”

魏峰转过身，长叹了一口气：“你不了解。”

罗非想了想，倔强地点了点头：“我真的了解，就像我小时候养过的一条小黑狗，跟我感情很好，后来它得了重病，连站都站不起来……”

“这他妈不一样。”魏峰立刻打断了罗非。

罗非故作迟疑：“呃……不一样吗？”

“不一样！”魏峰转头瞪着罗非，他其实也知道罗非只是想让自己轻松一下。

罗非想了想，突然说道：“我想到办法了！这样吧，我让医协会的专家团转移到圣约翰医院办公，这样问题不就解决了吗？”

当天，罗非联系了本杰明，想让本杰明以医协会成员的身份向租界医协会申请求援，随后，罗非又动用与欧阳会长的私交，顺利组建了专家团并进驻圣约翰国际医院，也让傅瑷瑷顺利转了院。

第二天，罗非和秦小曼找到了郝医生，两人看着眼眶被打得乌青的郝医生面面相觑。

“我也不知道怎么回事，晚上睡觉前那大学生还好好的，各种体征指标都正常，我还想让他第二天出院呢，谁知道夜里就出事了。”郝医生对此也一脸莫名其妙。

罗非皱着眉问郝医生：“什么时候发现的？”

郝医生叹了口气：“昨晚我值夜班，夜里十一点半准备检查一遍病房，然后就准备交接了，开始的时候一切正常，谁知道走到郭勇强身边的时候，发现他发着高烧，心跳特别快。”郝医生说完，捏了捏鼻梁。

“后来呢？”小曼追问道。

郝医生指了指自己乌青的眼眶："没抢救成功，说起来我当这么久的医生，都从来没见过跳得那么快的心脏。"

"心跳快是因为中毒。"本杰明这时走了进来，"经初步鉴定，死者的死因是中毒，不仅心跳快，死者的肺部也有明显肿大的迹象。"

小曼听了本杰明的说法，不禁疑惑："郭勇强昨天白天就被人投毒了，但郝医生说没有生命危险的。"

本杰明随即解释："死者中的毒是快速致命的，和他白天中的毒不太一样。"

"快速致命？也就是说死者是死亡前没多久才被人投了毒？"小曼脸上浮现出不可思议的表情。

罗非追问道："本杰明，死者的中毒时间能不能更明确一些？"

本杰明耸耸肩："我现在只能给一个范围，既然死亡时间是夜里的十一点十分，按照这种病毒可能的扩展速度，我认为死者的中毒时间应该在十点到十点半这个区间内，但是病毒的具体成分是什么，还要等我回去化验才知道，确定成分以后我会给一个更精确的时间。"

罗非点点头，转向郝医生："郝医生，十点到十点半有什么不寻常的事情发生吗？或者有什么人进出过那个病房？"

"我们夜班有三个护士，一个在前台，另外两个在病房。"说到这儿，郝医生对身后一名捧着厚厚记录本的小护士问道："晓薇，你夜里一直在病房，十点到十点半的时候，病房有什么奇怪的动静吗？"

晓薇立刻答道："主任，我和小朱一直在病房外面的护士室，每个半点去病房查看一次，十点到十点半，我们都进过病房，没有什么异常。"

郝医生对晓薇身边的一名护士问道："小陈，接待台那里呢？"

小陈也摇摇头："夜里没有陌生人进来过。"

最后郝医生目光转回到罗非身上："警官，我们医院夜里就只有一个侧门可以进出，而小陈的接待台是必经之路，所以小陈说没有，那肯定没有陌生人进来过。"

"难道又是一个密室？"小曼看向罗非，很明显，她已经完全没有头绪了。

"算什么密室？医院里面有这么多人，医生、护士、病人还有家属，刚才陈护士说的是没有陌生人进来，那熟人作案的可能性岂不是更大？"

小曼顺着罗非的思路，猜测道："你说投毒的凶手就在这些人中间？"

罗非点点头："很大概率是。"

这时，叶常青扶着伤还没好的沙威也走了进来。

“罗非，要不要把剩余的病人和家属送到别的医院保护起来？他们现在闹得很凶。”沙威叹道。

“不要隔离。”罗非朝沙威一笑，忙给沙威倒了杯水，“我们要站在金不败的角度去想问题，他一定希望我们隔离病人。因为隔离之后更难找到凶手，如果金不败让别的手下在一个无辜者的附近发动新一轮的投毒，会对我们造成更大的误导。”

沙威放下水杯，抱怨：“可这些家属闹得很厉害，说我们非法拘禁，要去工部局告我们。”

罗非坏笑着看着沙威：“探长，这种事，你没问题的。”

第九十二章　病毒肆虐

咖啡店内，罗非正在吃着三明治，喝着咖啡。魏峰这时走进来，坐到他身边。

罗非放下三明治：“有什么消息吗？”

魏峰表情严肃地说道：“摸到一个可靠消息，金不败有两种病毒，一种症状类似流感，另一种会导致人昏迷，渐渐心脏麻痹而死。”

罗非一皱眉：“两种病毒？病毒来源查到了吗？我查过金不败，他没有研制病毒的能力。”

魏峰摇摇头：“没有消息。”

这时，小曼神色不安地跑了进来：“罗非！不好了，又出事了，郝医生自杀了！”

“什么？”魏峰惊讶地看着小曼。

“看来凶手快按捺不住了。”罗非随即起身，和两人一起回到了医院。

三人来到郝医生办公室内，看到死去的郝医生正趴在办公桌上，左手捏着一张用黑色钢笔字写的遗书。

罗非凑近看了看遗书，又观察了一下郝医生嘴里喷溅出的血液。随后罗非发现桌上有一摞书、一个空的玻璃水杯，还有一个电话听筒搁在桌上。

“罗非，你来啦。”这时身后传来沙威的声音。

沙威瞪着罗非：“我说罗非，你胆子也太大了吧？敢把医协会专家团都拉到这医院来？”

“医协会欧阳会长的儿子被绑架，是我跟魏峰救出来的。”罗非表情淡定，“欧阳会长听到傅瑗瑗的事，很是着急，这不，主动要求配合我们，把专家团借给医院。”

沙威撇嘴：“还主动？”

这时，叶常青突然指着魏峰问罗非：“罗非，他是谁？”

“一个擅长破案的朋友，请来帮帮忙。”罗非简单解释道。

叶常青仔细打量着魏峰，喃喃道：“我怎么觉得长得挺像……那个魏峰……”

沙威这时立刻对叶常青呵斥道：“既然罗非说了是朋友，你还多什么嘴？好好干活儿！”

“关于郝医生的死亡，勘查做得怎么样了？”罗非对本杰明问道。

“死者是中毒身亡，水杯里有多种混合毒药的残留，以氰化物为主。初步推断，死者是死于自杀，原因有三。第一，死者手中捏着遗书，就手指力道而言，不可能是死后被人放入手中。”本杰明先是指着郝医生的手，转而又指了指四周的血迹，“第二，死者死亡前喷吐鲜血，从血迹分布情况来看，遗书所沾血迹和桌面残留的血迹，轨迹保持一致，更确定死者吐血死亡前，遗书已经拿在手里了。”本杰明说到这儿，又把目光转向被损坏的门锁，“第三，发现尸体的是两个护士，小陈和小朱，她们敲了很长时间的门，没人应答，门从里面被反锁了。最后是请保安把门踹开的。”

沙威听完点点头：“本杰明说得很有道理，你们怎么看？”

“既然是密室，而且手中捏着遗书，关键是遗书上的血迹形状是伪装不来的，我同意死者是死于自杀。”魏峰点头说道。

小曼也点点头：“嗯，我也同意。罗非，你呢？”小曼这时发现罗非正在观察死者，一会儿蹲下，一会儿绕到前面。罗非拿起办公桌上的笔筒，仔细观察起里面的五支钢笔，罗非伸手朝小曼一摊：“小曼，给我一张白纸！”

随后，罗非将白纸铺在地上，然后蹲下，分别拿出笔筒里的五支钢笔，各画出一条蓝色的线。小曼好奇也跟着蹲下。

罗非看了看那五条蓝线，立刻站起身说道：“郝医生不是自杀！”

本杰明一愣：“什……什么？”

“你们再仔细看看遗书，先别管内容是什么，看这字的颜色！黑色！但是这间屋子里哪里有黑色的笔？”罗非说着拎起地上有五条蓝线的笔，“都是蓝色！”

小曼听到这个解释，还是略有疑惑：“会不会郝医生在别的地方写好遗书，然后带回了自己的办公室？”

沙威点点头：“没错，小曼说的这个，很有可能啊。”

罗非冲魏峰一笑：“魏峰，你怎么看？“

魏峰思索了片刻，说道：“如果郝医生决定在办公室自杀，他为什么要在别的地方提前写好遗书，再带着遗书回到办公室自杀呢？办公室是个有纸有笔的地方，他完全可以在这里写下遗书。”

“说得非常准确！”罗非笑着看向沙威，“探长，这就是我为什么要请你放出魏峰的原因。”

沙威一时好奇：“罗非，你怎么猜到这五支钢笔里面没有黑色的？”

罗非微微一笑：“因为我跟郝医生借过笔。”

小曼这时也回忆了起来：“对，我印象很深，在研究发病源的时候，当时在地图上标记画出的都是蓝色的圈。有可能是郝医生偏爱蓝色的钢笔，也可能是医院的规定，所以我一看到遗书是黑色字迹，也觉得很奇怪。”

本杰明还是心存疑惑，不禁问道：“但是……但是怎么解释遗书上的血迹呢？还有遗书是被死者捏住的？这些都不可能是死后发生的呀。”

小曼与罗非对视了一眼，随即说道：“还有密室！郝医生死的时候，这间办公室是从里面反锁的。”

罗非继续小曼的话解释：“看问题要找准基点，如果你从郝医生是自杀这一基点出发，自然会得出那么多疑问，但是如果你从郝医生是被谋杀这一基点出发或许就能发现凶手留下的破绽了。”

众人皱起眉头，还是都一脸茫然。

“还是想不明白？”小曼现在也开始享受罗非以前那种众人皆醉我独醒的感觉了。

“看这杯水。”罗非说着从办公桌上拿起有氰化物的玻璃水杯，“看桌上。水杯拿走之后，办公桌上留有一圈水印。”

魏峰恍然大悟：“是冰块！”

罗非笑着点点头：“不错，其实这个杀人手法很老套，郝医生喝的是加了冰的水，而冰块慢慢融化，藏在冰块中间的氰化物就流到了水里，自然就杀死了郝医生，但这个局巧就巧在遗书和血迹。”

本杰明此时还是不明白：“对，那遗书和血迹怎么解释？这是我们认定死者是自杀的铁证。”

罗非又指着桌上的电话：“你们难道都没有看到桌上的电话吗？”

本杰明一愣：“电话？”

“没错！电话！我经常说，布置密室是最容易留下破绽和痕迹的，因为凶手不能再次进入密室，作案时的痕迹是很容易留在现场的，这次的痕迹很明显，就是这个搁在办公桌上的电话筒。”

罗非说着拿起桌上的话筒，和小曼对视了一眼。

“电话筒为什么不放在电话机上面，而搁在桌上？说明死者临死前是这个动作。”罗非用右手拿起电话筒，放在右耳旁边。左手假装拿着一张纸，“但是毒性很快发作，他松开了电话，掐住了自己的喉咙，当然……死者死亡以后，右手失去力量松开，呈自然下垂的姿势，本杰明你可以再勘查一次，你会发现死者脖子上会留有掐痕，而死者的右手一定也留有脖子上的皮屑。”

本杰明立刻过去查看，果然如罗非所说：“那遗书怎么回事呢？”

罗非盯着那封所谓的遗书推演起来：“我的推测是，伪造的遗书，提前被夹在了办公桌上的那一摞书里，我们假设郝医生放下水杯，接起了电话，讲了几句话以后，然后从旁边的一摞书里抽出一张纸，看着看着，眼睛就瞪大了，他万万没想到电话里说的惊喜，竟然是一份遗书，而且和自己的笔迹十分接近，他正看得入神，突然毒药发作，他痛苦地掐住自己的喉咙，吐出鲜血。”罗非说到这儿，指着郝医生的尸体，“最后，郝医生趴倒在办公桌上。”

这时小曼接着罗非的话说道：“现在问题的关键只有一个，这个电话是谁打来的？”

沙威有些犯愁：“这可没办法查，租界的电话局只会录一些政要的通话，当然也是偷偷的，医生接了谁的电话，这压根儿没法查。”

罗非微微一笑：“我了解，但是你想想，死者进了办公室以后，其实做了很多事，而这最后一通电话的时间需要凶手准确把握，是至关重要的对不对？一定要在死者刚喝下毒药即将毒发的时候打来这个电话，才能做成这个局。”

罗非说完，看向众人，还是只见到小曼在连连点头：“有道理，有道理……”

“那么凶手为什么能这么准确地抓到这个时间点呢？”罗非又提出了新的问题。

小曼兴奋地继续点头：“对啊，到底为什么呢？”

罗非随后指着办公室的门说道：“办公室的门上有个区域是嵌了玻璃的，你们注意到没有？”

小曼一脸疑惑：“当然注意到，上一次来就注意到了，但郝医生用纸糊上了那块玻璃，看来他挺在乎他的隐私的。”

罗非冷笑着瞥了小曼一眼："但是现在，糊玻璃的纸有了一个很小的缝隙，在左下角，不注意的人是不会看到的，其实就算看到了，也会以为纸用了很长时间，有了个很小的破损，可惜凶手忽略了我的观察力和记忆力，我清楚地记得上次来这个办公室，是绝对没有这个破损的。所以我敢确定，这个破损是凶手故意弄出来的，目的呢，是给外面的眼睛留一条缝。"

沙威大吃一惊："外面的眼睛？"

罗非点点头："对，死者喝下慢慢融化的毒药时，凶手在门外一直盯着——就通过纸上的这条小缝隙。"罗非说着走到门后，眯起眼睛学着凶手的样子对准缝隙，"只有这样，他才能准确地知道死者喝下毒药的进度，然后离开，用医院的电话给郝医生打了电话。"

小曼神情惊愕地摇着头："太可怕了，一直在背后盯着，果然是金不败的风格。"

"不不不，这个密室的局破绽太多，绝对不是金不败设计的作品。"罗非说着转向魏峰，"魏峰，你觉得呢？"

魏峰冷笑道："如果要把这样一个密室，归到金不败的头上，他会气疯的，因为我们简直是在侮辱金不败的智商。"

到这里，小曼突然一愣："不是金不败？"

罗非顿了顿，又重新表达了一下："呃……我的意思……不是金不败做的，但是是金不败的手下做的。"

魏峰坚定地点了点头："我同意。"

沙威却不以为然："啊？不是……这……有什么区别吗？"

"小曼，你怎么又突然不在状态了！"罗非叹了口气，笑着拍了拍魏峰："呃……魏峰，你跟他们解释吧，每次都是我解释，太费脑子了。"

魏峰点点头："好吧，遗书的内容是说郭勇强是被郝医生害死的，而现在郝医生不是自杀的，那么这个遗书的内容就不成立，对不对？"

小曼认同地点了点头："对。"

于是，魏峰继续说道："那就很明显了，是害死郭勇强的真凶要嫁祸给郝医生，我估计郝医生一定是发现了什么或者撞破了真凶的阴谋，这个真凶在没有时间去请示金不败的情况下，直接布局杀人。"

沙威一脸难以置信："也就是说这个凶手连续杀了两个人？"

"其实凶手的范围也不算大，他必须能自由出入医院。"罗非说着，进入了思考状态。

小曼先一步说出了自己的看法："说实话，那三个护士的嫌疑本来挺大的，但是案发时她们都在一起，说是那个才 8 岁的小患者小虎在病房里跳探戈，吸引了她们一起去看。"

"一共五个患者，就是除了郭勇强之外，我觉得剩余的那四个患者和家属中间就藏着真凶。"罗非突然说道。

这时，一声微小的敲门声从几人身后传来。众人回头，竟然看到十分虚弱的傅瑗瑗正扶着门框站在门口。她嘴唇苍白，脸颊潮红。

只见傅瑗瑗脸颊泛着诡异的血色，微张着苍白的嘴唇呼唤着魏峰："阿峰，我有点……有点发热，头也很晕。"

魏峰立刻冲过去，就在他抱住傅瑗瑗的一瞬间，傅瑗瑗像是用尽了力气一般瘫倒在了魏峰的怀里。

魏峰激动地呼唤着爱人："瑗瑗！瑗瑗！你醒醒！瑗瑗！"

本杰明这时也冲过去，搭了一下傅瑗瑗的手腕，随即脸色一变，然后对魏峰说道："她晕倒了，但心跳很快，情况不太乐观。"

魏峰用哀求的眼神望着本杰明："救救瑗瑗！我不能没有瑗瑗！求求你，求求你们，救救瑗瑗！她肚子里还有孩子呢！求求你们……救救她！救救她……"说到后面，在场的众人也分不清，魏峰到底是在嘶吼命运对他的不公，还是因为害怕命运会带走自己的爱人而悲恸。自觉做不了什么的小曼只能一边流泪，一边紧紧握住傅瑗瑗的手，不停地呼唤着她的名字。

"快！去楼上，把医协会专家团请下来！"罗非朝本杰明大喊道。

"不用请，我已经下来了。"随着说话声，穿着白大褂的欧阳会长，出现在门外。魏峰像看见救星一般，一把拽住欧阳会长的白大褂："你要救救瑗瑗，我求求你，救救她，她是个好人，她是天底下最好最好的人……"魏峰说着说着变得泣不成声。

欧阳会长俯下身看了看傅瑗瑗，随即叹了口气："唉，现在有个很麻烦的事情，你们给的几张照片，背面是有残留的毒粉，但是……毒粉残留的量太少，而复合种类又很复杂，给我们第一步的甄别工作带来很大麻烦。"

罗非立刻会意："你的意思是必须找到新的毒粉，拿来给你们化验，否则就确定不了成分？"

欧阳会长点点头。

第九十三章　下毒凶手

经过专家组的抢救，傅瑗瑗暂时脱险。罗非和秦小曼走出病房，透过玻璃朝里面望去。病房里，傅瑗瑗躺在病床上，闭着眼睛，脸颊仍然隐隐泛着那种诡异的血色。魏峰则坐在病床前，目不转睛地看着傅瑗瑗。小曼随即向罗非做了个噤声的手势，两人离开。

警务处监狱内一派肃静，唯有一间单人牢房内，传出了悠扬的小提琴曲。一台崭新的留声机就放在金不败牢房里的桌上，躺在床上的金不败，手中捧着一本书，津津有味地读着。忽听远处脚步声响起。金不败立刻放下书本，坐起身，慢慢露出一个阴冷的笑容。

“我的魏峰兄弟终于舍得来看我啦。”金不败站起身，走到魏峰面前，两人隔着铁栅栏，面对面注视了约有一分钟的时间。

“哦对了，给你推荐一本小说，我正在看呢，叫《少年维特之烦恼》。哎哟，太好看了，你知道吗，我都替那个叫维特的哭过好几回了，特别替他不值，你说那个绿蒂有什么好的，维特非要赖着她，他们明明不是一个世界的人哪，人家绿蒂有她自己的生活呀。我还没看到结局，不过，我估计……”金不败说着，竟然还变态地佯装伤心起来，“好不了，不说了不说了，再说下去，我又要替那个维特哭了。”

魏峰冷冷地盯着金不败：“可惜我不是维特，我的绿蒂和我本来确实是两个世界的人，但她……把我带进了她的世界，我要解药，你开条件吧。”

金不败一笑，随着乐曲摇摆着身体：“我开任何条件你都答应，是吧？”

魏峰郑重地点了一下头：“是。”

金不败故作感叹地摇着头：“啧啧啧，感人！太感人了！不能再说了，再说我又要哭了。”

“说吧，条件是什么？”魏峰问道。

金不败突然反问道：“要是我让你杀掉罗非，你杀吗？”

魏峰不假思索：“杀。”

“毫不犹豫，很好，我信你。”金不败满意地鼓着掌，“嘿嘿嘿，不过，你要是杀了罗非，你跟那个叫傅瑗瑗的记者，还有她肚子里的孩子，可又要变成两个世界的人喽。”

魏峰怒不可遏：“你知道她肚子里有孩子，你还向她下毒？”

金不败狞笑着说道："谁规定孕妇就不能中毒啊？"

"好，我帮你杀掉罗非！解药！"魏峰大吼道。

"杀罗非？"金不败突然又换了一副面孔，连连摆手，"不……不……不，我开玩笑的，至于解药，嘿嘿，我弄毒药的时候，你见我配过解药吗？毒药嘛，毒死人用的呀，配解药干吗？难道等你来抓我，逼问我，然后我再把解药交给你？这套路真有病吧？还解药？哈哈哈……"

魏峰转而说道："没有解药的话，我需要毒药。"

金不败点指着魏峰冷笑道："对对对，罗非给你配了个医协会专家团，你有了毒药的话，就能化验出成分，然后配制出解药，好办法！"

魏峰紧抓住栅栏："开条件吧。"

"行，我可以告诉你毒药在哪儿。"金不败点点头，眼中的笑意凝固成冷酷的蔑视，"但是你要帮我给罗非带个假消息，告诉他后天上午八点，会有一辆挂着假牌照的货车去袭击水厂。"

魏峰点点头："后天上午八点，好，没问题。"

接着，金不败从身后取出一个小盒，从里面拿出三粒黑色药丸："来，你吃了它，七天发作，如果你做了我要求的事情，七天后我会救你。"金不败说着将一粒药丸递给魏峰，"我想……你应该舍不得死吧，难道不见孩子一面？"

魏峰接过药丸，毫不犹豫一口吞下。

金不败满意地点点头："很好！我告诉你毒药在哪儿。"

第二天，医院病房内，罗非、秦小曼、魏峰站在病房门口，环视四个病床上的病人和他们的家属。

罗非看罢，转向小曼："小曼，轮流来，先把陈大力带来办公室，然后是女教师梁晶，第三个问那个小孩小虎吧。"

魏峰这时建议罗非："先问那个小虎吧，小孩子，容易说实话。"

罗非点点头："行，先问小虎，再问陈大力。"

随后，小曼领着小虎母亲与小虎走进了一间办公室内。

罗非坐在办公室内，微笑将一小盒糖果递向小虎："小虎今天和妈妈在一起啊，我记得前几天都是你爸爸陪着你的，今天爸爸呢？"

小虎看了看罗非手里的糖果盒，攥了攥手，又抬头看向母亲。

小虎母亲这时回答道："孩子他爹要出工，他几天不拉黄包车，家里都快揭专家团！本杰明，车钥匙借我！”

罗非点点头：“走！我跟你一起去！”

随后，罗非开着车，副驾驶上坐着抱着玻璃瓶的魏峰。

罗非突然问道：“魏峰，为什么老黄要杀郭勇强？”

“因为郭勇强出了火车站坐的就是老黄的……”魏峰说到这儿，忽然停顿了一下，转而又重复了一遍，“我猜郭勇强坐过老黄的黄包车，老黄被认出来了。”

“那你为什么要杀老黄？”罗非直视前方，表情严肃。

魏峰一阵错愕：“啊？”

罗非无奈地摇了摇头：“关心则乱，你今天露的破绽太多了，就连秦小曼，也会觉得你不对劲。”

魏峰自知在罗非面前已经没有掩饰的必要了，随即陷入了沉默。

罗非继续语气平缓地说道：“你太急了，在拼命缩短我们拿到这瓶毒粉的时间。今天本来是要先问陈大力，再问那个女老师梁晶的，第三个才问小虎。所以你非常着急，直接建议把小虎换到第一个问。一问之下我们果然得到有效线索。在我们到了小虎家的时候，你又露了一个破绽，老黄只是倒在地上而已，在法医还没确认他死亡的情况下，反而你脱口而出。”

罗非说到这里，看了一眼魏峰，那眼神肯定之中带着一种怜悯：“你为什么会用这么肯定的语气说一个趴在地上的人已经死了呢？除非是你杀了他！”

魏峰语塞：“……我不想杀他，我只是想逼问出毒粉的下落，我不知道他有心脏病，法医会告诉你的，他死于心脏病突发，胸口处有按压施救的痕迹。因为我尝试过施救，但失败了。”

罗非冷然一笑：“可我瞄了一眼，老黄的手臂有多处被香烟烫伤的痕迹。”

魏峰辩解道：“这是我下手最轻的一次。”

罗非摇摇头：“刚才说的都是废话，其实我们都心知肚明，只是说个明白罢了，但是有两点，我是真想不明白。”

魏峰转头看着罗非：“罗兄客气，请讲。”

“第一，你是怎么提前知道了老黄就是投毒者？第二，你明明已经拿到毒粉，为什么不直接交给专家团，反而要陪我们演戏呢？”

魏峰听着罗非的问题，强作镇定，像是在故意隐瞒什么：“抱歉，这两个问题我都不想回答。”

其实是我太贪心，我做过那么多坏事，还能有瑗瑗这么好的女孩跟我相爱，还能有个孩子。只要他们平安，我就算死也值了。”

罗非气愤地晃着头：“不！你也要平安，瑗瑗需要一个丈夫，孩子需要一个父亲，租界……也需要一个英雄。”

罗非起身，走到报纸架旁，取下一份报纸，放到魏峰的手上。上面刊登着魏峰微笑的照片，标题则写着：浪子回头租界除恶。

魏峰盯着报纸，慢慢露出笑容。

这时，欧阳会长敲门走了进来，面色黯沉：“魏峰，病毒的成分被我们研究出来了，再给我们半天时间就能做出解药，不过……有个不好的消息，你太太的情况好像更糟了，心跳、血压都不稳定，我们不知道她能不能撑到解药出来的时候。”欧阳会长话还没说完，魏峰就已经冲了出去。

罗非见状也追了出去。

特护隔离病房内，魏峰坐在傅瑗瑗的病床前，紧紧握着她的手：“瑗瑗你一定要撑住，你一直让我答应你的事，我现在答应你……这次做了好人，就做他妈一辈子好人。”

这时，一个戴金丝边眼镜的中年医生，走到魏峰身边：“魏先生，我们想跟你商量个事。”

魏峰回头抹了抹眼角的泪水：“请讲。”

“魏太太怀着孕，非常影响她抵抗病毒的……”

“你瞎吗？”魏峰怒吼着打断了眼镜医生的话。

“啊？”眼镜医生被吼得一时语塞。

魏峰指着傅瑗瑗的右手，带着哭腔继续吼道：“你看看瑗瑗她的右手放在哪儿？一直托着她的肚子！就没放开过！”

眼镜医生小声解释道：“保大人的希望是有的，但如果两个都保，风险真的很大，最后可能一个都保不住。”

眼镜医生说完最后一句话后，立刻低下头向后退了一步。

魏峰听着医生的话，看了看傅瑗瑗，又向下看了看她托着肚子的右手，语气坚定地说道：“我听她的。”

“但是魏先生，你一定不能冲动，我还是得劝你一句，风险……”

眼镜医生还想再说下去，却被魏峰一把推倒。

都坐过他的黄包车，都见过他，可为什么他还敢把儿子送去医院呢？那他不是天天要跟这些人见面，不怕被人认出来？”

罗非指着小曼，一瞪眼：“你会记得拉你的黄包车夫的脸吗？你还没下车，也许你就忘了，再说这个老黄还是很谨慎的，他没有直接把儿子送到有三个病患的医院，而是送到了一家小一些的医院，没想到被我们硬生生拉在了一起，我估计郭勇强的死，是不是因为他认出了老黄？”

魏峰当即点点头：“一点儿没错，郭勇强死前的那天晚上，他问了老黄一句话，让老黄动了杀机。”

罗非神色一凛：“老黄用的什么毒？”

魏峰随即解释道：“听老黄讲，用的是金不败给他的一瓶毒粉，好像就是瑗瑗中的毒，是黑色和蓝色的粉末。老黄想让郭勇强病得更重一些，让他没时间揪着自己。没想到两种不会立即致命的毒粉一混用，居然变成烈性病毒，立刻要了郭勇强的命。”

“那郝医生呢，老黄为什么要杀郝医生？”小曼问魏峰。

“郝医生查房时，发现了老黄装毒粉的玻璃瓶，问老黄这里面装的是什么，还让老黄注意别给小孩乱吃东西，老黄心慌，就想了个非常笨拙的一石二鸟的办法。”

小曼咋舌：“就因为郝医生这么好心地提醒一句，老黄就把他杀了？太没人性了。”

罗非若有所思上点点头：“这也解释了为什么郝医生遇害时，凶手敢躲在门外不怕被人撞见。”

小曼还一时没有反应过来：“为什么？”

罗非立刻反问道：“你忘了那三个护士的不在场证明了吗？她们都被一件事情吸引了注意力，就是小虎在病房里表演探戈，这么重要的线索当时被我忽略了，一定是老黄让小虎表演探戈，吸引大家注意力，而他，去实施他的杀人计划。”

即将为人父的魏峰听到这里，也是一脸愤慨：“居然利用儿子，太过分了。”

这时，罗非恍然大悟地看向魏峰：“我明白了，魏峰，你还是被金不败算计了！”

魏峰一脸茫然：“为什么这么说？”

“老黄自作主张，在没有得到金不败指令的情况下害死两个人，而且还暴露了自己，你了解金不败的为人，你说他会怎么处理？”罗非说完，紧盯着魏峰。

“必须除掉。”魏峰干脆答道。

罗非一愣："哦？"

"他让我告诉你的是，后天上午，不对，以现在的时间看，也就是明天上午八点，会有一辆假牌照的货车去袭击水厂，向水厂投毒，他要让全城中毒。"

沙威听了大惊失色，立刻转向叶常青："常青，赶紧召集所有弟兄，排查这辆可疑的假牌照货车，今天夜里就去水厂的各个出入口设下埋伏。"

"探长你别急，魏峰不是说了嘛，这是金不败让他带给罗非的假消息呀。"小曼不以为然地说道。

罗非立刻否认："不，金不败这消息有真有假，不能全部肯定也不能全部否定。我觉得袭击水厂这件事，是真的。"

沙威神情严峻地点点头："既然是明天上午，那我们提前在半夜就去堵它总没错吧？"

罗非此时按着太阳穴，左右来回走动着，闭着眼，念念叨叨："现在几点？"

小曼看下手表："下午四点半。"

"探长，打电话给工部局，请他们立即关掉自来水厂的所有管道。"

沙威一愣："现在？"

罗非睁开眼睛，瞪着沙威："对！就是现在！快！一定要抢在四点三刻之前关掉！"随后，罗非又闭上眼，按着太阳穴，表情略显痛苦地思考着什么。

沙威也不敢怠慢全城人的性命，心里只求万无一失，于是立刻边往外走往说道："哦，哦，好，我现在去打电话。常青，愣着干吗？让弟兄们现在把水厂也围了。"

第九十五章　Captain 的重生

医院走廊内，罗非拧开自来水龙头，水流渐渐变小，随后很快停水。

小曼兴高采烈："成了！"

罗非也对小曼露出笑容，又冲魏峰点了点头。

只有沙威略显担忧："罗非，你这次可千万别弄错，万一工部局怪罪下来，我这个小小的探长可就玩完啦。"

罗非朝沙威欠了欠身："放心，不会错。"

沙威疑惑："为什么呢？为什么是现在呢？还要四点三刻之前？"

罗非领着几人又回到办公室。

病房内，傅瑗瑗已经可以坐起来了，欧阳会长正在为她把脉。魏峰、罗非和秦小曼走了进来。

魏峰见状急忙跑过去扶住傅瑗瑗："瑗瑗你才刚好，快躺下。"

欧阳会长这时说道："是我让她坐着的。我刚看了魏太太的脉象，喜脉非常平稳，不会有什么大碍了。"

"多谢欧阳会长。"魏峰连连朝欧阳会长鞠躬。

欧阳会长摆摆手："谢什么呀，要说谢，应该我先谢呀，罗非先生先帮我救回了我儿子。"

第二天夜里，沙威突然急匆匆赶到医院的捕房临时办公室，屋内的罗非看着沙威铁青的脸色，不禁疑惑："出什么事了？"

沙威紧张地指着地图上一处说道："水厂有个小管道没有关掉，是专门供水给水厂家属楼的。"

罗非立刻问道："有多少户人家？"

"一百三十九户，共三百二十五人。"

小曼这时也凑过来，神色紧张："他们都喝了毒水？"

沙威叹了口气："就像罗非说的，那是用水高峰期啊，家家都开始做晚饭了，哪个没喝？"

小曼瞪大眼睛看向罗非："神哪，那怎么办？"

罗非抓起手杖，朝门外走去："我去见金不败。"

"我陪你去。"

魏峰要跟上去，被罗非一把按住："你不能去，你去只会激起金不败的敌意。"罗非转而朝小曼眨了一下眼，"小曼，你和我一起去，女性往往能化解一些敌意。"

"坐我的车去！"沙威望着两人的背影嘱咐道。

警务处监狱单间牢房内，留声机依旧放着西洋舞曲。金不败还在一个人陶醉地跳舞。

"跳得好！"罗非鼓着掌走到栅栏跟前。

金不败一笑："张嘴就给糖，一定有事求我。"

"水厂家属楼有些无辜老百姓误喝了先生的毒水……"

还没等罗非说完，金不败立刻打断："你说的有些？是什么意思？

“接下来，这个游戏，你想怎么玩？”罗非问道。

金不败拍了下手，瞟了一眼小曼：“哎哟！这就对了嘛！这才是老玩家，小姑娘，好好学学！”金不败随即转向罗非，“罗非，你这几天的表现不错，我非常满意，你先破了我的密室，又捞了魏峰，还猜对了水厂遇袭的真正时间。”

“我表现这么好，有奖励吗？”罗非故意说道。

金不败脱口而出：“有，当然有！你知道我是一个从来不喜欢做解药的人，但这次我做了，就是为了奖励你，我打算给这一百三十九户人家，每家都发一颗解药。”

小曼忍不住说道：“那不够哇，有三百二十五个人呢！”

金不败冷笑：“没事，他们自己决定给谁吃嘛，不过我在信封里说得很明白，解药不能分着吃，否则会死得很惨。”

小曼听罢，心底一阵发寒：“游戏的目的是折磨这三百二十五个人？”

金不败眼神渐渐变得虚离：“不是折磨，我是要看看他们是怎么用爱来解决这个难题的。魏峰离开我是因为爱上了一个女记者，母亲骗我杀了我亲生母亲是因为我爱我的母亲，我从小就觉得‘爱’这个字，是他妈最大的谎言。”

“你杀了？”小曼试探着问道。

金不败语气平缓地开始回忆：“哦，没跟你们说过。那是我八岁那年，我母亲突然告诉我，我父亲勾搭上一个坏女人，想害死她。我当然很生气喽，我非常生气，从厨房找了把刀，直接一刀、一刀又一刀把这个坏女人给杀了。可结果呢，被我杀了的坏女人，她才是我的亲生母亲，我现在的这个母亲没办法生育，所以她抱养了我，好多年后亲生母亲又找到我，想重新领回我，所以我现在的这个母亲，她才是那个真正撒谎的人。”

罗非听了金不败的讲述，恍然大悟地对小曼说道：“小曼！别理他，你立刻去通知探长他们，阻止所有的居民吃解药，那才是真正的毒药！快！”

小曼立刻朝监狱外跑去。

金不败此时一惊：“你？”

罗非侧着头瞥了一眼金不败，然后抽出两支雪茄，递给金不败一支，自己点燃一支：“你说解药不能分着吃，否则会死得很惨。这句话非常奇怪，为什么分着吃会死，不分反而会活呢？”罗非说着，又帮目瞪口呆的金不败点燃了雪茄，放进他嘴里，“我突然想起了郭勇强的死，他和第一批被感染的人一样，只是流感症状，小鹿临死前的画面，在两人眼前闪现。

两人立刻赶到Captain的牢房里，此时的Captain依旧戴着镣铐，被两个狱警按着坐下，一副痴呆的状态。

罗非上前高声呼喝："别再给我装了！说，你怎么害死小鹿的？小曼你做笔录。"

可Captain却只是傻笑，看都不看罗非一眼。只是看着小曼，口中念念叨叨："我东西没了，我东西没了，东西没了。"

小曼一皱眉："他还在装傻。"

罗非也一时不解："他说他东西没了？"

"罗非，怎么办？"小曼看向罗非。此时两人身后忽然传来金不败的笑声。小曼回身，看到金不败正站在会客室门外，后面跟着两个狱警。

"你们怎么不问问这个傻子，是什么东西没了？"

小曼听着话里有话，立刻朝金不败问道："你知道？"

金不败得意地说道："Captain有个庞大的犯罪组织，以前这傻子神志清醒的时候和我联系过，想让我统领他的青龙会，可我没兴趣。"

"青龙会？"罗非忽然像是想起了什么。

"青龙会是这傻子花费数十年的心血打造的，总有一天你会碰上的，对了，传说这傻子随身都会戴着一块明朝皇帝的玉佩，作为整个组织的信物。"金不败一边滔滔不绝地说着一边跟着狱警向走廊后面走去。

"青龙会？"罗非神色一凛，"别一口一个傻子，这家伙比你我都聪明！"

金不败朝罗非一撇嘴："怎么不傻？这家伙绝对傻了，罗兄，我骗你干什么？"

罗非突然像是想明白了什么："糟了！"罗非紧跟着朝霍文斯的病房跑去，秦小曼随即跟上。

当罗非和秦小曼再次闯进病房时，病房里已然空无一人。罗非抬头一看，通气口被撬开了。

小曼茫然地看向罗非："怎么回事？"

还不等小曼反应，罗非立刻对她说道："你通知探长，赶紧封锁整个监狱周边五公里，搜查霍文斯！"

小曼一脸疑惑："为什么搜查霍医生？"

罗非轻推了小曼一把，催促道："快去！"

小曼连连点头："哦，好的好的。"

实际上，我早已经掌控了Captain的资源和手下。”

罗非点点头：“难怪……晋商会为黄河灾区募捐的巨款去向不明，被洗得非常干净，我当时就觉得奇怪，为什么Captain痴痴傻傻地被关在监狱里，还会有这么大的能力去做这件事？”

霍文斯得意地说道：“这笔巨款让我在整个犯罪集团确立了极高的威望。但有些资历老的，总在幻想上一代的Captain能归来，还老爱拿玉佩说事，搞得我不得不进趟监狱，和上一代好好聊一聊。”

“你没事吧？”小曼这时跑到罗非身边，紧张地打量着罗非，转而看向霍文斯：“霍医生，你已经是全上海首屈一指的心理医生，为什么还要做这件事呢？”

“小曼，很遗憾不能和你一起跳舞了。”霍文斯朝小曼微微一笑，“再优秀的心理医生也改变不了这个世界，想有所作为就必须有势力，一次偶然机会，让我接触到了Captain手下的一个神秘组织，他们非常有实力，可惜误入歧途，只做一些上不了台面的小勾当，我呢，想把整个组织变成一个新的黑龙会，上海租界的黑龙会。”

罗非追问道：“霍文斯，你承认自己就是新一代的Captain了？”

“罗非，以你的能力，估计很快就会查出我手上到底欠了多少人命，不过恐怕你没有机会得到我的证词了。”霍文斯冷笑道。

小曼想再上前劝解：“霍医生，你这么聪明，为什么不多做些好事呢？”

“你也没有机会得到我的供词！”霍文斯最后朝小曼一笑，同时猛踩油门，连人带车直接冲下悬崖，坠入了山崖下的海水中。

罗非和小曼紧跟着跑到悬崖边，向下望去，不禁一阵唏嘘。

小曼叹着气摇了摇头：“老一代的Captain傻了，新一代的Captain死了，这下也算天下太平了。”

“太平？但愿如此吧。”罗非望向远方，海面上的车子渐渐下沉。

晚间，巡捕房收队，本杰明载着罗非和小曼下山。当车子即将要经过山脚下的最后一道弯道时，迎面开过来一辆速度极快的黑色轿车。

“危险！”坐在副驾驶的罗非大喊道。

“那晚是真的！就是这辆车那晚载着汪雪如！”本杰明握着方向盘，连续惊呼。

“什么真的？让你躲车……”罗非看向本杰明的瞬间，正是两车相会的时候，罗非看着对面轿车里的司机，正在朝自己挥手，而他的手中正握着一块黄色的玉佩。